Petra Hammesfahr schrieb ihren ersten Roman bereits mit siebzehn. Seitdem hat sie einen Bestseller nach dem anderen veröffentlicht. Ihre Bücher wurden in über 20 Ländern veröffentlicht.

Die Autorin lebt mit ihrem Mann in der Nähe von Köln.

Im Rowohlt Taschenbuch Verlag liegen folgende Romane vor: «Der Puppengräber», «Lukkas Erbe», «Die Mutter», «Die Sünderin», «Meineid», «Die Chefin», «Roberts Schwester», «Merkels Tochter», «Das letzte Opfer», «Mit den Augen eines Kindes», «Ein süßer Sommer», «Die Lüge», «Seine große Liebe», «Die Freundin», «Am Anfang sind sie noch Kinder», «Bélas Sünden», «Das Geheimnis der Puppe», «Ein fast perfekter Plan», «Der Schatten», «Erinnerung an einen Mörder», «Der Frauenjäger» sowie «Hörig».

Petra Hammesfahr

DIE SCHULD-LOSEN

Roman

Rowohlt Taschenbuch Verlag

Veröffentlicht im Rowohlt Taschenbuch Verlag,
Reinbek bei Hamburg, November 2013
Copyright © 2012 by Rowohlt Verlag GmbH,
Reinbek bei Hamburg
Umschlaggestaltung any.way, Barbara Hanke/Cordula Schmidt,
nach einem Entwurf der Hafen Werbeagentur, Hamburg
(Illustration: Lee Avison/Trevillion Images)
Satz Pinkuin Satz und Datentechnik, Berlin
Druck und Bindung CPI books GmbH, Leck
Printed in Germany
ISBN 978 3 499 25872 5

PROLOG

Grevingen-Garsdorf, im Dezember 1982

Es war ein Anblick, den Franziska Welter zeit ihres Lebens nicht vergessen sollte. Einerseits so beklemmend, dass es ihr die Luft abschnürte, andererseits so zauberhaft schön, dass man ihn in Märchenbücher hätte zeichnen mögen.

Frühmorgens hatte dichter Nebel das Dorf eingehüllt und der Frost jeden Schritt ins Freie zu einem riskanten Unternehmen gemacht. Im Laufe des Vormittags war es aufgeklart und überall gestreut worden. Die Mittagssonne löste den Nebel endgültig auf, hatte jedoch nicht die Kraft, ihn völlig zu vertreiben. Sieben Grad minus bannten die weißen Schwaden und verwandelten sie in filigrane Gebilde.

Überall Raureif. Es war kein Vergleich mit dem Schnee, der auch Straßen und Hausdächer bedeckte, aber nur obenauf lag. Die dünne Eisschicht dagegen umschloss sogar das kahle Geäst der Baumkronen vollständig. Jeder Grashalm, jeder noch so kümmerliche Zweig an den Sträuchern und jedes Pflänzchen auf den Gräbern war von einer Kristallkruste überzogen. Überall glitzerte und funkelte es im blendend grellen Sonnenlicht, als habe der Himmel den Friedhof mit Diamantensplittern bestreut.

Das war der Rahmen, vielmehr der Hintergrund für die beiden Gestalten, die Franziska Welters Aufmerksamkeit erregten, ihr die Brust eng und den eigenen Herzschlag so dramatisch bewusstmachten.

Franziska stand gebückt vor dem ältesten der sieben Gräber in der sogenannten Kinderecke, in der die Kleinen beigesetzt wurden. Keine der Grabstätten war länger als ein Meter zwanzig. Größere Kinder wurden seit Jahr und Tag bei den Erwachsenen bestattet. Aber das war, solange Franziska zurückdenken konnte, erst zweimal notwendig gewesen. Wenn die Kinder eine bestimmte Größe erreicht hatten, konnten sie dem Tod offenbar besser die Stirn bieten, liefen nur noch Gefahr, durch Unfälle oder sonst wie gewaltsam ums Leben zu kommen.

In der Nacht hatte der Wind irgendwo zwei verdorrte Blätter vom Herbstlaub aufgespürt und herübergeweht. Franziska zupfte sie aus einem Büschel winterharter Erika und äugte über die kniehohe Buchsbaumhecke, die das Karree von den anderen Grabreihen abgrenzte, zur letzten Ruhestätte der Familie Schopf hinüber.

Vor dem mit Granit eingefassten Eckgrab mit dem pompösen Stein am Kopfende standen Helene Junggeburt – sie war eine geborene Schopf – und ihr jüngstes Kind, beide wie in ein stilles Gebet versunken. Für Helene mochte das zutreffen. Sie trug Schwarz: Schuhe, Hose, Mantel, Handschuhe und einen Hut mit Schleier, der ihr Gesicht verbarg, sodass Franziska nicht sehen konnte, ob sich ihre Lippen in einem inbrünstigen Zwiegespräch mit Gott oder den Lieben in der Erde bewegten. Oder ob sie nur so dastand und die Namen auf dem Stein anstarrte.

Das Kind hatte eine rosafarbene Plüschmütze über Kopf und Ohren gezogen, unter der im Nacken ein dunkler Zopf hervorquoll. Am Ende wurde er von einer Spange in Schmetterlingsform zusammengehalten. Vor der Brust baumelten die dicken Bommel der Bänder, mit denen die Mütze unter dem Kinn gebunden war. Eine Jacke aus demselben Plüschmaterial schützte den Oberkörper vor der Kälte. Die kleinen Hände steckten in lustig bunten Fäustlingen, die Füße in weißen, pelzbesetzten Stiefelchen, die sicherlich dick gefüttert waren. An den Beinchen dagegen trug das Kind nur weiße Strickstrumpfhosen und darüber ein kurzes Röckchen aus weißer Wolle mit einer gezackten, rosafarbenen Borte am Saum.

Franziska fragte sich flüchtig, ob die Strumpfhosen wohl warm genug hielten. Ihr entging nicht, wie das Kind ständig sein Gewicht verlagerte, von einem Füßchen aufs andere trat. Vielleicht fror es beim Stillstehen. Vielleicht wurde ihm aber auch nur langweilig. Sein Verhalten sprach für Letzteres.

Es war ein ausnehmend hübsches Geschöpf, dessen Gesicht als Vorlage für die Bilderbuchzeichnung einer kleinen Prinzessin hätte dienen können. Allein diese Augen. Als das Kind verstohlen zu ihr hinüberblickte und sie anlächelte, überlief Franziska ein kalter Schauer. Große Augen, wie alle kleinen Kinder sie haben. Doch diese waren von einem so intensiven Blau, wie Franziska es bisher nur bei zwei Menschen gesehen hatte, bei Helenes älterem Bruder und bei Helenes Tochter. Es waren Augen, die von innen heraus zu leuchten schienen, weil die Iris von unzähligen hauchfeinen hellgrauen, strahlenförmig angeordneten Linien durchbrochen war.

Als Franziska das Lächeln erwiderte, wandte das Kind sich wieder dem Grab zu und begann mit seinem Atem zu spielen. Es ließ ihn kontrolliert in wohldosierten Wölkchen davonschweben, versuchte offenbar, bestimmte Formen wie Rauchringe zu schaffen. Als ihm das nicht gelang, ließen die aneinandergelegten Händchen die vor der Brust baumelnden Bommel der Mützenbänder hin und her schwingen.

Und so weit war es mit Helenes Versunkenheit dann doch nicht, dass ihr das entgangen wäre. «Lass das, Alexa», hörte Franziska sie tadeln.

«Wann darf ich denn das Licht anmachen, Mami?», erkundigte sich daraufhin die helle Kinderstimme.

«Sofort», erbarmte sich Helene, zog dem Kind die Fäustlinge aus und ein Grablicht nebst einer Schachtel Zündhölzer aus ihrer Manteltasche. Das Licht hielt sie fest, die Schachtel reichte sie dem Kind, das sich mit wahrem Feuereifer daranmachte, Zündhölzer anzureißen und an den Docht zu halten.

Sein engelsgleiches Gesicht war angespannt vor Konzentration. Bei jedem neuen Zündholz, das die kleinen Finger über die Reibefläche führten, erschien kurz eine winzige Zungenspitze zwischen den prallen Lippen. Es war windstill, trotzdem erloschen die ersten vier Flammen, ehe sie den Docht erreichten.

«Nicht so hastig, Schatz», mahnte Helene und bot dann an: «Soll ich es machen?»

Das Kind nickte, überließ seiner Mutter die Schachtel, hockte sich neben die graue Grabeinfassung und öffnete das Türchen einer Grableuchte. Dabei rutschte der dicke Zopf vom Rücken auf die Brust. Das Kind warf ihn mit einer raschen Handbewegung wieder nach hinten. Die Bommel der langen Mützenbänder flogen mit. Und das Strickröckchen bauschte sich um die weiß bestrumpften Beine.

Wirklich ein zauberhafter Anblick.

Einerseits.

Andererseits so erschreckend, dass sich Franziska das Gefühl aufdrängte, sie müsse etwas unternehmen. Sofort! Auf der Stelle! Um drohendes Unheil zu verhindern. Aber sie konnte sich nicht aufraffen.

1. Teil

SCHULDZUWEISUNGEN

Grevingen-Garsdorf, im Frühjahr 2004

Es ging am Ostersonntag wie ein Lauffeuer durchs Dorf, dass der halbnackte Körper von Janice Heckler in der Greve entdeckt worden war. Ausgerechnet von ihrer eigenen Mutter. Die hatte ihre Tochter noch gar nicht vermisst, war am vergangenen Abend mit ihrem Mann bei Bekannten im Dorf gewesen und erst spät in der Nacht zurückgekommen.

Gegen neun Uhr morgens zog Frau Heckler den Rollladen vor dem Schlafzimmerfenster hoch, damit auch ihr Mann aufwachte. Wie immer ließ sie den Blick über den Garten und das dahinter verlaufende Flüsschen wandern. Janice lag nur dreißig Meter von ihrem Elternhaus entfernt mit dem Gesicht nach unten im Wasser.

Dass Frau Heckler sofort wusste, um wen es sich handelte, darf bezweifelt werden. Es wurde später viel darüber geredet und spekuliert, und jeder dichtete noch etwas dazu. Zum Beispiel, dass die arme Frau schreiend am Fenster zusammengebrochen sei. Oder dass die Polizei schon um die Mittagszeit einen bestimmten Verdacht hatte und den Täter kurz darauf zum ersten Mal verhörte. Letzteres entsprach definitiv nicht den Tatsachen.

Um die Mittagszeit stand noch nicht einmal fest, dass man es mit einem Tötungsdelikt zu tun hatte. Der erste Arzt, der die Leiche begutachtete, hatte keine Erfahrungen auf dem Gebiet der Forensik. Im Auftrag der Polizei entnahm er normalerweise nur Blutproben. Er stellte lediglich fest, dass Janice seit etlichen Stunden tot war und eine Prellung am Hinterkopf hatte – höchstwahrscheinlich hervorgerufen durch einen Stein aus dem Flussbett.

Das hätte bei einem Sturz passiert sein können, wenn Janice auf dem schmalen Uferstreifen abgerutscht und mit dem Hinterkopf aufgeschlagen wäre. Allerdings drängten sich bei dieser These die Fragen auf, warum sie mit nacktem Unterleib und ohne Schuhe auf dem schmalen Uferstreifen herumgelaufen und wie sie mit dem Gesicht ins Wasser geraten sein sollte, wenn sie mit dem Hinterkopf aufgeschlagen wäre.

Erst dienstags entdeckte ein erfahrener Rechtsmediziner bei der Obduktion neben ein paar Schrammen an den Beinen, die sowohl von Steinen als auch von Fingernägeln stammen konnten, Quetschungen im Nacken, die zweifelsfrei von einer Hand verursacht worden waren.

Zu dem Zeitpunkt gab es auch einen Verdächtigen, den Spross einer einflussreichen Familie, einen Sohn von Helene Junggeburt. Er war durch Zeugen in den Fokus der Ermittlungen geraten und hatte bereits ein Leben auf dem Gewissen, wofür er jedoch nicht zur Rechenschaft gezogen worden war, was in diesem Zusammenhang allerdings keine Rolle spielte. Es hieß allgemein, das sei ein Unfall gewesen.

Ihm im Fall Heckler einen Mord oder zumindest Totschlag nachzuweisen wurde für die Polizei ein hartes Stück Arbeit. Weil der Körper stundenlang im Wasser gelegen hatte, wurden keine verwertbaren DNA-Spuren gefunden. Mit anderen Sachbeweisen sah es genauso düster aus. Es gab zwar belastende Zeugenaussagen, doch unmittelbare Tatzeugen schien es nicht zu geben. Und von einem Geständnis war der mutmaßliche Täter meilenweit entfernt. Er erklärte in jedem Verhör stereotyp, er sei betrunken gewesen und könne sich an nichts mehr erinnern.

Seine Familie hatte ihm umgehend eine Rechtsanwältin beschafft, Frau Doktor Greta Brand, der ein besonderes Faible für attraktive, aber total verkorkste Typen nachgesagt wurde, was auf den Verdächtigen zweifellos beides zutraf. Darüber hinaus galt Greta Brand als Koryphäe auf dem Gebiet der Strafverteidigung, und diesem Ruf machte sie alle Ehre. Egal, was Polizei und Staatsanwalt an Zeugenaussagen aufboten, um ihre Theorie zu untermauern, Greta Brand pflückte es auseinander. Es fehlte nicht viel, dann wäre es gar nicht erst zur Anklageerhebung gekommen.

Aber dann, sozusagen auf den letzten Drücker, korrigierte eine Person ihre zuvor gemachte Aussage zur fraglichen Nacht. Und so kam es doch noch zu einem Prozess – und zu einer Verurteilung: lächerliche neun Jahre! Weil Greta Brand die Volltrunkenheit ihres Mandanten nun als mildernden Umstand anführte und damit durchkam.

Viele Garsdorfer empfanden das als Schande für das Rechtssystem und einen Schlag ins Gesicht der Familie Heckler. Die meisten vertraten sogar die Ansicht, man hätte Helene Junggeburt, wäre die nicht kurz nach der Festnahme ihres Sohnes verstorben, neben ihn auf die Anklagebank setzen und zur Rechenschaft ziehen müssen. Wer hatte ihn denn zu dem gemacht, was er war? Helene, diese durchgeknallte Person, die man eigentlich unmittelbar nach seiner Geburt in die Klapsmühle hätte stecken müssen.

Die Toten früherer Jahre

So einfach wie für den Großteil der Garsdorfer Bevölkerung war es für Franziska Welter nie gewesen. Und das nicht nur, weil sie Helene von klein auf gekannt und mit den Schicksalsschlägen, die das Leben dieser Frau zugemutet hatte, ebenso vertraut war wie mit denen, die sie selbst hatte einstecken müssen.

Franziska war Jahrgang 1932 und mit Helene zur Schule gegangen. Helene war drei Jahre älter, aber in der Dorfschule waren bis Mitte der fünfziger Jahre mehrere Jahrgänge gemeinsam in einem Raum unterrichtet worden. Da hatten sie zeitweise sogar nebeneinandergesessen, nur durch den Mittelgang getrennt.

Nach der Schulzeit hatte Franziska dann einige Jahre für Helenes Eltern gearbeitet. Denen gehörte die Brauerei Schopf. Die stand damals am Stadtrand von Grevingen und beschäftigte auch nach Kriegsende notgedrungen noch junge Mädchen und Frauen. Die arbeitsfähigen Männer waren größtenteils gefallen oder in Gefangenschaft geraten wie Helenes älterer Bruder, an dem sie mit ganzem Herzen hing.

Als die Überlebenden zurück in die Heimat kamen, wurde die Belegschaft der Brauerei nach und nach ausgetauscht. Die Frauen mussten sehen, dass sie anderswo Arbeit fanden, oder sich zurück an den Herd scheuchen lassen. Franziska war davon nicht betroffen, weil sie im Haushalt der Schopfs beschäftigt war. Die Villa Schopf stand etwas außerhalb; am Ende der Breitegasse am südlichen Ortsrand von Garsdorf. Ein sehr schönes Anwesen mit einem riesigen Garten, hinter dem die Greve vorbeifloss.

Während Helene Deckchen und Kissen bestickte, Klavier spielte und lange Briefe an ihren Bruder schrieb, schrubbte Franziska Fußböden und machte die Wäsche. Die wurde zu der Zeit noch geknetet, gewalkt und gebürstet. Anschließend wurden die großen Teile zum Trocknen auf der sogenannten Bleiche ausgebreitet.

Auf dieser Rasenfläche hinter dem Haus wendete Franziska im August 1949 mit Hilfe der Kochfrau Laken und Bettbezüge, als Heinrich Junggeburt die Nachricht überbrachte, Helenes

Bruder sei schon kurz nach Kriegsende in russischer Gefangenschaft verstorben. Das wusste Heinrich so genau, weil er im selben sibirischen Lager gewesen war.

Helenes Schreie klangen Franziska noch lange danach in den Ohren. Wäre sie selbst im Haus gewesen, als Helene völlig von Sinnen ins Freie gerannt kam, hätte die sich wohl in die Greve gestürzt, was ein böses Ende hätte nehmen können. Auch wenn man das Flüsschen die meiste Zeit im Jahr durchwaten konnte und oft genug nicht mal nasse Knie bekam, war die Greve wegen der Steine im Flussbett tückisch. Franziska fing Helene auf, wiegte sie in den Armen und murmelte unsinnige Trostworte, die von den ebenso sinnlosen Schreien übertönt wurden.

Heinrich Junggeburt blieb, erst einmal auf Einladung des alten Schopfs. Der hatte eine praktische Ader und blickte den Tatsachen ins Auge. Irgendwer musste schließlich in der Lage sein, die Brauerei weiterzuführen, wenn er selbst das nicht mehr tun konnte. Und wo nun der Sohn nicht mehr unter den Lebenden weilte ... Helene konnte wunderschön sticken und Klavier spielen. Sie hatte auch eine lyrische Ader. Die Briefe, die sie ihrem Bruder während der vergangenen Jahre geschickt hatte – Heinrich brachte einige mit zurück –, waren überwiegend in Reimform verfasst. Von Hopfen und Malz dagegen hatte Helene keine Ahnung.

Und so groß war die Auswahl an ledigen jungen Männern nicht mehr. Man musste nehmen, was kam. Auch wenn zu vermuten war, dass der Betreffende ein paar Macken hatte, weil er eine schwere Zeit nur knapp überlebt hatte, eine unmenschliche Zeit, um genau zu sein. Aber so war es vielen ergangen, und kein Mensch sprach von Traumata oder Psychosen. Wer so was hatte, musste sehen, wie er damit fertigwurde.

Rein äußerlich war Heinrich ein Typ, an den junge Frauen schnell ihr Herz verloren. Er war groß und schlank, nicht etwa hager, ausgezehrt und hohläugig wie viele andere, die aus der

Kriegsgefangenschaft zurückkamen. Seine gute Figur behielt er übrigens auch, als die Portionen auf den Tellern wieder größer und fettiger wurden. Da nannte Helene ihn längst «den eisernen Heinrich».

Er war gerade gewachsen, körperlich unversehrt, seine Gesichtszüge konnte man als klassisch bezeichnen. Und wenn er Helene anschaute mit diesem nachdenklich verträumt wirkenden Blick, das sah immer aus, als stelle er sich vor, sie ganz langsam auszuziehen und unanständige Dinge mit ihr zu tun. Deshalb verwunderte es nicht, dass er Helene bald zu der Annahme verleitete, er könne sie glücklich machen. Allein auf die Verkupplungsbemühungen ihres Vaters war das nicht zurückzuführen.

Im September 1951, gute zwei Jahre nachdem Heinrich Junggeburt als Todesbote in die Villa Schopf gekommen war, fand die Hochzeit statt.

Zu der Zeit war auch Franziska schon in festen Händen. Beim Schützenfest im Frühjahr hatte sie Gottfried Welter kennengelernt und sich Hals über Kopf in ihn verliebt. Er war dreiundzwanzig, sie neunzehn. Schon beim zweiten Rendezvous erklärte er, er würde gerne Tisch und Bett mit ihr teilen, auf eine Heirat brauche sie allerdings nicht zu spekulieren, gewiss nicht auf Kranz und Schleier. Obwohl eine wilde Ehe nicht unbedingt das war, was Franziska für ihre Zukunft vorschwebte, musste sie nicht lange über sein – für die damalige Zeit ungeheuerliches – Ansinnen nachdenken.

Sie war die Älteste von vier Töchtern, zwölf Jahre älter als die Jüngste. Ihre Mutter war noch nie ein Putzteufel gewesen und am Herd auch nicht sonderlich begabt. Ihr Vater war nach dem Verlust seines rechten Unterarms beim Polenfeldzug zum Tyrannen geworden und trug seine Kriegsversehrtenrente lieber in die Kneipe, statt sein Scherflein zum Haushalt beizusteuern. Franziska hatte daheim nicht nur ihren gesamten Lohn abzugeben. Wenn sie bei Schopfs Feierabend hatte, wartete auch noch ein Berg Arbeit auf sie. Weil sie eben diejenige war, die es bei feinen Leuten gelernt hatte und somit am besten waschen, putzen, bügeln und kochen konnte.

Da war es bei Gottfrieds Eltern angenehmer und bequemer für sie. Die hatten auch nichts dagegen, dass Gottfried sich «sein Mädchen» ins Haus holte. Aber wenn sie Einwände erhoben hätten, weil damals die Gefahr bestand, wegen Kuppelei angezeigt und bestraft zu werden, Gottfried hätte sich kaum darum gekümmert.

Er ließ sich von keinem mehr etwas sagen, der ein paar Jahre älter war als er. Es waren schließlich die Älteren gewesen, die lautstark ja gebrüllt und gejubelt hatten, als ihnen der totale Krieg in Aussicht gestellt worden war. Seiner Meinung nach waren sie entweder zu dämlich oder zu autoritätshörig gewesen, um dem Wahnsinn die Stirn zu bieten, also hatten sie ihr Recht verwirkt, jetzt das Maul aufzureißen. Gottfried war ein Rebell und Franziska sehr glücklich mit ihm. Noch glücklicher wäre sie nur mit einem Trauring am Finger gewesen.

Bei Helenes Hochzeit schrubbte sie Töpfe und Pfannen und zweigte ein Stückchen Schweinebraten und ein Stück von der Hochzeitstorte für Gottfried ab, klammheimlich, versteht sich. Genauso heimlich musste er die Köstlichkeiten spätnachts im gemeinsamen Schlafzimmer hinunterschlingen. Franziska hatte sich zwar vorgestellt, ihm zum Fleisch ein paar Kartoffeln und etwas Möhrengemüse zu kochen. Aber in der Nacht wäre es dafür viel zu spät gewesen, und am nächsten Abend hätten seine Eltern doch Stielaugen bekommen, sich wahrscheinlich verschluckt an dem Wasser, das ihnen im Mund zusammengelaufen wäre, hätte Gottfried sich das Festmahl in der Küche einverleibt.

Im September 1952, genau ein Jahr nach der Hochzeit, brachte Helene ihren ersten Sohn zur Welt und nannte ihn

Albert – nach ihrem verstorbenen Bruder. Im Sommer 1953 wurde sie zum zweiten Mal schwanger, fast zeitgleich mit Franziska.

Die arbeitete immer noch für die Schopfs, bekam nun doch einen schlichten Goldring und eine Trauung auf dem Standesamt, allerdings nicht den Segen der Kirche. Da mochte der Pfarrer noch so oft vorbeikommen und Gottfried Vorträge über die Konsequenzen ihres sündigen Lebens halten.

«Uns gefällt diese Art von Sünde, Hochwürden», antwortete Gottfried jedes Mal. «Dabei kommt wenigstens keiner zu Schaden.» Und das sündige Leben gefiel ihm umso besser, weil er während der Schwangerschaft nicht aufpassen musste.

Für Helene dagegen fand die Liebe nach Feststellung der zweiten Schwangerschaft ein abruptes Ende. Der eiserne Heinrich zog aus dem gemeinsamen Schlafzimmer aus und nie wieder ein. Zuerst hieß es, er wolle seine ruhebedürftige Gattin nicht stören. Er neigte zu lebhaften Träumen, redete und schrie häufig im Schlaf.

Nach der Geburt einer Tochter war es dann umgekehrt. Da wollte Heinrich nicht um seine Nachtruhe gebracht werden, wenn Helene zum Stillen und Windelnwechseln aufstand. Den kleinen Albert und das Töchterchen, das auf den Namen Alexandra getauft und Alexa gerufen wurde, versorgte sie selbst, sonst hatte sie nichts zu tun.

Für die Brauerei war Heinrich bares Geld, als Ehemann konnte man ihn in der Pfeife rauchen. Er ging höflich und zuvorkommend mit Helene um, führte sie einmal im Monat groß aus, half ihr bei der Gelegenheit in den Mantel, hielt ihr die Autotür auf und reichte ihr Feuer, wenn sie ihr Zigarettenetui zückte. Es gab nie ein lautes Wort, allerdings auch kein zärtliches mehr. Heinrich glaubte wohl, mit zwei Kindern seine eheliche Pflicht voll und ganz erfüllt zu haben. Immerhin hatte er der Brauerei einen männlichen Erben und seiner

Gattin einen Trost und eine Ablenkung für einsame Stunden geschenkt.

Alexa war ein liebes Mädchen. Das sagten noch ein halbes Jahrhundert später alle, die sie gekannt hatten. Dass Albert als kleines Kind genauso lieb gewesen war wie seine Schwester, hatten die meisten längst vergessen. Er wurde auch zu schnell das Ebenbild seines Vaters, nicht nur äußerlich.

«Wo wir ein Herz haben, Franziska», sagte Helene einmal, «hat mein Sohn einen Rechenschieber. Er ist genau wie Heinrich.»

Alexa dagegen kam ganz nach ihrer Mutter. Schon mit zehn Jahren spielte sie recht passabel Klavier, schrieb mit vierzehn ein Gedicht, das in der Wochenendbeilage der regionalen Tageszeitung abgedruckt wurde. Das Mädchen war Helenes Ein und Alles.

Leider infizierte Alexa sich kurz vor ihrem achtzehnten Geburtstag mit Meningokokken, Pneumokokken, Streptokokken oder Staphylokokken, so genau brachte Franziska das nie in Erfahrung, irgendwelche Kokken eben. Alexa bekam eine Hirnhautentzündung und starb binnen weniger Tage.

Für Helene war das ein Schlag, über den sie nie hinwegkam. Der Tod ihrer Tochter traf sie umso härter, weil sie im Vorjahr kurz hintereinander ihre Eltern verloren und das noch nicht überwunden hatte. Zwei Tage nachdem Alexa im Familiengrab bei den Großeltern zur letzten Ruhe gebettet worden war, schluckte Helene eine Überdosis Schlaftabletten. Die Haushälterin Frau Schmitz fand sie gerade noch rechtzeitig. Es sei ein Versehen gewesen, behauptete Helene, als Franziska sie im Krankenhaus besuchte. Zu der Zeit arbeitete sie längst nicht mehr für die Familie.

Einen knappen Monat später fiel Helene *aus Versehen* so unglücklich mit dem linken Arm in das Rasiermesser ihres Vaters, dass sie sich die Pulsader der Länge nach aufschlitzte. Weil Frau

Schmitz auch diesmal schneller war als der Tod, probierte Helene es beim dritten Mal mit ihrem Auto. Sie zog sich schwerste Verletzungen zu und musste mit dem Hubschrauber in eine große Kölner Klinik geflogen werden, weil das Grevinger Krankenhaus auf solch einen Notfall nicht eingerichtet war.

Helene überlebte auch ihren *Unfall*, wurde danach aber lange Zeit nicht mehr im Dorf gesehen, was zu wüsten Spekulationen führte. Mal hieß es, sie sei so stark entstellt, dass sie sich nicht mehr unter Leute traue. Mal war sie angeblich gelähmt und an den Rollstuhl gefesselt. Mal hatte sie ihr Augenlicht und beide Beine verloren. Man wusste gar nicht, was man glauben sollte.

Wenn Franziska Helene besuchen wollte, wurde sie entweder von einer Krankenpflegerin oder von Frau Schmitz mit unterschiedlichen Sprüchen an der Haustür abgewimmelt. Die Krankenpflegerin erklärte meist, die gnädige Frau habe sich gerade hingelegt und möchte nicht gestört werden. Wenn Frau Schmitz an die Tür kam, befand Helene sich stets auf Reisen. Sie war tatsächlich mehrfach für einige Monate in einem Sanatorium. Und manchmal war sie einfach nicht in der Verfassung, eine frühere Magd zu empfangen. Bei aller Verbundenheit, viel mehr als eine Magd war Franziska doch letztlich nie gewesen. Da mochte sie noch so gut aus eigenem Erleben wissen, durch welche Hölle man nach dem Tod einer über alles geliebten Tochter ging.

Als Alexa Junggeburt starb, lag Franziskas Erstgeborene schon seit sechzehn Jahren in der sogenannten Kinderecke, dem von der kniehohen Buchsbaumhecke umstandenen Geviert mit den kleinen Grabstellen. Nur zweieinhalb Jahre alt war Mariechen geworden und auch ein liebes Kind gewesen, ein quietschvergnügtes obendrein, stets fröhlich, nie ernsthaft krank.

Was immer im Dorf die Runde gemacht hatte, jede Erkältung, die Masern, Röteln, Wind- oder Wasserpocken, Mumps, Keuchhusten und diese eklige Darmgrippe, unter der im Juli und August 1956 die Hälfte der Bevölkerung gelitten hatte, an Mariechen war alles spurlos vorbeigezogen. Sie hatte nicht mal Fieber bekommen, wenn wieder ein Zahn durchgebrochen war. Ein Glückskind. Wie oft hatte Gottfried das gesagt.

Und wie oft hatte der Pfarrer ihn auf der Straße angehalten und auf den Frevel angesprochen: ein Kind der Sünde, dessen unsterbliche Seele zu allem Überfluss auch noch von der Erbsünde befleckt war, weil seine nicht vor Gottes Altar getrauten Eltern ihm das Sakrament der Taufe verweigerten. So ein Kind ausgerechnet nach der Mutter unseres Herrn Jesus zu benennen, wenn sich das nur nicht eines Tages bitter rächte.

«Wir haben sie nach meiner Mutter genannt, Hochwürden», antwortete Gottfried jedes Mal.

Er mit seinem rebellischen Mundwerk! Kannte keinen Respekt vor irgendeiner Obrigkeit, glaubte an keinen Gott, fürchtete nicht Tod und Teufel, nur die Menschen, vielmehr das, was sie einander antun konnten. Viel zu jung hatte Gottfried entsetzliche Gräuel miterlebt: dreizehn-, vierzehnjährige Kinder, die auf Befehl hirnverbrannter alter Narren an der Heimatfront verheizt wurden. Ein Fünfzehnjähriger, mit dem Gottfried die Schulbank gedrückt hatte, war vor seinen Augen standrechtlich erschossen worden – wegen Feigheit vor dem Feind und Fahnenflucht.

«Er wollte nur nach Hause zu seiner Mutter», erzählte Gottfried später mal, als alle Eltern sich wünschten, dass ihre Fünfzehnjährigen freiwillig und rechtzeitig heimkamen und sich nicht an verrufenen Orten herumtrieben.

Gottfried konnte sich nicht vorstellen, dass sein Glückskind einmal Pech haben könnte. Er wurde auch danach nicht wankend in seiner Ungläubigkeit, wollte nichts hören von göttlichem Zorn oder einer Prüfung, die der Himmel ihnen geschickt hatte.

Franziska dagegen quälte sich jahrelang mit heftigen Schuldgefühlen und Selbstvorwürfen. Weil sie Mariechen nicht heimlich in die Kirche gebracht und übers Taufbecken gehalten hatte. Und mehr noch, weil sie an ihre Bequemlichkeit und etwas Erholung, an die eigene und die Gesundheit eines Ungeborenen gedacht hatte. Hätte sie dem Dorfarzt nicht nachgegeben, als der vorschlug, sie solle für die zweite Entbindung ins Grevinger Krankenhaus gehen …

Ursprünglich hatte Franziska ihr zweites Kind ebenso im Ehebett gebären wollen wie das erste. Aber auch sie hatte Ende Juli heftig an der Darmgrippe gelitten. Der fortgeschrittenen Schwangerschaft zum Trotz hatte sie fast zehn Pfund abgenommen, nicht mal ein Schlückchen Kamillentee im Leib behalten und tagelang kein Leben gespürt. Ihre Schwiegermutter meinte schon, das Ungeborene habe die Infektion nicht überlebt.

Was das anging, konnte der Arzt sie beruhigen. Es gab noch einen Herzschlag, allzu kräftig war der jedoch nicht. Deshalb klang sein Vorschlag vernünftig. Wer wollte das Risiko eingehen, im eigenen Bett ein Kind in die Welt zu pressen, das vielleicht zu schwach war, um aus eigener Kraft zu atmen, das sofort medizinische Versorgung brauchte, die ihm zu Hause keiner bieten konnte? Wer wollte Gefahr laufen, während der Presswehen einen Schwächeanfall zu erleiden? Völlig auf dem Damm fühlte Franziska sich wahrhaftig noch nicht.

Und wer wollte unmittelbar nach einer Entbindung gleich wieder auf den Beinen sein, um zu kochen oder eigenhändig das Bett abzuziehen und die Laken zu waschen? Ihre Schwiegermutter hatte schon anklingen lassen, sie habe während der Grippewelle genug Laken geschrubbt und nur zwei Stunden nach Gottfrieds Geburt damals die Fenster geputzt. Das mochte sein. Aber nicht die Zeiten, nur die Menschen änderten sich.

Nach Mariechens Geburt hatte Franziska ihre Arbeit in der Villa Schopf aufgegeben. Gottfried hatte durch Vermittlung seines Vaters eine gute Stelle bei den Stadtwerken in Grevingen gefunden. Sie verdiente nur noch mit Rübenvereinzeln und Spargelstechen etwas dazu. Seitdem rührte ihre Schwiegermutter kaum noch einen Finger und verstand sich prächtig darauf, ihre Faulheit in Lobhudeleien zu verpacken. Franziska hatte immer die flinkeren Finger und die besseren Augen.

Ein paar Tage im Krankenhaus, sich von den barmherzigen Schwestern noch ein Weilchen umsorgen und aufpäppeln lassen, das bekäme ihr bestimmt nicht schlecht, dachte Franziska. Gottfried meinte das auch. Die Hebamme, die schon Mariechen auf die Welt geholt hatte, sah es ebenso und schlug vor: «Schick deine Schwiegermutter vorbei, wenn es tagsüber losgeht, Franziska. Dann hol ich dich ab, du kannst mit mir fahren.»

Es ging am frühen Vormittag los, aber ihre Schwiegermutter schickte Franziska nicht. So weit wohnte die Hebamme nicht entfernt, dass sie das Stück nicht noch selbst hätte gehen können. Ehe sie das Haus verließ, nahm sie Mariechen zum letzten Mal auf den Arm, küsste zum allerletzten Mal die weiche, rosige Wange und sprach ein paar tröstende Worte, weil das Kind, so gar nicht seinem Wesen entsprechend, zu weinen begann.

Als hätte Mariechen geahnt, was ihr bevorstand, wollte sie mit Franziska gehen, klammerte sich an deren Hals und begriff nicht, warum ihre Ärmchen gelöst wurden, warum sie bei der Oma bleiben musste, während Mama irgendwo ein Brüderchen oder Schwesterchen abholte.

Auf den vier Kilometern Landstraße nach Grevingen, damals noch eine Allee, wurde auch Franziska ganz mulmig. Das hatte jedoch nichts mit einer bösen Vorahnung zu tun. Obwohl ihr der tränenreiche Abschied schwer auf den Magen drückte und Mariechens Schluchzer ihr die Kehle eng machten, lag es hauptsächlich am Fahrstil der Hebamme. Die fuhr einen nagelneuen

Borgward Isabella. Ein schickes Auto. Aber Franziska war Autofahren nicht gewöhnt, zügiges auf einer von Bäumen gesäumten Straße schon gar nicht. Ihr war sehr übel, als sie beim Krankenhaus ankamen. Wehen hatte sie auch keine mehr.

Dann lag sie im Kreißsaal, ging zeitweise hin und her, um die Wehentätigkeit wieder anzuregen. Die Hebamme strickte derweil einen Pullover und erzählte aus ihrem Berufsalltag: «Letzte Woche hatte ich eine hier, die wusste offenbar noch nicht, dass Waschen der Gesundheit überhaupt nicht schadet. Die musste ich erst in die Badewanne stecken, ehe ich einen Arzt dazurufen konnte. Unzumutbar, sag ich dir. – Soll ich dir ein Bad einlassen?»

«Ich hab mich aber gewaschen», glaubte Franziska sich rechtfertigen zu müssen.

«Sicher», sagte die Hebamme. «So war das auch nicht gemeint. Hier gibt es nur immer heißes Wasser, das könnte die Sache vorantreiben. Sonst läufst du morgen noch herum.»

Und während Franziska in die Wanne stieg, sich vorsichtig im heißen Wasser ausstreckte – ein Luxus, den es zu Hause nicht gab –, ging ihre Schwiegermutter in den Garten. Später hieß es, sie hätte nur schnell einen Kopfsalat fürs Abendessen geholt. Und Franziska hätte geschworen, dass sie ein längeres Schwätzchen mit der Nachbarin gehalten hatte. Mit der zweiten Niederkunft gab es doch ein interessantes Gesprächsthema.

Mariechen nahm sie selbstverständlich mit, achtete aber kaum darauf, ob das Kind sich etwas in den Mund steckte. Die Blüten oder Blätter der Tollkirsche aus Nachbars Garten zum Beispiel oder den Goldregen. Es gab keinen Zaun auf der Grundstücksgrenze, und bei den Nachbarn wuchs einiges, was hübsch aussah, ein kleines Kind aber schnell unter die Erde bringen konnte.

Den Goldregen könne man theoretisch ausschließen, sagte der Dorfarzt später. Wenn Mariechen davon etwas geschluckt hätte, hätte sie anschließend erbrochen. Das wäre ihrer Großmutter keinesfalls entgangen. Und Gottfrieds Mutter schwor Stein und Bein, es sei nichts passiert, was sie zu der Vermutung hätte bringen können, Mariechen sei nicht völlig gesund. Doch das glaubte Franziska ihr nie.

Als Gottfried und sein Vater von der Arbeit kamen, lag Mariechen im Bett. Sie sei quengelig gewesen, weil sie sonst immer am Rockzipfel ihrer Mutter hing und Franziska sie nicht habe mitnehmen können, hörte Gottfried von seiner Mutter. Er ging zwar sofort ins Schlafzimmer, in dem auch das Kinderbett stand. Doch die Gardinen waren zugezogen. Und Gottfried machte kein Licht.

Da Mariechen dem Anschein nach fest schlief, wollte er sie nicht aufwecken. Ihm kam auch nicht der Gedanke, ihr eine Hand auf die Stirn zu legen oder gar nach ihrem Puls zu tasten. Er nahm nur leise ein frisches Hemd aus dem Schrank, schlich auf Zehenspitzen wieder hinaus auf den Flur, zog sich dort um und schwang sich draußen aufs Fahrrad. Verständlicherweise zog es ihn ins Krankenhaus, wo er noch gute zwei Stunden vor dem Kreißsaal warten musste, ehe seine zweite Tochter ihren ersten Schrei tat.

Zu dem Zeitpunkt schrieb der Dorfarzt bereits den Totenschein für Mariechen aus. Sie war wohl schon tot gewesen, als Gottfried das frische Hemd aus dem Schrank genommen hatte. Sein Vater hatte kurz darauf festgestellt, dass die Kleine nicht mehr atmete. Warum der, kaum dass Gottfried aus dem Haus war, das Schlafzimmer von Sohn und Schwiegertochter betreten hatte, um einen Blick ins Kinderbett zu werfen, darüber wurde nie offen gesprochen, es kamen immer nur Ausflüchte. Deshalb war Franziska sicher, dass ihre Schwiegermutter ihm gesagt hatte, dass mit Mariechen etwas nicht stimmte.

Gottfried kam erst gegen elf Uhr nachts aus Grevingen zurück, glücklich und erleichtert, dass Franziska es überstanden hatte und Mutter und Kind wohlauf waren. Er wollte seinen Eltern nur Bescheid sagen und dann ins Bett. Doch in der Nacht machte im Hause Welter keiner mehr die Augen zu.

Sie saßen zu viert in der guten Stube, als Gottfried hereinkam. Seine Mutter mit verheultem Gesicht, am ganzen Körper zitternd, als erwarte sie das Jüngste Gericht. Sein Vater mit starrer Miene und mahlenden Kiefern. Der Arzt druckste herum, weil er auf dem Totenschein die Darmgrippe als Ursache angegeben hatte. Und die war es ganz bestimmt nicht gewesen.

Der Vierte im Bund war der Pfarrer. Gottfrieds Mutter hatte ihn alarmiert und unter Tränen um ein paar Sakramente angefleht. Die hatte er dem kleinen Leichnam leider nicht mehr spenden können. Nun hoffte er inständig, dass der Allmächtige sich dennoch barmherzig zeigte und die unsterbliche Seele des Kindes nicht bis zum Jüngsten Gericht im Fegefeuer schmoren ließ, um sie dann in die Hölle zu verbannen.

Das war 1956 noch wichtiger, als der tatsächlichen Todesursache auf den Grund zu gehen und die Schuldigen zur Rechenschaft zu ziehen. *Der Herr hat's gegeben, der Herr hat's genommen. Lasst euch das eine Lehre sein und euer zweites Kind taufen. Und holt euch endlich den Segen der heiligen Mutter Kirche für eure Ehe.*

Gottfried dachte nicht daran, er war so außer sich, dass er den Pfarrer hinauswarf und seiner Mutter anschließend an die Gurgel wollte. Sein Vater und der Arzt hielten ihn mit Mühe zurück. Sein Vater brachte die völlig verstörte Frau hinauf, der Arzt redete beschwichtigend auf Gottfried ein und erbot sich, es Franziska so schonend wie nur möglich beizubringen. Davon wollte Gottfried ebenso wenig hören wie vom himmlischen Reich. Es Franziska beizubringen sei seine Aufgabe, meinte er. Er wusste nur nicht, wie er die bewältigen sollte.

Am nächsten Vormittag nahm er sich frei, um die amtlichen Formalitäten zu erledigen. Dabei kam ihm die vermeintlich gute Idee, den Verlust für Franziska ein wenig erträglicher zu machen. Vielleicht war es aber auch eine Trotzreaktion gegenüber dem Pfarrer. Ursprünglich hätte die zweite Tochter Silvia heißen sollen, den Namen hatte Franziska am vergangenen Abend vorgeschlagen. Nun gab es noch ein Kind der Sünde mit Namen Maria.

Wie hätte das für Franziska ein Trost sein können? Sie war nicht imstande, das Neugeborene noch einmal in den Arm zu nehmen, geschweige denn, es zu versorgen. Sie konnte den Säugling nicht einmal mehr anschauen und bekam einen Schreikrampf, als eine Krankenschwester von der *kleinen Marie* sprach. Deshalb wurde das Kind fortan Ria genannt.

Zwei Tage nach Mariechens Tod verließ Franziska das Krankenhaus – gegen den Rat des Arztes und ohne Ria. Sie ging zu Fuß nach Garsdorf, weil sie Mariechen vor der Beerdigung unbedingt noch einmal sehen musste. Sonst hätte sie es doch gar nicht glauben können.

Ria blieb noch eine volle Woche in der Obhut der barmherzigen Schwestern. Die Hebamme holte sie schließlich heim und übergab sie Gottfrieds Mutter. Die schob das Kinderbett notgedrungen in ihr Schlafzimmer und rannte um einen Liter Milch zum nächsten Bauern, weil Franziska nicht mehr stillen konnte. Bei ihr war der Fluss versiegt, als hätte jemand die Quelle zugemauert.

Ihre Schwiegermutter zerfloss in Fürsorge und rührendem Eifer, als ließe sich damit etwas gutmachen. Nebenher lief sie sich ein Bein aus zur Kirche. Mit den Kerzen, die sie vor dem Marienaltar anzündete, hätte man die ewige Finsternis ausleuchten können. Nur nicht die Dunkelheit, die sich über Franziska gelegt hatte.

Es zog sie täglich zum Friedhof. Da mochte es wie aus Kübeln gießen, die Sonne vom Himmel brennen, dass man Kopfschmerzen bekam, oder frieren, dass die Tränen im eisigen Wind wie scharfe Klingen in die Wangen schnitten – Franziska brauchte das. Jeden Tag. Mindestens eine halbe Stunde Zwiesprache mit ihrem Mariechen.

In den ersten Jahren konnte sie nur um Verzeihung betteln, um Verständnis für ihren Entschluss, das zweite Kind im Krankenhaus zu gebären, für ihre Bequemlichkeit und den Egoismus, sich ein paar Tage von den barmherzigen Schwestern verwöhnen zu lassen, für die Tatsache eben, dass sie nur ein Mensch war.

Irgendwann im siebten Jahr fing sie an, dem Fleckchen Erde zu erzählen, was ihr so durch den Kopf ging und das Herz schwermachte. Und da kam mit der Zeit einiges zusammen.

Ihre Schwiegermutter wurde auch nicht damit fertig, dass ihre Unaufmerksamkeit oder Nachlässigkeit zu Mariechens Tod geführt hatte. Eine Zeitlang hielt Gottfrieds Mutter sich mit der Fürsorge für die zweite Enkeltochter und mit Besuchen in der Kirche seelisch über Wasser. Aber Ria wuchs heran, brauchte mit sieben, acht Jahren keine ständige Aufsicht mehr, wollte gar nicht bei jedem Schritt ins Freie an die Hand genommen werden und gewiss nicht jeden Tag mit ihrer Oma zur Kirche gehen und stundenlang beten.

Von da an verfiel Gottfrieds Mutter zusehends. Man konnte wirklich zuschauen, wie sie ihrem Grab entgegenschritt. Von Woche zu Woche wurde sie wunderlicher und vergesslicher. Dachte nicht daran, sich zu waschen und eine Strickjacke überzuziehen, wenn sie bei kühler Witterung zur Kirche ging. Immerzu musste Franziska sie erinnern, zu essen und zu trinken. Am Ende vergaß sie ihren eigenen Namen und das Atmen. Das war 1966, Ria war zehn Jahre alt.

Der Schwiegervater überlebte seine Frau nur ein knappes

Jahr. Er hatte nach Mariechens Tod eine regelrechte Manie für die Gartenarbeit entwickelt. Doch nachdem er seine Frau verloren hatte, wollte sein Herz nicht mehr so wie er. Schließlich musste der Arzt ihm jede körperliche Anstrengung verbieten. Ein paar Wochen lang scharwenzelte er noch jeden Abend den Gartenweg hinauf und hinunter. An einem Abend im März 1967 kam er nicht zurück ins Haus. Ria fand ihn auf der Grundstücksgrenze liegend, etwa an dem Platz, an dem 1956 der Goldregen gestanden hatte.

In den darauffolgenden fünf Jahren verausgabte Gottfried sich mit Umbauen und Modernisierungen am Haus und regte sich nebenher über Ria auf. Zeitweise war sein Blutdruck astronomisch hoch. Mehr als einmal befürchtete Franziska, er bekäme einen Schlaganfall, nur wegen Ria.

Ihre jüngste Schwester Martha nannte Ria mal einen Nestflüchter. Das traf es auf den Punkt. Ein paar Wochen nachdem sie die Leiche ihres Großvaters im Garten entdeckt hatte, riss Ria zum ersten Mal aus, nur für eine Nacht, als wolle sie bloß feststellen, ob's ihren Eltern auffiel.

Gottfried fuhr stundenlang herum und suchte sie, ohne Erfolg. Er machte sich Vorwürfe, weil er glaubte, Ria habe einen furchtbaren Schreck bekommen, als sie ihren Opa im Garten liegen sah und feststellen musste, dass er nicht mehr lebte. Man hätte anschließend mit Ria über Tod und Trauer, Verlust und Schmerz reden müssen, meinte Gottfried. Als er gegen Mitternacht zur Polizeiwache nach Grevingen fuhr und den Beamten ein Foto von Ria brachte, wünschte Franziska sich, sie hätte ebenfalls Angst um ihr Kind haben können. Aber sie fühlte absolut nichts.

Am nächsten Morgen kam Ria von alleine zurück. Sie roch nach Zigaretten und Bier. Gottfried ging vor Wut die Wände hoch, schlug sie grün und blau, weil sie partout nicht sagen wollte, wo sie sich herumgetrieben hatte. Bis auf die Knochen blamiert fühlte er sich, weil er die Polizei um Hilfe gebeten hatte. Und kurz nachdem er sich abreagiert hatte, standen zwei Beamte vor der Tür und wollten wissen, ob Ria inzwischen heimgekommen sei. Franziska rief ihre Tochter herunter. Und Gottfried musste gestehen, dass Ria nicht etwa während ihrer Abwesenheit so fürchterlich verprügelt worden, sondern dass ihm die Hand ausgerutscht war.

Die Polizisten zeigten Verständnis für den ohnmächtigen Zorn eines Vaters. Gottfried handelte sich nicht auch noch eine Anzeige wegen Körperverletzung ein, musste sich nur eine Ermahnung anhören und zügelte fortan seinen Jähzorn. Wenn es ihn danach in den Fäusten juckte, rannte er lieber den Gartenweg rauf und runter. Und das tat er verflucht oft.

Mit vierzehn, fünfzehn wurde Ria regelmäßig in einer Diskothek in Grevingen aufgegriffen, in der hauptsächlich belgische Soldaten verkehrten. Zu der Zeit gab es in der Gegend ringsum noch mehrere Nato-Stützpunkte mit Raketensilos und Kasernen, in denen auch amerikanische Soldaten stationiert waren. Die verbrachten ihre Freizeit aber lieber in einem Club mit Türsteher. Da wäre ein Mädchen in Rias Alter nie hineingekommen. In der Diskothek wurden die Ausweise nicht an der Tür kontrolliert, da schaute nur regelmäßig die Polizei nach dem Rechten und sammelte alles ein, was unter achtzehn war.

Franziska hatte den Verdacht, dass Ria es darauf anlegte, erwischt zu werden. Jedes Mal musste Gottfried sie anschließend auf der Wache abholen, platzte beinahe vor Wut und musste an sich halten, sie nicht wieder zu verprügeln. Dass Ria mit ihrem Verhalten keineswegs völlig aus der Art schlug, wollte er nicht wahrhaben. War er in seiner Jugend nicht genauso rebellisch gewesen und hatte sich von den Alten keine Vorschriften machen lassen?

«Das kannst du doch nicht vergleichen», widersprach Gottfried immer, wenn Franziska auf seine rebellische Ader verwies.

«Das war eine andere Zeit. Ich war ein paar Jahre älter als Ria. Und ich war ein Mann, dem niemand an die Wäsche wollte.»

Wie recht ihr Vater mit seinen Befürchtungen hatte, erfuhr Ria mit siebzehn. Da entging sie beim Trampen nur knapp einer Vergewaltigung, zog aber daraus keine Lehre.

Kaum war 1975 die Volljährigkeit auf achtzehn herabgesetzt worden, packte Ria ein paar Sachen, stahl Franziska das Haushaltsgeld aus dem Schrank und machte sich aus dem Staub. Ein volles Jahr lang trieb sie sich in der Weltgeschichte herum. Gelegentlich rief sie daheim an und bat um Geld für eine Fahrkarte Richtung Heimat, postlagernd bitte. Franziska schickte ihr jedes Mal etwas und hatte deswegen oft genug Krach mit Gottfried.

Wer nicht heimkam, war Ria. Ob sie für das Geld tatsächlich Fahrkarten oder sonst etwas kaufte, wusste nur sie allein. Sie lebte nach der Devise, Arbeit sei etwas für Hirnamputierte. Man kam auch ohne durchs Leben. Aus den Lebzeiten ihrer Großmutter hatte sich ihr der Spruch von den Vöglein auf dem Felde eingeprägt. «Sie säen nicht, sie ernten nicht, und Gott, der Herr, ernährt sie doch.» Nach Hause kam Ria erst, als sie voller Läuse war und eine Gelbsucht hatte. Da war sie zwanzig und musste für zwei Wochen ins Krankenhaus. Danach verschwand sie erneut.

Zu der Zeit kam in Garsdorf das Gerücht auf, Helene Junggeburt sei an Krebs erkrankt. Sie habe einen kürbisgroßen, bösartigen Tumor im Leib und verweigere die ärztliche Behandlung. Ihr Bauch sei aufgebläht wie ein Ballon, ansonsten sei sie nur noch Haut und Knochen.

Franziska hörte das wie vieles andere von ihrer jüngsten Schwester Martha, die in die Bäckerei Jentsch eingeheiratet hatte. Eine Kundin hatte im Laden erzählt, Helene wäre todkrank. Die Kundin wiederum hatte es von einer Nachbarin erfahren und die von einer Bekannten. Diese Bekannte sollte Helene in Begleitung der Krankenpflegerin auf dem Friedhof getroffen und angeblich sogar ein paar Worte mit ihr gewechselt haben.

Trotz der verschlungenen Wege, die diese Information genommen hatte, zweifelte Franziska nicht am Wahrheitsgehalt. Es waren vier Jahre vergangen, seit Helene ihre über alles geliebte Alexa hatte begraben müssen. Seitdem hatte Franziska sie nicht mehr gesehen. Mit Ausnahme des Besuchs am Krankenbett, nachdem Helene sich mit Schlaftabletten das Leben hatte nehmen wollen. Nach den nächsten beiden Versuchen mit dem Rasiermesser und dem Auto war Franziska ja nicht mehr ins Haus gelassen worden, wenn sie Helene besuchen wollte.

Aber es war einleuchtend, dass es Helene ebenso zu ihrer Tochter zog wie Franziska zu Mariechen. Dass sie sich bisher auf dem Friedhof nicht begegnet waren, bedeutete nichts. Der Tag hatte schließlich mehr als nur eine halbe Stunde.

Von der Kinderecke aus hatte Franziska die große Grabstelle der Familie Schopf-Junggeburt mit dem monumentalen Stein sehr gut im Blick. Das Eckgrab war stets tipptopp gepflegt, darum kümmerte sich die Gärtnerei Wilms. Das hatte Franziska schon mehrfach beobachtet.

Wenn sie erst am späten Nachmittag zu Mariechen ging, war ihr verschiedentlich Albert Junggeburt aufgefallen, der um die Zeit wohl in der Brauerei Feierabend hatte und seiner Schwester frische Blumen brachte oder ein neues Öllicht in die Grableuchte stellte. Es brannte immer eins. Und dass Albert täglich kam, um eine ausgebrannte Hülle gegen einen frischen Vierundzwanzigstundenbrenner zu tauschen, konnte Franziska sich nicht vorstellen. An den eisernen Heinrich dachte sie in dem Zusammenhang gar nicht. Sie war überzeugt, dass Helene das tat.

Vermutlich kam Helene erst nach Einbruch der Dunkelheit.

Wenn sie von ihrem dritten Selbstmordversuch mit dem Auto so schwer entstellt war, wie allgemein behauptet wurde, wenn sie im Rollstuhl saß, die Beine und ihr Augenlicht verloren hatte, war es ihr vermutlich unangenehm, gesehen zu werden.

Aber Helene saß weder im Rollstuhl, noch war sie erblindet, wie Franziska im März 1977 feststellte. Dass die Leute auch immer so übertreiben mussten. Als ob die nackten Tatsachen nicht schlimm genug gewesen wären!

Franziska setzte an dem Tag eine Azalee in das Fleckchen Erde, das Mariechens sterbliche Überreste aufgenommen hatte. Erde zu Erde. Wahrscheinlich war längst nichts anderes mehr da unten. Und höchstwahrscheinlich würde auch diese Azalee so groß werden wie die vorherigen. Wenn sie die Einfassung überwucherte, musste Franziska sie wieder ausgraben und in den Garten setzen. Da standen schon einige, obwohl es angeblich Unglück bringen sollte, etwas von den Toten zu nehmen und bei den Lebenden einzupflanzen.

Als sie den Blick hob, sah sie das schwarz gekleidete Klappergestell wie traumverloren über den roten Splittweg herankommen. Ein Hut mit Schleier verdeckte das Gesicht. Dass es Helene war, erkannte Franziska erst, als sie selbst bemerkt und der Schleier gehoben wurde.

Sie tauschten ein paar Floskeln. *Lange nicht gesehen. Schönes Wetter heute. Wie geht's dir? Danke, gut, und dir? Ich kann nicht klagen.* Nur nicht am Schmerz rühren. Helene sprach, als sei sie betrunken oder von Medikamenten benommen. Der dritte Selbstmordversuch hatte unübersehbare Spuren in ihrem Gesicht hinterlassen. Eine tiefe Narbe zog sich quer über die Stirn, eine zweite kerbte die linke Wange ein, eine dritte teilte das Kinn. Das linke Augenlid hing herab, ebenso der Mundwinkel, als hätte Helene zwischenzeitlich noch einen Schlaganfall erlitten. Genauso gut konnten es Folgen der Verletzungen sein, durchtrennte Nerven womöglich.

Franziska war jedenfalls sehr erschrocken, nicht nur wegen des entstellten Gesichts. Helenes Körper schien das jüngste Gerücht zu bestätigen. Abgesehen vom ballonartig aufgetriebenen Leib war sie tatsächlich nur noch Haut und Knochen.

Dass Helenes Bauch von etwas anderem als einer bösartigen Krebsgeschwulst aufgetrieben sein könnte, auf den Gedanken wäre Franziska von allein nie gekommen. Auch das erzählte ihr zwei Tage später ihre jüngste Schwester. Martha hatte es ihrerseits unter dem Siegel der Verschwiegenheit von einer Kundin erfahren, deren Schwiegertochter in der Grevinger Apotheke arbeitete, in der Rezepte für Helene eingelöst wurden. In letzter Zeit hauptsächlich Eisen-, Vitamin- und Kalziumpräparate. Antidepressiva nähme Helene seit Monaten nicht mehr, auch keine Schmerz- oder Schlaftabletten, war Martha anvertraut worden.

Auf Anhieb konnte Franziska nicht glauben, dass Helene schwanger sein sollte. Mit achtundvierzig? Ende der siebziger Jahre brachte man in dem Alter freiwillig keine Kinder mehr zur Welt. Man steuerte aufs Klimakterium zu und bekam Enkel. Oder fürchtete, bald Enkel zu bekommen, weil die Tochter sich mit allerlei Gesindel herumtrieb und den Heimweg nur fand, wenn es ihr richtig dreckig ging.

Franziska glaubte es nicht einmal sofort, als zwei Monate später bekannt wurde, dass Helene in einer Kölner Klinik von einem zweiundfünfzig Zentimeter großen und gute sieben Pfund schweren Baby entbunden worden war. Leider kein Mädchen, wie sie wohl sehnlich gehofft hatte. Aber der Junge war gesund, und das sei die Hauptsache, fanden alle.

Gottfried hörte es beim sonntäglichen Frühschoppen in der Kneipe. Als er heimkam, wollte er sich immer noch ausschütten vor Lachen. «So viel zum Tumor», sagte er, nachdem er sich wieder einigermaßen beruhigt hatte. «Da soll noch mal einer behaupten, der eiserne Heinrich hätte Helene nur wegen der Brauerei geheiratet. Wenn dem so wäre, hätte er sie doch in die ewigen

Jagdgründe ziehen lassen können, statt sein bestes Stück noch mal aus der Mottenkiste zu kramen. Es muss ihn ziemliche Überwindung gekostet haben. Eine Schönheit ist Helene wohl nicht mehr. Als sexbesessen konnte man Heinrich auch nie bezeichnen. Und nach einem Mal war der Braten kaum in der Röhre.»

Franziska schüttelte nur den Kopf zu Helenes später Niederkunft. In dem Alter noch ein Kind, wer sich das aus eigenem Entschluss antat, musste den Verstand verloren haben.

Helene hatte ihn verloren. Doch das wurde Franziska erst so richtig klar, als sie fünf Jahre später, an dem Mittwoch im Dezember 1982, mit eigenen Augen sah, was ihr bis dahin nur gerüchteweise zu Ohren gekommen war: dass Helene ihren Jüngsten ausstaffierte wie ein Mädchen und dass sie den Jungen, der auf den Namen Alexander getauft worden war, beim selben Namen nannte wie die verstorbene Tochter – Alexa.

Einen Satansbraten (wie während seiner Schulzeit) oder Teufel in Menschengestalt (wie nach Janice Hecklers Tod) nannte ihn zu der Zeit noch niemand. Im Gegenteil, der kleine Alexander wurde allgemein bedauert. Und manch einer warf die Frage auf, warum der eiserne Heinrich nicht durchgriff und Helene den Kopf zurechtsetzte. Wohin sollte das denn führen, was sollte aus dem armen Jungen werden?

Herbst 2010

Er wusste, wie sie in dem Kaff über ihn dachten, dass sie ihn für eine Ausgeburt der Hölle hielten. Wahrscheinlich war er eine. In den letzten sechs Jahren hatte er sich das jeden Tag vor Augen gehalten.

Am letzten September wurde er aus der JVA Ossendorf entlassen, nachdem er zwei Drittel seiner Strafe verbüßt hatte. Die restlichen drei Jahre waren zur Bewährung ausgesetzt worden. Seine Anwältin holte ihn ab, hätte ihn auch nach Hause gefahren. Doch er wollte sich in Köln erst mal neue Klamotten besorgen, unter anderem eine schicke Lederjacke, wie er mit zwanzig eine besessen hatte. Die zog er auch sofort an.

Und zwei Paar Schuhe, eins zum Laufen. Das hatte er sich fest vorgenommen: laufen, wohin und wann immer er die Lust dazu verspürte, und wenn's um drei Uhr nachts war. Die Schuhe waren nicht billig, aber Geld war für ihn kein Problem. Das war es nie gewesen, nicht mal im Knast, dafür hatte seine Mutter gesorgt.

Als sie die Brauerei auf seinen Bruder überschrieben hatte, war Alex zwanzig gewesen, und kein Mensch hatte mehr erwartet, er könne sich noch zu einem brauchbaren Mitglied der Gesellschaft entwickeln. Sein Vater war immer nur Geschäftsführer und Platzhalter für Albert gewesen. Und Alex war ein Taugenichts, hatte bereits einen Gebrauchtwagenhändler aus Grevingen auf dem Gewissen. Stecher und Dosenöffner nannte man ihn zu der Zeit in Garsdorf. Doch auch so einer musste von etwas leben.

Deshalb war Albert verpflichtet, sowohl dem eisernen Heinrich als auch dem missratenen Brüderlein jeden Monat einen gewissen Betrag für eine angemessene Lebensführung zu überweisen. Die Summe war abhängig vom Umsatz der Brauerei, nicht etwa vom Gewinn. Damit Albert nicht auf die Idee kam, umfangreiche Modernisierungen vorzunehmen oder Unsummen zu investieren und den *Dosenöffner* am langen Arm verhungern zu lassen, um ihn auf die Weise zur Vernunft zu bringen.

Seit seiner Verurteilung hatte Albert den Unterhalt um die entstandenen Unkosten gekürzt. Die Anwältin und einiges mehr musste bezahlt werden. Es hatte sich trotzdem ein hübsches Sümmchen auf seinem Konto angesammelt.

Ein billiges Kartenhandy gönnte Alex sich auch und bestand darauf, dass es sofort für eine Stunde an den Strom gehängt wurde. In der Zeit kaufte er anderswo noch ein paar Kleinigkeiten. Als er das Teil wieder in Empfang nahm, fühlte er sich einigermaßen gewappnet, konnte notfalls Frau Doktor Brand erreichen. Wen er sonst anrufen sollte, wusste er nicht.

Seine Mutter lag seit sechs Jahren bei ihren Eltern und der unersetzlichen Alexa. Der eiserne Heinrich war ihr vor zwei Jahren gefolgt. Seitdem war die Villa Schopf unbewohnt, und laut dem Testament seiner Mutter gehörte sie ihm. Albert verwahrte die Schlüssel, doch bei dem meldete er sich lieber nicht an.

Vor seiner Inhaftierung hatte er nur wenig, in den letzten Jahren gar keinen Kontakt mehr zu seinem Bruder und dessen Familie gehabt. Wichtige Nachrichten wie der Tod seines Vaters und der Termin für die Beisetzung waren ihm durch die Anwältin übermittelt worden. Nun hoffte er, dass seine Schwägerin zu Hause war und er die Schlüssel zur Villa in Empfang nehmen konnte.

Es wäre ihm lieber gewesen, Frau Doktor Brand hätte ihm den Weg abgenommen. Aber sie fand, es sei seine Familie und seine Sache. Sie hatte ihnen den Entlassungstermin mitgeteilt, aber leider eine falsche Ankunftszeit genannt, weil sie nicht erwartet hatte, dass er sich sofort ins Getümmel stürzen und zuerst einen Großeinkauf machen wollte.

Nachdem Greta Brand ihn zweimal beim Freigang begleitet hatte, war sie zu der Ansicht gelangt, er sei menschenscheu und misstrauisch geworden. Sie hatte ihn sogar ermahnt, sich nicht in der Villa zu verkriechen. Er war doch jetzt wieder ein freier Mann in einem freien Land. In einem Rechtsstaat gelte jede Schuld nach Verbüßung der Strafe als getilgt, hatte sie gesagt.

Dass er für den Gebrauchtwagenhändler überhaupt nicht

und für Janice Heckler nicht zu Ende gebüßt hatte, nahm die Anwältin nicht so wichtig. Sie meinte, er verdiene wie jeder andere die Chance, sein Leben nun nach seinen Vorstellungen zu gestalten. Schöne Worte. Er wollte sie beherzigen, vor allem den letzten Satz, auch wenn er noch nicht die leiseste Vorstellung von der zukünftigen Gestaltung seines Lebens hatte.

Mit der S-Bahn fuhr er nach Grevingen. War ein komisches Gefühl. Er erinnerte sich unweigerlich an frühere Fahrten beziehungsweise die Ankunft. Damals war er beim Bund gewesen, auch immer erst weit nach Mittag angekommen mit einer großen Segeltuchtasche in Natooliv. Jetzt trug er ein halbes Dutzend Plastiktüten mit Markenlogos, in denen seine Neuerwerbungen verstaut waren.

Die Reisetasche mit den wenigen Habseligkeiten, die er in der Zelle bei sich gehabt hatte, war im Wagen der Anwältin zurückgeblieben. Die wollte er sich irgendwann nächste Woche abholen. Wenn Frau Doktor sie ihm bis dahin nicht vorbeibrachte. Er war ziemlich sicher, dass sie bald bei ihm auftauchen würde, um sich persönlich davon zu überzeugen, dass es ihm gutging und er unbehelligt von einer möglicherweise aufgebrachten Dorfbevölkerung eine ruhige Kugel schieben konnte. Greta Brand hatte einen Narren an ihm gefressen, das stand fest.

Die S-Bahn-Station hatte sich während seiner Abwesenheit nicht verändert, wenn man davon absah, dass die Unterführung, die von Gleis 3 zum Vorplatz führte, vergammelter und beschmierter und der Parkplatz erweitert worden war. Er warf einen kurzen Blick hinüber und schätzte, dass doppelt so viele Autos dort standen wie früher.

Dann konzentrierte er sich auf die Leute, die mit ihm aus der Bahn stiegen. Eine Horde Frauen mittleren Alters, zwei Rentner und ein paar Jugendliche. Bekannte Gesichter waren nicht dabei. Ihn schien auch keiner zu kennen. Und da kein M auf seinem Lederjackenrücken stand, schenkte ihm niemand besondere Beachtung. Mit den Tüten sah er aus wie einer, der sich in Köln für Herbst und Winter eingekleidet hatte.

Die Leute zerstreuten sich rasch. Die Jugendlichen liefen zu den Bushaltestellen gegenüber dem alten Bahnhofsgebäude, das seit langem nicht mehr genutzt wurde und deutliche Zeichen von Verfall zeigte. Die beiden Männer und einige Frauen gingen zum Parkplatz, fünf oder sechs steuerten *Heikes Kaffeebüdchen* an.

Er schlug einen weiten Bogen um das Blockhaus mit der großzügig verglasten Vorderfront. Vor ewigen Zeiten war das eine stinknormale Imbissbude gewesen. Dann hatte Heike Jentsch, die Nichte von Franziska Welter, den heruntergekommenen Schuppen übernommen und ihr blitzsauberes Büdchen daraus gemacht.

Seitdem gab es an der S-Bahn-Station keine fettigen Pommes und keine Würste mehr, bei denen kein Mensch wusste, was drin war. Heike verkaufte stattdessen lecker und appetitlich belegte Brötchen, eine breite Palette von Süßigkeiten, Kaffee in verschiedenen Variationen, Tee, Kakao, Milch und Kaltgetränke in Dosen oder Tetrapacks.

Ab Mittag war zusätzlich Kleingebäck im Angebot. Das stammte wie die Brötchen aus der elterlichen Bäckerei in Garsdorf, die seit Jahren Heikes Bruder führte, unterstützt von einem Gesellen und einem Lehrling. Der alte Jentsch ging auf die siebzig zu, stand aber wahrscheinlich immer noch regelmäßig mit in der Backstube. Solche wie der kannten keinen Ruhestand.

Offiziell geöffnet war *Heikes Kaffeebüdchen* von halb sechs in der Früh bis um sechzehn Uhr. Aber so genau nahm das niemand. Nachmittags blieb die Tür auf, bis das letzte Plunderteilchen oder Brötchen verkauft war. Das konnte auch schon mal um halb vier der Fall sein. Zum Ausgleich bekamen Berufstätige, die frühmorgens mit der ersten Bahn zur Arbeit fuhren, schon um Viertel nach fünf einen frisch aufgebrühten Kaffee und ein von Heike eilig geschmiertes Brötchen, Polizisten auf Streife, die das Ende ihres Nachtdienstes herbeisehnten, ebenso. Heike kannte fast alle, die in der Grevinger Wache ihren Dienst versahen.

Ihn kannte sie natürlich auch und musste ihn nicht gleich bei seiner Ankunft zu Gesicht bekommen. Denn es war ihre Aussage gewesen, die vor sechs Jahren zu seiner Verurteilung geführt hatte. Und nach der Urteilsverkündung hatte er ihr prophezeit, das werde ihr noch leidtun.

Er spielte kurz mit dem Gedanken an ein Taxi. Das Wetter lud nicht unbedingt zu einem längeren Spaziergang ein. Der Himmel war eine Palette unterschiedlicher Grautöne, die Luft so diesig, dass sie sich wie ein feuchter Lappen aufs Gesicht legte. Und er hatte einiges zu schleppen. Aber er sehnte sich nach Bewegung an frischer Luft. Es hätte ihm nichts ausgemacht, an der Greve entlang bis nach Garsdorf zu laufen.

Doch zuerst musste er zu dem Prachtbau am Stadtrand von Grevingen, den Albert für sich und die Seinen in die Landschaft hatte stellen lassen. Seine Schwägerin war daheim und allein. Die Putzhilfe hatte sich wohl gerade erst verabschiedet. Der Fußboden in der Diele sah aus wie geleckt. Seine Schuhe hinterließen nach dem Marsch auf den Straßen hässliche Spuren.

Vielleicht war Cecilia nur deshalb nicht erfreut, ihn zu sehen. Vielleicht war sie auch verärgert, weil sie den halben Tag umsonst auf ihn gewartet hatte. Oder sie befürchtete wegen all der Tüten, er wolle sich in ihrem trauten Heim einquartieren und ihre Putzfrau requirieren, um sein Domizil in Garsdorf erst mal wohnlich herrichten zu lassen. Als er nach der knappen Begrüßung sofort die Schlüssel verlangte, hatte Cecilia Mühe, ihre Erleichterung nicht zu offenkundig zur Schau zu stellen.

Sie eilte davon, die Schlüssel lagen schon bereit. Keine zehn Sekunden später war sie wieder da, streckte ihm das Gewünschte entgegen und fragte wohl nur der Form halber: «Brauchst du sonst noch etwas?»

«Ein Kaffee wäre nicht schlecht», antwortete er, um sie aus der Reserve zu locken. «Ein guter, starker Kaffee. Einen Abstecher in *Heikes Kaffeebüdchen* habe ich mir verkniffen. Und die Brühe, die sie im Knast servieren, sieht aus wie Spülwasser und schmeckt auch so ähnlich. Kann ich beurteilen, ich musste mal Spülwasser trinken. Einer wollte mir unbedingt zeigen, wie es sich anfühlt, wenn man mit dem Gesicht ins Wasser gedrückt wird.»

Cecilias Zusammenzucken war nicht zu übersehen, der rasche Blick auf ihre Armbanduhr zu demonstrativ, um ihre folgenden Worte für ehrlich zu halten. «Viel Zeit habe ich leider nicht mehr. Ich mache dir natürlich gerne einen Kaffee – aber wenn ich dich noch nach Garsdorf fahren soll ...»

«Mach dir keine Umstände», sagte er. «Ich muss noch mehr einkaufen. Oder hast du mir den Kühlschrank gefüllt?»

Sie schüttelte den Kopf.

«Dachte ich mir», sagte er. «Putzmittel brauche ich wahrscheinlich auch, oder?» Ihre Antwort wartete er nicht ab, drehte sich auf dem Absatz um und ließ sie mitten in ihrer geleckten Diele stehen.

«Du willst aber doch nicht mit all den Sachen den ganzen Weg zu Fuß ...», hörte er sie im Hinausgehen stammeln. Plötzlich wirkte sie verunsichert und beschämt.

Vielleicht war ihr gerade wieder eingefallen, wie oft sie ihn früher gebraucht hatte. Einer, der wie er gelernt hatte, mit Puppen zu spielen, eignete sich hervorragend als Babysitter. Und er war immer da gewesen, um ihre Brut zu hüten.

Damals hatten seine Nichte und der Neffe ihn heiß und innig geliebt. Seit seiner Festnahme wollten beide nichts mehr mit ihm zu tun haben. Sie waren sofort auf Distanz gegangen, hatten nicht mal den Prozess abgewartet. Dabei hätte es durchaus sein können, dass er freigesprochen worden wäre, weil die Beweise nicht für eine Verurteilung reichten.

Beweise hatten sie doch gar keine gehabt, bloß eine Theorie und die Aussage der Bäckerstochter. Wäre es seiner Anwältin gelungen, Heike Jentsch im Zeugenstand ebenso auseinanderzunehmen wie alle anderen, die sich eingebildet hatten, ihn hinter Schloss und Riegel bringen zu können, hätten sie nichts gegen ihn in der Hand gehabt und ihn freisprechen müssen. Aber zu dem Zeitpunkt war er von den meisten längst für schuldig befunden worden. Seine eigene Familie hatte da keine Ausnahme gebildet, dafür hatte der eiserne Heinrich gesorgt. Für den war er immer untragbar gewesen.

«Nur bis zum Supermarkt», sagte er im Hinausgehen. «Dort ruf ich mir ein Taxi.» Damit zog er die Haustür hinter sich zu und schluckte den Kloß im Hals hinunter. Von Cecilia hatte er ein bisschen mehr erwartet, wenigstens einen Kaffee und vielleicht ein «Tut mir leid, dass ich dich nie in Ossendorf besucht und dir nie geschrieben habe, Alex. Ich wusste einfach nicht, was ich sagen sollte». Das hätte er verstanden. Er hatte auch nicht gewusst, was er noch sagen sollte.

Es gab zwei Supermärkte in Grevingen. Beide lagen in der Innenstadt, wo ihn vermutlich bald irgendwer erkannt hätte. Einerseits reizte es ihn festzustellen, wie die Leute auf seinen Anblick reagierten. Andererseits hatte seine Schwägerin ihm überdeutlich vor Augen geführt, dass ihm keiner vor Wiedersehensfreude um den Hals fallen würde. Das durfte er auch nicht erwarten, was ihm sehr wohl bewusst war. Und er musste es ja nicht gleich darauf anlegen, sich dumm anglotzen oder anfeinden zu lassen.

Der Discounter war anonymer, abgesehen davon billiger und mit einem Hauch von Erinnerungen an unbeschwerte Zeiten behaftet. Der weitläufige Flachbau war vor zehn Jahren zusammen mit anderen Billigläden auf dem ehemaligen Betriebsgelände der Brauerei Schopf entstanden. Gebraut wurde seit langem im Grevinger Gewerbegebiet. Dort hatten sie die Autobahnauffahrt fast vor der Haustür; praktisch für die Lastwagen, die längst nicht mehr nur das gute Schopf-Bier durch die Lande karrten. Nachdem sein Bruder die Brauerei übernommen hatte, waren bald Wellness-Getränke und Bio-Limonade dazugekommen. «Man muss mit der Zeit gehen, sonst geht man unter», hatte Albert gesagt.

Er packte seine Tüten in einen der Einkaufswagen, die man mit einem Euro von der Kette nehmen konnte, lud an Lebensmitteln und Getränken dazu, wonach ihm der Sinn stand. Eine Menge Süßigkeiten, ein paar Fertiggerichte und zwei Flaschen Schopf-Bier, obwohl er sich von Alkohol fernhalten sollte. Darauf hatte die umsichtige Frau Doktor Brand ihn beim Abschied noch einmal ausdrücklich hingewiesen. Aber das Bier war für ihn kein Alkohol, das waren Erinnerungen.

Bei den Putzmitteln beschränkte er sich auf Geschirrspülmittel, eine WC-Ente und Essigreiniger. Eimer, Lappen, Bürsten, Schrubber, Besen und was man sonst zum Saubermachen brauchte, gab es garantiert noch in der Villa. Zu guter Letzt lud er ein Päckchen Waschpulver und einen Weichspüler mit der Duftnote «Blumenwiese» ein.

An der Kasse legte er seine Klamottentüten brav mit aufs Laufband und ließ die Kassiererin einen Blick in jede werfen. Ihr schien diese Kontrolle peinlich. Sie war Mitte zwanzig, ihr Akzent verriet, dass sie aus dem Osten stammte. Vermutlich hatte sie nicht die geringste Ahnung, wer er war. Und er sah mit seinen dreiunddreißig Jahren immer noch aus wie der Dosenöffner vergangener Zeiten, daran hatte der Knast nichts geändert. Allein diese Augen, unter deren Blick Franziska Welter vor achtundzwanzig Jahren auf dem Friedhof erschaudert war. Später war Franziskas Enkeltochter erschaudert, aber aus anderen Gründen.

Nachdem er gezahlt hatte, wies die Kassiererin ihn auf einen Haufen leerer Kartons hin, in denen er alles verstauen könne. Dann wünschte sie ihm noch einen schönen Tag. Und ihre Miene ließ ihn annehmen, dass die Frage, ob sie am Abend schon etwas vorhabe, mit einem erwartungsvollen Nein beantwortet worden wäre. Natürlich fragte er nicht.

Mit dem Einkaufswagen brachte er Kartons und Tüten ins Freie und rief sich ein Taxi. Der Fahrer, ein Inder, half ihm bereitwillig, alles im Kofferraum zu verstauen, und ließ sich erklären, wie er zur Villa Schopf in Garsdorf kam. Während der Fahrt versuchte der Mann, mit ihm ins Gespräch zu kommen. Erzählte, wie lange er schon in Deutschland lebte, dass er zwei Kinder habe und von Beruf eigentlich Koch sei. Alex schwieg. Was hätte er erwidern sollen, den Mann mit seinem Lebenslauf schockieren?

Am Ziel angekommen, probierte der Taxifahrer sein Glück noch einmal. Sämtliche Fensterläden waren geschlossen. Da brauchte es nicht viel Phantasie für die Feststellung, in dem großen Haus sei Platz für eine sehr große Familie, aber es sähe verlassen aus.

«Das täuscht», sagte Alex. «Es ist voller Geister.»

Er entlohnte den Mann mit einem großzügigen Trinkgeld, allerdings kam der nach dem Hinweis auf Geister trotz seiner Neugier nicht auf die Idee, ihm beim Reintragen der Sachen zu helfen.

War vielleicht besser so. Geister putzten nicht und schalteten auch keine Sicherungen ein. Wenigstens das hätte sein Bruder für ihn tun oder veranlassen können, fand er, nachdem er zweimal vergebens auf die Lichtschalter in der Eingangshalle gedrückt hatte.

Albert hatte einen Hausmeisterdienst damit beauftragt, in der Villa nach dem Rechten zu sehen und die Außenanlagen in Schuss zu halten. Das wusste er, weil ihm in den letzten beiden Jahren die Kosten für diesen Dienst vom Unterhalt abgezogen worden waren. Vorher hatte sein Vater dafür blechen müssen. Es hätte Albert nur einen Anruf gekostet, den Leuten Bescheid zu sagen, ab wann das Haus wieder bewohnt wurde. Wahrscheinlich hatte er das sogar getan, aber bloß mitgeteilt, der Besitzer werde dann selbst den Rasen schneiden.

Notgedrungen machte er die erste Runde durchs Erdgeschoss bei weit offener Haustür, um überall die Läden aufzustoßen und auch gleich ein paar Fenster aufzureißen. Dann öffnete er die Kellertür und blickte missmutig in den schwarzen Schacht. Unsicher tappte er hinunter.

Seit er die Kellertreppe zuletzt benutzt hatte, schienen zwei Ewigkeiten vergangen. Von vertrautem Boden konnte man wahrhaftig nicht sprechen. Auf den ersten Stufen gab es dank der aufgestoßenen Läden noch eine schwache Ahnung von trübem Tageslicht, der Rest lag im Dunkeln. Am Fuß der Treppe herrschte völlige Finsternis, und der Keller war verdammt groß.

Zum Glück wusste er noch, wo der Sicherungskasten zu finden war. Den Gang hinunter, dann nach links Richtung Heizung, wo er auch hinmusste. Nach zwei Jahren ohne Leben war das Haus ausgekühlt und klamm wie eine Gruft. Fast eine Viertelstunde brauchte er, ehe er den Strom eingeschaltet und die alte Brikettheizung angefeuert hatte. Zum Glück lag im Nebenraum noch genügend Heizmaterial für die nächsten Wochen.

Wieder zurück im Erdgeschoss, drehte er ein paar Heizkörper auf und machte sich an die Arbeit. Zuerst wusch er den Kühlschrank mit Essigwasser aus, schaltete ihn ein und verstaute auch gleich die Lebensmittel darin, die gekühlt werden mussten. Den Rest trug er in die Speisekammer, ließ aber alles in den Kartons, weil er die Vorratsregale und das ganze Drumherum erst gründlich sauber machen wollte. Die Klamotten aus den Tüten hängte er fürs Erste in die Garderobe, damit sie nicht völlig zerknitterten. Dann kümmerte er sich um einen Schlafplatz.

In seinem früheren Zimmer lag wie überall im Haus der Staub von Jahren. Niemand war auf die Idee gekommen, wenigstens das Bettzeug abzudecken. Aber wer hatte sich denn nach dem Tod seiner Mutter hier noch für irgendetwas zuständig gefühlt?

Albert hatte anscheinend befürchtet, auf den vier Kilometern Landstraße die Orientierung zu verlieren, wenn er mal kontrolliert hätte, ob der Hausmeisterdienst zuverlässig arbeitete. Oder er hatte darauf verzichtet, weil man unweigerlich am Elternhaus von Janice Heckler vorbeimusste, wenn man zur Villa Schopf wollte. Die Breitegasse war eine Sackgasse, sie endete bei der Villa. Das Heckler-Haus stand nur rund hundert Meter entfernt. Und sonst gab es hier draußen nur noch die Lauben in den Schrebergärten zwischen den beiden bebauten Grundstücken.

Es war ein blödes Gefühl, am Heckler-Haus vorbeizufahren. Das hatte er eben im Taxi am eigenen Leib gespürt. Doch ihn plagten auch ganz andere Erinnerungen als Albert, der Janice Heckler gar nicht gekannt hatte.

Der eiserne Heinrich war nach Mutters Tod in Depressionen und Demenz versunken, hatte nur noch mit Hilfe einer Pflegerin den Weg von seinem Schlafzimmer zur Küche gefunden. Weil die gute alte Frau Schmitz längst in Rente gegangen war, hatte die Pflegerin auch den Haushalt geführt, sich aber offenbar nur um Heinrichs Zimmer, sein Bad, ihr Zimmer, ihr Bad, das Fernsehzimmer und die Küche gekümmert.

Im Schlafzimmer seines Vaters lag der Staub nicht ganz so

dick wie in anderen Räumen. Die Bettwäsche im Schrank war bloß an den Faltkanten dunkel geworden. Alex ärgerte sich, weil er nicht daran gedacht hatte, eine neue Garnitur Wäsche zu kaufen. Aber für eine Nacht würde es wohl gehen, ohne dass er sich die Krätze oder sonst etwas holte.

Er wischte und saugte gründlich, bearbeitete auch die Matratze in seinem Bett minutenlang von beiden Seiten mit dem alten Staubsauger, ehe er ein Laken darüberspannte. Außerdem klopfte er am offenen Fenster Kopfkissen und Daunendecke aus und bezog beides.

Dann ging er wieder nach unten, um endlich einen guten, starken Kaffee aufzubrühen und einen Happen in den Leib zu bekommen. Mittags hatte er nichts gegessen, obwohl es in Köln reichlich Auswahl gegeben hätte. Doch da war sein Magen wie zugeschnürt gewesen in Erwartung all der Dinge, die kommen konnten – und bisher ausgeblieben waren. Jetzt war er hungrig.

Der Kaffee, den er sich machte, war schwarz und klebrig wie die Sünde. Er rührte drei Löffel Zucker in jede Tasse, aß eine ganze Schachtel Kekse mit Schokoladenfüllung dazu und dachte an die Reistorte der Bäckerei Jentsch, die seine Mutter so geschätzt hatte. Und dann ärgerte er sich, weil er um das Blockhaus an der S-Bahn-Station einen so weiten Bogen gemacht hatte.

Er hätte *Heikes Kaffeebüdchen* einen Besuch abstatten, ein Hefeteilchen oder ein Plunderstück kaufen und sagen sollen: «Da staunst du, was? Ich bin wieder da. Viel früher als erwartet. Dass so ein Tag kommt, sollte einem eigentlich klar sein, ehe man bei der Polizei und vor Gericht das Maul aufreißt.»

Wahrscheinlich hätte dann bis zum Abend jeder in Garsdorf Bescheid gewusst. Und jeder, der die Lust dazu verspürte, hätte zu ihm herauspilgern, ihm die Fensterscheiben einwerfen oder die Hauswände beschmieren können. Heike hätte die ganze Nacht kein Auge zugetan, vermutlich bei jedem Geräusch in der Grevinger Wache angerufen. Vielleicht hätte sie auch persönlich dort vorgesprochen und darum gebeten, man möge ihn rund um die Uhr überwachen, wie man es anderswo mit entlassenen Sexualstraftätern tat. Weil sie dafür nicht genug Leute hatten, wäre vielleicht hin und wieder ein Streifenwagen vor der Villa aufgetaucht. Vielleicht hätten sie Heike aber auch erklärt, dass sie erst etwas unternehmen konnten, wenn etwas passiert war.

Einigermaßen satt, begab er sich erneut auf Rundgang, stöberte in Winkeln und Ecken, Kisten und Kästen, machte sich wieder vertraut mit dem Haus, in dem er aufgewachsen war.

Im Zimmer seiner Mutter lagen alte Zeitungen mit Berichten über den Leichenfund in der Greve und seine Festnahme. Auf der Truhe vor dem Bett saßen drei Puppen, mit denen zuerst seine verstorbene Schwester und später er gespielt hatte.

Ursprünglich waren es vier Puppen gewesen. Sein Vater hatte ihm mal bei einem Abendessen eine aus dem Arm gerissen und war damit hinausgestürmt zu dem Platz hinter der Garage, an dem das Kaminholz gehackt wurde. Ehe man sichs versah, lag die Puppe auf dem Hauklotz. Der eiserne Heinrich schwang das Beil und schlug ihr den Kopf ab, der über den Rasen kullerte.

Neben dem Klotz brach Mami in die Knie, grabschte nach dem Puppenkopf und jammerte: «Was tust du denn, um Himmels willen? Hast du den Verstand verloren?» Sie bekam gar nicht mit, wie Heinrich ihr Ersatzkind schnappte und dessen Kopf mit einem Griff im Nacken auf den Hauklotz drückte. Wäre Frau Schmitz nicht wie ein geölter Blitz aus der Küche geschossen und Heinrich in den Arm gefallen ... Er war vier oder fünf gewesen, an sein genaues Alter erinnerte er sich nicht, an den Rest umso besser.

In vier staubdichten Schränken auf dem Dachboden hing

und lag alles, wovon seine Mutter sich ebenfalls nicht hatte trennen können. Die komplette Garderobe aus dem letzten Lebensjahr der unersetzlichen Alexa sowie Männersachen von anno dazumal. Die hatten dem Bruder gehört, der laut dem eisernen Heinrich in einem sibirischen Kriegsgefangenenlager verreckt war.

Mutter hatte mal behauptet, Heinrich habe ihren Bruder auf dem Gewissen, und nicht nur den. Heinrich habe kein Herz und keinen Funken Mitgefühl für andere im Leib. Er kenne bloß sich und seinen Vorteil, habe seinen geschwächten Mitgefangenen das Brot geklaut und ihnen nur die wenig nahrhafte Wassersuppe gelassen. Deshalb seien viele an Unterernährung gestorben.

Konnte man das auch Mord nennen? Wenn ja, war es wohl Massenmord gewesen. Und dann musste man sich fragen, was die Garsdorfer vom Sohn eines Massenmörders erwarteten. Es konnte ja nicht jeder eine Brauerei führen.

Zum Abendessen brühte er sich noch einmal extrastarken Kaffee auf. Eine ganze Kanne voll, acht Tassen insgesamt, die er genüsslich eine nach der anderen trank. Trotzdem schlief er die erste Nacht in Freiheit recht gut in der muffigen Bettwäsche eines möglichen Massenmörders, der ihn beinahe geköpft hätte.

Nur einmal wachte er auf, weil der Kaffee auf die Blase drückte. Im ersten Moment hatte er Schwierigkeiten, sich zu orientieren, steuerte eine Zimmerecke an, weil bislang das Klo in der Richtung gestanden hatte. Es fehlte nicht viel, dann hätte er in den Papierkorb neben seinem alten Schülerschreibtisch gepinkelt und am nächsten Tag noch ein bisschen mehr zu wischen gehabt.

Morgens musste er zuerst die Heizung wieder anfeuern. Im Gegensatz zum diesig kühlen Donnerstag war der Freitag sonnig und mild. Aber das Haus kam ihm immer noch so kalt und klamm vor wie ein Grab.

Nach einem opulenten Frühstück riss er sämtliche Fenster auf, um so viel frische Luft wie nur möglich hereinzulassen und vielleicht ein paar Geister hinaus. Trotz Durchzug geriet er dann beim Großreinemachen tüchtig ins Schwitzen.

Er begann mit Küche und Speisekammer, wusch gründlich und akribisch Regale und Schränke aus, ließ den alten Geschirrspüler, der noch hervorragend funktionierte, zweimal leer durchs Hauptprogramm laufen, ehe er ihn mit Tassen, Tellern, Gläsern, Besteck, Töpfen und Pfannen bestückte.

Anschließend nahm er sich noch einmal sein Zimmer und das dazugehörige Bad vor, wischte jede Ecke, schrubbte jede Ritze, das Klo und die Wanne, putzte die Fenster, die Fliesen, die Fußböden. Danach wusch er Bettwäsche und Handtücher, die Waschmaschine im Keller erfüllte ihren Dienst auch noch tadellos. Als Nächstes stopfte er die alten Klamotten aus seinem Schrank in die Trommel. Ob sie ihm noch passten, wollte er feststellen, wenn sie sauber und wieder trocken waren.

Bis zum frühen Nachmittag waren sämtliche in der Waschküche gespannten Leinen bestückt. Es duftete betörend nach Lavendel, Oleander und Jasmin oder kleinen Kindern, deren Wäsche in dem Zeug weichgespült worden war.

Zwischendurch lief er immer wieder ins Freie. Es war jedes Mal ein Erlebnis, das ihm Tränen in die Augen trieb. Das Leben wieder in den eigenen Händen halten, vor niemandem mehr kuschen müssen. Jederzeit rausgehen können, wie er sich das vorgenommen hatte. Und sei es nur in den Garten.

Er rannte hinunter bis zu dem verrosteten und stellenweise eingesunkenen Maschendrahtzaun, der das Grundstück zur Greve absicherte. Den Zaun hatte der Hausmeisterdienst nicht in Schuss gehalten. Ansonsten konnte man kaum meckern, der Rasen sah gepflegt aus, Bäume und Ziersträucher ebenso. Sekundenlang stand er still, riskierte einen Blick auf das träge fließende Wasser der Greve, um festzustellen, ob der Geist von Janice aus den Fluten aufstieg, was natürlich nicht geschah. Die Geister hausten anderswo.

Und wieder zurück zur Terrasse, Erinnerungen verscheuchen. Die rote Strickjacke im Dreck von Webers Garten, der etwa auf halber Strecke zwischen der Villa Schopf und dem Heckler-Haus lag. Der nackte Körper auf der schmuddeligen Couch in der Laube, die immer unverschlossen gewesen war. Das schwarze T-Shirt mit dem Abbild der Backstreet Boys auf der Brust und einem Riss an der Schulter. Und die Stimme, so vorwurfsvoll: «*Bist du beknackt? Das Shirt war irre teuer. Das musst du bezahlen.*»

Nach Einbruch der Dunkelheit sprang er auch ein paarmal wie ein Derwisch ums Haus herum und vollführte Bocksprünge auf dem Vorplatz. Hätte ihn jemand dabei beobachtet, hätte der ihn garantiert für völlig durchgedreht gehalten. Aber es tat so gut, machte regelrecht besoffen.

Vielleicht schlief er nur deshalb auch in der folgenden Nacht wie ein Stein, immer noch in der angestaubten Bettwäsche seines Vaters. In der Waschküche hingen zu viele Teile, um schnell zu trocknen. Inzwischen duftete der halbe Keller nach Blumenwiese.

Diesmal schlief er ohne Unterbrechung, weil er den ganzen Tag wie ein Besessener geschuftet hatte und davon rechtschaffen müde war. Außerdem hatte er auf den Kaffee zum Abendessen verzichtet und stattdessen ein Bier getrunken.

Erst nach sieben Uhr morgens schreckte er aus einem Traum hoch, in dem Franziska Welter auf Knien in der Kinderecke vor dem Grab ihres Mariechens lag und mit beiden Händen in der Erde wühlte. Neben ihr plärrte sich ein kleines Mädchen die Seele aus dem Leib. Und er wusste, dass dieses Kind schrie, weil es seine Hilfe brauchte. Dieses Wissen und das Geschrei verfolgten ihn auch nach dem Aufwachen noch eine ganze Weile.

Ersatzkinder

Im Gegensatz zu denen, die sich nur die Mäuler zerrissen, war Franziska Welter im Dezember 1982 fest entschlossen, etwas für den kleinen Alexander zu tun. Der Junge hatte schließlich nicht nur eine offenkundig kranke Mutter und einen Vater, von dem Franziska nicht wusste, wie sie ihn beurteilen sollte. Er hatte auch einen erwachsenen Bruder.

Albert Junggeburt war seit zwei Jahren mit einer bildschönen Französin verheiratet und sollte bald selbst Vater werden. Er hatte am Stadtrand von Grevingen ein Grundstück erworben und ließ sich darauf eine Villa bauen. Weil er seiner Cecilia den Wahnsinn daheim nicht länger zumuten wolle, hieß es im Dorf.

Trotzdem hätte er seiner Mutter ins Gewissen reden können, meinte Franziska. Wenn der eiserne Heinrich sich – aus welchen Gründen auch immer – nicht dazu aufraffen konnte, Helenes verrücktem Treiben ein Ende zu setzen, musste eben Albert etwas unternehmen. Seiner Mutter den Jungen notfalls wegnehmen und ihn im eigenen Haushalt aufwachsen lassen, sobald der eingerichtet war.

Gleich am nächsten Vormittag wollte sie zur Brauerei radeln und ein ernstes Wort mit Albert Junggeburt reden. Doch daraus wurde nichts. Und das hatte nichts mit Vergesslichkeit, Nachlässigkeit oder Gleichgültigkeit zu tun. Es lag an Ria.

Franziskas Sorgenkind hatte Anfang 1977 einen Bundeswehroffizier geheiratet. Gerd Appelt hieß er, doch wenn Ria von ihm sprach oder über ihn schrieb, nannte sie nie seinen Namen. Es hieß immer nur «Der General».

Zu der Zeit war Gerd Appelt erst Leutnant oder Anwärter auf so einen Posten. So genau erfuhr Franziska das gar nicht, trotzdem war er ihrem Mann ein Dorn im Auge. Gottfried hatte es nun mal nicht mit Uniformen, schon gar nicht mit höheren Rängen beim Militär. Vielleicht hatte Ria sich nur aus dem Grund für Gerd Appelt entschieden. Doch wie es schien, war der General der ideale Mann für sie. Er wurde oft versetzt, was Rias scheinbar angeborenem Fluchtreflex entgegenkam.

Als sie schwanger wurde, waren sie bereits fünfmal umgezogen. Kaum hatte sie eine Wohnung so eingerichtet, dass man anfangen konnte, sich darin heimisch zu fühlen, hieß es schon wieder packen. Die letzten Monate vor der Geburt verbrachten sie in England. Dort bekam Ria im August 1982 – fast pünktlich zum eigenen Geburtstag – in einem Militärhospital ein Mädchen, das sie Silvie nannte.

Franziska erhielt per Post zwei Fotos und ein paar Zeilen, aus denen nur hervorging, dass Ria sich eine derartige Tortur nie wieder antun wolle. Ein Besuch bei Tochter, Enkelin und Schwiegersohn war unmöglich. Gottfried wollte um keinen Preis der Welt an einen Ort, wo es von Soldaten nur so wimmelte. Und alleine traute Franziska sich nicht. Sie hätte sich in einem Hotel einquartieren müssen und den Nato-Stützpunkt, auf dem Ria und der General mit der kleinen Silvie in einer angeblich urgemütlichen Wohnung lebten, nur mit Sondergenehmigung betreten dürfen.

Im November schrieb Ria, es stünde wieder ein Umzug bevor, zurück nach Deutschland; Ramstein, für mindestens zwei Jahre. Da ergäbe sich bestimmt eher die Gelegenheit für einen Besuch. Ein genaues Datum für die Rückkehr nannte sie nicht. Sie kam an dem Mittwoch im Dezember 1982, der sich auch deswegen unauslöschlich in Franziskas Gedächtnis eingrub.

Es war schon nach zehn. Gottfried war bereits oben, putzte sich im Bad die Zähne und hörte das Klingeln an der Haustür nicht. Franziska war noch in der Küche, füllte Kaffee aus einem Vakuumpaket in die Vorratsdose um, stellte Tassen und Teller für das Frühstück am nächsten Morgen auf den Tisch. Das tat sie immer abends, dann war es morgens gleich viel gemütlicher, wenn man runterkam.

Sie ging in den Flur und fragte sich auf dem Weg zur Tür noch, wer das wohl sein mochte um diese Zeit. Ihre Nichte war in letzter Zeit ein paarmal abends vorbeigekommen. Heike war zehn Jahre alt, stark übergewichtig und extrem kurzsichtig. In der Schule wurde sie gehänselt, und daheim hatte keiner die Zeit, sich ihre Nöte anzuhören. Also kam sie zu Franziska – aber nicht mehr so spät. Um zehn lag das Kind längst im Bett, dafür sorgte Martha.

Es könne nur jemand aus der Nachbarschaft sein, meinte Franziska. Vielleicht wieder Frau Steffens von nebenan. Letzte Woche hatte die zweimal gefragt, ob Franziska am nächsten Morgen den fünfjährigen Lothar zum Kindergarten bringen und eventuell auch mittags wieder abholen könne, weil sie selbst dringend zum Zahnarzt musste und keinen Termin hatte. Frau Steffens hatte ständig Probleme mit ihren Zähnen, fuhr aber nur zum Zahnarzt nach Grevingen, wenn sie vor Schmerzen schon halb wahnsinnig geworden war.

Franziska öffnete und hatte das Gefühl zu träumen. Ria! Eine Pelzjacke um die Schultern gelegt, eine Zigarette im Mundwinkel. In einer Hand die Tragegurte eines Kinderwagenoberteils. In der anderen Hand eine Reisetasche. Und auf den Lippen einen ihrer lockeren Sprüche. «Mach den Mund zu, bevor dir die Spucke gefriert, Mama, ich bin es wirklich.» Wegen der Zigarette klang es undeutlich, aber verstanden hatte Franziska jedes Wort.

Damit bekam sie auch schon das Kinderwagenoberteil mit ihrer Enkeltochter in die Hand gedrückt. Ria nahm die Zigarette aus dem Mund, stellte die Reisetasche im Hauseingang ab und sagte: «Ich dachte, du nimmst es bestimmt gerne für eine Weile.»

Es! Als wäre es ein Haustier, ein Sittich oder ein Hamster im Käfig, der beim Umzug nicht im Weg herumstehen sollte. Aus dem Kinderwagenoberteil schauten zwei dunkle Augen mit ernstem Blick zu Franziska auf. Die untere Gesichtshälfte verschwand fast komplett unter einem Schnuller.

«Ja, natürlich», stammelte sie. «Warum hast du nicht angerufen und Bescheid gesagt, dass du kommst? Dann hätte ich in deinem Zimmer die Heizung angedreht und dein Bett beziehen ...»

«Hat sich nicht ergeben», schnitt Ria ihr das Wort ab, ließ die Zigarette fallen, trat sie aus und verlangte: «Geh schon hinein, so warm ist es nicht eingepackt. Ich hole noch das Gestell aus dem Auto, dann suche ich mir einen Parkplatz und komme mit den restlichen Sachen nach.»

Beide Straßenränder waren wie üblich zugeparkt mit den Fahrzeugen der Anwohner. Gottfrieds Kadett stand unmittelbar vor dem Haus. Und mitten auf der Straße stand eine große, dunkle Limousine. Ein englisches Fabrikat. Ria ging zu diesem Wagen, holte das Unterteil vom Kinderwagen aus dem Kofferraum, stellte es zur Reisetasche, lief erneut zurück, stieg ein und fuhr los, ohne noch einen Blick auf Mutter und Kind zu werfen oder eine Hand zum Gruß zu heben. Aber warum hätte sie grüßen sollen, wenn sie nur um die Ecke fahren, einen Parkplatz suchen und mit den restlichen Sachen nachkommen wollte?

Franziska schob die Reisetasche mit einem Fuß weiter in den Hausflur hinein, ließ die Tür offen und brachte das Kinderwagenoberteil in die Küche. Warm eingepackt war Silvie tatsächlich nicht. Kein Mützchen auf dem Kopf. Am Leib nur ein dünnes Jäckchen und einen Strampler über der Windel. Eine Wolldecke war lose aufgelegt. Aber die Händchen waren warm. Im Auto war bestimmt die Heizung gelaufen.

So ein hübsches Baby. Diese dunklen Kulleraugen, dieselben Augen wie Mariechen, fand Franziska, nur der Blick war anders, irgendwie abwartend und skeptisch. «Ja, da guckst du», sagte sie. «Kennst mich doch noch gar nicht. Ich bin deine Oma.»

Sie nahm das Baby mitsamt der Decke auf und hatte sekundenlang das Gefühl, nicht richtig atmen zu können. Dann spürte sie, wie es in ihrer Brust ganz weit und warm wurde. So wie damals jedes Mal, wenn sie Mariechen gehalten hatte. Nach Rias Geburt hatte es solche Gefühle nicht mehr gegeben.

Sie ging zur Flurtür und rief nach Gottfried. «Komm mal runter und guck, wer hier ist!»

Ehe er sie im Bad endlich hörte, war es im Flur schon so kalt wie in einem Eiskeller. «Haben wir neuerdings eine Ölquelle im Garten?», schimpfte Gottfried, als er auf der Treppe erschien.

Dann sah er das Bündel in Franziskas Arm und wurde still.

«Guck, wer hier ist», wiederholte sie.

Er beugte sich über das kleine Gesicht mit dem Schnuller und musste dabei ein Tränchen wegblinzeln. «How do you do», sagte er, wusste auf Anhieb, wen er vor sich hatte.

«Sieht sie nicht aus wie Mariechen?», fragte Franziska.

Darauf bekam sie keine Antwort. Gottfried wollte nur wissen: «Muss die Tür sperrangelweit aufstehen?»

«Das Gestell vom Kinderwagen steht noch draußen», sagte Franziska. «Ria fährt das Auto weg, dann bringt sie den Rest.»

Gottfried holte das Gestell mit den Rädern herein und drückte die Tür bis auf einen Spalt zu. Dann gingen sie in die Küche, plapperten dem Baby abwechselnd Unsinn vor und warteten auf Ria, bis es Gottfried zu dumm wurde. «Wo parkt sie denn?»

Nicht in Garsdorf.

Gottfried ging schließlich wieder nach oben, zog warme Sachen an und suchte das ganze Viertel nach einem dunklen englischen Auto ab. Vergebens. Als er zurückkam, weigerte er sich, in der Grevinger Polizeiwache anzurufen und zu fragen, ob's einen Unfall gegeben hätte.

«Ich mach mich doch nicht lächerlich. Wenn's gekracht hätte, dann hier um die Ecke. Das hätten wir gehört. Die ist garantiert nach Grevingen gefahren, mal sehen, ob es die Diskothek noch gibt, in der sie früher immer erwischt wurde.»

Angesichts der Ausstattung, mit der Ria ihr Kind abgeliefert hatte, schien das in dem Moment auch Franziska eine plausible Erklärung. In der Reisetasche lagen nur ein paar Hemdchen und Höschen für Silvie, zwei Strampler, einige Wegwerfwindeln, zwei Fläschchen mit Saugern, ein Päckchen Milchpulver und ein Ersatzschnuller. Danach zu urteilen, musste Ria in den nächsten Stunden zurückkommen und die restlichen Sachen abliefern.

Gottfried baute den Kinderwagen zusammen und ging ins Bett. Wofür Franziska im Stillen dankbar war. Sie mussten wirklich nicht zu zweit auf Ria warten. Es musste doch nicht gleich wieder Krach geben. Dass Gottfried Ria den Kopf zurechtsetzen würde, stand außer Frage.

Franziska legte Silvie in den Kinderwagen, deckte sie zu und schob sie ins Wohnzimmer. Dort war es wärmer als oben, wo nur das Bad beheizt wurde. Natürlich blieb sie ebenfalls unten, holte sich nur schnell das Kopfkissen und eine Decke von ihrem Bett und machte es sich damit auf der Couch bequem.

Kaum hatte sie das Licht ausgemacht, begann Silvie zu quengeln. Offensichtlich hatte sie Hunger und war mit dem Schnuller nicht länger zufrieden. Franziska schob sie zurück in die Küche und machte sich an die Zubereitung einer Mahlzeit.

Das Milchpulver war in England gekauft worden. Wahrscheinlich gab es auf der Packung genaue Anweisungen, wie man ein Fläschchen zubereiten musste. Franziska konnte sie allerdings nicht verstehen, abgesehen von den Mengenangaben, aber das reichte schon. Silvie war mit der improvisierten Mahlzeit zufrieden, machte brav ein Bäuerchen und schlief schon fast, als Franziska sie wieder hinlegte.

Franziska dagegen machte in der Nacht kein Auge zu, in den folgenden Nächten war es um ihren Schlaf nicht besser bestellt. An Silvie lag es nicht. Die war mit einem letzten Fläschchen zwischen zehn und elf zufrieden bis zum nächsten Morgen, wenn Gottfried zur Arbeit musste. Es lag an Ria, die einfach nicht zurückkam.

Franziska begriff das nicht. Wie konnte Ria auf Tour gehen, nachdem sie ihr Kind bei den Eltern abgeliefert hatte mit nichts weiter als dem Kinderwagen und den paar Sachen in der Tasche? Kein warmes Jäckchen oder Mützchen, nichts, was man Silvie hätte anziehen können, um mal mit ihr vor die Tür zu gehen. Dabei war immer noch herrliches Wetter, frostig, aber sonnig. Der Schnee trocknete förmlich weg. Und Franziska musste doch einmal täglich für eine halbe Stunde zu Mariechen.

Gottfried brachte in den folgenden Tagen ein paar Sachen aus Grevingen mit. So konnte Franziska den Kinderwagen wenigstens zum Friedhof und mal zur Bäckerei Jentsch schieben, wo ihre Nichte Heike völlig außer sich geriet. «Och, wie süß. Darf ich sie mal nehmen? Ich halte sie auch gut fest.»

Als das Milchpulver zur Neige ging, fragte Franziska in der Nachbarschaft um Rat. Frau Steffens hatte ihren Lothar auch nicht gestillt, wusste noch, welche Fertignahrung für welches Alter richtig war, und stellte gerne ein paar Hemdchen und Strampler von Lothar zur Verfügung.

Nach einer Woche, in der sie nichts von Ria gehört hatte, fasste Franziska sich ein Herz und rief auf dem Nato-Stützpunkt in England an. Eine Telefonnummer hatte sie und erreichte den General auch unter dieser Nummer. Er fiel aus allen Wolken, war bei einer Übung gewesen, als Ria ihre Sachen und ihr Kind gepackt hatte. Vorgestern hatte sie ihn angerufen und behauptet, sie sei mit Silvie bei ihren Eltern in Garsdorf.

Sie hätten vereinbart, dass er den Umzug nach Ramstein alleine bewältigen solle, sagte er. Ria wolle mit Silvie in eine fertig eingerichtete Wohnung kommen und sich nicht aufhalten müssen, Kisten auszupacken und Schränke einzuräumen.

Dass Ria ihn verlassen haben könnte, zog er nicht in Betracht. Sie habe doch schon Pläne für das Weihnachtsfest in Ramstein geschmiedet, sagte er. Da der Umzug unmittelbar bevorstand, nahm er an, Ria gönne sich einen kurzen Urlaub, eine Erholungspause frei von jeder Verantwortung und Pflicht. Schwangerschaft, Geburt und die ersten Monate mit Silvie seien für Ria sehr anstrengend gewesen. Und wenn sie in ein paar Tagen zurückkäme, sollte sie besser nicht erfahren, dass ihre Mutter und ihr Mann zwischenzeitlich miteinander telefoniert hatten. Damit es nicht peinlich wurde, wollte Gerd Appelt so tun, als hätte er keine Ahnung von Rias Abstecher in die Freiheit.

«Ja, darauf verstehen die Brüder sich», meinte Gottfried, als Franziska ihm abends von dem Gespräch berichtete. «Selbst wenn sie wissen, dass der Untergang bevorsteht, tun sie so, als wäre alles in Ordnung, und streuen dem gemeinen Volk Sand in die Augen. Du hättest ihn besser gebeten, uns das Kinderbett zu schicken. Sie werden ja wohl eins haben für die Kleine. Im Kinderwagen kann sie schließlich nicht ewig schlafen.»

«Muss sie doch auch nicht», sagte Franziska. «Wenn Ria ...»

«Glaubst du im Ernst, dass Ria in ein paar Tagen wieder da ist?», unterbrach er sie rüde.

Ja, das glaubte Franziska. Ria hatte von einer Weile gesprochen. Eine Weile war kein Dauerzustand. Solange der General noch in England und mit dem Umzug beschäftigt war, durfte Ria sich sicher vor Entdeckung fühlen. Dass ihre Mutter allen Mut zusammengenommen und auf einem Nato-Stützpunkt angerufen hatte, der Gedanke wäre Ria vermutlich nie gekommen. Dass ihr Mann nach Garsdorf käme, um sie zu besuchen oder zu kontrollieren, stand auch nicht zu befürchten. Wenn Ria sich bei ihm meldete, wie sie es vorgestern getan hatte, bestand nicht einmal die Gefahr, dass er bei seinen Schwiegereltern anrief.

Aber Ria meldete sich im Dezember nicht noch einmal, weder bei ihrem Mann noch bei ihren Eltern. Der General saß zu Weihnachten alleine in Ramstein, na ja, nicht völlig allein. Der Dienst fürs Vaterland ging auch für andere über die Feiertage weiter. Er war ebenso ratlos wie Franziska, mit der er am Heiligabend lange telefonierte. Es hätte keine Anzeichen gegeben, dass Ria unglücklich mit ihm sei, sagte er. Dass Ria einen anderen Mann kennengelernt hatte und mit dem durchgebrannt war, schloss er aus. Dazu hätte Ria während ihrer Schwangerschaft und nach Silvies Geburt weder die Zeit noch die Gelegenheit gehabt, meinte er.

Nach den Feiertagen schickte er Geld für Silvies Unterhalt und erklärte, wie dankbar er sei, dass Franziska sich um das Baby kümmerte. Was hätte sie denn sonst tun sollen mit einem Säugling, der aussah wie Mariechen?

Bis Mitte Januar ging Franziska davon aus, es sei nur vorübergehend. Dass Ria über kurz oder lang wiederauftauchte und eine fadenscheinige Erklärung für ihr wochenlanges Ausbleiben bot. Doch dann schickte Ria eine Postkarte aus Sydney. Nur ein paar Worte. «Sorry, Mama, ging nicht anders. Jetzt sind wir quitt.»

«So was hab ich mir schon gedacht», sagte Gottfried, als er von der Arbeit kam.

«Wie meint sie denn das?», fragte Franziska. «Jetzt sind wir quitt. Was soll das heißen?»

«Kannst du dir das nicht denken?», sagte Gottfried, fuhr zurück nach Grevingen und kaufte ein Gitterbett samt Zubehör. Tags darauf brachte er einen Schrank und ein Regal mit und begann, das seit Jahren ungenutzte ehemalige Schlafzimmer seiner Eltern für Silvie herzurichten.

Er klebte neue Tapeten an die Wände, verlegte Teppichboden und hängte eine Lampe auf, deren Schirm mit lustigen Hasenmotiven beklebt war. Übers Bettchen kam ein Mobile, ins Regal legte er ein paar Bilderbücher und Plüschtiere. Für neue Gardinen war Franziska zuständig.

Der General fand sich schnell damit ab, dass ihm die Frau wider Erwarten doch davongelaufen war. Ob nun allein oder mit einem anderen, vielleicht einem Australier oder einem Engländer, der nach Australien versetzt worden war, spielte für ihn keine Rolle. Er dachte nicht daran, offizielle Stellen nach Ria suchen zu lassen. Vielleicht hatte er Angst, es würde seiner Karriere schaden. Oder er sah es wie Gottfried, der sagte: «Was sollen denn die offiziellen Stellen tun, wenn sie Ria aufspüren? Man kann sie nicht zwingen zurückzukommen.»

Das nicht. Aber wenn Ria hörte, wie sehr sie von ihrer Familie, speziell von ihrer kleinen Tochter vermisst wurde, kam sie vielleicht freiwillig zurück. Obwohl sie selbst es nach Rias Geburt kaum anders gemacht hatte, wollte Franziska nicht in den Kopf, dass ihre Tochter ein Kind in die Welt gesetzt hatte, für das sie sich nicht zuständig fühlte.

Ein wenig graute Franziska auch vor den Konsequenzen, der neuen Verantwortung. Wie sollte das denn gehen in Zukunft? Noch gab es keine Probleme mit Silvies Betreuung. Aber das Kind aufziehen, in drei, vier Jahren jeden Morgen und jeden Mittag zum Kindergarten laufen oder radeln, in fünf oder sechs Jahren jeden Nachmittag am Küchentisch sitzen und mit Silvie lesen, schreiben und rechnen üben, dafür sei sie schon zu alt, meinte sie. Es rechnete doch keiner mehr so wie in früheren Jahren. Und wenn man mal sechzehn, siebzehn Jahre weiter dachte, wenn Silvie sich in dem Alter ebenso herumtrieb, wie Ria es getan hatte?

«Jetzt mal den Teufel nicht an die Wand», sagte Gottfried. «In die Verantwortung und den Rest wächst man hinein. Man muss nicht von heute auf morgen hohe Mathematik beherrschen. Die fangen auch heutzutage mit kleinen Zahlen an. Und was die Herumtreiberei angeht, darüber zerbrechen wir uns den Kopf, wenn es notwendig werden sollte.»

Gottfried fiel es leichter, die Gegebenheiten zu akzeptieren. Er war auch nicht von morgens bis abends für Silvie zuständig, musste nicht ständig befürchten, etwas falsch zu machen.

Franziska wurde noch geraume Zeit von allen nur denkbaren Ängsten und Horrorvorstellungen gepeinigt. Und darüber geriet der Junge mit dem Röckchen und dem Zopf nicht in Vergessenheit, nur immer wieder in den Hintergrund.

Im Januar dachte Franziska noch oft an den kleinen Alexander Junggeburt und ihren Vorsatz, mit seinem Bruder zu reden. Immer wenn sie Mariechens Grab besuchte und über die Buchsbaumhecke zum Familiengrab der Schopfs hinüberblickte, entstand das Dezemberbild vor ihrem geistigen Auge. Aber es verblasste, wenn Silvie zurück ins Warme musste, wo sie ein Fläschchen, eine frische Windel, ein Viertelstündchen schmusen und ein fröhliches Liedchen brauchte.

Im Februar rief Franziska wiederholt in der Brauerei Schopf an, wenn ihr der Junge in Mädchenkleidern in den Sinn kam. Nach dem bilderbuchhaften Dezember und dem zwar kalten, aber nicht allzu nassen Januar zeigte der Winter sich gegen Ende von seiner schäbigen Seite. Es war einfach kein Wetter, um mit Silvie im Bus nach Grevingen zu fahren. Und die Kleine für zwei Stunden in der Nachbarschaft abzugeben ...

Frau Steffens bot wiederholt an, sich zu kümmern. Das täte sie gerne, sagte sie jedes Mal. Da könne sie sich doch endlich mal für Franziskas Kindergarteneinsätze revanchieren. Aber Lothar lief seit Jahresbeginn mit einer Rotznase herum und hustete, wann immer Franziska ihn zu Gesicht bekam. Silvie hätte sich doch sofort angesteckt. Das musste nicht sein.

Ihre Nichte mochte Franziska auch nicht bitten, für zwei

Stunden auf Silvie aufzupassen. Heike erklärte sich zwar jedes Mal dazu bereit, wenn Franziska in die Bäckerei kam: «Wenn du noch mehr einkaufen musst und Silvie nicht mitnehmen willst, weil es zu kalt ist, kannst du sie gerne hierlassen, Tante Franziska. Ich passe bestimmt gut auf.»

Sicher, und in der Bäckerei wäre notfalls auch Martha zur Stelle gewesen. Für Einkäufe im Dorf mochte das mal gehen. Aber Silvie dort abzuliefern, um nach Grevingen zu fahren, da hätte sie eine Erklärung bieten müssen, die möglicherweise schnell die Runde durchs Dorf gemacht hätte. Und Heike zum Babysitten zu sich nach Hause zu bestellen, dafür war ihr das Kind mit seinen zehn Jahren einfach noch zu jung, zu unvernünftig und viel zu sehr mit eigenen Nöten beschäftigt.

Reden konnte man schließlich auch am Telefon, vorausgesetzt, man bekam Albert Junggeburt an die Strippe. Einer Sekretärin zu erklären, aus welchem Grund sie anrief ... Dreimal probierte Franziska es und legte wieder auf, weil es ihr unangenehm war, einer Fremden die «familiäre Angelegenheit» näher zu erläutern. Da anzunehmen war, dass die Sekretärin auch den vierten und jeden weiteren Anruf entgegennahm, blieb es beim guten Vorsatz.

Und im März erzählte Frau Steffens ihr dann, «der kleine Junggeburt» sei von seiner Schwägerin zum Einschulungstest gebracht worden, zu dem auch Lothar hatte antreten müssen. Die beiden Jungs waren gleichaltrig. Dass «der kleine Junggeburt» den Test bestanden hätte, glaubte Frau Steffens nicht. Er hatte doch nie den Kindergarten besucht, wo mit den Vorschulkindern sehr viel geübt worden war. Aber er sei manierlich wie ein Junge gekleidet und die Haare seien kurz gewesen.

Franziska hörte eigentlich nur: wie ein Junge gekleidet und die Haare kurz. Und im Grunde ihres Herzens war sie erleichtert, sich nicht eingemischt zu haben.

Anders als erwartet, bestand Alexander Junggeburt den Einschulungstest ebenso wie Lothar Steffens, dessen Mutter Franziska auch weiterhin auf dem Laufenden hielt. Frau Steffens war immer bestens über die schulischen Belange informiert, weil sie sich gleich beim ersten Elternabend zur Klassenpflegschaftsvorsitzenden wählen ließ und engen Kontakt zu anderen Eltern und der Klassenlehrerin Frau Sattler hielt.

Bis zum Schulbeginn nach den Sommerferien waren die Haare bei Alex – wie er nun von den meisten genannt wurde – wieder ein gutes Stück nachgewachsen. Das wäre nicht weiter tragisch gewesen, hätte sogar der Mode entsprochen, wenn man nur die Seitenpartien kurz gehalten hätte. Lothar trug auch Vokuhila mit einem Rattenschwänzchen im Nacken. Bei Alex reichten die Seitenpartien jedoch bis zum Kinn.

Es machte ihn nervös, wenn ihm die Haare ins Gesicht fielen, sobald er den Kopf über die Tafel oder ein Arbeitsblatt beugte. Der Klassenlehrerin fiel das schon in den ersten Tagen auf, und Frau Sattler scheute sich nicht, in der Villa anzurufen.

Dort bekam man immer nur die Haushälterin an die Strippe, die versprach, sich darum zu kümmern – was Frau Schmitz auch tat. Und was dabei herauskam, brachte die treue Seele dermaßen auf die Palme, dass sie zum ersten Mal die Loyalität gegenüber ihrer Arbeitgeberin und die damit einhergehende Schweigepflicht fürs Personal vergaß. Sie erzählte es einer Bekannten im Dorf, die es ihrerseits in der Bäckerei Jentsch ausplauderte, wo Franziska es anschließend von Martha hörte.

Frau Schmitz hatte nach dem Anruf der Lehrerin umgehend mit Helene über das Problem des Jungen gesprochen und verlangt, sofort noch einmal und dann regelmäßig mit ihm zum Friseur zu gehen. Das hatte Helene strikt abgelehnt und damit begründet, Frauen würden nur halb so viel Schaden anrichten wie Männer, es sei also vernünftiger, einen Jungen wie ein Mädchen zu erziehen.

Helene gab ihrem Sohn zwei Hornspangen, mit denen er die langen Seitenpartien über den Ohren feststecken sollte. Die Spangen hatte vor vielen Jahren seine verstorbene Schwester getragen, was Helene ihm auch erzählte. Damit nicht genug: Helene erklärte ihm außerdem, sie leide schrecklich unter Alexas Verlust. Aber wenn er wie Alexa sei, täte es ihr nur halb so weh.

Da brauchte man sich über gar nichts mehr zu wundern, fand Franziska, als sie davon hörte. Man durfte wohl annehmen, dass der kleine Alex seine Mami liebte und nicht wollte, dass sie leiden musste. Aber ebenso wenig wollte er von anderen Kindern verspottet und gehänselt werden.

Am nächsten Morgen steckte er die Spangen in seinen Ranzen. Frau Schmitz sorgte immer dafür, dass er eine Hose anzog und eines von den Hemden, die seine Schwägerin Cecilia für ihn gekauft hatte. Frau Schmitz kontrollierte auch, dass er keine Söckchen mit aufgestickten Blumen oder Spitzeneinsatz trug, wenn sie ihn zur Schule schickte. So früh am Morgen schlief Helene meist noch. Seinen Ranzen kontrollierte Frau Schmitz leider nicht. Sonst hätte sie ihm gesagt, dass es keine gute Idee war, Alexas Hornspangen mit zur Schule zu nehmen.

Als er den Klassenraum betrat, sah er noch aus wie Mireille Mathieu in sehr jungen Jahren. Er setzte sich auf seinen Platz, nahm die Spangen aus dem Ranzen, steckte die Haare über den Ohren fest. Und sofort ging hinter ihm das Getuschel und Gekicher los.

Zuerst lachten nur ein paar Mädchen, die den Rest der Bande auf seinen Haarschmuck aufmerksam machten. Und Lothar Steffens erdreistete sich schließlich aufzuspringen, Alex eine der unersetzlichen Kostbarkeiten vom Kopf zu reißen und hoch über dem eigenen Kopf damit herumzufuchteln, um allen zu zeigen, worüber hier gelacht wurde.

Frau Sattler sorgte für Ruhe und veranlasste Lothar, die Spange sofort zurückzugeben. Doch damit war die Sache für

Alex nicht aus der Welt. An dem Tag kam Lothar zum ersten Mal mit blutiger Nase, einer aufgeplatzten Lippe und einem Riss in der Hose nach Hause.

Frau Steffens berichtete es Franziska, nannte auch den Grund. Franziska überlegte wieder, ob sie nach Grevingen fahren und mit Albert Junggeburt persönlich ... Aber nachdem die Haushälterin sich bei einer Bekannten ausgeweint hatte ... Es sah wahrhaftig nicht danach aus, dass es Albert großartig kümmerte, wie sein kleiner Bruder herumlief.

Cecilia war im März auch nur aktiv geworden, weil Frau Schmitz sich geweigert hatte, Alex zum Einschulungstest zu begleiten.

«Was soll ich dem Jungen denn anziehen?», hatte die treue Seele gefragt. «Er hat nicht eine einzige lange Hose im Schrank. Wenn er nicht zu diesem Test erscheint, rückt garantiert bald das Jugendamt hier an. Das wäre die beste Lösung.»

Sicher. Aber nicht im Sinne der Familie Junggeburt, die hielten ihre Macken lieber unter Verschluss. Also hatte Cecilia sich einmal seiner angenommen, für ihn eingekauft und ihm den Zopf abschneiden lassen. Als ob es damit getan gewesen wäre.

Und dann kam so ein sonnig milder Tag Anfang September, wie geschaffen für einen langen Spaziergang mit Silvie. Die Kleine lief bereits an einer Hand. Noch lieber schob sie den sportlichen Buggy, den Gottfried angeschafft hatte. Im Dorf quengelte Silvie, weil Franziska sie in den Buggy setzte, um schneller voranzukommen. Sie mochte nicht alle paar Meter angesprochen und gefragt werden, was Ria denn so mache. Das passierte regelmäßig, wenn sie in Silvies Tempo unterwegs waren.

Franziska wusste nicht, was Ria machte, wo und wovon oder mit wem Ria lebte. Die Karte aus Sydney, die sie zu Jahresbeginn geschickt hatte, war das letzte Lebenszeichen gewesen.

Seitdem hatte Franziska schon unzählige Male geträumt, dass es abends an der Tür klingelte wie an dem Mittwoch im Dezember, dass Ria draußen stand, ohne Zigarette im Mundwinkel, natürlich auch ohne Kind, dass Ria sie anlachte und sagte: «Da bin ich wieder, Mama. Tut mir leid, dass es so lange gedauert hat. Wie geht's meiner Süßen? Ich hoffe, sie war brav und hat dir nicht zu viel Mühe gemacht.»

«Jetzt kannst du laufen», sagte Franziska, als sie die Breitegasse erreichten. Und Silvie lief, schob ihren Buggy im Zickzack von einer Straßenseite zur anderen. Franziska folgte gemächlich, griff nur korrigierend ein, wenn es notwendig wurde, und hing ihren Gedanken nach.

Auf Höhe des Heckler-Hauses kam ihnen ein Kind mit einem Puppenwagen entgegen. Alexander. Franziska erkannte ihn sofort. Er trug ein luftiges Sommerkleidchen, weiße Kniestrümpfe und weiße Sandalen. Die dunklen Haare wurden an den Seiten von den Hornspangen gehalten.

Im Näherkommen lächelte er Franziska an. Dass er sie nach dem kurzen Blick auf dem Friedhof wiedererkannte, glaubte sie kaum, dafür lag diese Begegnung schon zu viele Monate zurück. Frau Steffens erzählte oft, er lächle jeden an, und die Klassenlehrerin behaupte, auf die Weise suche er Anerkennung und Zuspruch, was Frau Steffens jedoch bezweifelte.

«Sein Unschuldslächeln ist reine Verschlagenheit. Damit kann er die gutgläubige Frau Sattler einwickeln. Mich täuscht er nicht. Der ist tückisch. Warten Sie mal ab, wenn der älter wird, Frau Welter. Der lächelt Sie an, und wenn Sie ihm den Rücken zukehren, haben Sie ein Messer im Kreuz.»

Als Franziska sein Lächeln erwiderte, ließ er den Puppenwagen los und ging neben Silvie in die Hocke. «Wie heißt du?», fragte er die Kleine.

«Silvie», antwortete Franziska für das Kind. «Aber das kann sie noch nicht sagen.»

Silvie brabbelte ihrem Alter entsprechend Kauderwelsch, dem nur Franziska eine Bedeutung zuordnen konnte.

«Bebe», sagte Silvie. Das sollte Baby heißen und schloss alles ein, was menschlich aussah und eine bestimmte Größe nicht überschritt. Der hockende Junge war für sie ebenso «Bebe» wie ihr eigenes Spiegelbild und die Puppe in seinem Wagen.

«Nein», widersprach Franziska sehr betont, «das ist kein Baby, das ist Alexander, er ist schon ein großer *Junge*.»

Offenbar schmeichelte ihm diese Zuordnung. Er richtete sich auf, nahm die Puppe aus seinem Wagen und hielt sie Silvie hin. «Das ist auch kein richtiges Baby», erklärte er gewichtig. «Aber sie kann sprechen, hör mal.» Dabei nestelte er unter der Puppenkleidung nach einer Schnur und zog daran.

«Ich heiße Susi», schnarrte die Puppe. «Wie heißt du? Magst du mit mir spielen?»

Silvie klappte vor Staunen der Unterkiefer herunter. Sie ließ den Buggy los und grabschte schwankend mit beiden Händen gleichzeitig nach der Puppe.

«Nein», sagte Franziska wieder, die auch die Gestik ihrer Enkelin richtig zu deuten wusste. «Die kannst du nicht haben. Für so eine bist du noch viel zu klein.»

«Sie kann sie gerne haben», erklärte der Junge im Sommerkleid. «Für später, wenn sie größer ist. Ich habe noch drei, die sprechen können. Und eine macht Pipi, wenn ich ihr das Fläschchen gebe.» Damit setzte er die Puppe in Silvies Buggy, lächelte auf das Kind hinunter. «Ich schenke sie dir.»

«Was wird deine Mutter dazu sagen?», packte Franziska die Gelegenheit beim Schopf. Es ersparte ihr das Klingeln an der Haustür und die Bitte um ein Gespräch, die womöglich abgelehnt worden wäre. «Meinst du nicht, wir sollten sie fragen, ob du so einfach eine Puppe verschenken darfst?»

«Ich habe doch viele», sagte er. «Die alten von Alexa darf ich nicht mit nach draußen nehmen. Mami wird furchtbar traurig, wenn eine davon kaputtgeht. Aber die Susi ist nicht wertvoll, die hat Cecilia mir gekauft.»

«Cecilia?», wiederholte Franziska ungläubig. «Die Frau deines Bruders kauft dir Puppen? Ist die auch nicht mehr ganz dicht?»

Die letzte Bemerkung rutschte ihr so heraus. Es war ihr sofort peinlich. Der Junge wusste damit wohl nichts anzufangen, zuckte ratlos mit den Achseln und betonte: «Nur die Susi, weil Mami geweint hat, als wir zum Friseur mussten.»

«Ach so», sagte Franziska. «Fragen wir Mami trotzdem, ob du die Susi verschenken darfst.»

Er gehorchte, drehte seinen Puppenwagen um und schob ihn zurück zum elterlichen Anwesen. Den leeren Puppenwagen ließ er im Vorgarten stehen, ging seitlich am Haus vorbei zu der großen Rasenfläche, die sanft zur Greve hin abfiel und früher Bleiche geheißen hatte. Im Gegensatz zu damals gab es nun den Maschendrahtzaun auf der Uferböschung.

Helene sonnte sich auf einer gepolsterten Liege. Das zerstörte Gesicht von einem breitkrempigen Strohhut beschattet und zur Hälfte von einer dunklen Brille verdeckt. Haut und Knochen verhüllte ein Freizeitanzug aus leichtem Stoff. Sie las in einem Roman von Thomas Mann. Als Franziska mit den beiden Kindern näher kam, richtete sie sich auf und legte «Die Buddenbrooks» neben sich auf den Rasen.

Für ihren Sohn, der Silvie half, ihren Buggy mit der Susi darin zu schieben, hatte sie nur ein Lächeln, konzentrierte sich sofort auf Franziska, als gelte es, dem Feind die Stirn zu bieten. «Wie nett, dass du mich mal besuchst, Franziska. Wir haben uns ja seit einer Ewigkeit nicht mehr gesehen. Wie lange ist das her?»

«Neun Monate», antwortete Franziska, «fast zehn. Es war letztes Jahr im Dezember.»

«Nein», widersprach Helene. «Das muss länger her sein.»

Franziska schüttelte den Kopf. «Es war auf dem Friedhof. Du hast mich vielleicht nicht bemerkt, aber ich dich – und ihn.»

Beim letzten Wort deutete Franziska auf den Jungen, der in seinem Sommerkleidchen neben Silvie auf dem Rasen saß und ihr zeigte, wie man die Susi sprechen ließ. Franziska rechnete mit einem weiteren Widerspruch, vielmehr Protest, was *ihn* betraf. Aber Helene schaute sie nur abwartend an. Also sprach sie weiter: «Es war der Mittwoch, an dem Ria spätabends mit dem Kind vor der Tür stand. Den Tag werde ich nie vergessen.»

«Das verstehe ich», sagte Helene. «Seitdem wartest du darauf, dass Ria zurückkommt und dir das Kind wieder wegnimmt. Das muss schrecklich für dich sein.»

«Nein», widersprach Franziska. «Es wäre nur natürlich, Ria ist schließlich die Mutter und eine junge Frau. Ich fühle mich nicht mehr jung genug, um ein Kind aufzuziehen. Wenn Silvie sechzehn wird, hat Gottfried die siebzig schon vollgemacht. Soll er in dem Alter wieder nächtelang herumfahren und Diskotheken abklappern?»

Helene schwieg.

Franziska betrachtete die beiden Kinder, die ein paar Meter entfernt friedlich mit der Puppe spielten. Kaum vorstellbar, dass dieser mädchenhaft sanfte Junge Lothar Steffens blutig geschlagen haben sollte. Wie behutsam er mit Silvie umging.

Nach ein paar Sekunden sprach Franziska weiter: «Manchmal träume ich, dass Ria kommt, um Silvie abzuholen. Es sind nur diese Träume, die mir Sorgen machen. Sie sind so real. Ich gehe mit Ria in die Küche, mache Kaffee und stelle noch eine Tasse zu den beiden, die schon fürs Frühstück auf dem Tisch stehen. Und für Ria die Zuckerdose. Und wenn Gottfried um sechs herunterkommt, weil er zur Arbeit muss, sitze ich auf einem Stuhl und trinke Kaffee mit Ria. Bis er mich weckt. Meist liege ich dann mit dem Kopf zwischen den Tassen. Ein Wunder, dass ich noch keine runtergeworfen habe. Die Zuckerdose verrät mich immer. Außer Ria hat bei uns keiner den Kaffee mit Zucker getrunken.»

«Das klingt, als würdest du schlafwandeln», meinte Helene.

Franziska nickte zustimmend. «Wenn ich wenigstens das Kind in seinem Bettchen ließe», fuhr sie fort. «Aber wenn Gottfried mich weckt, bin ich nie allein in der Küche. Manchmal schläft Silvie auf meinem Schoß, manchmal liegt sie schlafend auf einer Decke neben dem Tisch am Boden. Und ich weiß, dass ich sie heruntergeholt habe, weil Ria sie mitnehmen will.»

«Und wie fühlst du dich dabei?», wollte Helene wissen.

«Ich habe Angst», gestand Franziska. «Aber nicht davor, Silvie wieder hergeben zu müssen. Nur vor dem, was passieren könnte. Stell dir vor, das Kind rutscht mir vom Schoß, während ich schlafe. Sie könnte mit dem Köpfchen auf den harten Steinboden schlagen. Vielleicht sollte ich mich mal gründlich untersuchen lassen. Gottfried drängt darauf, dass ich mit einem Arzt darüber spreche. Wir wissen nur nicht, mit welchem.»

«Bist du deshalb zu mir gekommen?», fragte Helene. «Weil du glaubst, ich könnte dir einen guten Psychiater empfehlen?» Sie schüttelte lächelnd den Kopf und sprach weiter: «Du brauchst keinen, Franziska. Wenn du wirklich so lebhaft träumst, dass es dich aus dem Bett treibt, kämpft da wohl nur die Bequemlichkeit des Alters mit der Liebe zu einem Kind, das dich braucht. Dich, Franziska, und deinen Gottfried, nicht eure Ria und den Soldatenvater. Du weißt genau, was du bei Ria falsch gemacht hast. Wenn du dieselben Fehler nicht wiederholst, muss Gottfried nicht mit siebzig noch einmal Diskotheken abklappern.»

Ehe Franziska darauf etwas erwidern konnte, rief Helene ihrem Sohn zu: «Alexa geh hinein und bitte Frau Schmitz, uns Kaffee und etwas Gebäck zu bringen.»

Mit den nächsten Worten wandte sie sich wieder an Franziska: «Du bleibst doch auf einen Kaffee?»

Als Franziska nickte, erweiterte Helene ihren Auftrag um einen bequemen Sessel und einen Tisch. Der Junge trabte gehorsam zur Terrasse. Silvie schaute ihm enttäuscht nach und widmete sich dann der Susi.

«Weißt du auch, was du falsch machst?», begann Franziska. «Er ist ein Junge, Helene. Du darfst ihn nicht länger wie ein Mädchen herumlaufen lassen. Du musst ihn ja nicht zum Raufbold erziehen, aber lass ihn Hosen tragen und keine Kleider. Er hat sich in der Schule geprügelt, weil man ihn wegen dieser Haarspangen ausgelacht hat.»

«Ich weiß», sagte Helene.

Ihre scheinbar unerschütterliche Ruhe brachte Franziska auf die Palme. «Was weißt du?», fuhr sie Helene an. «Dass er für deine Verrücktheit auf andere Jungs eindrischt? Oder dass du ihn endlich wie einen Jungen behandeln und kleiden musst? Wenn du unbedingt ein Mädchen aus ihm machen willst, solltest du ihn kastrieren lassen.»

«Du solltest jetzt doch besser gehen», sagte Helene kühl und nahm ihr Buch wieder vom Rasen.

Franziska nickte noch einmal, sie war übers Ziel hinausgeschossen, das war ihr klar, tat ihr allerdings nicht leid. Sie nahm Silvie die Puppe ab, setzte das lautstark protestierende Kind in den Buggy und schob diesen zur Straße, gerade als Alexander zurück in den Garten kam.

Sein hübsches Gesicht verzog sich vor Enttäuschung. «Warum geht ihr denn schon?», wollte er wissen.

«Silvie ist müde», behauptete Franziska.

Mit Gottfried sprach sie nicht über ihren Versuch, der so kläglich gescheitert war. Gottfried fand ohnehin, man solle sich nicht in die Angelegenheiten anderer Leute einmischen, solange man vor der eigenen Tür genug zu kehren habe. Und im

Grunde hatte er recht. Helene hatte mit den Fehlern, die bei Ria gemacht worden waren, einiges aufgewühlt. Wie durfte eine Frau, die ihr erstes Kind verloren und daraufhin das zweite ignoriert hatte, sich anmaßen, den Stab über eine andere zu brechen, die denselben Verlust auf ihre Weise ausglich? Franziska beschloss, fortan nur noch vor der eigenen Tür zu kehren, sich um Silvie zu kümmern und den Jungen, der daheim ein Mädchen sein musste, aus ihren Gedanken zu streichen. Doch so einfach war das nicht.

Frau Steffens wusste mindestens zweimal die Woche neue Horrorgeschichten zu berichten. Darüber hinaus hatte Franziska auch noch ihre jüngste Schwester in der Bäckerei Jentsch, wo der gesamte Dorfklatsch zusammengetragen wurde.

Es dauerte gar nicht lange, da hatte Alex sich zu einem regelrechten Haudrauf entwickelt. Schon im Frühjahr 1984 hatte er in Garsdorf einen Ruf wie Donnerhall, woran Lothar Steffens nicht völlig schuldlos war. Frau Steffens hörte es nicht gerne, Franziska hätte es auch nie laut ausgesprochen, aber Lothar war keineswegs das brave, naive Bübchen, das immer wieder vollkommen grundlos von einem Satansbraten verprügelt wurde. Gottfried nannte den Nachbarsjungen mal einen kleinen Stinkstiefel, der Alex bis aufs Blut triezte und herumlamentierte, wenn er Prügel bezog.

Und Lothar war nicht der Einzige, der sich darum bemühte, Alex zum Außenseiter zu machen. Dennis Heckler war ein Jahr jünger und wurde 1984 eingeschult. Da mochte Alex noch so männlich gekleidet sein, wenn er zur Schule kam. Dennis Heckler hatte oft genug gesehen und sah es immer noch, wie Alex daheim für seine Mami Alexa spielte. Und er sorgte dafür, dass es allgemein bekannt wurde.

Danach pilgerten fast jeden Nachmittag ein paar Kinder die Breitegasse entlang, um einen Blick auf *Alexa* zu erhaschen. Am nächsten Vormittag wurde Alex in der Schule damit aufgezogen. Und weil er sich nicht anders zu helfen wusste, schlug er zu, um zu beweisen, dass er ein Junge war.

Es half nicht mehr, dass seine Schwägerin es sich auf Druck der Klassenlehrerin zur Aufgabe machte, ihn nun regelmäßig zum Friseur nach Grevingen zu bringen. Lothar hatte irgendwo den Ausdruck «Transe» aufgeschnappt und in Erfahrung gebracht, was das Wort bedeutete. Den Stempel drückte er Alex dann so lange auf die Stirn, bis der ihm dafür zwei bleibende Zähne ausschlug. Da gingen beide schon ins dritte Schuljahr.

Frau Steffens war außer sich vor Zorn, nahm einen Rechtsanwalt, wollte auf jeden Fall vor Gericht ziehen, um Schadenersatz und Schmerzensgeld für ihren Sohn zu erstreiten. Der Anwalt, den Familie Junggeburt bezahlte, handelte sie schon im Vorfeld auf fünfhundert Mark herunter, hielt beiden Kindern einen Vortrag über Demütigung und Schmerz und sorgte dafür, dass die Kontrahenten sich in der Villa Schopf die Hände reichten und Frieden schlossen. Im Gegenzug übernahm Familie Junggeburt die Zahnarztbehandlung für Lothar. Und dafür sollte Frau Steffens sich auch noch bedanken.

Ihr passte es anfangs gar nicht, dass die Jungs nach dem Handschlag Freunde wurden. Aber nachdem Alex im folgenden Winter ein paarmal zum Spielen gekommen war, revidierte sie ihr Urteil über ihn und hielt die Wandlung ihrem Sohn zugute.

«Lothar hat einen sehr positiven Einfluss auf ihn», erzählte sie Franziska. «Sie haben den ganzen Nachmittag friedlich in Lothars Zimmer gespielt.»

Im Juni 1986 kam ein Schreiben von der Stadtverwaltung, in dem mitgeteilt wurde, dass die Liegezeit für Maria Welter im August d. J. abgelaufen sei. Dann lag Mariechen seit dreißig Jahren unter der Erde. Die Friedhofsverwaltung wollte die

Grabstätte im Oktober einebnen lassen. Den Eltern stellte man frei, vorher den Grabstein, Grabschmuck, eine eventuell vorhandene Einfassung und die Bepflanzung abzuräumen.

Die Post kam immer erst nach Mittag. Franziska hatte gerade den Abwasch gemacht und Silvie einen Spaziergang zu den kleinen Enten an die Greve versprochen. Sie las die Sätze dreimal und hatte danach immer noch nicht verstanden, was die mit Mariechens Grab vorhatten. Einebnen?

Natürlich wusste sie, was das hieß. Und wenn es um das Grab eines Erwachsenen gegangen wäre, hätte sie es auch akzeptieren können. So groß war der Friedhof nicht, dass man immer neue Gräber ausheben konnte. Aber in der Kinderecke … Es war seit Jahr und Tag in Garsdorf kein Kind mehr gestorben. Und es war in dem Geviert hinter der Buchsbaumhecke noch Platz für mindestens zwei kleine Gräber.

Mit dieser Ungeheuerlichkeit auf dem Küchentisch konnte Franziska nicht warten, bis Gottfried von der Arbeit kam. Sie rief ihn bei den Stadtwerken an, las ihm das Schreiben vor und schloss mit den Worten: «Das können die doch nicht machen.»

«Die können», sagte Gottfried. «Und es hilft überhaupt nichts, wenn du dich aufregst. Ich kümmere mich am Samstag darum. Den Stein setzen wir in den Garten. Was wir mit der Einfassung machen, weiß ich noch nicht. Aber da fällt uns schon was ein.»

«Und was ist mit Mariechen?», fragte Franziska.

«Nach all der Zeit ist nichts mehr da», sagte er.

«Woher willst du das wissen?», begehrte Franziska auf.

«Glaub mir und sei vernünftig», bat Gottfried. «Wir reden heute Abend. Ich muss jetzt hier weitermachen.»

Von Vernunft war Franziska in diesen Minuten so weit entfernt wie Helene seit Jahren. Sie lief in den Schuppen und holte die kleine Schaufel, mit der sie sonst Löcher aushob, um Blumen einzupflanzen. Dann rannte sie zum Friedhof.

Silvie folgte ihr natürlich. Sie war noch keine vier Jahre alt und begriff nicht, was vorging. Warum ihre Großmutter sich mit der Schaufel über das Fleckchen Erde hermachte, an dem sie sonst die schönen Geschichten vom lieben Mariechen erzählte. Warum sie Blumen ausriss und weinte, warum sie tiefer und tiefer grub und versprach: «Ich hol dich nach Hause. Ich nehm dich mit. Ich lass nicht zu, dass sie dich plattmachen. Wo bist du denn?»

Schließlich fragte sie nur noch: «Wo bist du denn?», warf die Schaufel zur Seite, grub mit den Händen weiter, lag auf Knien im Dreck und weinte immer lauter.

«Ich bin hier, Oma», antwortete Silvie ein übers andere Mal und bettelte: «Steh doch auf.» Sie zupfte an Franziskas Kleidung, um sie aufmerksam zu machen, und weinte ebenfalls, weil ihre Großmutter nicht reagierte.

Da kam Alex. Vom Spielen bei Lothar. Er nahm immer den Weg über den Friedhof und machte jedes Mal einen Abstecher zum Familiengrab. Meist stand er ein paar Minuten lang nur so da, die Hände vor dem Leib zusammengelegt, als bete er. Aber schon mehr als einer Frau, die ihn dabei beobachtet hatte, war der abgespreizte Mittelfinger aufgefallen.

Diesmal zeigte Alex dem Grab nicht lange den Stinkefinger. Er hörte Silvie weinen und Franziska rufen und war Sekunden später bei ihnen. Wie er mit Franziska umgehen sollte, wusste er nicht. Ein neunjähriger Junge und eine völlig aufgelöste Frau. Zweimal sprach er sie an, tippte ihr auch mal auf den Rücken. Als sie nicht reagierte, nahm er das Kind bei der Hand.

Er brachte Silvie zur Bäckerei Jentsch, übergab sie der vierzehnjährigen Heike und sorgte dafür, dass Martha zum Friedhof lief und sich um ihre Schwester kümmerte. Das war die erste und die letzte gute Tat, die man ihm in Garsdorf nachsagte.

Herbst 2010

Samstags war das Wetter durchwachsen und merklich kühler als freitags. Über Nacht war die Heizung wieder ausgegangen. Die am Laufen zu halten bedurfte wohl etwas Übung und Erfahrung. Es regnete immer mal wieder. Ihn störte das nicht, weil er im Haus noch eine Menge zu tun hatte.

Den ganzen Vormittag war er mit Saubermachen im großen Kaminzimmer und im früheren Lesezimmer, das trotz der vielen Bücher in den Regalen noch vor seiner Geburt in Fernsehzimmer umbenannt worden war, in der Eingangshalle, in Garderobe und Gästetoilette, im Treppenhaus und auf dem oberen Flur beschäftigt. Jede pedantische Hausfrau hätte ihre helle Freude an ihm gehabt.

Aber nach Mittag reichte es ihm dann plötzlich mit der Putzerei. All die anderen Räume wollte er sich nach und nach vornehmen, langweilig würde ihm so schnell nicht werden. Er wechselte nur noch die inzwischen trockene Bettwäsche.

Anschließend ging er hinaus zur Garage, um festzustellen, welches Gerät ihm für die Gartenarbeit zur Verfügung stand, weil er sich doch auch darum nun selbst kümmern musste. Und früher, das wusste er noch, hatten diverse Gerätschaften an einer Wand gehangen. Es hatte auch einen Rasenmäher gegeben, den fand er nicht, suchte aber auch nicht danach, weil der Mercedes, den der eiserne Heinrich gefahren hatte, solange ihm das noch möglich gewesen war, ihn sofort vom Garten ablenkte.

Der Wagen war gut und gerne fünfundzwanzig Jahre alt. Und er erinnerte sich noch lebhaft an den Abend, an dem sein Vater zum ersten Mal damit vorgefahren war. Damals war er sieben oder acht gewesen. Genau hätte er sein Alter bei dieser Gelegenheit aus dem Gedächtnis ebenso wenig bestimmen können wie das, als Heinrich die Puppe köpfte. Nur die Situation hatte sich eingeprägt und ebenso Spuren hinterlassen wie vieles andere.

Zusammen mit seiner Mutter war er nach draußen gegangen, um das Prachtstück zu bewundern. Ein wunderschönes Auto. Als Junge konnte er das beurteilen. Und er war ein Junge! Mit sieben oder acht Jahren war er sich dessen schon vollkommen sicher gewesen. Einige nannten ihn längst Satansbraten und verboten ihren Söhnen den Umgang mit ihm. Wie die Mutter von Lothar Steffens, der sich von dem Verbot aber wenig beeindrucken ließ.

«Darf ich mich einmal hineinsetzen, Papa?», hatte er gefragt.

Und war angefaucht worden: «Nichts da! Du lässt deine Finger von diesem Wagen!»

Das klang ihm wieder im Ohr, als er nun eine Hand auf die verstaubte Motorhaube legte und über das Blech strich. Seine Finger hinterließen Streifen in stumpfem Schwarz.

«Nichts da», murmelte er. «Jetzt gehört er mir – wie alles hier.»

Bis dahin hatte er überlegt, sich in den nächsten Wochen um einen fahrbaren Untersatz zu bemühen. Es musste nichts Großes sein, auch nichts Flottes. Von dem Ross war er schon lange vor seiner Festnahme abgestiegen. Als Janice Heckler in der Greve ertrunken war, hatte er einen Astra mit Heckklappe gefahren. So was in der Art hatte er sich jetzt wieder anschaffen wollen. Aber warum ein Auto kaufen, wenn eins in der Garage stand und der eiserne Heinrich sich wahrscheinlich jedes Mal im Grab umdrehte, weil eine Transe damit durch die Gegend fuhr? Das würde eine regelrechte Rollkur werden da unten.

Unwillkürlich musste er grinsen bei der Vorstellung, wie sein Vater sich als Gerippe in hilfloser Wut herumwälzte und der Rest der knöchernen Belegschaft meckerte: «Gib Ruhe, Heinrich, lieg endlich still, sonst fliegst du raus.» Und dann schossen plötzlich Gebeine aus dem Dreck, segelten durch die Luft und flogen harmlosen Friedhofsbesuchern um die Ohren, die entsetzt das Weite suchten … Herrlich!

Sein Vater hatte ihn nie als Transe bezeichnet, wie Lothar es getan hatte, bis der mit zwei Zähnen dafür bezahlte und ein Anwalt ihm klarmachte, dass Worte ebenso schmerzhafte Wunden schlugen wie Fäuste. Gedacht hatte der eiserne Heinrich das Wort aber vermutlich unzählige Male. Und an dem Abend damals waren ihm seine Gedanken wie mit Leuchtfarbe geschrieben auf der Stirn erschienen.

Er ging zurück ins Haus und suchte eine Weile nach den Autoschlüsseln. Einen fand er zusammen mit dem Kfz-Schein in einem Schubfach des großen Schreibtischs im Arbeitszimmer, das sein Vater erst zu nutzen begonnen hatte, nachdem Albert das Kommando in der Brauerei übernommen und das dortige Chefbüro besetzt hatte.

Im Gegensatz zur Spülmaschine in der Küche sprang der alte Automotor leider nicht an, gab nicht mal ein leises Grummeln von sich. Auch sonst tat sich absolut nichts, als Alex den Zündschlüssel drehte. Schade. Jammerschade. Er hätte den Wagen zu gerne gefahren. Schon hinter dem Lenkrad sitzen, so tun als ob und sich dabei Heinrichs verkniffene Miene vorstellen hatte einiges für sich. Die ganze Zeit hörte er dabei dieses Fauchen: «Nichts da! Du lässt deine Finger von diesem Wagen.»

Mit der Stimme seines Vaters im Hinterkopf wurde ihm bewusst, dass er seit Donnerstagnachmittag keine menschliche Stimme mehr gehört hatte. Kein Radio eingeschaltet, auch nicht den Fernseher. Der Letzte, der mit ihm gesprochen hatte, war der neugierige Taxifahrer gewesen.

Es war nicht so, dass er sich nach Unterhaltung gesehnt hätte. Im Gegenteil, die Stille ringsum empfand er als angenehm. Es hatte etwas Beruhigendes, keine Geräusche zu hören, die er nicht selbst verursachte, und nicht das Gequatsche von Mithäftlingen oder dem Wachpersonal.

Oder war er bisher nur zu beschäftigt gewesen, um zu registrieren, wie er sich selbst hinters Licht führte? Dass er sich in einem Geisterhaus verkroch, um nur ja keinem Menschen zu begegnen, der ihn schief ansehen und anschließend zur Bäckerei Jentsch rennen könnte, um die Leute vorzuwarnen. Dass er schrubbte und wischte wie ein Putzteufel, statt zu tun, was er sich vorgenommen hatte. Wozu hatte er sich denn die teuren Laufschuhe gekauft? Um damit durch den Garten oder ums Haus herumzuwirbeln wie ein Irrwisch? Oder um am Zaun stehend die Stelle zu suchen, an der Janice gestorben war?

Nicht einmal zehn Minuten später rannte er los, die Breitegasse hinunter auf das Heckler-Haus zu. Janice' Eltern waren kurz nach dem Prozess weggezogen, hatte er von seiner Anwältin gehört. Aber Dennis Heckler hatte kurz vorher geheiratet und wohnte vielleicht noch hier. Er hatte sich nicht danach erkundigen mögen.

Am Donnerstagnachmittag hatte er aus dem Taxi nur einen flüchtigen Blick zur Seite geworfen und nicht viel mehr gesehen als modisch kurze Gardinen vor den Fenstern. Nun sah er im Vorgarten ein türkisfarbenes Mädchenfahrrad stehen und vor der Haustür einen weißen Postkasten auf einem Pfahl. Der war ihm am Donnerstag nicht aufgefallen. Gegen seinen Willen wurde er langsamer.

Unter der Klappe, die den Einwurf bedeckte, war ein Namensschild angebracht. Im Vorbeigehen konnte er es nicht lesen. Und stehen bleiben mochte er nicht. Nur der Himmel wusste, was Dennis Heckler und seine Frau oder neue Nachbarn dachten, wenn er vor ihrer Tür haltmachte.

Wahrscheinlich hatten sie bereits mitbekommen, dass die Villa wieder bewohnt war. Zwischen den Häusern gab es doch nur die Gärten mit den kleinen Lauben. Sie mussten das Licht im Haus bemerkt haben, er hatte abends schließlich nicht im Dunkeln gesessen und die Fensterläden nicht wieder geschlossen. Wenn er jetzt stehen blieb, kam am Ende noch einer raus, machte ihn blöd an oder Schlimmeres.

Er lief weiter bis zur Einmündung der Lambertusstraße. Um zum Friedhof zu gelangen, hätte er hier abbiegen müssen, und eigentlich schuldete er seiner Mutter einen Besuch. Er war nicht mal bei ihrer Beerdigung gewesen. Man hatte ihm seitens der Justiz freigestellt, daran teilzunehmen, unter Aufsicht, versteht sich. Für die Garsdorfer wäre das ein gefundenes Fressen gewesen. Der Teufel in Handschellen, flankiert von Polizisten, die ihn vom Grab weg zurück in die Hölle brachten. Darauf hatte er verzichtet. Und jetzt kam es auf ein paar Tage nicht an.

Nächste Woche, dachte er. *Aber damit das klar ist, Mama, ich komme nur zu dir. Die restliche Bagage da unten geht mir am Arsch vorbei.*

Der Weg führte weiter am Flussufer entlang bis Grevingen, war aber nun für Autos und motorisierte Zweiräder gesperrt. Er durchschritt die versetzt angebrachten Barrieren und rannte erneut los. Die nächste Abzweigung lag etwa anderthalb Kilometer entfernt und führte in ein Neubaugebiet, das es bei seiner Festnahme noch nicht gegeben hatte. Die Häuser sahen individuell und teuer aus. Vor einigen stand ein Auto am Straßenrand, bei manchen noch ein zweiter Wagen vor dem Garagentor.

Dem dunkelgrünen Passat Kombi vor der Nummer 38 schenkte er nicht sofort Beachtung. Die Heckklappe war offen, ein Mann lud mit dem Rücken zu ihm einen Plastikkorb voller Pfandflaschen und eine Kühltasche ein. Aus dem Auto drangen nervtötende Laute, die ebenso gut von einem frustrierten Kleinkind wie von einer gequälten Katze stammen konnten.

In der offenen Haustür stand eine junge Frau in einem mit bunten Flecken und Spritzern übersäten Hausanzug, einen Schal um den Hals, Plüschpuschen an den Füßen. Kurzgeschnittenes blondes Haar klebte ihr verschwitzt und verstrubbelt um den Kopf herum. Sie putzte sich gerade die Nase. Als sie die Hand wieder herunternahm, rief sie dem Kombi zu: «Jetzt wein doch nicht so, Hasemann!»

Ihre Stimme klang, als hätte sie mit WC-Reiniger gegurgelt. Und der Mann konnte kaum gemeint sein, der richtete sich auf und forderte: «Geh rein und leg dich wieder hin. Wenn er dich nicht mehr sieht, beruhigt er sich schon.»

«Hat er seinen Tammi?», wollte die Frau wissen.

«Ja», knurrte der Mann unwillig «Sogar beide. Jetzt geh rein, verdammt! Oder willst du dir den Tod holen?»

Unvermittelt spürte Alex seinen Puls in der Kehle, in seinen Fingerspitzen pochte es ebenfalls. Übers Erkennen kam er mit dem Atemholen kaum nach. Sein Freund Lothar und die Tochter des Generals, deren jämmerliches Weinen ihn am frühen Morgen aus dem Schlaf gerissen und eine Weile verfolgt hatte!

Ein Paar waren Lothar und Silvie schon gewesen, als man ihn nach Ossendorf verfrachtet hatte. Geheiratet hatten sie drei Jahre später. Dem Gekreische aus dem Kombi nach zu urteilen, hatten sie sich zwischenzeitlich auch vermehrt. Ihn hatten sie noch nicht bemerkt. Und ehe sie aufmerksam werden konnten, ging er hinter einem Sharan in Deckung. Er wollte nicht gesehen werden. Nicht ausgerechnet von den beiden, die er damals als seine Freunde bezeichnet hatte. Und das waren sie gewesen! Gute Freunde!

Lothar war der Einzige, der so eine Bezeichnung überhaupt verdiente. Und Silvie war auch nach seiner Verurteilung noch fest von seiner Unschuld überzeugt gewesen. Sie hatte ihm regelmäßig geschrieben. Im ersten Jahr jede Woche einen Brief, seitenweise Nachrichten aus Garsdorf und Grevingen, alles, wovon sie annahm, es interessiere ihn oder er sollte es wissen.

Jedes Mal «mit ganz lieben Grüßen auch von Lothar» und der Aufforderung: «Melde dich doch mal, wir wüssten gerne, wie es dir geht und ob wir dich besuchen dürfen.»

Im zweiten Jahr war es weniger geworden. Aber erst gegen Ende des dritten hatte Silvie aufgegeben. In ihrem letzten Brief hatte sie ihm nur noch knapp den Termin ihrer Hochzeit mitgeteilt. Vielleicht hätte er eine Glückwunschkarte schicken sollen. Aber nachdem er sich drei Jahre lang tot gestellt hatte ...

Silvie ging zurück ins Haus, die Tür wurde geschlossen. Lothar stieg in den Passat und fuhr los. Alex wartete hinter dem Sharan, bis der Kombi außer Sichtweite war. Dann lief er weiter. Doch statt umzukehren, wie er es vorhatte, lief er auf das Haus zu. Es war wie ein innerer Zwang. Er konnte gar nichts dagegen tun.

Dann stand er vor der Tür. Und sein Herzschlag drohte ihm die Rippen zu brechen. Vom Laufen! Nur vom Laufen an der frischen Luft! Um nichts in der Welt hätte er zugegeben, was für einen Riesenbammel er hatte, dass Silvie die Tür zwar wieder öffnete, ihn dann aber so abfertigte, wie Cecilia es am Donnerstag getan hatte.

Er drückte auf den Klingelknopf, nichts rührte sich. Vielleicht hatte sie ihn eben schon bemerkt, ehe er sich hinter den Sharan ducken konnte. Oder sie hatte ihn jetzt von einem Fenster aus näher kommen sehen und wollte ihn nicht hereinlassen. Auch gut. Sie konnten ihn alle mal kreuzweise. Er brauchte weder Familie noch Freunde, kam am besten zurecht, wenn er keine Gedanken an andere verschwenden musste. Das hatte er sich in den letzten drei Jahren bewiesen.

Er kehrte um, hatte die Straße aber noch nicht ganz erreicht, als hinter ihm die heisere Stimme ungläubig krächzte: «Alex?»

Als er sich wieder dem Haus zudrehte, wiederholte Silvie verblüfft: «Alex.» Sie schniefte. «Hab ich doch richtig gesehen. Ich dachte schon, ich hätte eine Halluzination. Du bist es wirklich. Wo kommst du her? Bist du abgehauen?»

Klar. Mit einem zum Stilett geschliffenen Löffelstiel drei Wärter niedergestochen, den vierten als Geisel genommen und so weiter. Oder die tüchtige Frau Doktor Brand bei einem Freigang im Nacken gepackt, mit dem Gesicht in irgendein Gewässer gedrückt und sich aus dem Staub gemacht. Von Silvie hatte er so eine Frage nicht erwartet.

«Auf Bewährung entlassen», sagte er.

«Wann?»

«Donnerstag.»

«Und da kommst du jetzt schon her?» Bei ihrer verschnupften Stimme klang der Sarkasmus nicht gar so scharf.

«Ich hatte keine Ahnung, dass du hier wohnst», erwiderte er. «Hab nur mal eine Runde gedreht. Bisher bin ich nicht zum Laufen gekommen, hatte eine Menge zu tun. Du kannst dir gar nicht vorstellen, wie es in einem Haus aussieht, in dem seit Jahren keiner mehr gewischt hat.»

Silvie nickte scheinbar verständnisvoll. «Ach, deshalb. Dann haben sie dich in Ossendorf wohl immer den ganzen Knast schrubben lassen, was? Musstest du auch die Gitterstäbe polieren? Sonst hättest du doch bestimmt mal Zeit für ein paar Zeilen gefunden.» Beim letzten Satz erlosch ihr Sarkasmus. Als sie weitersprach, klang sie verletzt: «Ich wollte keine Romane von dir, Alex. Ich wollte nur wissen, wie es dir geht und ob du etwas brauchst.»

Er zuckte mit den Achseln, sollte sie daraus ableiten, was sie wollte. Es war ihm dreckig gegangen, im ersten Jahr, im zweiten, auch noch im dritten. Was er gebraucht hatte, hätte sie ihm nicht beschaffen können. Und daran hatte sie ihn mit jedem verfluchten Brief erinnert. Immer wieder alles aufgewühlt, bis sie endlich aufhörte zu schreiben und er sich um Abstand bemühen konnte.

«Willst du reinkommen?», fragte sie. «Oder hast du noch mehr zu putzen? Du kannst auch ruhig zugeben, wenn du Angst vor Viren hast.»

«Doch nicht vor ein paar Rhinos», antwortete er und grinste.

«Das sind aber ganz üble Rhinos», warnte Silvie. So sah sie auch aus. Die Augen glasig und rot umrandet, die Haut an Stirn und Wangen fleckig und fahl, die Nase wund bis runter zur Oberlippe. Aber da er anscheinend willkommen war, hätte hinter ihrem Rücken auch ein feuerspeiender Drache lauern können – er wäre ihr trotzdem gefolgt. Obwohl eine innere Stimme mahnte, es sei ein Fehler. Mit dem Schritt über ihre Schwelle würde er die Arbeit der letzten drei Jahre zunichtemachen.

Auf ihren Plüschpuschen schlurfte Silvie vor ihm her durch eine kleine Diele, die keinesfalls wie geleckt aussah, zu einem Wohnzimmer, in dem jeder auf Anhieb erkannte, dass ein Kleinkind im Haushalt lebte. Auf einer Decke, die wie ein Stadtplan gemustert war, lagen unzählige Holzklötze zwischen anderem Babyspielzeug. Neben dem Flachbildfernseher hing ein großer Bilderrahmen an der Wand, in dem mindestens drei Dutzend Babyfotos aus verschiedenen Lebensmonaten wie ein Flickenteppich zusammengesteckt waren.

Silvie hatte wohl auf der Couch gelegen. In Griffnähe auf dem Tisch standen eine Packung Kleenex, eine Dose Hustenbonbons und eine noch halb gefüllte Teetasse. Sie setzte sich, nahm den Schal ab, schob eine Wolldecke zur Seite, griff nach der Tasse und trank einen Schluck, ehe sie fragte: «Kann ich dir etwas anbieten? Kaffee, Tee, Hustensaft?»

«Hustensaft hört sich toll an», erwiderte er.

«Hilft nur nicht.» Zum Beweis folgte ein Hustenanfall, der sich anhörte wie ein Kettensägenmassaker. Nachdem sie das Ärgste überstanden hatte und wieder Luft bekam, wollte sie wissen: «Was nun, Kaffee oder Tee? Ich hab schwarzen, grünen, Pfefferminz, Früchte und Fenchel. Mineralwasser ist leider alle. Lothar besorgt gerade Nachschub. Du hast ihn knapp verpasst. Er ist eben erst weg, wird aber wohl ein Weilchen unterwegs sein.»

«Macht nichts», sagte er. «Ich hab alle Zeit der Welt.»

«Und was willst du damit anfangen, außer putzen?» Zu einer Antwort kam er nicht. Es war typisch für sie. Kaffee und Tee waren belanglos. Und mit Belanglosigkeiten hielt Silvie sich nie lange auf. In ihren nächsten Sätzen schwang Sorge mit: «Du hast doch hoffentlich nicht vor, Dummheiten zu machen. Halt dich von Heike fern, Alex. Versprich mir das.»

«Klar», sagte er. «Vierzig Meter Abstand habe ich eingehalten, als ich die S-Bahn verlassen musste. Es können auch fünfzig Meter gewesen sein, ich hab nicht nachgemessen. Ich hatte sogar überlegt, ob ich bis zur nächsten Station durchfahre und zurücklaufe. Aber das war mir dann doch zu blöd.»

«Sorry», murmelte Silvie. «Ich dachte ja nur. Weil du damals im Gericht gesagt hast, es würde ihr noch leidtun.»

«Man sagt viel, wenn der Tag lang ist», erwiderte er und brachte sie dann rasch auf ein anderes Thema. Den Hasemann, dem sie die Flecken auf ihrem Hausanzug verdankte. Traubensaft, Spinat, Möhren, Pfirsichbrei, Kakao oder Schokoladenpudding, was kleine Kinder halt so zu sich nehmen und häufig wieder ausspucken.

Bereitwillig und stolz, wenn auch unterbrochen von weiteren Hustenanfällen und anschließenden Pausen, in denen sie nach Luft japste und ihre Kehle mit einem Schluck Tee schmieren musste, erzählte Silvie von ihrem Sohn. David hieß er, war sechzehn Monate alt.

Weil sie seit Anfang der Woche erkältet und es von Tag zu Tag schlimmer geworden war, hatte ihre Schwiegermutter den Kleinen am Donnerstag widerstrebend zu sich genommen. Lothars Mutter hatte es seit dem vollkommen unerwarteten Tod ihres Mannes – Herzinfarkt mit achtundfünfzig – angeblich mit dem Herzen.

«Wann ist Lothars Vater denn gestorben?», unterbrach Alex ihren Redefluss.

«Drei Wochen nach unserem Einzug hier», sagte Silvie. «Wusstest du das noch gar nicht?»

Er schüttelte den Kopf. Sie zog unbehaglich die Schultern zusammen. «Beim Innenausbau hat er noch kräftig mit angepackt, die Muskelhypothek übernommen. Mein Vater hatte einen netten Batzen Geld beigesteuert, und er wollte nicht hinter dem General zurückstehen. Ich glaube, er hat sich total verausgabt.»

Sie schwieg für ein paar Sekunden, offenbar in Erinnerungen an ihren Schwiegervater versunken. Dann plapperte sie weiter über die Leiden ihrer Schwiegermutter. Seit Davids Geburt klagte die zusätzlich über Arthrose in beiden Knien. Man hätte sie ja sonst häufiger bitten können, den Kleinen mal für ein Stündchen zu nehmen, damit Silvie zum Friseur oder zu ihrer Frauenärztin konnte. Aber von ihrem Enkel fühlte Frau Steffens sich meist schon nach zehn Minuten völlig überfordert.

«Wundert mich, dass sie bis heute durchgehalten hat», erklärte Silvie mit einer Stimme, für die Schweigen entschieden besser gewesen wäre. «Heute Mittag brachte sie David zurück. Sie meinte, übers Wochenende hätte Lothar doch Zeit, sich um den Kleinen zu kümmern. Das ist aber nicht Sinn der Sache. Wenn Prinz Knatschsack hier ist, steckt er sich garantiert bei mir an. Er kann noch nicht laufen, hängt mir ständig auf der Pelle. Jetzt macht Lothar die Einkäufe mit ihm, dann muss er zusehen, dass er ihn Oma aufs Auge drücken kann. Die nimmt ihn sonst auch immer.»

«Wie geht's denn deiner Oma?», fragte Alex und hatte sekundenlang das Bild vor Augen mit dem er aufgewacht war: wie Franziska Welter auf Knien in der Kinderecke lag und mit bloßen Händen in einem Loch scharrte, in dem sie bereits bis zu den Ellbogen verschwand. Und neben ihr dieses hilflose, heulende Kind, das nun selbst schon ein Kind hatte.

Silvie ließ einen Bericht über ihre Großeltern folgen. Franziska war mit ihren achtundsiebzig noch fit und gesund. Sie jammerte jedenfalls nicht über irgendwelche Gebrechen und ging immer noch jeden Tag zum Friedhof auf einen kurzen Plausch mit ihrem Mariechen. Das kleine Grab war damals nicht eingeebnet worden. Gottfried hatte Eingabe um Eingabe an die Stadtverwaltung und den Bürgermeister geschrieben, bis die Stadt ein Einsehen hatte.

Gottfried jammerte auch nicht, war aber in letzter Zeit zusehends weniger geworden. Es hatte den Anschein, als wolle er aus der Welt schrumpfen. Die Portionen auf seinem Teller wurden immer kleiner. Seit Anfang der Woche hatte er fast nichts mehr gegessen. Er hatte seit geraumer Zeit einen Leistenbruch, den er nicht behandeln lassen wollte, weil der Bruch angeblich keine Beschwerden machte. Und davon könne ihm auch nicht der Appetit vergangen sein, meinte Silvie. Er müsse Probleme mit dem Magen haben, die er jedoch leugnete. Oma bekniete ihn seit Dienstag, zum Arzt zu gehen und sich gründlich untersuchen zu lassen. Das hielt er für überflüssig. Ein Sturkopf war er ja früher schon gewesen, jetzt kam der Altersstarrsinn dazu. Na ja, er war zweiundachtzig, und sein Lieblingsspruch war neuerdings: «Keiner ist unsterblich.» Das klang immer, als wolle er sich verabschieden.

Nachdem das gesagt war, verlangte Silvie: «Jetzt erzähl du aber mal. Man hört so oft Horrorgeschichten aus Gefängnissen. Misshandlungen, Drogen und so. Wie ist es dir ergangen?»

Das ging sie einen Scheißdreck an. «Halb so wild», wich er aus, deutete auf den Rahmen mit den Babyfotos und wiederholte mit einem weiteren Grinsen, nach dem ihm überhaupt nicht war, den Ausdruck, den sie benutzt hatte: «Prinz Knatschsack? Was ist denn das für eine Bezeichnung für so einen süßen Fratz?»

Die Teetasse war leer. Auf ihr Getränkeangebot kam Silvie nicht noch einmal zurück. Sie steckte sich ein Hustenbonbon in den Mund, ehe sie antwortete: «Du müsstest ihn mal hören, wenn er seinen Willen nicht bekommt. Er ist ein verzogener Bengel.»

«Und wer hat ihn verzogen, deine Oma?»

«Ich», gestand Silvie, lutschte ihr Bonbon und erzählte auch noch von tausend Ängsten in den ersten Wochen und Monaten als Mutter. Sie hätte wirklich nicht so viel reden dürfen. Mit jedem weiteren Hustenanfall wurde ihre Stimme brüchiger. Der Fieberglanz verlieh ihren Augen einen silbrigen Schimmer.

Als Lothar mit den Einkäufen und ohne Prinz Knatschsack zurückkam, hatte sie über neununddreißig Grad Fieber. Doch nicht nur aus dem Grund freute Lothar sich absolut nicht, Alex so unverhofft wiederzusehen.

Er bestand darauf, Silvie umgehend ins Krankenhaus zu bringen, ließ ihr nur die Zeit, den fleckigen Hausanzug gegen Jeans und Pullover zu tauschen. Und während sie das tat, versetzte er Alex einen völlig unerwarteten und deshalb umso schmerzlicheren Hieb mit der Waffe, die Lothar nun mal am besten beherrschte.

«Was willst du hier?», blaffte er ihn an, und damit meinte Lothar keineswegs nur den Aufenthalt in seinem Haus. Kaum hatte Alex begonnen, sein zufälliges Vorbeikommen zu erklären, wurde er schon unterbrochen. «Du hast doch nicht etwa vor, in der Villa zu bleiben? Willst du dir immerzu ansehen, wo du Janice ersäuft hast? Das ist ja pervers. Tu dir selbst einen Gefallen und such dir eine Wohnung irgendwo, wo dich keiner kennt, am besten hinterm Mond. Da kannst du laufen, bis dir die Luft ausgeht. Hier will dich keiner mehr haben, Alex. Und ich schätze, das werden sie dir klarmachen, sobald du dich im Dorf blicken lässt oder sich herumspricht, dass du wieder da bist.»

Der feindseligen Empfehlung zum Trotz lief Alex am frühen Sonntagnachmittag erneut an der Greve entlang in das Neubauviertel. Der dunkelgrüne Passat Kombi war nicht zu sehen. Vielleicht stand er in der Garage. Wie bei einem Streich aus Kindertagen drückte Alex kurz auf den Klingelknopf an der Haustür und rannte zurück zu einem Van vor der Nummer 36, der ausreichend Deckung bot.

Nichts passierte. Daraus zog er den Schluss, dass Silvie im Krankenhaus geblieben war und Lothar sie wohl gerade besuchte. Das wollte er auch tun, dabei jedoch nicht erneut dem Mann gegenübertreten, der ihn gestern abgekanzelt hatte wie einen Schwerkriminellen, was er sich nicht so recht erklären konnte.

Vor seiner Festnahme hatte Lothar tausend Entschuldigungen für ihn gefunden. In früheren Zeiten gewühlt, sich immer tiefer gegraben, bis er im Paradies ankam und einen Apfelbaum mit Schlange als Grund allen Übels ausmachte.

Dass Lothar anschließend auf Distanz gegangen war, konnte er noch nachvollziehen. Irgendwie musste ein Mann ja mit seinem Gewissen fertigwerden, wenn er Augenzeuge eines Verbrechens geworden war und das um einer Freundschaft willen mit sich allein abgemacht hatte. Dass Lothar mit seinem Schweigen zu kämpfen hatte, war schon vor Prozessbeginn klar gewesen. Deshalb hatte Frau Doktor Brand es nicht riskiert, ihm im Zeugenstand auch nur eine Frage mehr als unbedingt nötig zu stellen.

Nur war Lothar gestern Nachmittag nicht bloß auf Distanz gegangen. Er hatte unverhohlene Ablehnung und Wut demonstriert, mit drastischen Worten klargemacht, dass ihre Freundschaft der Vergangenheit angehörte. Aber eine weitere Begegnung ließe sich vermeiden, dachte Alex, als er sich ein Taxi rief.

Beim Krankenhaus stieg er aus, hatte vor, nach einer ersten Kontrolle des Parkplatzes durchs Städtchen zu bummeln und immer wieder zurückzukommen, bis der Passat verschwunden war. Doch den Wagen entdeckte er nirgendwo, also ging er gleich rein und erkundigte sich beim Pförtner nach Silvies Zimmernummer.

Sie hatte ein Einzelzimmer mit Fernseher, allerdings keine Münzen, um das Gerät in Betrieb zu nehmen. Da sie alleine war und vor Langeweile fast umkam, freute sie sich, als er eintrat. «Wenigstens einer erbarmt sich. Finde ich toll, dass du kommst. Ich hatte nicht erwartet, dich so schnell wiederzusehen, wo Lothar gestern so fies zu dir war.»

Darauf folgte ein kleiner Seufzer, anschließend bat sie: «Du darfst ihm das nicht übelnehmen. Er hat es bestimmt nicht so gemeint, wie es klang, ist schon seit Wochen gereizt und geht bei jeder Kleinigkeit an die Decke. Mit dir hat das gar nichts zu tun.» Womit es sonst zu tun hatte, erklärte sie nicht, wies mit dem nächsten Satz nur noch darauf hin: «Viel reden darf ich heute aber wirklich nicht.»

Und er hatte nicht vor, viel zu reden. Über die Zeit im Knast schon gar nicht. Schweigend beieinandersitzen war jedoch nicht Silvies Art. Das wusste er noch von früher. Es war nicht schwer, sie zu animieren und auszuhorchen.

Er begann mit unverfänglichen Themen, ihre Erkältung und die Unterbringung ihres Hasemanns. Silvie gab Auskunft – wie gestern mit vielen Unterbrechungen durch Hustenanfälle und darauffolgende Atempausen. Ein Arzt in der Notaufnahme hatte eine schwere Bronchitis diagnostiziert. Viel fehlte nicht zur Lungenentzündung. Hinzu kamen der Schnupfen und eine Halsentzündung. Trotzdem hätte sie nicht unbedingt im Krankenhaus bleiben müssen. Lothar hatte darauf bestanden, damit sie sich gründlich auskurierte und erholte, was sie daheim kaum getan hätte.

Am Vormittag war Lothar kurz bei ihr gewesen, hatte ein paar Sachen gebracht, auch ihre Handtasche, an die sie gestern in der Eile des Aufbruchs nicht gedacht hatte. Lothar hatte sich gleich wieder auf den Weg gemacht, um seinen Stammhalter bei ihren Großeltern abzuholen und den Knaben bis zum Abend zu beschäftigen. Da Lothars Mutter sich weigerte, Prinz Knatschsack erneut für mehrere Tage zu betreuen, musste Franziska einspringen. Gottfried zuliebe sollten sie am Sonntagnachmittag aber Ruhe haben und Kraft tanken für den Montag, hatte Lothar gesagt.

«Er ist noch genauso vernünftig wie früher, ganz anders als ich», gestand Silvie und plauderte trotz Redebeschränkung weiter.

Leider konnte Lothar zurzeit keinen Urlaub nehmen und sich von morgens bis abends selbst um David kümmern. Er war im öffentlichen Dienst beschäftigt, bearbeitete als Beamter bei der Stadt Köln Schulunfälle. Publikumsverkehr hatte er nicht, deshalb konnte er Gleitzeit machen und doch einiges tun, um Oma und Opa zu entlasten. Wenn er frühmorgens mit der ersten S-Bahn um halb sechs nach Köln fuhr, saß er zeitig genug im Büro, um schon kurz nach Mittag Feierabend zu machen. Dann hatte er den ganzen Nachmittag Zeit für David.

«Wenn Lothar ihn abends zurückbringt, muss Oma David nur noch hinlegen», schloss sie ihren Bericht und verlangte nach ihrer Handtasche. «Bist du so lieb und gibst mir die mal. Lothar hat sie in den Schrank gestellt. Da müsste ein Labello drin sein. Meine Lippen brennen wie Feuer.»

Natürlich war Alex so lieb. Und Silvie suchte nicht lange nach dem Pflegestift, sie kippte den stattlichen Inhalt ihrer Tasche aufs Bett, wühlte darin herum und regte sich auf, weil Lothar offenbar ausgemistet hatte. Dass er ihre Geldbörse herausgenommen hatte, weil in Krankenhäusern doch so viel geklaut wurde, hatte er ihr gesagt. Aber auch ihr Handy fehlte. Das mochte vernünftig sein, doch Silvie fand es unverschämt, schnappte sich den Labello, bearbeitete ihre Lippen und zeterte wie ein Rohrspatz: «Was fällt dem ein? Der tickt wohl nicht richtig. Dem werde ich was erzählen.»

Von Lothars Vernunft war nicht mehr die Rede. Es blieb Alex überlassen, die Tasche wieder einzuräumen. Bei der Gelegenheit entdeckte er ein schwarzes Plastikteil, das sich beim Druck auf eine winzige Fläche mit Schlosssymbol als moderner Autoschlüssel entpuppte und Lothars Aufmerksamkeit entweder entgangen war, oder Lothar hatte gedacht, damit könne Silvie zurzeit eh nichts anstellen. Alex ließ das Ding geschickt in seiner Jacke verschwinden, Silvie brauchte es ja vorerst wirklich nicht. Die Tasche stellte er ihr griffbereit auf den Nachttisch.

Bis um halb sechs das Abendessen verteilt wurde, brachte er alles in Erfahrung, was für ihn sonst noch von Belang war, sogar dass der Kfz-Schein des Passats seit kurzem immer im Handschuhfach lag. Vorher hatte Silvie auch den Schein in der Handtasche gehabt, weil sie das Auto am meisten nutzte.

Vor Davids Geburt war sie in einem Kleinwagen zur Arbeit gefahren. Sie war als Altenpflegerin im Grevinger Seniorenheim beschäftigt gewesen und hatte ihr Auto eigentlich behalten wollen. Mit einem Baby auf dem Land, da brauchte man unbedingt eins. Aber das wäre hinausgeworfenes Geld gewesen, wo der Passat von morgens früh bis zum Nachmittag auf dem Parkplatz bei der S-Bahn stand. Also hatte Silvie die Herrschaft über die Familienkutsche übernommen und den Kfz-Schein eingesteckt.

Aber neulich hatte Lothar abends noch etwas für seine Mutter besorgen müssen und war in eine Verkehrskontrolle geraten. Zwanzig Euro hatte es ihn gekostet, angehalten zu werden und nicht belegen zu können, im eigenen Auto unterwegs zu sein. Zwanzig Euro waren für einen sparsamen Menschen wie Lothar eine Menge Geld.

Alex hätte es entschieden mehr gekostet, ohne Papiere in einem Wagen erwischt zu werden, den er ohne Wissen des Halters fuhr. Der Schlüssel hatte ihn auf eine Idee gebracht, bei deren Verwirklichung er keinen Chauffeur gebrauchen konnte.

Als Silvie die Abdeckung von einem Teller mit zwei Brotscheiben, etwas Salami und einer Schmelzkäseecke anhob und durch Naserümpfen zu verstehen gab, dass das nicht gerade nach ihrem Geschmack war, verabschiedete er sich.

Für den Heimweg nahm er wieder ein Taxi und bestellte beim Fahrer für den nächsten Morgen eins vor. Es kam wie verlangt pünktlich um fünf in der Früh und brauchte nicht mal zehn Minuten bis zur S-Bahn-Station über die um die Zeit noch völlig leere Landstraße. So war er noch vor Lothar am Ziel, sah seinen ehemaligen Freund ankommen und aussteigen, musste sich dann allerdings ein Weilchen gedulden.

Lothar kehrte wie zwei andere frühe Kunden in *Heikes Kaffeebüdchen* ein. Im Gegensatz zu den beiden anderen kam er jedoch nicht nach wenigen Minuten wieder raus, um zur ersten Bahn zu sprinten. Durch die Glasfront sah Alex, wie Lothar sich zwei Brötchen belegen und in eine Tüte packen ließ. Er bezahlte auch sofort. Danach ging er zum Kühlschrank für die Kaltgetränke, nahm sich ein Saftpäckchen und wechselte damit zurück an die Theke, hinter der Heike Schinkenbrötchen auf einem Tablett arrangierte. Lothar stellte das Päckchen zu seiner Tüte, machte jedoch keine Anstalten, auch den Saft zu bezahlen.

Er sagte etwas. Draußen war natürlich nichts zu verstehen. Und auf die Distanz nutzte Alex die besondere Fähigkeit nicht viel, die er sich im Knast angeeignet hatte: Zum Lippenlesen musste man näher heran. Das riskierte er nicht, wollte nicht durch einen zufälligen Blick der beiden entdeckt werden. Lieber ging er zur Rückseite der Blockhütte. Dort befand sich eine schmale Veranda mit Zugang zum Innenraum. Die Hintertür hatte im oberen Bereich eine Glasscheibe und wurde gelegentlich als Abkürzung zu Gleis 1 benutzt. Doch nachdem die erste Bahn abgefahren war, bestand für die nächsten zwanzig Minuten kaum die Gefahr, dass jemand durch diese Tür ins Freie trat.

Auch durch die kleine Glasscheibe waren Lothar und Heike im hell erleuchteten Thekenbereich gut zu sehen. Lothar stand sogar mit dem Gesicht zur Hintertür, Heike seitlich. Sie bestrich weitere Brötchenhälften mit Butter, belegte sie mit der Salatgarnitur und Käse. Und was immer Lothar ihr bis dahin erzählt hatte, in Angst und Schrecken versetzt hatte es sie anscheinend nicht. Sie wirkte nur verärgert.

Alex sah, dass sie etliche Sätze hintereinander von sich gab. Was sie sagte, war nicht zu erkennen, weil sie mit gesenktem Kopf hantierte. Lothar zog noch einmal seine Geldbörse aus einer Hosentasche, legte mit mürrischer Miene einen Zwanzig-Euro-Schein auf die Theke und erwiderte – jetzt war es ihm deutlich von den Lippen abzulesen –: «Ich hab's nicht mehr kleiner, aber ich hätte das bis morgen schon nicht vergessen. Und an deiner Stelle würde ich mir mehr Gedanken über unser lasches Justizwesen machen als um einen Euro zu wenig in der Kasse.»

Daraus schloss Alex, dass es vorher bloß um die Bezahlung des Saftpäckchens gegangen war. Das brauchte ihn nicht zu interessieren. Viel wichtiger war, dass er jetzt trotz seiner Angespanntheit Ruhe bewahrte.

Heike Jentsch war alles andere als ein schreckhafter oder ängstlicher Typ. Mit ihren achtunddreißig Jahren und einigen Kilo Übergewicht war sie eher das, was man sich allgemein unter einer starken Frau vorstellt. Sie war tüchtig und unabhängig, aber finanziell nicht auf Rosen gebettet und zurzeit auf jeden Euro angewiesen. Sie beabsichtigte nämlich, am kommenden Donnerstag nach Holland zu fahren, um dort tags darauf unbürokratisch und ohne viel Fragerei ein Problemchen beseitigen zu lassen, ehe es sich zu einem Problem auswuchs.

Wenn ihre Mutter nach Affären, Liebhabern oder etwas ordinär nach Kerlen fragte, behauptete Heike immer, keine Zeit für Männer zu haben. Hatte sie im Prinzip auch nicht. Ihr Tag begann um vier in der Frühe. Um halb fünf war sie schon in Garsdorf, um die ersten Brötchen abzuholen. Mittags brachte ihre Schwägerin Gerhild die zweite Lieferung und das Kleingebäck, das reißenden Absatz fand, wenn die Halbtagskräfte von der Arbeit kamen.

Und wenn Heike am Nachmittag die Eingangstür ihres Kaffeebüdchens schloss, hatte sie noch lange nicht Feierabend. Es musste ja auch sauber gemacht werden, eine Putzfrau war ihr zu teuer.

Meist ging Heike erst gegen halb sechs mit den Tageseinnahmen zu ihrem Honda, den sie immer auf dem Parkplatz direkt hinter dem Blockhaus abstellte. Dann fuhr sie zum Discounter. Danach kam die tägliche Abrechnung, die machte sie in ihrer Wohnung, aß anschließend zu Abend, meist nur ein Fertiggericht. Um neun ging sie ins Bad, fiel kurz darauf wie ein Stein ins Bett. Und am nächsten Morgen klingelte der Wecker wieder um vier.

Trotzdem konnte Heike hin und wieder ein Stündchen fürs andere Geschlecht erübrigen. Nach einer bitteren Enttäuschung in früheren Jahren wollte sie allerdings keine feste Beziehung mehr. Wer sich mit ihr einließ, durfte keine Besitzansprüche anmelden und sollte den Mund halten können, so wie sie den ihren hielt.

Dem Verursacher ihres kleinen Problems hatte sie natürlich mitgeteilt, dass es vor schätzungsweise sechs Wochen eine Panne gegeben hatte, die aber leicht zu beheben war. In ihrer Familie wollte sie das nicht zur Diskussion stellen. Dabei brauchte sie die Unterstützung ihrer Schwägerin Gerhild.

Das Kaffeebüdchen für die gesamte Dauer ihres Aufenthalts im Nachbarland zu schließen, konnte sie sich nicht leisten. Sie hatte eine Vertretung engagiert, die schon gelegentlich für ein paar Stunden ausgeholfen hatte und sich auskannte. Leider besaß die Frau kein Auto, konnte also morgens nicht die Brötchen holen. Aber wenn Gerhild bereit war, die Tour zu übernehmen, ohne die Sache großartig zu hinterfragen …

Am Donnerstagabend wollte Heike aufbrechen. Sie hatte ein Hotelzimmer in der Nähe der Klinik gebucht. Für Freitagmorgen waren Beratungsgespräch, Voruntersuchung und der kleine Routineeingriff angesetzt. Danach Erholung im Hotel. Sonntags die Rückfahrt. Vielleicht müsste sie sich montags noch ein wenig schonen, was sie allerdings nicht glaubte. Dienstags war sie garantiert wieder voll einsatzfähig. Für Gerhild wären es somit zwei, höchstens drei zusätzliche Fahrten.

Um die Hilfsbereitschaft ihrer Schwägerin zu aktivieren, hatte Heike schon letzte Woche die Erschöpfte gimimt, die dringend mal für ein paar Tage ausspannen musste. Gerhild hatte vollstes Verständnis gehabt und war auf der Stelle bereit gewesen, die morgendliche Tour für zwei oder drei Tage zu übernehmen.

Es war alles geklärt und geregelt. Und dann kam Lothar mit der Hiobsbotschaft. Heike hatte einen gewaltigen Schrecken bekommen, als sie hörte, wen er am Samstagnachmittag mit Silvie im Wohnzimmer angetroffen und vor die Haustür gesetzt hatte.

Alex wieder in Freiheit! Wie oft hatte sie in den letzten Jahren an ihn gedacht, immer mit diesem Unbehagen.

«Das wird dir noch leidtun!»

Dass er wahrscheinlich nicht die gesamten neun Jahre absitzen musste, war ihr von Anfang an klar gewesen. Vorzeitige Entlassungen auf Bewährung gehörten ja längst zum System. Nicht mal bei lebenslänglich konnte man sich noch darauf verlassen, dass ein Mörder tatsächlich für längere Zeit weggesperrt wurde.

Aber ausgerechnet jetzt! Der Zeitpunkt war denkbar ungünstig. Dass Gerhild bei ihrer Zusage blieb, wenn sie davon erfuhr, schien fraglich. Immerhin bestand die Gefahr, dass Alex frühmorgens Gerhilds Weg kreuzte. Und dass ihre Schwägerin bereit wäre, sich mit ihm auseinanderzusetzen, bezweifelte Heike stark.

«Das wird dir noch leidtun!»

Während sie routiniert den morgendlichen Run bewältigte, huschten ihre Augen immer wieder zur Glasfront. Leider war der Vorplatz bei weitem nicht so gut ausgeleuchtet wie der Innenraum der Blockhütte. Vor dem alten Bahnhofsgebäude standen drei prächtige Ulmen, deren Stämme ausreichend Deckung für einen Mann boten. Er mochte dahinten stehen und sie beobachten, oder sich in einer Menschentraube zum Gleis 1 mittreiben lassen und hintenherum zurückkommen, auf einen günstigen Moment lauern, wenn der Kundenstrom nachließ …

2. Teil

KINDER OHNE MÜTTER

Grevingen-Garsdorf, im Herbst 2010

Während Heike Jentsch besorgt Ausschau nach ihm hielt, befand Alex sich im Wagen seines ehemaligen Freundes auf dem Weg nach Garsdorf, um dem Familiengrab einen frühen Besuch abzustatten und anschließend den Plan in die Tat umzusetzen, der seit dem vergangenen Nachmittag in ihm gereift war.

Auf dem Friedhof hielt er sich nicht länger als fünf Minuten auf, erzählte seiner Mutter nur, wie froh er war, wieder daheim zu sein, und wie er ihr Elternhaus auf Vordermann zu bringen gedachte. Es nieselte, und er wusste nicht, was er sonst noch sagen könnte, setzte sich wieder in Lothars Auto und wartete.

Der dunkelgrüne Kombi stand in einer Lücke der mannshohen Mauer, die den Friedhof vor dem Verkehr auf der Pützerstraße schützte. Damit nicht eines Tages ein Rüpel, Raser oder gar ein Lkw die Kurve nicht bekam und auf den Gräbern landete. Die Straße war eng und von jeher stark befahren. Seit der Einführung der Autobahnmaut wurde sie noch stärker vom Durchgangsverkehr frequentiert als zuvor.

Weil längst kein Sarg mehr von einem Trauerhaus zur letzten Ruhestätte getragen werden durfte, hatte die Gemeinde Garsdorf sich Ende der sechziger Jahre eine Aussegnungshalle mit Kühlraum geleistet. Zudem war eine breite Bresche in die Mauer geschlagen worden. Das ursprünglich an dieser Stelle vorhandene, einflügelige Tor aus Schmiedeeisen, durch das Franziska Welter früher jeden Tag getreten und auf den mit rotem Splitt bestreuten Wegen zur Kinderecke gegangen war, hatte man entfernt und durch ein drei Meter breites Rolltor aus Stahlstäben ersetzt. Seitdem musste Franziska einen kleinen Umweg machen, wenn sie ihr Mariechen besuchte.

Das Rolltor war um gute vier Meter von der Straße zurückversetzt. So konnten Leichenwagen nicht nur bis vor die Aussegnungshalle beziehungsweise den Kühlraum gesteuert werden. Die Fahrer konnten auch vor dem Tor anhalten, um es zu öffnen, ohne einen Stau auf der Pützerstraße zu verursachen.

Der Platz war gewiss nicht als Parkbucht gedacht, aber groß genug, um eine Familienkutsche aufzunehmen. Der Wagen stand parallel zur Straße, was eine elende Rangiererei gewesen war. Doch so blieb er den Blicken der siebenjährigen Saskia, die dicht an der Friedhofsmauer entlang näher kam, verborgen – bis sie die Lücke erreichte.

Obwohl es nicht üblich war, dass frühmorgens ein Auto vor dem Rolltor stand – schon gar nicht in voller Länge in die Lücke gequetscht war –, schenkte Saskia dem Passat zuerst keine Beachtung. Wegen des Nieselregens hatte sie die Kapuze ihres Anoraks tief in die Stirn gezogen. Den Kopf hielt sie gesenkt und war ausschließlich auf ihre Füße konzentriert.

Neben der Friedhofsmauer gab es keinen Gehweg, nur eine Gosse, die nicht regelmäßig gekehrt wurde und die meiste Zeit des Tages im Schatten lag, sodass sich unzählige Mooskissen gebildet hatten. Fußgänger benutzten normalerweise die andere Straßenseite. Zum einen war es auf dem schmalen Bürgersteig dort weniger gefährlich, zum anderen bekam man keine schmutzigen Schuhe oder nassen Füße.

Aber so doll regnete es ja nicht, dass sich in der Gosse ein Rinnsal hätte bilden können. Das feuchte Moos platschte bloß unter den Schuhsohlen, und wenn man genau hinschaute, sah man für einen winzigen Augenblick feine Tröpfchen in alle Richtungen davonstieben. Es sah aus, als ob aus dem Moos die Krönchen von Prinzessinnen aufstiegen. Saskia fand das schön, sie wäre gerne eine Prinzessin gewesen, blieb auf Kurs und achtete darauf, mit dem nächsten Schritt wieder genau auf einen der erhabenen, schwarz-grünen Flecken zu stampfen.

Als sie unvermittelt durch die eilends herabgelassene Seitenscheibe neben dem Fahrersitz angesprochen wurde, schrak sie heftig zusammen. «Das glaube ich jetzt aber nicht», sagte ein ihr unbekannter Mann erfreut, erstaunt oder entrüstet.

Saskia konnte weder seinen Ton noch sein Mienenspiel richtig einordnen und stellte sich bereits auf einen mahnenden Vortrag über die Sicherheit für Fußgänger, speziell Kinder, auf dieser vielbefahrenen Straße ein. Da sprach er weiter: «Du bist Saskia, nicht wahr? Du musst es sein. Ich meine, ich hätte dich eben aus der Bäckerei kommen sehen. Jetzt erzähl mir nicht, ich hätte mich verguckt.»

Saskia erzählte ihm gar nichts. Sie war nicht sicher, ob sie nicken oder den Kopf schütteln sollte. Beides wäre richtig gewesen. Ja, sie war Saskia und eben aus der Bäckerei Jentsch gekommen. Und zwar nicht aus dem Laden, wo um diese Zeit viele Kinder herauskamen, sondern aus der Haustür daneben. Also: Nein, er hatte sich nicht verguckt.

Auf Vorsicht bedacht, antwortete sie: «Da wohne ich.»

«Weiß ich doch», sagte er mit breitem Lächeln. «Sonst hätte ich dich bestimmt nicht so schnell erkannt. Mein Gott, bist du groß geworden. Gehst schon zur Schule, was?»

Das war kaum zu übersehen bei einem Ranzen, der fast so groß war wie Saskias gesamter Oberkörper. Sie nickte.

«Macht aber bestimmt keinen Spaß, durch so ein Mistwetter zu laufen», meinte er. «Weißt du was, ich fahr dich schnell. Hüpf rein.» Er deutete auf die Autotür hinter dem Fahrersitz.

Saskia machte keine Anstalten, sein Angebot anzunehmen. Sie hatte ihn noch nie zuvor in Garsdorf gesehen, da war sie sicher. Auch nicht an der S-Bahn-Station in Grevingen. Weiter war sie noch nicht in der Welt herumgekommen. Und nicht einmal in dem Dorf, in dem sie aufwuchs, kannte sie jede Gasse oder jeden Winkel. Aber deshalb lebte sie nicht hinterm Mond. Sie wusste, dass man nicht mit fremden Männern gehen und gewiss nicht zu ihnen ins Auto steigen durfte. Das war ihr schon mehr als einmal und jedes Mal mit drastischen Worten eingeschärft worden.

Fremde Männer mochten noch so nett und freundlich tun, in Wahrheit waren sie böse. Manche erzählten, ihnen sei ein kleiner Hund weggelaufen. Dann baten sie, man möge ihnen bei der Suche helfen. Andere versprachen einem etwas, was man sich seit langem wünschte. Aber die einen hatten gar keinen Hund, und die anderen dachten nicht im Traum daran, irgendwelche Wünsche zu erfüllen. Sie wollten einen nur ausziehen, überall anfassen und furchtbar schlimme Dinge tun. Und damit man sie nicht verriet, machten sie einen anschließend tot.

So war es vor vielen Jahren Janice Heckler ergangen. Ein böser Mann hatte sie ausgezogen, in die Greve geworfen und so lange mit dem Gesicht ins Wasser gedrückt, bis sie tot war. Mehr wusste Saskia nicht über das Ereignis, das zu Ostern 2004 den gesamten Ort erschüttert hatte. Aber das wenige reichte ihr völlig.

Mit den Ermahnungen im Ohr und einem Schreckensszenario vor dem geistigen Auge blieb sie wie angewurzelt stehen, weit genug von der Fahrertür weg, damit der fremde Mann sie nicht blitzschnell durch das offene Wagenfenster packen und zum Einsteigen zwingen konnte. Die bösen Männer taten so was immer. Deshalb hieß es bei den eindringlichen Warnungen auch stets, bloß nicht zu nahe an ein Fahrzeug heranzutreten, wenn der Fahrer nach dem Weg oder sonst was fragte.

«Du hast doch nicht etwa Angst vor mir», interpretierte er ihr Verhalten nicht ganz falsch und fügte beschwichtigend hinzu: «Brauchst du nicht. Ich tu dir bestimmt nichts. Das solltest du aber eigentlich wissen. Oder weißt du nicht mehr, wer ich bin?»

Wenn Saskia es gewusst hätte, hätte sie in ihm wohl ebenso

den Leibhaftigen gesehen wie ein Großteil der Garsdorfer Bevölkerung. Vermutlich hätte sie dann laut schreiend die Flucht ergriffen. So schüttelte sie nur den Kopf.

«Du kennst mich nicht mehr», stellte er fest und klang mit einem Mal so traurig, dass er dem Kind fast ein bisschen leidtat. Mit den nächsten Sätzen schien er sich selbst trösten zu wollen. «Na ja, du warst noch sehr klein, als du mich das letzte Mal gesehen hast. Und ich schätze, ein Foto von mir hat dir noch nie einer gezeigt.»

Das war zwar keine direkte Frage, aber Saskia fand, dass auch diesmal ein Kopfschütteln die richtige Antwort war.

Er lächelte herzzerreißend, seufzte wehmütig und erklärte mit einem seelenvollen Blick aus ungewöhnlich blauen Augen: «Ich bin dein Papa, Süße.»

Wundersame Menschwerdung

Ihres Wissens hatte Saskia weder Vater noch Mutter, nur Oma und Opa, Tante Gerhild, Onkel Wolfgang und deren Jungs Max und Sascha. Außerdem gab es noch Heike, die war die Schwester von Onkel Wolfgang, wohnte aber nicht in Garsdorf, sondern in Grevingen und gehörte somit nicht mehr richtig zur Familie. Sie kam auch nur selten zu Besuch.

Im Mai des vergangenen Jahres hatte die Mutter von Tanja Breuer, die bis dahin Saskias Freundin gewesen war, etwas gesagt, aus dem man hätte ableiten können, Saskia sei das Kind von Heike. Das konnte aber nicht sein, weil Heike keinen Mann hatte, nicht mal einen Freund. Dafür hatte Heike gar keine Zeit, sagte sie jedenfalls immer, wenn Oma danach fragte.

Bis zu der Äußerung von Tanja Breuers Mutter hatte Saskia sich noch keine großartigen Gedanken um ihre Herkunft gemacht. Dabei wusste sie schon als Vorschulkind, dass ein Mann und eine Frau sich ganz doll lieb haben mussten, viel schmusen, Küsschen geben, in einem Bett schlafen und so, damit im Bauch der Frau ein Baby wachsen konnte. Letzteres fand sie eklig, weil ihr auch schon bekannt war, was man sonst noch alles im Bauch hatte und wo die Babys dann herauskamen. Das blieb nicht aus bei zwei fünf und sieben Jahre älteren Jungs im selben Haushalt und der Kundschaft im Laden, die nicht immer ein Blatt vor den Mund nahm, wenn ein kleines Mädchen hinter der Kuchentheke stand und die Ohren spitzte.

An dem Samstag im Mai des vergangenen Jahres hatte Saskia ihre Ohren besonders gespitzt, als die Eltern von Tanja Breuer wegen ihr Streit bekamen. Tanjas Vater meckerte, weil am Abend vorher die Klingel nicht abgestellt worden war. «Reg dich ab», sagte Tanjas Mutter zu ihm. «Man kann doch mal was vergessen. Du hast ja auch nicht dran gedacht. Halt die Klappe, dreh dich auf die andere Seite und penn weiter. Ich mache den Kindern schnell einen Kakao, dann komm ich auch noch mal ins Bett.»

Als Tanjas Vater weiternörgelte: «Warum muss die denn immer ausgerechnet zu uns kommen?», wurde Tanjas Mutter richtig laut: «Warum denn nicht? Sie ist ein Kind, verdammt noch mal! Es wohnt sonst kein Kind in ihrem Alter in der Nähe. Und mir tut sie leid! Glaubst du, sie steht an einem Samstagmorgen schon um halb sieben bei uns auf der Matte, um mit Tanja zu spielen, weil Familie Jentsch um halb zehn einen Ausflug mit ihr machen will? Wenn Gerhild noch mal behauptet, Heike hätte das arme Ding nur aus zeitlichen Gründen bei ihnen abgeliefert, fühle ich ihr den Puls. Das soll jetzt nicht heißen, dass ich kein Verständnis hätte. Nach dem Drama damals konnte Heike die Kleine nicht behalten. An ihrer Stelle hätte ich es wahrscheinlich genauso gemacht. Aber ich hasse es, wenn die immer so einen Quark erzählen.»

Verständlicherweise reizte es Saskia nach dieser Auseinandersetzung, daheim ein paar Erkundigungen über das «Drama damals» einzuholen. Und seitdem durfte sie nicht mehr mit oder gar bei Tanja Breuer spielen. Oma wollte nicht, dass sie den Leuten auf die Nerven ging.

Das hatte aber auch sein Gutes, sonst hätte sie womöglich nie erfahren, auf welch wundersame Weise sie auf die Welt und zur Familie Jentsch gekommen war. Ein paar Wochen später, Anfang Juni, kam nämlich Franziska in den Laden; Omas älteste Schwester und die letzte, die Oma noch hatte. Die beiden mittleren – «unser Traudchen» und «unser Hildchen» – waren schon gestorben.

Franziska war Saskias Großtante. Aber es wäre umständlich gewesen, sie «Großtante Franziska» zu nennen. Saskia durfte sie mit dem Vornamen ansprechen, wie Oma, Opa, Tante Gerhild, Max und Sascha das auch taten. Nur Heike und Onkel Wolfgang sagten «Tante Franziska» zu ihr.

Franziska verlangte ein halbes Graubrot, ein Pfund Schwarzbrot und ein kleines Weckchen und weinte zum Steinerweichen, weil ihre Silvie seit letztem Sonntag im Krankenhaus war. Und Saskias Oma hatte schon vermutet, Silvie kaufe neuerdings auch billiges Fabrikbrot beim Discounter. Silvies Mann war nämlich ein Knauser, und sie hatten im Margarineviertel gebaut.

So wurde die neue Siedlung am Ortsrand Richtung Grevingen genannt, weil sich dort einige mit dem Hausbau übernommen hatten. Bei denen käme statt Butter nur noch Margarine aufs Brot, hieß es allgemein.

Und nun das! Krankenhaus! Schon seit letztem Sonntag!

Oma fragte natürlich, was um Himmels willen denn passiert sei und warum Franziska nicht längst etwas gesagt habe. Franziska erklärte unter weiteren Schluchzern, ihr hätte nicht der Kopf danach gestanden, in der Familie herumzutelefonieren. Sie hätte bisher nicht mal dem General Bescheid gesagt.

Genau genommen war Silvies Vater inzwischen Generalleutnant und ein Geheimnisträger, der in Bonn auf der Hardthöhe saß. Franziska nannte ihn manchmal einen Geheimniskrämer, weil sie meinte, er hätte seit geraumer Zeit eine Stabsärztin. Bei diesem Begriff dachte Saskia an die Holzstäbchen, mit denen der Doktor einem die Zunge nach unten drückte, wenn er in den Hals sehen wollte.

So wie Saskia ihre Großtante an dem Samstagvormittag Anfang Juni verstand, hatte Silvie zuerst nur ein bisschen, dann aber sehr stark geblutet. Wahrscheinlich hatte sie sich geschnitten. Das war Saskia mal passiert, als sie eigenhändig ihr Frühstücksbrötchen aufschneiden wollte, um zu zeigen, dass sie das schon alleine konnte.

Es musste tüchtig wehgetan haben, weil Silvie sich die Augen aus dem Kopf geweint hätte, erzählte Franziska. Die Ärzte hätten getan, was sie konnten, leider sei alle Mühe umsonst gewesen. Wie sie den letzten Satz auslegen sollte, wusste Saskia nicht. Mit dem, was Franziska sonst noch sagte, hatte sie jedoch keine Interpretationsschwierigkeiten.

Vorgestern hatten die Ärzte ein viel zu kleines Baby geholt. Wo und warum, erklärte Franziska nicht. Doch Letzteres lag für Saskia auf der Hand: Zum Trost für Silvie oder zur Belohnung. Weil Silvie zuletzt sehr tapfer gewesen war und die ganze Prozedur einschließlich der Naht ohne Vollnarkose durchgestanden hatte. Nur eine Spritze in den Rücken hatte sie bekommen.

Damit schloss Franziska ihren Bericht und zeigte Oma ein Foto. «Nur achthundertdreißig Gramm. Das kann doch nichts werden, Martha. Sag mal ehrlich, was denkst du? Sie hat ihn David genannt, weil sie meint, er sei ein Kämpfer.»

Saskia, die das Foto natürlich auch anschauen durfte, sah zuerst nur eine Hand mit einem breiten Ehering, die durch ein Loch in einen Glaskasten gesteckt war. Man musste schon sehr genau hinschauen, um zu erkennen, dass unter der Hand ein Baby lag. Es war so winzig, das Bäuchlein verschwand vollständig unter der Handfläche, rechts und links lugten nur zwei dünne Ärmchen mit klitzekleinen Fäusten hervor. Unten am Bildrand waren noch ein mageres Füßchen und ein Knie zu erkennen. Ein riesengroßer Finger liebkoste ein blau-rotes Gesicht mit einem Pflaster auf einer Wange. Damit war ein Schlauch festgeklebt, der in dem Babynäschen verschwand.

«Das ist nicht gerecht», klagte Franziska unter weiteren Tränen. «Silvie hat keinem Menschen etwas zuleide getan. Da soll man nicht an die Erbsünde glauben. Gottfried will davon nichts hören. Aber wenn der Himmel das Kind nicht für mein Versagen straft, wer tut es dann?»

Gottfried war Franziskas Mann, das wusste Saskia natürlich auch. Von der Erbsünde hatte sie noch nichts gehört. Familie Jentsch erzog ihre Kinder nach rein marktwirtschaftlichen Gesichtspunkten. Und zur Schule, wo andere Themen zur Sprache kamen, ging Saskia letztes Jahr im Juni noch nicht. Dieser Ernst des Lebens sollte für sie erst nach den Sommerferien beginnen.

«Jetzt mach aber mal einen Punkt, Franziska», verlangte Oma energisch, während Tante Gerhild rasch die nächste Kundin bediente, der es gar nicht recht zu sein schien, so eilig abgefertigt zu werden. Wahrscheinlich hätte sie auch lieber zugehört wie Saskia.

«Wann hast du denn versagt?», wollte Oma von Franziska wissen. «Du hast getan, was du tun konntest. Man kann eben nicht immer. Mit dem Himmel oder irgendeiner Strafe hat das nichts zu tun. Das ist Natur, liegt bei uns eben in der Familie. Heike hat doch auch so ein schwaches Becken. Aber euer David wird es schaffen, da bin ich sicher. Er sieht wirklich aus wie ein Kämpfer. Ein süßes Kerlchen.»

Was Oma immer so behauptete. Saskia fand David mickrig und hässlich. An Silvies Stelle hätte sie den gar nicht gewollt und sich von den Ärzten ein schöneres Baby holen lassen.

Franziska putzte sich die Nase und fragte: «Meinst du wirklich?»

Als Oma nickte, lächelte Franziska kläglich und sagte: «Ich komme mir schon vor wie meine Schwiegermutter. Jeden Tag lauf ich in die Kirche und zünd am Marienaltar zwei Kerzen an. Eine für den Kleinen und eine für Silvie. Das Kind isst nicht, trinkt nicht, schläft nicht. Wenn die Schwestern nicht aufpassen, steht sie nachts noch neben dem Kasten. Sie hat so viel Blut verloren, Martha. Wenn du ihre Leberwerte siehst, wird dir schlecht. Die ganze Zeit hab ich gedacht, sie stirbt. Das hätte ich nicht überlebt. Ich kann nicht noch eine hergeben.» Damit flossen die Tränen wieder wie kleine Sturzbäche.

«Jetzt hör auf zu weinen und mach dich nicht verrückt», verlangte Oma resolut. Sie konnte es nicht sehen, wenn jemand weinte. Bei Kindern machte ihr das nicht so viel aus, die bekamen ein Plunderhörnchen mit Marzipan oder einen Windbeutel mit Schokoladenguss, dann beruhigten sie sich schnell wieder. Aber erwachsene Leute ließen sich nicht so leicht von ihrem Kummer ablenken. Deshalb behauptete Oma auch noch: «Das wird schon. Heutzutage können die Wunder vollbringen, Franziska. Erinnere dich mal, wie wir um jedes Gramm gezittert haben. Unsere war doch auch bloß so eine Handvoll Mensch. Und nun schau sie dir an. Heute muss man aufpassen, dass sie nicht zu dick wird.»

«Unsere» war Saskia. Und nachdem ihre Großmutter mit Heikes schwachem Becken und dem Zittern um jedes Gramm das Rätsel um das «Drama damals» um zwei Punkte erweitert und Öl ins Feuer der kindlichen Wissbegier gegossen hatte, nervte sie ihre Tante so lange, bis Gerhild Jentsch ihr akzeptable Erklärungen bot.

Das schwache Becken verlegte Gerhild der Einfachheit halber in Heikes Badezimmer. In der Wohnung ihrer Mutter war Saskia noch nie gewesen. Sie kannte nur *Heikes Kaffeebüdchen* an der S-Bahn-Station. Manchmal nahm Gerhild die Kleine mit auf die Mittagstour. Dann bekam Saskia von Heike einen Schokoriegel in die Hand gedrückt. Damit erschöpfte sich die mütterliche Zuwendung. Und wie sollte man einem Kind erklären, dass sein Vater ein verantwortungsloses Schwein war, der Heike nach Strich und Faden belogen und betrogen hatte, und dass Heike, seit ihr endlich die Augen aufgegangen waren, nur noch so viel Gefühl hatte wie ein Holzbalken? Man musste immer aufpassen, wo man so einen Balken anfasste, damit man sich keine Splitter einhandelte.

Gerhild ersann lieber eine rührende Geschichte, die in einem Aufwasch alles erklärte, oder doch das meiste. Heike hatte *damals* eine Blinddarmentzündung gehabt. Das verwechselten die Leute manchmal mit Kinderkriegen, vor allem bei dicken Frauen. Dass Heike früher viel dicker gewesen war als heute, bewiesen alte Fotos im Familienalbum. Das *Drama* begründete sich darin, dass Heike mit dem Blinddarm ins Krankenhaus musste und das Kaffeebüdchen geschlossen war. Alle Leute, die morgens dort einkauften, mussten ohne Frühstück zur Arbeit fahren. Nachmittags gab's keinen Kuchen. Heike verdiente kein Geld. Das war natürlich ein Drama gewesen.

Als Heike nach der Operation wieder aufstehen durfte, lief sie ganz nervös im Krankenhaus herum und kam an Glaskästen vorbei, auch Brutkästen genannt. In einem lag Klein Saskia, ein so niedliches Baby, dass Heike es gerne selbst behalten hätte. Aber wie sollte eine Frau, deren Tag um vier in der Frühe begann, sich um ein Baby kümmern? Heike fand doch kaum die Zeit, sich selbst den Schlaf aus den Augen zu waschen, weil sie schon um Viertel nach vier aus der Wohnung musste, um in Garsdorf die Brötchen abzuholen.

Und man musste auch bedenken, dass Babys größer wurden, irgendwann waren es Schulkinder. Wie hätte Heike mit all ihrer Arbeit im Kaffeebüdchen dafür sorgen sollen, dass Saskia gewaschen, gekämmt, ordentlich gekleidet und, mit einem gesunden Frühstück versehen, pünktlich zur Schule kam?

Heike hatte sich das gut überlegt. Und dann war ihr eingefallen, dass Gerhild schon oft gesagt hatte, sie hätte nach ihren beiden Rabauken gerne noch ein kleines Mädchen bekommen. Da hatte Heike gedacht, mit diesem süßen Baby könnte sie Gerhild eine große Freude machen. Was ihr auch gelungen war.

«War ich denn nicht so klein wie der David?», fragte Saskia. An der Handvoll Mensch mit dem mageren Füßchen war für ihren Geschmack nun wirklich nichts süß.

«Nein, du warst drei Pfund schwer», bekam sie zur Antwort.

Das war mehr als ein Graubrot, durchaus ausreichend, fand Saskia. «Und warum hat Oma um jedes Gramm gezittert?»

«Weil man Babys erst mit nach Hause nehmen darf, wenn sie fünf Pfund wiegen», sagte Gerhild. «Wir alle hatten Angst, dass eine andere Frau dich sieht und mitnimmt, weil wir nicht die ganze Zeit neben dem Kasten aufpassen konnten.»

Auch das leuchtete Saskia ein, erklärte sogar, warum Silvie nicht von Davids Kasten wich und ihn mit einer Hand festhielt. «Und wie kommen die Babys in die Brutkästen?», wollte sie noch wissen.

«Wie ist das Jesuskind in die Krippe gekommen?», antwortete Gerhild mit einer Gegenfrage.

Woher hätte Saskia das wissen sollen? Sie hatte den ersten Religionsunterricht doch noch vor sich. Wenn Opa zu Weihnachten die heilige Familie mit Ochs, Esel, Hirten, Schafen und ein paar Engelchen unter dem Tannenbaum verteilte, lag das Jesuskind immer schon drin beziehungsweise drauf. Es war nämlich so viel Stroh in der Krippe, dass es mit einem Gummiring um den Bauch festgehalten werden musste, damit es nicht herunterfiel.

Eine Antwort auf die interessanteste aller Fragen gab es erst, als ihr ältester Cousin sich erbarmte. Max besuchte wie sein Bruder Sascha die Realschule in Grevingen und wusste so viel, dass Saskia oft aus dem Staunen nicht herauskam. Max wusste zum Beispiel, dass häufig große Steine, sogenannte Meteoriten, den Mond bombardierten und auf die Erde fielen, weil es im Himmel mal eine furchtbare Explosion gegeben hatte. Und Max wusste auch, dass kein Kind zwingend notwendig eine Mutter haben musste, dass es aber ohne Väter überhaupt keine Kinder gegeben hätte.

Um Babys zu machen, brauchte man nämlich Kindersamen. Und den hatten die Männer. Und manche hatten so viel, dass sie welchen verschenken konnten. Den füllten sie in ein Röhrchen, das brachten sie zu einer Bank, wo Frauen, die keinen Mann hatten und trotzdem ein Baby wollten, sich etwas davon einspritzen ließen.

Genauso gut konnte man mit dem Samen aber auch Retorten bepflanzen. Das waren kleine Glasschalen. Wenn das Baby in der Schale ungefähr so aussah wie ein Blümchen und so groß geworden war, dass man es mit einer Pipette aufnehmen konnte, ohne es kaputt zu machen – davon zeigte Max ihr sogar ein Bild auf seinem Computer –, wurde es in einen Brutkasten umgetopft.

Solche Babys bekamen aber nur Frauen, die sehr viel Geld und keine Lust hatten, mit einem dicken Bauch herumzulaufen. Schauspielerinnen, Mannequins und Superstars. Die mussten immer schön sein und konnten sich so ein Baby leisten. Denn verständlicherweise war diese Methode sehr teuer.

Mit anderen Worten: Saskia war alles andere als ein ungewolltes, ungeliebtes Kind, das seine leibliche Mutter so früh abgeschoben hatte, dass es sich nicht einmal mehr daran erinnerte. Sie war im Gegenteil ein überaus wertvolles Kind, das nach dieser Erkenntnis nur noch zwei Fragen hatte: Wo stand die Samenbank? Und wann konnte Max mal mit ihr dahin fahren?

Es hätte ja sein können, dass ihr Spender noch mehr Röhrchen abgeben wollte und zufällig auch da war. Kennengelernt hätte Saskia ihn schon im vergangenen Sommer sehr gerne. Eine Mutter, die auch noch wissen wollte, ob sie sich die Zähne gründlich geputzt, Gesicht und Hände gewaschen, Haare gekämmt und die Schuhe ordentlich zugemacht hatte, vermisste sie nicht. In der Hinsicht reichten ihr Oma und Tante Gerhild. Aber ein Vater, das wäre bestimmt schön gewesen, auf jeden Fall ganz anders als ein Onkel und ein Opa, die überhaupt keine Zeit zum Schmusen hatten. Wenn Tanja Breuer mit ihrem Papa geschmust hatte, war Saskia oft richtig eifersüchtig geworden.

Doch in diesem Punkt musste Max sie enttäuschen. «In der Samenbank weiß kein Mensch, wer der Spender von welchem Kind ist. Das ist alles anonym, geheim, verstehst du. Das hätte keinen Zweck, dahin zu fahren.»

Bis dahin hatte Saskia ihm jedes Wort geglaubt, aber das glaubte sie nicht so unbesehen. Sie nahm vielmehr an, Max habe keine Lust, für sein Taschengeld teure Fahrkarten zu kaufen und mit ihr einen ganzen Tag in Bus und S-Bahn zu verplempern, weil die Samenbank weit weg war. Doch als sie Oma fragte, ob die vielleicht mit ihr hinfahren könnte, gab es noch mehr Ärger als nach dem Streit von Tanja Breuers Eltern.

Oma wollte ihrerseits wissen: «Wer erzählt dem Kind solche Sauereien? Samen in Röhrchen füllen und zur Bank bringen. Das saugt sie sich doch nicht aus den Fingern!»

Weil Saskia den aufklärungsfreudigen Max nicht verpetzen wollte, saugte sie sich eine Fernsehsendung über Retortenbabys aus den Fingern und handelte sich damit eine volle Woche Fernsehverbot ein.

Max half sie mit der Flunkerei nicht. Oma konnte sich denken, auf wessen Mist die blumige Schilderung vom Umtopfen der Babys gewachsen war. Max bekam eine volle Woche Hausarrest. Und Sascha, der überhaupt nichts getan hatte, wurde dazu verdonnert, seine Mathematikaufgaben dreimal neu zu machen. Dabei waren sie schon beim zweiten Mal alle richtig. Aber nicht sauber geschrieben, sagte Oma.

Herbst 2010

Es waren sechzehn Monate vergangen, seit Saskia die Geschichte ihrer wundersamen Menschwerdung gehört hatte. Bei ihrer Tante und Ersatzmutter war die Blinddarm-Brutkasten-Story im täglichen Stress längst wieder untergegangen. Ihr Cousin dachte auch nicht mehr an Samenbank und Retorten. Nur Saskia hatte kein Wort vergessen.

Und Silvie Steffens, der einzige Mensch in ganz Garsdorf, mit dem ein kleines Mädchen ein Gespräch von Frau zu Frau führen konnte, ohne ausgelacht oder mit dem Hinweis «Das erfährst du noch früh genug» abgespeist zu werden, hatte die gute Absicht von Max erkannt und untermauert.

An einem frostigen, aber sonnigen Tag im Januar hatte Silvie ihren mit sechs Monaten immer noch winzigen David warm eingepackt und in den Kinderwagen gelegt. Dann war sie mit ihm ins Dorf gefahren. Sie hatte auch der Bäckerei Jentsch einen Besuch abgestattet – war immerhin Familie, davon hatte Silvie nun wirklich nicht viel.

Als alle um den Kinderwagen herumstanden und sich vor lauter Entzücken nicht zu lassen wussten, ergriff Saskia die Gelegenheit beim Schopf. Sie zog Silvie ein Stückchen zur Seite und erzählte ihr unter vier Augen, was Max zum Besten gegeben hatte. Und Silvie bestätigte, dass es absolut zwecklos sei, zur Samenbank zu fahren, um einen bestimmten Spender zu finden.

«Wir waren da», behauptete Silvie. «Weil wir für David später gerne ein Schwesterchen vom selben Spender hätten, haben wir ihnen viel Geld geboten, wenn sie uns seinen Namen verraten. Aber da war nichts zu machen. Das ist so was von anonym, Saskia, das kannst du dir gar nicht vorstellen. Das ist geheimer als ein Staatsgeheimnis. Nicht mal ein General könnte dort etwas in Erfahrung bringen. Deshalb überlegen wir jetzt, ob wir es demnächst mal auf die normale Weise probieren. Dann müsste ich eben eine Weile mit einem dicken Bauch herumlaufen. Das ist zwar unbequem, aber auch billiger als ein Retortenkind.»

Wegen dieser Behauptung hielt Saskia es zu Anfang für völlig ausgeschlossen, dass der ihr unbekannte Mann in dem dunkelgrünen Passat Kombi tatsächlich ihr Samenspender sein sollte. So gerne sie den kennengelernt und vielleicht mal mit ihm geschmust hätte – später, wenn man sich länger und besser kannte.

Dass er ihr ein abgegriffenes Foto zeigte und sie damit neben die Fahrertür mit der heruntergelassenen Scheibe lockte, bewies gar nichts. Da mochte er noch tausendmal sagen: «Schau, Süße, das bist du. Da warst du drei Tage alt.»

Auf dem Foto war nichts von einem Brutkasten zu sehen, nur ein Baby mit verschrumpeltem Gesicht, das ein Mützchen trug und mit einem Handtuch zugedeckt war. Und auf dem Tuch lag eine große Hand.

«Weißt du, wo du da liegst?», fragte er.

Als Saskia den Kopf schüttelte, sagte er: «Auf meiner Brust. Das kann man leider auf dem Bild nicht erkennen.»

Das konnte man tatsächlich nicht. Aber David war oft aus seinem Kasten genommen, Silvie auf die Brust gelegt und mit einem Tuch zugedeckt worden. Ein Mützchen hatte er bei solchen Gelegenheiten auch immer getragen. Das wusste Saskia nicht bloß aus Erzählungen, Franziska hatte auch Aufnahmen davon im Laden gezeigt – mit leuchtenden Augen. «Guck, Martha, wie er sich macht. Er hat sein Gewicht schon fast verdoppelt.»

Und trotzdem hatte er noch ganz mager und runzlig ausgesehen. Vielleicht war das auf dem Foto der kleine David, der so klein längst nicht mehr war. Hässlich war er mit seinen sechzehn Monaten auch nicht mehr, nur viel zu dünn, erklärte Silvie immer.

Der Mann mochte das Foto im Auto gefunden haben. Nun, wo Saskia den Innenraum des Kombis einsehen konnte, war sie mehr denn je überzeugt, einen bösen Mann vor sich zu haben. Vielleicht keinen von der ganz üblen Sorte, die einem Kind etwas Schreckliches antun und es danach totmachen wollten. So einer hätte vermutlich nicht lange gefackelt, sondern sie ins Auto gezerrt, sobald sie in Griffnähe gekommen wäre. Aber ein Dieb war er ganz bestimmt.

Der Passat gehörte Silvie. Das erkannte sie sofort, weil auf der Rückbank Davids Sitz angebracht war. Und darin lag ein blauer Tammi-Bär mit gelber Zipfelmütze, der Geräusche machen konnte wie der Bauch einer Frau. Ohne Tammi ließ David sich nie ins Auto setzen oder ins Bett legen. Deshalb hatte er zwei. Da konnte Silvie mal einen waschen, ohne dass es Theater gab. Saskia kannte sonst kein Baby oder Kleinkind im Dorf, das so einen Bär besessen hätte. Und dem Urenkel von Franziska Welter fühlte sie sich so verbunden wie einem kleinen Bruder. Sie waren ja auch so etwas Ähnliches wie Geschwister: zwei Retortenkinder.

Es wäre entschieden vernünftiger gewesen, auf dem Absatz kehrtzumachen, zurück nach Hause zu laufen und Oma oder Tante Gerhild, besser noch Opa und Onkel Wolfgang zu erzählen, dass beim großen Friedhofstor ein fremder Mann in Silvies Auto saß und Saskia weismachen wollte, er wäre ihr Papa, statt noch länger mit ihm zu reden. Aber wenn sie weglief, verschaffte sie ihm die Gelegenheit, ebenfalls abzuhauen – mit dem Passat. Das widerstrebte ihr, dann hätte Silvie ja kein Auto mehr gehabt.

Vorsichtshalber trat sie einen Schritt von der offenen Seitenscheibe zurück, ehe sie dem Mann hinter dem Lenkrad eine goldene Brücke baute. «Ich weiß, wem du das Auto geklaut hast. Aber wenn du jetzt aussteigst und es hier stehen lässt, verrate ich es keinem, ehrlich nicht.»

Er lachte amüsiert. «Ach, Süße, du bist goldig. Heißt das, du kennst mich zwar nicht mehr, aber du magst mich leiden?»

So schnell ging das nun wirklich nicht. Nur wegen des Autos wollte Saskia ihn nicht völlig verprellen. Sie deutete ein Nicken an.

Er freute sich. «Fein. Leider kann ich dir den Gefallen nicht tun. Wenn ich das Auto hier stehen lasse, ist der Freund, von dem ich es mir geborgt habe, garantiert sauer. Er erwartet, dass es heute Mittag an der S-Bahn in Grevingen steht.»

Damit bewahrheitete sich wieder das alte Sprichwort: «Wer lügt, der stiehlt auch.» Oder umgekehrt. Saskia fühlte Enttäuschung aufsteigen. Wenn er wirklich ihr Spender war, von einem Lügner und Dieb wollte sie nicht abstammen. Nachdrücklich erklärte sie, dass ihr die Besitzverhältnisse des Wagens bestens bekannt waren. Von wegen Freund! «Das Auto gehört Silvie Steffens!»

Er amüsierte sich weiter. «Ach, Süße», sagte er wieder, diesmal in nachsichtigem Ton. «Man hat mir schon viel nachgesagt, aber dass ich stehle, hat noch keiner behauptet. Wenn Silvie dir erzählt hat, das wäre ihr Auto, dann hat sie dich belogen. Merk dir das für die Zukunft: Einer Frau darf man immer nur die Hälfte glauben, manchmal noch weniger. Das Auto gehört Silvies Mann. Ihr steht es nur zur Verfügung, weil sie Lothar normalerweise zur S-Bahn chauffiert und wieder abholt. Das konnte sie heute nicht. Lothar hat sie am Samstag ins Krankenhaus gebracht und musste heute Morgen selber zur Bahn fahren.»

Damit wendete sich das Blatt von einer Sekunde zur nächsten zu seinen Gunsten. Lothar! Selbstverständlich wusste Saskia, wie Silvies Mann hieß. Aber woher hätte ein Fremder das wissen sollen? Und das war noch nicht alles. Saskias Gedanken kreisten um den Krankenhausaufenthalt und schlugen wahre Purzelbäume. Ihr Misstrauen schwand in gleichem Maße, wie ihre Neugier wuchs.

David sollte demnächst ein Schwesterchen bekommen. «Wenn alles gutgeht, Anfang März», hatte Silvie neulich erzählt, als sie ihren Kämpfer in einem alten Buggy in den Laden geschoben hatte, statt ihn wie sonst in der Babytrage auf dem Rücken mitzuschleppen. Er hatte die ganze Zeit gequengelt und vom Buggy aus an ihren Hosenbeinen gezerrt, als wolle er ihr die Jeans vom Leib reißen.

Und Silvie hatte gesagt: «Er muss mir nicht mehr ständig auf der Pelle hängen. Die Zeiten sind vorbei. Auch bei dem Fliegengewicht gehe ich kein Risiko ein. Sonst kann Prinz Knatschsack sein Schwesterchen vielleicht bald abschreiben.»

Franziska hatte es kurz darauf bestätigt und ein paar Tränchen vergossen. Geplant sei das bestimmt nicht gewesen, auch wenn Silvie es behaupte. Sie hielte den Zeitpunkt für richtig, damit David nicht noch mehr Starallüren bekäme. Er sei ja wirklich ein verwöhntes Kerlchen, der Kleine. Trotzdem!

«Am liebsten würde ich Lothar ordentlich die Leviten lesen», hatte Franziska gesagt. «Sonst ist er immer so vernünftig. Aber wenn's darum geht, ist er wie alle anderen. Silvie hätte unbedingt mehr Zeit gebraucht, um sich richtig zu erholen.»

«Warum ist Silvie denn im Krankenhaus?», wollte Saskia wissen. «Kriegt David jetzt doch ein Schwesterchen aus der Retorte? Silvie wollte doch die Dicke-Bauch-Methode probieren. Das hat sie mir erzählt. Das kostet auch nicht so viel wie ein Retortenkind.»

«Da siehst du es», meinte er. «Du kannst dich nicht auf das verlassen, was eine Frau dir erzählt. Heute wollen sie dies, morgen das und übermorgen ganz etwas anderes.» Bei den letzten Worten warf er einen Blick auf die Uhr am Armaturenbrett und kam auf sein Angebot zurück: «Soll ich dich nicht doch schnell zur Schule fahren? Dann können wir uns noch ein bisschen unterhalten. Wenn du laufen willst, musst du dich jetzt beeilen.»

Das gab den Ausschlag. Er hatte sie lange genug aufgehalten, um die Zeit für den Schulweg knapp werden zu lassen. Schnell laufen konnte Saskia nicht, zu spät zur ersten Unterrichtsstunde kommen wollte sie nicht. Abgesehen davon hätte sie nun zu gerne erfahren, wo das Schwesterchen für David herkommen sollte, wer der Mann in dem Kombi tatsächlich war und woher er Silvie und Lothar Steffens kannte.

Ob er vielleicht zufällig in der Samenbank gewesen war, als die beiden sich dort nach Davids Spender erkundigt hatten? Wäre doch möglich gewesen, dass er genau an dem Tag noch ein Röhrchen hatte abgeben wollen. Und wenn er bei der Gelegenheit erfahren hatte, dass es in Garsdorf schon ein älteres Retortenkind gab, das bei Familie Jentsch lebte und Saskia hieß ...

Wohl war ihr nicht in ihrer Haut, als sie es sich neben dem Kindersitz im Wagenfond einigermaßen bequem machte, was mit dem Ranzen auf dem Rücken gar nicht so einfach war. Als er den Motor anließ, signalisierte ihr dumpf pochender Herzschlag noch einmal drastisch, dass sie sich über ein striktes Verbot hinweggesetzt hatte. Sie nahm den Tammi-Bären in den Schoß und versuchte, mit seiner Unterstützung das Unbehagen zu unterdrücken.

Zu dem Zeitpunkt ebbte der Kundenstrom in *Heikes Kaffeebüdchen* wie immer stark ab. Die meisten Berufspendler waren durch. Heike Jentsch hätte mal durchatmen, selbst ein Brötchen essen und einen Kaffee trinken können, doch dafür war sie viel zu angespannt. Ohne Kundschaft vor der Theke fühlte sie sich hinter der verglasten Vorderfront plötzlich wie auf einem Präsentierteller.

Normalerweise ging sie um die Zeit immer zur Toilette, und dafür hatte sie noch nie die Eingangstür abgeschlossen. Das tat sie auch jetzt nicht, als der Drang übermächtig wurde. Aber als sie dann jemand hereinkommen hörte, obwohl in der nächsten Viertelstunde keine Bahn fuhr, zuckte sie wie unter einem Faustschlag zusammen und zog automatisch den Kopf ein.

Zum wiederholten Mal fragte sie sich, warum Alex nicht längst bei ihr aufgetaucht war, wo er doch laut Lothar schon letzten Donnerstag entlassen worden sein sollte. Und so hatte sie sich das in den vergangenen Jahren immer vorgestellt, dass Alex randvoll mit Wut und Rachegelüsten geradewegs aufs Ziel losstürmte.

Er war nie der Typ gewesen, der vorher gründlich nachgedacht, sich Konsequenzen ausgemalt und danach erst einmal nach einer für ihn risikoarmen Möglichkeit gesucht hätte. Dass ihn die Haft in dieser Hinsicht verändert haben könnte, zog Heike erst in Betracht, als sie sich endlich zurück in den Verkaufsraum traute und dort nur zwei ungeduldig wartende junge Mädchen vor der Theke stehen sah.

Wer wusste denn, was für Lehrmeister Alex im Knast gehabt und was er von denen alles gelernt hatte? Seine Zurückhaltung musste Taktik sein. Je länger man die Leute schmoren ließ, umso nervöser oder ängstlicher wurden sie doch. Wahrscheinlich kam er kurz vor oder nach vier hereinspaziert, ehe sie schließen konnte, bezog Stellung an einem der beiden Stehtische und gab ihr grinsend zu verstehen: *Jetzt probier mal, ob du an mir vorbeikommst.*

Vom Friedhofstor an der Pützerstraße bis zur Grundschule am Jumperzweg brauchte man mit einem Auto nur zwei Minuten. Aber zur Schule fahren wollte Alex gar nicht. Kaum war Saskia eingestiegen, änderte sich sein Verhalten. Die lässige Unbeschwertheit, mit der er das Kind angesprochen hatte, war mit einem Schlag wie weggewischt.

Zuerst war er vollauf damit beschäftigt, den Kombi unbeschadet zurück auf die Straße zu bringen. Er war aus der Übung, hatte noch nie so eine Familienkutsche gefahren und sich – weil er dort nicht auffallen wollte – auf dem Parkplatz an der S-Bahn-Station nicht die Zeit genommen, sich mit dem Wagen vertraut zu machen. Aber wo man reinkam, kam man auch wieder raus.

Die Parkhilfe, die ihn zuvor schon ganz konfus gemacht hatte, piepte mit unterschiedlichen Tönen erneut los. Er bemühte sich, das zu ignorieren, rangierte mehrfach in der Lücke vor und zurück, ehe er den Blinker setzte und darauf wartete, dass ihm jemand genug Platz ließ, um einzuscheren.

Ihn dabei zu stören wäre Saskia nie in den Sinn gekommen. Dafür hatte sie sich, wenn sie mittags mit zu *Heikes Kaffeebüdchen* genommen wurde, von ihrer Tante schon zu oft anhören müssen: «Jetzt sei mal still, ich muss aufpassen.»

Nachdem er sich endlich in den fließenden Verkehr eingereiht hatte, erwartete Saskia Unmengen von Fragen – ungefähr so viele, wie ihr selbst auf der Zunge brannten. Aber er stellte nicht eine, konzentrierte sich nun auf entgegenkommende Wagen, deren Fahrer oder Fahrerinnen den dunkelgrünen Kombi ebenso wie Saskia als Familienkutsche von Silvie und Lothar Steffens kannten und stutzig werden konnten, weil keiner von beiden am Steuer saß.

Schließlich hielt Saskia es nicht länger aus. Den Tammi-Bären gegen ihren Anorak gepresst, den irgendwie beruhigenden Duft von Waschpulver in der Nase, fragte sie: «Bist du wirklich mein Spender?»

«Spender?», wiederholte er in einem Ton, der deutlich zum Ausdruck brachte, dass er mit dem Begriff nicht viel anzufangen wusste. Aber Saskia war zu sehr mit den eigenen Empfindungen beschäftigt, als dass es ihr aufgefallen wäre. «Können wir uns darauf einigen, dass du Papa zu mir sagst», schlug er vor. «Das klingt nicht so bescheuert, wenn uns jemand hört.»

«Ich weiß nicht», meinte Saskia unsicher. Wer sollte sie denn hören? Sie waren doch allein im Auto. «Ich sag zu keinem Papa, auch nicht zu Onkel Wolfgang.»

«Logisch», kommentierte Alex. «Warum sollst du zu deinem Onkel Papa sagen?»

«Er ist ja nicht mein richtiger Onkel», erklärte Saskia ihm ihre Sicht der Verhältnisse. «Er ist schon irgendwie mein Papa. Nur nicht so, wie er der Papa von Max und Sascha ist. Mehr so, wie Lothar der Papa von David ist. Verstehst du?»

«Nein», sagte er. «Tut mir leid, Süße, das verstehe ich nicht. Willst du damit andeuten, Lothar wäre nicht Davids richtiger Vater?»

Das wollte Saskia nicht bloß andeuten, dessen war sie sich vollkommen sicher. Sie nickte eifrig, was er im Innenspiegel sah. «Und – eh – wen hast du da im Verdacht?», erkundigte er sich.

Wie die Frage gemeint war, verstand Saskia nicht. Er musste etwas deutlicher formulieren, ehe die Antwort kam: «Das war auch ein geheimer Spender aus der Samenbank.»

«Wow», sagte er. «Das ist ja ein Hammer. Woher weißt du das?»

«Von Silvie.»

«Logisch», kommentierte er wieder. «Von wem sonst.» Um

gleich anschließend mit fassungslosem Unterton zu fragen: «So was erzählt die dir? Das ist wirklich ein Hammer. Hat Silvie dir noch mehr verraten? Keine Sorge, von mir erfährt niemand ein Sterbenswort. Ich wüsste nur gerne, wie viel du weißt.»

Also erzählte Saskia ihm, was sie von ihrem älteren Cousin über die Entstehung besonders teurer Kinder erfahren hatte. Sie begann bei den Röhrchen mit Samen und den Glasschalen, in denen die Babys wie Blümchen heranwuchsen. Sie versäumte auch nicht zu betonen, dass Max diesen Teil der Aufklärung übernommen und Silvie es im Januar nur bestätigt hatte. Er sollte nicht glauben, Silvie könne keine Geheimnisse für sich behalten.

Beim Umtopfen in den Brutkasten begannen über der Rückenlehne des Fahrersitzes seine Schultern zu zucken. Als Saskia zu Heikes Blinddarmentzündung und der Entdeckung eines niedlichen Babys im Glaskasten kam, das Heike aus zeitlichen Gründen nicht selbst behalten konnte, gab er merkwürdig glucksende und prustende Töne von sich, und seine Schultern zuckten dermaßen, dass er das Lenkrad verriss. Viel fehlte nicht, und er hätte einen entgegenkommenden Lieferwagen gerammt.

Er erschrak mehr als Saskia über den Schlenker, stieß einen Fluch aus und lenkte den Passat an den Straßenrand vor die Gärtnerei Wilms.

Nachdem er den Wagen angehalten hatte, wischte er sich mit einem Handrücken über Augen und Wangen, als hätte er Tränen gelacht oder geweint. «Entschuldige, Süße», sagte er, noch etwas kurzatmig. «Hoffentlich hab ich dich nicht zu sehr erschreckt. Aber ich hatte nicht erwartet, dass du schon so gut Bescheid weißt.»

Sie standen noch etwa zehn Meter von der Einmündung zum Jumperzweg entfernt. Die Uhr am Armaturenbrett zeigte sieben Minuten vor acht. Vor der Grundschule herrschte um die Zeit reger Verkehr. Längst nicht alle Kinder kamen wie Saskia zu Fuß. Und viele wurden auf die letzte Minute abgesetzt.

«Macht es dir etwas aus, wenn ich dich hier rauslasse?», fragte er. «Es ist ja nicht mehr weit, das schaffst du bequem. Wenn ich vor der Schule einen Parkplatz suchen muss, dauert es bestimmt länger. Und es ist besser, wenn uns keiner zusammen sieht.»

Das hätte er nicht ausdrücklich betonen müssen, es verstand sich von selbst. Sollte Oma jemals erfahren, dass sie zu ihm ins Auto gestiegen war, gab es garantiert monatelang Hausarrest, Fernsehverbot, nichts Süßes mehr, und jede Aufgabe für die Schule müsste mindestens dreimal geschrieben oder gerechnet werden.

«Kommst du noch mal wieder?», fragte sie.

«Klar», sagte er. «Ich muss dir noch einiges erzählen, was du nicht weißt. Oder interessiert dich das nicht?»

«Doch.» Saskia war an allem interessiert, was sie noch nicht wusste. «Wann kommst du denn?»

«Morgen früh», sagte er. «Ich weiß allerdings nicht, ob ich dann wieder das Auto nehmen kann. So oder so sehe ich zu, dass ich um sieben Uhr beim Tor stehe. Vielleicht kannst du auch ein bisschen zeitiger kommen als heute, damit ich nicht zu lange warten muss. Meinst du, das ist zu schaffen, ohne dass du Ärger bekommst und unser Geheimnis verraten musst?»

Saskia nickte zuversichtlich, legte den Tammi-Bären zurück in den Kindersitz und krabbelte auf Anweisung hinüber zur Beifahrerseite. Auf der Fahrerseite wäre das Aussteigen zu gefährlich gewesen, da fuhr ein Auto nach dem anderen vorbei.

Auf den paar Metern bis zum Jumperzweg ging Heikes Tochter nicht, sie hüpfte und riskierte ein verstohlenes Winken, als der Passat an ihr vorbeizog. Ihr Unbehagen und die Furcht vor dem Fahrer waren bereits Vergangenheit.

Alex registrierte das Winken mit einer gewissen Genugtuung und spürte, wie die Anspannung der letzten Stunden von ihm abfiel. Wenn man bedachte, dass er vor einer halben Stunde noch nicht genau gewusst hatte, was er mit der Kleinen machen sollte, wenn es ihm gelang, sie ins Auto zu locken, war es verdammt gut gelaufen, entschieden besser als erwartet.

Sich eine Entführung auszumalen war eine Sache, die Konsequenzen zu bedenken eine ganz andere. Dass die Polizei sofort auf ihn käme, lag auf der Hand, die mussten doch nur zwei und zwei zusammenzählen. In der Villa hätte er Saskia allenfalls bis Mittag unterbringen können. Wenn sie nach Schulschluss nicht heimgekommen wäre, hätte bald die Suche nach ihr begonnen. Und da ihre Mutter inzwischen wusste, wer letzte Woche vorzeitig aus der Haft entlassen worden war ...

Es gab zwar viele Zimmer, den großen Dachboden und den weitläufigen Keller, aber Geheimgänge oder eine schalldichte Kammer hinterm Bücherregal, in der man ein Kind für die Dauer einer Hausdurchsuchung unterbringen konnte, gab es nicht. Sie hätten ihn augenblicklich wieder beim Wickel gehabt.

Und in Lothars Wagen mit der Kleinen abhauen ... So hatte er sich das am vergangenen Nachmittag nach dem Griff in Silvies Handtasche vorgestellt. Natürlich hätte er ein paar hundert Kilometer Abstand gewinnen und sich mit dem Kind in einem Hotel einquartieren können. Aber was dann? Vor dem Fernseher hocken und die Fahndungsaufrufe verfolgen? Darauf warten, dass die Polizei, vom Hotelpersonal alarmiert, an die Tür klopfte?

Nein, es war besser gewesen, sie wieder aussteigen zu lassen. Immerhin war es ihm gelungen, ihr Vertrauen zu gewinnen. Dank dieser verrückten Geschichte, die ihm eine ganz neue Perspektive eröffnete. Darüber wollte er jetzt erst mal in Ruhe nachdenken, eine Nacht darüber schlafen und einen besseren

Plan austüfteln. Leider war er noch nie ein begnadeter Pläneschmied gewesen. Er handelte spontan aus der jeweiligen Situation heraus – wie gerade eben. Das war sein Handicap, und das wusste er nur zu gut.

Aber was er von dieser Geschichte halten sollte, wusste er noch nicht. Retortenkinder! Anonyme Samenspender! Was Lothar wohl sagen würde, wenn er erfuhr, dass Silvie seinen Stammhalter als fremdgespendet ausgegeben hatte? Oder sollte Lothar tatsächlich nicht imstande sein, eigene Kinder zu machen? War er deshalb am Samstag so feindselig gewesen? Weil er in ihm einen vollwertigen Mann und wieder den Rivalen um Silvies Gunst gesehen hatte?

Völlig abwegig war dieser Verdacht nicht. Er war geraume Zeit bei Silvie die Nummer eins gewesen. Da hatte sie in Lothar nur den Chauffeur und ein lästiges Anhängsel gesehen. Aber das war lange her. Er hatte Silvie damals bitter enttäuscht. Und obwohl sie später gute Freunde geworden waren, dachte er nicht gerne an diese Zeit zurück. Lieber nach vorne schauen.

Bis er den Passat zurück zur S-Bahn-Station bringen musste, war noch reichlich Zeit. Er fuhr heim, fütterte erst mal die Heizung und frühstückte ausgiebig. Nur Fabrikbrot vom Discounter, kein Vergleich mit den knusprigen Brötchen aus *Heikes Kaffeebüdchen*. Aber satt wurde man auch von Bauernschnitten.

Anschließend ging er unter die Dusche. Morgens um halb fünf hatte er sich mit Deo begnügen müssen. Als er aufgestanden war, hatte es nicht mal lauwarmes Wasser gegeben. Verflixter alter Heizkessel. Was den anging, musste er sich auch etwas einfallen lassen, wenn er hierbleiben wollte. Und das wollte er unbedingt, jetzt noch mehr als vorher.

Hier war sein Zuhause. Das konnte ihm keiner streitig machen. Auch wenn es vielen nicht passte: Er hatte ein Recht, hier zu sein! Hier kannte er sich aus – mit den Leuten ebenso wie in der Umgebung. Hier konnte er abschätzen, was auf ihn zukam – oder noch wichtiger: wer. Hier hatte er als Kind mit Puppen gespielt und einmal mit Silvie, die damals nicht viel größer gewesen war als eine Puppe. Auch daran erinnerte er sich noch so gut, als wären ihm solche Momente mit einem Brenneisen in die Seele gedrückt worden. Und all die Momente mit Silvie auf der Rückbank in dem Audi, den er damals gefahren hatte … Ob sie daran auch manchmal noch dachte?

Nachdem er sich rasiert und die Haare geföhnt hatte, hatte er keinen Bock auf eine weitere Putzorgie. Zu gerne wäre er noch ein oder zwei Stündchen Auto gefahren, so wie früher. Einfach so durch die Gegend, das besondere Gefühl von Freiheit und Stärke genießen, das man nur hinter dem Steuer eines Wagens empfand, wenn man nicht gezwungen war, einen Termin einzuhalten oder ein bestimmtes Ziel zu erreichen. Spazieren fahren, sich ein ruhiges Fleckchen suchen und diese nervige Parkhilfe studieren. Aber das Risiko ging er lieber nicht ein.

Er brauchte schnellstmöglich ein eigenes Auto. Etwas Kleines, Unauffälliges, wie ursprünglich geplant? Oder der alte Mercedes, der ihm dieses Hochgefühl vermittelt hatte? Der Wagen seines Vaters war eher nach seinem Geschmack. Und die Vorstellung von fliegenden Knochen auf dem Friedhof ließ ihn erneut grinsen.

Kurz darauf saß er doch wieder im Passat, stattete aber nur dem Autohaus Wellinger, der Mercedes-Vertretung in Grevingen, einen Besuch ab. Er sprach mit dem Inhaber persönlich über das Schätzchen, das er in *seiner* Garage entdeckt hatte.

Kurt Wellinger war weit in den Fünfzigern. Er kannte Alex nur dem Namen nach, erinnerte sich aber noch gut an das Entsetzen, das dieser Name vor fünfzehn Jahren in der hiesigen Autobranche ausgelöst hatte. Janice Hecklers Tod in der Greve zu Ostern 2004 hatte Kurt Wellinger bei weitem nicht so erschüttert wie das erste Leben, das Alex ausgelöscht hatte.

Unfalltod

Zu seinem achtzehnten Geburtstag im Mai 1995 hatte Alex von seiner Mutter das Geld für den Führerschein und ein Auto geschenkt bekommen. Die Führerscheinprüfungen bestand er mit Bravour. Was das Auto anging, fiel seine Wahl anschließend auf einen zwei Jahre alten BMW, den er in Grevingen auf dem Hof von Richard Parlow gesehen hatte.

Parlow war Gebrauchtwagenhändler, siebenunddreißig Jahre alt, verheiratet und Vater von zwei kleinen Kindern. Das älteste ging noch nicht zur Schule. Mit der Aussicht auf ein gutes Geschäft ließ er den Führerscheinneuling für eine Probefahrt ans Steuer. Natürlich fuhr er mit.

Sie nahmen die zu der Zeit schon ausgebaute und abgesehen von einer einzigen Kurve recht übersichtliche Landstraße von Grevingen nach Garsdorf. Wie nicht anders zu erwarten, wollte Alex nicht nur eine Runde durchs Dorf drehen. Er wollte den BMW auch auf der Autobahn testen, kam jedoch nur bis zu der Kurve.

Aus Richtung der Stadt lagen Autobahnauf- und -abfahrt unmittelbar dahinter. Unglückseligerweise hatte der Naturschutzbund ausgerechnet an dieser Stelle ein Feuchtbiotop angelegt, das Fröschen als Laichplatz dienen sollte und von Schilf fast vollkommen zugewachsen war.

Der BMW raste mit schätzungsweise hundertzwanzig Stundenkilometern – erlaubt waren siebzig – unter den Anhänger eines Lkws, der gerade aus der Autobahnabfahrt in die Landstraße einbog und wegen des Schilfs am Tümpel erst zu sehen war, als kein Bremsen mehr half, jedenfalls nicht bei dem Tempo.

Richard Parlow auf dem Beifahrersitz wurde geköpft. Alex kam mit ein paar Kratzern im Gesicht, zwei geprellten Rippen, einem verstauchten Fuß und einem Schock davon, weil im Moment des Aufpralls die Rückenlehne des Fahrersitzes nach hinten wegbrach und er liegend unter den Anhänger geriet. So musste er – über und über mit Parlows Blut besudelt – neben der kopflosen Leiche ausharren, bis die Feuerwehr ihn endlich aus dem Wrack befreit hatte.

Seine Familie beauftragte umgehend einen Rechtsanwalt mit der Wahrnehmung seiner Interessen. Dieser Anwalt wiederum beauftragte einen Sachverständigen, was auch die Staatsanwaltschaft bereits getan hatte. Und beide Sachverständigen kamen übereinstimmend zu dem Urteil, der BMW müsse schon vorher einen Unfall gehabt haben, bei dem nicht nur der Fahrersitz beschädigt worden sei.

Es seien erhebliche Mängel festgestellt worden, hieß es kurz darauf. Von einer verzogenen Vorderachse und einer defekten Bremsleitung war die Rede. Einige Karosserieteile waren angeblich ersetzt, andere ausgebeult und gespachtelt und dann alles neu lackiert worden.

Demnach hätte Richard Parlow versucht, einen ahnungslosen Fahranfänger über den Tisch zu ziehen und zum Kauf eines Wagens zu verleiten, den der TÜV sofort aus dem Verkehr gezogen hätte, wäre der BMW vor dem verheerenden Unfall dort vorgestellt worden.

Den allerbesten Ruf als Gebrauchtwagenhändler hatte Richard Parlow nicht gehabt. Wegen der zweifelsfrei zusammengeflickten Karosserie zog auch niemand in Betracht, dass er nichts von den Mängeln gewusst hatte. Es war anzunehmen, dass er beim Ankauf des optisch fast wie neu aussehenden Fahrzeugs zumindest hier und da mal gegen das Blech geklopft hatte. Und da hätten ihm die ausgebesserten Stellen sofort auffallen müssen.

Herbst 2010

Sehr viel anders als Richard Parlow damals verhielt Kurt Wellinger sich nicht. In Erwartung eines lukrativen Auftrags gab er sich ausgesprochen zuvorkommend. Selbstverständlich sah er sich und die zum Autohaus gehörende Werkstatt in der Lage, einen alten Mercedes wieder fahrtüchtig zu machen. Möglicherweise wäre das nicht mal sehr aufwendig, meinte er. Der Wagen sei ja nicht beschädigt oder defekt, er hätte nur lange gestanden. Eine neue Batterie, die brauche er garantiert. Eine gründliche Inspektion, einen Ölwechsel, die eine oder andere neue Dichtung, den Rest müsse man sehen.

«Was darf der Spaß denn kosten, Herr Junggeburt?»

Alex zuckte mit den Achseln und stellte seinem Gegenüber quasi einen Blankoscheck aus. «Geld ist kein Problem.»

Kurt Wellinger rieb sich im Geist die Hände und veranlasste, dass sofort ein Abschleppwagen zur Villa Schopf geschickt wurde.

Alex trat noch einmal in Lothars Passat den Heimweg an. Als der Abschleppwagen vorfuhr, lag der Zündschlüssel aus dem Schreibtisch im Arbeitszimmer schon bereit. Den Kfz-Schein steckte er ein, um damit eine Versicherungsagentur aufzusuchen. Den Zweitschlüssel und den Kfz-Brief vermutete er in dem Tresor, in dem schon sein Großvater Wichtiges und Wertvolles verschlossen hatte.

Dieser Stahlschrank stand ebenfalls im Arbeitszimmer. Leider war bei den Schlüsseln, die seine Schwägerin ihm am Donnerstag ausgehändigt hatte, keiner, der zum Tresor gehörte. Eine Zahlenkombination brauchte man für das alte Ungetüm nicht.

Er überlegte, ob er nach Abschluss einer neuen Versicherung für den Mercedes noch einmal im Haus seines Bruders vorsprechen und nach dem Tresorschlüssel fragen sollte. Aber es hätte Fragen wegen des Passats geben können. Lothars feindseliges Verhalten im Hinterkopf, ging er diesbezüglich lieber kein unnötiges Risiko ein. Und wenn Cecilia nicht da war oder nichts wusste – mit einem Anruf in der Brauerei ließ sich das schneller erledigen.

So schnell, wie er sich das dachte, ging es dann doch nicht. Zuerst musste er einer Sekretärin erklären, wer er war und was er wollte. Dann hing er geschlagene fünf Minuten in einer Warteschleife und hörte sich einen Song der Bläck Fööss an. «Drenk doch ene met.» Wirklich passend für eine Brauerei.

Als sein Bruder sich endlich meldete, hatte er schon begonnen mitzusingen, was Albert hörbar irritierte. «Hallo? Wer ist da?»

«Alex», sagte er knapp, weil er nicht davon ausging, dass sein Bruder ihn bei einem *«Ich bin's»* an der Stimme erkannte. «Cecilia hat leider vergessen, mir den Tresorschlüssel zu geben.»

«Nein», widersprach Albert. «Der muss im Haus sein. Aber der Tresor ist leer.»

«Bist du sicher?»

«Absolut. Ich habe ihn nach Mutters Tod selbst ausgeräumt und ihren Schmuck in Verwahrung genommen.» Unausgesprochen blieb: Komm bloß nicht auf die Idee, etwas davon zu verlangen. Du bekommst ohnehin mehr, als dir zusteht. «Ansonsten war nichts drin, was von Belang gewesen wäre. Nur alte Steuerunterlagen, Familienstammbücher und ein Wehrmachtsorden.»

«Und wo ist der Kfz-Brief für Vaters Mercedes?», fragte Alex.

«Was willst du denn damit?»

Alex erklärte es, und Albert fragte: «Hältst du das für vernünftig?»

«Ich kann es mir leisten, unvernünftig zu sein», sagte er.

«Tja», meinte sein Bruder. «Dann wirst du suchen müssen. Ich kann dir nicht sagen, wo der Brief ist.»

Albert legte auf. Alex nahm das Handy vom Ohr und schaute auf das kleine Display, in dem die Dauer des Gesprächs angezeigt wurde. Sechs Minuten und siebenunddreißig Sekunden. Auch wenn er den größten Teil dieser Zeit den Bläck Fööss gelauscht hatte, war es die längste Unterhaltung mit seinem Bruder gewesen, an die er sich erinnerte.

Er suchte weiter nach dem Kfz-Brief und fand ihn schließlich zusammen mit dem Zweitschlüssel für den Mercedes in der Truhe vor dem Bett seiner Mutter, auf der die drei Puppen Wache hielten. Zum Mittagessen kam er nicht mehr, weil es höchste Zeit wurde, den Passat zurück zur S-Bahn-Station zu bringen.

Um *Heikes Kaffeebüdchen* machte er wieder einen weiten Bogen, obwohl er hungrig war und ihm beim Gedanken an ein Schinkenbrötchen mit Endiviensalat, zwei Fleischtomatenscheiben und Remoulade das Wasser im Mund zusammenlief. Aber Heike würde vermutlich die Polizei rufen, statt ihn zu bedienen. Den Stress konnte er jetzt nicht gebrauchen. Und es gab ja eine, die sich freute, ihn zu sehen – Silvie.

Wenn Lothar sich heute Nachmittag selbst um den Hasemann kümmern musste, bestand nicht die Gefahr, dass sich ihre Wege kreuzten. Er wollte ihr unbemerkt den Autoschlüssel zurück in die Handtasche schmuggeln und sie noch ein bisschen aushorchen. Vor allem interessierte ihn die Entstehungsgeschichte von Prinz Knatschsack. Also marschierte er zum Krankenhaus, kaufte unterwegs eine Tüte Äpfel, aß beim Weitergehen zwei und überließ Silvie den Rest mit dem Hinweis: «Die sind gesünder als Blumen.»

Es ging Silvie schon wieder so gut, dass sie ohne Hustenanfall nörgeln konnte, weil außer ihm noch kein Besuch gekommen war. Obwohl sie sonntags erklärt hatte, ihre Großeltern sollten nachmittags Ruhe haben und Kraft fürs Kinderhüten tanken, hatte sie fest mit Franziska gerechnet. Sonst machte die doch jedes Mal einen Aufstand, wenn *ihr Kind* ein Wehwehchen hatte.

«Ich überlege schon den halben Tag, ob Lothar ihr einen Krankenhausbesuch ausgeredet hat, weil ich nicht viel sprechen soll. Oder ob es Opa gestern so schlechtging, dass Oma ihn nicht allein lassen wollte. Lothar hat sich auch nicht mehr blicken lassen. Dabei hätte er abends noch mal reinschauen können. Besuchszeit ist bis um acht. Ich bringe David immer um sieben ins Bett.»

«Wenn's deinem Opa nicht gutging, hat Lothar den Kleinen vielleicht aus Rücksicht später abgeliefert», meinte Alex.

«Wenn», meckerte Silvie. «Ich kann nicht mal anrufen und nachfragen. Was hat er sich nur dabei gedacht, mein Handy aus der Tasche zu nehmen? Manchmal geht er mir mit seiner Fürsorge und Vernunft echt auf die Nerven. Ich liege doch nicht auf der Intensivstation, wo ich versehentlich im Nebenzimmer lebenserhaltende Maschinen ausschalten könnte, wenn ich telefoniere.»

Das Telefon an ihrem Bett war auf Lothars Geheiß gar nicht erst angeschlossen worden, damit sie ihre Stimme auch wirklich schone. Aus dem Grund hatte Lothar vermutlich auch ihre Geldbörse konfisziert. Sonst hätte sie in der Krankenhausverwaltung fünfzehn Euro zahlen und den Apparat freischalten lassen oder sich eine Telefonkarte für den öffentlichen Fernsprecher im Erdgeschoss kaufen können.

Völlig unrecht hatte Lothar mit seinen rigiden Maßnahmen wohl nicht. Der Arzt hatte schon vor Knötchenbildung und chronischer Heiserkeit gewarnt, weil Erkältungsviren gerne die Stimmbänder angriffen. Das konnte zu bleibenden Schäden führen.

Obwohl sie ihm das erklärte, animierte Alex sie mit Fragen nach Prinz Knatschsack dazu, die hochdramatische Geschichte einer Frühgeburt zu erzählen. Über die Entstehung des Knaben verlor sie leider kein Wort, begann bei ihren sich rapide verschlechternden Leberwerten, für die ihre Gynäkologin keine Erklärung gefunden hatte, kam über massive Blutungen und Notkaiserschnitt unter Spinalanästhesie zum ersten Bad von Mutters Hand in einem Behältnis, das aussah wie ein Spülbecken aus Edelstahl.

«Da habe ich ihn zum ersten Mal richtig brüllen hören. Das Ding war auch mit warmem Wasser drin noch kalt. Ich hätte ihm eine Hand unter Po und Rücken halten müssen. Aber ich war so ungeschickt.»

Viel klüger war Alex damit nicht. Und gezielt fragen, ob der Junge von Lothar stammte oder von einem anonymen Spender, konnte er kaum. Sie hätte doch sofort wissen wollen, was ihn auf diesen Gedanken brachte.

Sie kam auf ihre Großeltern zurück und malte einige Teufel an die Wand. Wenn's Opa gestern wirklich so schlechtgegangen war, dass Oma deswegen auf den Besuch bei ihr verzichtet hatte, ging es ihm heute garantiert nicht besser. Wenn er im Bett lag, musste Oma bestimmt oft nach oben, um nach ihm zu sehen. Dass sie David immerzu treppauf, treppab schleppte, konnte Silvie sich nicht vorstellen. Das war doch viel zu beschwerlich. Oma würde denken, es wäre ja nur für zwei oder drei Minuten, und den Kleinen unbeaufsichtigt im Erdgeschoss zurücklassen. Und wenn er auch noch nicht laufen konnte, krabbeln konnte er verdammt flink, sogar eine Treppe hinauf, wobei ihn jedoch nach zwei, drei Stufen die Kraft verließ, was ihn jeden Mal fürchterlich frustrierte. Nicht auszudenken, was da alles passieren konnte.

Vielleicht spekulierte sie darauf, dass Alex ihr aus der finanziellen Klemme half. Er zog stattdessen sein Handy aus der Jackentasche und reichte es ihr mit den Worten: «Hier, damit du nicht verrückt wirst mit all deinen Befürchtungen.»

Der versenkbare Autoschlüssel steckte immer noch in seiner Jacke. Er verabschiedete sich trotzdem, weil er nicht wusste, wie er an ihre Handtasche gelangen sollte, ohne ihr Misstrauen zu wecken. Er hatte gehofft, die Tasche stünde neben ihrem Bett und er könnte den Schlüssel unbemerkt hineinfallen lassen, aber offenbar war die im Schrank. Egal. Er würde ihn einfach unter einen Sitz schieben, damit es so aussäh, als wäre er ihr aus der Tasche gefallen.

«Bleib doch noch ein bisschen», bat Silvie, als er zur Tür ging. «Ich frag nur kurz, wie es Opa geht.»

«Du und kurz», sagte er grinsend. «Du darfst telefonieren, bis die Karte leer ist. Ich schenk's dir. Dass ich so ein Ding eigentlich gar nicht brauche, hab ich erst gemerkt, nachdem ich es gekauft hatte. Und ich will nicht schuld sein, wenn du chronisch heiser wirst. Strapazier deine Stimmbänder lieber bei deiner Oma oder deinem Mann. Wenn Lothar sich heute Abend wieder nicht blicken lässt, kannst du ihn ja fragen, wo er sich herumtreibt. Sag einfach, die Nachtschwester hätte dir ihr Handy geliehen.»

«Danke», sagte Silvie schlicht.

Er hatte die Tür bereits geöffnet, als sie noch wissen wollte: «Kommst du morgen?»

«Meinst du denn, du bist morgen noch hier?»

«Wenn's nach Lothar geht, bin ich noch die ganze nächste Woche hier», vermutete sie düster.

Na, dann eilte es ja nicht mit dem Autoschlüssel. «Ich versuch's», sagte er. «Aber sei mir nicht böse, wenn ich es nicht schaffe. Morgen hab ich einen Termin bei meiner Anwältin, den kann ich nicht verschieben, und das kann dauern.» Mit dieser Lüge trat er hinaus auf den Gang.

Silvie schaute auf den schmaler werdenden Spalt, bis er die Tür hinter sich geschlossen hatte. Dann rief sie umgehend ihre Großmutter an. Franziska hörte mit Erleichterung, dass es wirklich nur eine schlimme Erkältung war und nicht etwa wieder schlechte Leberwerte, Blutungen oder sonst etwas, das eine drohende Frühgeburt ankündigte. Diesmal wäre es entschieden zu früh, Anfang vierter Monat, das Baby hätte nicht den Hauch einer Überlebenschance.

Zeit für ein längeres Gespräch hatte Franziska nicht. Von halb sechs Uhr in der Früh bis eben, als Lothar den Knaben abgeholt hatte, hatte Prinz Knatschsack sie auf Trab gehalten und der wenig schmeichelhaften Bezeichnung alle Ehre gemacht.

«Kein Wunder, dass Lothars Mutter genug von dem Kleinen hatte», meinte Franziska. «Ich bin nicht mal dazu gekommen, Mittagessen zu kochen. Zum Glück ist noch was von gestern übrig. Ich mach Opa jetzt die Suppe heiß, was anderes will er ja doch nicht.»

«Wie geht's ihm denn?», fragte Silvie.

«Ach», seufzte Franziska. «Ich hab den Eindruck, es wird immer schlimmer. Er hat starke Schmerzen, da bin ich sicher. Aber er behauptet, das bilde ich mir bloß ein.»

«Lass mich mal mit ihm reden.»

«Das geht nicht. Er hat sich oben hingelegt. Hier unten war es ihm zu laut. Vielleicht schläft er. Ich geh gleich mal rauf. Aber erst mach ich ihm die Suppe heiß, damit er was in den Leib bekommt.»

Silvie erfuhr nur noch, dass Lothar ihren Sohn am vergangenen Abend schon um halb sieben abgeliefert hatte. Halb sieben! Da wäre wahrhaftig noch mehr als genug Zeit für einen Besuch im Krankenhaus gewesen. Warum Lothar nicht gekommen war, konnte Franziska ihr beim besten Willen nicht verraten, hatte auch keinen Nerv, darüber zu spekulieren.

«Frag ihn doch selbst, wenn er heute Abend kommt. Vielleicht ist er gestern von uns aus noch rüber zu seiner Mutter gegangen, und die hat ihn stundenlang festgehalten mit ihren

Wehwehchen. Du weißt doch, wie sie ist. Ich hab nicht darauf geachtet und muss mich jetzt wirklich um Opa kümmern, der ist den ganzen Vormittag zu kurz gekommen.»

Um ihre Hollandpläne nicht zu gefährden, verlor Heike Jentsch kein Wort über Alex und ihre Furcht vor seiner Rache, als ihre Schwägerin mittags zur gewohnten Zeit die zweite Lieferung brachte. Und als kurz nach vier das letzte Plunderhörnchen verkauft war, wartete sie immer noch auf die Konfrontation.

Sie verschloss die Eingangstür, erlaubte sich ein kurzes, verhaltenes Aufatmen und machte dann sauber. Eine gute Stunde später trat sie durch die Hintertür ins Freie, sperrte ab und ging eilig die paar Schritte zu ihrem Honda, während sie weiter Ausschau nach ihm hielt.

Es gab bereits große Lücken zwischen den Fahrzeugen auf dem weitläufigen Parkplatz. Trotzdem war noch ausreichend Deckung vorhanden für einen Mann, der es darauf anlegte, erst in letzter Sekunde gesehen zu werden. Aber es schoss niemand wie der Teufel aus der Kiste hinter einem Auto hervor und auf sie zu.

Wahrscheinlich war ihm der Platz zu öffentlich. Er hätte sie zwar zurück ins Blockhaus drängen können. Doch durch die Vorderfront war der gesamte Verkaufsraum samt Kühltheke gut einsehbar und, auch wenn geschlossen war, noch schwach beleuchtet. Und draußen herrschte bis in den späten Abend hinein ein ständiges Kommen und Gehen von S-Bahn-Nutzern, die etwas vom Geschehen hätten sehen oder hören können.

Er hätte sie natürlich auch ins Auto schieben und irgendwohin verfrachten können, wo ihn niemand störte. Zum Beispiel in seine Bruchbude am Ende der Breitegasse. Da gab es nicht mal unmittelbare Nachbarn. Und vor morgen früh würde sie kein Mensch vermissen. Aber wenn ihr Bruder sich um halb fünf wunderte, weil sie die Brötchen nicht abholte, wenn Wolfgang den Stein ins Rollen brachte und die Polizeiwache über ihr Verschwinden informierte, würde jeder Polizist, der sie und ihre Vorgeschichte kannte, zuerst in der Villa Schopf nach ihr suchen, da war sie sicher. Und sie nahm an, dass auch Alex das sehr genau wusste.

Wenn man es richtig bedachte, war ihre Wohnung entschieden besser geeignet, um sie für die sechs Jahre hinter Gittern büßen zu lassen. Und wenn er dabei so geschickt vorging wie bei Janice Heckler, wenn er auch bei ihr keine Spuren hinterließ, würde ihr kleines Problem höchstwahrscheinlich auch noch für seine Unschuld sprechen. Die Polizei nähme vermutlich an, der Verursacher ihrer Schwangerschaft sei der Täter.

Ob Alex es zuerst bei ihrer alten Adresse probiert und dort umsonst auf sie gewartet hatte? Kurz nach dem Prozess war sie umgezogen, hatte in einem der drei Hochhäuser an der Ludwig-Uhland-Straße im Westen von Grevingen – Bausünden aus den frühen siebziger Jahren – eine kleine Wohnung gemietet. Doch das herauszufinden war bestimmt eine Kleinigkeit für einen Mann, der gewillt war, sie ihre Aussage bereuen zu lassen. *«Das wird dir noch leidtun!»*

Heike war überzeugt, dass er dazu immer noch entschlossen war, und zwar so fest, dass ihn nichts und niemand davon abbringen konnte.

Er hätte sich letzten Freitag nur an ihre Fersen heften müssen, um in Erfahrung zu bringen, wo sie jetzt wohnte. Ob ihm ein Auto zur Verfügung stand, hatte Lothar ihr nicht sagen können. Doch davon ging sie aus. Alex war immer verrückt nach Autos gewesen. Wahrscheinlich hatte er in Köln einen Mietwagen genommen.

Und wie sollte man bei schlechten Sichtverhältnissen im Stadtverkehr feststellen, dass man verfolgt wurde? Außerdem hätte er ja nicht die ganze Strecke hinter ihr herfahren müssen, sondern gleich beim Discounter in Startposition gehen können. Dass sie sich dort täglich mit frischer Ware fürs Kaffeebüdchen und ihren Eigenbedarf eindeckte, wusste er garantiert noch.

Am Freitag und am Samstag hatte sie nichts von ihm bemerkt. Jetzt hielt sie die Augen offen: während der Fahrt zum Discounter, zwischen den Regalen dort, draußen auf dem großen Parkplatz vor dem Flachbau und auf der Fahrt zur Ludwig-Uhland-Straße. Und obwohl ihr nichts auffiel, hatte sie ein unbehagliches Gefühl zwischen den Schulterblättern, als sie ihren Honda in eine Lücke am Straßenrand quetschte und, bepackt mit zwei Tüten, zum mittleren der drei Hochhäuser hastete.

Die Eingangstür ließ sich wie so oft aufdrücken, weil wieder mal jemand die kleine Metallnase vom elektrischen Türöffner nach unten geschoben hatte.

Statt wie sonst mit dem Lift nach oben zu fahren und die frische Ware in den Kühlschrank zu legen, steuerte Heike die im Parterre liegende Wohnung des Hausmeisterehepaares an, beschwerte sich allerdings nicht wegen der offenen Tür, die es jedem Penner erlaubte, unbemerkt ins Haus zu gelangen. Damit hätte sie die guten Leute nur verärgert. Sie fragte lieber nach einem Stellplatz in der Tiefgarage.

Es gab immer freie Plätze, das wusste sie, weil der Hausmeister schon mehrfach versucht hatte, ihr einen aufzuschwatzen. Für eine Frau sei das doch sicherer und im Winter auch bequemer, meinte er jedes Mal. Nur hatte Bequemlichkeit ihren Preis. Bisher war ihr der zu hoch erschienen. Jetzt war sie bereit, sich für vierzig Euro im Monat die zukünftige Parkplatzsuche in der Umgebung, Hetzjagden zum Haus und böse Überraschungen vor dem Eingang zu ersparen.

Während der Hausmeister etwas umständlich einen rückwirkend auf den ersten Oktober datierten Zusatz zum Mietvertrag für ihre Wohnung ausstellte, brachte Heike die Sachen hinauf in den zehnten Stock, legte Wurst, Schinken und Käse in den Kühlschrank und war in Gedanken bereits wieder unten.

Sie müsste dann nur aufpassen, dass niemand hinter ihr die Rampe hinunter und durchs Rolltor in die Garage huschte. Doch wer das beabsichtigte, konnte vorher auch einem anderen Mieter gefolgt sein und längst zwischen den abgestellten Fahrzeugen Deckung bezogen haben. Oder durch die nur scheinbar geschlossene Eingangstür hereinkommen und im Treppenhaus oder auf einer Etage warten, den Lift anhalten, zusteigen und so weiter.

Es gab Dutzende von Möglichkeiten für einen zu allem entschlossenen Mann. Eine hundertprozentig sichere Lösung war die Tiefgarage nicht. Trotzdem war es ein gutes Gefühl, als sie ihren Honda die Rampe hinunter, unterm Rolltor durch auf den Platz steuerte, den der Hausmeister ihr zugewiesen hatte.

Auch an dem Montagabend ließ Lothar Steffens sich nicht bei seiner Frau im Krankenhaus blicken. In Silvies Hinterkopf wiederholte Alex an die fünfzig Mal: «*... kannst du ihn ja fragen, wo er sich herumtreibt.*» Aber sie wartete, bis die Besuchszeit zu Ende war, bevor sie seine Nummer wählte. Lothars Handy war aus. Er hatte es samstags ausgeschaltet, bevor sie das Krankenhaus betreten hatten, daran erinnerte sie sich. Hier war der Betrieb von Mobiltelefonen nun mal verboten, und in solchen Dingen war Lothar sehr penibel.

Sie nahm an, dass er bisher vergessen hatte, das Gerät wieder einzuschalten, weil er es sonst eigentlich nur brauchte, um ihr Bescheid zu geben, mit welcher Bahn er von der Arbeit kam. Sie probierte es auf dem eigenen Festnetz, es klingelte endlos, abgehoben wurde nicht.

Vermutlich war er unterwegs, um sich etwas Ordentliches zu essen zu besorgen. Tiefkühlkost oder sonstige Fertiggerichte verabscheute Lothar. Und da er ihren Sohn um diese Zeit längst bei ihren Großeltern abgeliefert hatte, lag die Vermutung nahe, dass er nebenan bei seiner Mutter saß. Das vereinbarte sich am ehesten mit seiner Sparsamkeit. Und nur von einer Mutter konnte man erwarten, dass sie sich abends noch mal an den Herd stellte, um Eier für einen strammen Max oder sonst was zu brutzeln.

Aber ihre Schwiegermutter saß allein vor dem Fernseher. Sie hatte Lothar zuletzt am Samstagnachmittag gesehen. Nachdem er der armen Franziska Prinz Knatschsack aufs Auge gedrückt hatte, war er noch kurz hereingekommen, um zu fragen, ob sie eventuell bereit wäre, Silvies Großmutter mal für eine halbe Stunde zu entlasten, wenn das notwendig werden sollte. Das hatte Frau Steffens rundweg abgelehnt. Sie war ja auch nicht gesund.

«Ihr solltet euch was schämen, alle beide», schimpfte sie los. «Hat deine Oma nicht schon genug am Hals? Dein Opa macht's nicht mehr lange, das kannst du mir glauben. Jede Wette, er hat Magenkrebs. Ich kenne die Symptome. Und du legst dich mit einem Schnupfen ins Krankenhaus.»

«Das war nicht meine Idee», rechtfertigte sich Silvie. «Außerdem liege ich hier nicht mit einem Schnupfen, ich habe eine schwere Bronchitis. Und nicht mal damit wäre ich aus eigenem Antrieb ins Krankenhaus gegangen. Lothar hat mich ins Auto gepackt, ohne großartig zu fragen, ob ich damit einverstanden bin. Ich hatte nur etwas Fieber und ...»

«Da hat er sich bestimmt Sorgen ums Baby gemacht», wurde sie unterbrochen. Unter diesem Aspekt hatte Frau Steffens vollstes Verständnis für den Krankenhausaufenthalt.

«Das Baby war aber garantiert nicht der einzige Grund», erklärte Silvie. «Ich hatte nämlich Besuch, der ihm nicht passte. Er benahm sich, als hätte er Angst, beim nächsten Mal könnte er mich mit Alex im Schlafzimmer antreffen.»

«Alex?» Lothars Mutter war sofort aufs höchste alarmiert. «Hab ich das richtig verstanden? Der war bei dir? Er hat doch noch drei Jahre abzusitzen. Ist der etwa ...»

«Vorzeitig entlassen», vervollständigte Silvie den Satz. «Auf Bewährung.»

«Um Gottes willen», war alles, was ihre Schwiegermutter dazu sagte.

Ihren Mann bekam Silvie erst kurz vor zehn an die Strippe. Lothar behauptete, den ganzen Abend zu Hause gewesen zu sein und sich gerade ins Bett gelegt zu haben.

«Und wo warst du gestern?», fragte sie aufgebracht.

«Auch hier.»

«Warum bist du denn nicht ans Telefon gegangen? Ich hab's immer wieder probiert.»

«Gestern?», fuhr Lothar auf. «Jetzt erzähl mir nicht, du hast eine Krankenschwester angepumpt, um mich zu kontrollieren! Meinst du nicht, du übertreibst es ein bisschen mit deiner Eifersucht? Wenn du da herumläufst, statt dich zu schonen ... und nachher hast du eine Lungenentzündung oder bekommst wieder Blutungen ...» Er war zunehmend lauter geworden.

«Ich laufe nicht herum», fiel Silvie ihm ins Wort. «Die Nachtschwester hat mir ihr Handy geliehen. Aber nicht gestern, nur heute. Weil ich mir Sorgen gemacht habe. Was soll ich denn denken, wenn keiner kommt?»

Daraufhin erklärte Lothar in wieder gemäßigtem Ton: «Heute hab ich Musik gehört und mir den Kopfhörer aufgesetzt, damit die Nachbarn nicht denken, ich feiere eine Party. Ich brauchte eine Abwechslung nach all den Stunden mit der *Musik für Kleine*. Wie oft David die CD gehört hat, weiß ich nicht. Wie du das die ganze Woche von morgens bis abends aushältst, ist mir ein Rätsel.»

Vielleicht hoffte er, sie mit der Schmeichelei zu beschwichtigen, aber sie ging nicht darauf ein. «Musik gehört!», ereiferte sie sich. «Und ich mache mich verrückt. Du schiebst mich ab und lässt dich nicht mehr blicken. Ist das die Strafe, weil ich Alex ins Haus gebeten habe? Wenn du meinst, ich wäre eifersüchtig, wie nennst du denn dein Verhalten? Ist das keine Eifersucht?»

«Quatsch», sagte Lothar nur und legte auf.

Silvie betrachtete das Handy noch sekundenlang. Sie hätte geschworen, dass er eifersüchtig und sauer auf sie war, dass er deswegen auch am Samstagnachmittag bei Alex überreagiert hatte. In letzter Zeit war Lothar ständig gereizt und ging wegen Nichtigkeiten an die Decke. Er hatte sich sogar schon bei ihrer Oma im Ton vergriffen. Und mindestens viermal die Woche zweifelte er an ihrer Liebe, weil sie es seiner Meinung nach darauf angelegt hatte, so kurz nach Davids Geburt erneut schwanger zu werden.

Hatte sie gar nicht, es war einfach passiert. Aber seit sie wusste, dass sie zum zweiten Mal Mutter wurde, hatte sie nicht mehr mit Lothar geschlafen. Für ihn war das ein Riesenproblem. Ihre Ärztin hatte sie ermahnt, vorsichtig zu sein. Sie sollte auch nicht schwer heben oder sich sonst wie verausgaben. Gegen den Austausch von Zärtlichkeiten gab es keine Einwände, nur war Lothar damit nicht zufrieden. Er wollte immer *richtig*, wie er das nannte, alles andere war für ihn pubertäres Zeug.

Und dann traf er sie ausgerechnet mit Alex, dem Spezialisten für *pubertäres Zeug*, im Wohnzimmer an. Wahrscheinlich fragte er sich seitdem hundertmal am Tag, was sie nach all der Zeit noch für seinen ehemals besten Freund empfand. Für einen Mörder! Für Lothar war er einer. Für sie nicht.

Der Gebrauchtwagenhändler, das war mittlerweile fünfzehn Jahre her und definitiv ein Unfall gewesen, an dem Alex wegen zu hoher Geschwindigkeit allenfalls eine Mitschuld getragen hatte. Das konnte man ihm doch nicht bis ans Lebensende ankreiden.

Wäre der BMW ein paar Tage nach dem Kauf verunglückt

und Alex dabei hopsgegangen, hätten vermutlich die meisten gesagt: «Das musste ja so kommen.» Vielleicht hätten ein paar wenige seine Mutter bedauert, weil sie nun auch noch ihr Ersatzkind begraben musste. Aber weiter hätte kein Hahn danach gekräht. So jedoch war Alex plötzlich ein Henker – wegen der scheußlichen Art, auf die Richard Parlow zu Tode gekommen war. Und keiner regte sich darüber auf, dass der gewiefte Gebrauchtwagenhändler einem Anfänger eine schick aufgemotzte Schrottmühle hatte andrehen wollen.

Davon abgesehen: Opa hatte mal gesagt, es spiele gar keine Rolle, ob die Vorderachse am BMW verzogen und die Bremsleitungen defekt gewesen seien, Richard Parlow hätte Alex bremsen müssen. Man ließ einen geltungsbedürftigen Achtzehnjährigen nicht mit hundertzwanzig Sachen über die Landstraße brettern. Da sagte man: «Langsam, Junge, durchtreten kannst du ihn auf der Autobahn.»

Und Janice Hecklers Tod in der Greve ...

Alex hatte vorher kräftig gebechert, wofür es drei Dutzend Zeugen gab, darunter Lothar und ein Polizist aus dem Dorf. Nachher hatte Alex immer wieder beteuert, nicht zu wissen, was passiert sei. Das hatten ihm nur nicht viele geglaubt. Silvie war vielleicht die einzige Ausnahme. In ihren Ohren hatte die Theorie, mit der seine Anwältin sich im Prozess lächerlich gemacht hatte, wie eine Offenbarung geklungen.

Danach hätte eine andere Person Janice Heckler getötet und es nach einem Sexualdelikt aussehen lassen, damit man automatisch von einem Täter ausging und gar nicht erst begann, über eine Täterin nachzudenken, hatte Frau Doktor Brand erklärt.

Alex hätte auf dem Weg zur Villa den halbnackten Körper im Wasser liegen sehen und herausziehen wollen, was ihm in seinem Zustand aber nicht gelungen sei. Er hätte womöglich Hilfe holen wollen, beim Heckler-Haus nur leider nichts erreicht, weil Janice' Eltern nicht zu Hause waren und ihr älterer Bruder Dennis sich in einer Kölner Diskothek amüsierte.

Und in der Villa Schopf: ein alter Mann mit den ersten Anzeichen von Demenz, eine Sterbende und eine erschöpfte Krankenpflegerin, die kaum Deutsch sprach – die hätten auch nicht reagiert. Daraufhin hätte Alex sein Vorhaben aufgegeben und die Sache vergessen. Schließlich war er stockbesoffen.

Das klang plausibel, fand Silvie. Für sie war Alex nie schlecht oder von Grund auf böse gewesen, jedenfalls nicht vor seiner Verhaftung. Er war leichtsinnig, leichtfertig, leicht zu begeistern und leicht in Rage zu versetzen.

Wie oft hatte Oma von seiner Kindheit erzählt und immer betont, im Grunde sei er kein übler Kerl, nur von den Umständen verdorben worden. Als Kind hätte er einen in tiefster Seele dauern können. Und als Jugendlicher hätte er wohl nur eine starke Hand gebraucht, um das Ruder noch herumzureißen, einen Mann im Haus, der endlich ein Machtwort sprach und Helene nicht unentwegt nach eigenem Gutdünken schalten und walten ließ.

Man schenkte einem Jungen, der sich auf dem Gymnasium nur dank der ständigen Unterstützung seines Freundes von einem Jahr ins nächste hangelte, nicht das Geld für Führerschein und Auto zum achtzehnten Geburtstag.

Ein herausragender Schüler war Alex wirklich nie gewesen. In der Grundschule hätte er gute Noten nur für sein Lächeln bekommen, hatte Lothar mal erzählt. Vom ersten Tag an hätte er die gutmütige Frau Sattler um den Finger gewickelt, vier Jahre lang. Die Grundschüler behielten ihre Lehrerinnen von der Einschulung bis zum Schulwechsel. Da sollte dann ein Nerzjäckchen die Besitzerin gewechselt haben, damit die Qualifikation fürs Gymnasium erreicht wurde. Mit einem schönen Gruß von Mami, der die Jacke zu weit geworden war. Es wäre doch eine Verschwendung sondergleichen gewesen, eine Pelzjacke im Schrank vergammeln zu lassen oder in die Altkleidersammlung zu stecken, wenn man einen Haudrauf damit auf die höhere Schule befördern konnte.

Ob diese Geschichte den Tatsachen entsprach, wusste Silvie nicht. Gelegentlich schmückte auch ein vernünftiger Mann wie der ihre etwas aus. Aber sie hatte früher oft genug zugehört, wenn Lothar und Alex nebenan bei geöffnetem Fenster paukten, während sie ihrerseits Hausaufgaben machte oder vor sich hin träumte und frische Luft hereinließ.

Wieder und wieder musste Lothar Aufgaben, Lösungswege, Zusammenhänge oder sonst etwas erklären. Wieder und wieder sagte Alex: «Tut mir leid, ich kapier das einfach nicht. Lass mich abschreiben, dann können wir noch was unternehmen. Ich bau auch ein paar Fehler ein, damit es nicht auffällt.»

Jugendliebe

Nach dem Tod des Gebrauchtwagenhändlers gab es für Silvie nichts mehr zu lauschen. Albert Junggeburt sprach das längst überfällige Machtwort. Alex verschwand aus Garsdorf. Kurz darauf wusste jeder im Ort, dass er auf Anordnung seines Bruders für den Rest seiner Schulzeit in ein Internat verbannt worden war. Dort sollte er Zucht, Ordnung, Disziplin und weiß der Teufel was sonst noch lernen. Gebracht hatte diese Maßnahme nichts.

Zwei Jahre später kam er zurück. Und obwohl er zweimal durchs Abitur gerasselt war, entschädigte seine Mutter ihn für die beiden Jahre fern der Heimat mit einem nagelneuen Auto. Diesmal wählte Helene aus: einen kleinen Audi.

So sah Silvie ihn wieder. Sie war fünfzehn, in genau dem Alter, das ihre Großmutter früher gefürchtet hatte. Bisher hatten Franziska und Gottfried keinen Grund zum Klagen und keine schlaflosen Nächte ihretwegen gehabt, dabei hatte ihr Herz schon mit dreizehn geflattert, wenn sie den Nachbarssohn und seinen Freund beim Büffeln belauscht hatte. Und es war nicht Lothar gewesen, der ihren Puls beschleunigt hatte.

An einem Samstagnachmittag stand der Audi nebenan vor Steffens Haus. Und ausgerechnet an dem Nachmittag hatte Silvie gar nicht die Zeit, das unverhoffte Wiedersehen zu genießen und ein wenig auszudehnen. Ihr Vater hatte kurz zuvor telefonisch seinen Besuch angekündigt, um sich für einen längeren Auslandsaufenthalt zu verabschieden. Als ob er auf die letzte Minute gemerkt hätte, dass er vor dem Abflug noch ein bisschen Zeit hatte, um mal nach seiner Tochter zu sehen.

Der General kam nur alle Jubeljahre nach Garsdorf. Silvie war das ganz recht so. Wenn er erschien, wurde unweigerlich über den Verbleib ihrer Mutter spekuliert, von der keiner mehr etwas gehört oder gelesen hatte. Anschließend verlor der General meist noch ein paar Sätze zur Flugkatastrophe von Ramstein. Dort war er noch stationiert gewesen, als das verheerende Unglück passierte. Und wie oft hatte er sich gefragt, ob Frau und Tochter unter den Zuschauern gewesen wären, wenn Ria ihn nicht sechs Jahre vorher vorlassen hätte.

Das klang fast so, als sei er dankbar für Rias Verschwinden. Oma fühlte sich trotzdem bemüßigt, Silvie in jedem dritten Satz als liebes Mädchen zu bezeichnen. Als brauche es eine Rechtfertigung für ihr Überleben. Silvie fühlte sich jedes Mal degradiert. Und der General schaute sie dann immer so merkwürdig an, als grübele er, ob sie vielleicht während eines Manövers gezeugt worden sei und er jeden Monat für das Kind eines anderen ein paar hundert Mark von seinem Sold abdrückte. Er zahlte regelmäßig und nicht zu knapp.

Aber vielleicht quälte ihn auch nur das schlechte Gewissen, weil er nie Zeit für sie hatte und sich so selten blicken ließ, dass sie ihn früher nur als ihren Vater erkannt hatte, wenn er in Uniform erschienen war. Was er ungern tat, weil Opa dann immer in den Garten oder die nächste Kneipe ging.

Wie auch immer: Franziska hatte an dem Samstagnachmittag den Auftrag erteilt, in der Bäckerei Jentsch schnell ein paar übriggebliebene Plunderteilchen oder – wenn noch vorhanden – eine halbe Reistorte zu besorgen, damit man dem General zum Kaffee etwas vorsetzen konnte. Der Laden wurde samstags um zwei Uhr geschlossen, aber es war bestimmt nicht alles verkauft worden. Und für Familienangehörige gab es keinen Ladenschluss.

Als sie aus der Haustür trat, lehnte Alex nebenan lässig an der Motorhaube des Audis. Er wartete auf Lothar, der drinnen mit seiner Mutter debattierte. Frau Steffens war ganz und gar nicht einverstanden, dass Lothar mitfahren wollte.

Als Alex sie ansprach, blieb Silvie selbstverständlich stehen und schätzte sich glücklich, nicht zu den Gänsen zu gehören, die bei solchen Gelegenheiten bis unter die Haarwurzeln erröten. Hinten im Audi saßen zwei Schnepfen von siebzehn oder achtzehn Jahren, die mit Argusaugen belauerten, wie sie ein paar Sätze wechselten. Nichts von Bedeutung, nur:

«Hey, Silvie, wie geht's denn so?»

«Danke, gut. Schickes Auto.»

«Lust auf eine Spritztour?»

«Vielleicht später mal. Jetzt sitzen ja schon welche drin.»

«Dann bis demnächst.»

Anfangs sah Silvie ihn nur selten, hörte jedoch viel aus der Nachbarschaft. Lothar leistete Zivildienst im Grevinger Seniorenheim. Er war jeden Abend zu Hause, hatte aber längst nicht jedes Wochenende frei. Alex absolvierte den Wehrdienst, war fast jeden Samstag daheim, kam aber nicht immer nach nebenan. Wenn er Lothar abholte, war das eine Sache von wenigen Minuten. Da musste Silvie sich den halben Nachmittag auf die Lauer legen, um ihn nicht zu verpassen. Meist hatte sie Pech.

Weil Frau Steffens jedes Mal Zustände bekam, wenn Alex vorfuhr – da sah Lothars Mutter sich im Geiste schon auf dem Friedhof stehen und ihren Einzigen kopflos in einem Sarg liegen –, vermied Lothar nach Möglichkeit weitere Diskussionen mit seiner Mutter und ging lieber zur Villa Schopf, statt sich von Alex daheim abholen zu lassen. Oder sie trafen sich in der Gaststätte «Zur Linde», der Anlaufstelle für die nicht motorisierte Dorfjugend.

Junge Leute ohne Auto kamen zwar am frühen Abend noch mit dem Bus nach Grevingen und mit der S-Bahn nach Köln. Aber spätnachts besoffen oder sonst wie angeschlagen zurück kam man nur mit dem Taxi. Das Geld dafür fehlte den meisten. Deshalb fanden sich in der *Linde* meist etliche Mädchen, die ebenfalls nach Köln wollten.

Wenn nicht, fuhren Alex und Lothar eben alleine dorthin. In Köln war die Auswahl ohnehin größer, sowohl an Mädchen als auch an Etablissements, in denen man *Schnecken aufreißen* konnte, wie Lothar das auszudrücken pflegte. Die Diskothek in Grevingen, in der lange vor Silvies Geburt belgische Soldaten und ihre Mutter verkehrt hatten, war inzwischen in ein gutbürgerliches Speiselokal umgewandelt worden.

Als Silvie sechzehn wurde, wusste ihre Großmutter längst, dass sie bis über beide Ohren verliebt in Alex war. Aber offenbar passte sie nicht in sein Beuteschema. Wenn sie sich zufällig trafen, war er nett und freundlich, auch mal witzig oder charmant. Doch er machte keine Anstalten, Silvie erneut eine Spritztour anzubieten und sich an ihr zu vergreifen.

Das war die Zeit, in der man ihm in Garsdorf die Spitznamen «Stecher» und «Dosenöffner» verpasste. Man sah ihn selten zweimal mit derselben, wobei man ihn im Dorf eigentlich gar nicht mehr in weiblicher Begleitung sah. Im Ort war er durch. Und jeder wusste, dass Alex das Interesse verlor, sobald ein Mädchen ihn richtig rangelassen hatte. Wenn sich eine nicht damit abfinden wollte, dass sie danach gleich wieder abserviert wurde, spielte Lothar den Tröster. So kam der ebenfalls auf seine Kosten, aber darüber regte sich keiner auf.

Bei Franziska hatte Lothar einen dicken Stein im Brett. Er war tüchtig und vernünftig, hatte sein Abitur mit gut bestanden und bewarb sich noch während seiner Zeit als Zivi um eine Ausbildungsstelle im öffentlichen Dienst, wo er auch prompt genommen wurde. Dass er eine Beamtenlaufbahn anstrebte, wertete Franziska als Garantie für eine gesicherte Zukunft.

Alex dagegen machte bloß die Gegend unsicher. Sich in der Brauerei nützlich zu machen kam ihm nicht in den Sinn. Da wollte sein Bruder ihn auch gar nicht sehen. Also hatte er Zeit und – dank seiner bekloppten Mutter – auch noch Geld im Überfluss. Er fuhr wie ein Irrer, und obwohl er keine weiteren Unfälle verursachte, war er auch aus dem Grund der Schrecken aller Eltern und Großeltern, die um das Leben ihrer Töchter und Enkelinnen zitterten.

Weil er auch während der Woche ein bisschen Spaß haben wollte, bezog er mittags gerne Posten am Gymnasium in Grevingen. Dort lernte Silvie – natürlich nicht allein. Er kam auch nicht auf die Idee, sie einmal mitzunehmen, spielte lieber den Chauffeur für Mädchen aus der Oberstufe.

Und jedes Mal, wenn Silvie mit erstarrter Miene und zitternder Unterlippe von der Bushaltestelle nach Hause kam, atmete Franziska erleichtert auf. Allmählich begann sie, sich Sorgen zu machen. Diese Hartnäckigkeit, um nicht zu sagen Sturheit. Die musste Silvie von ihrem Großvater haben. Jede andere hätte längst kapituliert oder sich aus Frust einem anderen zugewendet.

Lothar zum Beispiel. Der himmelte Silvie an. Sie mochte ihn auch, kannte ihn schließlich schon ihr ganzes Leben und war – wie er einmal scherzhaft erwähnte – in seinen Hemdchen und Höschen aufgewachsen. Aber ihr Herz schlug nun mal für Alex.

Als Silvie dennoch irgendwann bereit war, mit Lothar auszugehen, atmete Franziska auf. Viel zu früh allerdings, wie sich bald zeigte. Silvie hatte nur begriffen, dass der Weg zum Mann ihrer Träume über Lothar führte.

Es war weiß Gott nicht fair, einen bis über beide Ohren verliebten jungen Mann, der sich Hoffnungen machte, als Mittel zum Zweck zu benutzen. Aber wer denkt mit siebzehn schon über Fairness nach, wenn im Bauch die Schmetterlinge zu Dutzenden schlüpfen? Es mochte welche geben, die in dem Alter einen zwar hübschen, aber faden Jüngling mit einem klapprigen Toyota so einem richtigen Haudrauf mit Engelsgesicht und neuem Audi vorzogen. Silvie gehörte eindeutig nicht dazu. In ihren Adern floss schließlich nicht nur kühl kalkulierendes Generalsblut, auch das heiße ihrer wilden Mutter.

Leider hatte Alex am ersten Abend, den sie dabei war, keine Augen für sie. Er nahm an, dass sie zu Lothar gehörte, weil sie mit dem gekommen war. Statt zu bummeln, irgendwo ein Eis zu essen und anschließend die Spätvorstellung in einem Kölner Kino zu besuchen, wie Lothar es Franziska weisgemacht hatte, gingen sie in eine Disco. Alex verkrümelte sich sofort in die Menge. Zweimal sah Silvie ihn tanzen und einmal mit einer Dunkelhäutigen knutschen. Dann verschwand er auch noch für geraume Zeit aus ihrem Blickfeld, um die Lakritzschnecke in irgendeiner schummrigen Ecke zu vernaschen – wie Lothar meinte. Es tat entsetzlich weh.

Doch schon am zweiten Samstagabend, den sie gemeinsam

in Köln verbrachten, legte Alex sich mit einem bulligen Türsteher an, der Silvie für minderjährig befand und nicht einlassen wollte. Lothar gab auf der Stelle klein bei. «Ist doch kein Problem, gehen wir eben ins Kino.»

Doch das vereinbarte sich nicht mit Alex' Auffassung von männlicher Ehre. Ihn störte es nicht einmal, dass er in der nachfolgenden Rauferei den Kürzeren zog. Ein zuschwellendes Auge und eine aufgeplatzte Lippe verhalfen ihm nur zu der Einsicht, dass es woanders Türsteher gab, die für ein gutes Trinkgeld nicht so genau hinguckten.

Also gingen sie woandershin. Dort machte Alex sich dann umgehend an eine Brünette heran, zog der beim Tanzen fast die Hotpants aus, während Lothar versuchte, bei Silvie einen Schritt weiter zu kommen. Er wurde zudringlich, sie verwies ihn in die Schranken, und das bekam Alex mit.

Als es Zeit wurde, die Heimfahrt anzutreten, händigte er Lothar wie üblich den Autoschlüssel aus. Zurück fuhr grundsätzlich der Vernünftige, der deswegen den ganzen Abend nur alkoholfreie Getränke zu sich nahm.

Sie gingen gemeinsam zum Auto. Nachdem Lothar aufgeschlossen hatte, klappte Alex die Lehne vom Beifahrersitz zurück. Silvie stieg hinten ein, er klemmte sich dazu und fragte: «Was dagegen, wenn ich dir Gesellschaft leiste? Meine Lippe tut immer noch höllisch weh. Vielleicht weißt du ein Mittel dagegen.»

Sie kam nicht zu einer Antwort. «Das träumst du aber nur», fuhr Lothar ihn an. «Wenn du hinten sitzen willst, fährt sie vorne mit.»

«Meinst du nicht, das wäre meine Entscheidung?», fragte Silvie, während Alex bereits wieder ausstieg und sich nach vorne setzte.

Und montags kam er zum Gymnasium, fing sie nach Schulschluss ab und wollte wissen, was zwischen ihr und Lothar laufe.

«Gar nichts», sagte sie.

«Das sieht er aber anders», sagte Alex.

«Dann soll er mal zum Augenarzt gehen», erklärte sie patzig.

Alex grinste und schlug vor: «Wir beide können auch mal alleine was unternehmen. Dann blickt er vielleicht eher durch.»

Silvie war sofort einverstanden, Franziska überhaupt nicht. «Du musst nicht jeden Samstagabend in Köln herumlungern. Warum gehst du nicht mal mit Lothar in Grevingen aus? Da gibt's doch auch ein Kino.»

Es war Gottfried, der entschied: «Lass sie mitfahren und selber feststellen, welcher von beiden der Richtige ist. Oder soll ich demnächst wieder die Gegend absuchen? Sie wird bald achtzehn. In dem Alter kann man sie nicht mehr festbinden und ihnen auch nicht vorschreiben, mit wem sie ausgehen.»

Als Alex samstags vorfuhr, begleitete Gottfried seine Enkelin bis vor die Haustür und sagte zu ihrem Liebsten: «Du bringst sie heil wieder nach Hause, darauf verlasse ich mich. Und es wird nichts passieren, was sie nicht will. Haben wir uns verstanden?»

«Yes, Sir», sagte Alex und salutierte zackig, was Gottfried überhaupt nicht spaßig fand.

Sie fuhren nur bis Grevingen, gingen dort ins Kino und schauten sich «Schweinchen Babe in der großen Stadt» an. Das war nicht so berauschend. Aber die Heimfahrt ... Alex machte noch einen Abstecher zu einem Feldweg, auf dem sie um die Zeit ungestört waren. Er war so sanft, so zärtlich, bedrängte sie nicht, gab sich mit Knutschen und ein bisschen Fummeln zufrieden.

Und so blieb es monatelang.

Lothar zeigte sich als fairer Verlierer. Auch als er dann wieder mitfuhr, damit Alex etwas trinken konnte und sie trotzdem heil zurück nach Garsdorf kamen, schwebte Silvie weiter auf Wolke sieben. Sie glaubte an Ewigkeit. Noch Monate nach ihrem achtzehnten Geburtstag war sie überzeugt, Alex mit ihrer Liebe von allen Lastern geheilt zu haben.

Als Silvie hinter den Grund für seine vornehme Zurückhaltung kam, stürzte für sie der siebte Himmel nicht einfach nur ein. Er explodierte, flog in zigtausend Scherben und Splittern auseinander, ein regelrechter Urknall. Und es war nicht etwa Lothar, der sie aufklärte.

Das tat Janice Heckler.

Janice war drei Monate älter als Silvie und saß im städtischen Gymnasium direkt hinter ihr. Deshalb schnappte Silvie unmittelbar vor einer wichtigen Deutschklausur auf, was Alex noch trieb, wenn er sie nach einer halben Stunde Zärtlichkeit und ein bisschen Petting auf der Rückbank im Audi wohlbehalten und immer noch jungfräulich vor dem Haus ihrer Großeltern abgesetzt hatte.

Sie hatten alle schon Platz genommen. Der Deutschlehrer verteilte die Klausurblätter. Janice hielt noch ein Schwätzchen mit ihrer Tischnachbarin, gerade laut genug, um von Silvie gut verstanden zu werden. Wahrscheinlich ging es nur darum.

«Für Alex ist das praktisch», hörte Silvie sie sagen. «Er muss nicht mal einen Umweg fahren, um noch auf seine Kosten zu kommen, wenn er die prüde Zicke wieder bei ihren Alten abgeliefert hat.»

Prüde Zicke? Silvie schnappte nach Luft. Janice flüsterte gut verständlich weiter. «Er wirft mir Steinchen ans Fenster, dann geh ich runter. Ich muss nur aufpassen, dass meine Eltern nicht aufwachen. Die müssen nicht unbedingt mitbekommen, dass ich es mit dem Stecher treibe. Meine Mutter macht mich auch so schon verrückt mit ihren Vorträgen.»

«Macht ihr es im Auto?», erkundigte sich Janice' Tischnachbarin lüstern.

«Nein, in Webers Laube», gab Janice Auskunft. «Die ist ja nie abgeschlossen, und da haben wir mehr Platz. Da steht sogar eine Couch drin. Einen Hengst wie Alex kannst du nicht im Auto reiten. Er ist immer so wild. Und wenn er richtig geil ist, gibt es kein Halten mehr. Gestern Abend hat er mir das Shirt von den Backstreet Boys zerrissen. Aber das muss er mir bezahlen, hab ich ihm gleich gesagt.«

Silvie spürte Janice' Blicke wie zwei Dolchspitzen im Rücken, zog automatisch die Schulterblätter zusammen, wünschte sich, Janice möge an dem Dreck ersticken, den sie von sich gab, und konnte gar nicht anders, als weiter angestrengt zu lauschen.

Der Deutschlehrer machte der Quälerei ein Ende, indem er an sein Pult zurückkehrte und Ruhe anmahnte. Die Klausur war für Silvie natürlich gelaufen. Sie sah nicht mal mehr die Buchstaben auf den Blättern. Alles verschwamm ihr vor den Augen. In ihrer Brust tobte ein Schmerz, für den es keine Worte gab.

Ihr Alex, dieser sanfte, wunderschöne Mann, den sie mit ihrer Liebe von allen Schnecken fernzuhalten glaubte, trieb es regelmäßig mit der Dorfmatratze? Das konnte doch gar nicht sein. Das durfte er ihr nicht antun.

Janice war in ganz Garsdorf für ihre Freizügigkeit in Sachen Sex bekannt. Eine von denen, die meinte, man müsse alles mal ausprobiert haben, ehe man sich festlegte. Sogar Franziska, die nicht vorschnell über einen Menschen urteilte, nannte dieses Mädchen ein Flittchen, das Männer nebenher und ohne ernste Absichten vernaschten. Wer sich mit der Dorfmatratze einließ, ergriff bloß eine günstige Gelegenheit. Für Silvie war das kein Trost, sie fühlte sich schamlos betrogen und hintergangen.

Am schlimmsten war noch, dass Alex es unumwunden zugab, als er sie am Nachmittag abholen wollte und sie ihn zur Rede stellte. Er machte nicht mal den Versuch, etwas abzustreiten, schien im Gegenteil irgendwie erleichtert, dass sie nun Bescheid wusste, und erklärte lahm, so teuer, wie Janice behauptet habe, sei ein Backstreet-Boys-T-Shirt gar nicht.

Und dann sagte er: «Du musst das verstehen, Silvie. Manchmal habe ich eben Lust, und mit dir kann ich nicht richtig.»

«Warum nicht?», fragte sie. «Woher willst du das überhaupt wissen? Du hast es doch bis jetzt nicht mal richtig versucht.»

«Brauche ich nicht», sagte er. «Es geht eben nicht. Das müsstest du eigentlich längst gemerkt haben. Ich hab zwar immer einen stehen. Aber dann sehe ich dich auf unserem Rasen sitzen und mit der Susi spielen. Ich habe ein Kleid an und bin Alexa. Bei dir bin ich kein Mann.»

«Und bei Janice bist du einer?», fragte Silvie. «Willst du mich verarschen? Sie hat dich doch garantiert öfter in einem Kleid gesehen als ich.»

«Sie will ja nur vögeln», sagte er, ging zu seinem Audi und fuhr davon.

Danach blieb er eine Weile solo, gabelte vielleicht in Kölner Diskotheken wieder Schnecken für eine schnelle Nummer auf. Davon erfuhr Silvie nichts, weil Lothar es ihr nicht sagen wollte. Lothar fuhr fast immer mit ihm, aber wenn Silvie ihn fragte, was Alex denn den ganzen Abend gemacht habe, hieß es: «Was interessiert dich das denn noch?»

Das wusste Silvie nicht genau. Vielleicht ging es darum, sich den Stachel noch tiefer ins eigene Fleisch zu treiben. Vielleicht hoffte sie aber auch, Alex hinge nur trübsinnig an irgendwelchen Tresen herum und trauere wie sie um die ganz große Liebe.

Sie hätte natürlich Janice fragen können, ob er immer noch Steinchen ans Fenster warf, doch das verbot ihr Stolz. Und von sich aus erzählte die Dorfmatratze nichts mehr. Es hatte den Anschein, als sei es ihr nur darum gegangen, Silvies Traum von ewiger Liebe wie eine Seifenblase platzen zu lassen.

Herbst 2010

Auch am Dienstagmorgen hielt Heike Jentsch die Augen offen. Und um zwanzig nach vier in der Früh hatte die Tiefgarage rein gar nichts von einem sicheren Ort. Es stank nach Abgasen, war kalt und feucht, die Beleuchtung war schlecht. Und außer ihr schien keine Menschenseele auf den Beinen zu sein.

Der Eindruck verstärkte sich noch, als sie die Rampe hinauf ins Freie fuhr. Es nieselte nicht bloß wie am Montag, heute goss es in Strömen. Hinzu kam ein böiger Wind, eher ein Sturm, der die Wassermassen intervallartig gegen die Frontscheibe peitschte. Was da herunterkam, hatte Ähnlichkeit mit der Sintflut. Als habe der Himmel sich entschlossen, noch einmal sämtliche Schleusen zu öffnen und alle Sünder fortzuspülen – speziell solche, die unschuldigen Kindlein das Recht auf Leben absprachen. Die Scheibenwischer kämpften so vergebens wie Don Quijote gegen Windmühlen.

Auf freier Strecke wurde es noch schlimmer. Und zu so früher Stunde war die Landstraße nach Garsdorf eine vollkommen freie Strecke, auf der soeben die Welt unterging. Der Sturm schlug nach dem Honda, als wolle er ihn von der Straße boxen. Heike hatte Mühe, die Spur zu halten, und konnte keine zehn Meter weit sehen.

In der Kurve beim Tümpel, wo vor fünfzehn Jahren ein Gebrauchtwagenhändler mit seinem Kopf dafür bezahlt hatte, Alex ein nicht verkehrstaugliches Fahrzeug andrehen zu wollen, hatte sich eine riesige Pfütze, eher ein kleiner See, gebildet. Der Honda fuhr nicht hindurch, er schwamm.

Heike dachte unwillkürlich, hier wäre jetzt die beste Gelegenheit, sie für ihre Aussage bluten zu lassen. Ein Auto, das unbeleuchtet am Straßenrand hinter der Kurve stand und plötzlich die Scheinwerfer aufleuchten ließ. Fernlicht! Sie würde geblendet die Augen schließen und vollends die Kontrolle über den Honda verlieren.

Es passierte nichts. Aber sie musste auf dem Rückweg schließlich noch einmal durch diesen See. Von Natur aus war Heike Jentsch kein phantasiebegabter Mensch, doch an dem Dienstagmorgen wuchsen ihrer Vorstellungskraft Drachenflügel.

Aber wie tags zuvor bei ihrer Schwägerin verlor sie in der Backstube auch bei ihrem Bruder kein Wort über Alex, ihre Ängste und Befürchtungen. Sie nahm von Wolfgang den gefüllten Brötchenkorb in Empfang, schützte ihn notdürftig mit einem leeren Mehlsack vor der Sintflut und hastete zurück zum Auto.

Auf der Rückfahrt war sie so wach wie noch nie um diese Tageszeit. Sie fühlte sich wie unter Strom gesetzt, als sie den Wagen endlich hinterm Blockhaus anhielt und die Brötchen mit Riesenschritten über die Veranda durch die Hintertür ins Trockene schaffte. Nachdem sie wieder abgeschlossen, die Beleuchtung und die Kaffeemaschine eingeschaltet hatte, kämpfte sie mit sich, ob sie die Vordertür gleich aufschließen sollte, wie sie es sonst immer tat.

Aber um die frühe Stunde ganz allein im Hellen stehen, und draußen tobte in spärlich erleuchteter Nacht ein Unwetter, da schien eine offene Tür wie die Einladung für den Leibhaftigen. Der erleuchtete Innenraum mochte kein idealer Platz sein, um Rache zu nehmen. Aber wie viel Zeit brauchte man denn, um rasch hineinzuhuschen, einer einsamen Frau ein Messer zwischen die Rippen zu schieben und wieder zu verschwinden? Heike wartete lieber, bis der erste Kunde draußen ans Glas klopfte.

Lothar kam als Dritter, wieder so früh wie am Vortag. Er wollte einen Kaffee und zwei Brötchen zum Mitnehmen, ließ die erste Bahn sausen und regte sich auf, weil Silvie ihn am vergangenen Abend noch angerufen hatte. «Sie hatte sich extra ein Handy geliehen und wollte wissen, warum ich sie bisher nicht besucht habe. Sie meinte, ich hätte sie nur ins Krankenhaus abgeschoben, weil ich eifersüchtig auf Alex wäre.»

«Und? Bist du?», fragte Heike, nicht dass es sie wirklich interessiert hätte. Sie hatte zurzeit wahrhaftig andere Sorgen.

«Quatsch», wies Lothar das ebenso zurück, wie er es bei Silvie getan hatte. «Warum soll ich auf den eifersüchtig sein? Das war ich nicht mal damals, als er mit Silvie zusammen war. Ich wusste, dass sie irgendwann dahinterkommt, was für ein linkes Spiel er mit ihr treibt. Bis auf Janice, die ich nicht mit Gummihandschuhen angefasst hätte, hab ich alle bekommen, die er hatte.»

«Da hast du auch wieder recht», sagte Heike, packte seine Brötchen in eine Tüte und legte ihm die zum Kaffeebecher auf die Theke.

«Hast du inzwischen was von ihm gehört oder gesehen?», wollte er noch wissen, während er pflichtschuldig sein Portemonnaie zückte.

Heike schüttelte nur den Kopf. Hätte sie in dem Moment zur Hintertür geschaut, wäre ihr das Gesicht hinter der kleinen Glasscheibe kaum entgangen. Und sie hätte gewusst, dass Lothar sich im Irrtum befand, als er meinte: «Wahrscheinlich interessierst du ihn auch nicht mehr. Er hatte sechs Jahre Zeit zum Nachdenken. Ich schätze, er wird sich gut überlegen, ob er seine Bewährung aufs Spiel setzt. Am Samstag kam er mir ganz umgänglich und vernünftig vor. Hat kein Theater gemacht, ist einfach gegangen, nachdem ich ihn zurechtgestutzt hatte.»

Weil sie vor Neugier auf das, was ihr unverhofft aufgetauchter Spender – oder Papa, wenn er das denn lieber hörte – noch alles erzählen musste, schier platzte und sie ihn nicht unnötig warten lassen wollte, nahm Saskia an dem Dienstagmorgen schon um drei Minuten vor sieben gewaschen, gekämmt und komplett angezogen am großen Küchentisch Platz. Ihren Ranzen hatte sie auch schon mit nach unten gebracht und – um lästigen Fragen vorzubeugen – im Hausflur deponiert, wo auch ihr Anorak hing. Entgegen ihrer sonstigen Gewohnheit beeilte sie sich mit dem Kakao und ihrem halben Marmeladenbrötchen, ein ganzes schaffte sie frühmorgens nicht.

Max ließ keinen Blick vom Küchenfenster. Der Sturm peitschte nicht nur den Regen gegen das Glas, auch die dünnen Zweige des Haselnussstrauchs, dessen Blätter dann wie kleine Fensterleder über die Scheibe wischten. Max nörgelte, weil man bei so einem Wetter keinen Hund vor die Tür jagte, nur Kinder, die mussten raus.

Martha Jentsch, die ihre Enkel wie jeden Morgen mit dem Frühstück und einer Zwischenmahlzeit für die Pause versorgte, wies Max darauf hin, dass er sich mit seinen vierzehn Jahren sonst strikt dagegen verwahrte, als Kind bezeichnet zu werden.

«Wenn hier jemand Grund zum Jammern hat, ist das unsere Saskia», stellte die Großmutter fest. «Beschwert die sich etwa?»

Obwohl die Kleine den kürzeren Schulweg hatte – wenn sie nicht trödelte, waren es gute zehn Minuten zu Fuß –, war sie dem Sauwetter viel länger ausgesetzt als die beiden Jungs. Die mussten bloß zur Bushaltestelle vor der Kirche. Da die Kirche der Bäckerei Jentsch schräg gegenüberstand, brauchten Max und Sascha also nur die Straße zu überqueren und in einen der Busse nach Grevingen zu steigen.

Außerhalb der Ferienzeit fuhren zwischen Viertel nach sieben und Viertel vor acht am Morgen drei Busse. Keiner war ausdrücklich als Schulbus gekennzeichnet, aber jeder hielt unmittelbar vor den weiterführenden Schulen in der nahe gelegenen Kleinstadt. Bei schlechtem Wetter konnten Max und Sascha im trockenen Hausflur oder im warmen Laden warten und noch einen Schokoriegel oder sonst etwas Süßes stibitzen, ehe der letzte Bus die Haltebucht ansteuerte. Mit dem kamen sie immer noch pünktlich zum Unterricht.

Saskia dagegen musste durchs halbe Dorf laufen. Fast die gesamte verkehrsreiche Pützerstraße hinunter. Der Jumperzweg zweigte erst kurz vor dem Ortsausgang nach rechts ab. Es gab auch einen weniger gefährlichen Weg über den Friedhof und durch den alten Ortskern. Doch der war kompliziert und hätte sie mehr Zeit gekostet. Die Schleichwege im Dorf waren Saskia noch nicht vertraut. In die verwinkelten Gässchen hinter der Kirche hatte sie sich bisher erst einmal hineingewagt, zusammen mit ihrer früheren Freundin Tanja Breuer. Das war lange her, und es war ihnen beiden unheimlich geworden.

Max ging in den Flur, wandte sich der Treppe zu und nörgelte weiter über den Unterschied der zwischen Kindern und Hunden gemacht wurde. Das hatte jedoch weniger mit dem Wetter als vielmehr mit den Englischhausaufgaben zu tun, die er gestern nicht mehr geschafft hatte.

Sascha trank den letzten Schluck Kakao, schnappte sich die Plastikdose mit dem ihm zugedachten Pausenbrötchen und rannte seinem Bruder hinterher, um seine Schultasche zu holen und darauf hinzuweisen, dass man Hausaufgaben auch abschreiben konnte, im Bus zum Beispiel. Man musste nur eine Gegenleistung bieten und sollte sich jetzt sputen, weil die Streber meist den ersten Bus nahmen. Wenn die sich nicht kooperativ zeigten, war man früh genug vor Ort, um nach anderen hilfsbereiten Mitschülern Ausschau zu halten.

Martha Jentsch verließ die Küche ebenfalls, um vorne im Laden zu helfen, wo um diese Tageszeit immer die Hölle los war. Daran änderten auch die beiden Aushilfen nichts, die Gerhild zur Seite standen.

Wer machte denn heutzutage noch Frühstück für sich und die Kinder? Nur Leute, die rechnen konnten wie Familie Jentsch.

Die meisten anderen deckten sich bei Heike an der S-Bahn-Station ein oder schickten ihren Nachwuchs mit zwei Euro los. Und da mit Ausnahme der Grundschüler alle die Busse nach Grevingen nehmen mussten, lag die Bäckerei Jentsch äußerst günstig. Das Gedränge und der Lärm im Verkaufsraum waren wieder mal unbeschreiblich.

Kaum allein in der Küche, stopfte Saskia sich den letzten Happen in den Mund. Ihr Kakaobecher war schon leer. Sie nahm ihre Dose mit der zweiten Brötchenhälfte und einem halben Apfel, steckte sie in den Ranzen und huschte in den Hausflur, wo sie hastig in ihren Anorak schlüpfte. Bei der lärmenden Kundschaft im Laden erübrigte es sich, tschüs zu sagen und Gefahr zu laufen, auf die Uhrzeit verwiesen und aufgehalten zu werden. Es war erst zehn nach sieben, noch gar nicht richtig hell draußen.

Kein Mitglied der Familie Jentsch sah, dass Saskia das Haus viel früher als üblich und notwendig verließ, um einen Mann zu treffen, der seine ersten sechs Lebensjahre in dem Glauben verbracht hatte, er wäre ein Mädchen und hieße Alexa, und die letzten sechs hinter Gittern.

In den ersten zwanzig Minuten vermisste auch keiner das Kind, danach erst recht nicht mehr. Saskia war wie ihre Cousins früh zur Selbständigkeit erzogen worden. In dem Geschäftshaushalt konnte sich speziell morgens keiner darum kümmern, dass Schuhe und Jacken richtig angezogen, Reißverschlüsse ordentlich zugezogen und die Schulsachen vollzählig im Ranzen waren. Und dass sich alle rechtzeitig auf den Weg machten.

Diesmal hatte Saskia sich nicht die Zeit genommen, ihren Anorak zu schließen und die Kapuze über den Kopf zu ziehen wie am vergangenen Morgen. Ihren Ranzen trug sie an einem Riemen in der Hand, um schneller ins Auto steigen zu können. Sie ging davon aus, dass Lothar Steffens ihrem Papa bei dem scheußlichen Wetter wieder das Auto geliehen hatte. Was wäre Lothar denn sonst für ein Freund?

Sich den Böen entgegenstemmend, reckte sie ihr Gesicht in den Regen, blinzelte die Tropfen aus den Augen und lief ein paar Meter den Gehweg entlang zu einer Stelle, wo man weit genug in beide Richtungen schauen konnte, bevor man die Straße überquerte. Gerhild hatte ihr eingeschärft, nicht direkt vor der Bäckerei einfach über die Straße zu rennen, wie es all die anderen taten.

Saskia nahm an, dass der Passat wieder beim Friedhofstor stehen würde. Vom Tor hatte ihr Papa doch am vergangenen Morgen gesprochen. Aber wie sich zeigte, war Alex nicht so leichtsinnig, dasselbe Fahrzeug zweimal zu ungewöhnlicher Stunde an dieser Stelle abzustellen. Beim ersten Mal fuhr man daran vorbei und wunderte sich vielleicht nur. Beim zweiten Mal schaute man genauer hin.

Diesmal stand der Kombi entgegen der Fahrtrichtung nur zwei Häuser von der Bäckerei Jentsch entfernt vor dem Tor eines Bauernhofs. Beinahe wäre Saskia daran vorbeigelaufen, weil sie den Blick auf die Straße gerichtet hielt. Alex stieß die Beifahrertür auf und machte sie mit einem Pfiff aufmerksam.

Gerade als Saskia stehen blieb, näherte sich der erste Bus. Max und Sascha kamen mit anderen Schülern aus dem Laden geschossen, hetzten mit eingezogenen Köpfen hinüber zur Haltestelle und drängten sich in den Pulk der Wartenden vor den sich zischend öffnenden Hydrauliktüren. Hätten die beiden Jungs nur einen Blick zur anderen Straßenseite hinübergeworfen, wäre ihnen kaum entgangen, dass ihre kleine Cousine bereits draußen war und haltgemacht hatte bei dem Auto, mit dem sonst die Enkelin von Franziska herumfuhr.

Alex lag fast auf dem Beifahrersitz und verrenkte sich den Hals im Bemühen, durch die offene Autotür sowohl die Bushaltestelle als auch den Eingang des Ladens im Auge zu behalten.

«Hey, Süße», grüßte er hektisch, nahm Saskia den Ranzen aus den Händen, warf ihn nach hinten, zerrte sie förmlich auf den Sitz und zog hastig die Autotür wieder zu. Da die Scheiben beschlagen waren, war sie nun von draußen nicht mehr zu sehen.

«Ich darf noch nicht vorne mitfahren», belehrte Saskia ihn.

«Ach, die paar Meter», beschwichtigte er. «Außerdem bist du schon so groß, das fällt keinem auf.» Er lächelte sie an, schüttelte dann jedoch tadelnd den Kopf und gab ein paar Schnalzlaute von sich. «Wie läufst du denn herum bei dem Wetter? Hat in dieser Familie keiner die Zeit, dich ordentlich anzuziehen?»

«Das kann ich alleine», antwortete Saskia.

«Das sehe ich.» Er hakte den Reißverschluss an ihrem Anorak ein und zog ihn hoch. Dann wischte er ihr mit einem Handrücken die Regentropfen von Stirn und Wangen, strich ihr auch prüfend über das kurzgeschnittene dunkle Haar, das auf den wenigen Metern schon ziemlich nass geworden war. Anschließend hielt er ihr die Wange hin.

«Bekomme ich heute einen Kuss zur Begrüßung? Oder meinst du, dafür kennen wir uns noch nicht gut genug?»

Saskia zögerte. Sie war nicht daran gewöhnt, irgendwen zu küssen. In der Familie Jentsch waren nicht einmal Gutenachtküsse an der Tagesordnung. Nach dem Abendessen hieß es nur allgemein: «Schlaft gut.» Dann gingen zuerst die beiden Männer nach oben, weil sie mitten in der Nacht aufstehen und mit der Arbeit in der Backstube beginnen mussten. Die drei Kinder schlossen sich ihnen ohne besondere Aufforderung an, sobald das Badezimmer wieder frei war.

Während Martha und Gerhild Jentsch es sich noch für ein Weilchen vor dem Fernseher gemütlich machten und eventuell Dinge besprachen, die für Kinderohren nicht geeignet waren, spielten Max und Sascha in ihrem Zimmer am Computer oder mit der Playstation. Manchmal lernten sie auch noch.

Saskia putzte in der Regel sofort ihre Zähne, wusch sich

Hände und Gesicht, schlüpfte in den Schlafanzug und dann ins Bett, wo sie noch ein Hörspiel anstellte. Am liebsten vom kleinen Vampir Rüdiger, dem Schlossgespenst Hui Buh oder dem kleinen Affen Dodo.

Wenn ihr die Augen zufielen, schliefen ihr Großvater und ihr Onkel längst. Ehe Gerhild ins Bad ging, schaute sie noch mal zu Saskia hinein und legte ihr frische Kleidung für den nächsten Tag bereit. Wenn Saskia das nicht mehr geschafft hatte, schaltete Gerhild auch den CD-Player aus und löschte das Licht.

Und das Ungewohnte war nicht der einzige Grund für Saskias Scheu, einen Mann zu küssen, der erst gestern aus dem Nichts in ihrem Leben aufgetaucht war. Normalerweise war es doch so, dass Jungs die Mädchen küssten und nicht umgekehrt, das zumindest behauptete Max gelegentlich.

Allerdings hatte ihre ehemalige Freundin Tanja Breuer ihren Papa alle naselang geküsst und mit ihm geschmust. Und wie oft hatte sie Tanja darum beneidet. Also spitzte sie ihre noch von etwas Marmelade verschmierten Lippen, drückte sie auf seine unrasierte Wange und sagte danach verlegen: «Du kratzt.»

«Du klebst», hielt er dagegen. «Und einen Bart hast du auch.»

Mit den Worten griff er in eine Tasche seiner Lederjacke und zog ein sauberes, noch gefaltetes Papiertaschentuch hervor. Er feuchtete es mit Spucke an und wischte ihr die Reste von Kakao aus den Mundwinkeln und von der Oberlippe.

Saskia protestierte nicht, obwohl sie das eklig fand – einerseits. Andererseits wischte er mit dem angefeuchteten Tuch den letzten Zweifel weg. Für einen richtigen Papa war es wohl normal, dass er einem das Gesicht mit Spucke sauber machte. Tanjas Papa hatte das bei Tanja auch mal getan.

Nachdem er ihr noch fürsorglich den Sicherheitsgurt umgelegt hatte, startete er den Motor, schaltete Scheinwerfer und Scheibenwischer ein und wischte auf seiner Seite ein Guckloch in die beschlagene Scheibe. Dann fuhr er quer über die Straße und fädelte sich hinter den langsam anfahrenden Bus ein. Damit war er für den Gegenverkehr praktisch unsichtbar.

Ganz anders als am vergangenen Morgen plauderte er gleich drauflos, griff auf, was sie ihm über ihre Entstehungsgeschichte erzählt hatte, und behauptete, er sei gar kein anonymer Spender gewesen. Da gäbe es nämlich noch eine Möglichkeit, die man ihr wohlweislich verschwiegen habe. Nicht nur alleinstehende Frauen könnten durch eine Samenbank zu einem Kind kommen. Für alleinstehende Männer gelte das ebenso.

«Ich wollte unbedingt ein Kind haben», sagte er. «Als du noch in der Retorte warst, hab ich mich wahnsinnig auf dich gefreut. Ich konnte es gar nicht erwarten, dich endlich im Arm zu halten. Nachdem sie dich in den Brutkasten gelegt hatten, war ich jeden Tag im Krankenhaus bei dir. Ich weiß gar nicht mehr, wie oft ich dich aus dem Kasten genommen und auf meine Brust gelegt habe. Deshalb dachte ich gestern, du müsstest mich wiedererkennen. Aber du warst damals wirklich noch sehr klein und hast die meiste Zeit geschlafen. Das tun Babys nun mal, schlafen, trinken und in die Windeln machen.»

«Hast du mir auch Fläschchen gegeben?», fragte Saskia.

«Logisch», sagte er, «und Windeln gewechselt. Sogar gebadet habe ich dich selbst. Die hatten da nur so ein Spülbecken aus Edelstahl. Und die Schwestern hatten nie so viel Zeit wie ich. Die anderen Frühchen haben immer gejammert, weil das Becken kalt war. Da kam zwar warmes Wasser rein, aber so schnell wärmt sich Metall nicht auf. Ich hab immer die Hand unter deinen Po und den Rücken gehalten. Das hat dir gefallen. Danach haben wir es uns in einem bequemen Sessel gemütlich gemacht. Manchmal habe ich dir eine Geschichte erzählt, manchmal etwas vorgesungen. Das volle Programm.»

«Was sind Frühchen?», wollte Saskia wissen. Den Ausdruck hatte sie zuvor noch nie gehört.

«Na, so ganz kleine Babys, wie der David eins war, die noch

im Brutkasten liegen müssen, ehe man sie mit nach Hause nehmen darf», erklärte er.

Damit waren sie auch schon fast am Ziel. Er setzte den Blinker, verlangsamte die Geschwindigkeit und bog ab. Diesmal fuhr er den Jumperzweg entlang und hielt unmittelbar vor dem Törchen im Jägerzaun, der den Schulhof von der Straße abgrenzte.

Der morgendliche Bringservice hatte noch nicht eingesetzt, es war nicht mal halb acht. Es war auch nicht anzunehmen, dass sich bereits Lehrerinnen im Schulgebäude aufhielten. Und wenn in den nächsten Minuten eine gekommen wäre, bei den Wetterverhältnissen hätte nicht mal die in Ehren ergraute Frau Sattler, die Alex in seinen ersten vier Schuljahren unterrichtet hatte, mehr gesehen als zwei Schemen in einem dunklen Kombi, wovon es in Garsdorf etliche gab; zur Bäckerei Jentsch gehörten gleich zwei solcher Fahrzeuge.

Trotzdem wollte Alex sich nicht unnötig lange vor der Schule aufhalten. Obwohl sie noch eine halbe Stunde Zeit für eine Unterhaltung gehabt hätten, hatte er es plötzlich sehr eilig, Saskia loszuwerden.

«Pass auf, Süße», drängte er, während er ihren Ranzen von der Rückbank angelte. «Ich hol dich heute Mittag wieder ab. Dann erzähle ich dir den Rest. Wann hast du Schule aus?»

«Heute habe ich vier Stunden», antwortete Saskia.

«Also um halb zwölf», rechnete er nach, zog ihr die Kapuze über den Kopf und half ihr, den Ranzen auf den Rücken zu bringen, ohne dafür aussteigen zu müssen. Dabei sprach er weiter: «Das trifft sich gut. Dann kann ich mein eigenes Auto aus der Werkstatt holen und noch etwas Leckeres einkaufen. Magst du Pizza und Eis? Wir fahren zu mir und machen es uns gemütlich.»

«Wo wohnst du denn?», fragte Saskia.

«Hier», antwortete er. «Ich hab mir extra ein Haus in Garsdorf gekauft, damit wir uns öfter sehen können. Wenn du willst, kannst du dir Fotos von früher anschauen. Was hältst du davon?»

Nicht so viel, wie er gehofft hatte. Natürlich wollte Saskia unbedingt sämtliche Fotos von früher sehen, weil sie annahm, es handle sich um Aufnahmen aus ihrer Zeit als Frühchen. Pizza zählte bei Familie Jentsch nicht zum gesunden Essen, folglich gab es so was nie, und Saskia war entsprechend wild darauf. Eis war sozusagen ihr Leibgericht, und das gab es nur alle Jubeljahre sonntags mal zum Nachtisch.

Darüber hinaus hatte seine Erklärung zur Motivation für eine Samenspende und dem Beginn der Vater-Kind-Beziehung mehr Fragen aufgeworfen als beantwortet. Wenn er sich so auf sie gefreut hatte und jeden Tag im Krankenhaus gewesen war, wenn er sie sogar eigenhändig gebadet, Fläschchen gegeben und Windeln gewechselt hatte, wieso hatte er dann nicht verhindert, dass Heike sie mitnahm?

Aber es würde wahnsinnigen Ärger geben, wenn sie nicht zum Essen daheim war. Und das wog vorerst noch alles andere auf.

«Können wir es nicht heute Nachmittag machen?», fragte sie. «Wenn ich zu spät nach Hause komme, will Oma wissen, wo ich war. Was soll ich ihr denn sagen?»

Das wusste er auch nicht, schaute sie nur nachdenklich an.

«Meine Hausaufgaben kann ich vor dem Essen machen», bemühte sich Saskia, ihm ihren Vorschlag schmackhaft zu machen. «Wenn Oma gesehen hat, dass alles richtig und ordentlich ist, darf ich spielen. Und wenn ich sage, ich darf heute bei meiner neuen Freundin spielen, kann ich bestimmt gehen. Dann muss ich nur Tina mitbringen.»

Daraufhin nahm er an, Tina sei ihre neue Freundin. Er lächelte bedauernd. «Tut mir leid, Süße, das ist keine gute Idee. Nicht dass ich etwas dagegen hätte, mit zwei hübschen jungen

Damen Eis zu essen. Aber wenn Tina ihrer Mama etwas von unserem Rendezvous erzählt, kriegen wir garantiert beide gewaltigen Ärger.»

«Ich bin doch Tinas Mama», klärte Saskia ihn auf. Tina war ihre Puppe. Ihre neue Freundin hieß Melanie, war aber nur eine Freundin für die Schule. Nachmittags hatte Melanie keine Zeit, da bekam sie Ballettunterricht und Klavierstunden, musste einmal die Woche schwimmen und einmal reiten. Aber das wussten Oma und Tante Gerhild nicht, weil Melanie im Margarineviertel wohnte und ihre Mutter Fabrikbrot beim Discounter kaufte.

Alex lächelte nicht mehr, er strahlte sie an. «Was habe ich doch für ein kluges Kind. Du kannst dir gar nicht vorstellen, wie stolz ich auf dich bin. Dann komm mit deiner Tina zum Friedhof, wenn du die Schularbeiten gemacht und gegessen hast. Wir treffen uns an der Kinderecke. Weißt du, wo die ist?»

Woher hätte Saskia das wissen sollen? Ihre Familie hatte noch kein Kind zu Grabe tragen müssen.

Den Passat brachte Alex sofort zurück zur S-Bahn-Station. Leider war die Stelle, an der Lothar das Fahrzeug frühmorgens verlassen hatte, nicht mehr frei. Aber wer merkte sich auf einem so großen Platz schon auf den Meter genau, wo er morgens um halb sechs sein Auto geparkt hatte? Die Stellflächen waren nicht nummeriert. Solange die Richtung in etwa stimmte, war das Risiko gering. Sitz und Spiegel hatte er nicht verstellen müssen, weil sie von gleicher Statur waren.

Am Montag war Silvies vernünftigem Gatten offenbar nicht aufgefallen, dass sein Kombi in der Zwischenzeit bewegt worden war. Sollte Lothar heute stutzig werden und in Erfahrung bringen, dass Silvies Autoschlüssel sich nicht mehr in der Handtasche befand, konnte er getrost an die Decke gehen. Das müsse ihn nicht mehr tangieren, glaubte Alex, als er den Schlüssel unter den Beifahrersitz schob. Dass der Wagen unverschlossen blieb, kümmerte ihn nicht. Mit eingezogenem Kopf stampfte er los durch Sturm und Regen, verließ das Gelände wie bisher in gebührendem Abstand zu dem Blockhaus.

In euphorischer Stimmung machte er sich auf den Weg zum Autohaus Wellinger. Als er dort ankam, hätte man ihn auswringen können. Seine schicke neue Lederjacke war anscheinend nicht ausreichend imprägniert. Die Nässe drang durch, tränkte den Futterstoff, sickerte weiter in die nächste Stofflage und machte aus einem kuschelig warmen Fleecepullover einen nassen Sack, der unangenehm kalt auf der Haut klebte.

Dann musste er auch noch eine herbe Enttäuschung einstecken. Mit einer neuen Batterie, einem Ölwechsel, einer gründlichen Inspektion und ein paar neuen Dichtungen brachte man keinen Oldtimer zurück auf die Straße – zumindest nicht, wenn Geld keine Rolle spielte.

Kurt Wellinger ließ sich nicht blicken, überließ es einem Meister aus der Werkstatt, Alex zu verklickern, dass es umfangreicher Wartungs- und Instandsetzungsmaßnahmen bedurfte. Das Problem war, dass man Ersatzteile für so alte Autos nicht mehr beim Hersteller ordern konnte. Die wurden längst nicht mehr produziert.

Aber man habe schon Kontakt zu anderen Werkstätten, Gebrauchtwagenhändlern und so weiter aufgenommen, die notwendigen Teile seien bestellt, hieß es. Alex solle doch in zwei oder drei Tagen noch einmal nachfragen. Man könne ihn auch gerne anrufen und Bescheid sagen, wenn der Wagen dem TÜV vorgestellt werden konnte.

Da er sein Handy an Silvie verschenkt hatte und der Festnetzanschluss in der Villa nach dem Tod seines Vaters stillgelegt worden war, entschied Alex sich für das erste Angebot. «Ich frage morgen nach», sagte er. «Und es wäre schön, wenn ich den Wagen übermorgen haben könnte. Sonst muss ich einen Sachverständigen zuziehen und den Arbeitsaufwand einschließlich der notwendigen Ersatzteile schätzen lassen.»

Gar so blöd, wie die dachten, war er doch nicht.

Das freundliche Mädel am PC im Servicebereich rief ihm ein Taxi. Zuerst ließ er sich ins Stadtzentrum bringen, besorgte sich ein neues Kartenhandy und einen Regenschirm, der schon auf dem Rückweg zum Taxi umknickte und im nächsten Abfallbehälter landete.

Dann ging die Fahrt weiter zum Discounter. Wieder trug er dem Fahrer auf zu warten, kaufte verschiedene Sorten Eis, Lebensmittel für den eigenen Bedarf, einige Pizzen und ein paar Leckereien, von denen er annahm, dass die Bäckerei Jentsch sie nicht führte. Es sollte etwas Besonderes sein, was Saskia nicht jeden Tag geboten wurde. Dabei wusste er noch gar nicht, wie er das Kind ohne Auto und ohne gesehen zu werden vom Friedhof zur Villa bringen sollte.

Wenn sie überhaupt kam!

Auch bei einer Familie, die nicht viel Zeit für ihre Kinder hatte, sollte man annehmen, dass sie ein siebenjähriges Mädchen nicht unnötig durch so ein Wetter zu einer neuen Freundin laufen ließen. Es goss ohne Unterbrechung, und der Wind legte immer mal wieder einen Zahn zu. Keiner, der nicht unbedingt musste, setzte freiwillig einen Fuß vor die Tür.

Als er heimkam, stopfte er seine Schuhe mit dem altem Zeitungspapier aus dem Zimmer seiner Mutter aus, stellte sie zum Trocknen unter die Heizung in der Küche und hoffte, dass er sie wieder anziehen konnte, wenn er aufbrechen musste, um Saskia abzuholen. Die teuren Laufschuhe waren für so ein Wetter kaum geeignet.

Seine Lederjacke fühlte sich matschig und schwammig an. Der durchnässte Futterstoff hatte auf den Fleecepullover abgefärbt. Er hängte die Jacke über eine Stuhllehne und schob den

Stuhl vor die Heizung. Zum Glück gab es Ersatz auf dem Dachboden, hatte er beim Stöbern entdeckt.

Unter den Sachen des in Russland gebliebenen Bruders war eine Wetterjacke aus Wachstuch. Die passte ihm, als sei sie eigens für ihn gemacht worden. Der tapfere Krieger musste von gleicher Statur wie er gewesen sein. Und dem Wachstuch machte die Nässe garantiert nicht so viel aus wie den beiden Jacken, die er alternativ hätte anziehen können.

Dann zog er sich die restlichen nassen Klamotten vom Leib und ging erst mal unter die Dusche. Da die Heizung seit Stunden bullerte, war das Wasser wunderbar heiß. Er wärmte sich auf, zog trockenes Zeug an und brachte das nasse in den Keller.

Auf den Leinen in der Waschküche war kaum Platz. Es wurde Zeit, dass er die Sachen abnahm und wieder in die Schränke räumte. Aber nicht heute! Heute musste er sich um Saskia kümmern! Wenn sie denn zum Friedhof kam.

Um halb eins schob er eine Pizza in den Backofen. Er aß nicht einmal die Hälfte, hatte keinen Appetit, war so nervös wie lange nicht mehr. Ach was, so nervös war er noch nie gewesen, nicht mal kurz vor der Urteilsverkündung im Prozess. Er hatte doch nicht geglaubt, dass die ihn ohne Sachbeweise, nur aufgrund von Heikes Aussage verknackten.

Frau Doktor Brand hatte das ebenso wenig geglaubt, von schlampigen und einseitigen Ermittlungen gesprochen, weil die Kripo gar nicht in Betracht gezogen hatte, dass ein anderer der Täter, dass es ohne weiteres auch eine Täterin gewesen sein könne. Bei Janice Hecklers freizügigem Wesen, das vor verheirateten oder sonst wie liierten Männern nicht haltgemacht hatte, müsse sie zwangsläufig mehr als eine Frau gegen sich aufgebracht haben, hatte die Anwältin in ihrem Schlussplädoyer noch einmal betont.

Und da es in unmittelbarer Nähe ihres Elternhauses passiert war … Da hätte sich eine betrogene, eifersüchtige, wütende Frau nur auf die Lauer legen müssen, um Janice abzufangen, niederzuschlagen und zu ersäufen wie eine rollige Katze. Am Ende sei es die Belastungszeugin selbst gewesen, hatte Frau Doktor Brand argumentiert und in Berufung gehen wollen.

Aber dann hatte sein Bruder sich eingemischt und zu bedenken gegeben, dass es in einer Berufungsverhandlung noch schlimmer kommen könne. Wenn sich zum Beispiel einer fände, der mehr wusste als Heike und bisher den Mund gehalten hatte. Und da Lothar bereits merklich auf Distanz gegangen war ...

In seinem Hinterkopf drückte Silvie noch einmal ihre Hoffnung aus, dass er keine Dummheiten machte. *Halt dich von Heike fern.* Klar doch. Lothars Wege würde er freiwillig auch so schnell nicht wieder kreuzen. Silvie hätte ihn besser darauf einschwören sollen, sich von Saskia fernzuhalten.

Er hatte gestern früh mit den Dummheiten begonnen, heute Morgen weitergemacht. Und in ein paar Stunden würde er die größte Dummheit begehen, die er überhaupt machen konnte. Er wusste das genau. Nur änderte das Wissen nichts. Es gab eben Dinge, die konnte man gar nicht lassen, so fest man sich das auch vorgenommen hatte.

Wenn Saskia kam!

Wenn sie sich nun daheim verplapperte? Sie war doch erst sieben. Was sollte sie denn sagen, wenn ihre Tante anbot, sie zur Freundin zu fahren? Genauso gut konnte Gerhild einen der Männer mit dieser Tour beauftragen. Nachmittags hatten Wolfgang und der alte Jentsch doch in der Backstube nichts mehr zu tun. Vielleicht stellte auch Martha Fragen, auf die Saskia besser nicht antworten sollte. Dann erwartete ihn auf dem Friedhof womöglich ein Schlägertrupp

Wenn er überhaupt so weit kam. Zuerst musste er doch wieder zu Fuß am Heckler-Haus vorbei. Der Bruder von Janice wohnte noch da mit Frau und Tochter, hatte er von Silvie erfahren. Wenn Dennis Heckler übers Wochenende nur mitbekommen haben sollte, dass die Villa Schopf wieder bewohnt war, inzwischen dürfte dank Lothars Besuchen im Kaffeebüdchen auch allgemein bekannt sein, wer sich dort einquartiert hatte.

Er war vollkommen sicher, dass Heike gleich gestern früh zum Telefon gegriffen und ihre Familie informiert hatte. Und jeder, der seitdem in der Bäckerei eingekauft hatte, war vermutlich begrüßt worden mit der Frage: «Wissen Sie schon, wer wieder hier ist?»

Komisch, dass sie Saskia nicht vor ihm gewarnt hatten. Kein Mensch schien damit gerechnet zu haben, dass er sich für das Kind interessieren könnte. Nicht einmal Silvie. Sonst hätte sie die Kleine garantiert in ihre Hoffnung bezüglich der Dummheiten einbezogen. Und ihr Wort hätte besonderes Gewicht gehabt, vielleicht wie ein Bremsklotz gewirkt, weil Silvie für ihn etwas Besonderes war. Die Tochter des Generals eben, ein Berg Verantwortung, den er mit zwanzig nicht hatte besteigen können.

Es war auf Silvie zurückzuführen, dass sich seine vorzeitige Haftentlassung an diesem Dienstag endlich in Garsdorf herumsprach. Während er im Autohaus Wellinger eine Enttäuschung geschluckt und anschließend Einkäufe gemacht hatte, saß Silvies Schwiegermutter im Wartezimmer des Dorfarztes.

Dort saß Frau Steffens häufig wegen ihres Herzens, der Arthrose in beiden Knien und all den anderen Beschwerden, die sie sich nach dem frühen Tod ihres Mannes zugelegt hatte, damit nur ja keiner auf die Idee verfiel, sie mit einem nervigen Baby von ihrem Verlust ablenken zu wollen.

In den ausliegenden Illustrierten blätterte sie nie. Die meisten las sie zu Hause, hatte selbst eine Lesemappe abonniert und war immer bestens informiert über alles, was die Welt bewegte. Im Wartezimmer der Arztpraxis unterhielt Frau Steffens sich lieber mit ebenfalls wartenden Patienten. Und diesmal ausnahmsweise nicht über Glück und Leid der High Society, diverse Krankheitssymptome oder die Todesfälle der letzten Zeit.

Sie posaunte stattdessen heraus, dass Janice Hecklers Mörder wieder auf freiem Fuß sei. Anschließend warf sie die Frage auf, wie Heike Jentsch wohl zumute sein mochte, wenn sie das erfuhr. «Die arme Frau bekommt sicher Zustände. Und ich finde, man müsste sie eigentlich warnen.»

Als Silvie kurz vor elf ihre Großmutter anrief, wusste Franziska schon Bescheid, hatte es wenige Minuten zuvor von Frau Steffens erfahren, regte sich aber nicht besonders darüber auf, dass Silvie es ihr gestern verschwiegen hatte. Franziska war in viel zu großer Sorge um Gottfried.

«Opa hat sich in der Nacht zweimal übergeben und heute Morgen zum dritten Mal, dabei hatte er nur ein Schlückchen Tee im Leib. Er hat fürchterliche Bauchschmerzen, das seh ich ihm an. Aber er will's nicht zugeben.»

Mit der am vergangenen Abend von ihrer Schwiegermutter gestellten Diagnose Magenkrebs im Hinterkopf bat Silvie: «Lass mich mal mit ihm reden.»

«Das geht nicht, er liegt im Bett», erklärte Franziska wie gestern, um sich gleich darauf zu korrigieren. «Nein, warte mal eben. Ich glaub, er schleicht schon wieder ins Bad. – Gottfried? Was machst du da oben? Wo gehst du hin? Gottfried? Warum antwortest du nicht? – Ich muss rauf, Silvie. Ich muss sehen, was er da macht. – David, komm, wir müssen zum Opa.»

«Schlepp David nicht mit, Oma», bat Silvie.

Wenn Franziska sich um Gottfried kümmern musste, hätte sie David ins Bettchen setzen müssen, damit er nicht unbeaufsichtigt herumkrabbelte. Und wenn er hinter Gittern abgesetzt wurde, brüllte er die Nachbarschaft zusammen. Silvie kannte ihren Sohn und wusste, wie man ihn am besten beschäftigte, wenn man mal nicht in seiner Nähe sein, ihn aber auch nicht mitnehmen konnte oder wollte. Dann rief man einfach vom Handy ins Festnetz an.

«Gib ihm den Hörer, Oma. Er telefoniert gerne, er bleibt garantiert unten sitzen.»

«Aber er beißt bestimmt rein.»

«Er besabbert ihn bloß ein bisschen. Das wischst du nachher ab. Jetzt gib ihm das Ding und geh rauf. Bestell Opa einen lieben Gruß von mir und gute Besserung. Hörst du?»

Franziska hörte es nicht mehr, hatte den Hörer schon weitergereicht. Silvie hörte Gebrabbel und änderte ihren Tonfall: «Hallo, Hasemann, hier ist die Mama. Sag hallo. Sag hallo, Mama.» Und immer so weiter.

Es funktionierte die gesamten zehn Minuten, die Franziska brauchte, um ihren Mann aus dem Bad zurück ins Bett zu schleifen, einen Eimer aus dem Keller zu holen und ihm den neben das Bett zu stellen. Prinz Knatschsack legte erst los, als Franziska ihm das Telefon wieder wegnahm. Eine Unterhaltung in Ruhe war danach nicht mehr möglich.

«Ich ruf heute Nachmittag noch mal an», versprach Silvie. Daraus wurde allerdings nichts. Das Handy – seit Donnerstag ununterbrochen in Betrieb – hatte während des Gesprächs mit dem Hasemann schon zweimal mit Pieptönen zu verstehen gegeben, dass der Akku so gut wie leer war. Danach blökte es noch dreimal nach einer Stromquelle wie ein Lamm nach dem Mutterschaf, ehe es den Geist aufgab.

Als Saskia aus der Schule kam, wusste in der Bäckerei Jentsch noch keiner, dass die Villa Schopf wieder bewohnt war. Es war gerade keine Kundschaft im Laden. Martha und Gerhild stritten in der danebenliegenden Küche, obwohl man es eigentlich nicht Streit nennen konnte. Martha regte sich über Heikes Urlaubspläne auf, die Gerhild ihr bisher verschwiegen hatte. Gerhild kannte ihre Schwiegermutter, hatte sich deren Reaktion lebhaft vorstellen können. Aber irgendwann musste man sie ja informieren. Es kam wie vorhergesehen. Und im Eifer des Gefechts überhörten beide Frauen die Klingel an der Ladentür.

«Urlaub?», ereiferte sich Martha. «Die hat ja wohl einen Knall. Oder hat sie Geld zu viel? Anfang Oktober legt sich doch kein Mensch mehr an den Strand.»

«Wer hat denn gesagt, dass sie am Strand liegen will?», fragte Gerhild. «Man kann sich im Urlaub auch woanders hinlegen.»

Daraufhin geriet Martha völlig außer sich. «Ach, so ist das. Ist sie etwa …? Von wem? Ich wusste doch, dass sie … Immer tut sie wie eine Nonne, aber mir macht sie nichts vor. Fährt sie allein oder mit dem Kerl, der ihr das angehängt hat? Beteiligt der sich wenigstens an den Kosten?»

«Das musst du sie selber fragen», antwortete Gerhild. «Mir hat sie nur gesagt, dass sie für ein paar Tage ausspannen will, ein günstiges Angebot erwischt hat und sich deshalb die Vertretung leisten kann. Und ich finde, das steht ihr zu. Sie hat noch nie Urlaub gemacht. Vielleicht macht sie eine Städtetour nach Amsterdam oder so.»

«Oder so», sagte Martha und verstummte, als sie gewahr wurde, dass Saskia in der Küchentür stand und aufmerksam lauschte.

Da sowohl Oma als auch Tante Gerhild nicht gut gelaunt schienen, hob Saskia sich die Frage bezüglich des Nachmittags bei der neuen Freundin für später auf. Sie ging hinauf in ihr Zimmer und machte die Schulaufgaben.

Kurz darauf erreichte die Nachricht vom laschen Justizwesen den Laden. Gerhild nahm sie in Empfang und gestattete sich insgeheim ein erleichtertes Aufatmen. Nicht, dass sie Alex die vorzeitige Haftentlassung gegönnt hätte. Aber so hatte Martha wenigstens ein anderes Thema, über das sie sich ereifern konnte.

Gerhild machte sich mit der zweiten Lieferung auf den Weg nach Grevingen, vergaß in der Aufregung jedoch die Plunderteilchen und nahm stattdessen ein Blech voll Kirschstreusel mit, den eine Stammkundin vorbestellt hatte.

Gerhild war besorgter, als sie ihrer Schwiegermutter gegenüber gezeigt hatte. Wobei sie weniger befürchtete, sie könne in aller Herrgottsfrühe über Alex stolpern. Sollte er ihren Weg kreuzen, sie würde schon mit ihm fertigwerden. Aber sie sorgte sich ernsthaft um Heikes Sicherheit.

Hatte er Heike etwa schon belästigt, und die behielt das für sich, um nicht die gesamte Familie in Aufruhr zu versetzen? Das hätte zu Heike gepasst. Damals hatte sie auch ihren Mund gehalten, bis es nicht mehr anders ging. War der Kurzurlaub in Holland in Wahrheit eine Flucht? Aber dann war ein verlängertes Wochenende doch keine Lösung.

Heike gab sich vollkommen ahnungslos. «Was denn, Alex war am Samstag schon wieder in Garsdorf?»

«Am Samstag soll er bei Silvie gewesen sein», gab Gerhild wieder, was sie gehört hatte. «In Garsdorf war er vermutlich schon ein oder zwei Tage vorher. Hat er sich nicht bei dir gemeldet?»

«Wo denkst du hin», mimte Heike weiter die Unwissende, «das hätte ich dir doch sofort gesagt.» Um mit den nächsten Worten eine mögliche Gefahr für sich weit von sich zu schieben. «Dann brauche ich mir wohl keine Sorgen zu machen. Wenn er mit mir abrechnen wollte, wäre er längst hier gewesen und hätte Kleinholz aus der Kühltheke gemacht.»

Das Argument hatte einiges für sich. Gerhild ließ sich davon beschwichtigen, nahm das Blech mit dem Kirschstreusel wieder an sich und fuhr zurück nach Garsdorf, um auch ihre Schwiegermutter zu beruhigen.

Um die Zeit hielt Alex seine Nervosität noch in Schach, indem er alte Fotoalben aus den Schränken kramte. Da seine Mutter nie etwas Erinnerungsträchtiges weggeworfen hatte, kam ein großer Stapel zusammen. Das älteste Album enthielt noch Fotos von den Großeltern, die er nie kennengelernt hatte. Auf einem hielt die Großmutter ein Baby auf dem Schoß, ob es sich um den tapferen Krieger oder die verrückte Helene handelte, war nicht zu erkennen. Es waren auf jeden Fall Fotos von früher. Mit anderen konnte er auch nicht dienen.

Er trug die Alben ins Fernsehzimmer, arrangierte Pralinen und Kekse in Kristallschalen auf dem Tisch, drehte die Heizung höher und legte sicherheitshalber noch eine Decke aufs Sofa. Frieren sollte Saskia auf gar keinen Fall.

Janice hatte oft gefroren auf der schmuddeligen Couch in der Gartenlaube. In der Greve hatte sie wahrscheinlich noch ärger gefroren. Im April war das Wasser doch saukalt. Plötzlich hallte ihm ihre Stimme durch den Kopf wie eine der großen Kirchenglocken: «*Hör auf! Lass mich los! Du sollst mich loslassen! Ich will das nicht! Jetzt nicht mehr! Hilfe! Warum hilft mir denn keiner?*» Verdammte Erinnerungen! Er wurde Janice nicht los. Aber sie hielt ihn auch nicht auf.

Um halb zwei stieg er auf den Dachboden, um die Wachstuchjacke zu holen. Im selben Schrank hing ein blauer Regenmantel mit Kapuze in Kindergröße. Darin war er früher einmal zur Grundschule gelaufen, nur ein einziges Mal. Das wusste er auch noch, als wäre es gestern gewesen. Schlumpfinchen hatte Lothar auf dem Schulhof hinter ihm hergerufen und Prügel dafür bezogen wie für so viele andere Ausdrücke, mit denen er ihn als Kind bedacht hatte.

Komisch, dass sie dann trotzdem so gute Freunde geworden und all die Jahre geblieben waren. Trotz der Monate mit Silvie und der Sache mit Janice. Ihm klang noch im Ohr, wie Lothar gerufen hatte: «Hör auf! Lass sie los! Alex, um Gottes willen, was tust du da? Lass sie los, du bringst sie ja um.»

Und kurz darauf hatte Lothar erklärt: «Er ist mein bester Freund. Ich kann nicht gegen ihn aussagen. Das kann ich wirklich nicht. Muss ich auch nicht, solange kein Polizist erfährt, dass ich ihn überrascht habe, wie er Janice ins Wasser drückte. Ich bin von der *Linde* aus nach Hause gegangen. Punkt und Schluss. Etwas anderes kann mir niemand beweisen.»

Den Schlumpfinchen-Regenmantel nahm er ebenfalls mit nach unten. Wenn Saskia kam, mussten sie an unzähligen Fenstern vorbei, und falls zufällig jemand nach draußen schaute, Saskias Anorak erkannte und sich fragte, mit wem die Kleine unterwegs war ...

Die Stunden an der Heizung hatten am Zustand seiner Schuhe nicht viel geändert. Er zog sie trotzdem wieder an und machte sich, von unterschwelligen Ängsten und zwiespältigen Erinnerungen geplagt, auf den Weg ins Dorf.

Auf Höhe des Heckler-Hauses wurde er automatisch schneller und zog den Kopf noch tiefer zwischen die Schultern, als er es wegen des Wetters ohnehin tat. Das türkisfarbene Mädchenrad war nicht zu sehen. Es kam auch keiner raus, um ihn zu verprügeln. Dann war er vorbei und kämpfte nur noch gegen Sturm und Regen.

Die Wetterjacke brachte nicht viel, schützte zwar den Oberkörper von außen, aber vom Kragen aus rann ihm das Wasser in den Nacken, den Rücken und die Brust hinunter. Es dauerte nicht lange, da war er erneut durchnässt bis auf die Haut. Der schwere Jeansstoff saugte sich voll und pappte unangenehm kalt auf den Oberschenkeln. Und von den Hosenbeinen lief es ihm in die Schuhe.

Er näherte sich der Kirche auf den Schleichwegen im alten Ortskern. In den engen Gassen kannte er sich noch gut aus. Wie oft hatte er hier als Kind in dunklen Nischen Deckung gesucht und gewartet, bis einer vorbeikam, dem er eine Hänselei heimzahlen wollte. Lothar war weiß Gott nicht der Einzige gewesen, der damals Bekanntschaft mit seinen Fäusten gemacht hatte. Nur mit den Fäusten. Getreten, wie das heutzutage üblich war, hatte er nie. Getreten wurde nach Bällen, nicht nach Köpfen.

Und wenn's drauf ankam – völlig aus der Übung war er nicht, im Gegenteil. Das Knastleben machte nur Weicheier kaputt, die Kämpfer stählte es. Er war ein Kämpfer gewesen – zumindest in den letzten drei Jahren wieder derselbe Kämpfer wie damals in der Grundschule, als er der ganzen Welt und sich selbst beweisen musste, dass er ein Junge war, auch wenn er stundenweise Mädchenkleider und Haarspangen trug. Wahrscheinlich konnte er es sogar mit einer mehrköpfigen Gruppe aufnehmen, die sich nur alle Jubeljahre mal eine Kneipenschlägerei gönnte.

Als er den Eingang zur Sakristei erreichte, schwammen die letzten Ängste davon. Es wartete niemand auf ihn. Er drückte sich eng in die Türnische. Von dort aus hatte er das Familiengrab gut im Blick, führte ein Zwiegespräch mit seiner Mutter, kündigte dem eisernen Heinrich eine Rollkur an und riet dem Rest der Belegschaft, lieber etwas Platz zu machen.

Dann fasste er sich in Geduld. Das lernte man auch im Knast. Man konnte ja nicht viel mehr tun als warten, dass die Zeit verging. Sechs Jahre! Sechs verflucht harte und bittere Jahre für Janice, diese Schlampe, die einfach keine Ruhe hatte geben wollen. Und er musste auch noch dankbar sein, dass er nicht die vollen neun Jahre hatte absitzen müssen.

3. Teil

SASKIA

Grevingen-Garsdorf, im Herbst 2010

Kurz vor drei tauchte ein Zwerg in einem gelben Regenmantel mit Kapuze zwischen den Gräberreihen auf. Gummistiefel an den Füßen, eine Plastiktüte mit ihrer Puppe an sich gedrückt, schaute Saskia sich suchend um. Als sie ihn entdeckte, huschte ein Lächeln über ihre Lippen.

So ein hübsches Kind, sah aus wie ein dralles Engelchen. Für seinen Geschmack war sie ein bisschen zu pummelig, aber kein Vergleich mit ihrer Mutter. Heike war früher fett gewesen, anders konnte man das nicht bezeichnen. Die Kreationen der väterlichen Backstube waren ihr gar nicht gut bekommen. Nilpferd und Blindekuh hatte man sie im städtischen Freibad einmal tituliert, weil sie zusätzlich zum Übergewicht eine starke Brille tragen musste und ohne das Ding so blind war wie ein Maulwurf.

In dem Sommer, ehe seine Schwägerin zum zweiten Mal schwanger wurde, hatte Cecilia ihn regelmäßig abgeholt und mit ins Freibad genommen. Damit er mal rauskam aus dem Kaff und andere Leute sah als solche, die ihn misstrauisch beäugten oder bei seinem Anblick sorgenvoll die Stirn runzelten. Reine Großherzigkeit oder Verantwortungsgefühl ihm gegenüber war das jedoch nicht gewesen, auch wenn sein Bruder es gerne so dargestellt hatte.

Cecilia war in dem Sommer achtundzwanzig, ihr Töchterchen – seine Nichte – Désirée noch keine zwei. Désirée war etwas jünger als Silvie. Und wie sollte eine attraktive, junge Frau mit Kleinkind sich in einer Kleinstadt wie Grevingen die Zeit vertreiben?

Cecilia ging schwimmen, sooft das Wetter es erlaubte. Und Désirée war noch zu klein, um unbeaufsichtigt im Planschbecken oder auf der Liegewiese zu sitzen. Aber wenn man einen Schwager hatte, der selbst noch ein Kind war, daheim mit Puppen spielte und liebevoll mit anderer Leute Kleinkindern umging ...

Mami hatte Cecilia von den wenigen Minuten erzählt, in denen er Klein Silvie auf dem Rasen hinterm Haus mit der sprechenden Susi beschäftigt hatte. Wenn er dabei war, konnte Cecilia sich wie eine Nixe fühlen, auch mal mit dem Bademeister flirten.

Er sah noch vor sich, wie sie zum Sprungturm beim großen Becken schritt. Cecilia ging nie, sie schritt majestätisch über den Rasen wie eine Königin über den roten Teppich.

Er schaute ihr nach – bis sein Blick auf Heike Jentsch traf.

Was für ein Gegensatz!

Da stand dieses fette, plumpe Geschöpf an der Kante des Einmeterbretts. Bekleidet mit einem geblümten Badeanzug, der zwei Nummern zu klein schien und sie umschloss wie ein Stück Naturdarm eine pralle Knackwurst.

Heike war damals zwölf Jahre alt, wirkte ob ihrer Statur jedoch mindestens drei Jahre älter. Sie traute sich nicht ins Wasser. Dabei konnte sie schwimmen, sah ohne ihre Brille nur nicht, wohin sie springen könnte.

Unter ihr tobte eine johlende Menge. «Trau dich, Blindekuh!», rief einer so laut, dass es über die Liegewiese schallte. Ein anderer grölte: «Eh, macht mal Platz für das Nilpferd.» Und ein Dritter prophezeite: «Wenn die wirklich springt, ist das Becken leer.»

Dann hatte die göttliche Cecilia den Beckenrand erreicht und sorgte mit ein paar energischen Worten dafür, dass tatsächlich Platz gemacht wurde. Aber Heike wollte nicht mehr, trat von der Kante zurück, drehte sich um, stieg die kurze Leiter wieder hinunter und trottete zurück zu ihrem Badetuch.

Sie kam so nahe an ihm und der kleinen Désirée vorbei, dass sie auf das krokodilähnliche Gummitier trat, mit dem seine Nichte spielte. Das Tier quietschte laut, was Heike aber kaum registrierte. In ihrem Gesicht zuckten drei Dutzend Muskeln im Bemühen, die Tränen der Schmach zurückzuhalten.

Diesen Ausdruck hatte er nie vergessen. Es war seine erste Erinnerung an Saskias Mutter. Später hatte er Heike häufig hinter der Kuchentheke im elterlichen Laden gesehen. Ein immer noch viel zu dickes, nervöses junges Mädchen mit schlechten Zähnen und Pickeln im Gesicht, das die Preise nicht im Kopf hatte und bei jedem Teil nachfragen musste: «Mama, was kosten die Kirschplunder? Mama, was kosten die Apfeltaschen? Mama, was kosten die Schweineöhrchen? Mama, was kostet eine halbe Reistorte?»

Na, halb so viel wie eine ganze.

Die Reistorte war ein Gedicht, Mami war süchtig danach, gönnte sich die Köstlichkeit aber nur sonntags zum Nachmittagskaffee. Sonntags hatte Frau Schmitz immer den halben Tag frei und ging um halb eins, nachdem sie das Mittagessen aufgetragen hatte. Deshalb musste er schlingen und dann für Mami springen, weil die Bäckerei Jentsch sonntags nur von elf bis um zwei geöffnet war.

Solange Heike zur Schule gegangen war, hatte sie bei Hochbetrieb am Nachmittag sowie samstags und sonntags einspringen müssen. Später hatte sie von frühmorgens bis abends im Laden gestanden. Erst mit fünfundzwanzig hatte sie sich der heimischen Knechtschaft entzogen, einen Vorschuss auf ihr Erbe verlangt, einen Teil des Geldes zum Zahnarzt getragen, die Brille gegen Kontaktlinsen getauscht und das Blockhaus an der S-Bahn-Station übernommen.

Zu der Zeit war er aus dem Internat zurückgekommen und brauchte sich dank Mamis Vorsorge für seine Zukunft nicht um eine Ausbildung oder einen Job zu bemühen. Nur den Wehrdienst musste er noch ableisten. Als er in die Kaserne einrückte, war Heike gerade mit den Umbauten und der aufwendigen Renovierung der ehemaligen Imbissbude fertig und feierte die Eröffnung mit Sonderangeboten, denen kein S-Bahn-Nutzer widerstehen konnte.

Er war in Gerolstein stationiert. Mit dem Audi wäre das ein Katzensprung gewesen. Aber Mami duldete nicht, dass er mit dem Wagen zur Kaserne fuhr. Das Auto war für sein Freizeitvergnügen gedacht. Als ob er sich in seiner Freizeit nicht den Hals brechen und noch ein paar andere mit in den Tod hätte reißen können.

Es hatte keinen Zweck, mit seiner Mutter zu diskutieren, welche ihrer Verbote oder Anweisungen sinnvoll waren und welche nicht. Ihrer kruden Argumentation konnte er nichts entgegensetzen. Er war jedenfalls dazu verdammt, die Bahn zu nehmen. Und wenn er freitags heimkam, kehrte er regelmäßig in *Heikes Kaffeebüdchen* ein, vertrieb sich die zwanzig Minuten bis zur Abfahrt des Busses nach Garsdorf mit einem guten Kaffee, einer Apfeltasche, einem Schweineöhrchen, einem Plunderteilchen oder was sonst noch von der mittäglichen Lieferung übrig war.

Natürlich hätte er auch ein Taxi nehmen und zu Hause einen Kaffee trinken können – ohne Kuchen. Aber es war nicht das Kleingebäck, das ihn in die Blockhütte lockte. Es war nur die Vermutung, dass die Frau hinter der Kühltheke genauso gut wie er wusste, wie man sich in der Außenseiterrolle fühlte.

Er sah doch immer noch die aufgewühlte Miene vor sich, mit der Heike als Zwölfjährige im Grevinger Freibad auf Désirées krokodilähnliches Gummitier getreten war. Auf diesen Ausdruck hatte er gewartet im Saal der großen Strafkammer, als Heike im Zeugenstand saß und Frau Doktor Brand von ihr wissen wollte, warum sie diese Aussage erst so spät gemacht habe. Und Heike antwortete: «Ich hatte Angst. Jetzt schäme ich mich dafür.»

Nein! Wenn Heike sich schämte, sah sie anders aus.

Er schüttelte die Erinnerungen ab wie ein Hund den Regen und erwiderte das Lächeln des Kindes. «Hey, Süße. Toll, dass du sogar bei dem Wetter kommst. Ich hatte fast nicht damit gerechnet.»

«Das bisschen Regen», spielte Saskia den anhaltenden Wolkenbruch herunter. «Ich bin doch nicht aus Zucker.»

Aber genauso süß, dachte er und sagte: «Dann hast du sicher nichts gegen einen Spaziergang einzuwenden. Mein Auto ist leider noch in der Werkstatt. Ich habe einen extra Regenmantel für dich mitgebracht. Wenn du den drüberziehst, wirst du bestimmt nicht nass.»

Das war sie schon, zumindest an den Beinen, die der gelbe Mantel nur halb bedeckte. Sie trug ebenfalls eine Jeans, die sie unten in die Gummistiefel gesteckt hatte. Auf dem kurzen Stück von der Bäckerei über den Vorplatz der Kirche bis zur Sakristei hatte sich der Stoff unterhalb der Knie schon dunkel gefärbt. Bis zur Villa Schopf würde ihr das Wasser vermutlich in den Stiefeln stehen.

Der blaue Regenmantel war länger als der ihre. Leider war er ihr zu eng. Deshalb klappte es nicht so mit dem Tarnumhang, wie er sich das vorgestellt hatte. Er rollte Schlumpfinchen wieder zusammen und klemmte sich das Teil erneut unter den Arm.

Während er Saskia zwischen den Gräberreihen zum Ausgang bei der alten Schmiede lotste, stellte er einige Fragen. Vor allem interessierte ihn, ob sie jemandem verraten hatte, wohin sie tatsächlich gehen und wen sie treffen wollte. Oder ob man sie wegen ihrer neuen Freundin ins Kreuzverhör genommen habe. Aber es sah nicht danach aus, dass er sich Sorgen machen müsste.

Die beiden Jungs und die Männer hatten Besseres zu tun, als ein Kind nach seinem Zeitvertreib für den Nachmittag zu fragen. Gerhild war nach dem Mittagessen noch einmal nach Grevingen gefahren, um Heike die zuvor vergessenen Plunderteilchen zu liefern. Sie war noch nicht zurück gewesen, als Saskia das Haus verlassen hatte. Die Einzige, bei der Saskia ihre neue Freundin Melanie angeführt hatte, war ihre Großmutter. Und Martha hatte – nach der Hiobsbotschaft und mit drei Kundinnen allein im Laden – nur gesagt: «Um sechs bist du wieder hier.» Sich nach einer Adresse oder Melanies Familiennamen zu erkundigen war ihr nicht in den Sinn gekommen.

Als sie den Friedhof verließen, war Alex beruhigt und zufrieden. Mit gesenktem Kopf trottete Saskia neben ihm durch die engen Gassen, vorbei an windschiefen Fachwerkhäusern, von denen nur noch zwei bewohnt waren. Drei weitere standen zum Verkauf und waren damit dem Verfall anheimgegeben, weil niemand sie haben wollte.

Saskia plapperte in einem fort und erinnerte ihn irgendwie an Silvie. Dabei war sie wohl nur froh, dass ihr mal jemand länger als zwei Minuten am Stück zuhörte. Zuerst erzählte sie von ihrer früheren Freundin Tanja Breuer, mit der sie diesen Teil des Dorfes einmal hatte erkunden wollen. «Aber da war es schon dunkel, das war unheimlich.»

Darüber kam sie auf das Schlossgespenst Hui Buh. Die CD hatte sie von Tanja Breuer zum Geburtstag geschenkt bekommen. Kurz darauf war die Freundschaft zerbrochen – vielmehr von Oma verboten worden –, weil Tanjas Mutter gesagt hatte, Heike habe Saskia nach einem *Drama damals* bei Gerhild abgeliefert.

Alex hatte Heikes *Blinddarmentzündung* noch nicht vergessen. Doch ihm kam nicht der Gedanke, dass Saskia auf gar nicht mal so naive Weise versuchte, ihm die Information zu entlocken, wie Heike sich sein Kind hatte beschaffen können.

Darüber hatte Saskia seit dem Morgen so viel nachgedacht, dass sie im Unterricht ein paarmal ermahnt worden war. Aber es hatte sich gelohnt. Die Theorie, die sie mit ihrem neuen Kenntnisstand entwickelt hatte, war gar nicht so abwegig.

Manchmal wurden Babys aus Krankenhäusern geklaut. Das hatte sie mal im Fernsehen gesehen. Da hatten viele Polizisten nach einem verschwundenen Baby gesucht. Die weinende Mutter hatte gebettelt, die Entführer sollten ihrem Kind nicht wehtun und es schnell zurückgeben, weil es noch so klein und sehr krank war. Viele Leute, die zur fraglichen Zeit im Krankenhaus gewesen waren, wurden von der Polizei gefragt, ob sie etwas gesehen oder gehört hätten. Die Polizisten besuchten auch einige Frauen zu Hause. Bei einer machten sie eine Hausdurchsuchung. Und da fanden sie das Baby unter Handtüchern in einem Wäschekorb. Leider war es schon tot.

Dass so etwas mit ihr passiert wäre, hätte Heike bestimmt nicht gewollt, wenn Heike sie ohne Erlaubnis – natürlich auch ohne zu bezahlen – aus einem Brutkasten gestohlen hätte. Eigentlich passte es doch gar nicht zu Heike, viel Geld für ein Retortenkind auszugeben. Und wenn die Mutter von Tanja Breuer wusste oder vermutete, dass Heike damals ein Baby geklaut und es nur bei Tante Gerhild abgeliefert hatte, damit die Polizei es bei einer Hausdurchsuchung nicht fand …

Man hätte sich wohl noch fragen müssen, warum die Mutter von Tanja Breuer mit ihrem Wissen oder der Vermutung nicht zur Polizei gegangen war, aber so weit dachte Saskia mit ihren sieben Jahren nicht.

Alex begriff erst, worauf sie hinauswollte, als sie konkreter wurde und ihm auch noch die Fernsehgeschichte erzählte. Dann beeilte er sich, ihre Kombination zu bestätigen und sinnvoll zu ergänzen.

Es war nun mal so, dass auch ein Papa, der sehr gut auf sein Kind aufpasste und alles selber machte, hin und wieder schlafen musste. Eines Nachts war er im Sessel eingenickt. Als er wieder aufwachte, war der Brutkasten leer. Und kein Mensch konnte ihm sagen, wo sein Kind geblieben war, wer es weggenommen hatte.

Auf Heike war er nicht gekommen. Er war ihr zwar ein paarmal begegnet, als sie nach ihrer Blinddarmoperation wieder herumlaufen konnte und die Glaskästen mit den Babys entdeckte. Sie hatten sich sogar mal unterhalten. Bei der Gelegenheit hatte Heike aber nur gesagt, sie hätte keine Zeit für Kinder. Mit keiner Silbe hatte sie angedeutet, dass sie Gerhild mit einem kleinen Mädchen gerne eine Freude machen würde.

Dass Heike sich ausgerechnet seine Tochter geschnappt hatte, bezeichnete er als ein schlimmes Verbrechen. «Da waren noch andere Babys», sagte er. «Auch zwei, die nie Besuch bekamen. Kein Mensch hätte sich beschwert, wenn sie eins davon genommen hätte. Sie wusste genau, dass du mir gehörst.»

«Hast du die Polizei gerufen?», fragte Saskia.

«Klar. Aber es war mitten in der Nacht passiert. Keiner hatte etwas gesehen oder gehört. Da konnte die Polizei nicht viel tun.»

«Und was hast du dann gemacht?»

«Geweint», sagte er. «Ich war so traurig, dass ich am liebsten gestorben wäre.»

«Warst du auch im Fernsehen?»

«Nein», sagte er. «Nur in der Zeitung.»

«Und dann?»

«Was, und dann?»

«Wie hast du mich denn jetzt wiedergefunden?»

Dazu hatte sie ja auch bereits ihre eigene Theorie entwickelt. Und er verstand es, ihr die häppchenweise zu entlocken. Schließlich bezeichnete er es als einen unwahrscheinlichen Glücksfall, dass er vor geraumer Zeit Silvie und Lothar Steffens in der Samenbank kennengelernt hatte.

«Ich bin immer wieder dahin gefahren», behauptete er, «weil ich dachte, ich sollte es vielleicht noch mal probieren. Aber ich hab mich nicht getraut. Ich musste immer an dich denken, und dann bekam ich Angst, dass mir mein zweites Kind auch gestohlen wird. Oder dass es hässlich ist. Wenn man zuerst so ein hübsches Mädchen im Arm hatte, will man kein hässliches.»

Das verstand Saskia, hob es sie doch über alle oder zumindest viele andere hinaus. «Aber Silvie hat David genommen. Der war zuerst sehr hässlich.»

«Silvie hatte ja auch vorher kein schönes Baby», sagte er. «Und jetzt ist David doch ein hübsches Kerlchen. Sie haben natürlich gewartet, wie er sich entwickelt. Wenn er hässlich geblieben wäre, hätte Silvie bestimmt kein zweites Kind vom selben Spender gewollt. Ich glaube, sie hätte gerne eins von mir bekommen.»

Den letzten Satz hatte er sich nicht verkneifen können, hätte sich aber gleich anschließend dafür auf die Zunge beißen mögen. Für Saskia war Silvie doch offenbar auch etwas Besonderes, eine Vertraute, mit der sie Geheimnisse teilte. Da durfte er sich nicht wundern, wenn die Kleine bei nächster Gelegenheit mit ihrem neuen Geheimnis aufwartete.

«Ehrlich?», fragte sie.

«Ich glaube», schwächte er ab und bemühte sich, den Schaden zu flicken. «Ganz sicher weiß ich es nicht. Sie hat mich nicht gefragt. Und du darfst sie auch nicht danach fragen, sonst meint sie am Ende noch, ich wäre gar nicht ihr Freund, ich hätte sie nur ausgenutzt und aushorchen wollen. Verstehst du?»

Saskia nickte eifrig. Und er erzählte ihr auch noch, wie er sich in der Samenbank mit Silvie und Lothar angefreundet und ihnen sein Leid geklagt hatte. Die beiden hatten sich sofort denken können, wo sein Kind jetzt war. Aber Silvie war lange im Zweifel gewesen, ob sie ihm das verraten durfte. Schließlich hatte Saskia seit Jahren eine komplette Familie mit Oma, Opa, Tante Gerhild, Onkel Wolfgang, Max und Sascha.

«Wie gefällt es dir denn bei denen?», wollte er wissen. «Sind alle nett zu dir?»

Saskia nickte erneut, was seine erste Frage offenließ. Die

hätte sie auch nicht so ohne weiteres beantworten können. Es gefiel ihr längst nicht jeden Tag gleich gut. Aber ohne Ausweichmöglichkeit hatte sie noch nie über eine Veränderung nachgedacht.

«Heike auch?», bohrte er weiter. «Wie nennst du sie eigentlich? Sagst du Mama zu ihr?»

Da blieb ihr schon wieder eine Antwort erspart. «Ich sag doch nicht Mama zu Heike.» Das klang beinahe entrüstet. «Ich sag nur Heike.»

«Reicht ja auch», fand er. «Wie geht's ihr denn heute so?»

Da sich Saskias Kontakt zu ihrer Mutter in der Regel aufs Kaffeebüdchen beschränkte, wusste sie das nicht genau. Sie war seit zwei Wochen nicht mehr mit nach Grevingen genommen worden. Wenn Heike in aller Herrgottsfrühe die Brötchen abholte, schlief sie noch. Abends oder sonntags kam Heike nur selten nach Garsdorf. Hin und wieder wurde natürlich über sie gesprochen. Wie viele Brötchen sie verkaufte und wie viel Kleingebäck. Dass sie immer noch fast dieselben Preise zahlte wie vor Jahren und dass es höchste Zeit wurde, sich mal mit ihr zusammenzusetzen und über neue Konditionen zu sprechen.

Das Letzte, was Saskia mittags dem Disput zwischen Tante und Großmutter entnommen hatte, war, dass Heike sich urlaubsreif fühlte und am Donnerstagabend nach Holland fahren wollte, womit Oma aber nicht einverstanden war. Den aufschlussreichen Dialog gab Saskia beinahe wörtlich wieder.

Alex wollte daraufhin wissen: «Hat Heike denn einen Freund?»

«Nein», antwortete Saskia im Brustton der Überzeugung. «Dafür hat sie gar keine Zeit. Und sie hat mal gesagt, von Freunden hat sie die Schnauze voll. Wenn man denen einen kleinen Finger hinhält, ist man seinen Arm los.»

«Aha», sagte Alex, damit war das Thema für ihn abgehakt. Auch wenn Martha Jentsch offenbar etwas anderes vermutete, er sah es so, wie Gerhild es im ersten Moment gesehen hatte: Dass Heike sich wegen seiner vorzeitigen Haftentlassung spontan zu diesem Kurzurlaub entschlossen hatte. Aber nur übers Wochenende? Glaubte sie etwa, danach säße er wieder im Knast? Wenn sie sich da mal nicht täuschte.

Sie erreichten die Breitegasse. Der Regen fiel unverändert in so dichten Fäden, dass er die Sicht begrenzte wie eine Nebelwand. Nachdem sie am Heckler-Haus vorbei waren, wurde Saskia merklich langsamer, schaute die Gartenkolonie mit den kleinen Lauben entlang und erkundigte sich mit hörbarem Unbehagen: «Wo wohnst du denn? Hier sind doch gar keine richtigen Häuser mehr.»

«Doch, meins.» Er zeigte mit ausgestrecktem Arm nach vorne. «Dahinten, siehst du?»

Saskia blieb stehen, spähte angestrengt in die gezeigte Richtung und schüttelte nach ein paar Sekunden den Kopf.

«Na komm», lockte er. «Es ist nicht mehr weit, wirklich nicht. Bald sind wir im Trockenen. Dann kriegst du einen heißen Kakao, damit dir wieder warm wird. Und dann sehen wir uns die Fotos von früher an.»

Sie setzte sich wieder in Bewegung, folgte ihm aber nur noch widerstrebend und misstrauisch, wie ihm schien. Erst als sich die Villa aus dem Dunst schälte, wurde sie wieder etwas schneller. Am Ziel angekommen, stellte sie wie der indische Taxifahrer fest: «Das ist aber ein sehr großes Haus.»

«Ja», stimmte er zu. «Für mich allein ist es eigentlich viel zu groß. Aber ein kleineres habe ich in der kurzen Zeit nicht gefunden.» Dann wollte er wissen, ob sie sich vorstellen könne, hier mit ihm zu wohnen. Und wieder ersparte er ihr die Antwort, zählte gleich einige Vorteile auf.

Er hätte entschieden mehr Zeit für sie als Familie Jentsch. Er würde sie jeden Morgen zur Schule bringen und dafür sorgen, dass sie nicht mit Kakaobart und Marmeladenschnute im Unterricht saß. Er würde sie mittags auch wieder abholen, nachmittags die Hausaufgaben mit ihr machen und mit ihr spielen oder sie zu einer Freundin bringen. Sie könnte auch Freundinnen einladen. Abends würde er ihr Geschichten vorlesen. Sie würden zusammen einkaufen und gemeinsam überlegen, was gekocht wurde. Und sonntags könnten sie Ausflüge machen, ins Spieleland, den Märchenwald oder den Zoo.

In dem Moment bekam Saskia Angst, dass er sie nicht wieder zurückgehen ließ. Dass sie den Heimweg alleine fand, bezweifelte sie. Bis zur Lambertusstraße schon, das ging ja nur geradeaus. Aber dann ... Er war im Dorf so oft abgebogen, von einem Gässchen ins andere.

«Musst du denn nicht arbeiten?», fragte sie.

«Nein.»

«Aber dann verdienst du doch kein Geld.»

«Muss ich auch nicht.»

«Bist du reich?»

«Wie man's nimmt», sagte er. «Ich hab genug zum Leben. Genug für uns beide. Du kannst ja mal darüber nachdenken, wo es für dich schöner wäre. Tust du das?»

Saskia nickte zögernd. Er schloss endlich die Eingangstür auf, schob sie vor sich her in die dämmrige Halle, drückte die Tür hinter sich zu und fragte erwartungsvoll: «Gefällt es dir?»

Ganz und gar nicht. Ihre Blicke flatterten durch die Halle wie verschreckte Vögelchen, huschten über Zimmertüren aus dunklem Holz, das schwarzweiße Schachbrett der Bodenfliesen, von denen einige deutlich sichtbare Sprünge aufwiesen, zur Treppe mit ihren gedrechselten Holzstäben und dem Geländer, das unten in einer wurmstichigen Schnecke endete.

«Das sieht aus wie bei Hui Buh», meinte sie nach dieser Begutachtung.

«Dachte ich mir, dass es dir gefällt», interpretierte er ihre Worte falsch. «Und ich finde es toll, dass du keine Angst vor Gespenstern hast.»

«Gibt es denn hier welche?» Jetzt war das Unbehagen in ihrem Stimmchen nicht mehr zu überhören.

Trotzdem sagte er noch: «Klar. In alten Häusern gibt es immer welche. Solange es hell ist, verstecken sie sich auf dem Dachboden. Da kommen sie nur herunter, wenn ich sie rufe. Soll ich?»

Saskia schüttelte eilig den Kopf. Und er hätte sich ohrfeigen mögen. Welcher Teufel hatte ihn denn da wieder geritten? Ihr Angst zu machen war wirklich nicht Sinn der Sache.

Eingeschüchtert von der düsteren Atmosphäre in der Halle und dem, was sich möglicherweise auf dem Dachboden tummelte, folgte sie ihm in die Küche. Sehr viel heller und freundlicher war es dort auch nicht. Er schaltete das Deckenlicht ein, um die Trostlosigkeit der alten Einrichtung ein wenig abzumildern. Dann schob er noch einen der Stühle vom großen Tisch zur Heizung hinüber, wo seine ruinierte Lederjacke hing.

«Zieh den Mantel und die Stiefel aus und setz dich hierhin», sagte er. «Ich seh mal schnell nach der Heizung.»

Sie machte keine Anstalten, seinem Vorschlag zu folgen. Als er sich zur Tür wandte, bat sie: «Geh nicht weg.»

«Ich muss nur Briketts nachlegen. Sonst geht die Heizung aus.»

«Das macht nichts», erklärte sie hastig. «Mir ist nicht kalt.»

So rächten sich die Gespenster auf dem Dachboden. Sie würde ihm kaum glauben, wenn er die blödsinnige Behauptung jetzt zurücknahm.

«Hey», probierte er auf andere Weise, sie zu beruhigen. Er ging vor ihr in die Hocke und bemühte sich um den Blick, mit dem er in der Grundschule die gute Frau Sattler eingewickelt hatte. «Sie kommen wirklich nur herunter, wenn ich sie rufe.

Das würde ich niemals tun, solange jemand hier ist, der sich vor Gespenstern fürchtet. Wenn ich das gewusst hätte, hätte ich dir gar nichts von ihnen erzählt. Ich dachte, wo du Hui Buh magst, magst du die hier sicher auch. Sie sind nett und lustig und völlig harmlos, ehrlich. Sie haben mehr Angst vor dir als du vor ihnen, glaub mir. Deshalb verstecken sie sich ja. Auch nachts laufen sie nicht einfach durchs Haus. Sie gucken immer zuerst, ob keiner da ist, der sich erschrecken und sie verjagen könnte.»

Völlig überzeugt schien sie davon noch nicht.

«Na schön», sagte er, «gehen wir eben zusammen in den Keller. Deine Sachen kannst du danach ausziehen. Alles, was nass ist, hängen wir im Fernsehzimmer über die Heizung ...»

Damit gerieten die Gespenster in den Hintergrund. «Du hast ein Zimmer nur für deinen Fernseher?» So etwas hatte Saskia noch nie gehört.

«Nicht nur dafür», sagte er. «Da sind auch viele Bücher drin und ein gemütliches Sofa. Und auf dem Tisch stehen lauter leckere Sachen für dich. Nur das Eis ist noch im Gefrierfach. Ich hab doch extra eingekauft, damit ich dir etwas anbieten kann. Die Fotoalben liegen auch schon da. Willst du mal sehen?»

Sie nickte, folgte ihm in das Zimmer und protestierte nicht mehr, als er sich erneut der Kellertreppe zuwandte und aus ihrem Blickfeld verschwand, um einen Eimer mit Briketts zu füllen und den gefräßigen Ofen zu füttern. Nachdem das erledigt war, nahm er in der Waschküche eine Jeans und ein Sweatshirt von der Leine und tauschte schnell seine nasse gegen trockene Kleidung. Die alten Sachen passten tatsächlich noch, das hatte er nicht erwartet, nachdem sich in den letzten Jahren alles in ihm und für ihn verändert hatte.

Als er wieder nach oben kam, stand Saskia vor dem mit Süßigkeiten beladenen Tisch und konnte sich nicht entscheiden, in welche Kristallschale sie zuerst greifen sollte. Er rief sie zu sich und ging wieder mit ihr in die Küche.

Während sie dort endlich den Regenmantel und die Gummistiefel auszog, holte er einen Tetrapak Milch aus der Speisekammer. Beim Gedanken an den Kakao, so wie Frau Schmitz ihn früher gekocht hatte, lief ihm das Wasser im Mund zusammen. Er setzte einen Topf auf den Herd und goss die Milch hinein.

Hinter ihm stellte Saskia fest: «Ich hab ganz nasse Füße.»

«Das bleibt nicht aus bei dem Wetter», meinte er und riet: «Zieh die Strümpfe aus und häng sie über die Stuhllehne.»

«Ich hab gar keine Strümpfe an», erklärte sie. «Das ist eine Strumpfhose.»

«Dann zieh eben die aus.»

«Da muss ich aber zuerst die Jeans ausziehen.»

«Ja, mach doch», sagte er. «Oder genierst du dich?»

Aus den Augenwinkeln sah er, wie sie den Kopf schüttelte und dabei die Lippen schürzte. Also genierte sie sich doch. «Hey», sagte er wieder in dem beschwichtigenden Tonfall. «Ich bin's, dein Papa. Vor mir brauchst du dich wirklich nicht zu schämen. Ich hab schon mehr von dir gesehen als nackte Beine. Schon vergessen, was ich dir heute Morgen erzählt habe? Ich hab deine Windeln gewechselt und dich gebadet, die Hand unter deinen Po gehalten, damit du dich in dem kalten Becken nicht erschreckst. Einmal hast du mir bei so einer Gelegenheit in die Hand geschissen.»

«Igitt.» Saskia verzog angewidert ihr Gesicht.

«Nix igitt», sagte er. «Bei Babys ist das nicht eklig. Solange sie nur Milch trinken, riecht es so ähnlich wie Joghurt. Jetzt mach schon. Ich guck auch nicht hin, versprochen. Ich hab mich doch auch umgezogen. Wenn du das nasse Zeug anbehältst, kriegst du einen Schnupfen.»

Damit drehte er sich demonstrativ dem Herd zu. Während er in einer Tasse Kakaopulver mit Zucker mischte und mit etwas Milch verrührte, entledigte Saskia sich ihrer feuchten Jeans und der Strumpfhose, setzte sich in ihrer Unterwäsche auf den Stuhl vor die Heizung und wackelte mit den nackten Zehen.

«Ich glaub, ich hab auch kalte Füße.»

«Halt sie hoch», riet er. «Ich trag dich gleich rüber. Dann musst du nicht über den Steinboden laufen.»

Nachdem der Kakao fertig und in zwei große Becher gefüllt war, ließ sie sich ohne Widerspruch oder spürbaren Widerstand auf den Arm nehmen. Er hatte sogar den Eindruck, dass sie es genoss, was er auf jeden Fall tat.

Dann saß sie mit angewinkelten Beinen, vom Bauch bis zu den Füßen in die Decke gewickelt neben ihm auf der Couch und löffelte Eis mit Walnüssen und Krokant. Auf dem Tisch dampften die heißen Kakaobecher. Er blätterte die Seiten im ältesten Album um, strich ihr mal verstohlen übers Haar, mal ganz leicht über eine Wange, glaubte dabei innerlich zu zerreißen und erklärte ihr, wer auf den Aufnahmen zu sehen war.

Aber seine Großeltern interessierten sie nicht. «Wann kommen denn die Fotos, auf denen ich ganz klein war?»

«Leider hab ich nur das eine, das ich dir gestern gezeigt habe», gestand er. «Im Krankenhaus darf man nicht so oft fotografieren, wie man möchte. Ich hätte wohl noch ein paar Aufnahmen von dir im Brutkasten machen können, wenn Heike dich nicht ...»

Als er abbrach, erkundigte sie sich zögernd: «Willst du Heike jetzt bei der Polizei anzeigen?»

«Meinst du, ich sollte das tun?», fragte er.

Zuerst zuckte sie unsicher mit den Achseln, dann schüttelte sie energisch den Kopf.

«Gut», sagte er. «Wenn du das nicht möchtest, tu ich es nicht.»

Sie gab ihm das leere Eisschälchen, damit er es auf den Tisch stellte. Dann ließ sie sich andere Süßigkeiten anreichen, blätterte dabei selbst eine Seite um, rückte noch näher, kuschelte sich an ihn und sagte: «Meine Füße sind immer noch ganz kalt. Ich glaub, nur von der Decke werden die nicht warm.»

«Was machen wir denn da?», fragte er.

«Vielleicht kannst du sie ein bisschen reiben», schlug sie vor. Das hatte sie mal bei Tanja Breuer und deren Vater gesehen und ganz toll gefunden. Tanjas Vater hatte sich Tanjas Füße sogar unter den Pullover gesteckt, aber den Vorschlag mochte sie nicht machen.

Ihm verschlug es auch so den Atem. «Ja, wenn du meinst, dass es hilft», sagte er. Und dann rieb er ihr die kalten Füße und die nackten Beine. Die waren ebenfalls kalt.

«Um sechs bist du wieder hier», hatte Martha Jentsch am Nachmittag gesagt. Saskia kam knapp zehn Minuten später, was im abendlichen Geschäftsbetrieb jedoch keiner registrierte. Es fiel auch nicht auf, dass Saskia beim Abendessen sehr schweigsam war und kaum Appetit hatte. Sie begnügte sich mit einem halben Käsebrot und hätte vielleicht nicht einmal das aufgegessen, wäre sie nicht von Gerhild ermahnt worden, nicht herumzutrödeln.

Wie sonst auch verzog Saskia sich nach dem Essen mit den beiden Jungs hinauf ins Obergeschoss. Max und Sascha vertrieben sich noch etwas Zeit am Computer. Sie putzte gleich ihre Zähne, zog den Schlafanzug an, legte sich ins Bett und hörte die Geschichte vom Schlossgespenst Hui Buh, die sie längst auswendig kannte.

Vor ihrem geistigen Auge kam Hui Buh die Treppe in der Villa Schopf herunter, schwebte durch die große Eingangshalle zum Fernsehzimmer und lugte vorsichtig durch einen Türspalt, um sich zu überzeugen, dass kein Mensch da war, der sich erschrecken könnte oder vor dem ein kleines, nettes, lustiges Gespenst sich fürchten müsste.

Ihr Großvater und ihr Onkel schliefen bereits. Ihre Tante und ihre Großmutter spekulierten im Wohnzimmer über die wahren Gründe für Heikes Hollandpläne. Saskias neue Freundin stand mit keinem Wort zur Debatte. Diese Freundin hatte Martha Jentsch im Laufe des Nachmittags nur einmal flüchtig erwähnt, als Gerhild sich nach Saskias Verbleib erkundigte. Und Gerhild hatte sich gefreut, dass die Kleine wieder ein gleichaltriges Mädchen zum Spielen gefunden hatte.

Als Gerhild kurz nach neun Saskias Zimmer betrat, um ihr die Kleidung für den Mittwoch bereitzulegen, lag Saskia noch wach im Bett und wollte wissen: «Wärst du sehr traurig, wenn ich nicht mehr bei euch wohnen will?»

Die Antwort blieb Gerhild ihr schuldig. Sie nahm an, die Kleine hätte nachmittags mal wieder eine intakte Mutter-Kind-Beziehung erlebt wie früher so oft bei Breuers und sehne sich nun nach ein paar mütterlichen Streicheleinheiten. Ersatzweise strich Gerhild ihr liebkosend über eine Wange und fragte ihrerseits: «Wo willst du denn wohnen? Gefällt es dir nicht mehr bei uns?»

Noch zwei Fragen auf einmal. Wie am Nachmittag beantwortete Saskia nur die letzte: «Doch.»

«Dann reden wir noch mal über einen Umzug, wenn du auf eine andere Schule gehen musst», sagte Gerhild und strich auch noch kurz über die andere Wange. «Bis dahin ist ja noch etwas Zeit. Jetzt schlaf, es ist spät.»

Auch am nächsten Morgen bemerkte niemand irgendeine Veränderung, weil kein Mitglied der Familie Jentsch dem Kind gesteigerte Aufmerksamkeit schenkte. Wieder konnte Saskia viel zu früh in den Hausflur huschen und zur Tür hinausschleichen, ohne dass jemand sie vermisst hätte.

An dem Mittwoch war das Wetter noch ungemütlich, kühl und windig, aber trocken, kein Vergleich mit dem scheußlichen Dienstag. Alex wartete beim großen Friedhofstor, ohne Auto.

Ein gemütlicher Spaziergang über den um die Zeit noch völlig verlassenen Friedhof und durch den verwinkelten Ortskern hatte auch einiges für sich. Inzwischen wusste schon das halbe Dorf über seine Rückkehr Bescheid, aber damit rechnete er ja und war entsprechend vorsichtig.

Saskia berichtete von der abendlichen Unterhaltung mit ihrer Tante. Er fand es rührend, wie sie vorpreschte, obwohl damit für ihn enorme Risiken verbunden waren, was er ihr auch sogleich klarzumachen versuchte. Gerhild hätte ja nachhaken können.

«Das war aber keine gute Idee. Du solltest doch erst mal nur darüber nachdenken.»

«Bist du jetzt böse mit mir?» Sie klang so eingeschüchtert.

«Nein», beeilte er sich, ihr diese Sorge zu nehmen. «Ich finde es toll, dass es dir bei mir so gut gefallen hat. Aber wir müssen nichts überstürzen. Wenn Gerhild dich noch einmal fragt, wo du denn lieber wohnen möchtest, sagst du …»

Er legte ihr ein paar unverfängliche Antworten in den Mund, bis sie sich erkundigte: «Können wir denn heute Nachmittag trotzdem wieder bei dir Kakao trinken und Eis essen?»

Hätte er nein sagen sollen? «Ab halb drei stehe ich bei der Sakristei», sagte er und fand in einem Anflug von kindlichem Übermut, er hätte das Zeug zum Dichter. Am Samstag in der Garage: *Jetzt gehört er mir – wie alles hier.* Nun: *Ab halb drei – stehe ich bei der Sakristei.* Das Versmaß ließ noch etwas zu wünschen übrig, aber daran konnte man genauso arbeiten wie an sich selbst.

Er begleitete Saskia bis kurz vor das Törchen im Jägerzaun des Schulhofs. Dort beugte er sich zu ihr nieder, hielt ihr die Wange hin und bat: «Komm, ganz schnell, nur ein Kuss.» Dann schaute er ihr noch sekundenlang nach, wie sie davonhüpfte.

Zurück lief er durchs Margarineviertel und an der Greve entlang. Von der Grundschule aus war das der kürzere Weg zur

Villa und bestens geeignet für Jogger. Dafür hatte er eigens die Laufschuhe angezogen.

Den Vormittag über beschäftigte er sich im Haus, holte endlich die trotz Weichspüler größtenteils brettharte Wäsche aus dem Keller. Einkaufen brauchte er nichts, es war noch genug von allem da. Um halb eins aß er zu Mittag und schaffte eine ganze Pizza, obwohl er schon wieder nervös wurde.

Bis er sich auf den Weg ins Dorf machen musste, war noch reichlich Zeit. Aber es gab ja auch noch eine Menge Arbeit. Er stellte das Bügelbrett ins Fernsehzimmer und bearbeitete zu irgendwelchem hirnrissigen Geflimmer vom Bildschirm seine alten Jeans und die Bettwäsche – bis in der Eingangshalle die Türklingel schrillte.

Von jetzt auf gleich wurde ihm flau im Magen. Im Geist sah er Wolfgang Jentsch und Dennis Heckler mit einem Schlägertrupp vor der Tür stehen. Es kostete ihn Überwindung, in die Halle zu gehen und zu öffnen. Danach spürte er sekundenlang Erleichterung: Seine Anwältin brachte ihm die Reisetasche, die letzten Donnerstag in ihrem Wagen zurückgeblieben war.

Die Erleichterung schwand ebenso schnell, wie sie durch seine Adern geschwappt war. Er hatte zwar damit gerechnet, dass Frau Doktor Brand unangemeldet auftauchte, trotzdem fühlte er sich überrumpelt, hatte doch jetzt gar keine Zeit für sie.

Viel Zeit hatte sie angeblich auch nicht, wollte nur sehen, wie es ihm ging, und hören, ob er sich sinnvoll beschäftigte und den Kontakt zu seiner Familie pflegte. Das Bügelbrett und der Wäschestapel vor laufendem Fernseher imponierten ihr wenig. Offenbar wertete sie Hausarbeit nicht als sinnvolle Beschäftigung für ihn. Aber für die Besuche im Haus seines Bruders und bei seinen Freunden gab es Punkte, das ließ sie deutlich erkennen.

Dass er sich bei Cecilia nicht lange aufgehalten hatte und von Lothar vor die Tür gesetzt worden war, band er ihr nicht auf die Nase. Erzählte lieber lang und breit, wie Silvie sich gefreut hatte, ihn wiederzusehen, und stellte es so dar, als sei es für ihn ein turbulenter Nachmittag mit Kinderbetreuung gewesen.

«Die beiden haben bereits Nachwuchs, David, sechzehn Monate alt, ein süßer Knirps, Silvie wie aus dem Gesicht geschnitten.»

Greta Brand nickte versonnen. Gegen eine Führung durch die Villa hatte sie nichts einzuwenden. Den angebotenen Kaffee lehnte sie auch nicht ab, löcherte ihn dabei mit weiteren Fragen. Wobei es sie vordringlich interessierte, ob er belästigt wurde. Dass er jemanden belästigen könnte, zog sie nicht in Betracht.

Um Viertel nach zwei erhob sie sich endlich, ließ sich zu ihrem Wagen begleiten und nahm ihm dort noch einmal das Versprechen ab, sie jederzeit anzurufen, wenn er in Schwierigkeiten geraten sollte. Nachdem sie abgefahren war, hastete er zurück ins Haus, wechselte die Schuhe, zog rasch eine alte Windjacke über und sprintete los, als ginge es um sein Leben.

Als er ziemlich außer Atem bei der Sakristei ankam, bog Saskia gerade um die Ecke. Perfektes Timing. So musste er sich keine Minute länger als unbedingt nötig auf dem Friedhof aufhalten, der an dem Mittwochnachmittag auch nicht so verlassen war wie morgens oder im strömenden Regen.

Wieder sollte Saskia um sechs Uhr daheim sein. Bis dahin tranken sie Kakao im Fernsehzimmer, aßen das restliche Eis mit Walnüssen und Krokant, kuschelten auf der Couch und schauten sich das alte Video vom letzten Einhorn an, das noch aus seiner Zeit als Alexa stammte.

Wie tags zuvor machten sie sich um zwanzig vor sechs auf den Weg ins Dorf. Er begleitete Saskia bis zur Kirche, verabschiedete sich dort mit einer weiteren Verabredung für den Donnerstagmorgen und machte sich auf den Heimweg. Diesmal ging er durchs Margarineviertel. Von der Kirche aus war es ein Umweg, aber hier war die Gefahr am geringsten, erkannt und angepöbelt zu werden. Dass Silvie wieder zu Hause war, fiel ihm nicht auf.

Am Dienstag hatte Silvie wegen seines angeblichen Termins bei der Anwältin nicht mit Alex gerechnet, an dem Mittwochnachmittag schon. Stattdessen waren ihre Großmutter, ihr Mann und Prinz Knatschsack gekommen. Da war es entschieden besser, dass Alex sich nicht blicken ließ.

Franziska hatte morgens Nägel mit Köpfen gemacht und kurzerhand einen Krankenwagen für Gottfried gerufen. Der hatte sich vor Bauchschmerzen kaum noch im Bett aufrichten können, um in den Eimer zu spucken. Was er ausgespuckt hatte, mochte Franziska nicht näher beschreiben. Und Gottfried hatte standhaft behauptet, es sei nicht so schlimm, wie es aussah. Er bräuchte nicht zum Arzt zu gehen. Gehen hätte er auch gar nicht mehr können.

Franziska wäre liebend gerne mitgefahren oder dem Krankenwagen wenigstens gefolgt, notfalls auf ihrem alten Fahrrad, um in Gottfrieds Nähe zu bleiben. Aber wohin mit dem kleinen David? In der Nachbarschaft bemühte sie sich vergebens. Frau Steffens konnte ihren Enkel nicht nehmen, auch nicht für ein oder zwei Stunden. Sie hatte sich gestern im Wartezimmer des Arztes eine böse Erkältung eingefangen, hustete und schniefte, hatte Halsweh und hoffte inständig, dass es sich nicht um die Schweinegrippe handelte.

Gottfried war aus der Notaufnahme sofort in den OP geschafft worden. Da hätte Franziska ohnehin nicht in seiner Nähe bleiben können. Er lag immer noch unterm Messer, als sie zu dritt Silvies Zimmer betraten.

Magenkrebs, wie Lothars Mutter vermutet hatte, war es nicht. Die richtige Diagnose hatte Franziska mit Mühe und Not in Erfahrung gebracht. «Aber nur, weil Lothar bei mir war», erklärte sie mit erstickter Stimme. «Mich wollten die abwimmeln. Lothar lässt sich so was zum Glück nicht gefallen.»

Es war ein Darmverschluss, verursacht von dem Leistenbruch, den Gottfried seit Jahren als nicht behandlungsbedürftig eingestuft hatte.

«Störrischer alter Mann», kommentierte Lothar verständnislos und verärgert, weil es so weit nicht hätte kommen müssen, wäre Gottfried etwas früher zum Arzt gegangen. Der Einzige, der sich freute, war der kleine David. Er turnte glücklich auf seiner Mutter herum und besabberte ihr Gesicht und Hals mit seinen Küsschen.

Franziskas Nerven lagen blank, sie kämpfte unentwegt gegen die Tränen an, wollte auf jeden Fall im Krankenhaus bleiben, bis man sie zu ihrem Mann ließ, mit dem sie so viele Lebensjahre geteilt hatte, dass sie sich ein Weiterleben ohne Gottfried gar nicht vorstellen konnte.

Unter diesen Umständen hielt Lothar es für besser, Silvies Schonzeit zu beenden. Dann konnte Franziska in den nächsten Tagen jederzeit an Gottfrieds Bett sitzen und ihm klarmachen, dass er kein Recht hatte, sich davonzustehlen und sie alleine zu lassen. Dass man ihr in dieser Situation nicht zumuten konnte, sich halbtags und nachts um ihren Urenkel zu kümmern, lag auf der Hand. David hätte sich auch kaum ohne Gebrüll wieder von seiner Mama trennen lassen.

Und so krank war Silvie ja nicht mehr. Die dreieinhalb Tage Ruhe und die Medikamente hatten ein kleines Wunder bewirkt. Sie hustete zwar noch, und ihre Stimme klang wie über eine grobe Feile gezogen. Aber wenn sie sich daheim schonte und ihre Stimmbänder nicht über Gebühr strapazierte, sähe er keine Veranlassung, sie noch länger das Krankenbett hüten zu lassen, sagte der Stationsarzt, nachdem Lothar ihm die Notlage erläutert hatte.

Also packte Lothar ihre Sachen zusammen. Sie blieben noch bei Franziska, bis Gottfried aus dem Aufwachraum auf die kleine Intensivstation verlegt wurde. Lothar bot an, Franziska kurz vor acht abzuholen, damit sie nicht den Bus nehmen musste. Dann fuhren sie zu dritt zurück nach Garsdorf.

Lothar machte sich schon um sechs wieder auf den Weg nach Grevingen. Er wollte noch Besorgungen machen, damit Silvie in den nächsten Tagen keinen Fuß vor die Tür setzen musste. Deshalb stand der Kombi nicht vor dem Haus, als Alex vorbeilief.

Selbstverständlich bestand Lothar darauf, dass Silvie am Donnerstagmorgen daheimblieb, statt ihn zur S-Bahn zu fahren. Sonst hätte sie wohl endlich ihren Autoschlüssel vermisst. Lothar stellte sich den Wecker noch mal auf Viertel vor fünf, um zeitig wieder daheim sein und Silvie entlasten zu können.

Als ihr Mann aufstand, wachte sie kurz auf, schlief aber gleich wieder ein. Gegen Viertel vor acht meldete sich nebenan der kleine David. Silvie trug ihr Söhnchen nach der stürmisch-feuchten Begrüßung hinunter in die Küche und schaltete den Kaffeeautomaten ein. Eine Tasse «stark» brauchte sie mindestens, um richtig wach zu werden.

Während die Maschine die benötigte Menge Espressobohnen mahlte, ließ Silvie den Rollladen vor dem Fenster hochfahren. Und genau in dem Moment lief Alex wieder draußen vorbei. Aber da sie noch im Pyjama war, verzichtete Silvie darauf, in die Diele zu hasten, die Haustür aufzureißen und hinter ihm herzurufen, damit sie sein Handy wieder loswurde. Sie nahm sich stattdessen vor, am Vormittag einen langen Spaziergang mit David zu machen und Alex das Ding vorbeizubringen.

An dem Donnerstag wusste praktisch jeder in Garsdorf, dass Alex wieder daheim war. Trotzdem hatte er Saskia um Viertel nach sieben beim Friedhofstor in Empfang nehmen und unbehelligt zur Schule begleiten können.

Auch am frühen Vormittag blieb das Glück noch auf seiner Seite. Um zehn konnte er den alten Mercedes abholen. Die erneute Zulassung für den Straßenverkehr hatte das Autohaus Wellinger übernommen, was sich in der Rechnung niederschlug. Doch die war überschaubar und gestattete ihm, fürs kommende Frühjahr den Einbau eines neuen Heizkessels ins Auge zu fassen. Er fühlte sich wie ein König, als er im eigenen Wagen zum Discounter fuhr, um Nachschub an Walnuss-Krokant-Eis, Schokoplätzchen, Marzipanpralinen und andere Leckereien zu besorgen.

Auf dem letzten Stück Heimweg kam ihm auf Höhe des Heckler-Hauses Silvie entgegen. Ihr Söhnchen schob sie in dem alten Buggy vor sich her, den ihr Großvater damals für sie angeschafft hatte. Alex war immer noch so überdreht und euphorisch, hielt neben ihr an, kurbelte die Seitenscheibe herunter und erkundigte sich übermütig: «Ja, wen haben wir denn da? Solltest du nicht auf ausdrücklichen Wunsch deines vernünftigen Gatten noch ein paar Tage im Krankenhaus bleiben?»

«Ich hab mit Opa getauscht», erklärte Silvie und fragte ihrerseits: «Warst du etwa gerade dort?»

«Nein, ich hab nur mein Auto abgeholt», antwortete er mit dem Stolz des Besitzers. Und da jetzt kein weiterer Besuch am Krankenbett mehr nötig war, fügte er hinzu: «Ich wollte heute Nachmittag zu dir kommen und das Ladegerät vom Handy mitbringen, großes Ehrenwort. Der Akku ist doch garantiert längst leer, oder?»

Prinz Knatschsack im Buggy begann zu quengeln, weil es nicht weiterging. Silvie ignorierte es vorerst, ging auch nicht aufs Handy ein. Sie ließ den Blick über die mattschwarze Motorhaube gleiten und wiederholte: «Dein Auto? Ist das nicht der von deinem Vater?»

Alex grinste selbstsicher. «Genau der. Sag bloß, du erinnerst dich noch daran, wie er den gefahren hat?»

«Vage», antwortete Silvie.

In sein selbstsicheres Grinsen mischte sich etwas, das sie nicht richtig einordnen konnte. Dem Unterton in seiner Stimme nach musste es eine Mischung aus Wut und Triumph sein.

«Früher durfte ich den nicht anfassen. Jetzt ist es mein Auto.» Dann wechselte er das Thema und klang wieder wie gewohnt: «Gehst du hier bloß spazieren, oder wolltest du zu mir?»

«Du bist ja nicht mehr gekommen», sagte Silvie. «Da dachte ich, ich sollte besser mal nachsehen, was du so treibst.»

Es war nur scherzhaft gemeint, trotzdem verursachten ihm die Worte Unbehagen. Mit einem weiteren Grinsen überspielte er das Gefühl, sie wolle ihn wegen Saskia zur Rede stellen. «Sorry, gestern war ich schon fast aus der Tür, da bekam ich unangemeldeten Besuch. Aber heute wäre ich gekommen, ehrlich.»

Der letzte Satz war wirklich nicht mehr nötig gewesen. Er hatte sie wahrhaftig oft genug belogen. Plötzlich fühlte er sich schäbig und flüchtete sich in Anteilnahme, die durchaus ehrlich gemeint war: «Was ist denn mit deinem Opa?»

Silvie nahm den mittlerweile laut lamentierenden David aus dem Buggy und setzte sich den Knaben auf die Hüfte. «Wenn du mich mal aufs Klo lässt, erzähle ich dir die Einzelheiten. Lange Spaziergänge sind nicht mehr mein Ding.» Sie strich sich mit der freien Hand über den Leib. «Man sieht ja noch nichts, aber dadrin macht unsere Prinzessin sich schon ganz schön breit.»

«Was denn?», wunderte Alex sich. «Du hast den zweiten Braten in der Röhre und sagst mir das jetzt erst? Ist es von Lothar?»

«Nicht frech werden», wies sie ihn zurecht. «Von wem denn sonst? Ich hatte nie was mit einem anderen. Ich hatte zwar mal einen, den ich gerne gelassen hätte, aber der konnte bei mir nicht.»

«Man wird ja wohl mal fragen dürfen», schaltete Alex nach diesem Dämpfer einen Gang zurück. «Deshalb musst du mich nicht gleich abwatschen.»

Er fuhr wieder an. Sie für das kurze Stück mitsamt ihrem Nachwuchs einsteigen zu lassen und den Buggy im Kofferraum zu verstauen hätte mehr Zeit in Anspruch genommen.

Silvie setzte ihr Söhnchen zurück in die Karre und folgte dem Mercedes eilig. Als Alex in die Garage fuhr, hatte sie das große Endgrundstück schon fast erreicht. Beinahe gleichzeitig kamen sie vor der Haustür an, er mit seiner Tüte vom Discounter, in der das Eis und die anderen Leckereien verstaut waren.

Der Tüte schenkte Silvie keine Beachtung. «Wo warst du denn heute Morgen?», fragte sie, während er aufschloss. «Ich hab dich kurz vor acht vorbeilaufen sehen.»

«Frühsport», behauptete er, ließ sie eintreten, nahm ihr den Buggy ab und zeigte zu dem Türbogen hinüber, hinter dem die Garderobe und die Gästetoilette lagen.

«Du läufst die Pützerstraße runter?», fragte Silvie verständnislos. Aus der Richtung war er schließlich gekommen. «Das ist aber eine heiße Strecke für Jogger. Bist du in Ossendorf lebensmüde geworden?»

«Wolltest du nicht dringend aufs Klo?», umging er die Antwort.

Sie setzte sich in Bewegung. Er schob ihr Söhnchen in die Küche, packte das Eis ins Gefrierfach, zog den restlichen Süßkram aus der Tüte und legte ihn auf eine Anrichte. Hasemann schaute mit großen, bangen Augen zu ihm auf.

«Magst du einen Keks?», fragte Alex und gab sich die Antwort gleich selbst. «Sicher magst du. Alle kleinen Jungs mögen Kekse. Kleine Mädchen übrigens auch, wusstest du das? Was nehmen wir denn? Lieber nichts mit Schokolade, was? Damit saust du dich nur ein, dann bekommen wir garantiert Ärger mit deiner Mama.»

«Mama», sagte David mit verdächtig zitternder Unterlippe und spähte durch die offene Küchentür in die große Halle.

«Sie ist gleich wieder da», versprach Alex, riss eine Packung auf und hielt dem Kleinen ein Löffelbiskuit hin. David griff zu und lächelte ihn an. So schloss man Freundschaften.

Zwei Minuten später kam Silvie zurück, streifte den angenagten Biskuit in der Kinderfaust mit einem missbilligenden Blick, betrachtete das Sortiment auf der Anrichte und stellte fest: «Du lebst aber sehr figurbewusst. Morgens Frühsport, mittags Plätzchen und Pralinen. Verstehst du das unter ausgewogener Ernährung?»

«Das sind nur Beilagen zum Nachmittagskaffee», sagte er und rief ihr damit seine Erklärung zum vergangenen Nachmittag in Erinnerung.

«Wer hat dich denn gestern unangemeldet besucht?» Dass sie neugierig wäre, konnte man wirklich nicht sagen.

«Meine Anwältin», rutschte ihm die Wahrheit heraus.

«Ach», wunderte sich Silvie mit dem ersten Anflug von Misstrauen. «Hast du nicht am Montag gesagt, du müsstest zu ihr? Hast du den Termin geschwänzt?»

«Nein», log er schon wieder. «Am Dienstag hab ich ihr erzählt, dass ich regen Umgang mit der Familie pflege. Das hat sie mir nicht so unbesehen geglaubt und bei Albert nachgefragt. Gestern kam sie her, um mir einen Vortrag über Glaubwürdigkeit und den positiven Einfluss von sozialen Kontakten zu halten.»

«Ach so», gab Silvie sich zufrieden, um in der nächsten Sekunde mit leicht gerunzelter Stirn anzumerken: «Das ist aber untypisch, dass eine Anwältin sich so um einen Mandanten kümmert.»

«Frau Doktor hat eben ein Herz für Mörder», sagte Alex. «Magst du einen Kaffee?»

Silvie nickte. Er füllte den Wasserbehälter der alten Maschine, setzte eine Filtertüte ein, gab gemahlenen Kaffee hinein und erzählte dabei: «Einer vom Wachpersonal hat behauptet, sie hätte sogar den Mörder ihrer Freundin vor dem Knast bewahrt. Der Typ sei gar nicht erst angeklagt worden, obwohl er noch andere Frauen auf dem Gewissen hatte. Und das soll sie gewusst haben.»

«Hat sie kein Gewissen?», fragte Silvie.

Alex zuckte mit den Achseln. «Mit einem Gewissen können Anwälte kein Geld verdienen. Aber ich ja weiß nicht, ob's stimmt. Erzählen kann man viel. Jetzt bist du aber dran. Was ist denn nun mit deinem Opa?»

Silvie berichtete, wobei sie den Anschein weckte, ihrem Söhnchen eine Geschichte zu erzählen, damit der Knabe ruhig blieb. Das erste Biskuit hatte David erstaunlich schnell verputzt. Seitdem spähte er erwartungsvoll zwischen der Anrichte und seinem neuen Freund hin und her. Als Alex ihm ein zweites Biskuit geben wollte, winkte Silvie hastig ab. «Dann isst er gleich nichts mehr. Mittags bekommt er Gemüse.» Anschließend sprach sie weiter in diesem Märchentantenton, der keine Dramatik aufkommen ließ.

Es stand nicht gut um ihren Großvater, gar nicht gut, hatte Lothar am vergangenen Abend gesagt, als er aus Grevingen zurückgekommen war. Er war bis zur Intensivstation vorgedrungen, um Franziska abzuholen, hatte Gottfried gesehen, aber nicht mit ihm reden können, weil Gottfried nicht bei Bewusstsein gewesen war. Ob er nur schlief oder in ein künstliches Koma versetzt worden war, hatte Lothar nicht sagen können. Silvie wollte am Nachmittag persönlich hin, wenn ihr Mann daheim war und sich um David kümmern konnte.

«Vorher hab ich ja kein Auto. Oma nimmt den Bus. Sie rief an, ehe sie aus dem Haus ging.» In dem Zusammenhang fiel ihr das Handy wieder ein. Sie zog es aus der Jackentasche und legte es zu den Keksschachteln auf die Anrichte.

«Du kannst es behalten», sagte Alex. «Ich hab mir ein anderes gekauft, weil Frau Doktor darauf bestand, dass ich telefonisch erreichbar bin.»

«Nimm es trotzdem zurück», bat Silvie. «Sonst muss ich es wegwerfen, das wäre schade. Lothar glaubt, die Nachtschwester hätte mir ihres geliehen. Dabei möchte ich es belassen.»

«Wieso?», fragte Alex und grinste noch einmal. «Er ist nicht eifersüchtig auf mich. Das war er nie, hat er zumindest am Dienstag behauptet. Er hat doch alle bekommen, die ich hatte.»

«Wo hast du ihn denn am Dienstag gesehen?», fragte Silvie mit erneut gerunzelter Stirn.

Ihm wurde bewusst, dass er sich zum zweiten Mal verplappert hatte. Glücklicherweise hatte er keine Zeitangabe gemacht. «Nach Mittag an der S-Bahn», versuchte er, den Patzer auszubügeln. «Ich war auf dem Weg nach Köln, er kam wohl von der Arbeit.»

«An der S-Bahn», wiederholte sie.

Und er fühlte sich sekundenlang wie im Polizeiverhör. Die hatten auch alles wiederholt, was er von sich gab. *«Sie haben keine Ahnung ... Sie können sich nicht erinnern ... wie praktisch.»*

«Hat er dich angesprochen oder du ihn?», wollte Silvie wissen.

«Weder – noch», sagte er und fügte sicherheitshalber hinzu: «Ich glaube, er hat mich gar nicht gesehen.»

«Wem hat er denn erzählt, er hätte alle bekommen?»

«Keine Ahnung. Ich kannte den Typ nicht, hab's nur im Vorbeilaufen aufgeschnappt. Ich musste mich sputen, um meine Bahn zu erreichen.»

«Im Vorbeilaufen», wiederholte Silvie.

Und er wusste genau, dass sie keine Ruhe geben würde, bis

sie zufriedenstellende Auskünfte bekommen hatte. Ihre Hartnäckigkeit war ihm schon früher oft auf den Geist gegangen. Wenn sie irgendwo einen Widerspruch witterte oder ihr etwas nicht auf Anhieb einleuchtete, schrubbte sie so lange daran herum, bis die letzte Unklarheit beseitigt war. Nur bei der Sache mit Janice war ihr das nicht gelungen.

«*Warum kannst du mit der, aber mit mir nicht?*»

Damals hätte er das selbst gerne gewusst. Heute könnte er es ihr wahrscheinlich erklären. Wegen zu großer Gefühle. Sie war für ihn zu gut und er für sie nicht gut genug gewesen. Aber wozu das jetzt noch aussprechen? Jetzt hatte sie den vernünftigen Lothar, Prinz Knatschsack und eine Prinzessin, die sich in ihr ganz schön breitmachte. Und er hatte nur eine große alte Villa voller Gespenster und ein kleines Mädchen, das sich auf den Nachmittag mit ihm in diesem Geisterhaus freute. Wie lange wohl noch?

«Sei mir nicht böse, wenn ich das Verhör jetzt abbreche», sagte er. «Es ist fast Mittag, ich hab noch einiges zu erledigen.»

«Ich gehe erst, wenn ich weiß, bei wem Lothar damit geprahlt hat, dass er hinter dir über die Weiber gestiegen ist», beharrte Silvie – vulgär, wie er fand. «So was bindet man keinem auf die Nase, mit dem man nur zufällig aus der Bahn steigt. Es müsste ein guter Bekannter von Lothar gewesen sein. Beschreib den Typ mal. Ich kenne so ziemlich alle, mit denen er häufiger zu tun hat.»

«Ich aber nicht», sagte Alex. «Und ich hab die beiden nur von hinten gesehen.»

«Wie hast du denn das angestellt?» Silvie wurde ebenso sarkastisch wie die Beamten, die ihn stundenlang vernommen hatten. «Lothar und der große Unbekannte kamen doch wohl von Gleis 3, du wolltest zu Gleis 1. Da müssten sie dir theoretisch hinter der Unterführung entgegengekommen sein.»

«Der Taxifahrer hat mich auf dem Parkplatz aussteigen lassen», strickte er eilig eine plausible Erklärung für den Widerspruch zusammen. «Lothar und der Typ waren bereits auf dem Weg zu ihren Autos. Und ich musste mich sputen, weil meine Bahn schon einfuhr.»

«Und trotzdem hast du im Vorbeilaufen genau verstanden, was mein Mann sagte. Hat er wirklich gesagt, alle?»

«Ja.» Er stellte Geschirr auf den Tisch und füllte die Tassen.

Doch Silvie war die Lust auf Kaffee vergangen. Sie schnappte sich den Buggy, schob ihn in die Eingangshalle und verabschiedete sich mit der Drohung: «Dann frag ich ihn eben selber.»

Ihr Abgang lag Alex noch eine ganze Weile schwer im Magen. So schwer, dass er darauf verzichtete, zu Mittag die obligatorische Pizza in den Backofen zu schieben. Stattdessen trank er den Kaffee, aß zwei Biskuits dazu und grübelte, ob er es unter diesen Voraussetzungen riskieren konnte, die Verabredung mit Saskia einzuhalten.

Eher nicht. Es war damit zu rechnen, dass Lothar im Laufe des Nachmittags bei ihm auftauchte, um ihn zur Rede zu stellen. *Was fällt dir ein, Silvie so einen Blödsinn zu erzählen? Wie kommst du auf so etwas?*

Andererseits: Er konnte Saskia doch nicht vergebens warten lassen. Das arme Kind würde sich fragen, ob es gestern etwas falsch gemacht hatte oder aus welchem Grund er heute nicht kam. Und mit dem fahrbaren Untersatz in der Garage mussten sie den Nachmittag nicht unbedingt wieder im Fernsehzimmer verbringen. Dann wäre keiner zu Hause, wenn Lothar kam, um Dampf abzulassen.

Bis Viertel nach zwei schwitzte er Blut und Wasser, kam jedoch nicht auf die Idee, vorzeitig aufzubrechen, um einer Konfrontation mit seinem ehemaligen Freund aus dem Weg zu gehen. Dann ging er endlich zur Garage und zitterte noch, bis er in die Lambertusstraße einbiegen konnte. Ab da sah er keine Gefahr mehr.

Wie bisher waren sie für halb drei verabredet, diesmal allerdings nicht bei der Sakristei, sondern an der Schule. Dass sich nachmittags noch jemand im Gebäude aufhalten und aufmerksam werden könnte, erwartete er nicht. Aber genau das war der Fall.

Ausgerechnet Frau Sattler, die ihn in seinen ersten vier Schuljahren unterrichtet hatte, kopierte im Lehrerzimmer noch Material für den nächsten Vormittag und wunderte sich bei einem Blick aus dem Fenster. Es kam zwar häufiger vor, dass Kinder, die an entgegengesetzten Enden des Dorfes wohnten, den Schulhof als Treffpunkt nutzten. Aber Saskia war nachmittags noch nie hier gewesen. Frau Sattler nahm an, die Kleine sei mit ihrer neuen Freundin Melanie verabredet, und konzentrierte sich wieder auf den Kopierer, bis sie aus den Augenwinkeln die Bewegung auf dem Schulhof wahrnahm.

Saskia lief zu einem schwarzen Mercedes, der vor dem Jägerzaun angehalten hatte. Der Wagen war alt, wirkte aber sehr gepflegt. Frau Sattler konnte ihn auf Anhieb nicht zuordnen, dafür war es viel zu lange her, seit sie den eisernen Heinrich in diesem Fahrzeug gesehen hatte. Auf die Distanz erkannte sie auch nicht, wer am Steuer saß. Saskia stieg in den Fond, der Mercedes verschwand aus dem Blickfeld der Lehrerin.

Aber am Freitagmorgen tauchte er wieder auf, entschieden früher als alle anderen Autos, mit denen Kinder morgens zur Schule gebracht wurden. Frau Sattler, die immer schon um halb acht kam, näherte sich gerade dem Schulgelände, als der schwarze Wagen von der Pützerstraße in den Jumperzweg einbog. Sie sah Saskia aussteigen, wer am Steuer saß, konnte sie auch diesmal nicht erkennen, dafür hatte der Mercedes zu weit von ihr entfernt angehalten. Sie wartete in der Hoffnung, dass er bei der Weiterfahrt an ihr vorbeikommen würde. Doch er setzte zurück in eine private Einfahrt, wendete und fuhr in Richtung Pützerstraße davon.

Saskia winkte ihm hinterher, kam dann näher. «Guten Morgen, Frau Sattler», grüßte sie artig, als sie die Lehrerin erreichte.

«Guten Morgen, Saskia», erwiderte Frau Sattler den Gruß und lächelte das Kind herzlich an. Wie oft hatte ihr das arme Ding schon leidgetan, wenn es durch Wind und Wetter anmarschiert kam. «Wer war denn da so lieb und hat dich heute mit dem Auto gebracht?»

«Das ist ein Geheimnis», antwortete Saskia gewichtig. «Das darf ich nicht verraten.»

Frau Sattler pflegte lange genug Umgang mit Kindern, um das scheinbar zu respektieren. Fünf Minuten später rief sie in der Bäckerei an.

Bei Schulschluss wurde Saskia von Gerhild in Empfang genommen und einem zwar liebevollen, aber nichtsdestotrotz eindringlichen Verhör unterzogen. In dessen Verlauf gestand sie, schon montags zu ihrem Papa ins Auto gestiegen zu sein. Weil er doch ein Freund von Lothar Steffens war und am Montag Lothars Auto gefahren hatte, am Dienstag ebenso.

Natürlich erzählte sie auch, dass sie schon dreimal nachmittags mit ihm zusammen gewesen war und was sie gemacht hatten. Am Dienstag bei ihm zu Hause Fotos geguckt, am Mittwoch einen Film. Eis, Pralinen und Kekse gegessen, Kakao getrunken und ein bisschen geschmust. Und gestern waren sie in einem großen Haus gewesen, wo man neue Möbel kaufen konnte. Da hatte Saskia sich schöne Sachen für später aussuchen dürfen. Wenn sie bei ihrem Papa einzog, sollte sie nämlich ein großes Zimmer haben, in dem alles so war, wie es ihr gefiel.

«Ich bekomme ein Bett mit einer rosa Gardine drum herum wie eine Prinzessin», erzählte sie Gerhild und versicherte treuherzig: «Und ich darf euch besuchen, soft ich will, hat mein Papa versprochen.»

«Das ist aber nett von ihm», erwiderte Gerhild und hatte Mühe, die Fassung zu bewahren.

Saskia nickte eifrig. «Er ist viel netter als der Papa von Tanja Breuer. Er will Heike auch nicht anzeigen.»

«Warum sollte er Heike denn anzeigen?», fragte Gerhild verwundert.

«Weil sie mich aus dem Brutkasten geklaut hat», antwortete Saskia. «Das hat sie dir bestimmt nicht erzählt, oder? Sie durfte mich nicht einfach mitnehmen, um dir eine Freude zu machen. Das war ein schlimmes Verbrechen. Ich gehörte meinem Papa, das wusste sie genau. Mein Papa hat viel geweint, ist aber nicht ins Fernsehen gekommen, nur in die Zeitung.»

«Ja, allerdings», murmelte Gerhild und bemühte sich darum, ihre Schwägerin ins Bild zu setzen, hatte damit jedoch erst kurz nach eins Erfolg.

Heike war am Vorabend wie geplant nach Holland gefahren, hatte morgens um neun in einer Klinik in Goes die Voruntersuchungen und den *kleinen Eingriff* über sich ergehen lassen. Es war allerdings nicht so problemlos verlaufen wie erhofft. Sie hatte eine Menge Blut verloren. Man hätte sie gerne übers Wochenende zur Beobachtung in der Klinik behalten. Doch das konnte sie sich finanziell nicht leisten.

Erst beim Verlassen der Klinik hatte sie ihr Handy wieder eingeschaltet. Nun saß sie im Taxi, hatte sich in einer Apotheke Vitamin K und ein Eisenpräparat besorgt und war auf dem Weg ins Hotel, wo sie nur noch ins Bett und schlafen wollte.

«Alex will wirklich nichts von dir», fiel Gerhild ohne einleitende Erklärung über sie her. «Wahrhaftig nicht. Er will dich nicht mal wegen Kindesraub anzeigen. Der Mistkerl hat sich an Saskia rangemacht und in den paar Tagen ganze Arbeit geleistet. Sie will bei ihm einziehen, hat sich schon ein rosa Himmelbett ausgesucht. Soll ich das Kind aufklären, oder willst du das übernehmen? Dann brichst du deine Erholung jetzt besser ab und kommst sofort zurück.»

«Tut mir leid», sagte Heike. «Heute schaffe ich das nicht. Mir geht's nicht so besonders. Ich hab gestern Abend etwas Falsches gegessen und die Nacht im Badezimmer verbracht. Ich bin immer noch ganz wacklig auf den Beinen. Ich komme morgen zurück, dann geht es mir bestimmt besser.»

«Aber du bist doch jetzt auch unterwegs», meinte Gerhild, der die Fahrgeräusche im Hintergrund nicht entgingen.

«Ja, mit dem Taxi», erklärte Heike wahrheitsgemäß. «Ich hab mich zu einer Apotheke bringen lassen und bin jetzt wieder auf dem Rückweg zum Hotel.»

Daraufhin berichtete Gerhild der Reihe nach, was sie von Saskia gehört hatte. Heike bat noch, Saskia nicht mehr alleine vor die Tür zu lassen. Dann hielt das Taxi vor dem Hotel.

Heike beendete das Gespräch, bezahlte den Fahrer, begab sich auf ihr Zimmer und rief Lothar an. Dass der Alex sein Auto geliehen haben sollte, konnte sie sich beim besten Willen nicht vorstellen. Damit lag sie ja auch vollkommen richtig.

Lothar regte sich fürchterlich auf und sparte nicht mit Schimpfworten. «Der elende Hund! Silvies Autoschlüssel ist weg. Wir haben gestern alles danach abgesucht. Den muss der Scheißkerl aus ihrer Handtasche geklaut haben, als er am Samstag hier war. Und dann ließ er den Wagen auch noch unverschlossen auf dem Parkplatz stehen. Am Dienstag, da dachte ich, ich hätte morgens in der Eile aufs falsche Knöpfchen gedrückt. Den zeige ich an. Was bildet diese Zecke sich ein? Glaubt wohl, er kann sich alles herausnehmen, nur weil die Idioten ihn rausgelassen haben.»

Lothar wollte Anzeige erstatten, sobald er in Grevingen war. Noch hielt er sich an seinem Arbeitsplatz auf, und eigentlich hatte er bis vier arbeiten wollen, konnte aber auch schon um halb drei Feierabend machen. «Ich sag Silvie gleich Bescheid. Wenn sie mich abholt, machen wir das auf einem Weg.»

An dem Freitag verfügte Silvie wieder über die Familienkutsche, damit ihre Großmutter nicht auf den Bus angewiesen war und nicht auf die Idee kam, ihr altes Rad zu nehmen, um zu Opa ins Krankenhaus zu kommen.

Im Gegensatz zu Lothar handelte Gerhild sofort. Sie wollte nicht bis zum nächsten Tag warten und es Heike überlassen. Wer wusste denn, in welcher Verfassung die zurückkam? An einen verdorbenen Magen glaubte Gerhild nach dem kurzen Telefonat nicht eine Sekunde lang.

Gerhild packte Saskia erneut ins Auto und fuhr mit ihr zur Wache nach Grevingen. Dort ließ sie das Kind wiederholen, was es ihr erzählt hatte. Im Anschluss brachte Gerhild eine Anschuldigung wegen versuchter Kindesentführung vor.

Natürlich war Saskia auch für den Freitagnachmittag mit ihrem Papa verabredet. Und Gerhild stellte sich das so vor, dass anstelle des Kindes zwei Polizisten am vereinbarten Treffpunkt auf Alex warteten und ihn dahin zurückbrachten, wo er viel zu früh rausgekommen war. Doch sie wurde bitter enttäuscht.

Versuchte Kindesentführung! Das erschien dem Beamten, mit dem sie sich zuerst auseinandersetzen musste, nach Saskias Schilderung viel zu hoch gegriffen. Wer ein Kind entführen wollte, brachte es nicht erst tagelang zur Schule. Dass Alex Saskia zweimal mit zu sich nach Hause genommen, sie dort mit Keksen und Eis gefüttert, ihr selbstgekochten Kakao serviert, alte Fotos und einen Zeichentrickfilm gezeigt und sie auf seinen Armen getragen hatte, damit sie nicht über den Steinfußboden laufen musste, war nicht strafbar. Ebenso wenig konnte man ihn dafür belangen, dass er ihre kalten Füße gerieben, sie auf den Scheitel geküsst und sich Küsschen auf die Wange hatte geben lassen. Und die Fahrt zum Möbelhaus ...

«Es war nicht mal Kindesentzug, Frau Jentsch», erklärte der

Beamte. «Herr Junggeburt hat die Kleine doch jeden Abend wieder zurückgebracht.»

Ein zweiter Polizist kam dazu, aufmerksam geworden durch die beiden Namen. Er hieß Bernd Leunen, war ein Jahr älter als Alex und Lothar und kannte beide seit der gemeinsamen Schulzeit. Bernd Leunen war in Garsdorf geboren und wohnte immer noch dort. Mit Frau und inzwischen vierjährigem Sohn im Haus seiner Eltern, sie hatten angebaut.

Bernd Leunen hatte am Ostersamstag 2004 aus nächster Nähe miterlebt, wie sich das Drama anbahnte. Und am Ostersonntag war er einer der ersten Polizisten an der Greve gewesen, hatte Janice Hecklers Leiche noch im seichten Wasser liegen sehen.

Bei Gerhilds Anblick stutzte er kurz, hatte wohl mit Heike gerechnet. «Tag, Frau Jentsch», begann er, lächelte Saskia an und sprach weiter zu Gerhild: «Kann man denn nicht mal fünfe gerade sein lassen? Alex hat dem Kind doch nicht geschadet. Er will's halt sehen. Ist das nicht verständlich?»

Neue Liebe

Drei Monate nachdem unmittelbar vor einer Deutschklausur ihr siebter Himmel explodiert war, hatte Lothar bei Silvie verlauten lassen, Alex habe eine Neue. Eine richtige Frau, mit der er nicht herumspielen könne, wie er das bisher mit allen getan hätte.

Silvie glaubte ihm kein Wort. Lothar hatte in diesen drei Monaten so viele zarte und weniger zarte Annäherungsversuche gemacht, dass ihm seine Hintergedanken ins Gesicht geschrieben standen. *Jetzt schlag dir Alex doch endlich aus dem Kopf und nimm mich. Ich bin treu, zuverlässig und geduldig, lungere nicht herum, habe einen sicheren Job, und ich liebe dich mehr, als ich mit Worten ausdrücken kann.*

Aber ein paar Tage später sah sie es mit eigenen Augen. An dem Tag hatte sie um drei einen Zahnarzttermin in Grevingen. Es hätte sich nicht gelohnt, nach Schulschluss heim- und gleich wieder zurückzufahren. Deshalb ging sie zu *Heikes Kaffeebüdchen*, um ein Brötchen zu essen, einen Milchkaffee zu trinken und sich anschließend in dem winzigen Waschraum mit Toilette die Zähne zu putzen.

Als sie den Verkaufsraum der Blockhütte betrat, bediente Alex an der Kühltheke. Heike schmierte neben ihm Brötchen im Akkord. Es war eine Menge los, wimmelte nur so von Kindern und Jugendlichen, die die weiterführenden Schulen in Grevingen besuchten. Nur die Garsdorfer wurden von Bussen bis vor die Türen gekarrt und dort auch wieder aufgesammelt. Alle anderen, sofern sie nicht in der Stadt wohnten, mussten zur S-Bahn-Station, wo mehrere Buslinien abfuhren. Mittags hatten alle Hunger, aber nur wenige bekamen zu Hause etwas auf den Tisch.

Alex bemerkte Silvie in dem Trubel nicht sofort. Sie fand ausreichend Zeit, ihn bei der Arbeit zu beobachten. Wie flink ihm das von der Hand ging, Brötchen oder Hefeteilchen und Getränke über die Theke reichen, kassieren, Geld herausgeben, die nächste Bestellung an Heike weitersagen. Die beiden schienen bereits ein eingespieltes Team.

«Hast du dir einen Job gesucht?», fragte Silvie, als sie endlich an der Reihe war.

Er starrte sie an wie eine Erscheinung aus einer anderen Welt und fragte seinerseits betont neutral: «Was darf's sein?»

«Eine Rosinenschnecke und einen Milchkaffee», sagte sie und wandte sich an Heike: «Kann ich danach hinten Zähne putzen? Ich muss noch zum Zahnarzt.»

Heike nickte nur. Alex legte die Schnecke auf einen Pappstreifen, drehte sich zum Kaffeeautomaten um und fragte: «Haben wir noch Milch? Die hier ist fast leer, Schatz.»

Im ersten Moment dachte Silvie, mit dem Schatz sei sie gemeint. Da sagte Heike: «Natürlich haben wir noch Milch. Du musst dich nur bücken – Schatz.» Und Silvie begriff, wer seine Neue war.

Es war nicht weniger schmerzhaft als die Sache mit Janice und schien auf den ersten Blick genauso unvorstellbar. Heike war zehn Jahre älter als sie, fünf Jahre älter als Alex. Viel zu alt für ihn. Und wahrlich keine Schönheit. Nicht Fisch und nicht Fleisch, hatte Lothar gesagt und die Frage aufgeworfen, was Alex an diesem Zwitterwesen in sexueller Hinsicht reizen mochte.

Aber vielleicht ging es ihm gar nicht um Sex, damit schien er doch Probleme zu haben. Und auf den zweiten Blick ... Als selbständige Geschäftsfrau konnte Heike einem geborenen Loser, der sich aus Mamis Fängen zu befreien versuchte, wie Lothar es ausdrückte, nicht nur finanzielle Sicherheit bieten. Sie hatte auch längst eine eigene Wohnung in Grevingen. Und in diese Wohnung zog Alex nur wenige Wochen später ein.

Silvie brauchte etwas mehr als ein Jahr, um das alles zu verschmerzen und ihre Enttäuschung halbwegs zu überwinden. Zuerst die Dorfmatratze, dann das Nilpferd. Auch wenn sie Heike niemals so bezeichnet hatte, fand sie den Schimpfnamen nach Alex' Verrat an ihrer Liebe lange Zeit durchaus passend.

Ein weiteres Jahr brauchte Silvie, um einzusehen, dass Alex für sie nur noch ein schmerzender Dorn im Fleisch oder ein schöner Traum sein konnte. Sie entschied sich für den Traum, weil der nicht wehtat. Und sie begriff, dass ein solider Beamtenanwärter mit Bausparvertrag, der sie offenbar von ganzem Herzen liebte, durchaus begehrenswert war. Sie war bereits zwanzig – und immer noch Jungfrau. Es wurde höchste Zeit, das zu ändern, ehe daraus Komplexe erwuchsen.

Die große Liebe war es von ihrer Seite nicht. Deshalb störte es sie auch nicht weiter, als Lothar nach dem ersten Mal einräumte, nicht genau zu wissen, mit wie vielen Mädchen er Erfahrungen gesammelt hatte.

Sie lagen noch nebeneinander auf dem Bett in seinem Zimmer. Seine Eltern waren übers Wochenende verreist. Da hatte es sich so ergeben. Und Silvie bereute nicht, seinem langen, geduldigen Werben endlich nachgegeben zu haben. Er hatte sich als traumhaft sanfter und zärtlicher Liebhaber entpuppt, wie sich das für einen Mann mit viel Erfahrung und etwas Einfühlungsvermögen gehörte.

«Wenn du nicht genau weißt, wie viele es waren, müssen es ja Unmengen gewesen sein», stellte sie fest.

«Na ja», gestand Lothar so beiläufig, als habe es sich um reine Gefälligkeiten gehandelt. «Ich hab alles aufgesammelt, was Alex fallenließ. Manche taten mir einfach nur leid. Aber ich bin nie ein Risiko eingegangen, da brauchst du dir keine Sorgen zu machen.»

«Aber du hast sie dann doch auch sitzenlassen», meinte sie. «Da hast du es doch nur noch schlimmer gemacht.»

«Nein», sagte Lothar. «Du hast völlig falsche Vorstellung von diesen Mädchen. Keine von denen hat sich die Augen aus dem Kopf geweint oder war wochenlang krank, weil Alex Schluss gemacht hatte. Die gehen in eine Disco, um sich zu amüsieren, die wollen Männer aufreißen, aber nicht gleich heiraten. Allerdings wollen sie diejenigen sein, die einen Mann abservieren. Wenn das andersrum läuft, brauchen sie sofort einen anderen, um zu demonstrieren, dass sie jeden haben können und nicht auf einen wie Alex angewiesen sind.»

«Hast du auch mit Janice geschlafen?», fragte Silvie.

«Nee», stieß Lothar abfällig hervor. «Ich fische doch auch kein ausgespucktes Kaugummi aus dem Mülleimer und steck es mir in den Mund. Die Dorfmatratze würde ich nicht mal mit Gummihandschuhen anfassen. Ich hab nie verstanden, wie Alex sich mit der einlassen konnte. Und auch noch die halbe Zeit ohne Kondom. Du kannst froh sein, dass es mit euch nicht geklappt hat. Sonst wäre das so gewesen, als hättest du es mit dem halben Dorf und vier Dutzend Männern aus Grevingen getrieben.»

«Hast du gewusst, dass er jeden Abend zu ihr ging?»

«Nicht jeden Abend», schwächte Lothar ab. «Nur wenn er Lust hatte. Sicher habe ich das gewusst. Er hat mir immer erzählt, wenn er noch mit ihr in der Laube gewesen war.»

«Und warum hast du mir nichts davon gesagt?»

«Hättest du mir geglaubt?», fragte Lothar. «Oder hättest du gedacht, ich will euch auseinanderbringen, weil ich dich liebe?»

«Ich weiß es nicht», murmelte Silvie.

«Du liebst ihn immer noch», stellte Lothar fest.

«Nein», widersprach sie rasch und nicht ganz den Tatsachen entsprechend. «Ich frage mich nur, was er bei solchen Frauen findet.»

«Ich kann dir nur sagen, was er bei Heike findet», erklärte Lothar. «Von ihr bekommt er alles, was er bei den anderen, auch bei dir, vergebens gesucht hat. Alex braucht eine starke Hand, und Heike ist eine Führungspersönlichkeit. Sie hat die Hosen an, sagt ihm, wo es langgeht. Faulenzen und nur zum Vergnügen in der Gegend herumfahren ist bei ihr nicht drin. Sie schmeißt ihn morgens um vier aus dem Bett, dann darf er mit seinem Audi die Brötchen holen. Anschließend darf er ihr im Stoßbetrieb zur Seite stehen. Wenn die Berufspendler durch sind, schickt sie ihn, die Wohnung aufzuräumen, bis mittags die Schüler kommen. Dann muss er ihr wieder im Büdchen zur Hand gehen.»

«Was?» Silvie war entsetzt. «Er macht ihr den Haushalt?»

«Das ist jetzt auch sein Haushalt», korrigierte Lothar. «Die Wäsche macht er ebenfalls, und zwar hervorragend, soweit ich das beurteilen kann. Binnen kürzester Zeit hat er gelernt zwischen Weichspüler und Wäschestärke zu unterscheiden. Heikes Arbeitskittel werden gestärkt und die Handtücher weich gespült.»

«Das glaube ich nicht.» Silvie war fassungslos.

«Kannst du aber», sagte Lothar. «Ich war neulich nachmittags bei ihm und habe ihm beim Bügeln zugeschaut. Heike hat ihm gezeigt, wie das geht, und schon kann er das. Mit ihr hat er wirklich die richtige Frau gefunden.»

Ja, danach sah es aus. Das musste Silvie einräumen, als Alex wieder zaghafte Annäherungen machte. Auf rein platonischer Basis, Erleichterung vom Scheitel bis zu den Fußsohlen, weil sie nun bei Lothar in festen Händen war, keine Ansprüche mehr an ihn stellte, nur gnädig nickte, als er meinte: «Wir können doch Freunde sein. Früher haben wir uns so gut verstanden. Ich fände es schade, wenn es damit vorbei wäre, nur weil ich eine Zeitlang dachte, ich wäre in dich verliebt.»

«Warst du nicht?», fragte sie.

Er schüttelte den Kopf. «Nicht wirklich. Das war etwas anderes.»

«Was denn?», fragte sie.

Er zuckte mit den Achseln. «Keine Ahnung. Ein irres Gefühl. Die halbe Zeit hat es mir tierisch Angst gemacht.»

«Verstehe ich nicht», sagte Silvie.

«Ich auch nicht», sagte er und grinste. «Aber jetzt müssen wir es doch auch nicht mehr verstehen, oder? Hauptsache, du verstehst dich gut mit Lothar. Er ist ein prima Kumpel und wird alles für dich tun, da bin ich ganz sicher.»

Das war Silvie ebenfalls. Aber was immer Lothar für sie tat, Alex tat für Heike entschieden mehr. Sie sahen sich wieder häufiger, doch es lief alles in den geregelten Bahnen, auf die Franziska so lange gehofft hatte: Silvie und Lothar. Was Heike und

Alex betraf, hatte Franziska zwar keine Hoffnungen gehegt, fand jedoch, die beiden seien ein gutes Gespann. Und was die starke Hand anging, da hätte Lothar vollkommen recht.

Irgendwann sah Silvie es genauso. Alex war ein anderer geworden, seit er mit Heike zusammenlebte. Es war keine greifbare oder sichtbare Veränderung, und trotzdem war es offensichtlich. Als wäre das männliche Selbstbewusstsein, das er früher nur nach außen gestülpt hatte, endlich in seinem Innern verwurzelt. Und gelegentlich versetzte ihr das einen Stich.

Hin und wieder gingen sie am Wochenende zusammen aus, meist nur zu dritt. Heike war nur selten mit von der Partie. Obwohl sie sonntags ausschlafen konnte, ging sie auch am Samstagabend um neun ins Bett, um ihren gewohnten Rhythmus nicht durcheinanderzubringen. Einmal erzählte Alex, dass sie wochentags meist jeden Abend noch vor neun auf der Couch einschlief.

«Und wann kommst du bei ihr zum Zug?», fragte Lothar. «Oder bist du mit ihr zusammen, weil sie auf impotente Kerle steht?»

«Pass auf, was du sagst», warnte Alex ihn grinsend. «Warum glaubst du, ist sie jeden Abend vollkommen erledigt?»

Er liebte Heike auf eine Art, die Silvie nicht nachvollziehen konnte. Stand mit ihr im Kaffeebüdchen, machte die Besorgungen, führte den Haushalt ganz alleine, um sich und aller Welt zu beweisen, dass er sehr wohl zu etwas nütze war. Dass die Nachbarn ihn belächelten, wenn er die Fenster putzte oder die Wäsche zum Trocknen auf den Balkon hängte, störte ihn nicht.

Als Heike im Spätherbst 2002 schwanger wurde, geriet er vollkommen aus dem Häuschen. «Ich werde Vater! Könnt ihr euch das vorstellen, Leute? Ich bekomme ein Kind! Ist das nicht Wahnsinn?»

«Wahnsinn wäre es, wenn tatsächlich du das Kind bekommen würdest», sagte Lothar. «Dann müsste man sich fragen, ob deine Mutter damals für den Zopf, der oben wuchs, unten einen Zipfel abgeschnitten hat.»

Alex funkelte ihn zwar wütend an, aber nur kurz. Dann schlug er ihm kumpelhaft auf die Schulter und sagte mit seinem Lausbubengrinsen: «Ich hab mehr in der Hose als du, das solltest du eigentlich noch wissen, wir haben schließlich früher mehr als einmal nachgemessen und verglichen. Wenn du dich daran nicht mehr erinnerst, frag Silvie, die hat meinen Prügel oft genug in der Hand gehalten, um den Unterschied beurteilen zu können.»

«Wenn Silvie ihn in die Hand nahm, hatte es sich aber bald mit dem Prügel», konterte Lothar. «Dann war es in null Komma nichts ein Schlaffi. Das passiert ihr bei mir nie.»

«Sei doch froh», sagte Alex, aus der Fassung brachte ihn das nicht mehr. «So warst du wenigstens bei ihr der Erste.»

Saskia kam im Mai 2003 auf die Welt. Zwei Monate zu früh, aber fast passend zu seinem eigenen Geburtstag. Natürlich war Alex dabei und anschließend von seiner Tochter kaum wegzubekommen. Frühmorgens fuhr er noch die Brötchen holen und half Heike bis acht, halb neun im Kaffeebüdchen. Aber kaum waren die Berufspendler durch, musste er zu seiner Süßen.

Stundenlang saß er in einem Sessel, die Handvoll Mensch auf der nackten Brust. Während Heike den mittäglichen Ansturm wieder alleine bewältigte, erzählte Alex dem meist schlafenden Baby im Flüsterton irgendwelche Geschichten oder summte Kinderlieder. Und hundertmal am Tag sagte er der Kleinen, dass sie niemals Angst haben müsse, weil er immer für sie da sei.

Natürlich blieb ihm die Babypflege auch überlassen, als er Saskia heimholen durfte. Das tat er allein, Heike war nicht abkömmlich. Sie kümmerte sich wieder wie zuvor alleine um ihr Büdchen, während er die Wohnung und die Wäsche sauber hielt, Saskia wusch und wickelte, Fläschchen gab, weitere Geschichten erzählte und Lieder sang. Er war rund um die Uhr im Einsatz für sein Kind.

Es war alles in Ordnung – auch bei Lothar und Silvie. Wie ihre Großmutter schon mehr als einmal festgestellt hatte, konnte eine anfänglich nicht so große Liebe mit der Zeit wachsen, sodass es irgendwann eine wirklich große Liebe war.

Silvie hatte sich nach dem Abitur zu einer Ausbildung als Altenpflegerin entschlossen und darüber nicht mit sich reden lassen, sosehr Franziska und Gottfried sich auch bemüht hatten, ihr einen besser bezahlten und weniger aufreibenden Beruf schmackhaft zu machen. Inzwischen war sie mit der Ausbildung fertig, und Lothar freute sich mit ihr, dass sie im Grevinger Seniorenheim bleiben konnte. Da hatte er doch als Zivi gearbeitet, kannte sich noch aus. Die Atmosphäre sei herzlich, erzählte er Franziska. Silvie hätte es nicht weit zur Arbeit und könnte später garantiert problemlos wieder stundenweise arbeiten. Lothar wollte selbstverständlich auch Kinder – so ein oder zwei Jahre nach der Hochzeit.

Es war wirklich alles bestens. Bis zu dem unseligen Osterwochenende, an dem Janice Heckler diese Welt verließ.

Grevingen-Garsdorf, im April 2004

Seit Jahresbeginn stand fest, dass Helene Junggeburt der Appetit nicht von einer äußerst hartnäckigen Gastritis vergällt wurde, wie sie es Alex monatelang weisgemacht hatte. Diesmal hatte Helene wirklich Krebs. Primärtumor im Magen, Metastasen im Darm, in Lunge und Leber, die Lymphe befallen. Nichts mehr zu machen. Helene wollte auch nichts mehr machen lassen. Sie war vierundsiebzig und hatte genug vom Leben, wollte nur noch ihre Ruhe, bei ihrer geliebten Tochter und den Eltern auf dem Friedhof liegen, nichts mehr sehen, nichts mehr hören, nichts mehr fühlen.

Anfang April gaben die Ärzte ihr nur noch wenige Wochen. Sie war daheim, wurde von einer Krankenpflegerin betreut wie nach Alexas Tod. Um den Haushalt kümmerte sich eine Frau aus dem Dorf, die auch die Wäsche machte und kochte, aber nicht im Haus lebte wie die Haushälterinnen vergangener Zeiten.

Alex besuchte seine Mutter jeden Tag. Weil sie nicht mehr in der Verfassung war, sich mit einem lebhaften Kleinkind zu beschäftigen, fuhr er meist am späten Nachmittag oder erst am Abend alleine nach Garsdorf. Dann hatte Heike ihr Kaffeebüdchen geschlossen und die Einkäufe gemacht, nun konnte sie sich ein Weilchen um Saskia kümmern.

Die Kleine war elf Monate alt und Heike zum zweiten Mal schwanger. Den Verdacht hegte sie seit Mitte März, ein Arztbesuch am Gründonnerstag bestätigte ihn. Achte oder neunte Woche, ob es ein Junge oder wieder ein Mädchen war, ließ das Ultraschallbild noch nicht erkennen.

Das war Alex auch nicht so wichtig. Hauptsache gesund. Er hoffte, dass Heike nun bereit war, ihn zu heiraten, damit seine Kinder seinen Namen bekamen. Aber von Hochzeit war nicht die Rede. Als Heike vom Gynäkologen zurückkam, lag ihr etwas anderes am Herzen.

Sie empfand es seit langem als Unverschämtheit und brachte das wieder mal deutlich zum Ausdruck, dass von zwei Brüdern einer im Chefsessel der Brauerei saß, dort nach Belieben schalten und walten konnte, und dem anderen wurde nicht mal ein Job als Fahrer angeboten.

Alex wollte keinen Job als Fahrer. Wer sollte sich denn um die Kinder kümmern? Und völlig mittellos stand er nun wirklich nicht da, lebte weiß Gott nicht von dem, was Heike verdiente. Dank der Vorsorge seiner Mutter bekam er derzeit monatlich achtzehnhundert Euro. Das machte im Jahr 21 600 Euro, wahrlich kein Pappenstiel.

Das fand auch Heike und rechnete ihm vor: Wenn man zehn Jahre Unterhalt in einer Summe zusammenfasste und fürs restliche Leben eine Verzichtserklärung unterschrieb, könnte man eine der Eigentumswohnungen kaufen, die am Stadtrand aus dem Boden gestampft wurden. Bei vier Zimmern und einem Stellplatz in der Tiefgarage kam man mit allem Drum und Dran auf etwas über zweihunderttausend. Da war dann aber eine neue Einrichtung einschließlich der Küche schon drin.

Für Albert sei das ein Klacks, meinte Heike. Seit der die Brauerei führte und der eiserne Heinrich ihm nicht mehr reinreden konnte, lief das Geschäft besser denn je, weil Albert die Angebotspalette schnell erweitert hatte.

«Ich möchte wetten, er hat den Umsatz mittlerweile verdoppelt», sagte sie. «Und deinen Unterhalt hat er in den letzten beiden Jahren um schlappe fünfzig Euro pro Monat erhöht. Eigentlich könntest du mal Einblick in die Bücher verlangen, um festzustellen, ob du wirklich noch nach dem Umsatz alimentiert wirst. Ich glaube das ehrlich gesagt nicht. Albert steckt das Geld lieber in die eigene Familie. Schickes Haus mit Schwimmbad im Keller und Solarzellen auf dem Dach. Jedes Kind hat ein eigenes Pferd, Cecilia fährt dreimal die Woche shoppen und kauft nur vom Feinsten. Das verstehe ich unter angemessener Lebensführung. Aber was dich angeht, hat Albert wahrscheinlich eine andere Vorstellung. Sag ihm, du bestehst auf einer Buchprüfung, wenn er pampig wird, was ich nicht glaube. Er macht ein gutes Geschäft, wenn er deinen Vorschlag annimmt. Wir runden die Summe auf. Mit zweihundertfünfzigtausend kann er sich von weiteren Verpflichtungen dir gegenüber freikaufen. Dann können wir noch etwas auf die hohe

Kante legen. Ein kleines Polster ist nicht zu verachten, wenn man Eigentum hat.»

Dass sie mit zwei Kindern eine größere Wohnung brauchten, leuchtete Alex ein. Saskias Bettchen stand tagsüber im Schlafzimmer und wurde abends ins Wohnzimmer geschoben, damit Heike nachts nicht gestört wurde. Für ein zweites Kinderbett war wirklich kein Platz. Ihm war auch klar, dass kaufen entschieden günstiger war als mieten. Vorausgesetzt, man verfügte über das entsprechende Eigenkapital und musste nicht einer Hypothekenbank horrende Zinsen in den Rachen werfen. Aber seinem Bruder die Pistole auf die Brust setzen, das war nicht sein Ding. Gegen Albert, der altersmäßig sein Vater hätte sein können und sich meist auch so benahm, hatte er sich nie durchsetzen können.

Am Karfreitag probierte er es zuerst bei seiner Mutter. Doch Helene ging es so schlecht, dass sie gar nicht begriff, wovon er sprach. Beim zweiten Versuch am Samstagnachmittag hörte er dann, dass nach ihrem Tod die Villa in seinen Besitz übergehen sollte. Sein Bruder konnte diesbezüglich keine Ansprüche anmelden, der hatte mit der Brauerei bereits den fetteren Anteil am Immobilienvermögen erhalten. Allerdings war dem eisernen Heinrich ein lebenslanges Wohnrecht eingeräumt worden.

«Hier ist mehr als genug Platz für eine vierköpfige Familie und einen alten Mann», sagte Helene. «Und so wie ich mich fühle, könnt ihr einziehen, ehe die Schwangerschaft für Heike beschwerlich wird. Du brauchst dich nicht mit einer Viertelmillion abfinden zu lassen, um eine Etagenwohnung zu kaufen. Versprich mir, dass du das nicht tun wirst. Ich will, dass du finanziell abgesichert bist, auch noch in zwanzig oder dreißig Jahren. Wer weiß, was dann ist.»

Sie gab nicht eher Ruhe, bis er ihr in die Hand versprochen und noch beim Leben seiner Tochter geschworen hatte, seinen Bruder nicht mit Heikes Ansinnen zu behelligen. Natürlich würde Albert auf der Stelle einwilligen. Albert war durch und durch Geschäftsmann mit einer Rechenmaschine in der Brust anstelle eines Herzens. «Und irgendwann», meinte Helene mit der Klarsicht einer Sterbenden, «sitzt du dann mit einem Hut am Straßenrand und kannst nicht mal musizieren.»

Kurz vor acht Uhr verließ Alex sein Elternhaus, fuhr jedoch nicht sofort zurück nach Grevingen. Ehe er sich mit Heike auseinandersetzte, wollte er Lothar die frohe Botschaft der zweiten Schwangerschaft überbringen und Argumente sammeln, sich von seinem Freund bestätigen lassen, dass eine große alte Villa in Garsdorf für eine Familie mit zwei Kindern entschieden besser war als eine Eigentumswohnung in Grevingen.

Lothar stimmte voll und ganz mit ihm überein und gewann den Eindruck, als fürchte Alex sich vor Heikes Reaktion, wenn er ihr erklärte, dass sie sich die Eigentumswohnung aus dem Kopf schlagen solle.

Dass Alex es damit absolut nicht eilig hatte, kam Lothar gerade recht. Seine Eltern waren über Ostern verreist. Silvie hatte unerwartet für eine erkrankte Kollegin einspringen müssen und schob Nachtdienst im Seniorenheim. Seine Mutter hatte ihm ein paar Tiefkühlgerichte besorgt, damit er sich alleine verpflegen konnte.

Nur hatte Lothar keinen Appetit auf Mikrowellenfraß, wie er das nannte. Er hatte bereits mit dem Gedanken an einen opulenten Burger mit Pommes und etwas zeitgemäßer Unterhaltung in der Gaststätte «Zur Linde» gespielt. Dort fand sich samstags immer noch die nicht motorisierte Dorfjugend ein – und alle, die nach Begleitung für eine Tour durch Kölner Diskotheken suchten. Aber man bekam in der *Linde* auch passable Burger und Schnitzel mit Bergen von Pommes.

Ältere Semester schätzten das reichliche und preiswerte

Essen. Für die Jüngeren gab es in Ermangelung anderer mühelos erreichbarer Amüsierschuppen heiße Musik aus sechs unter der Decke verteilten Boxen. Erst moderat, während noch gegessen wurde, zu fortgeschrittener Stunde derart laut, dass man sein eigenes Wort nicht mehr verstand. Aber nach halb elf wollte auch keiner mehr reden. Dann hatten die Älteren längst – satt bis zur Halskrause – den Heimweg angetreten. Und die Jugend tobte sich aus.

Und sollte Silvie erfahren, dass Lothar sich alleine unter diese Jugend gemischt hatte, hätte er sich auf einen saftigen Krach gefasst machen können. Sie neigte zu Eifersüchteleien. Er hätte ihr besser nicht so freimütig erzählt, dass er früher alle Schnecken aufgesammelt hatte, die Alex fallenließ.

Alex hatte auch noch nicht zu Abend gegessen und nichts dagegen, Lothar zu begleiten. Er rief Heike an, damit sie sich keine Sorgen machte, weil er so lange wegblieb. Um einer Auseinandersetzung vorzubeugen, behauptete er, er sei noch daheim, wolle auch noch ein Weilchen bleiben, seiner Mutter gehe es unverändert schlecht.

Natürlich wollte Heike wissen, wie sein Bruder den Vorschlag aufgenommen hatte.

«Mit Albert habe ich noch nicht gesprochen», gestand Alex. «Muss ich auch nicht. Wir brauchen keine Wohnung zu kaufen ...» Plötzlich wollte er es so schnell wie möglich hinter sich bringen, berichtete vom Gespräch mit seiner Mutter und dem Versprechen, das sie ihm abgenommen hatte.

«Da ist aber das letzte Wort noch nicht gesprochen», schimpfte Heike sofort los. «Wenn du dir einbildest, ich ziehe in diese Bruchbude und hause mit deinem Vater unter einem Dach, bist du schief gewickelt.»

«Das ist doch keine Bruchbude», protestierte Alex. «Es ist zwar ein altes Haus. Aber es wurde immer gut in Schuss gehalten. Wir können mit der Zeit eine neue Küche und eine moderne Heizung einbauen lassen. Für den Anfang wäre nicht viel zu machen. Wir richten uns zwei oder drei Schlafzimmer her, das wird nicht teuer. Wände streichen oder tapezieren kann ich bestimmt selber.»

«Sicher.» Heike hörte nicht auf zu meckern. «Wenn du willst, kannst du alles, sogar Plüschtiere flicken und Kotze wegwischen.»

Dass er bei Saskias Leben geschworen hatte, zählte in Heikes Augen überhaupt nicht. «Das ist doch Quark. Du glaubst ja wohl nicht im Ernst, dass dem Kind etwas passiert, nur weil du mal die Hand gehoben und deiner Mutter gesagt hast, was sie hören wollte. Ich will nicht zurück in dieses Kaff, verdammt! In Grevingen hat man alles, was man braucht, Ärzte, Geschäfte, Supermärkte, Discounter. In Garsdorf gibt es nicht mal mehr einen Zahnarzt.»

«Es sind nur vier Kilometer über die Landstraße», sagte er. «Die fährst du jetzt auch jeden Morgen, wenn du die Brötchen holst. Die könntest du dann auf einem Weg mitnehmen und ein Viertelstündchen länger schlafen, weil du nicht hin und her fahren musst.»

«Ja, ja», murrte sie. «Wir reden morgen. Ich muss ins Bett, bin echt geschafft. Die Kleine hat die ganze Zeit nach dir gejammert. Jetzt schläft sie endlich.»

Saskia jammerte immer, wenn ihr Papa nicht in ihrer Nähe war. Er war nun mal ihre Bezugsperson. Heike hatte doch nie Zeit und auch nicht viel Geduld für das Kind. Wahrscheinlich hatte sie Saskia wieder mal viel zu früh hingelegt und ihr weder eine Bilderbuchgeschichte gezeigt und erzählt noch ihr etwas vorgesungen.

Nach diesem Gespräch war Alex sehr bedrückt. Von seiner Freude über die zweite Schwangerschaft war nicht viel übrig. Nun überwog die Trauer über den unmittelbar bevorstehenden Verlust seiner Mutter und die Gewissheit, dass es Heike nicht kümmerte, was er einer Sterbenden in die Hand versprochen hatte.

«Wenn sie sich etwas in den Kopf gesetzt hat, kann sie stur sein wie ein Esel», sagte er, während sie hinaus zu seinem Astra gingen. Den Audi hatte er auf Heikes Drängen verkauft, als sie mit Saskia schwanger geworden war. Da brauchte er ihrer Meinung nach ein sparsames und praktisches Auto mit Heckklappe.

Sie stiegen beide ein. Alex fuhr los. «Jede Wette, sie wird darauf bestehen, dass ich mit Albert rede, sobald Mutter unter der Erde ist», fuhr er fort. «Sie wird sagen, dass ein Versprechen, zu dem man sich nur gefühlsmäßig verpflichtet fühlte, nicht gehalten werden muss. Mutter würde ja gar nicht mehr mitbekommen, dass ich mein Wort nicht halte. Und wenn doch, bei wem soll sie sich beschweren?»

«Wenn du sogar weißt, was Heike sagen wird, musst du sie wirklich sehr gut kennen», stellte Lothar fest. «Aber zwingen kann sie dich nicht.»

«Heiraten wird sie mich dann aber auch nicht.»

«Muss ja auch nicht unbedingt sein», meinte Lothar. «Viele Paare leben mittlerweile ohne Trauschein, auch mit Kindern. Unter Umständen spart man viel Geld für Anwälte und Scheidung. Wenn Heike dich irgendwann vor die Tür setzen will, tut sie das so oder so. Aber warum sollte sie? Ihr versteht euch normalerweise gut, ergänzt euch prima. Du liegst ihr nicht auf der Tasche und machst die Arbeit, für die sie kein Händchen hat. Wenn sie dich abserviert, nur weil du einmal nicht springst, wie sie pfeift, hat sie keinen Babysitter mehr und muss ihren Haushalt wieder sonntags machen. Du sitzt am längeren Hebel, das musst du dir vor Augen halten. Heike weiß das garantiert besser als du. Was sollte sie denn ohne dich tun, demnächst mit zwei Kindern?»

«Wahrscheinlich wird sie vorschlagen, die Villa zu verkaufen», erwiderte Alex nach ein paar Sekunden.

«Das wäre natürlich auch eine Möglichkeit», meinte Lothar. «Vom Erlös kannst du dir wahrscheinlich zwei Eigentumswohnungen kaufen. Allein das Grundstück, darauf kann der Käufer noch zwei Häuser setzen.»

«Und wer, glaubst du, kauft eine alte Villa, in der ein alter Mann Wohnrecht auf Lebenszeit hat?»

«Na, zwanzig oder dreißig Jahre wird Heinrich es bestimmt nicht mehr machen», sagte Lothar, hörte jedoch selbst, dass es wenig überzeugend klang. «Warum drehst du den Spieß nicht einfach um?», schlug er vor. «Wenn Heike Druck macht, sagst du ihr, sie kann dich kreuzweise. Droh ihr damit, alleine nach Garsdorf zu ziehen.»

«Ohne die Kinder?», fragte Alex entsetzt.

«Kind», verbesserte Lothar. «Momentan ist es nur ein Kind. Und selbstverständlich musst du damit drohen, ihr das dazulassen. Wenn du ankündigst, Saskia mitzunehmen, lässt Heike dich am Ende ziehen. Aber das wäre auch kein Drama. Mit dem, was dein Bruder jeden Monat abdrückt, kannst du es dir mit der Kleinen in der Villa gemütlich machen und für Saskia auch noch Unterhalt von Heike verlangen. Wenn das zweite da ist und Heike es nicht freiwillig bei dir abliefert, spielst du eben Rumpelstilzchen. *Heute back ich, morgen brau ich, übermorgen hol ich mir der Königin ihr Kind.*»

«Du hältst mich auch für einen Penner», stellte Alex fest.

«Blödsinn!», wies Lothar ihn zurecht. «Wie ein Penner läufst du nun wirklich nicht herum. Sieh dich doch mal an. Und ein Penner sorgt sich nicht um seine Kinder.»

«Wo ist der Unterschied, ob mir Fremde was in den Hut werfen, obwohl ich nicht mal musizieren kann, oder ob mein Bruder mich dafür bezahlt, dass ich mich nicht in der Brauerei blicken lasse?»

Darauf gab Lothar ihm keine Antwort.

Alex lachte kehlig. «Nicht mal meine Mutter glaubt noch

daran, dass ich irgendwann imstande sein könnte, selbst für mich zu sorgen.»

«Na ja», meinte Lothar. «Nennenswerte Anstrengungen hast du bisher ja auch nicht unternommen. Und jetzt ist es ein bisschen spät, um noch eine Ausbildung anzufangen. Außerdem bist du den ganzen Tag mit Kind und Haushalt beschäftigt. Aber du bist weiß Gott nicht der einzige Hausmann in der Region. Also reg dich wieder ab.»

«Ich könnte in einer Putzkolonne anheuern», sagte Alex, als hätte er gar nicht zugehört. «Oder als Koch. Putzen und kochen kann ich. Köche arbeiten meistens am Abend, dann werden auch viele Bürogebäude gereinigt. Um sechs ist Heike immer zu Hause. Dann wäre sie bei den Kindern, wenn ich zur Arbeit muss.»

«Heißt das, du willst doch mit Albert reden? – Mensch, sei vernünftig. Das könnte übel ins Auge gehen. Was machst du, wenn Heike dich in drei oder vier Jahren aus der Eigentumswohnung wirft? So wie ich sie kenne, wird sie kaum sagen: ‹Schatz, es war deine Abfindung, es ist deine Wohnung.› Und kein Richter wird sie mit zwei kleinen Kindern so mir nichts, dir nichts auf die Straße setzen. Vor allem nicht, weil du mit der Villa ein Ausweichquartier hast. Du hättest dann bloß kein Einkommen mehr.»

Alex zuckte mit den Achseln und schwieg auf dem restlichen Wegstück.

Vor der Gaststätte gab es wie üblich keinen freien Parkplatz. Alex musste zweimal um die Ecke fahren, ehe er eine Lücke fand. Dann gingen sie zurück, Lothar lief vorneweg. Als er die Eingangstür des Lokals aufstieß, meinte er noch: «Vielleicht wären wir besser nach Grevingen gefahren. Da hätten wir schneller was in den Magen bekommen, schätze ich.»

Wie immer an einem Samstagabend war die *Linde* gerammelt voll. An den sechs Tischen entlang der Fensterfront wurde gegessen. Vor dem L-förmigen Tresen standen die Dorfjugend und etliche Ewigzwanziger in Dreierreihen. Nur in der äußersten Ecke, am kurzen Schenkel der Theke, war noch etwas Platz.

Lothar quetschte sich vor Alex her durch die Menge dorthin. Als der Gastwirt sich ihm zuwandte, bestellte er für sich ein Schopf-Bier und einen Burger mit extra Röstzwiebeln und Pommes. Er musste regelrecht brüllen, um sich im Stimmengewirr ringsum verständlich zu machen. «Was nimmst du?», fragte er Alex.

«Ein Bier und einen Klaren», kam die Antwort. «Hunger hab ich keinen.»

«Denk daran, dass du noch fahren musst ...», begann Lothar, brach dann aber seine Predigt ab und streckte die Hand aus. «Autoschlüssel. Wenn du mit einem Klaren und dem Bier aufhörst und doch noch etwas isst, bekommst du ihn später zurück. Sonst fahr ich dich heim.»

Sie hatten die Getränke noch nicht erhalten, als ein enthusiastisches «Huhu» zu ihnen herüberdrang. Alex reagierte nicht, obwohl er die Stimme vermutlich noch gut kannte. Lothar, dem sie nicht so vertraut war, hielt unwillkürlich Ausschau und entdeckte nahe dem Eingang eine heftig winkende Hand.

Janice Heckler verrenkte sich fast den Arm und den Hals, um über drei Dutzend Köpfe hinweg auf sich aufmerksam zu machen. Dabei brüllte sie erneut aus Leibeskräften gegen alle anderen an. «Huhu, Alex!»

Drei Gläser wurden vor sie hingestellt. Alex kippte den Schnaps in einem Zug, spülte mit Bier nach und tat weiterhin, als bemerke er nichts von Janice. Da sie sich jedoch in ihre Richtung schlängelte, gelang ihm das nur noch wenige Sekunden lang. Dann hatte die Dorfmatratze den kurzen Schenkel des Tresens erreicht.

Sie trug eine hautenge schwarze Satinhose, die sehr tief auf den Hüften saß, ein knappes, lilafarbenes Neckholder-Top und High Heels an den nackten Füßen. Glitzersteinchen auf der rechten Wange und silbrige Ornamente auf den schwarzen Gel-Fingernägeln komplettierten das Erscheinungsbild und machten deutlich, dass Janice noch etwas anderes vorhatte, als in einer Dorfkneipe Bacardi Razz zu trinken und Musik zu hören.

Ein eigenes Auto wie Silvie besaß sie nicht, arbeitete bei einem Notar in Grevingen und gab ihr Geld lieber für Klamotten und Kosmetik aus. Zur Arbeit kam sie bequem mit dem Bus. Gelegentlich durfte sie den Wagen ihrer Mutter nehmen, wenn sie nach Köln wollte. Aber neulich war sie mit entschieden zu viel Alkohol im Blut in eine Kontrolle geraten und ihren Führerschein für einige Monate losgeworden.

Lothar fragte sich, wie sie auf den Schuhen von der Breitegasse hierher gestöckelt war, ohne sich die Knöchel zu brechen. Angst vor einer Blasenentzündung schien sie auch nicht zu haben. Ohne Strümpfe! In diesem dünnen Fummel von Hose. Draußen waren es höchstens noch zehn Grad.

Sie zwängte sich an Lothar vorbei und ging sofort auf Tuchfühlung zu Alex. «Das nenne ich Glück», flötete sie. Für Lothar hatte sie keinen Blick. «Du fährst sicher gleich zurück nach Grevingen.»

«Nein», antwortete Alex, packte sie bei den nackten Schultern, schob sie hinter sich in die äußerste Ecke, drehte ihr demonstrativ den Rücken zu und wollte von Lothar wissen: «Du meinst also wirklich, ich soll mein Versprechen auf jeden Fall halten, egal, was Heike dazu sagt?»

Lothar nickte nur und deutete zu einem Tisch bei den Fenstern, an dem gerade zwei Plätze frei wurden. Die restlichen vier waren besetzt von der kompletten Familie Leunen. Der junge Polizist Bernd in Zivil, seine Frau und seine Eltern. Alle saßen vor riesigen Schnitzeln mit Pommes und Salat und ließen es sich schmecken.

«Setzen wir uns da rüber», schlug Lothar vor. «Da hast du deine Ruhe, und ich kann gemütlicher essen als an der Theke.»

Von Gemütlichkeit konnte bei dem Geräuschpegel keine Rede sein. Aber man saß etwas bequemer auf den Stühlen als auf den Hockern am Tresen. Die Teller ihrer Vorgänger waren bereits abgeräumt. Die Kellnerin schnappte sich die Gläser und wischte Krümel weg.

Mit ihren Biergläsern in den Händen schoben sie sich hinüber, nickten den Leunens zu. «Dürfen wir?», fragte Lothar.

Bernd Leunen nickte. Seine Mutter schaute leicht pikiert von ihrem Teller auf, ihr passte es offenbar nicht, dass sie Gesellschaft bekamen. Was aber wohl weniger mit den beiden jungen Männern zu tun hatte.

Janice hatte sich ihnen angeschlossen und zupfte Alex am Arm. «Nimmst du mich mit?»

«Nein», sagte er unwirsch.

«Nur bis zur S-Bahn. Du musst es auch nicht umsonst tun.» Sie kicherte albern, dem Anschein nach war sie schon nicht mehr ganz nüchtern. «Gönn dir doch mal wieder ein bisschen Spaß. Du hast ja wirklich nicht mehr viel vom Leben, du Armer.»

Sie versuchte, ihn unterm Kinn zu kraulen. Er schlug ihre Hand zur Seite und fauchte sie an: «Lass das! Und verzieh dich. Hier gibt es bestimmt ein paar, bei denen du eher landen kannst.»

«Mein Gott, bist du mies drauf», stellte Janice fest. Einschüchtern oder vertreiben ließ sie sich von seinem schroffen Ton nicht. Im Gegenteil. Ungeachtet der vier Leunens, die sich ihrerseits bemühten, sie zu ignorieren, hockte Janice sich kurzerhand in die gepolsterte Fensternische und wies Alex zurecht: «Aber du musst deinen Frust nicht an mir auslassen. Ich hab dir nie etwas getan, was dir nicht gefallen hätte.»

«Lass ihn in Ruhe», mischte Lothar sich ein. «Ihm geht's heute nicht so besonders.»

«Was du nicht sagst», spottete Janice. «Da wäre ich von alleine gar nicht draufgekommen. Was drückt ihm denn mehr aufs Gemüt? Dass seine Mutter abnippelt oder dass er der Bäckerstochter die zweite Füllung verpasst hat? Davon wäre ich an seiner Stelle auch nicht begeistert. Wenn das so weitergeht, hat er bald einen Stall voll Krabbelzeug und kann alleine keinen Fuß mehr vor die Tür setzen. Heike versteht es, einen Mann zu fesseln, das muss man ihr lassen.»

Sie wandte sich wieder an Alex. «Wenn es dich das nächste Mal juckt, kommst du besser zu mir. Ich vergesse die Pille nie. Und wegschicken werde ich dich garantiert auch nicht, egal wie garstig du heute bist. Himmel, du warst der beste Stecher, den ich jemals hatte.»

«Herrgott, jetzt hör schon auf», wies Lothar sie mit verstohlenem Blick auf die vier Leute am Tisch zurecht. Den Leunens war die Situation ebenso peinlich wie ihm.

Janice beugte sich zu ihm vor und dämpfte ihre Stimme ein wenig, was ihr einen lasziven Unterton verlieh. «Warum? Bist du neidisch, weil ich es nicht bei dir probiere? Früher bist du ja auch immer eingesprungen, wenn Alex keinen Bock mehr hatte. Aber da warst du auch noch solo, mein Lieber. Jetzt ist mir das Risiko zu groß. Deine Zicke würde mir glatt den Schädel einschlagen, wenn sie dahinterkäme, dass ich dir noch mal den Unterschied zwischen lauwarmem Kuschelsex und einer richtig heißen Nummer gezeigt habe.»

«Wie bitte?», fuhr Lothar auf. «Noch mal? Das nimmst du auf der Stelle zurück. Dich habe ich nie angefasst und würde das auch niemals tun, nicht mal, wenn wir beide die allerletzten Menschen wären.»

«Dann fick dich doch selbst», empfahl Janice, rutschte von der Fensterbank, warf dem jungen Polizisten ungeachtet der

Frau an seiner Seite einen verheißungsvollen Blick und eine Kusshand zu und kämpfte sich zurück zum Tresen.

Alex schaute ihr mit finsterer Miene nach, kippte den Rest aus seinem Bierglas hinunter. «Woher weiß die, dass Heike wieder schwanger ist?», fragte er Lothar. «War das etwa schon ein Thema in der Bäckerei, ehe Heike beim Arzt war?»

«Keine Ahnung», sagte Lothar, obwohl er eine Vermutung hatte. Janice zog häufig mit einer Arzthelferin aus der gynäkologischen Praxis herum. Silvie hatte deshalb vor geraumer Zeit gewechselt und ging nun zu einer Frauenärztin, weil sie sicher war, dass man es unter Freundinnen nicht so genau nahm mit der Schweigepflicht, die nicht nur für Ärzte galt, auch für deren Mitarbeiterinnen.

Der Burger wurde serviert, wie üblich umrahmt von einem Berg Pommes. Alex bestellte noch zwei Bier und zwei Klare.

«Für mich ein Alkoholfreies», verlangte Lothar.

«Also nur einen Schnaps», schlussfolgerte die Kellnerin.

«Die sind beide für mich», sagte Alex und stibitzte eine Pommes von Lothars Teller, an der er gedankenverloren knabberte. Lothar nahm sein Besteck auf und begann zu essen.

«Woher weiß die das?», kam Alex auf Janice zurück, warf einen Blick unter halbgesenkten Lidern zum Tresen, wo die Matratze so dicht von einem Pulk junger Männer umringt war, dass man sie in der Masse nur noch erahnen konnte.

«Ist doch nicht wichtig», sagte Lothar und schob ihm den Teller zu. «Nimm noch ein paar Pommes. Das sind so viele, die schaffe ich alleine nicht.»

Alex griff noch einmal zu, hielt sich danach aber lieber an flüssige Nahrung. Ab und zu hob er den Arm, um Bier und weitere Schnäpse zu ordern. Immer zwei auf einmal, bis die Kellnerin fragte: «Warum bestellst du nicht gleich einen Doppelten?»

«Mach mir lieber mal ein Bierglas voll mit dem Zeug», verlangte er, seine Sprache war schon ziemlich verwaschen.

Die Kellnerin brachte ihm das Gewünschte.

«Willst du dich ins Koma saufen?», fragte Lothar, als Alex das Bierglas ansetzte und trank, als wäre Wasser drin.

«Gute Idee. Dann könnte ich mal eine Weile richtig abschalten und an gar nichts mehr denken. Das ist ein beschissenes Gefühl, der eigenen Mutter beim Sterben zuzusehen. Sie freut sich auch noch darauf, ist überzeugt, dass ihr Bruder, ihre Eltern und Alexa schon auf sie warten. Jetzt braucht sie mich wirklich nicht mehr. Ich war ja auch nie was Hundertprozentiges.» Seine Unterlippe zitterte, es sah aus, als würde er gleich in Tränen ausbrechen.

«Saskia braucht dich», versuchte Lothar ihn zu trösten. «Das ungeborene Baby braucht dich. Heike braucht dich. Das sind drei Leben gegen eine alte Frau, die schon vor deiner Geburt lebensmüde war. Du solltest dich mal mit Silvies Oma unterhalten. Die kann dir Geschichten von früher erzählen, da schnallst du ab.»

Alex nickte versonnen, nahm das Glas wieder hoch und trank aus. Anschließend erhob er sich schwankend. Familie Leunen ächzte über den Resten auf ihren Tellern, die beiden Frauen hatten noch nicht mal die Hälfte ihrer Schnitzel geschafft. Bernd und sein Vater überlegten, ob sie noch etwas trinken oder lieber zahlen sollten. Den Frauen wäre ein rascher Aufbruch wohl lieber gewesen, sie beäugten Alex misstrauisch.

«Wo willst du hin?», fragte Lothar.

«Nur pinkeln», nuschelte Alex. «Mit Silvies Oma unterhalte ich mich morgen. Ist mir heut schon zu spät dafür.»

Damit entfernte er sich vom Tisch. Die Toiletten lagen am anderen Ende des Lokals. Lothar schaute ihm besorgt nach, bis er von der Menge verschluckt wurde. Dann wandte er sich Bernd Leunen zu und verlor ein paar Worte über Helene Junggeburts kritischen Zustand, in der Hoffnung, damit etwas Verständnis für Alex zu entfachen.

Dass er sich dermaßen betrank, war seit Jahren nicht mehr vorgekommen. Lothar erinnerte sich nur an zwei Abende, an denen Alex so neben der Spur gewesen war wie heute. Kurz nach der Trennung von Silvie war das gewesen. Da hatte er sich im Vollrausch auch als «nichts Hundertprozentiges» bezeichnet.

Alex hatte gerade wieder eingepackt und war dabei, den Reißverschluss seiner Jeans hochzuziehen, was ihm in seinem Zustand jedoch nicht gelang. Der Schlitten verhakte sich im Stoff, ließ sich nicht mehr vor- und nicht mehr zurückschieben. Er zerrte daran und fluchte leise vor sich hin, als Janice ins Männerklo schlüpfte und zufrieden feststellte: «Da komme ich ja genau richtig.»

Sie war mit zwei Schritten bei ihm, erkannte sein Problem und sagte: «Vorsicht, mach ihn nicht kaputt. Lass mich mal.»

Statt um den verhakten Reißverschluss bemühte Janice sich allerdings lieber um den Inhalt seiner Hose, schob ihn dabei rückwärts auf eine der beiden Kabinen zu und raunte: «Verstehe ich doch, dass du vor Lothar und den Leunens den Sittsamen spielen musst. Aber jetzt sind wir ganz allein. Jetzt darfst du tun, wozu du Lust hast.» Mit ein paar geschickten Handgriffen hatte sie seinen Gürtel geöffnet.

Er protestierte mit schwerer Zunge: «Eh, lass den Scheiß. Ich hab zu überhaupt nix Lust. Lass mich los.»

Sie dachte nicht daran, schob mit der freien Hand ihr Top hoch, presste den nackten Oberkörper gegen seine Brust und murmelte etwas über den Unterschied zwischen knackigem und fettem Fleisch. Er packte sie an den Schultern, stieß sie unsanft zurück.

Das beeindruckte sie auch nicht. Sie taumelte zwar kurz, fing sich aber sofort, kam wieder heran und gurrte: «Jetzt sei doch nicht so zickig. Früher warst du immer ganz wild auf meine Titten. Weißt du noch, wie du mir das T-Shirt von den Backstreet Boys heruntergerissen hast? Das war eine echt heiße Nummer. Hast du so was mit Heike auch schon erlebt? Garantiert nicht. Weißt du, wie sie dich nennt, wenn sie die Beine breitmacht und dabei über dich herzieht?»

Das klang, als würde Heike ihn betrügen, und Janice wüsste entschieden mehr als nur mit wem.

«Wie denn?», fragte er, überrumpelt von dieser Taktik.

«Wenn du lieb zu mir bist», säuselte sie, «verrate ich es dir.»

Schon hatte sie ihn erneut gepackt, legte ihm einen Arm in den Nacken, zog seinen Kopf herunter, versuchte ihn zu küssen und schob ihn erneut auf die Kabine zu. Er stemmte eine Hand gegen ihre nackten Brüste, versuchte mit der anderen, seine Hose zu schließen, und verlangte Auskunft. Bei einem zufälligen Beobachter mochte das den falschen Eindruck wecken. Und genau in dem Moment ging die Tür auf.

Janice begann sofort zu schreien: «Hör auf! Lass mich los! Du sollst mich loslassen! Ich will das nicht! Jetzt nicht mehr! Hilfe! Warum hilft mir denn keiner?»

«Blöde Kuh», grummelte Alex verständnislos. Da traf ihn auch schon eine Faust seitlich am Kopf.

Lothar wurde durch die Kellnerin auf den kleinen Tumult im Gang vor den Toiletten aufmerksam gemacht. Bei dem Krach in der Gaststube hatte er nichts davon gehört. Und die Kellnerin sagte nur: «Du kümmerst dich besser mal um deinen Freund. Dem geht's gerade nicht so gut.»

So gab es für den Polizisten am Tisch keine Veranlassung, sich Lothar anzuschließen. Bernd Leunen nahm ebenso wie Lothar an, dass Alex infolge all der Schnäpse übel geworden sei und er sich gerade die Seele aus dem Leib kotzte.

Als Lothar den Gang erreichte, wurde Janice vor dem Männerklo von ihrem *Retter* getröstet und betatscht. Der Junge war höchstens achtzehn und nutzte die Gelegenheit, um festzustellen, wie sich das bei einer *älteren Frau* anfühlte. Janice war immerhin schon zweiundzwanzig und sah etwas ramponiert aus. Die knappe Satinhose war seitlich eingerissen. Die hielt sie mit einer Hand zusammen. Das Top lag zu einem festen Ring gezwirbelt über ihren Brüsten.

Die drei, die im Klo vor Alex herumtänzelten, waren auch nicht viel älter als der Knabe im Gang. Lothar kannte sie nur flüchtig, weil man die nachwachsenden *Männer* eines Dorfes meist nur noch aus den Augenwinkeln wahrnimmt. Für ihn waren das halbe Kinder, auch wenn zwei von ihnen ihm an Größe und Gewicht bereits überlegen waren.

Alex lehnte mit halboffenem Hosenstall neben einem Urinal an der Wand und schien gar nicht zu erfassen, was um ihn herum vorging. Er blutete aus einer Platzwunde an der Schläfe. An seinem Hals hatte Janice sich noch rasch mit ein paar Schrammen verewigt. Mit stierem Blick versuchte er, die drei vor ihm tänzelnden Burschen zu fixieren. Wahrscheinlich sah er nicht mehr, wie viele das tatsächlich waren.

Sie fuchtelten alle drei mit ihren Fäusten herum, als gelte es, einen Schwergewichtsboxer herauszufordern. «Jetzt komm schon, du feige Sau», meinte einer: «Zeig mal, wie viel Mumm du hast, wenn du gegen Männer antreten sollst.»

«Langsam, Männer», beschwichtigte Lothar. «Ihr wollt euch doch nicht wirklich an einem armen Schwein vergreifen, das nicht mehr geradeaus gucken kann. Wie soll er denn treffen, wenn er jeden von euch doppelt sieht?»

«Das Schwein hat sich an der wehrlosen Frau da draußen vergriffen», teilte einer großspurig mit.

«Im Ernst?», erkundigte sich Lothar übertrieben skeptisch. «Das kann ich mir ja kaum vorstellen. Es ist nämlich noch keine halbe Stunde her, da wollte die wehrlose Frau sich an ihm vergreifen. Er war aber nicht interessiert und hat das deutlich zum Ausdruck gebracht. Wenn ihr mir nicht glaubt, fragt die Leute, die an unserem Tisch sitzen. Der jüngere der beiden Männer ist Polizist.»

Plötzlich gab es betretene Mienen, zumindest bei den dreien, die vor Alex herumhampelten. Der Kleinste wagte sich näher an ihn heran, schnipste ihm ein unsichtbares Stäubchen vom Ärmel und erklärte: «Sorry, Mann, nix für ungut. Wir konnten ja nicht wissen, wie es wirklich war.»

Janice hatte inzwischen ihr Top wieder gerichtet, zog sich samt Retter in die Gaststube zurück und mischte sich unters Volk, bevor Lothar sie zur Rede stellen konnte. Er war sicher, dass dieser *Angriff* bloß die Rache einer abgewiesenen Frau gewesen war. Selbst wenn Alex seine Meinung noch geändert hätte und in der Lage gewesen wäre, die Dorfmatratze zu besteigen, hätte er das nicht im Männerklo einer proppenvollen Kneipe getan. Da konnte doch jederzeit einer reinkommen, der es anschließend herumerzählte. Wie lange hätte es wohl gedauert, bis es die Bäckerei Jentsch erreichte, wo Heike es dann umgehend erfahren hätte? Das Risiko wäre Alex niemals eingegangen, dafür lag ihm zu viel an Heike und seinem Nachwuchs.

Lothar wischte seinem Freund mit nassen Papiertüchern das Blut von der Schläfe und versuchte in Erfahrung zu bringen, ob es sich so abgespielt hatte, wie er vermutete.

Aber viel mehr als: «Die hat behauptet, dass Heike fremdgeht und dabei über mich herzieht», erfuhr er nicht. Alex schaute nur noch betrübt an sich herunter und stellte fest: «Meine Hose geht nicht mehr zu.»

Lothar kümmerte sich auch noch um den verklemmten Reißverschluss. Dann führte er ihn zurück zum Tisch und berichtete sicherheitshalber Bernd Leunen, dass Alex von einigen Jungs angegriffen worden war, weil Janice offenbar für ein

Missverständnis gesorgt hatte. Und Bernd Leunen riet, bei den Jungs nachzuhaken, ob das Ganze ein abgekartetes Spiel gewesen sei.

Herbst 2010

Verabredet war er mit Saskia wieder um halb drei bei der Schule. Als um Viertel vor zwei der Streifenwagen vor der Villa hielt, saß er noch beim Mittagessen. Keine Pizza diesmal. Er war vormittags beim Discounter gewesen, hatte eingekauft und richtig gekocht, um sich wieder daran zu gewöhnen.

Kartoffelpüree, aber kein Pulver aus einer Tüte, das man nur in heißes Wasser zu rühren brauchte. Er hatte Kartoffeln geschält, gekocht, gestampft, mit Milch und Butter angemacht und mit etwas Muskatnuss abgeschmeckt. Dazu Seelachsfilet, in Mehl, Ei und Semmelbrösel gewendet. Und einen Bohnensalat mit hauchdünnen Zwiebelringen, die sich leicht herausfischen und beiseitelegen ließen, wenn man keine frischen Zwiebeln mochte, weil man noch ein Kind war. Aber er hatte Schalotten genommen, die waren mild. Alles genau so, wie die gute alte Frau Schmitz das in seiner Kindheit gemacht hatte. Ob sich dafür bei Familie Jentsch jemand die Zeit nahm?

Er hätte sie sich genommen in den letzten sechs Jahren, wenn man ihn gelassen hätte. Und er würde sich die Zeit nehmen, wenn man ihn demnächst ließ. Ob er wirklich daran glaubte, dass Saskia in absehbarer Zeit bei ihm leben könnte, wusste er nicht. Er hoffte es, träumte davon. Hoffen und träumen durfte jeder, auch ein Mörder, dem seine Volltrunkenheit als mildernder Umstand angerechnet worden war.

Er hatte bereits darüber nachgedacht, dass es seinem Anliegen dienlicher sein könnte, erst einmal mit Gerhild zu reden statt mit Heike. Schließlich war Gerhild diejenige, die sich um Saskia kümmerte. Vielleicht wäre sie froh, wenn er sie ein wenig entlastete. Es musste ja nicht sofort ein Umzug sein. Für den Anfang könnte er Saskia morgens zur Schule bringen, mittags abholen, für sie kochen, mit ihr Hausaufgaben machen und sie abends zurückbringen.

Als in der Eingangshalle die Türklingel anschlug und er noch vor dem Öffnen der Tür durch den Glaseinsatz sah, dass draußen ein uniformierter Polizist stand, spürte er, wie etwas in ihm zusammenfiel oder schrumpfte, wie ein Luftballon, aus dem das Gas entwich, mit dem er kurz zuvor noch in luftige Höhen aufgestiegen war. Als er Bernd Leunen erkannte, wollte er schon aufatmen. Im Gegensatz zu vielen anderen ihres Alters hatte er mit Bernd nicht mal in der Grundschule Probleme gehabt. Der war schon damals ein Friedensstifter gewesen, hatte sich auch an dem Abend in der *Linde* um Frieden bemüht.

«*Alles in Ordnung, Alex?*» Das schwirrte ihm noch durch den Hinterkopf. Und zwar genau zwischen Janice' überraschendem und völlig unangebrachtem: «*Hör auf! Lass mich los!*», und Lothars entsetztem: «*Hör auf! Lass sie los! Alex, um Gottes willen, was tust du da? Lass sie los, du bringst sie ja um.*» Und sonst war nichts dazwischen. Filmriss.

Natürlich wusste er, dass er kurz nach dem Überfall im Männerklo die *Linde* verlassen hatte, ohne seine Zeche zu bezahlen. Er wusste auch, dass er sich zu Fuß auf den Weg zur elterlichen Villa gemacht hatte. Aber das wusste er nur, weil Lothar es ihm erzählt und andere es vor Gericht wiederholt hatten. Wobei außer Lothar niemand wusste, dass er zu Fuß gegangen war.

Seine Erinnerung setzte erst wieder mit verschwommenen Eindrücken ein, als Lothar ihn aus dem Wasser zerrte und ins Auto verfrachtete, um ihn nach Grevingen zu fahren. Die Jeans, die Jacke und das Poloshirt waren klitschnass und eiskalt gewesen. In seinen Schuhen hatte das Wasser gestanden. Wenn er die Zehen bewegte, fühlte sich das unangenehm an.

Lothar hatte während der ganzen Fahrt auf ihn eingeredet. Was er gesagt hatte, war nicht haftengeblieben. Dafür wusste er noch, dass Lothar geweint hatte, fast so herzzerbrechend wie damals, als er ihm zwei bleibende Zähne ausgeschlagen hatte.

Dann schob Lothar ihn vor sich her die beiden Treppen hinauf zu der Wohnung, die für eine vierköpfige Familie zu klein gewesen wäre. Ab da wurden die Bilder klarer, und die Töne setzten sich fest. Heike wachte auf, als sie hereinkamen. Sie nahm an, er sei allein, und rief aus dem Schlafzimmer, er solle bloß keinen Krach machen und Saskia nicht aufwecken.

Lothar weinte immer noch und machte Heike mit dem Hinweis, es sei etwas Schreckliches passiert, klar, dass sie jetzt andere Sorgen hatten als ein schlafendes Baby, das aufwachen könnte.

Sie bugsierten ihn gemeinsam ins Schlafzimmer, zogen ihn aus und packten ihn ins Bett, wobei Lothar sich allmählich beruhigte. Heike hätte ihm gerne ein heißes Bad eingelassen, weil er so durchgefroren war, dass sie befürchtete, er bekäme einen Schnupfen. Aber das Wasserrauschen wäre in den Nachbarwohnungen gehört worden und hätte später unangenehme Fragen aufwerfen können.

Lothar, dessen Kleidung ebenfalls alles andere als trocken war, hielt Heikes Vorschlag für keine gute Idee. «Lieber nicht», sagte er, bat um ein paar Sachen von Alex, damit er sich umziehen konnte, und riet, die nassen Klamotten sofort wegzuwerfen. Doch offenbar traute er Heike nicht so ganz, weil er forderte: «Pack alles in eine Tüte, ich nehme es nachher mit und lasse es verschwinden.»

Dann schoben sie das Gitterbettchen mit dem schlafenden Engelchen zu ihm ins Schlafzimmer, weil sie sich im Wohnzimmer unterhalten wollten. Verständlicherweise wollte Heike alles ganz genau wissen. Vor allem interessierte sie, was Alex so spät noch in der Breitegasse zu suchen gehabt hatte.

«Ich frage mich schon seit Wochen, ob er wirklich jeden Abend stundenlang bei seiner Mutter sitzt und Händchen hält. Oder ob er auf dem Heimweg noch Steinchen an ein Fenster wirft und sich etwas Entspannung in Webers Laube gönnt. Abgeschlossen ist die auch heute nicht. Ich war neulich abends mal da und hab nachgeschaut. Es sah aus, als würde die Couch immer noch für Schäferstündchen genutzt.»

«Er wollte nur seinen Rausch in der Villa ausschlafen», beteuerte Lothar. «Mit Janice wollte er nichts mehr zu tun haben. Deshalb hat sie ja so ein Theater gemacht, ihm sogar erzählt, du würdest ihn betrügen und dabei auch noch schlecht über ihn reden.»

«Was?», fuhr Heike auf. «Die tickt ja nicht mehr sauber! Wie kommt die dazu, so was zu behaupten? Der hänge ich das Kreuz aus, wenn ich ...»

«Die Arbeit hat Alex dir abgenommen», fiel Lothar ihr ins Wort. «Er hat sie ersäuft wie eine rollige Katze. Dabei wollte sie ihn wahrscheinlich nur auf die Palme bringen.»

Lothar gab sich einen Großteil der Schuld. «Nach dem Ärger im Klo wollte Alex unbedingt nach Hause und dich fragen, ob das stimmt, was Janice gesagt hatte. Ich habe versprochen, ihn zu fahren. Aber Bernd Leunen riet, ich solle vorher noch mal mit den Jungs reden, die dazwischengegangen waren. Er meinte, dass Janice die Sache inszeniert haben könnte, um Alex eins auszuwischen. Das wollten die Burschen natürlich nicht zugeben, die haben sich eilig verkrümelt. Als ich zurück an den Tisch kam, waren die Leunens weg, Alex ebenso. Er hatte nicht bezahlt, deshalb dachte ich zuerst, er sei noch im Lokal. Ich habe ein paar Minuten am Tisch gewartet, mich dann auf die Suche nach ihm gemacht, konnte ihn aber nirgendwo finden. Janice war ebenfalls verschwunden. Irgendeiner sagte, sie wäre wegen ihrer zerrissenen Hose nach Hause gegangen. Es wusste nur keiner, ob Alex vor oder nach ihr raus ist.»

«Wenn du danach gefragt hast, musst du doch befürchtet haben, er wäre mit der Matratze zusammen», meinte Heike.

«Nicht zusammen», erklärte Lothar bestimmt. «Aber wenn er kurz nach ihr gegangen wäre, um sie noch mal zu fragen, mit wem du ... Sie trug High Heels, er hätte sie leicht einholen können. Umgekehrt wäre das schwieriger gewesen.»

Er lag da und hörte sich an, wie sie im Wohnzimmer über seine Beweggründe, Gedanken und Gefühle spekulierten. Dabei fühlte er gar nichts, war immer noch total betrunken. Und trotzdem so seltsam klar im Kopf, als hätte das kalte Wasser der Greve ihn ernüchtert und seine Synapsen gereinigt, damit er alles, was Lothar nebenan erzählte, in seinem Gedächtnis einfrieren konnte.

«Ich hab sofort bezahlt und bin zum Auto. Den Schlüssel hatte ich ihm schon vorher abgenommen, damit er sich nicht besoffen hinters Steuer setzt. Zuerst bin ich zur Landstraße ...»

«Warum?», fragte Heike verständnislos. Eigentlich hätte sie viel aufgewühlter sein müssen, wo sie gerade von einem Mord erfahren hatte. Aber das schien sie nicht so sehr aus der Fassung zu bringen wie die Vermutung, er könne sich erneut mit Janice eingelassen haben. «Wenn du befürchtet hast, er wäre noch mal mit der Matratze aneinandergeraten, da wäre ich an deiner Stelle doch zuerst ...»

«Was glaubst du, was ich mir die ganze Zeit vorwerfe?», unterbrach Lothar sie seinerseits. «Aber ich wusste doch nicht, wer von beiden zuerst gegangen war. Und das Letzte, was ich von ihm gehört hatte, war, dass er sofort zu dir nach Hause will. Wenn er in seinem Zustand vor ein Auto getorkelt und überfahren worden wäre, hätte ich mir das auch nie verziehen. Beim Tümpel hab ich gewendet, weil mir klarwurde, dass er so weit unmöglich gekommen sein konnte. Es tut mir leid,

Heike. Es tut mir furchtbar leid. Wenn ich die Zeit zurückdrehen könnte ...»

Ihm hätte es wohl ebenso leidtun sollen. Aber er fühlte nichts dergleichen, keine Reue, damals nicht, bis heute nicht. Er hatte es nur immer behauptet – mit Lothars Worten, in genau demselben weinerlichen Ton: *«Es tut mir furchtbar leid. Wenn ich die Zeit zurückdrehen könnte ...»* Vielleicht musste man sich erinnern, um aufrichtig zu bedauern, was man angerichtet hatte.

«Ich nehme an, Sie können sich denken, warum ich hier bin, Herr Junggeburt», begann Bernd Leunen.

Herr Junggeburt! Damit waren die Fronten klar, Bernd kam in amtlicher Mission. Früher waren sie natürlich per du gewesen.

«Ich bin nicht sicher, ob ich das kann, Herr Leunen», erwiderte Alex ebenso förmlich. Es musste ja nicht unbedingt um Saskia gehen, obwohl eine innere Stimme ihm zuflüsterte, der Mercedes sei ein Fehler gewesen, Heinrichs Rache aus dem Grab. *«Du sollst nicht mit Puppen spielen! Und die Finger von meinem Wagen lassen!»* Aber es gab immerhin noch die Möglichkeit, dass Lothar und Silvie den Autoschlüssel unterm Sitz bisher nicht gefunden und ihn deswegen angezeigt hatten.

«Macht's Ihnen etwas aus hereinzukommen?», fragte er und stülpte sich das jungenhafte Lausbubengrinsen übers Gesicht, mit dem er sich die Leute früher in die Tasche gesteckt hatte. «Ich hab das Mittagessen auf dem Tisch. Wäre schade, wenn's kalt wird.»

«Wenn es Ihnen nichts ausmacht, Herr Junggeburt», sagte Bernd Leunen. Bereitwillig hereingebeten wurde ein Polizist nur selten, gewiss nicht von einem eben aus der Haft Entlassenen.

Statt einer Antwort trat Alex einen Schritt zur Seite und zeigte übertrieben einladend in die Halle. Bernd Leunen trat ein. Alex schloss die Haustür und wies in Richtung Küche. «Immer dem Geruch von gebratenem Fisch nach.» Dabei zog er schnuppernd die Luft ein. «Ich sollte mir schnellstmöglich eine Dunstabzugshaube zulegen. Aber es riecht nicht schlecht, oder?»

Bernd Leunen war nicht sicher, ob ihm so lässig zumute war, wie er sich gab. Ob er vielleicht versuchte, an alte Zeiten anzuknüpfen. Er behielt den neutralen, dienstlichen Ton bei. «Es geht um Ihre Tochter, Herr Junggeburt.»

Das Lausbubengrinsen verrutschte, für zwei, drei Sekunden sah Alex aus wie ein trauriger Clown. Dann hatte er seine Gesichtszüge wieder unter Kontrolle, setzte sich vor seinen Teller und deutete auf einen der Stühle gegenüber.

«Sie dürfen gerne Platz nehmen, Herr Leunen. Dann muss ich mir nicht den Hals verrenken, um zu Ihnen aufzusehen. Was ist denn mit Saskia? Es geht ihr doch gut, oder?»

Der Polizist setzte sich und kam zur Sache. «Gerhild Jentsch war eben mit ihr auf der Wache, um Anzeige zu erstatten.»

Alex gab einen abfälligen Ton von sich. «Anzeige? Gegen mich? Was soll ich denn getan haben?»

Bernd Leunen hob begütigend eine Hand. «Nichts, was gegen irgendein Gesetz verstößt, das habe ich Frau Jentsch sofort klargemacht. Aber Sie sollten sich mit der Familie absprechen, ehe Sie mit dem Kind Ausflüge unternehmen und Möbel kaufen.»

Die Reste des Grinsens verflogen, in die eben noch lässig klingende Stimme mischte sich ein bitterer Unterton. «Wir haben nichts gekauft.» Er schob den Teller mit der aufwendig zubereiteten Mahlzeit zurück und murmelte: «Ich hätte besser doch eine Pizza in den Ofen geschoben, um die wäre es nicht so schade.» In normaler Lautstärke sprach er weiter: «Saskia hat sich nur ein paar Teile ausgesucht. Einen weiß-rosa lackierten Schreibtisch mit Geheimfächern und ein rosafarbenes Himmelbett. ‹Dann schlafe ich wie eine Prinzessin›, sagte sie. Herrgott, sie ist ein siebenjähriges Mädchen, das noch nie gefragt wurde, in was für einem Bett es schlafen möchte. Aber gut, spreche ich mich eben vor dem nächsten Ausflug mit der Familie ab. Wenn die bereit sind, mit mir zu reden. Sind sie das?»

«Ich weiß es nicht», sagte Bernd Leunen.

«Ich hatte vor, in den nächsten Tagen mit Gerhild zu sprechen», erklärte Alex. «Das sag ich jetzt nicht nur so. Ich dachte, bei ihr stoße ich eher auf ein offenes Ohr. Aber wenn sie mich anzeigen wollte, war das wohl ein Trugschluss.»

«Hat Gerhild Jentsch das Sorgerecht für das Kind?»

«Nein, das hat Heike. Wir waren ja nicht verheiratet. Ich wollte heiraten, bevor Saskia geboren wurde. Mein Kind sollte meinen Namen bekommen, aber Heike hatte keine Zeit. Sie hatte auch keine Zeit, mit mir zusammen beim Jugendamt das gemeinsame Sorgerecht zu beantragen. Das wäre auch nicht nötig, meinte sie. Wenn ich sie eines Tages verlassen sollte, müsste ich Saskia mitnehmen. Sie hätte doch keine Zeit, für ein Kind zu sorgen. Als sie zum zweiten Mal schwanger wurde ...» Er winkte ab und sprach nicht weiter.

«Dann müssen Sie mit Heike reden», schlug Bernd Leunen vor.

Alex lachte bitter. «Würde ich gerne tun, aber sie hat die Flucht ergriffen. Fühlte sich urlaubsreif, nachdem sie erfahren hatte, dass ich wieder ein freier Mann bin.»

«Na ja», sagte Bernd Leunen. «Sie haben ihr damals gedroht, dass sie ihre Aussage noch bereuen würde.»

«Das war doch keine Drohung», begehrte Alex auf. «Das war nur eine Vermutung. Ich dachte sogar, dass es ihr sehr bald leidtut, wenn sie mit zwei kleinen Kindern alleine klarkommen muss. Kleiner Irrtum meinerseits. Saskia hat sie gleich nach meiner Festnahme bei Gerhild abgeliefert und nie zurückgeholt. Und das zweite ...»

Wieder brach er ab und strich sich über die Augen, vor denen unvermittelt mit dem Schmerz in der Brust der Brief auftauchte, den Silvie ihm damals nach Ossendorf geschrieben hatte.

«Nach all der Aufregung brauchte Heike dringend ein paar Tage Ruhe und Abstand, hat sie uns jedenfalls weismachen wollen. Sie ist nach Holland gefahren, um ihre Gedanken zu sortieren und sich darüber klarzuwerden, wie es jetzt weitergehen soll. Dann wurde sie angeblich bei einem abendlichen Strandspaziergang von einer heftigen Blutung überrascht, schleppte sich zurück in die Pension und wurde eilends ins nächste Krankenhaus kutschiert, wo ihr Körper den Fötus abstieß. Nach Ansicht des Arztes wäre der schon Wochen vorher abgestorben, sagte sie. Es hätte ihr eigentlich auffallen müssen, dass mit dem Kleinen etwas nicht stimmte. Sie hätte ja seit Wochen kein Leben mehr gespürt. Aber wo ihr selbst die ganze Zeit so elend gewesen sei, hätte sie gedacht, das würde sich aufs Baby übertragen. Sie hätte großes Glück gehabt, dass es spontan abgegangen sei, sagte sie. Ein totes Kind im Bauch hätte bei ihr zu einer Sepsis führen können. Ich habe ihr kein Wort geglaubt. Sie hat's wegmachen lassen, da bin ich sicher. Es tut mir leid, Alex. Es tut mir so unendlich leid.»

Wie oft er diese Zeilen gelesen und versucht hatte zu begreifen, dass Heike seinen Sohn umgebracht hatte, wusste er nicht mehr. Oft genug jedenfalls, um sie nicht nur Wort für Wort im Kopf, sondern in Silvies Handschrift vor Augen zu haben.

«... hat sie kurz nach dem Prozess verloren», brachte er den Satz stockend zu Ende. «Sie war im sechsten Monat. Es soll ein Junge gewesen sein.»

Fast erwartete er, dass auch Bernd Leunen sagte: *Es tut mir leid.* Aber der Polizist erhob sich und schlug vor: «Reden Sie mit Heike, wenn sie aus dem Urlaub zurückkommt. Sie ist eine vernünftige Frau. Die Kleine hat sich bei Ihnen wohlgefühlt und möchte weiterhin Kontakt haben. Das hat sie auf der Wache deutlich zum Ausdruck gebracht. Da wird sich im Interesse des Kindes bestimmt eine Einigung finden lassen.»

«Dein Wort in Gottes Ohr», murmelte Alex. «Ich glaube nur nicht, dass er es gehört hat.»

Er stand ebenfalls auf und begleitete Bernd Leunen zur Tür. Nachdem der Streifenwagen abgefahren und die Tür wieder geschlossen war, tat er, was er in Ossendorf getan hatte, als er endlich aus diesem Albtraum aufwachte und realisierte, dass der Traum, als Vater seinen Mann zu stehen, für ihn ausgeträumt war. Er weinte, bis ihm der Schädel davon dröhnte.

Dass an diesem Freitag noch jemand auf der Wache erschien, um eine Anzeige gegen Alex zu erstatten, die Bernd Leunen nicht so einfach hätte zurückweisen können, verhinderte Silvie. Zwar kam auch sie zu dem Schluss, dass Alex sich ihren Autoschlüssel genommen haben musste, aber dass Lothar deswegen zur Wache wollte, bezeichnete sie als völlig überzogene Reaktion.

«Das Auto ist in Ordnung», erklärte sie resolut, während sie den Wagen von der S-Bahn-Station Richtung Garsdorf lenkte. «Alex hat nur ein bisschen Sprit verfahren. Das können wir verkraften. Deswegen wirst du ihm nicht die Bewährung versauen.»

Wobei es für Silvie nur eine untergeordnete Rolle spielte, dass Alex mit dem Griff in ihre Handtasche seine Bewährung aufs Spiel gesetzt hatte. Ihr war viel wichtiger, dass nach einer Anzeige höchstwahrscheinlich bekannt geworden wäre, wann er die Gelegenheit beim Schopf gepackt hatte. Nicht samstags, da war sie vollkommen sicher.

Dass Alex sie zweimal im Krankenhaus besucht hatte, wusste Lothar noch nicht und sollte es nach Möglichkeit auch nicht erfahren, solange sie nicht wusste, mit wem ihr Mann am Dienstag die Unterhaltung über sein voreheliches Sexleben geführt hatte. Gefragt hatte sie ihn bislang nicht, weil ihr niemand eingefallen war, den sie als Informationsquelle vorschieben konnte.

Warum ihr der von Alex angeblich im Vorbeilaufen aufgeschnappte Satz so übel aufgestoßen war, dass es immer noch in ihr gärte, hätte sie nicht genau sagen können. Da kam auch einiges zusammen. Einmal die Tatsache, dass Lothar in sexueller Hinsicht seit mittlerweile elf Wochen auf Eis lag und sich noch geraume Zeit würde gedulden müssen, solange ihm die Alternativen zu pubertär waren. Dass er in dieser Phase erzwungener Enthaltsamkeit bei irgendeinem Bekannten mit seinem früheren Verschleiß an Discoschnecken geprahlt hatte, ließ tief blicken. Vielleicht sehnte er sich momentan in diese Zeit und seine damalige Freiheit zurück.

Dann war da das Wörtchen «alle». *Alle* schloss doch wohl alle ein, die Alex gehabt hatte. Janice Heckler gehörte eindeutig dazu. Nach dem ersten Mal damals, als sie eng aneinandergekuschelt auf seinem schmalen Bett lagen, hatte Lothar das zwar sehr weit von sich gewiesen. Aber wie oft war ihr inzwischen aufgefallen, dass man ihm längst nicht jedes Wort glauben durfte.

Wenn seine Vernunft befand, es sei besser, die Wahrheit ein bisschen zu verbiegen, damit man nirgendwo damit anecke, dann hörte Lothar auf seine Vernunft. Und an dem Abend in seinem Zimmer hätte seine Vernunft wahrscheinlich gebrüllt: *«Sie kann Janice auf den Tod nicht ausstehen, sag ihr bloß nicht, dass du die auch flachgelegt hast.»*

Wenn sie wenigstens wüsste, mit wem er am Dienstag gesprochen hatte. Dann könnte sie vielleicht abschätzen, ob das nur eine blöde, vollkommen bedeutungslose Angeberei gewesen war oder ob es Anlass zur Besorgnis gab.

Mit dem entwendeten Autoschlüssel und einigen nicht erlaubten Fahrten sah sie sich bei Alex im Vorteil. *Entweder, du sagst mir jetzt, wem Lothar das erzählt hat, oder ich lasse ihn doch zur Wache nach Grevingen fahren und Anzeige erstatten.*

Lothar war alles andere als begeistert, als sie daheim ankamen und Silvie keine Anstalten machte auszusteigen. Sie verlangte nur, dass er das tat und David mit ins Haus nahm.

«Du willst doch jetzt nicht etwa alleine zu Alex!»

Doch! Genau das wollte sie.

«Das kommt überhaupt nicht in Frage», protestierte Lothar. «Das übernehme ich.»

«Irrtum», widersprach sie. «Mir hat er den Schlüssel geklaut. Ich hole mir das Ding zurück.» Und das in einem Ton, den Lothar nur selten von ihr hörte. Wenn sie den anschlug, dominierten die Gene ihres Vaters. Dann war es besser, ihr den Willen zu lassen. Also befreite Lothar seinen Sohn aus dem Kindersitz im Wagenfond und trug den sichtlich enttäuschten David, der lieber weiter mit Mama Auto gefahren wäre, zur Haustür.

Nur wenige Minuten später hielt der Kombi vor der Villa. Silvie sprang ins Freie, musste jedoch eine Weile klingeln, ehe Alex endlich an die Tür kam. Seine Augen und die Nase waren gerötet, die Lider geschwollen. Ein Anblick, der sie überraschte und so unangenehm berührte, dass er ihr den Wind aus den Segeln nahm. Statt loszulegen: *«Was fällt dir ein ...»*, erkundigte sie sich zögernd: «Hast du geweint?»

«Schäl du mal zwei Kilo Zwiebeln und schneide die in kleine Würfel», sagte er und schniefte. «Dann weinst du auch.»

«Was machst du denn mit zwei Kilo Zwiebelwürfeln?», fragte Silvie verblüfft.

«Einfrieren», sagte er. «Dann muss ich nicht weinen, wenn ich das nächste Mal welche brauche. – Wenn du deinen Autoschlüssel suchst, der liegt unter dem Beifahrersitz. Und dir jetzt noch zu erzählen, er müsse dir aus der Handtasche gefallen sein, erübrigt sich wohl.» Damit wollte er die Tür wieder schließen.

Aber Silvie hatte bereits einen Fuß dazwischen. «Langsam, wir sind noch nicht fertig. Was hast du dir dabei gedacht ...»

«Ach, lasst mich doch einfach alle in Ruhe», murmelte er, drehte sich um und trottete mit hängenden Schultern zur Küche hinüber. Silvie trat ein, schloss die Tür hinter sich und folgte ihm. Es roch nach frisch aufgebrühtem Kaffee und noch schwach nach gebratenem Fisch.

«Du hättest mir nicht so viel von deinem Knatschsack erzählen dürfen», sagte er. «Ich dachte, ich hätte die elf Monate mit meiner Süßen weit hinter mir gelassen, hatte ich auch, aber offenbar nicht weit genug. Hundertmal am Tag und tausendmal in der Nacht habe ich mir vorgebetet, dass es für den kleinen Jungen besser war, nicht lebend auf diese beschissene Welt zu kommen. Und dass ein kleines Mädchen keinen wie mich zum Vater haben sollte. Aber verdammt noch mal, ich hab Saskia geliebt. Ich hätte auch meinen Sohn geliebt. Und das hat nicht einfach aufgehört, als sie mich weggeschlossen haben. Was hat Heike denn in den vergangenen Jahren für Saskia getan? Einen Scheißdreck! Die Kleine weiß ja nicht mal, dass sie eine Mutter hat. Sie ist in einer Retorte gewachsen wie ein Blümchen. Als sie groß genug war, wurde sie in einen Brutkasten umgetopft. Für so eine Aktion braucht man keine Frauen, nur ein bisschen Kindersamen von einem Spender. Aber wem erzähle ich das. Du weißt doch besser als ich, wie die Methode funktioniert. Hätte ich nicht gedacht, dass Lothar für so was Geld ausgibt.»

Silvie wusste nicht, was sie darauf erwidern sollte. Auf dem Tisch lag eine aufgerissene Packung mit Schokokeksen, daneben stand eine halbgefüllte Kaffeetasse, um die herum Kekskrümel zu kleinen Herzen arrangiert waren.

«Bekomme ich auch einen Kaffee?», fragte sie.

Er reagierte nicht, stand nur da und betrachtete die krümeligen Herzchen. Silvie ging zum Geschirrschrank, nahm eine Tasse heraus und bediente sich selbst an der Kaffeemaschine.

Währenddessen sagte er hinter ihr: «Bernd Leunen war heute Mittag hier. Gerhild wollte mich anzeigen. Ausgerechnet Gerhild, von der hätte ich das nie gedacht. Bernd meinte, ich soll mit Heike reden. Aber ich schätze, die wird mich achtkantig rauswerfen, wenn ich mich bei ihr blickenlasse.»

Silvie nippte an dem Kaffee. Er war heiß und nicht halb so aromatisch wie der, den der Vollautomat in ihrer Küche aufbrühte. «Warum probierst du es nicht einfach?», fragte sie, weil ihr aus dem Stegreif nichts Besseres einfiel.

«Muss ich wohl, wenn Heike wieder hier ist. Zurzeit macht sie Urlaub in Holland.» Ein abfälliges Lächeln kräuselte seine Lippen, mit den rot geweinten Augen und der wunden Nase sah es eher schmerzlich aus. «Martha glaubt, dass sie wieder abtreiben lässt. Wundern würde mich das nicht, wo Heike mit Kindern so viel anfangen kann wie ein Straßenköter mit den Flöhen in seinem Fell. Aber Saskia wusste nichts von einem Freund. Weißt du, ob Heike jemanden hat?»

Silvie schüttelte den Kopf und wollte wissen: «Was interessiert dich das denn? Glaubst du, sie nimmt dich zurück?»

Er gab einen Laut von sich, der ebenso gut ein freudloses Lachen wie ein Schluchzen sein konnte. «Ich dachte nur, sie ist vielleicht gnädiger gestimmt, wenn sie ab und zu was zwischen die Beine bekommt. Du kannst dir das vielleicht nicht vorstellen, aber im Bett war Heike damals ein heißer Feger. Ich glaube kaum, dass sich daran was geändert hat. Wenn sie mit einem Mann in Urlaub ist, der es ihr richtig besorgt, ist sie sicher gut drauf, wenn sie zurückkommt. Aber wenn Martha mit der Abtreibung richtig vermutet, dürfte Heikes Laune ziemlich unten sein.»

«Ich weiß wirklich nicht, ob sie einen Freund hat», sagte Silvie. «Ich hab sie seit Ewigkeiten nicht mehr gesehen. Morgens halte ich mich nie lange an der S-Bahn auf, da springt Lothar nur raus. Wenn ich ihn nachmittags abhole, hat sie oft schon zu. Und wenn nicht ...» Sie zuckte mit den Achseln: «Wenn's regnet, bleibe ich mit David im Auto sitzen, sonst gehen wir schon mal zu Gleis 3, aber nie ins Kaffeebüdchen. Wenn ich das nur von außen sehe, habe ich immer noch das Bedürfnis, Heike windelweich zu schlagen für ihre Blödheit. Wenn sie den Mund gehalten hätte ...»

Über sein verquollenes Gesicht huschte die Andeutung eines Grinsens, als er zu schätzen versuchte, wie oft er den letzten Satz in ihren Briefen gelesen hatte. «Hast du ihr die Aussage immer noch nicht verziehen?», erkundigte er sich beinahe spöttisch.

«Nein», sagte Silvie. «Und ich habe bis heute nicht begriffen, warum sie ausgesagt hat. Sie konnte Janice genauso wenig ausstehen wie ich. Und ich hab mich insgeheim gefreut, dass jemand dieses Biest beseitigt hatte.»

«Nicht jemand», korrigierte er. «Das war ich.»

«Woher willst du das denn auf einmal so genau wissen?», begehrte sie auf. «Du erinnerst dich doch nicht. Ich fand die Theorie deiner Anwältin schlüssig. Mag ja sein, dass du in nassen Klamotten nach Hause gekommen bist und Heike erzählt hast, dass Janice tot in der Greve liegt. Aber was spricht dagegen, dass du sie nur gefunden und versucht hast, sie aus dem Wasser zu ziehen? Vielleicht hast du zu Heike gesagt, jemand hätte die rollige Katze ersäuft, und sie hat dich falsch verstanden. Betrunkene artikulieren nun mal nicht allzu deutlich.»

«Sagen aber wie kleine Kinder meist die Wahrheit.» Sein Grinsen festigte sich, es gefiel Silvie nicht. «Du solltest dich mal mit Lothar unterhalten», schlug er vor.

«Worüber?» Silvie hatte nicht den Schimmer einer Ahnung, nie von ihrem Mann oder sonst wem gehört, was Lothar in jener Nacht Heike anvertraut hatte. Sie kannte nur die Version, die vor Gericht zur Sprache gekommen war.

Niemand in der Kneipe hatte gesehen, dass Lothar seinem Freund schon nach der ersten Bestellung am Tresen den Autoschlüssel abgenommen hatte. Und da der Astra zweimal ums Eck geparkt worden war, hatte auch niemand mitbekommen, wer letztendlich damit weggefahren war.

In der offiziellen Version hatte Lothar zwar angeboten, Alex heimzufahren. Aber Sorgen hatte er sich keine gemacht, als er feststellte, dass sein Freund ohne ihn aufgebrochen war. Sie waren sich doch zuvor einig gewesen, es sei sinnvoller, wenn Alex seinen Rausch in der elterlichen Villa ausschlief, statt einen Streit mit der schwangeren Lebensgefährtin zu riskieren.

Wegen Heikes Drängen auf die Anschaffung einer Eigentumswohnung zog es Alex ja auch nicht so bald nach Grevingen. Und im Gegensatz zur Landstraße war die Breitegasse bei Nacht eine verkehrsfreie Zone. Im Dorf war zu so später Stunde auch kaum noch jemand unterwegs. Da stand nicht zu befürchten, Alex könne in seinem Zustand größeren Schaden anrichten.

Lothar hatte sich nur ein wenig geärgert, weil Alex sich einfach verdrückt und es ihm überlassen hatte, die Zeche zu zahlen. Danach war Lothar nach Hause gegangen, hatte sich ins Bett gelegt und erst am Ostersonntag um die Mittagszeit gehört, dass Janice Heckler nur dreißig Meter hinter ihrem Elternhaus, siebzig Meter vor der Villa Schopf, nicht weit von Webers Garten entfernt, ertrunken sein sollte.

«Wie er mich erwischt hat», sagte Alex.

«Wobei?», fragte Silvie.

«Wie ich die rollige Katze ersäufte», sagte er und grinste immer noch, als amüsiere ihn das inzwischen. «Lothar hat mich von ihr weggerissen, nach Hause gefahren und Heike brühwarm erzählt, was ich angerichtet hatte. Wenn er in der Nacht den Mund gehalten hätte, hätte Heike den ihren gar nicht aufreißen können. Dann müsste Saskia morgens nicht durch Wind und Wetter zur Schule laufen. Und mein Sohn könnte heute da draußen Fußball spielen.»

Er zeigte zum Fenster, sprach weiter: «Aber ich habe ihm das nicht übelgenommen, wirklich nicht. Lothar stand unter Schock. Er war das personifizierte Heulen und Zähneklappern, daran erinnere ich mich gut. In dem Zustand denkt man nicht darüber nach, wem man was sagen darf. Was hätte er Heike auch sonst erzählen sollen? Ich war klitschnass, und sie wollte wissen, was passiert war.»

Silvie starrte ihn ungläubig an, schüttelte mechanisch den Kopf und wurde noch einmal laut: «Das ist doch nicht wahr! Warum behauptest du so etwas? Machst du jetzt Tabula rasa? Wenn du Saskia nicht sehen darfst, willst du auch sonst keinen sehen?»

«Ach was.» Er winkte lässig ab. «Ich finde nur, du bist inzwischen alt genug für die Wahrheit. Und ich schätze, Lothar wird das genauso sehen, wenn du an alte Zeiten anknüpfen willst. Es wundert mich, dass er es dir bisher verschwiegen hat. Ich dachte, er hätte dich nach eurer Hochzeit aufgeklärt, weil danach keine Briefe mehr kamen.»

«Ich hab keine mehr geschrieben, weil ich keine bekam», fuhr sie auf. «Das hast du doch bezweckt, oder? Jetzt willst du mich auch nur loswerden, gib's zu!»

Sekundenlang betrachtete er sie nachdenklich, dann nickte er. «Du hast es erfasst. Kluges Mädchen. Trink deinen Kaffee aus, du darfst auch einen Keks dazu essen. Dann steigst du ins Auto, angelst deinen Schlüssel unter dem Beifahrersitz hervor und fährst nach Hause zu deiner Familie.»

«Dein Kaffee schmeckt mir nicht», sagte Silvie wie ein trotziges Kind, fehlte nur, dass sie mit einem Fuß aufstampfte.

«Dann nimm dir nur einen Keks und geh», forderte er. «Aber geh endlich. Lass mich in Ruhe, Silvie. Ich hätte letzten Samstag nicht bei dir klingeln dürfen. Ich wusste sofort, dass es ein Fehler war.»

«War es nicht», widersprach sie und triumphierte innerlich. Hatte sie sein Verhalten doch richtig beurteilt. «Sieh mich an», verlangte sie, als er den Kopf senkte: «Es war kein Fehler, Alex. Es war gut, dass du zu mir gekommen bist. Du brauchst einen Menschen, mit dem du reden kannst. Hast du mal mit deiner Anwältin darüber gesprochen? Ich meine, weiß sie, dass Lothar dich angeblich bei Janice in der Greve erwischt ...»

«Nicht angeblich, Silvie», fiel er ihr ins Wort. «Glaub es oder lass es. Wenn du es nicht glauben kannst, dann gehst du jetzt wirklich besser und kommst nie wieder. Ich kann nicht bis an mein Lebensende so tun, als wäre ich ein Justizirrtum und Heike nur eine dumme Kuh, die mich loswerden wollte. Wollte sie gar nicht. Sie hat mich nicht betrogen. Sie hat mich geliebt und war genauso eifersüchtig auf Janice, wie du es vor ihr warst. Deshalb wollte sie nicht mit mir in der Villa leben. Die Nachbarschaft gefiel ihr nicht. Es war ihr nicht einmal recht, dass ich jeden Abend zu meiner Mutter fuhr. Ich hätte ja auf dem Rückweg wieder Steinchen an Janice' Fenster werfen können, verstehst du?»

«Sicher», sagte Silvie, «genau aus dem Grund verstehe ich ja nicht, warum Heike nicht einfach den Mund gehalten hat. Aber damit ist meine Frage nicht beantwortet. Weiß deine Anwältin ...»

«Natürlich», unterbrach er sie erneut. «Mein Bruder hat ihr nach der Urteilsverkündung alles gesagt, weil sie in Berufung gehen wollte. Vorher meinte sie, Lothar hätte von Heike erfahren, was ich angerichtet hatte. War eine naheliegende Vermutung, dass Heike zuerst mit meinem Freund gesprochen hätte. Dass Lothar ein Riesenproblem mit seinem Gewissen hatte, war Frau

Brand schon vor Prozessbeginn aufgefallen. Deshalb hat sie ihn ja so schnell aus dem Zeugenstand entlassen.»

«Okay», sagte Silvie und atmete tief durch. «Okay. Das muss ich jetzt erst mal sackenlassen. Aber es ändert nichts zwischen uns. Du warst damals mein Freund und bist es heute noch. Und wenn du jemanden zum Reden oder Zuhören brauchst, ich bin von morgens bis nachmittags allein.»

«Mit deinem Hasemann.»

Sie glaubte, schon wieder eine Spur von Humor zu hören, und lächelte ihn an. «Ja, aber der jetzt nicht. Du darfst dich hier nicht einigeln, Alex. Damit hilfst du keinem.»

Sie wandte sich zum Gehen, hatte fast vergessen, warum sie ursprünglich gekommen war. Es fiel ihr erst wieder ein, als sie die Haustür schon geöffnet hatte. Sie drehte sich noch einmal um. Er stand in der Küchentür, schaute sie mit seinem verweinten Gesicht abwartend an und sah so rührend schutzbedürftig aus, dass sie ihn liebend gerne in die Arme genommen hätte.

«Ist noch was?», wollte er wissen.

«Ja, aber das ist nicht so wichtig.» Es war ihr unangenehm, ihr ursprüngliches Anliegen jetzt noch zur Sprache zu bringen. Angesichts dessen, was auf ihm lastete, erschien es ihr nichtig und bedeutungslos.

«Raus mit der Sprache», verlangte er.

«Weißt du wirklich nicht, wer der Typ war, mit dem Lothar am Dienstag über Discoschnecken gesprochen hat?»

Er lachte leise. «Beschäftigt dich das etwa immer noch? Du lässt auch nie locker, was? Sicher weiß ich das. Ich konnte es dir nur nicht sofort sagen, weil ich dann eine Beichte wegen des Autos hätte ablegen müssen. Es war kein Typ, er hat's Heike erzählt. Morgens um halb sechs, während ich darauf wartete, dass er endlich in die Bahn stieg, damit ich losdüsen konnte.»

«Heike?» Silvie schüttelte sich, als liefe ihr ein kalter Schauer den Rücken hinunter. Erneut hob sie die Stimme an. «Wieso protzt er ausgerechnet bei ihr damit? Fehlt sie ihm noch in seiner Sammlung? Hast du ihm mal erzählt, sie wäre ein heißer Feger?»

«Wahrscheinlich mehr als einmal», erklärte Alex. «Aber er hat bei ihr nicht geprotzt. Er hat sich darüber aufgeregt, dass du ihn am Montagabend angerufen und der Eifersucht bezichtigt hattest. Er meinte, er hätte nie einen Grund gehabt, auf mich eifersüchtig zu sein, weil er alle bekommen hat, am Ende sogar den Hauptgewinn, dich.»

«Ach so», murmelte Silvie und fragte etwas lauter: «Und – hatte er wirklich alle?»

«Nein», versicherte er. «Nicht mal alle Discoschnecken. Es waren einige dabei, die keinen Tröster brauchten. Und Janice hätte er nicht mal angefasst, wenn sie die allerletzte Frau auf Erden gewesen wäre. Das kannst du mir glauben. Ich weiß nicht mehr, wie oft er mich vor ihr gewarnt und aufgezählt hat, was ich mir bei ihr alles holen könnte. Syphilis, Gonorrhö, Aids und Ungeziefer. Sackratten und Filzläuse, sagte er immer. Und wir waren beide überzeugt, das wären zwei verschiedene Spezies.» Er lächelte. «Beruhigt?»

Silvie nickte und ging endlich, klaubte ihren Autoschlüssel unter dem Beifahrersitz hervor und setzte sich hinters Steuer, fuhr aber nicht gleich los. Sie war enttäuscht, verletzt, verunsichert, fand nicht den passenden Ausdruck für das Gefühlschaos, das Alex mit seiner Offenheit in ihr angerichtet hatte.

Auf jeden Fall war sie stinksauer auf ihren Mann. Dass er Alex damals bei Janice im Wasser erwischt und es Heike erzählt, sie dagegen nicht für würdig befunden hatte, ebenfalls eingeweiht zu werden, nicht einmal nach der Verurteilung, betrachtete sie als Unverschämtheit und einen Vertrauensbruch, der seinesgleichen suchte.

Am schlimmsten empfand sie noch, wie Lothar sich nach der Festnahme darüber aufgeregt hatte, dass Heike seinen besten Freund mit ihrer Aussage dermaßen in die Scheiße ritt. Genauso hatte er das ausgedrückt. *«Warum konnte sie nicht ihre Schnauze halten? Was hat sie davon, ihn dermaßen in die Scheiße zu reiten? Steht sie ohne ihn etwa besser da?»*

Und mit keiner Silbe hatte Lothar jemals auch nur angedeutet, dass zuvor er die Schnauze aufgerissen, dass Heike ihn aber nicht in die Scheiße geritten hatte. Der Staatsanwalt hätte sich über einen Augenzeugen garantiert mehr gefreut als über eine Frau, die verschämt eingestand, nasse Kleidungsstücke und Schuhe in irgendwelchen Müllcontainern entsorgt zu haben, nachdem der sturzbetrunkene Lebensgefährte sie mitten in der Nacht aus dem Schlaf gerissen und ihr das Ersäufen einer rolligen Katze gestanden hatte. Es war unfassbar und musste erst mal der Reihe nach verarbeitet werden.

Sie ließ den Motor an, wendete und fuhr langsam zurück, im Schritttempo auf Webers Garten und das Heckler-Haus zu, den Blick unwillkürlich nach links zur Greve gerichtet. Vom Wasser sah sie so gut wie nichts. Das Flüsschen versteckte sich hinter der Bepflanzung in den Gärten, nur an zwei, drei Stellen glitzerte etwas in der tiefstehenden Sonne.

Bei Nacht hätte man vom Wasser überhaupt nichts gesehen. Aber wenn der Astra, den Alex damals gefahren hatte, verlassen am Straßenrand oder mitten auf der Straße gestanden hätte, hätte Lothar verständlicherweise nachgeschaut, wo Alex war. Vorerst ging Silvie noch davon aus, Alex sei gefahren und Lothar ihm zu Fuß gefolgt, weil er sich entgegen seiner Aussage vor Gericht eben doch Sorgen gemacht hatte. Dass es anders gewesen war, erfuhr sie erst, als sie ihren Mann zur Rede stellte.

Lothar hatte sich die Zeit mit David am Laptop vertrieben. Fotos hatten sie angeschaut, damit Prinz Knatschsack seine Mama wenigstens auf dem Bildschirm sah, wenn er ihr schon nicht auf der Pelle hängen oder hinter ihr herkrabbeln konnte.

Mann und Sohn reagierten gleichermaßen erleichtert und erfreut auf ihre Rückkehr. «Mama», brabbelte der eine und wand sich auf Papas Schoß. «Da bist du ja endlich», seufzte Lothar. «Warum hat das denn so lange gedauert?»

«Jetzt stelle erst mal ich ein paar Fragen», erwiderte Silvie, nahm ihm den Jungen ab und legte los im Plauderton einer Märchentante. Darin war sie unnachahmlich gut. Gestritten wurde niemals so, dass David sich hätte erschrecken oder fürchten können. Trotzdem kam aufs Tapet, was gesagt werden musste. Silvie sparte dabei nicht einmal mit Schimpfworten.

Völlig überraschend kam es für Lothar nicht. Dass Alex sich mit den tatsächlichen Ereignissen jener Nacht verplapperte, sobald jemand Druck ausübte, war zu erwarten gewesen. Damals hatte er es auch nicht lange geschafft, die erste Fassung beizubehalten. Hundertmal hatten Lothar und Heike ihm zwei Sätze vorgekaut. «*Nach dem Vorfall im Männerklo erinnere ich mich an gar nichts. Ich weiß nur, dass ich morgens in meinem Bett aufgewacht bin.*»

Damit wäre er vermutlich ein freier Mann geblieben. Wie hätten Polizei und Staatsanwalt ihm ohne verwertbare Spuren beweisen sollen, dass er von der *Linde* aus nicht geradewegs nach Grevingen gefahren und zu Heike ins Bett gekrochen war? Den Astra hatte Lothar noch in der Nacht in der Garage seiner Eltern so gründlich gereinigt, dass die Spurensicherung kein noch so winziges Härchen darin zum Vorschein gebracht hatte.

Was natürlich äußerst verdächtig gewesen war, aber auch einfach zu erklären. Das hatte Heike übernommen. Mit dem Astra wurden schließlich jeden Tag die Brötchen abgeholt, da war penible Sauberkeit unerlässlich.

Lothar brauchte nicht lange, um sich zu fassen und Silvie mit den richtigen Argumenten in die Defensive zu drängen.

Sein Schweigen ihr gegenüber rechtfertigte er mit der Gegenfrage: «Wie lange hätte es wohl gedauert, bis du deine Großeltern ins Vertrauen gezogen hättest? Du kannst deinen Mund doch gar nicht halten. Heike hat das immerhin zwei Wochen lang geschafft und hätte vermutlich für alle Zeiten durchgehalten, weil sie Alex nicht verlieren wollte. Aber plötzlich ging es um ihre eigene Haut.»

«Wieso das denn?», fragte Silvie. Die Bemerkung über ihre Redseligkeit überging sie großzügig, völlig unrecht hatte Lothar damit ja nicht. Mit Oma und Opa hätte sie vielleicht wirklich gesprochen.

«Du hast es im Prozess doch selbst gehört», erinnerte Lothar sie. «Hast du vergessen, wie seine Rechtsanwältin die Theorie von einer Täterin vortrug? Damit hatte sie den ermittelnden Beamten vorher schon in den Ohren gelegen. Und Alex hatte gleich bei der ersten Befragung durch die Polizei verlauten lassen, Heike habe befürchtet, er könne wieder mit Janice herummachen, weil er so oft bei seiner Mutter war. Deshalb hätte Heike sogar schon die Laube kontrolliert. Was lag für die Polizei also näher, als sich mit Heike zu befassen? Sie war zur fraglichen Zeit mit einem schlafenden Baby alleine in ihrer Wohnung gewesen. Mit anderen Worten, sie hatte kein Alibi. Ihr blieb nichts anders übrig, als zu sagen, was sie wusste.»

«Verstehe ich», sagte Silvie. «Aber das meiste wusste sie doch wohl von dir. Das wüsste ich jetzt auch gerne. Und zwar ganz genau und von Anfang an. Ich hole nur schnell ein Gläschen für David, dann kannst du loslegen.»

Während sie den Hasemann mit Obstbrei fütterte und anschließend eine Weile auf ihren Knien reiten ließ, tat Lothar ihr den Gefallen. Er holte sehr weit aus, begann bei seinem Appetit auf einen Burger mit Pommes und Alex' Niedergeschlagenheit. Was sich in der *Linde* abgespielt hatte, hätte er ihr nicht unbedingt ins Gedächtnis rufen müssen, tat es trotzdem, weil sie nur die zum Teil widersprüchlichen Fassungen der Leute kannte, die vor Gericht ausgesagt hatten.

Schließlich erreichte er den Teil, wie er in der Kneipe nach Alex gesucht und befürchtet hatte, der sei Janice hinterhergelaufen, um von ihr zu hören, mit wem Heike ihn betrog. «Das Biest hatte ihm da einen gewaltigen Floh ins Ohr gesetzt ...»

«Moment», unterbrach Silvie ihn und stellte vorübergehend das Hoppe-Reiter-Spiel ein. «Alex ist gelaufen?» Noch ehe Lothar das bestätigen konnte, stellte sie fest: «Natürlich! Mein Gott, bin ich blöd. Warum hat er das denn eben nicht gesagt? Er war besoffen. Du hattest sein Auto. Du hast ihm immer den Schlüssel abgenommen, wenn er etwas trank.»

Lothar nickte und fuhr fort: «Leider bin ich zuerst in die falsche Richtung gefahren, weil ich dachte ...»

«Was du dachtest, ist nebensächlich», fiel Silvie ihm erneut ins Wort. «Alex war also zu Fuß. Du bist gefahren und hast vom Auto aus gesehen, wie er Janice ersäuft hat? Ich wusste gar nicht, dass der Astra ein Amphibienfahrzeug war.»

«Nicht sarkastisch werden», tadelte Lothar.

«Das war nicht sarkastisch», erwiderte Silvie. «Man sieht die Greve nämlich nicht, wenn man an den Gärten vorbeifährt. Ich hab früher nie darauf geachtet. Eben habe ich bewusst hingeschaut, und da fiel es mir auf. Jetzt weiß ich natürlich nicht, ob ein Mann im Mondlicht über die Lauben und Stangenbohnen hinausragt. Aber wenn er gerade jemanden ertränkte, müsste er gebückt gestanden haben. Oder hatte er ihr einen Fuß ins Genick gesetzt wie ein Großwildjäger?»

Lothar blieb ruhig. «Ich habe ihn nicht vom Auto aus gesehen. Zuerst bin ich die Landstraße bis zum Tümpel gefahren, dann zur Villa. Da machte keiner auf. Alex hätte wie ich klingeln müssen. Als er bei Heike eingezogen ist, hatte er seinen Hausschlüssel abgegeben. Ich dachte, wenn mich keiner hört, haben sie ihn auch nicht reingelassen. Und ich hielt es für zwecklos, noch länger nach ihm zu suchen, weil ich annahm, er hätte von der Breitegasse aus den Radweg nach Grevingen genommen. Also bin ich umgekehrt, hab noch kurz überlegt, ob ich bei Hecklers klingeln und fragen soll, ob Janice daheim ist.»

«Warum?», wollte Silvie wissen, wechselte mit David auf die Spieldecke und begann einen Turm aus Holzklötzen zu bauen. «Was ging das Biest dich an? Du warst doch scharf auf sie, gib es zu!»

«Nein», widersprach Lothar gelassen. «Es hätte mich nur beruhigt, wenn ich einen von beiden wohlauf vor mir gesehen hätte. Alex war sturzbetrunken und zuletzt außer sich vor Wut. Hättest du dir keine Sorgen gemacht? Nein, du vermutlich nicht. Du hast ihn nie erlebt, wenn er ausrastete und zuschlug, ich war mehr als einmal dabei. Aber die Hecklers hätten weiß Gott was gedacht, wenn ich um die Zeit nach Janice gefragt hätte. Das war's mir nicht wert. Dass sie nicht zu Hause waren, konnte ich ja nicht riechen. Und dann fiel mir die Couch in Webers Laube ein. Ich wollte nur noch schnell nachsehen, ob er sich dort verkrochen hatte, um seinen Rausch auszuschlafen.»

Er strich sich über die Augen, als wolle er etwas wegwischen, ehe er weitersprach: «Vom Garten aus habe ich ihn gesehen. Er stand gebückt und breitbeinig mitten im Wasser, als hätte er einen Fisch mit der Hand fangen wollen. Was er wirklich tat, konnte ich zuerst gar nicht erkennen. Ich habe ihn gerufen, er beachtete mich nicht. Also bin ich hin zu ihm. Im Näherkommen sah ich, dass jemand zwischen seinen Beinen lag. Er hatte Janice mit einer Hand im Nacken gepackt und drückte sie mit dem Gesicht ins Wasser. Er ließ sie erst los, als ich ihn anschrie und von ihr wegzerrte. Da war sie aber schon tot.»

«Wie lange?», fragte Silvie, ohne aufzusehen. Sie saß da mit untergezogenen Beinen, als sei sie nur auf die Holzklötze und ihren Sohn konzentriert. Der kannte das Spiel. Es hieß: *Gleich kommt der Godzilla und macht alles kaputt.* Godzilla wartete gespannt auf seinen Einsatz.

«Woher soll ich das wissen?», brauste Lothar auf. «Bin ich Arzt? Ich hab nur geprüft, ob sie noch einen Puls hatte.»

«Wo?»

«Seitlich am Hals. Kann sein, dass ich zuerst ein Handgelenk genommen habe. Ich weiß es nicht mehr.»

«Und sie hatte keine Hosen an.»

Lothar bestätigte mit einem Nicken. Der nackte Unterleib war im Prozess oft genug erwähnt worden. Keine schwarze Satinhose, keine Unterwäsche, keine Schuhe, weder an der Leiche noch am Tatort, auch nicht in der näheren Umgebung. Die Polizei hatte tagelang alles abgesucht, sämtliche Gärten und Lauben, sogar die Greve, deren Wasserstand nicht hoch genug gewesen war, um Hose und High Heels über eine längere Strecke wegzuspülen.

Sie hatten Heike im Verdacht gehabt, auch diese Teile beseitigt zu haben. Das hatte sie stets bestritten und wiederholt, sie habe nur die Sachen von Alex auf diverse Müllcontainer verteilt. Er sei in der Nacht auch nicht mit einer Satinhose und Damenpumps nach Hause gekommen. Schließlich war man davon ausgegangen, Alex habe die Satinhose und die High Heels auf dem Heimweg in irgendeine Mülltonne gestopft. Die Tonnen waren am Dienstag nach Ostern geleert worden, da wäre eine Suche reine Zeitverschwendung gewesen.

Lothars Schweigen veranlasste Silvie aufzuschauen. So hatte sie ihn bei der nächsten Frage im Blick: «Wer hat ihre Klamotten verschwinden lassen?»

Statt ihr darauf zu antworten, fragte Lothar gereizt: «Soll das ein Verhör werden?»

«Es ist bereits eins», erklärte sie, gab dem Hasemann seinen Einsatzbefehl und schaute zu, wie der Knirps mit viel Getöse und Gejauchze den Klötzchenturm umwarf. «Und an deiner

Stelle wäre ich heilfroh, dass kein Polizist diese Fragen stellt. Was du dir geleistet hast, nennt sich Behinderung einer Ermittlung, Irreführung, Falschaussage, da kommt einiges zusammen. Und was da passiert war, war keine Lappalie. Also, wer hat die Klamotten von Janice verschwinden lassen?»

«Keine Ahnung, die habe ich nicht gesehen.»

«Würdest du das bitte wiederholen», verlangte Silvie. «Ich hab nämlich verstanden, die hättest du nicht gesehen. Aber du hast doch bestimmt danach gesucht, oder?»

Lothar schüttelte den Kopf und wurde ebenfalls sarkastisch. «Ich hatte etwas Besseres zu tun, weißt du, nämlich Alex ins Auto zu verfrachten. Das soll jetzt nicht heißen, dass ich in Ordnung fand, was er getan hatte. Aber irgendwie habe ich ihn verstanden. Wenn dieses blöde Weib ihn in Ruhe gelassen hätte ...»

Silvie nickte. «Wie viel Zeit, schätzt du, war seit deiner Abfahrt von der *Linde* vergangen? Oder besser gefragt, um welche Zeit hast du Alex in der *Linde* vermisst, und wann hast du ihn in der Greve entdeckt?»

Während sie die Klötzchen erneut auftürmte, blies Lothar die Backen auf, ließ die Luft wieder entweichen und zuckte mit den Achseln: «Eine halbe Stunde vielleicht. Eher weniger. Zwanzig Minuten. Ich bin zwar langsam gefahren, weil ich Ausschau nach ihm gehalten habe, aber ...»

«Und dir ist in der Breitegasse niemand begegnet?», wurde er erneut unterbrochen.

«Nein.»

«Kunststück», meinte Silvie. «Wenn ich Scheinwerfer sehe, gehe ich in Deckung, vorausgesetzt, ich bin überhaupt noch in der Nähe. In der Lambertusstraße war auch kein Auto unterwegs?»

«Nein», sagte Lothar noch einmal. «Können wir jetzt aufhören?»

«Nein», sagte auch Silvie noch in sanftmütigem Ton, um mit den nächsten Sätzen zunehmend lauter zu werden. «Wir hören erst auf, wenn du mir erklärst, wo die Sachen von Janice geblieben sind, wenn Alex oder du die nicht mitgenommen habt.»

Hasemann zog eine Schnute, nahm wohl an, sie schimpfe mit ihm. Silvie dämpfte ihren Ton wieder auf Zimmerlautstärke, lächelte den Knirps besänftigend an und wollte honigsüß von Lothar wissen: «Meinst du, Alex hätte Hose und Schuhe verschluckt? Dass er sie in der kurzen Zeit verbuddelt hat, können wir wohl ausschließen. Frische Spatenstiche wären bei der gründlichen Suchaktion garantiert aufgefallen.»

Lothar schwieg.

«Du hast nicht den Schimmer einer Ahnung, wo die Klamotten geblieben sind», stellte sie mit grimmiger Genugtuung fest. «Aber du konntest Heike erzählen, Alex hätte Janice ertränkt.»

«Das hat er gesagt», rechtfertigte Lothar sein Vorgehen. «Als ich ihn zum Auto zerrte, sagte er: ‹Ich hab das Biest ersäuft wie eine rollige Katze.› Mein Gott, den Satz werde ich nie in meinem Leben vergessen. Meinst du, ich hätte mir in dem Moment Gedanken um eine fehlende Hose und ein Paar Schuhe gemacht? Mir ist nicht mal aufgefallen, dass die Sachen weg waren. Sie hätten irgendwo im Garten liegen können, in der Laube oder am Ufer. Es war eine schwarze Hose, und es war dunkel.»

Silvie nickte wieder und wollte wissen: «Bist du immer noch überzeugt, Alex sei es gewesen?»

«Wer denn sonst?», fragte Lothar.

4. Teil

DIE BELASTUNGSZEUGIN

9. bis 13. Oktober 2010

Heike Jentsch fühlte sich am Samstagmorgen noch zerschlagen und hundemüde vom Blutverlust. Nach dem Absaugen hatte sie eine ungewöhnlich heftige Nachblutung gehabt und noch eine Ausschabung über sich ergehen lassen müssen. Sie hatte vorgehabt, das Hotelbett bis zum Sonntagnachmittag nur zu verlassen, wenn sie ins Bad oder etwas essen musste. Stattdessen packte sie ihre Sachen zusammen, schluckte die empfohlene Dosis Vitamin K und zwei Eisentabletten, beglich die Hotelrechnung und trat die Heimreise an.

Bei einer kurzen Pause an einer Raststätte stellte sie fest, dass sie erneut blutete. Am frühen Nachmittag steuerte sie ihren Honda die Rampe hinunter in die Tiefgarage und wunderte sich, dass sie heil angekommen war. Ihr Schädel dröhnte vor Erschöpfung. Sie hatte Mühe, die Augen offen zu halten.

Sie brachte ihren Koffer hinauf in die Wohnung und ging sofort ins Bad. Nachdem sie sich sauber gemacht und eine frische Binde eingelegt hatte, gönnte sie sich eine Verschnaufpause, einen starken Kaffee und drei weitere Pillen. Appetit hatte sie keinen, auch nichts Richtiges im Kühlschrank. Ehe sie die Wohnung wieder verließ, trug sie etwas Rouge auf, um die Blässe zu verdecken. Dann fuhr sie mit dem Lift nach unten und machte sich auf den Weg nach Garsdorf.

Der Laden war längst geschlossen, ihre Eltern kurz vorher zum Krankenhaus gefahren, um Gottfried zu besuchen, dem es schon wieder etwas besser ging. Ihr Bruder hatte sich hingelegt, wie er es nachmittags oft tat. So musste sie sich nur mit ihrer Schwägerin auseinandersetzen.

Gerhild brühte auch noch mal Kaffee auf und legte drei übriggebliebene Apfeltaschen dazu. Dank der inzwischen vier Eisentabletten – die empfohlene Tagesdosis lag bei zwei – wurde Heike schon nach wenigen Bissen und einem Schluck Kaffee übel. Was Gerhild veranlasste, den angeblich verdorbenen Magen als Tatsache zu werten, ihr im Stillen Abbitte zu leisten und das Thema Abtreibung erst gar nicht anzuschneiden. So kamen sie rasch auf Alex zu sprechen.

Gerhild vertrat den Standpunkt, Heike müsse selbst noch einmal zur Wache, damit sich einer der Beamten zur Villa Schopf bequeme und Alex klarmachte, dass er sich von Saskia fernzuhalten habe. Heike wollte erst mal mit ihrer Tochter reden. Doch da war nichts zu machen.

Seit dem vergangenen Nachmittag saß Saskia bei geschlossener Tür in ihrem Zimmer und hörte sich die Geschichte vom Schlossgespenst Hui Buh an, immer nur diese eine. Sie kam bloß zu den Mahlzeiten herunter. Eine Apfeltasche lockte sie allerdings nicht. Ein Marzipanhörnchen wollte sie ebenso wenig.

«Ich will zu meinem Papa», teilte sie durch die geschlossene Tür mit. «Vorher will ich mit keinem Menschen reden. Bestimmt nicht mit der Frau, die ein teures Retortenbaby aus einem Brutkasten geklaut und meinen Papa, der viel Zeit hat und ganz toll schmusen kann, zum Weinen gebracht hat.»

«Ich hab's dir doch gestern schon gesagt», erinnerte Gerhild. «Der Mistkerl hat ganze Arbeit geleistet.»

Darauf ging Heike nicht ein. Mit müdem Lächeln wandte sie sich wieder der Treppe zu, stieg hinunter und meinte dabei: «Das klingt nicht so, als hätte er sich dramatisch verändert. Viel Zeit, toll schmusen und Geschichten erzählen, so hat er es damals auch gemacht. Wahrscheinlich sollten wir ihm dankbar sein, dass er sich ihr nicht vorgestellt hat mit dem Hinweis, er käme gerade aus dem Gefängnis, wo ich ihn hineingebracht hätte.»

Gerhild glaubte, nicht richtig zu hören, und sah sich genötigt einzugestehen, dass nicht Alex, sondern sie die Geschichte vom Retortenbaby erzählt und ihr Ältester diese Story ein bisschen ausgebaut hatte. Dann saßen sie da.

Wie es weitergehen sollte, wenn Heike nichts gegen Alex unternahm, wusste Gerhild beim besten Willen nicht. «Ich hab nicht die Zeit, Saskia jeden Morgen zur Schule zu fahren und mittags wieder abzuholen», sagte sie. «Ich kann auch nicht jeden Nachmittag hinter ihr her sein und aufpassen.»

«Das verlangt auch keiner von dir», sagte Heike.

«Er macht sich nicht strafbar, wenn er sie auf dem Schulweg begleitet und nachmittags bei sich zu Hause bewirtet», brachte Gerhild die Argumente vor, mit denen Bernd Leunen sie in die Schranken verwiesen hatte. «Solange sie freiwillig und auch noch gerne mit ihm geht, ist das für die Polizei in Ordnung.»

Heike seufzte: «Für mich auch. Lassen wir ihn das doch tun, wenn's ihm Spaß macht.»

«Mir geht's mehr um den Spaß, den es Saskia macht», erklärte Gerhild. «Du hast sie doch gerade gehört. Willst du das Kind vollkommen unter seinen Einfluss geraten lassen?»

«Was ist denn schlimm, wenn er sich kümmert?», fragte Heike. «Früher hat er das doch ganz gut gemacht.»

«Früher», wiederholte Gerhild. «Jetzt kommt er frisch aus dem Knast. Und ich möchte nicht wissen, welchen Einflüssen er dort ausgesetzt war. Herrgott, was ist denn los mit dir?»

Das konnte Heike ihr nicht erklären. Sie verstand es selbst noch nicht so recht. Nach all den ausgestandenen Ängsten und Schreckensszenarien, die sie sich zu Beginn der Woche ausgemalt hatte, war sie nach Gerhilds Anruf irgendwie erleichtert gewesen. Allerdings hatte das nicht lange vorgehalten. Nun fühlte sie sich ausgelaugt und traurig.

Vielleicht war es zu viel Stress gewesen in den letzten Wochen. Vielleicht war es die erneute Hormonumstellung. Oder der Blutverlust und die damit verbundene Schwäche. Vielleicht war es aber auch die Gewissheit, dass sie nicht lange fackelte und Leben vernichtete, wenn es um ihren Vorteil ging. Schon das dritte Leben, wenn man es genau nahm.

Erst Alex, dem sie mit ihrer Aussage die Chance auf ein Leben nach seinen Vorstellungen genommen hatte. Dann der kleine Junge, den sie sich nach dem Urteilsspruch gegen seinen Vater nicht mehr hatte leisten können. Jetzt die leidige Panne mit einem Gelegenheitsliebhaber.

Was die Ärztin in Goes ihr aus dem Leib gesaugt und geschabt hatte, wusste sie nicht. Um das Geschlecht festzustellen, war es noch zu früh gewesen. Die siebte Woche, nicht die sechsundzwanzigste wie damals. Ihren Sohn – Alex' Sohn – hatte sie zuvor mehrfach mittels Ultraschall gesehen, seine Händchen, den Kopf, die Wirbelsäule, das schlagende Herz. Er hatte ungefähr achthundert Gramm gewogen, war etwa fünfunddreißig Zentimeter groß gewesen. Durchaus lebensfähig, wie Silvies Hasemann bewies. Und sie hatte ihm das Recht auf Leben abgesprochen, weil sein Vater nicht mehr da war, sich um ihn zu kümmern.

Und wie oft hatte sie anschließend bereut, Alex ans Messer geliefert zu haben, nur um nicht selbst in die Bredouille zu geraten. *«Das wird dir noch leidtun!»* Ja, das hatte es. Mehr als einmal. Kurz vor der Urteilsverkündung so sehr, dass sie nahe daran gewesen war, ihre Aussage zurückzunehmen.

Vielleicht wären sie beide mit dem Schrecken davongekommen, wenn sie länger durchgehalten oder an ihn geglaubt hätte. Nicht etwa an seine Unschuld, nur an seine Treue. Vielleicht wären sie heute noch ein Paar, glücklich und zufrieden miteinander. Es waren ein paar gute Jahre gewesen mit ihm, genau genommen die schönsten, die sie bisher erlebt hatte.

«Ich bin nur müde von der langen Fahrt und noch etwas mitgenommen von den Matjes, die ich mir nach der Ankunft gegönnt habe», log sie. «Eigentlich hätte ich heute noch gar nicht fahren dürfen. Mit einer Fischvergiftung ist nicht zu spaßen.»

«Dann fahr nach Hause und kurier dich aus», riet Gerhild. «Wir reden noch mal, wenn du dich besser fühlst. Oder soll ich dich fahren? Dein Auto kann ich dir morgen bringen, du müsstest mich dann nur zurückfahren.»

Und mich von Mama in die Mangel nehmen lassen, dachte Heike und sagte: «Vier Kilometer schaffe ich schon noch. Es reicht, wenn du mir mit einem Brot aus der Klemme hilfst. Wenn mein Magen sich erst wieder beruhigt, habe ich garantiert Hunger wie ein Wolf, aber nichts Essbares in der Wohnung.»

Als sie mit einem halben Oberländer und einem Weißbrot ins Auto stieg, überlegte sie, noch einen Abstecher zur Villa Schopf zu machen, ehe sie zum Discounter fuhr. Mit Alex zu reden, ihm zu versichern, dass sie nichts dagegen hatte, wenn er Zeit mit Saskia verbrachte. Wenn er denn mehr nicht wollte, wäre es die beste Lösung gewesen.

Und wer weiß, vielleicht könnten sie sich irgendwann über die gemeinsame Tochter wieder näherkommen. Nicht heute, nicht morgen, aber in einigen Monaten oder einem Jahr. Vielleicht hatte sie in den letzten Jahren keine neue feste Beziehung eingehen mögen, weil Alex ihr immer noch im Kopf herumspukte. Keiner von ihren Gelegenheitsliebhabern hatte an ihn herangereicht.

Sie hätte keine Einwände mehr erhoben, mit ihm in der alten Villa zu leben. Morgens ein Viertelstündchen länger schlafen und die Brötchen auf einem Weg mitnehmen. Sich abends an einen gedeckten Tisch setzen, eine leckere Mahlzeit vorgesetzt bekommen, er war ein guter Koch gewesen, anschließend die Beine hochlegen, während er den Abwasch machte. Danach noch ein Weilchen gemeinsam auf der Couch. Es war nicht nur ein gutes Leben gewesen mit ihm, vor allem war es ein leichtes und unbeschwertes Leben gewesen.

Aber es war schwer vorstellbar, dass ihr Auftauchen ihn heute in helle Freude versetzte und er zu ihren Vorschlägen einfach nur ja und amen sagte oder «Schwamm drüber», nicht nach sechs Jahren hinter Gittern. Einer Auseinandersetzung mit ihm fühlte sie sich nicht gewachsen.

Abgesehen davon war die Binde schon wieder feucht, das spürte sie deutlich. Im Elternhaus hatte sie nicht kontrollieren, Gerhild auch nicht um eine frische bitten mögen. Sie hätte zwar behaupten können, gerade ihre Tage bekommen zu haben, aber wahrscheinlich hätte Gerhild ihr nicht geglaubt.

Womit sie dann bei dem Thema gewesen wären, das Heike unbedingt vermeiden wollte. Jetzt noch mehr als vorher. Damit nicht irgendwann Alex davon erfuhr. Das musste wirklich nicht sein. Sollten sie eines Tages wieder so weit kommen, dass es ihn interessierte, wie und mit wem sie die letzten sechs Jahre verbracht hatte, wollte sie ihm höchstens von Helmut erzählen.

Ein Dachdecker und ein netter Kerl, verwitwet, sieben Jahre älter als sie, grundsolide, mit eigenem Betrieb und eigenem Haus. Ihre Mutter wäre höchstwahrscheinlich begeistert von Helmut, wusste aber zum Glück nichts von der Beziehung, die Heike gar nicht als solche bezeichnete.

Vor zwei Jahren hatte sie zweimal am Wochenende bei Helmut übernachtet. Und schon beim zweiten Mal hatte er sich Freiheiten herausgenommen, die ihm nicht zustanden. Seitdem hielt sie ihn an der langen Leine. Ab und zu gönnte sie sich ein Stündchen mit ihm, verzichtete jedoch auf die Annehmlichkeiten und den Komfort in seinem Haus. Es gab einen Whirlpool. Aber man konnte nicht alles haben.

Sicherheitshalber kaufte sie zwei Päckchen Camelia Maxi, etwas Wurst, Käse und Fleisch, um ihrem Magen eine solide Grundlage für weitere Eisentabletten zu bieten. Wieder in ihrer Wohnung, machte sie sich erneut frisch. Zum Glück war es nicht so schlimm wie befürchtet.

Statt noch mehr Kaffee brühte sie sich einen Pfefferminztee auf, belegte zwei Brote mit Schinken und Käse und schob den Couchtisch im Wohnzimmer so nahe an das Sofa heran, dass sie ihre Mahlzeit im Liegen zu sich nehmen konnte. Sie hatte das Gefühl, sich nicht länger auf den Beinen halten zu können.

Doch kaum hatte sie sich ausgestreckt, erklang die Erkennungsmelodie von *Mission Impossible*. Ihr Handy steckte noch in ihrem Rucksack, den sie anstelle einer Handtasche trug. Sie hatte ihn gewohnheitsmäßig ins Schlafzimmer gebracht. Mühsam stemmte sie sich wieder hoch und schlurfte hinüber, weil sie annahm, es sei Gerhild oder ihre Mutter.

Es war Lothar. «Silvie weiß jetzt Bescheid», begann er.

«Kann ich nicht ändern», sagte Heike, beendete das Gespräch, ehe er noch mehr mitteilen konnte, und schaltete ihr Handy aus, um nicht noch einmal gestört zu werden, ehe sie sich nicht ein bisschen besser fühlte.

Seitdem sie am Freitagnachmittag ihren Mann *verhört* hatte, war Silvie fest entschlossen, schnellstmöglich mit Heike zu reden. Die Zeiten, in denen der Ansturm auf belegte Brötchen im Kaffeebüdchen nachließ, kannte sie ebenso gut wie Lothar, obwohl sie seit Ewigkeiten nicht mehr dort gewesen war. Am günstigsten wäre der Samstagvormittag gewesen, da war es generell ruhig. Aber wegen Heikes Wochenendtrip musste das Gespräch auf den Montag verschoben werden.

Lothar wäre zu gerne dabei gewesen, um notfalls einzugreifen und zu verhindern, dass Silvie übers Ziel hinausschoss und unnötig Porzellan zerschlagen wurde. Aber er konnte nicht mehr tun, als Heike vorzuwarnen – natürlich nicht so, dass Silvie etwas davon mitbekam.

Das gelang ihm erst am späten Samstagnachmittag, als Silvie mit dem Hasemann in der Badewanne planschte. Da hätte Lothar sogar Zeit für eine längere Unterhaltung gehabt, wurde jedoch kurz und seiner Meinung nach unfreundlich abgefertigt.

Einen weiteren Versuch am Sonntag ersparte er sich, setzte lieber auf den Montagmorgen. Silvie ließ ihn frühmorgens an der S-Bahn-Station nur aussteigen, fuhr gleich wieder zurück nach Garsdorf. Da sollte sich wohl die Gelegenheit zu einem Gespräch unter vier Augen finden lassen. Müsste er halt eine spätere Bahn nehmen, bei seiner Gleitzeit war das kein Problem.

Aber auch montags bemühte Lothar sich vergebens. Im Kaffeebüdchen werkelte noch die Vertretung. Und die wusste nicht, ob Heike dienstags wieder arbeiten konnte.

«Sie hat eine Fischvergiftung», teilte sie Lothar mit.

Silvie hörte in etwa dasselbe, als sie vormittags ihr Glück versuchte. Wobei es ihr vordringlich wirklich nicht darum ging, Alex als Opfer eines Justizirrtums von jeder Schuld reinzuwaschen. Wenn er selbst denn gar kein Opfer sein wollte, war es für seinen Seelenfrieden vielleicht sogar besser, ihn in der Überzeugung seiner Schuld zu lassen. Sie wollte nur ein gutes Wort einlegen für einen Vater, der sein Kind abgöttisch liebte.

Für Alex war das Wochenende trostlos gewesen. Samstags hatte er sich mit Einkäufen abgelenkt, war nach Köln gefahren, weil dort nicht die Gefahr bestand, dass ihn jemand schief von der Seite ansah. Tausend Kleinigkeiten hatte er erstanden, die kein Mensch wirklich brauchte, mit denen man einem siebenjährigen Mädchen aber viel Freude machen konnte.

Sonntags hatte er sich noch einmal auf das Putzzeug gestürzt und zwei weitere Räume im Obergeschoss auf Hochglanz gebracht. Und bei jedem Handgriff hatte er sich ausgemalt, wie er am Montagmorgen beim großen Friedhofstor stand und auf seine Süße wartete. Ohne Auto, wenn sie zu Fuß gingen, hätte er länger etwas von ihr.

Als er losging, rechnete er nicht wirklich damit, Saskia noch einmal auf Schleichwegen durch den alten Ortskern führen zu dürfen. Er war absolut sicher, dass Gerhild, Wolfgang, der alte Jentsch oder sonst wer die Kleine zur Schule fahren würde.

Aber sie kam. Allein. Strahlte ihm entgegen, als sie ihn entdeckte, beschleunigte ihre Schritte und begrüßte ihn mit der frohen Botschaft: «Heike hat gesagt, du darfst mich zur Schule bringen, wenn es dir Spaß macht. Du darfst mich auch wieder abholen. Und wenn du nachmittags die Hausaufgaben mit mir machen willst, ist das überhaupt kein Problem. Ich darf bei dir nur kein Eis mehr essen, höchstens Obst, hat Heike gesagt.»

«Wow», sagte er überwältigt und bemüht, die unvermittelt aufsteigenden Tränen zurückzudrängen. «Das klingt doch sehr vernünftig, findest du nicht? Es gibt tolle Obstsorten, ich kenne Sachen, die schmecken fast genauso gut wie Eis.»

«Ehrlich?» Überzeugt davon schien sie nicht, aber es war ihr wohl nicht wichtig genug, um das Thema zu vertiefen. Sie schaute sich suchend um. «Wo ist denn dein Auto?»

«Wir gehen zu Fuß», sagte er. «Frische Luft ist genauso gesund wie Obst. Wenn man sich viel bewegt, darf man sich sogar hin und wieder ein kleines Eis zur Belohnung gönnen.»

«Ehrlich?», fragte sie noch einmal, griff nach seiner Hand und ließ sich bereitwillig zurück zur Kirche führen, um über den Friedhof in den alten Ortskern zu gelangen. Das breite Rolltor an der Zufahrt zur Aussegnungshalle war geschlossen.

Sie erzählte vom Freitag, wie Tante Gerhild sie ausgefragt und zur Polizei gefahren hatte. Da hatte sie dann alles noch einmal erzählen müssen. Die Polizisten waren aber sehr nett gewesen. Und samstags war Heike gekommen und hatte es auch noch mal hören wollen. «Ich hab aber nur gesagt, dass ich nicht mit der Frau rede, die mich geklaut hat. Und dass du ganz traurig warst und viel geweint hast.»

«Ah ja», sagte er. «Und dann hat Heike beschlossen, dass ich dich regelmäßig sehen darf?»

«Nein, erst ist sie wieder gegangen. Gestern hat sie angerufen. Oma wollte, dass sie uns besucht. Das ging aber nicht. Heike hat in Holland einen falschen Hering gegessen und ist krank.»

«Ah ja», wiederholte er, weil ihm sonst nichts dazu einfiel und er ihr lieber zuhörte. Manchmal hüpfte sie ein paar Schritte und plapperte weiter mit ihrem munteren, eifrigen Stimmchen. Ließ ein wenig Unmut und Unverständnis heraus, weil Gerhild ihr verboten hatte, den Polizisten zu erzählen, dass Heike sie aus einem Brutkasten gestohlen hatte, und weil Heike absolut keine Dankbarkeit zeigte, wo er doch auf eine Anzeige wegen Babyklau verzichtete.

Als sie sich dem Schulgelände näherten, hielt sie Ausschau nach Frau Sattler. Die Lehrerin war nicht zu sehen. Doch es gab genügend andere Zuschauer. Vor dem Törchen im Jägerzaun angekommen, verlangte sie: «Bück dich mal, sonst kann ich dir doch kein Küsschen geben.»

Er ging vor ihr in die Hocke, umfing sie mit beiden Armen, ließ sich auf die Wange küssen und schmunzelte, als er feststellte, wie sehr sie es genoss, dabei von ein paar Mädchen ihres Alters beobachtet zu werden. Als er sich wieder aufrichtete, sagte er laut: «Bis heute Mittag, Schatz. Du kannst ja während der Pause überlegen, was du heute Nachmittag Tolles unternehmen möchtest.»

Zurück lief er wieder durchs Margarineviertel. Ihm kam jedoch nicht der Gedanke, bei Silvie zu klingeln und ihr mitzuteilen, es sei alles in Ordnung, sogar in bester Ordnung, Heike lege ihm keine Steine in den Weg zu seinem Kind. An Silvie dachte er gar nicht, sonst wäre wohl alles ganz anders gekommen. Aber er hatte den Kopf so voll mit Dingen, die er unbedingt besorgen musste – zum Beispiel Obst –, da war kein Platz mehr für etwas anderes. Nur Heike kam ihm kurz in den Sinn, als er in den Fußweg einbog, der weiter hinten in die Breitegasse mündete.

An einem der nächsten Tage wollte er mal im Kaffeebüdchen frühstücken, zwischen neun und zehn, wenn die Berufspendler durch waren und man etwas Ruhe fand für eine Unterhaltung. Das musste nicht gleich heute sein, auch nicht morgen.

Mittags wartete er mit dem alten Mercedes bei der Schule. Um Saskia für die Hausaufgabenbetreuung am Nachmittag abzuholen, fuhr er um halb drei sogar bei der Bäckerei vor und brachte sie um sechs Uhr auch wieder zurück bis vor die Haustür. Dienstags war es nicht anders.

An dem Dienstag probierte Silvie es gegen halb elf erneut, ihren Hasemann ausnahmsweise noch mal auf dem Arm, vielmehr auf der linken Hüfte. Weil sie nicht ernsthaft damit rechnete, Heike anzutreffen, hatte sie sich nicht die Mühe gemacht, den alten Buggy ins Auto zu laden. Aber diesmal hatte sie Glück, wenn man es denn so nennen will.

Heike war allein und damit beschäftigt, Tabletts zu spülen, auf denen mittags die zweite Lieferung Brötchen und das Kleingebäck arrangiert werden sollten. Leicht vorgebeugt, als hätte sie Bauchschmerzen, stand sie vor dem großen Spülbecken, drehte sich um, als sie die Tür hörte, und schaute Silvie mit ausdrucksloser Miene entgegen.

Silvie ersparte sich die üblichen Floskeln, sagte nur knapp «Hallo», bestellte für sich einen Milchkaffee und für David ein Milchbrötchen, brachte ihr Anliegen ohne Umschweife vor und begriff schon nach wenigen Sekunden, dass Alex keine Fürsprecherin mehr brauchte.

«Gerhild sieht das ein bisschen anders als ich», sagte Heike.

«Ich finde, es hat nur Vorteile, wenn Alex sich um Saskia kümmert. Sie muss ja nicht gleich bei ihm einziehen. Aber wenn er sie morgens zur Schule bringt und mittags wieder abholt, muss ich mir keine Sorgen mehr machen, dass sie auf der Pützerstraße angefahren wird.»

Silvie bezweifelte, dass Heike bisher einen Gedanken an Saskias Schulweg verschwendet hatte, von Sorgen ganz zu schweigen. Aber man musste wissen, wann man sich den passenden Kommentar zu verkneifen hatte, um eine Mission nicht zu gefährden. «Finde ich super, deine Einstellung», sagte sie. «Alex wird bestimmt gut aufpassen und sein Bestes geben. Hat er früher ja auch getan.»

Heike nickte. Und Silvie hätte theoretisch ihren Milchkaffee austrinken, bezahlen und sich verabschieden können. Aber Heike sah so fahl aus, richtig ausgezehrt, und dazu diese krumme Haltung, da konnte Silvie sich die Feststellung nicht verkneifen: «Ich hab gehört, du warst übers Wochenende in Holland. Besonders erholsam war es aber wohl nicht.»

«Wahrhaftig nicht», stimmte Heike zu. «Ich wäre besser zu Hause geblieben und hätte mir einen gemütlichen Sonntag auf der Couch gemacht.»

«Wo genau warst du denn?», fragte Silvie.

«Zuid-Beveland», sagte Heike.

Zwei junge Mädchen kamen herein, Heike wandte sich ihnen zu, bediente und kassierte, während Silvie einen aussichtslosen Kampf gegen ihre Neugier führte. Nachdem die Mädchen wieder draußen waren, begann sie: «Es geht mich zwar nichts an, aber warst du nicht damals auch in der Gegend? Du weißt schon, nach dem Prozess, als du die Fehlgeburt ...»

«Du hast recht», schnitt Heike ihr das Wort ab. «Es geht dich überhaupt nichts an. Und wenn du sonst nichts mehr auf dem Herzen hast, wäre ich dir dankbar, wenn du austrinkst, bezahlst und gehst. Ich muss nämlich dringend mal aufs Klo.»

«Eine Kleinigkeit wäre da noch», sagte Silvie und setzte sich den Hasemann auf die rechte Hüfte. «Ich hatte am Freitagnachmittag eine aufschlussreiche Unterhaltung mit meinem Mann.»

Heike schaute sie nur abwartend an.

«Interessiert dich gar nicht, worüber wir gesprochen haben?»

«Nicht die Bohne», antwortete Heike. «Aber ich befürchte, du willst es mir trotzdem auf die Nase binden.»

«Hatte ich eigentlich nicht vor», erklärte Silvie. «Alex hat sich ja damit abgefunden, dass es an ihm hängengeblieben ist. Dabei kann er es gar nicht gewesen sein.»

«Was?», fragte Heike, als wüsste sie wirklich nicht, wovon die Rede sein könnte.

Das ärgerte Silvie gewaltig, aber mit Rücksicht auf ihren Sohn beherrschte sie sich, achtete nur auf die besondere Betonung. «Janice! Ihre Klamotten waren schon weg, als Lothar ihn bei ihr im Wasser erwischte. Alex kann sie gar nicht ertränkt haben.»

«Was?», wiederholte Heike, diesmal gedehnt, schockiert oder verständnislos, da war Silvie nicht ganz sicher. Aber der Gesichtsausdruck erinnerte sie fatal an ein Rindvieh.

Dämliche Kuh, dachte sie und fragte ihrerseits: «Bist du so blöd oder tust du nur so? Alex hat die halbnackte Leiche gefunden, als er in Webers Laube seinen Rausch ausschlafen wollte. Es war genau so, wie seine Anwältin es im Prozess erklärt hat. Wahrscheinlich hat er nur versucht, Janice zu helfen.»

«Behauptet er das?», wollte Heike wissen. Ihr Gesicht spiegelte nun Wachsamkeit und Misstrauen.

«Nein», sagte Silvie. «Wenn man eins und eins zusammenzählt, kommt man von alleine drauf. Wer Janice getötet hat, hat ihre Hose und die Schuhe mitgenommen. Du erinnerst dich bestimmt, dass die Polizei damals wochenlang nach den Sachen gesucht hat, weil Alex ihnen nicht sagen konnte, wo die geblieben waren.»

«Ja», erwiderte Heike. «Ich erinnere mich sogar, dass Lothar vorschlug, ich soll behaupten, den Kram zusammen mit den Klamotten von Alex weggeworfen zu haben. Das habe ich abgelehnt, weil ich überhaupt nichts weggeworfen hatte. Das hat Lothar übernommen. Er sah in der Nacht ja ebenfalls aus wie ein begossener Pudel, weil er Alex von Janice hatte wegreißen müssen. Sicherheitshalber wollte Lothar auch seine Sachen beseitigen und hat die von Alex gleich mitgenommen. Ich dachte immer, er hätte sich ebenso um den Kram von Janice gekümmert und nur von mir verlangt, ich soll das auf meine Kappe nehmen, damit die Kripo endlich Ruhe gibt und die Fragerei ...»

Zuletzt hatte Heike immer langsamer und nachdenklicher gesprochen; als sie vollends abbrach, meinte Silvie süffisant: «Mit anderen Worten, du hast bei der Polizei eine Falschaussage gemacht und vor Gericht einen Meineid geleistet. Darauf stehen ein paar Jährchen.»

«Hätte ich Lothar mit reinreißen sollen?», zischte Heike. «Ich weiß nicht, was mit den Sachen von Janice passiert ist, wenn Lothar die nicht weggeworfen hat. Ich kann nur wiederholen, dass Alex mir wieder und wieder vorgejammert hat, er hätte die rollige Katze ersäuft, weil die ihm nicht verraten wollte, bei wem ich die Beine breit gemacht und schlecht über ihn gesprochen hatte.»

Sie schluckte trocken, ehe sie weitersprach: «Herrgott, ich war nur beim Frauenarzt. Als der sagte, ich sei wieder schwanger, habe ich geantwortet: ‹Das habe ich schon befürchtet, aber Alex wird sich freuen. Dem könnte ich einen ganzen Stall voll Krabbelzeug werfen, dann fühlt er sich wie früher bei Mami. Da hatte er auch mehrere Puppen.› Die Sprechstundenhilfe stand dabei und grinste. Sie war eine Freundin von Janice. Lothar meinte, sie hätte es dem Biest wahrscheinlich gesteckt. Und Janice hätte Alex dann damit aufgezogen.»

Sie schwieg einen Moment, dann erklärte sie: «Ich wollte ihn nicht ans Messer liefern. Sein Bruder hatte sofort diese Superanwältin angeheuert, weil die Polizei Alex von Anfang an im Visier hatte. Leider hatte er der Kripo zu dem Zeitpunkt schon erzählt, ich hätte die Laube kontrolliert, weil ich ihm nicht getraut und geglaubt hätte, er würde wieder mit Janice herummachen. Als einer von der Kripo anklingen ließ, es käme auch eine eifersüchtige Frau als Täterin in Frage, habe ich mit Albert gesprochen, an wen hätte ich mich sonst wenden sollen?»

Bis dahin war es Silvie nur gelungen, Heike nicht zu unterbrechen, weil der Hasemann sie mit Bröckchen von seinem Milchbrötchen fütterte. Aber nun reichte es. Sie drehte den Kopf zur Seite, als der Knirps ihr den nächsten Krümel zwischen die Lippen schieben wollte, und erkundigte sich: «Warum hast du dir nicht ebenfalls einen Anwalt genommen?»

«Glaubst du, Albert hätte mir auch so eine Koryphäe bezahlt?», fragte Heike. «Frau Brand konnte uns nicht beide vertreten. Ihr Mann ist ebenfalls Strafverteidiger, ich hab sie gefragt, was es kostet, wenn ich ihn engagiere. Sie reagierte sehr merkwürdig.»

«Kann ich verstehen», sagte Silvie. «Ich würde auch komisch reagieren, wenn ich mir sicher wäre, dass mein Mandant unschuldig ist und der oder die wahre Schuldige sich von meinem Mann vertreten lassen will.»

Heike lachte ungläubig. «Du glaubst doch nicht wirklich, ich wäre das gewesen? Ich hab in der Nacht geschlafen, verdammt! Fest geschlafen, bis die zwei zur Tür hereingestolpert kamen. Genauso gut könnte ich dich verdächtigen. Janice hat in der *Linde* herumgetönt, du würdest ihr den Schädel einschlagen, wenn du dahinterkämst, dass sie Lothar noch mal den Unterschied zwischen lauwarmem Kuschelsex und ...»

«Lothar hat nie was mit ihr gehabt», schnitt Silvie ihr das Wort ab. «Und ich hatte Nachtdienst, war ziemlich beschäftigt.

Um zehn ist einer aus dem Bett gefallen und wollte danach im Aufenthaltsraum übernachten. Um halb zwölf musste ich den Notarzt zu einem Atemstillstand rufen. Aber was ich glaube, spielt überhaupt keine Rolle. Ich weiß, dass Alex es nicht war, das zählt. Du hattest ein Motiv und warst am Tatort …»

«Das habt ihr euch fein ausgedacht.» Heike wurde nicht einmal laut. «Will er ein Wiederaufnahmeverfahren? Vielleicht noch eine Haftentschädigung? Weiß Lothar, was ihr zwei ausgeheckt habt? Nicht mit mir, Leute! Nicht mit mir! Raus hier, aber fix.»

«Ich hab noch nicht bezahlt», sagte Silvie.

«Ich setze es Lothar auf die Rechnung, wenn der das nächste Mal kommt», erklärte Heike und machte Anstalten, hinter dem Verkaufstresen vorzukommen, um ihrer Forderung Nachdruck zu verleihen. Darauf ließ Silvie es lieber nicht ankommen.

Nachdem der dunkelgrüne Passat wieder abgefahren war, überlegte Heike den halben Tag, ob Silvie sich die verschwundenen Klamotten womöglich aus den Fingern gesaugt hatte, um Alex reinzuwaschen. Es hätte zu Silvie gepasst, für die war Alex immer über jeden Zweifel erhaben gewesen, obwohl er auch sie monatelang mit Janice betrogen hatte. Aber wenn es nicht frei erfunden war, musste man sich fragen, was Lothar sich dabei gedacht hatte, sie aufzufordern, die Satinhose und die High Heels ebenfalls auf ihre Kappe zu nehmen.

Schließlich griff sie zum Telefon, rief Lothar an und bestellte ihn für den frühen Abend in ihre Wohnung, wo sie ungestört unter vier Augen reden konnten. Silvie musste er das nicht unbedingt auf die Nase binden. Wenn er eine Eifersuchtsattacke befürchtete, hätte er Besorgungen für seine Mutter vorschieben können, um sich daheim loszueisen. Frau Steffens belegte ihn so oft mit Beschlag, dass eine Tour mehr oder weniger nicht auffiel, selbst wenn Silvie mal bei ihrer Schwiegermutter nachgefragt hätte.

Lothar kam kurz vor sieben. Heike war gerade mit ihrer täglichen Abrechnung fertig geworden und die Rindsroulade mit Rotkohl und Kartoffelpüree im Wasserbad heiß genug. In ihrer Miniküche war nicht mal Platz für eine Mikrowelle, die nur einen Bruchteil des Stroms gefressen hätte, den eine der Herdplatten brauchte, um eine Schale mit Fabrikfraß zu erhitzen.

Sie führte Lothar ins Wohnzimmer, legte die Kladde, in der sie fein säuberlich Einnahmen und Ausgaben festhielt, ins Schubfach der Anrichte und ging in die Küche, um ihr Abendessen aus dem Topf zu fischen. Normalerweise machte sie sich nicht die Mühe, einen Teller aus dem Hängeschrank zu nehmen, aß direkt aus der Pappschachtel oder vom Plastik. Diesmal leistete sie sich den Luxus, von Porzellan zu speisen, damit Lothar nicht annahm, sie habe keine Spur von Esskultur mehr.

Als sie mit Teller und Besteck zurück ins Wohnzimmer kam, stand er noch neben dem Couchtisch. «Setz dich doch», sagte sie und deutete auf einen Sessel, ehe sie selbst auf der Couch Platz nahm und sofort zur Sache kam.

Während sie danach zu essen begann, bestätigte er im Großen und Ganzen, was Silvie von sich gegeben hatte. Eine mysteriöse Geschichte nannte er es und betonte, ihm sei in der Nacht damals nicht aufgefallen, dass Janice' Sachen nirgendwo lagen.

Das leuchtete Heike noch ein, mehr allerdings nicht. «Wieso hast du mir das nie gesagt?», wollte sie wissen. «Wieso hast du von mir verlangt, ich soll zugeben, die Hose und die Schuhe zusammen mit dem Kram von Alex beseitigt zu haben? Zu dem Zeitpunkt hatte die Polizei schon alles abgesucht. Da hätte dir doch klar sein müssen, dass etwas nicht stimmte.»

«Nein, mein Gott», versuchte er sich zu rechtfertigen. «Ich hatte keine Ahnung, wo der Kram geblieben sein könnte. Aber ich habe auch nicht großartig darüber nachgedacht.»

«Und dir war keine Sekunde lang klar, dass ich auf Alex angewiesen war», meinte Heike sarkastisch.

«Doch», erwiderte Lothar. «Warum habe ich mir wohl den Arsch aufgerissen, um ihn aus der Schusslinie zu halten?»

«Du hast dich aus der Schusslinie gehalten», stellte Heike fest. «Und den Arsch musstest du dir dafür nicht aufreißen. Nur die Schnauze halten und mich dazu bewegen, dass ich deine Version übernehme und dabei bleibe. Hattest du Angst, sie hätten dich wegen Beihilfe oder Verschleierung zur Rechenschaft gezogen? Dafür hättest du höchstens ein paar Monate bekommen, und die wahrscheinlich noch auf Bewährung. Ihm haben sie neun Jahre aufgebrummt – vielleicht nur für den Versuch zu helfen.»

«Dann hätte er mir das sagen sollen», rechtfertigte Lothar sich. «Warum erzählt er mir, er hätte sie ersäuft? Wie ist er denn deiner Meinung nach über die Leiche gestolpert? Ist er mitten durch die Greve nach Hause gewandert?»

«Silvie meinte, er hätte in Webers Laube seinen Rausch ausschlafen wollen», sagte Heike und legte ihr Besteck auf den Teller. Von der ohnehin nicht üppigen Portion war nicht mehr viel übrig. Normalerweise hätte sie sich den kleinen Rest selbst dann noch einverleibt, wenn sie satt gewesen wäre. Aber jetzt war ihr der Appetit vergangen.

«*Silvie meinte, Silvie meinte*», äffte er sie nach und verdrehte die Augen. «Der werde ich den Kopf noch zurechtsetzen, darauf kannst du dich verlassen. Was denkt sie sich dabei, so einen Schwachsinn herauszuposaunen? Und jetzt denk mal vernünftig, Heike, versuch es dir vorzustellen. Janice lag nicht auf Höhe von Webers Garten, sondern näher zum Haus ihrer Eltern. Die Laube steht dicht an der Straße, nicht am Ufer. Ein Betrunkener, der sich schlafen legen will, späht nicht erst noch in der Gegend herum wie ein Indianer.»

«Vielleicht musste er mal und ist runter zum Ufer gegangen, um zu pinkeln», wandte Heike ein. «Bei dem, was er intus hatte, halte ich das für nicht so abwegig.»

Sie schob den Teller mit dem Rest Rotkohl und Kartoffelpüree von sich: «Wenn ich gewusst hätte, dass da noch jemand gewesen sein muss, hätte ich das mit ihm durchgestanden. Sie konnten ihm doch nichts beweisen.»

«Welche Möglichkeit ziehst du vor?», fragte Lothar. «Dass du mit deiner Aussage einen Unschuldigen in den Knast gebracht hast, deinen Lebensgefährten, den Vater deiner Kinder, von denen du dann prompt eins *verloren* hast? Oder dass er es war und relativ glimpflich davongekommen ist? Immerhin musste er von neun Jahren nur sechs absitzen. Und jetzt kann er neu anfangen.»

Darauf wusste Heike keine Antwort. Wenn sie ehrlich war, musste sie gestehen, dass sie sich mit der zweiten Variante nur halb so mies fühlte.

«Aber die Sache mit den Klamotten ist merkwürdig», sagte sie. «Die muss doch irgendwer genommen haben.»

«Ja», stimmte Lothar zu. «Irgendwer. Vielleicht war es ein Tier, ein Hund oder ein Fuchs.»

«Ein Fuchs mit einem Paar High Heels.» Heike tippte sich an die Stirn und musste gegen ihren Willen lächeln.

Lothar gefiel das offenbar. Er schlug im Sessel die Beine übereinander, als kämen sie nun zum gemütlichen Teil.

Am Mittwochmorgen wartete Alex vergeblich beim Eingang zur Sakristei. Bis kurz nach acht stand er da und kämpfte mit sich, ob er hinübergehen und nach Saskia fragen sollte. Hätte ja sein können, dass sie krank geworden war, obwohl er das nicht glaubte und es sich auch nicht vorstellen mochte.

Um Viertel nach acht riskierte er es. Martha stand allein hinter der Verkaufstheke und beriet eine junge Frau, die wohl für den Samstagnachmittag eine größere Kaffeetafel plante. Die Frau kannte er nicht. Aus der Küche, die unmittelbar hinter dem Verkaufsraum lag, drangen trotz der geschlossenen Schiebetür Geschirrklappern und Stimmengewirr.

Frühstückspause, dachte er und sah sie im Geist um den großen Holztisch mit der abwaschbaren Wachstuchdecke sitzen. Wolfgang und Gerhild, den alten Jentsch, den Gesellen, einen Lehrling und die beiden Frauen, die morgens bei der Brötchenauslieferung im Dorf und danach im Laden halfen, die sich den Vormittag über um den großen Haushalt kümmerten.

Martha stutzte bei seinem Anblick, runzelte unwillig die Stirn, wandte sich der Verbindungstür zu und rief: «Komm mal, Gerhild. Hier ist Kundschaft für dich.»

Als Gerhild die Tür aufschob, überlegte die junge Frau gerade, ob sie auch eine Buttercremetorte nehmen sollte. Und entgegen ihrer normalerweise sehr geschäftstüchtigen Art sagte Martha: «Das wird zu viel, Frau Dennert. Ich schlage vor, dass wir eine bunte Platte zusammenstellen, da können wir ja zwei oder drei Stücke Buttercreme zutun.»

Gerhild blieb in der Tür stehen, starrte ihn feindselig an und machte Frau Dennert so darauf aufmerksam, dass hier etwas nicht so war, wie es sein sollte.

«Ich wollte nur kurz fragen, wo Saskia ist und wie es ihr geht», sagte er, um das Drama abzukürzen. «Ich hoffe, sie ist nicht krank geworden.»

«Nein», sagte Gerhild.

«Das wären dann zwei Obstböden, eine Aprikosen- und eine Reistorte und eine bunte Platte», fasste Martha zusammen. «Darf es sonst noch was sein, Frau Dennert?»

«Ein Kürbiskernbrot», verlangte die. «Das nehme ich aber jetzt mit. Wenn Sie es bitte aufschneiden könnten.»

«Aber sicher», sagte Martha, nahm das gewünschte Brot aus dem Regal und legte es in die Schneidemaschine.

Gerhild winkte ihn durch in die Küche, schob die Tür zu und lehnte sich mit dem Rücken dagegen. Sie saßen tatsächlich alle um den Tisch herum, wie er sich das vorgestellt hatte. Wolfgang und der alte Jentsch zuckten kurz zusammen, als er hereinkam. Sie schienen sich beide unwohl zu fühlen und erhoben sich wie auf ein geheimes Kommando. Der Geselle und der Lehrling folgten dem Beispiel, die beiden Aushilfen schlossen sich an. Binnen weniger Minuten war er mit Gerhild allein. Und bis dahin hatte keiner ein Wort gesagt.

Gerhild bot ihm weder einen Stuhl noch einen Kaffee an. «Wir haben ihr den weiteren Umgang mit dir verboten», begann sie. «Und wir hoffen, dass du uns keine Schwierigkeiten und ihr das Herz nicht unnötig schwermachst.»

«Aber», stammelte er, «sie sagte doch am Montag, Heike hätte nichts dagegen, und gestern war ...» Weiter kam er nicht.

«Heike hat sich das gestern noch mal überlegt», schnitt Gerhild ihm das Wort ab.

«Warum?»

«Das musst du dich selber fragen», sagte Gerhild. «Ich kann dir nur sagen, halte dich von Saskia fern. Wenn du das nicht freiwillig tust, wir können auch anders.»

Damit schlug auch er einen anderen Ton an. «Du kannst mir überhaupt nichts», fauchte er. «Saskia will den Umgang mit mir. Und Bernd Leunen sagte ...»

«Bernd Leunen hat am Amtsgericht nichts zu melden», erklärte Gerhild. «Ob Heike einen richterlichen Beschluss erwirken muss, liegt ganz bei dir. Aber wenn Saskia dir wirklich etwas bedeutet, treibst du es nicht auf die Spitze.»

«Wohin soll ich es denn sonst treiben?», fragte er. «Ihr sagt mal Hü und mal Hott. Und keiner erklärt mir, warum. Das lasse ich nicht mit mir machen und auch nicht mit meiner Tochter. Saskia ist doch kein Jo-Jo.»

Darauf bekam er keine Antwort mehr und drehte sich schließlich um. Im Laden war Martha immer noch mit Frau Dennert beschäftigt, die ihm neugierig nachschaute.

Er lief auf direktem Weg nach Hause, über den Friedhof zur Lambertusstraße. Als er in die Breitegasse einbog, wurde er schneller. Er spürte, dass er die Tränen nicht mehr lange zurückhalten konnte, und wollte nicht heulend am Heckler-Haus vorbeilaufen. Obwohl er dort bisher noch keine Menschenseele zu Gesicht bekommen hatte, war er sicher, dass er jedes Mal gesehen wurde, wenn er vorbeikam. Die letzten hundert Meter rannte er, obwohl nicht mehr die Gefahr bestand, dass ihm jemand begegnete.

Im Haus lief er weiter, durch die Diele ins Fernsehzimmer, vom Kaminzimmer in die Küche, die Treppe rauf, die Treppe runter. Er heulte Rotz und Wasser, schlug wieder und wieder mit einer Faust gegen Wände und Türrahmen.

Es war schlimmer als am Freitag, viel schlimmer als nach dem Besuch von Bernd Leunen. Da waren nur Ohnmacht und Verzweiflung aus ihm herausgeflossen, jetzt kamen Unverständnis und Wut dazu – grenzenlose Wut. Weil er sich zwischenzeitlich so große Hoffnungen hatte machen dürfen. Weil er nicht begriff, warum Heike ihre Meinung einfach wieder geändert hatte. Weil er diese Willkür nicht hinnehmen wollte und nicht wusste, was er dagegen unternehmen konnte.

Das musst du dich selber fragen.

Aus seiner Sicht war absolut nichts vorgefallen. Er hatte dem Kind nicht mal ein Eis gegeben. Gestern Nachmittag hatten sie gemeinsam einen Obstsalat zusammengeschnippelt und genüsslich verzehrt, nachdem die Hausaufgaben zu ihrer beider Zufriedenheit erledigt waren.

Der halbe Kühlschrank lag noch voll mit Früchten: eine angeschnittene Honigmelone, Birnen, rote und grüne Trauben, Kiwi und ein Granatapfel, dessen Kerne Saskia mit wahrer Hingabe ausgepult hatte. Zur Krönung noch ein paar Walnüsse obendrauf. Jetzt saß er da mit dem ganzen Zeug.

Nachdem er fast eine halbe Stunde lang herumgelaufen war und sich die Seele aus dem Leib geheult hatte, verebbte der Strom, aber nicht die Wut. Er beruhigte sich nur äußerlich, ging nach oben und wusch sich das Gesicht so lange mit kaltem Wasser, bis die Haut brannte und prickelte. Beseitigt waren die Spuren seines Ausbruchs damit nicht.

Auch um Viertel nach elf sah man ihm noch deutlich an, dass er wieder mal zwei Kilo Zwiebeln geschält und in kleine Würfel geschnitten hatte. Er machte sich trotzdem auf den Weg zur Schule, mit dem Auto diesmal. Wenn sie ihn von seinem Kind fernhalten wollten, mussten sie wohl oder übel das Amtsgericht bemühen. Und bis irgendein Beschluss gegen ihn vorlag, mussten sie sich etwas anderes einfallen lassen.

Den Mercedes stellte er kurzerhand vor der Gärtnerei Wilms ab, ging das letzte Stück zu Fuß und hielt Ausschau nach einem Fahrzeug der Familie Jentsch oder einem ihrer Vasallen, den sie zu Fuß geschickt hatte.

Er ging an der Schule vorbei, noch ein Stückchen weiter bis zu einem Mauervorsprung bei einem Hauseingang, hinter dem er etwas Deckung fand. Es war niemand zu sehen, der Saskia in Empfang nehmen sollte. Vielleicht gingen sie davon aus, dass er sich ihren unerklärlichen Entscheidungen widerspruchslos fügte.

Lange warten musste er nicht. Kurz nach halb zwölf kam Saskia mit einem Schwung anderer Kinder aus dem Schulgebäude. Die meisten verteilten sich im Schulhof, weil sie nach der kleinen Pause noch Unterricht hatten. Viele von Saskias Klassenkameraden eilten zu Autos, die den Jumperzweg entlang auf sie warteten. Und seine Kleine trottete mit hängenden Schultern und gesenktem Kopf der Pützerstraße entgegen. Armes Ding.

Es versetzte ihm einen Stich, sie so zu sehen. Für einen Moment zuckte ihm noch einmal Gerhilds Stimme durch den

Kopf. «... *ihr das Herz nicht unnötig schwermachst.*» Das hatten sie doch bereits getan. Aber warum, verdammt noch mal? Nur aus Lust und Laune? Er wartete in dem Hauseingang, bis die meisten Autos abgefahren waren, dann eilte er ihr nach und holte sie bald ein.

«Hey, Süße», sagte er, als er dicht hinter ihr war.

Sie wirbelte zu ihm herum, als hätte der Heilige Geist sie angesprochen. «Papa!» In der nächsten Sekunde lag sie bereits schluchzend in seinen Armen. «Tante Gerhild hat gesagt ...»

«Tante Gerhild kann uns mal kreuzweise», unterbrach er sie. «Die hat uns überhaupt nichts zu sagen.»

«Aber Heike hat gesagt ...»

Er nahm sie bei der Hand. Bis sie die Pützerstraße erreichten, berichtete sie schniefend, dass Heike gestern Abend noch spät nach Garsdorf gekommen war, um ihr zuvor erteiltes Einverständnis wieder zurückzunehmen. Die gesamte Begründung hatte Saskia nicht gehört, weil sie bereits im Bett gelegen hatte. Aber als es unten laut geworden war, hatte sie noch mal dringend aufs Klo gehen müssen.

«Heike hat zu Tante Gerhild und Oma gesagt, du willst sie ins Gefängnis bringen und wahrscheinlich auch noch viel Geld.»

«So ein Unsinn», protestierte er. «Wie kommt sie darauf?»

«Das weiß ich nicht», jammerte Saskia. «Ich bin nach unten gegangen und habe gesagt, dass du mir versprochen hast, dass sie nicht ins Gefängnis muss und dass du genug Geld hast. Da hat Heike gesagt, ich bin ein ahnungsloser Engel, und du bist ein hinterlistiger Hund. Und Silvie soll sich bloß in Acht nehmen, sonst steht sie demnächst mit zwei kleinen Kindern ohne Mann da. Und da hat Oma gesagt, ich soll ins Bett gehen. Und nachher ist Tante Gerhild noch mal gekommen und hat gesagt ...»

Was sie von sich gab, war auch nicht geeignet, ihm eine konkrete Vorstellung dessen zu geben, was Heikes Sinneswandel ausgelöst hatte. Obwohl Silvies Name gefallen war, kam ihm nicht der Gedanke, dass sie etwas damit zu tun haben könnte. Im Gegenteil, für ihn klang es, als wolle Heike nach all den Jahren Lothars damalige Rolle aufdecken. Aber warum, zum Teufel? Was hatte sie davon, Lothar jetzt in Schwierigkeiten zu bringen?

Sie hatten die Pützerstraße erreicht, er zögerte, Saskia mit zum Auto zu nehmen. Keinen unnötigen Ärger provozieren, lieber zu klären versuchen, was vorgefallen oder plötzlich in Heike gefahren war. «Pass auf, Süße», sagte er und ging vor ihr in die Hocke. «Ich kläre das. Es kann sich nur um ein Missverständnis handeln. Ich fahre jetzt zu Heike und rede mit ihr.»

«Darf ich mitkommen?»

«Lieber nicht», sagte er. «Tun wir erst mal so, als würden wir beide gehorchen und hätten uns nicht gesehen. Das schaffst du bestimmt, ich verlasse mich auf dich.»

Sie nickte tapfer, wischte sich mit einem Jackenärmel die Tränen von den Wangen. «Kommst du denn morgen wieder?»

«Wirst du zur Schule gebracht?», fragte er seinerseits.

Sie nickte erneut. «Heute musste Onkel Wolfgang mich fahren. Morgen ist Opa dran.»

«Na, vielleicht hat es sich morgen schon erledigt», meinte er. «Wenn Opa dich trotzdem fährt, warte ich mittags auf dich, ich stehe aber auch morgens bei der Sakristei, einverstanden?»

Sie nickte zum dritten Mal.

«Dann lauf», sagte er. «Und bleib schön an der Seite.»

Nicht ganz zehn Minuten später betrat er *Heikes Kaffeebüdchen*. Der Zeitpunkt war relativ günstig. In der nächsten halben Stunde kam nur wenig Kundschaft, und niemand hielt sich länger auf. Sie hätten sich ohne weiteres aussprechen können. Aber Heike wollte nicht mit ihm reden – jetzt nicht mehr. Ihr reichte die Unterhaltung, die sie am vergangenen Abend mit Lothar geführt hatte.

Ehe er sich verabschiedete, hatte Lothar noch einige unerfreuliche Aspekte vorgebracht. Da wäre einmal die Seite der Justiz, wenn jetzt berechtigte Zweifel an Alex' Schuld auftauchen sollten.

«Sie hatten dich damals im Visier. Auf wen, glaubst du, werden sie sich heute stürzen? Du warst mit Saskia allein in der Wohnung, als ich Alex heimbrachte. Kann jemand bezeugen, dass du den ganzen Abend zu Hause gewesen bist? Du hattest ein Motiv, vergiss das nicht.»

Und man sollte auch bedenken, wie Alex sich verhalten würde, wenn er zu der Ansicht gelangte, dass er unschuldig gesessen hatte.

«Leicht war es bestimmt nicht für ihn», hatte Lothar gesagt. «Ein attraktiver junger Mann, der in seiner Kindheit ausstaffiert wurde wie ein Mädchen. In eurer Beziehung hat er widerspruchslos die Frauenrolle übernommen. Das musste er im Knast garantiert auch tun. Es dürfte ihm dort nur nicht so gut gefallen haben wie bei dir. Für seine Mithäftlinge war er Frischfleisch.»

Es war einiges zusammengekommen, worüber Heike lieber nicht nachgedacht hätte. Dabei hatte sie die halbe Nacht genau das getan, kaum geschlafen, nur blutige Bilder durchs Hirn gewälzt und sich drei Dutzend Schrecken ausgemalt.

Egal, wie Alex nun ansetzte, egal, was er vorbrachte, von Heike hörte er nur: «Verschwinde.» Schließlich drohte sie, die Polizei zu rufen, wenn er nicht auf der Stelle ging.

Er ging nicht. Und sie schnappte sich ihr Handy, hielt sich nicht lange mit dem Notruf auf, sondern wählte die Nummer der Wache und sagte: «Heike Jentsch, ja, aus dem Kaffeebüdchen. Könnt ihr mal schnell einen Wagen bei mir vorbeischicken? Ich habe hier einen unliebsamen Kunden, der trotz wiederholter Aufforderung einfach nicht gehen will. Er drohte, handgreiflich zu werden. Ich musste mich im Klo verbarrikadieren.» Beim letzten Satz zog sie sich in den winzigen Waschraum mit Toilette zurück und verriegelte die Tür.

Er wartete, dass sie wieder zum Vorschein käme, bis draußen ein Streifenwagen vorfuhr. Zwei Polizisten stiegen aus, schauten sich aufmerksam um und kamen herein. Einer rief: «Frau Jentsch!», woraufhin Heike endlich aus dem Klo kam und die Lage mit wenigen Worten erläuterte.

«Sag auch gleich, warum ich noch hier bin und was ich von dir will», verlangte er, wandte sich seinerseits an die Polizisten und erklärte: «Ich will nur wissen, warum sie unserer gemeinsamen Tochter gestern Abend den Umgang mit mir wieder verboten hat, nachdem Saskia am Montag und am Dienstag bei mir war. Ich dachte, es wäre alles in Ordnung.»

«Ich habe meine Gründe», sagte Heike nur.

Und offenbar reichte das. Er fasste es nicht, aber er war auf der ganzen Linie im Unrecht, durfte sich auch nicht länger im Kaffeebüdchen aufhalten, um eine detaillierte Erklärung einzufordern. Wenn Heike ihn hier nicht zu sehen wünschte, war es Hausfriedensbruch. Die Polizisten baten ihn höflich, aber nachdrücklich, sie ins Freie zu begleiten und Frau Jentsch nicht weiter zu belästigen. Bedrohen dürfe er sie erst recht nicht.

«Ich habe sie ja auch nicht bedroht», stellte er richtig. «Ich habe nur getan, wozu Bernd Leunen mir geraten hat. Das Gespräch mit der Familie gesucht, um meine Tochter sehen zu dürfen. Bernd Leunen meinte, zum Wohle des Kindes würde sich bestimmt eine Einigung finden lassen. Gestern und vorgestern sah es so aus, als hätte er recht. Und heute machen die einfach wieder dicht. Darf ich nicht wenigstens wissen, warum?»

Die Erwähnung Bernd Leunens machte sichtlich Eindruck. Womöglich war in der Wache über Gerhilds Auftritt gesprochen worden. Die beiden tauschten Blicke, als hätten sie Verständnis für ihn und ein bisschen Mitgefühl. Aber es änderte nichts an der momentanen Situation. Man konnte Heike nicht zwingen, eine Erklärung abzugeben. Ob sie seinem Kind so ohne weiteres den Umgang mit ihm verbieten konnte, wussten die Polizisten nicht. Das sollte er besser mit einem Anwalt besprechen.

«Darauf kann Heike sich verlassen», sagte er, stieg wieder in seinen alten Mercedes und fuhr zurück nach Garsdorf. Doch ehe er Frau Doktor Brand anrief, wollte er mit Silvie reden. Sie hatte es ihm schließlich angeboten, und jetzt brauchte er einen Menschen, der ihm zuhörte und sein Unverständnis teilte.

An dem Vormittag war Silvies Großvater aus dem Krankenhaus entlassen worden. Nur eine Woche nach der OP. Gottfried konnte noch nicht wieder richtig aufrecht gehen, aber das kümmerte keinen. Silvie hatte ihn abgeholt und leistete ihren Großeltern noch den halben Tag Gesellschaft. Sie brach erst wieder auf, als es Zeit wurde, Lothar von der S-Bahn abzuholen. Danach brauchte Lothar den Kombi, um für seine Mutter einen Kasten Mineralwasser zu besorgen.

Deshalb stand der Passat auch nicht vor dem Haus, als Alex kurz nach sechs am Abend noch eine Runde drehte und durchs Margarineviertel lief. Er klingelte trotzdem wieder und war ungemein erleichtert, als Silvie an die Tür kam.

Sie hörte zu und hätte ihm einiges erklären können. Aber nach der gestrigen Auseinandersetzung mit Lothar ... Der hatte keinen Hehl daraus gemacht, dass Heike ihn auf der Arbeit angerufen und zu einem Gespräch unter vier Augen in ihre Wohnung bestellt hatte. Nach der Rückkehr war er so außer sich gewesen, wie Silvie ihn vorher noch nie erlebt hatte.

«Du hast ja wohl einen Knall! Was hast du dir dabei gedacht, Heike zu beschuldigen? Was machst du, wenn sie zur Polizei rennt und erzählt, dass Alex damals nicht allein nach Hause gekommen ist? Willst du ausprobieren, wie das ist, wenn man mit zwei kleinen Kindern alleine dasteht? Oder willst du auch nach Holland fahren und eins am Strand verlieren?»

Deshalb hielt Silvie sich nun bei Alex lieber bedeckt. Sie hatte ja ohnehin nicht vorgehabt, ihm zu erläutern, warum er unschuldig sein musste, kommentierte seine Ausführungen nur mit: «Das tut mir aber leid.» Und: «Die blöde Kuh, was fällt der ein? Warum muss denn auch noch Saskia darunter leiden?»

Dann versuchte sie ihn zu beruhigen: «Heike kriegt sich schon wieder ein. Warte mal ein paar Tage ab.»

14.–17. Oktober 2010

Dass ihre Tochter auch donnerstags heimlich von der Schule abgeholt und durch den alten Ortskern heimgeleitet wurde, erfuhr Heike Jentsch nicht. Zu Hause gab Saskia sich die größte Mühe, ihr Geheimnis zu wahren. Kein Wort von Papa kam über ihre Lippen. Bis sie zum Mittagessen gerufen wurde, verschanzte sie sich in ihrem Zimmer, machte die Hausaufgaben, hörte die Geschichte vom Schlossgespenst und träumte vor sich hin. Träumte sich in die Villa Schopf, mit Papa in die Küche, wo sie gemeinsam Obstsalat mit Granatapfelkernen machten. Träumte sich neben Papa auf die Couch, wo sie sich ein kleines Eis gönnten. Träumte sich in ein rosa Himmelbett, mitten hinein in das Leben, das Papa ihr ausmalte, wenn sie an den alten Häusern in den schmalen Gassen und an den Gräbern auf dem Friedhof vorbeigingen.

Als Heike bei der zweiten Lieferung nachfragte, hörte sie von ihrer Schwägerin, Saskia schmolle wieder, sei ohne Begrüßung hereingekommen und gleich nach oben gegangen.

«Was erwartest du?», fragte Gerhild. «Von heute auf morgen ist das nicht ausgestanden. So wie du dich bisher um sie gekümmert hast, braucht sich keiner wundern, dass Alex leichtes Spiel mit ihr hatte. Hin und wieder hättest du dir wirklich ein bisschen mehr Mühe mit ihr geben können. Ich fürchte, sie wird noch geraume Zeit im Schneckenhaus zubringen – vorausgesetzt, Alex lässt sie überhaupt in Ruhe. Woran ich noch nicht so recht glaube. Ich möchte wetten, dass der in Schloss Schreckenstein irgendetwas ausbrütet, um es uns heimzuzahlen.»

Das befürchtete Heike auch und wünschte sich, sie hätte nicht noch mit zusätzlichen Problemen zu kämpfen. Die Blutungen hatten zwar aufgehört. Körperlich fühlte sie sich wieder einigermaßen, seelisch dagegen ...

Es ging auf und ab mit ihren Gefühlen. Mal fand sie es vollkommen richtig, dass sie Alex hatte abblitzen lassen. Dann wieder meinte sie, sie hätte doch ein paar Worte mit ihm wechseln können. Sich einfach mal anhören, wie er die Sache darstellte. Ob er vielleicht eine Vermutung hatte, was mit den Klamotten von Janice geschehen sein könnte. Ob er es vielleicht sogar wusste.

Rückblickend betrachtet meinte sie, sein Bruder hätte sich damals untypisch verhalten. Eigentlich hätte sie sich sofort fragen müssen, warum Albert umgehend diese Koryphäe von einer Strafverteidigerin engagierte. Kaum hatte die Polizei Alex ein paar Fragen zum Abend in der *Linde* und dem Vorfall im Männerklo gestellt, da stand Greta Brand schon bereit, ihn zu verteidigen. Dabei scherte es Albert sonst einen feuchten Dreck, was sein kleiner Bruder trieb und ob Alex Probleme hatte.

Am Donnerstagnachmittag fuhr Heike nicht wie sonst sofort zum Discounter, sondern zuerst zu einer Autowerkstatt, um die dort eingelagerten Winterreifen aufziehen zu lassen. Wenn man damit bis November wartete, dauerte es ewig, bis man einen Termin bekam. Jetzt machte sich sofort ein Mechaniker an die Arbeit – und stellte fest, dass am linken Hinterreifen sämtliche Radmuttern gelöst worden waren. Von einem Zufall konnte man da kaum noch sprechen.

Der Mechaniker war überzeugt, dass jemand nachgeholfen hatte. «Da haben Sie noch mal Glück gehabt», meinte er. «Von allein löst sich vielleicht mal eine Mutter, aber nicht alle auf einmal. Haben Sie gestern irgendwo geparkt, wo es nicht sicher war? Oder heute Morgen? Allzu lange dürfte das nämlich noch nicht her sein, sonst hätten Sie schon die eine oder andere Schraube verloren, vielleicht sogar den Reifen.»

Er riet ihr, zur Wache zu fahren und es zu melden.

Heike folgte dem Rat. Doch mehr als eine Anzeige gegen unbekannt kam dabei nicht heraus, da mochte sie eine noch so klare Vorstellung vom Übeltäter haben. Nachdem sie sich minutenlang mit einer jungen Polizistin auseinandergesetzt hatte, verlangte Heike energisch, Bernd Leunen zu sprechen. Der kam auch sofort aus einem der Büros im hinteren Teil des Gebäudes. Aber von einem Mordversuch wollte er erst recht nichts hören.

«Wenn ich den Reifen verloren hätte», sagte Heike, «wäre es auf jeden Fall eine Körperverletzung gewesen. Oder meinen Sie, ich hätte einen Unfall ohne Kratzer überstanden?»

«Wenn», wiederholte Bernd Leunen. «Es ist aber nichts passiert, weder Sie noch Ihr Auto haben eine Schramme abbekommen.»

Er bat sie aus dem Wachbereich nach hinten in ein Büro und schloss die Tür, damit er offen reden konnte. «Ich kann mir denken, worauf Sie hinauswollen, Frau Jentsch», begann er. «Aber wir wollen doch die Kirche im Dorf lassen. Wo sollte Alex sich denn an Ihrem Honda zu schaffen gemacht haben?

Tagsüber steht der Wagen auf einem stark frequentierten Parkplatz und nachts in einer Tiefgarage, zu der nur Mieter Zutritt haben.»

«Wer reinwill, kommt rein, auch wenn er kein Mieter ist», widersprach Heike. «Man muss nur warten, bis jemand reinfährt, und die Rampe hinunterhuschen, ehe das Tor sich schließt. So kommt man auch wieder raus.»

«Das fällt aber auf», meinte Bernd Leunen.

«Haben Sie es schon probiert, oder was macht Sie so sicher?», fragte Heike. Darauf bekam sie keine Antwort. Deshalb fuhr sie fort: «Ich behaupte ja nicht, dass Alex in der Garage war. Da hätte ich den Reifen wahrscheinlich heute Morgen auf dem Weg nach Garsdorf und zurück verloren. Das muss anschließend passiert sein, auf dem Parkplatz. So früh morgens ist es noch stockdunkel, und ich parke immer an derselben Stelle hinter dem Büdchen.»

Bernd Leunen nickte. «Ich tippe auf Jugendliche», sagte er, nannte es groben Unfug und ließ sich auf Sachbeschädigung heraufhandeln, wobei festzuhalten blieb, dass kein Schaden entstanden war. Allerdings versprach er, noch einmal mit Alex zu reden.

«Und was soll ich ihm antworten, wenn er mich fragt, warum der Kontakt zu seiner Tochter wieder unterbunden wurde?», fragte er noch, als er Heike zurück in den Wachbereich begleitete.

«Sagen Sie ihm, er kann mich mal», verabschiedete sie sich.
Und freitags passierte die Sache mit den Rosen.

An dem Nachmittag kaufte Heike nicht beim Discounter, sondern in dem großen Center, das im letzten Jahr am anderen Ende von Grevingen aufgemacht hatte. Ihr üblicher Bedarf an Lebensmitteln war dort nicht nennenswert teurer, aber die Angebotspalette war entschieden größer. Man konnte sich sogar neu einkleiden.

Eine Spielwarenabteilung gab es auch. Heike hoffte, Saskia mit ein paar Geschenken aus ihrer Schmollecke zu locken und ihr zu zeigen, dass ihre Mama sie auch liebhatte. Und dafür legte sie sich mächtig ins Zeug.

Ihrer angespannten Finanzlage zum Trotz erstand sie einen Schneeanzug samt Rodelschlitten, zwei Pullover und ein Kleid für Puppe Tina. Sie spielte sogar mit dem Gedanken, eine Packung Walnusseis zu kaufen, aber das hätte Saskia bloß an ihren Papa erinnert. Also legte sie nur noch eine Rolle Geschenkpapier mit weihnachtlichen Motiven in ihren Einkaufswagen, für die es eigentlich noch zu früh war.

An den Kassen standen Wassereimer mit Schnittblumen, unter anderem Rosen in verschiedenen Farbtönen, Weiß, Gelb, Rosa und Dunkelrot. Fünfzehn Stück für einen Euro neunundneunzig. Und wenn einem sonst keiner etwas Gutes tut … Nach dem Stress und Ärger der letzten Tage und bei dem Preis konnte Heike nicht widerstehen, auch sich selbst mal etwas zu gönnen. Sie entschied sich für einen Strauß in Dunkelrot, die Farbe der Liebe und des Blutes.

Anschließend fuhr sie zu ihrer Wohnung, hielt sich aber nicht lange auf. Sie legte nur die Päckchen mit Wurst und Käse in den Kühlschrank, wickelte die Puppensachen in Geschenkpapier und schnitt die Rosenstiele an. Dann arrangierte sie den Strauß in einer weißen Keramikvase und stellte diese auf die halbrunde Holzplatte, die sie in der kleinen Diele auf dem Wandstück zwischen Wohnzimmer- und Schlafzimmertür angebracht hatte und manchmal als Essplatz nutzte.

Als sie mit den Geschenken in einer Plastiktüte und ihrem Rucksack wieder in den Aufzug stieg, war es halb sieben und schon dunkel. In der Stadt herrschte der typische Feierabendverkehr, auf der Landstraße kam sie etwas schneller voran.

Wenige Minuten nach sieben Uhr traf sie in ihrem Elternhaus ein. Der Laden war schon geschlossen, da war um halb sieben Schluss. Länger offen zu halten, wie die meisten Läden in Grevingen es taten, lohnte sich in Garsdorf nicht.

Um Saskia aus ihrem Zimmer zu locken, brauchte es einige Überredungskunst. Heike ärgerte sich, dass sie nicht doch eine Packung Eis oder eine Tüte Süßigkeiten gekauft hatte. Diese Joghurtbonbons mit dem weichen Kern zum Beispiel, Gerhild hatte mal erwähnt, Saskia wäre süchtig nach dem Zeug.

Die Freude über die Puppensachen hielt sich in Grenzen. Beide Pullover gefielen Saskia überhaupt nicht. Für das Kleidchen, fand sie, sei es schon zu kalt. Das konnte ihre Tina frühestens im nächsten Sommer anziehen. Es war ja ein Sommerkleid. Und statt des Rodelschlittens hätte sie lieber einen Kleiderschrank gehabt, weil sie die Sachen ihrer Tina in Schuhkartons aufbewahren musste.

«Den Kleiderschrank merke ich vor», sagte Heike. «Es dauert ja nicht mehr lange, dann kommen der Nikolaus und das Christkind.»

Heike blieb zum Essen. Danach schnappte ihre Mutter sich den Mantel, um mal bei Franziska vorbeizuschauen und zu sehen, wie es Gottfried ging. Nachdem auch ihr Vater, ihr Bruder, die beiden Neffen und Saskia gute Nacht gewünscht hatten und nach oben gegangen waren, erklärte Heike, in den nächsten Tagen einen Schrank für Puppenkleider kaufen zu wollen. Und ein rosafarbenes Himmelbett. Das wäre bestimmt eine tolle Überraschung. Und solche Betten gab es wohl auch für Puppen in Tinas Größe.

«Wenn du meinst, damit punkten zu können, bist du ebenso auf dem Holzweg wie mit dem Kram, den du heute angeschleppt hast», kommentierte Gerhild den hilflosen Versuch, ihrem Kind etwas Gutes zu tun. «Es geht nicht darum, sie mit

Spielzeug zuzukippen. Das hat Alex auch nicht getan. Es geht um Zeit, die du nicht für sie hast.»

«Wo soll ich die denn auch hernehmen?», protestierte Heike. «Wenn sie drei, vier Jahre älter wäre und morgens alleine zurechtkäme, würde ich sie zu mir nehmen. Nach der Schule könnte sie ins Kaffeebüdchen kommen und ...»

«Dir zur Hand gehen?», fiel Gerhild ihr ins Wort. «Aber sicher doch. Das ist genau die Art von Beschäftigung, die sie braucht. Mit Mama Brötchen schmieren, Teilchen verkaufen und frühzeitig ins Geschäftsleben hineinschnuppern, damit sie später weiß, worauf es ankommt. Dann kann ich sie auch hier hinter die Theke stellen.»

«Ich hab hier auch hinter der Theke gestanden, kaum dass ich eine Hefeschnecke von einem Marzipanhörnchen unterscheiden konnte», sagte Heike. «Hat mir das etwa geschadet?»

«Das möchte ich nicht beurteilen», erwiderte Gerhild. «Die Zeiten sind ja zum Glück auch vorbei. Jetzt ist Kinderarbeit in unserem Land verboten. Wenn du Saskia etwas kaufen willst, schenk ihr ein billiges Handy. Ruf sie hin und wieder an und frag, wie es ihr geht, wie es in der Schule war und so weiter. Sag ihr, dass du sie liebhast und stolz auf sie bist, dass du gerne mehr Zeit mit ihr verbringen möchtest und sie schrecklich vermisst. All das hat Alex ihr gesagt. Leg ihr deine Nummer ins Kurzwahlverzeichnis, damit sie dich jederzeit anrufen kann, wenn sie Probleme hat. Herrgott, Wolfgang und ich haben auch nicht viel Zeit für unsere Jungs, aber wir waren immer da, immer erreichbar, immer ansprechbar. Du hast damals einfach dichtgemacht und sie hier abgeliefert wie eine Schachtel mit alten Fotos. Tut mir leid, Heike, aber das muss mal gesagt werden.»

Gegen halb zehn verabschiedete Heike sich wieder. Bis dahin hatte Gerhild noch eine Menge mehr gesagt. Als ob sich in wenigen Stunden die Versäumnisse von Jahren aufzählen ließen. Heike brummte der Schädel von all den Vorhaltungen und

Ratschlägen für die Zukunft. So gut gemeint und berechtigt die auch sein mochten, sie knüppeldick zu servieren, nachdem es vorher nicht mal ein vorwurfsvolles Wort gegeben hatte, war kaum die richtige Methode.

Zurück in das zwölfstöckige Hochhaus an der Ludwig-Uhland-Straße kam Heike kurz vor zehn. Als sie in die Tiefgarage fuhr, löste ein Spannungsgefühl zwischen den Schulterblättern den Groll auf Gerhild ab. Aber es huschte niemand hinter ihrem Honda die Rampe hinunter. Es legte ihr nach dem Aussteigen auch keiner die Hände um den Hals, der sich vorher eingeschlichen hätte. Sie kam unbehelligt ins Kellergeschoss, rief den Aufzug hinunter und ließ sich nach oben tragen.

Ihre Wohnungstür lag dem Aufzugsschacht direkt gegenüber. Es waren nur fünf oder sechs Schritte, die sie ohnehin gehen musste, um die Flurbeleuchtung einzuschalten. Neben dem Aufzug gab es nämlich keinen Lichtschalter.

Wie meist verzichtete Heike darauf, den Schalter neben ihrer Tür zu betätigen. Solange niemand in einem anderen Stockwerk aufs Knöpfchen drückte, blieb die Schiebetür in der Kabine offen, und das Licht reichte, um den Schlüssel einzustecken. Sie schloss auf und sah es sofort. Im diffusen Restlicht aus dem Aufzug glaubte sie im allerersten Augenblick, ihr Essplatz sei voller Blut. Erst als sich die Innentür der Kabine schloss und sie reflexartig auf den Lichtschalter in ihrer Diele drückte, erkannte sie, dass es die Rosen waren.

Die hatten in den vergangenen Stunden nicht etwa sämtliche Blätter verloren, was bei einem derart billigen Strauß nicht einmal großartig hätte verwundern dürfen. Sie ließen auch nicht schon ihre Köpfe hängen. Die Blumen waren geköpft worden.

Dreizehn abgeschnittene Knospen waren in Herzform vor

der Vase angeordnet, in der noch vierzehn üppig mit Blattwerk bewachsene Stängel standen. Der fünfzehnte Stängel war quer durch das Herz geschoben und stellte ohne Zweifel einen Pfeil dar. An der nach oben ragenden Schnittfläche waren mehrere Blättchen wie Federbüschel angeordnet, am unteren Stielende lagen zwei als Spitze zusammen. Auf den verbleibenden vier Zentimetern zwischen dieser Spitze und dem Rand der Holzplatte war die vierzehnte Rosenknospe platziert, die letzte lag auf dem Fußboden, als sei sie *heruntergetropft*.

Ein blutendes Herz oder ein weinendes Herz, auf jeden Fall ein durchbohrtes und somit verletztes Herz. Es hatte fast etwas Romantisches. Nur sah Heike nicht den kleinsten Hauch Romantik. Sie dachte unwillkürlich an den Gebrauchtwagenhändler, der vor fünfzehn Jahren beim Feuchtbiotop seinen Kopf verloren hatte. Vielleicht hatte Alex für sie einen ähnlichen Tod vorgesehen und sie ihm mit dem frühzeitigen Reifenwechsel einen Strich durch diese Rechnung gemacht.

Wem sie das Gemetzel zu verdanken hatte, war für sie keine Frage. Und da nur sie und ihre Familie über Wohnungsschlüssel verfügten, hätte dort genauso gut ein Blatt Papier mit den Worten «*Bilde dir nicht ein, du wärst sicher, wenn du deine Tür hinter dir zumachst*» liegen können.

Nachdem sie den ersten Schock überwunden hatte, drückte Heike ihre Wohnungstür zu und kontrollierte erst einmal sämtliche Räume gründlich, schaute hinter die Türen, hinters Bett, in den Kleiderschrank und die durch den Duschvorhang sichtgeschützte Badewanne. Hätte ja sein können, dass er noch da war und sich in einem Versteck an ihrem Schrecken ergötzte. Dem war aber nicht so.

Es gab auch keine Verwüstungen, weder aufgeschlitztes Bettzeug oder Sofapolster noch Schmierereien an den Wänden. Außer den geköpften Rosen deutete nichts darauf hin, dass sich in den letzten Stunden jemand unbefugt in ihrer Wohnung aufgehalten hatte. Und es brauchte nicht viel Phantasie, um sich vorzustellen, wie Polizisten die Lage beurteilen würden.

Wie sollte sie beweisen, dass sie nicht selbst zu einer Schere gegriffen hatte, um einen billigen Rosenstrauß zu köpfen, den sie sich noch dazu nur ausnahmsweise gegönnt hatte? Aus dieser Überlegung heraus verzichtete Heike darauf, die Polizei zu alarmieren. Sie zückte ihr Handy nur, um das blutrote Herz, den Pfeil sowie die Vase mit den Stängeln aus verschiedenen Perspektiven abzulichten.

Danach grübelte sie, wie er in ihre Wohnung gelangt sein mochte. Ins Haus schaffte es jeder. Wenn die Eingangstür ausnahmsweise geschlossen war, setzte man auf Unvorsichtigkeit und die Tücken der antiquierten Gegensprechanlage, über die selten mehr als ein fürchterliches Krachen und Krächzen zu hören war, das genervte Mieter veranlasste, ohne explizite Nachfrage den elektrischen Türöffner zu betätigen.

Die Wohnungstüren waren genauso wenig ein Hindernis für einen entschlossenen Mann. Es hatte hier schon mehr als einen Einbruch gegeben. Allerdings waren ihre Tür und das Schloss unbeschädigt. Und es war ordnungsgemäß abgeschlossen gewesen, als sie ihren Schlüssel eingesteckt hatte. Sie hatte zweimal umdrehen müssen, da war sie vollkommen sicher.

Aber ein raffinierter, mit einigen Knastwassern gewaschener Hund wusste sich garantiert zu helfen. Womöglich hatte er in der Schlosserei gearbeitet und dort die Herstellung nützlicher Instrumente erlernt. Vielleicht hatte auch nur ein Geldschein den Besitzer gewechselt. Das Hausmeisterehepaar war kleinen Trinkgeldern nicht abgeneigt und verfügte über einen Universalschlüssel, der in alle Wohnungs-, Keller- und sonstigen Türen passte.

Vielleicht hatte er einen einfältigen Handwerker gemimt, einen Werkzeugkasten getragen und etwas gesagt wie: «*Entschuldigen Sie bitte die Störung, es ist mir furchtbar peinlich. Ich soll bei*

Frau Jentsch mal nach der Waschmaschine sehen. Da tropft was, muss die Pumpe sein. Sie hat mir gestern extra einen Schlüssel vorbeigebracht, weil sie nicht den ganzen Tag auf mich warten konnte. Der Schlüssel muss mir heute bei irgendeinem Kunden aus der Hosentasche gerutscht sein. Der findet sich garantiert wieder, keine Sorge. Aber wenn ich jetzt alle abklappere, bei denen ich heute war, es ist ohnehin schon spät ...»

Vielleicht hatte er sich auch als besorgter Freund ausgegeben, frei nach dem Motto: *«Ich weiß ja nicht, ob Sie es wissen. Frau Jentsch lebte mit dem Mann zusammen, der Janice Heckler umgebracht hat. Frau Jentsch hat gegen ihn ausgesagt. Und er hat ihr gedroht, das würde sie noch bereuen. Vor zwei Wochen wurde er vorzeitig aus der Haft entlassen. Und jetzt kann ich Frau Jentsch nicht erreichen. Sie müsste zu Hause sein. Ich würde gerne mal nachsehen, wenn Sie mir freundlicherweise die Tür öffnen könnten.»*

Dazu ein unheilschwangeres Nicken und einer von den seelenvollen Blicken, die er besser beherrschte als ein Kardinal das *Vaterunser*. In dem Fall hätte er sogar sicher sein dürfen, dass ihn niemand in die Wohnung begleiten wollte. Als sensationslüstern konnte man das Hausmeisterehepaar nicht bezeichnen. Auf Stress legten sie auch keinen Wert, und bei Gefahr im Verzug blieben sie lieber im Hintergrund.

Inzwischen war es Viertel nach zehn. Viel zu spät, um noch einmal in den Aufzug zu steigen, Herr und Frau Krahwinkel aus einer Seifenoper oder dem Bett zu klingeln und sich zu erkundigen, ob die beiden einem Fremden aufgrund einer nicht überprüfbaren Behauptung den Universalschlüssel überlassen hatten. Das würden die doch nie im Leben zugeben, gewiss nicht, wenn sie erfuhren, dass der vermeintliche Handwerker oder besorgte Freund ein vorzeitig entlassener Mörder gewesen war.

Und diesen Universalschlüssel hätte er gar nicht gebraucht, wenn er ... Die wahrscheinlichste Variante fiel ihr erst ein, als sie sich nach dem Duschen die Zähne putzte. Sie hetzte noch einmal ins Wohnzimmer und riss das Schubfach der Anrichte auf, in dem sie ihr Büromaterial aufbewahrte: Heftklammern, Kugelschreiber, Briefumschläge, die Kladden für die tägliche Buchführung.

Irgendwo dazwischen hätte ein Kunstledermäppchen mit den beiden Ersatzschlüsseln liegen müssen, von denen einer die Haus- und der zweite die Wohnungstür öffnete. Das dritte Schlüsselpaar, das ihr damals mit dem Mietvertrag ausgehändigt worden war, befand sich in Garsdorf. Sie hatte es Gerhild überlassen – für Notfälle.

Sie räumte alles aus, um vollkommen sicher zu sein, dass das Kunstledermäppchen wirklich fehlte. Hatte Alex sich vielleicht nur deshalb an Saskia herangemacht? Sie veranlasst, ihm die Notfallschlüssel von Gerhild zu *borgen*, damit er sich in Heikes neuem Domizil umschauen und brauchbare Gegenstände einstecken konnte? Mit den Ersatzschlüsseln konnte er jederzeit kommen und gehen, wie es ihm beliebte. Sogar mitten in der Nacht. Keine schöne Vorstellung.

Wie oft mochte er schon hier gewesen sein? Und was hatte er gemacht? Sich in ihrem Bett einen runtergeholt oder in die Wanne gepinkelt? Den gemahlenen Kaffee in der Dose mit Strychnin oder sonst was versetzt?

Sie überlegte kurz, einen Schlüsseldienst zu bestellen und das Türschloss auswechseln zu lassen. Es wäre die sicherste Lösung gewesen. Aber in Grevingen gab es keinen Schlosser mit Nachtdienst, und einen aus Köln kommen zu lassen schien ihr dann doch etwas übertrieben und viel zu teuer. Fürs Erste musste sie sich irgendwie behelfen.

Sie ging zurück in die Diele. Abgeschlossen war die Wohnungstür bereits. Sie steckte den Schlüssel ein, um das Schloss zu blockieren, und legte zusätzlich die Sperrkette vor, die noch von der Vormieterin stammte. Auch wenn die nicht sehr vertrauenerweckend aussah, würde die Kette verhindern, dass sie im Schlaf überrascht wurde. Sie aufzusprengen musste zwangsläufig Lärm verursachen. Da bliebe wohl etwas Zeit, um laut zu schreien, die Nachbarn zu wecken oder den Notruf zu wählen, meinte Heike und wähnte sich für die Nacht sicher.

Als sie am Samstagmorgen in Garsdorf die Brötchen abholte, überlegte sie, mit ihrem Bruder zu reden. Aber Wolfgang war ein Stoffel, der würde vermutlich nicht mal begreifen, was sie ihm klarzumachen versuchte. Gerhild um die letzte halbe Stunde Schlaf zu bringen, nur um feststellen zu lassen, dass die Notfallschlüssel an ihrem Platz lagen, widerstrebte ihr auch. Um die kleine Gefälligkeit konnte Alex das Kind schon letzte Woche gebeten und Saskia die Schlüssel längst wieder zurückgelegt haben.

Als Gerhild mittags mit der zweiten Lieferung kam – nur etwas Kleingebäck, mehr lohnte sich samstags nicht –, brachte sie Saskia wieder einmal mit und behauptete: «Morgen Nachmittag um drei läuft im Kino *Wickie und die starken Männer*. Den würde Saskia gerne sehen, nicht wahr, Schatz?»

Das Kind zuckte desinteressiert mit den Achseln und deutete ein Nicken an. Nach allzu *gerne* sah das nicht aus.

«Vielleicht hast du Lust mitzukommen», fuhr Gerhild fort.

Nicht wirklich. Es war nicht Heikes Art, auf die Weise Süßholz zu raspeln. Andererseits ... «Klar geh ich mit», packte sie die Gelegenheit beim Schopf. «Ich kaufe dir sogar eine Schachtel Eiskonfekt. Unter einer Bedingung, dass du mir jetzt eine ehrliche Antwort auf eine sehr wichtige Frage gibst.»

Gerhild runzelte zwar im ersten Moment missbilligend die Stirn, schaute dann aber genauso gespannt wie Saskia, deren Aufmerksamkeit auf jeden Fall geweckt war.

«Hat dein Papa dich gebeten, ihm Schlüssel zu leihen?»

Saskia schüttelte den Kopf. Gerhild fragte verständnislos: «Welche Schlüssel?»

«Während ich gestern Abend bei euch war, ist er hier eingedrungen und hat mir das hinterlassen,», erklärte Heike, zückte ihr Handy und zeigte Gerhild die Aufnahmen, ehe sie weitersprach: «Da er die Tür nicht aufgebrochen hat, hatte er entweder einen Schlüssel, oder jemand hat ihm aufgeschlossen. Jetzt hat er jedenfalls meine Ersatzschlüssel.»

«Hast du die Polizei …», begann Gerhild und brach ab, als Heike den Kopf schüttelte. Sie erklärte, warum sie darauf verzichtet hatte. Das leuchtete Gerhild zwar ein, trotzdem fand sie: «Aber du kannst nicht so tun, als wäre nichts passiert. Lass wenigstens das Schloss auswechseln.»

Heike nickte. Und Gerhild fiel ein, dass Saskia die Notfallschlüssel gar nicht hätte weitergeben können. «Die liegen in meiner Schmuckkassette, und die steht oben in meinem Kleiderschrank. Da kommt sie nicht ran, außerdem ist die Kassette immer abgeschlossen.»

«Dann werde ich wohl ein ernstes Wort mit dem Hausmeister und seiner Frau reden müssen», meinte Heike.

Viel mehr konnte sie übers Wochenende ohnehin nicht tun. Nachmittags stellte sie Herrn und Frau Krahwinkel einige Fragen, ohne die geköpften Rosen zu erwähnen. Das Hausmeisterehepaar hatte weder einem besorgten Freund noch einem schusseligen Handwerker Heikes Wohnungstür aufgeschlossen und bestritt vehement, den Universalschlüssel jemals aus der Hand gegeben zu haben.

Einen Schlüsseldienst beauftragte Heike auch an dem Samstag nicht, damit wollte sie bis Montag warten. Sie kontrollierte nur wieder jeden Winkel ihrer Wohnung, als sie nach Hause kam, legte die Sperrkette vor, schloss die Tür ab, ließ den Schlüssel stecken und stellte noch einen Klappstuhl unter die Klinke, ehe sie sich ausnahmsweise ein Vollbad gönnte und sich anschließend für den Rest des Tages auf der Couch ausstreckte.

Sonntags fuhr sie noch vor Mittag nach Garsdorf und riskierte einen Abstecher zur Villa Schopf. Sie wollte Alex zur Rede stellen, drückte minutenlang auf den Klingelknopf. Aber es rührte sich nichts. Sie konnte nicht feststellen, ob er daheim war und sich taub stellte oder im Mercedes spazieren fuhr.

Danach aß sie mit ihrer Familie zu Mittag, fuhr anschließend mit Saskia und ihrem jüngeren Neffen zum Kino nach Grevingen. Der allwissende Max fühlte sich zu alt für einen Kinderfilm. Aber Sascha kam gerne mit. Saskia bekam die versprochene Schachtel Eiskonfekt, Sascha bevorzugte Popcorn. Während die Kinder wie gebannt auf die Leinwand starrten, hing Heike ihren Gedanken nach und kam zu dem Schluss, dass es die beste und preiswerteste Lösung wäre, wenn sie Frau Doktor Greta Brand informierte, damit die ihren Mandanten zur Räson brachte.

18.–20. Oktober 2010

Nachdem montags etwas Ruhe im Kaffeebüdchen eingekehrt war und Heike sich ein paar Sätze zurechtgelegt hatte, suchte sie die Nummer der Kanzlei heraus, die Albert Junggeburt damals so eilig für seinen Bruder angeheuert hatte.

Greta Brand war nicht auf Anhieb zu sprechen, verständlich bei einer vielbeschäftigten Anwältin mit einem Faible für verkorkste Typen. Sie rief jedoch kurz nach eins zurück. Gerhild war gerade mit der zweiten Lieferung gekommen und drückte ihr Ohr von der anderen Seite gegen Heikes Handy.

Heike schilderte der Anwältin die Ereignisse seit der vorzeitigen Haftentlassung der Reihe nach, verschwieg auch nicht Silvies Besuch im Kaffeebüdchen und die Anschuldigungen, die dabei gegen sie erhoben worden waren. Nur die mysteriöse Klamottengeschichte kehrte sie unter den Tisch, um der Anwältin kein Futter für ein Wiederaufnahmeverfahren zu liefern. Als sie zu den gelösten Radmuttern kam, wurde sie unterbrochen.

Greta Brand wusste bereits davon, weil Alex den versprochenen Besuch von Bernd Leunen bekommen, sie danach umgehend informiert und seine Unschuld beteuert hatte. Und die Anwältin glaubte ihm natürlich.

«Ich wüsste aber sonst keinen, der es auf mich abgesehen haben könnte», sagte Heike. «Meine Aussage hat ihn hinter Gitter gebracht. Und wenn Silvie ihm jetzt eingeredet hat, er hätte unschuldig gesessen, hätte er allen Grund, sauer auf mich zu sein.»

«Dass er sauer auf Sie ist, steht außer Frage», meinte Greta Brand. «Dafür hat er auch einen sehr guten Grund, der jedoch nichts mit seiner Haft zu tun hat. Und er würde Ihnen – egal mit welchem Grund – keinen Schaden zufügen, da bin ich sicher. Er meinte, Sie hätten die Radmuttern eigenhändig gelöst, um ihm etwas anzuhängen und ihn erneut loszuwerden.»

«Der ist ja nicht bei Trost», sagte Heike. «Ich bin auf den Wagen angewiesen und nicht lebensmüde.»

Durchs Telefon drang ein kleines Lachen. «Das Risiko eines Unfalls dürfte im Stadtverkehr, also bei geringer Geschwindigkeit, minimal gewesen sein», meinte die Anwältin. «Von der S-Bahn-Station bis zu der Werkstatt, in der Sie waren, sind es nur zwei Kilometer. Wenn Sie die Radmuttern erst unmittelbar vor Antritt dieser Fahrt gelöst ...»

«Habe ich aber nicht», fiel Heike ihr ins Wort. «Und Alex hat sich nicht nur an meinem Auto zu schaffen gemacht. Er war auch in meiner Wohnung.»

Sie schilderte die Sache mit den geköpften Rosen und dem verschwundenen Kunstledermäppchen. Die Anwältin hörte sich auch das noch an. Als Heike zum Ende kam, vergewisserte Greta Brand sich: «Und es gab nicht die geringsten Einbruchspuren?»

«Nein», antwortete Heike wahrheitsgemäß.

«Wie soll Alex sich denn Zutritt verschafft haben?»

«Ich weiß es nicht», sagte Heike. «Ich dachte, wenn er in der Schlosserei gearbeitet ...»

«Hat er nicht», wurde nun sie unterbrochen. «Und selbst wenn, es ist nicht möglich, einen Schlüssel ohne entsprechende Vorlage anzufertigen.»

«Das vielleicht nicht», sagte Heike. «Aber es gibt Werkzeug, mit dem man jedes Schloss aufmachen kann.»

Durchs Telefon hörte sie die Anwältin seufzen. «Wenn Sie wirklich nicht selbst aktiv geworden sind, verstehe ich Ihre Aufregung, Frau Jentsch. Aber ich verstehe nicht, warum Sie nicht umgehend die Polizei gerufen haben, als Sie feststellten, dass jemand bei Ihnen eingedrungen war.»

«Glauben Sie, darüber hätte ich nicht nachgedacht?», wurde Heike laut. «Aber nach der Abfuhr wegen dem gelösten Reifen hatte ich keine Lust auf weitere Beschwichtigungen.» Sie seufzte und fuhr etwas gemäßigter fort: «Hören Sie, ich wollte Alex damals nicht loswerden, und ich will ihm heute nicht wieder etwas anhängen, was er vielleicht nicht getan hat. Ich will nur, dass er uns in Ruhe lässt. Machen Sie ihm das klar und sorgen Sie dafür, dass er die Finger von meinem Auto lässt und mir die Schlüssel zurückgibt.»

«Es steht aber doch gar nicht fest, dass er ...», ergriff Greta Brand erneut Partei für ihren Mandanten.

«Ist mir klar, dass Sie das sagen müssen», unterbrach Heike sie wieder. «Mir ist auch klar, dass er es nicht zugeben wird. Muss er auch nicht. Es reicht, wenn er das Mäppchen in meinen Briefkasten wirft. Richten Sie ihm das aus. Und glauben Sie mir, dass ich sonst keinen wüsste, der eine Veranlassung für so eine Inszenierung gehabt hätte. Ich kann Ihnen gerne zeigen, was er gemacht hat, wenn Sie mir Ihre Mailadresse durchgeben.»

Greta Brand ließ sich nicht lange bitten. Heike wiederholte die Angaben, damit Gerhild mitschreiben konnte. Dann beendete sie das Gespräch und schickte die Fotos vom Handy an die Kanzlei.

Noch am selben Tag erhielt Alex Besuch von seiner Anwältin. Es war schon nach sechs. Er bot ihr Kaffee und Schokokekse an, von denen Greta Brand gerne nahm.

Die Rosen-Fotos hatte sie ausgedruckt und mitgebracht. Die Qualität war nicht berauschend, aber man konnte gut erkennen, was Heike geschickt hatte. Greta Brand legte ihm eine DIN-A4-Seite nach der anderen vor. Natürlich bestritt er, dafür verantwortlich oder überhaupt in Heikes Wohnung gewesen zu sein.

«So was ist nicht mein Stil», sagte er und tippte auf das blutrote Herz mit dem grünen Pfeil. «Viel zu melodramatisch. Abgesehen davon weiß ich nicht mal, wo Heike jetzt wohnt.»

«Ich glaube einiges», erwiderte Greta Brand lächelnd. «Aber das glaube ich nicht.»

«Ist aber so», sagte er.

«Wechseln wir das Thema», schlug sie vor, nahm noch einen Keks, biss jedoch nicht hinein, sondern betrachtete ihn von allen Seiten, als sehe sie so etwas zum ersten Mal. Endlich sagte sie: «Frau Jentsch hatte Besuch von Silvie Steffens, die schwere Anschuldigungen ...»

«Silvie hat keine Ahnung», unterbrach Alex sie. «Sie hat neulich erst von mir gehört ...»

Greta Brand brachte ihn mit einer knappen, aber herrischen Geste zum Schweigen. «Jetzt rede ich, und das hätte ich schon tun sollen, als Ihr Bruder mich nach der Urteilsverkündung mit seiner These von der Revision abhielt.»

«Das war keine These ...», begann Alex aufs Neue und wurde wieder herb zum Schweigen verdonnert, diesmal mit einem unüberhörbar scharfen Unterton.

«Noch habe ich das Wort!» Greta Brand war ein zierliches Persönchen, aber wenn sie die Anwältin in den Vordergrund stellte, glaubte sich manch einer einem weiblichen Herkules gegenüber. «Und wenn ich vor Prozessbeginn gehört hätte, was Ihr Bruder mir nach der Urteilsverkündung anvertraut hat, säßen wir beide heute wahrscheinlich nicht hier», erklärte sie. «Ich schätze, dann wäre die Sache anders ausgegangen.»

«Wenn Sie jetzt wieder damit anfangen, dass Heike ...», startete Alex den dritten Versuch, nicht bis an sein Lebensende als Justizirrtum auftreten zu müssen.

«Nein», fiel Greta Brand ihm wieder ins Wort. «Frau Jentsch dürfte an Janice Hecklers Tod genauso schuldlos sein wie Sie.»

«Na, dann kommen ja bloß noch vierzig oder fünfzig andere aus dem Dorf in Frage», meinte Alex und schlug vor: «Vergessen Sie's.»

Greta Brand schüttelte den Kopf. «Den Teufel werde ich. Theoretisch könnte es zwar irgendeiner oder irgendeine aus dem Ort gewesen sein, das habe ich ja damals schon gesagt. Aber mit Theorien kommt man nicht weit, wenn man sie nicht beweisen kann. Halten wir uns jetzt mal an das, was wir mit Sicherheit wissen. Da lag das tote Mädchen halb nackt im Wasser, es waren zwei Männer am Tatort, der eine sturzbetrunken, der andere nüchtern. Und alles, was wir über die entscheidenden Minuten wissen, haben Sie von Lothar Steffens gehört.»

«Weil ich mich nicht an diese Minuten erinnere», sagte Alex.

«Eben», stimmte Greta Brand zu. «Und deshalb gibt es keine Garantie, dass Lothar Steffens in jedem Punkt die Wahrheit gesagt hat. Ich sehe zum Beispiel einen eklatanten Widerspruch in seiner Schilderung der Suche nach Ihnen. Er hatte Ihnen empfohlen, den Rausch in der elterlichen Villa auszuschlafen, fuhr dann aber zuerst Richtung Grevingen. Das klingt für mich absurd.»

«Er dachte halt, ich hätte unbedingt mit Heike reden wollen», sagte Alex. «Später tat ihm das entsetzlich leid.»

«Hat er behauptet», hielt Greta Brand dagegen. «Das muss aber ebenso wenig zutreffen wie seine Fahrt auf der Landstraße. Gehen wir mal davon aus, dass er sofort zur Breitegasse fuhr. Und irgendwo auf dem Weg zwischen der *Linde* und ihrem Elternhaus stöckelte ein zurückgewiesenes Mädchen auf High Heels. Auf solchen Dingern ist man nicht sehr schnell. Und Lothar war immer der Tröster für die Abgewiesenen.»

«Nicht für Janice», stellte Alex richtig. «Die war für ihn der letzte Dreck.»

«Zugegeben», räumte die Anwältin ein, «das ist der schwache Punkt in meiner Theorie.»

Nachdem Greta Brand sich verabschiedet hatte, überlegte Alex, ob er am nächsten Vormittag mit Silvie reden sollte, um in Erfahrung zu bringen, was zwischen ihr und Heike vorgefallen war und warum sie Heike gegen ihn aufgebracht hatte. Aber dann entschied er sich für den direkten Weg.

Dienstags holte er Saskia von der Schule ab, das hatte er auch montags und freitags getan. Saskia schien die Heimlichkeit zu genießen, doch für ihn war es keine Dauerlösung, mit ihr durch die Gässchen und über den Friedhof zu schleichen. Er wollte sie nachmittags bei sich haben, morgens und abends für sie da sein. Deshalb fuhr er schon um halb drei nach Garsdorf, um mit Heike zu reden. Ganz ruhig und sachlich, dazu war er fest entschlossen. Bei allem, was ihm lieb und teuer war, wollte er schwören, dass er nichts gemacht hatte, und sie dann bitten, ihre starre Haltung noch einmal zu überdenken – Saskia zuliebe. Die halbe Nacht hatte er im Geist an diesem Gespräch gefeilt.

Er parkte weit hinten auf dem großen Platz, stieg aus und schlenderte in einem weiten Bogen um das Blockhaus herum zu den drei Ulmen vor dem alten Bahnhofsgebäude. Die Baumstämme waren weit genug vom Kaffeebüdchen entfernt und boten ausreichend Deckung. Er konnte den Gastraum einsehen und einen günstigen Moment abpassen.

Seine Geduld wurde auf eine harte Probe gestellt. Es herrschte zwar nicht viel Betrieb, aber es war ein ständiges Kommen und Gehen. Bis kurz vor vier drückte er sich mal hinter den einen, mal hinter den anderen Stamm, spähte links oder rechts am jeweiligen Baum vorbei, immer in Sorge, irgendwer könne stutzig werden und Heike aufmerksam machen, die dann wieder eine Streife herzitierte.

Weil ein Kleinlaster auf dem Vorplatz wendete und ihm die Sicht versperrte, verpasste er auch noch den einzig wirklich günstigen Moment, als sie die Vordertür verschloss. Als er wieder ein freies Blickfeld hatte, war Heike schon dabei, die Tabletts aus der Kühlung zusammenzuschieben.

Wie gut er das alles noch kannte. Jetzt wurde gespült, Theke und Kühlung ausgewaschen. Dann würde sie das Putzzeug aus dem Einbauschrank neben dem kleinen Waschraum holen und etwa eine halbe Stunde später zur Hintertür heraustreten, über die schmale Veranda zu ihrem Auto gehen ... Es wurde Zeit, sich einen anderen Beobachtungsposten zu suchen.

Wieder schlug er einen weiten Bogen, diesmal zurück zum Parkplatz. Dann lungerte er nahe der Veranda herum, nur nicht zu nahe an ihrem Honda, damit keiner, der ihn zufällig sah und erkannte, auf dumme Gedanken kam, wenn Heike wieder eine Schraube locker hatte.

Endlich öffnete sich die Hintertür, Heike trat ins Freie. Er war mit wenigen großen Sätzen bei ihr und verlor in der Hast all die schönen, beruhigenden Sätze, die er sich zurechtgelegt hatte.

«Hey», begann er, während sie zusammenzuckte, als sei der Blitz neben ihr eingeschlagen. «Wir müssen reden.» Bei den Worten drängte er sie bereits zurück ins Innere des Blockhauses.

«Lass mich los!», kreischte sie. «Und hau ab, aber fix! Ich wüsste nicht, was wir noch zu bereden hätten.»

«Ich war das nicht mit deinem Auto oder den Blumen», beteuerte er, in der noch offenen Hintertür stehend. An Gleis 3 fuhr eine S-Bahn aus Köln ein. Er hörte zwar das Geräusch, achtete jedoch nicht darauf. «Warum soll ich denn so einen Quatsch machen? Ich will doch nur Saskia sehen. Und sie ist gerne mit mir zusammen.»

«Das war ich auch mal», sagte Heike. «Und wenn es nach mir gegangen wäre, hätte sich daran nie etwas geändert. Aber du musstest dich ja unbedingt besaufen und Scheiße bauen.»

«Dafür hab ich bezahlt», erwiderte er.

«Und jetzt soll ich bezahlen, was? Das habt ihr euch fein ausgedacht, hab ich schon zu Silvie gesagt. Aber nicht mit mir!»

«Ich weiß nicht, was du für ein Problem mit Silvie hast», sagte er. «Ich will keine Probleme machen.»

«Dann zieh Leine!», fauchte Heike. «Oder muss ich erst wieder die Polizei rufen?»

Die S-Bahn fuhr wieder ab. Die Leute, die ausgestiegen waren, eilten zur Unterführung, darunter auch Lothar Steffens. Dass seit ein paar Minuten der dunkelgrüne Passat vor dem Kaffeebüdchen stand, war durch die Glasfront gut zu sehen, aber Alex warf keinen Blick in die Richtung. Er sah auch nicht, dass Silvie ausstieg und näher kam, blieb auf Heike konzentriert, war nur darum bemüht, ihr begreiflich zu machen, was er wollte.

«Warum können wir denn nicht miteinander reden wie erwachsene Menschen?», fragte er.

«Weil du für mich kein erwachsener Mensch bist», erklärte Heike. «Ein erwachsener Mensch steht zu dem, was er getan hat. Ein erwachsener Mensch schickt nicht seine Anwältin vor, damit die das Opfer beschuldigt, selbst an seinem Auto herumgefummelt zu haben. Ein erwachsener Mensch sieht ein, wann das Spiel gelaufen ist. Also werd endlich erwachsen, und lass deine Finger von Saskia. Sonst muss ich einen Gerichtsbeschluss erwirken, der es dir untersagt, sich ihr oder mir noch einmal zu nähern.»

«Das kannst du nicht machen», meinte er.

Die meisten Leute aus der S-Bahn hatten die Unterführung schon wieder verlassen und waren auf dem Weg zum Parkplatz, den Bushaltestellen oder den Autos, die auf dem Vorplatz warteten wie der dunkelgrüne Passat mit einem jammernden Kleinkind im Fond. Vor der Glasfront drückte Silvie sich die Nase an der Scheibe platt. Heike stand mit dem Gesicht zur offenen Hintertür, sah zwar nicht Silvie, aber über Alex' Schulter die Leute herankommen, die wie Lothar auf dem Vorplatz abgeholt wurden.

«Du wirst dich noch wundern, was ich alles machen kann», erwiderte sie und brüllte in der nächsten Sekunde los: «Hilfe! Hilfe! Um Gottes willen, helft mir doch. Hilfe ...»

Für ihn kam ihr Gebrüll ebenso unvermittelt wie damals das Geschrei von Janice im Männerklo der *Linde*. Nur reagierte er diesmal anders, stieß sie mit einer Faust gegen die Schulter, um den Abstand zwischen ihnen zu vergrößern, und fuhr sie an: «Komm mir nicht auf die Tour, das hatte ich schon mal! Halt die Klappe, verdammt! Ich tu dir doch gar nichts!»

Als er sie noch einmal zurückstoßen wollte, fiel ihm irgendwer von hinten in den Arm und riss ihn aus der Tür zurück auf die Veranda. Er war so außer sich, dass er zuvor nicht mal Schritte auf den Holzbohlen gehört hatte. Drei, vier Hände zerrten gleichzeitig an ihm. Vor der Glasfront fuhr Silvie entsetzt zurück und schrie ebenfalls: «Alex! Um Gottes willen! Hört auf, ihr Idioten! Lasst ihn in Ruhe!»

Er begann erst, sich zu wehren, als er sich einem Quintett kampfeslustiger Pendler gegenübersah. Aber was wollten fünf Männer, die sich vielleicht alle Jubeljahre mal an einer Kneipenschlägerei beteiligten oder bei einer zusahen, gegen einen ausrichten, den sechs Jahre Knast gestählt hatten? Sie behinderten sich nur gegenseitig auf der schmalen Veranda. Der Einzige, der eine ernsthafte Verletzung davontrug, war Lothar. Er holte sich eine blutige Nase beim Versuch, seine Frau aus dem Getümmel zu ziehen.

Silvie war wie ein Wirbelwind zur Rückseite gespurtet, versuchte ihrerseits, Alex beizustehen, zerrte an einem Angreifer, stieß einen zweiten in die Rippen, trat den dritten gegen eine Wade, steckte ihrerseits drei Schläge ein und beteuerte: «Er hat sie erst zurückgestoßen, als sie anfing zu schreien. Ich hab's genau gesehen. Er hat überhaupt nichts getan, auch damals nicht. Er kann Janice gar nicht ertränkt haben. Ihre Klamotten waren weg, als er sie fand. Die hat der Mörder mitgenommen oder die Mörderin.»

Irgendwann hatten es alle gehört und zogen sich mit mehr oder weniger betretenen Mienen zurück. Einer murmelte eine Entschuldigung. Es war fast wie damals im Männerklo.

Lothar presste ein Taschentuch unter seine blutende Nase und schickte Silvie zurück zum Auto, wo der Hasemann sich inzwischen die Lungen aus dem Leib brüllte, weil Mama weggelaufen war und er sie nicht einmal mehr sehen konnte.

Dann standen sie nur noch zu dritt bei der offenen Hintertür, Heike drinnen, Lothar und Alex draußen auf der Veranda. Alex war immer noch ziemlich aufgebracht. «Was sollte der Scheiß?», schrie er Heike an. «Genauso hat Janice es gemacht, ganz genau so, einfach losgebrüllt, als wäre ich ihr an die Wäsche gegangen und nicht umgekehrt.»

«Hau ab», sagte Heike nur noch. «Hau endlich ab.»

«Ich gehe erst, wenn du mir erklärst, warum Saskia mich nicht mehr besuchen darf. Ich habe ein Recht, das zu erfahren. Ist es, weil Silvie glaubt, ich hätte unschuldig gesessen?»

«Einen Scheißdreck von Recht hast du», mischte Lothar sich ein. «Wen interessiert denn, was Silvie glaubt? Heike muss dir überhaupt nichts erklären.»

«An deiner Stelle würde ich die Fresse nicht so weit aufreißen», schrie er Lothar an. «Meine Anwältin interessiert sich sehr wohl für das, was Silvie glaubt. Frau Doktor Brand glaubt nämlich nicht mehr, dass du damals zuerst zur Landstraße gefahren bist. Das wäre absurd, hat sie gestern gesagt. Und wenn du sofort zur Breitegasse gefahren bist, wo Janice noch auf ihren High Heels stöckelte ... Auf solchen Dingern ist man nicht schnell. Sie hatte auch dich in der *Linde* blöd angemacht. Vielleicht hattest du eine Scheißwut auf sie.»

Damit sprang er von der Veranda herunter und verabschiedete sich von Lothar mit einem lässigen «Man sieht sich». An Heike gewandt versprach er: «Wir beide reden ein andermal, wenn er nicht dazwischenfunken kann und auch sonst keiner in der Nähe ist, der meint, dir beistehen zu müssen, nur weil du wie blöde losbrüllst.» Dann schlenderte er zu seinem Mercedes, stieg ein, fuhr jedoch nicht los.

Nach zehn Minuten stand der Mercedes immer noch am selben Fleck hinten auf dem Parkplatz. Und der dunkelgrüne Passat mit dem Hasemann im Fond vor dem Blockhaus. Der kleine

David weinte nicht mehr. Seit Silvie sich wieder hinters Steuer gesetzt hatte und ihm etwas vorsang, schluchzte er nur noch und hatte Schluckauf.

Lothar stand auf der Veranda und wartete darauf, dass Alex sich endlich verzog. Heike wartete im Büdchen, traute sich nicht zu ihrem Honda. «Der hängt sich doch an mich wie eine Klette», meinte sie.

Das sah Lothar genauso, deshalb ging er schließlich zum Vorplatz und vergewisserte sich, dass Silvie nichts dagegen hatte, wenn er mit Heike die Einkäufe machte und sie sicherheitshalber zu ihrer Wohnung begleitete. «Am besten fährst du nach Hause. Ich ruf dich an, wenn du mich abholen kannst, einverstanden?»

Silvie nickte nur. Inzwischen spürte sie deutlich, wo sie von Fäusten getroffen worden war. An der linken Schulter, rechts hinten in der Nierengegend, und ein Schwinger war unterhalb ihres Magens gelandet. Ihr war übel. Trotzdem fuhr sie noch auf den Parkplatz, hielt neben dem Mercedes und bedeutete Alex, die Scheibe herunterzulassen. Er tat ihr den Gefallen.

«Ich wollte nicht, dass du es auf die Weise erfährst», begann sie. «In den nächsten Tagen wäre ich zu dir gekommen und hätte es dir schonend beigebracht.»

«Was?»

«Dass du Janice gar nicht ...»

«Wegen der verschwundenen Klamotten, meinst du?», unterbrach er sie, lachte leise und irgendwie amüsiert und schüttelte bedächtig den Kopf, ehe er weitersprach: «Ach, Herzchen. Die hat der eiserne Heinrich eingesammelt und auf Anweisung meines großen Bruders in unsere Heizung gestopft.»

Einen Moment lang fühlte Silvie sich wie vor den Kopf geschlagen. So vergingen einige Sekunden, ehe sie nicht eben geistreich fragte: «Woher weißt du das?»

«Von Albert, den hat Heinrich am Ostersonntag angerufen

und ihm gebeichtet. Ich nehme an, der Alte hatte ein schlechtes Gewissen, weil ich nachts an der Tür gewesen war und geklingelt hatte. Er hatte aber keinen Bock, mich reinzulassen. Kurz darauf hat er ein Mädchen schreien hören. Aber ehe er nachschauen konnte, was draußen los war, musste er sich ordentlich anziehen. Ein anständiger Mensch geht schließlich nicht im Pyjama auf die Straße. Der Schnellste war Heinrich nicht mehr. Es hat ein Weilchen gedauert, ehe er ausgehfertig war. Als er endlich draußen stand, war keiner zu sehen. Er ging trotzdem weiter, fand die Klamotten am Straßenrand und dachte, da hätte sich einer einen derben Scherz mit Janice erlaubt. In den Schuhen hatte er sie wohl schon gesehen. Er wusste jedenfalls, wem die Treter gehörten, und wollte ihr die Sachen bringen, weil er annahm, sie sei ohne Hose und auf nackten Füßen oder Strümpfen heimgelaufen. Aber bei Hecklers machte ihm keiner auf. Er wollte den Kram schon vor der Haustür ablegen, befürchtete dann jedoch, ihre Eltern könnten darüber stolpern. Jetzt sag noch einer, mein Alter wäre kein Gentleman gewesen. Er nahm die Sachen lieber mit. Tja, und am nächsten Morgen wimmelte es an der Greve von Polizei … Den Rest der Geschichte kennst du.»

«Lothar war in der Nacht auch an eurer Tür», sagte Silvie. «Ihm hat auch keiner aufgemacht.»

Er zuckte mit den Achseln. «Davon weiß ich nichts.»

Silvie ließ die Scheibe wieder hochgleiten, fuhr nach Garsdorf und weinte dort ein Weilchen, weil der Mercedes ihr nicht gefolgt war und sie wohl endlich beginnen sollte, Alex mit anderen Augen zu sehen. Außerdem hatte sie immer noch Magenschmerzen und machte sich Sorgen um die Prinzessin in ihrem Leib.

Währenddessen machte Lothar mit Heike die Einkäufe, fuhr mit ihr zur Ludwig-Uhland-Straße, begleitete sie hinauf in ihre Wohnung und blieb bis kurz vor neun bei ihr. Erst als sie ins Bett wollte und ihm zeigte, wie sie ihre Wohnungstür für die

Nacht sichern würde, rief er Silvie an, damit die ihn abholte. Aber Silvie wollte ihren schlafenden Sohn nicht alleine lassen. Abgesehen davon fühlte sie sich inzwischen hundeelend, hatte keine Magenschmerzen mehr, sondern Krämpfe im Unterleib, und befürchtete das Schlimmste. Notgedrungen musste Lothar ein Taxi nehmen.

Gegen Mitternacht rief Lothar einen Krankenwagen und packte ein paar Sachen für Silvie. Er war überzeugt, dass sie vorzeitige Wehen hatte, ausgelöst durch den Schwinger, den sie für Alex eingesteckt hatte.

«War es das wert?», fragte er.

Antwort bekam er nicht. Sie weinte nur.

Nachdem die Sanitäter mit ihr abgefahren waren, packte Lothar noch eine Tasche für seinen Sohn, riss den kleinen David aus dem Schlaf, brachte ihn zu seiner Mutter und machte ihr klar, dass Franziska den Kleinen diesmal nicht nehmen konnte, weil die mit Gottfried immer noch beide Hände voll zu tun hatte. Außerdem wollte Lothar Silvies Großmutter nicht mitten in der Nacht mit der Hiobsbotschaft einer drohenden Fehlgeburt erschrecken.

Als er sich anschließend im Krankenhaus nach dem Zustand seiner Frau erkundigte, gab es jedoch Entwarnung. Eine übernächtigte junge Ärztin in der Notaufnahme tippte auf ein Magen-Darm-Virus, weil Silvie kein Wort über die Schlägerei bei *Heikes Kaffeebüdchen* verloren hatte.

Aber vermutlich hatte die Ärztin recht mit ihrer Diagnose. Bis zum nächsten Morgen übergab Silvie sich mehrfach und wusste zeitweise nicht, ob sie sich aufs Klo setzen oder sich darüberbeugen sollte. Das Frühstück am nächsten Morgen behielt sie keine drei Minuten im Leib. Mittags hängte man sie an den Tropf. Als Lothar nachmittags von der Arbeit kam, lag sie dösend in den Kissen, fühlte sich schlapp und elend und war dankbar, als er sich bald wieder verabschiedete.

Erst am Donnerstagmorgen ging es ihr etwas besser, sodass sie neben ihrer Enttäuschung und all dem, was sonst noch in ihr vorging, auch ein wenig Erleichterung verspürte, weil das Baby in ihrem Leib die Sache unbeschadet überstanden hatte.

21. Oktober 2010

An diesem Donnerstagmorgen wartete man in Garsdorf vergebens darauf, dass Heike die Brötchen abholte. Um Viertel vor fünf probierte ihr Bruder zum ersten Mal, sie telefonisch zu erreichen. Ihr Handy war in Betrieb, aber es klingelte nur endlos. Wolfgang Jentsch wartete ein paar Minuten, hätte ja sein können, dass Heike auf der Landstraße in einer Situation war, in der sie gerade kein Gespräch annehmen konnte.

Inzwischen wusste Wolfgang, was in letzter Zeit bei seiner Schwester los gewesen war. Dass sich jemand an ihrem Auto zu schaffen gemacht hatte, dass jemand in ihre Wohnung eingedrungen war und einen Rosenstrauß geköpft hatte. Und dass die Ersatzschlüssel aus dem Schubfach mit den Bürosachen verschwunden waren. Gerhild hatte ihm davon erzählt und auch erwähnt, dass Heike sich wegen des Autos vergebens zur Wache bemüht und wie diese Anwältin aus Köln sich zu den Vorfällen geäußert hatte.

Von Alex' Auftritt beim Kaffeebüdchen am Dienstagnachmittag hatte Wolfgang nach dem gestrigen Mittagessen erfahren. Heike hatte es bei Gerhild einen tätlichen Angriff vor Zeugen genannt. Und nicht verschwiegen, dass Alex ihr einen weiteren Überfall zu einem günstigeren Zeitpunkt, also ohne Zeugen, angekündigt hatte. Verständlicherweise machte Heikes

Bruder sich deshalb Sorgen, als sein zweiter Versuch am Telefon zum selben Ergebnis führte wie der erste.

Wolfgang ging hinüber in die Küche. Gerhild trank im Stehen am Küchentisch einen Kaffee und wollte danach zu ihrer Auslieferungstour durchs Dorf aufbrechen.

«Bei Heike stimmt was nicht», sagte Wolfgang.

Wenige Minuten später war Gerhild mit den Notfallschlüsseln auf dem Weg nach Grevingen. Sie fuhr langsam und mit Fernlicht, weil die Möglichkeit bestand, dass Heike unterwegs verunglückt war und der Honda in einem Acker lag. Aber auf der Strecke bemerkte Gerhild nichts Ungewöhnliches.

Ziemlich genau um halb sechs erreichte sie die Hochhäuser an der Ludwig-Uhland-Straße. Sie entdeckte eine Parklücke vor dem mittleren, die für einen Kombi zu klein war, steuerte trotzdem hinein. Das Heck ragte in die Straße, das kümmerte Gerhild in dem Moment wenig. Sie schaltete den Warnblinker ein, sprang aus dem Auto und hetzte zur Haustür. Die ließ sich wieder mal einfach aufdrücken. Auf den Aufzug musste Gerhild ein Weilchen warten, es hörte sich an, als käme der von ganz oben.

Sie war erst einmal in der Wohnung ihrer Schwägerin gewesen, aber die Lage und die Aufteilung der Räume war ihr noch im Gedächtnis. Von dem fehlenden Lichtschalter neben dem Aufzug wusste sie nichts. Als sie im zehnten Stock ausstieg, tastete sie vergebens an der Wand herauf und herunter, ehe sie die paar Schritte zu der Tür gegenüber tat.

Dort erwischte sie statt des Lichtschalters erst mal die Klingel. In der Wohnung schrillte vernehmlich und anhaltend ein hässlicher Ton, ohne dass jemand darauf reagierte. Auch in den Nachbarwohnungen rührte sich nichts, obwohl Gerhild meinte, das widerliche Schrillen müsste man auf der gesamten Etage hören.

Hastig zog sie ihre Hand zurück und drückte auf den oberen

der beiden weißen Schalter. Endlich wurde es hell. Sie steckte den Schlüssel ein, abgeschlossen war nicht, schon nach einer halben Umdrehung schwang die Tür auf.

Gerhild spürte eine Welle von Übelkeit durch den noch leeren Magen schwappen und hielt unwillkürlich die Luft an, ehe sie sich bemühte, ruhig und tief durchzuatmen. Nach dem Angriff beim Büdchen hätte Heike ihre Tür garantiert abgeschlossen. Und wo sie so überzeugt gewesen war, dass Alex – mit welchem Trick auch immer – die Ersatzschlüssel aus dem Büroschubfach an sich gebracht hatte, hätte sie auch die alte Sperrkette vorgelegt, das war für Gerhild so sicher wie das Amen in der Kirche.

In der Wohnung war es dunkel. Gerhild tastete nach dem Lichtschalter in der Diele. Unter der Decke flammten drei Halogen-Spots auf. «Heike!», rief sie gedämpft, während sie die Wohnungstür hinter sich zudrückte.

Von den vier Zimmertüren standen drei offen – Küche, Wohn- und Schlafzimmer. Die Spots in der kleinen Diele erhellten nur die vorderen Bereiche der drei Räume. Wie es weiter hinten aussah, war nicht zu erkennen. Gerhild ging hin, schaltete überall das Licht ein und fühlte, wie ihr Magen sich wieder beruhigte.

Nichts deutete darauf hin, dass etwas Schreckliches passiert sein könnte. Die schlauchförmige Küche war sauber und aufgeräumt, es stand nicht mal ein benutzter Kaffeebecher oder ein Glas offen herum. Im Wohnzimmer war es genauso, nur wirkte es hier nackt und trist, jedenfalls nicht gemütlich.

Die Bettdecke im Schlafzimmer war zurückgeschlagen, zum Auslüften, vermutete Gerhild, sie handhabte das ebenso. Gemachte Betten wie bei ihren Eltern – Kissen und Decken auf den Laken glatt streichen und die Tagesdecke drüber, damit der Mief drinblieb und die Milben ein angenehmes Klima fanden – hatte es im Hause Jentsch nie gegeben.

Nirgendwo lag oder hing ein Kleidungsstück. Auch Heikes Rucksack war nicht zu sehen. Alles sprach dafür, dass Heike gar nicht da war. Wahrscheinlich war ihr die Wohnung nach dem jüngsten Zwischenfall nicht mehr sicher genug erschienen. Alex konnte doch jederzeit rein. Er hätte es sich hier schon am frühen Nachmittag gemütlich machen und in aller Seelenruhe auf Heike warten können, solange das Schloss nicht ausgewechselt war.

Gerhild verstand nicht, warum Heike das nicht längst veranlasst hatte. Seit der Sache mit den Rosen war doch nun wirklich Zeit genug gewesen, einen Schlüsseldienst zu beauftragen. Oder hatte Heike geglaubt, die Anwältin könne Alex an die Kandare legen, und war vorgestern eines Besseren belehrt worden?

Dass Heike sich nach dem Zusammenstoß am Dienstag nicht darum bemüht hatte, für einige Nächte in Garsdorf unterzukommen, war eher nachvollziehbar. Da hätte sie auf ihre Privatsphäre verzichten und sich im Gegenzug diverse Vorträge von ihrer Mutter anhören müssen. Sie hatte garantiert einen Unterschlupf, der ihr genehmer war.

Gerhild nahm an, dass ihre Schwägerin bei einem Mann übernachtet und verschlafen hatte. So wie vor zwei Jahren, als Heike sich mit dem biederen Handwerker eingelassen hatte. Viel wusste Gerhild nicht über den verwitweten Dachdecker, nur dass er ein großes, komfortables Haus mit Whirlpool besaß und an einem Montagmorgen ungern um vier in der Früh aus dem Schlaf gerissen wurde. Er hatte – von Heike unbemerkt – den Wecker einfach auf sechs Uhr gestellt, das war die Zeit, zu der er aufstehen musste.

Da hatte Wolfgang auch um Viertel vor fünf angerufen, weil Heike nicht erschien. Und Heike hatte im ersten Stock nichts gehört, weil ihr Rucksack mit dem Handy im Erdgeschoss oder beim Whirlpool lag. Sie war erst eine gute Stunde später in

Garsdorf eingetrudelt und hatte ihrem Bruder weisgemacht, das Auto sei nicht angesprungen und der Akku vom Handy leer gewesen.

Bei der Mittagslieferung hatte sie Gerhild dann erzählt, was tatsächlich passiert war. Geschimpft hatte sie, dass man einer bestimmten Sorte Mann nicht den kleinen Finger reichen dürfe, weil die sofort nach dem Arm griffen und letztendlich die ganze Frau in die Hände bekommen wollten.

Über die Erinnerung an den biederen Handwerker, der von einer festen Beziehung geträumt hatte und überglücklich gewesen wäre, wenn Heike bei ihm eingezogen und nicht bloß mal über Nacht geblieben wäre, beruhigte Gerhild sich. Der Kontakt war nicht völlig abgerissen, das wusste sie. Hin und wieder erzählte Heike, er hätte in der Nähe zu tun gehabt und seine Mittagspause im Kaffeebüdchen verbracht. Wenn Heike ihn um Asyl gebeten hatte, lag der Rucksack jetzt wohl wieder im Erdgeschoss des großen Hauses oder beim Whirlpool, wo das Handy nur nutzlos vor sich hin gedudelt hatte.

Blieb noch das Bad. Dass diese Tür als einzige geschlossen war, wertete Gerhild nicht als Alarmsignal. Im Hause Jentsch wurde die Badezimmertür auch immer zugemacht, damit die Wärme blieb, wo man es gerne warm hatte. Sie rief noch einmal «Heike!» und klopfte sogar der Form halber an, ehe sie die Badezimmertür öffnete und ihre Vermutung auf den ersten Blick bestätigt sah.

Das Bad war ebenso überschaubar wie die anderen Räume. Rechter Hand, unmittelbar neben der Tür, stand die Waschmaschine, die als Ablagefläche für einen Stapel Handtücher, zwei Cremedöschen, eine Flasche Körperlotion, eine Tube Handcreme, einen Deoroller und den Föhn diente, weil das Schränkchen aus der alten Wohnung in dieses Bad nicht reingepasst hatte. Gegenüber der Maschine befand sich das Klo, daneben das Waschbecken mit Handtuchhalter, einem Spiegel und einer Ablage, auf der Zahnpasta und eine elektrische Zahnbürste lagen. Unter dem Waschbecken hatte Heike einen kleinen Abfallbehälter mit Schwingdeckel und den Vorratsbehälter mit den Ersatzrollen platziert.

Die Badewanne, die Heike meist als Dusche nutzte, war nicht auf Anhieb zu sehen, weil sie links stand und von der offenen Tür zur Hälfte verdeckt wurde, den Rest verbarg der Duschvorhang, der komplett vorgezogen war.

Es gab genau genommen keinen Grund, den Vorhang zurückzuziehen und auch noch die Wanne zu kontrollieren. Gerhild tat es trotzdem, vielleicht nur, weil Heike erzählt hatte, sie hätte auch dort nachgeschaut, als sie feststellen musste, dass die Ersatzschlüssel verschwunden waren. Als Versteck für einen Eindringling wäre die Wanne wirklich bestens geeignet gewesen.

Und dann hielt Gerhild erneut die Luft an, ohne sich dessen bewusst zu werden, und drückte reflexartig die Tür zu, um die Wanne in ihrer gesamten Länge einsehen zu können.

Da lag Heike, nackt, mit Kopf und Rücken auf dem Wannenboden, das Gesicht zur Wand gedreht, die Arme über Kreuz auf dem Bauch, ein Bein angewinkelt, das Knie angelehnt. Das andere Bein war ausgestreckt, der Fuß bis zur Ablage mit Duschgel, Badesalz und Shampoo hochgeschoben. Die kurzgeschnittenen dunkelblonden Haare klebten platt und strähnig am Schädel und sahen im Gegensatz zu ihrer Haut feucht aus. Als hätte sie den Kopf noch unter die Brause gehalten, sich die Haare aber nicht mehr gewaschen.

Es war kein schrecklicher oder scheußlicher Anblick. Im Schein einer Fünf-Watt-Energiesparleuchte konnte Gerhild außer einer Schramme über dem linken Ohr keine Verletzungen entdecken. Es gab auch nirgendwo eine Spur von Blut, nicht den kleinsten Spritzer.

«Heike», flüsterte sie und berührte zaghaft das angelehnte

Knie. Das war kalt. Kein Wunder, Heike musste seit Stunden so liegen, lange genug, um jedes Wassertröpfchen von ihrer Haut, den Wandfliesen und Wannenrändern verdunsten zu lassen. Sogar der Duschvorhang war getrocknet.

Statt nach dem Puls an einem der Handgelenke zu tasten, beugte Gerhild sich über den Wannenrand und fasste unter das Kinn ihrer Schwägerin, um den Kopf, der auf der rechten Seite lag, nach links zu drehen, was gar nicht so einfach war. Es gelang ihr nur zum Teil. Als Heike mit dem Hinterkopf auf dem Wannenboden lag, schaute Gerhild in das Gesicht einer Toten. Die Augen blickten starr, der Unterkiefer war erschlafft, die Lippen nicht geschlossen.

Gerhild schoss förmlich in die Höhe, taumelte zurück gegen die Waschmaschine, riss die Tür auf, hetzte in die Diele und drehte sich dort panisch drei-, viermal um, als hielte sie Ausschau nach einem Angreifer, ehe sie ihr Handy zückte und als Erstes ihren Mann informierte mit dem lapidaren Satz: «Sie liegt in der Wanne.»

«Um die Zeit?», wunderte sich Wolfgang. «Dann soll sie mal zusehen, dass sie in die Gänge kommt.»

Das hörte Gerhild schon nicht mehr. Sie hatte die Verbindung sofort wieder getrennt und 110 gewählt.

Bis zum Eintreffen des ersten Streifenwagens stand Gerhild aufrecht wie ein Pfahl in der kleinen Diele und befürchtete, jeden Augenblick zusammenzubrechen. Sie hätte sich gerne hingesetzt. Aber sie wagte es nicht, etwas anzufassen. Auch wenn sie höchst selten mal einen Fernsehkrimi anschaute, das hatte sie verinnerlicht. Man durfte nichts anfassen.

Ihr Kopf fühlte sich seltsam hohl an, dabei jagten die Gedanken hinter ihrer Stirn wie eine Horde Indianer über die Prärie. Sie sah ihre Schwiegermutter mit Heike am großen Küchentisch sitzen. Ein Samstagnachmittag war es gewesen, Heike war gekommen, um die wöchentliche Lieferung zu bezahlen. Und Martha hackte auf ihr herum, weil Alex bei ihr eingezogen war. Was Heike bis dahin wohlweislich verschwiegen hatte. Aber nachdem Silvie ihn bei der Arbeit im Kaffeebüdchen erlebt und von Lothar gehört hatte, wo Alex neuerdings wohnte ... Silvie hatte es selbstredend sofort ihrer Oma erzählt, und Franziska hatte ihre jüngste Schwester eingeweiht.

«Dass du es so nötig hast, hätte ich nicht von dir gedacht», hatte Martha gezetert. «Warum suchst du dir nicht einen vernünftigen Mann? Du bildest dir hoffentlich nicht ein, nur weil der Knilch jetzt bei dir wohnt, würde er seine Finger von der Dorfmatratze lassen.»

«Wenn er es nicht tut, werfe ich ihn wieder raus, Mama. So einfach ist das. Aber ich glaube nicht, dass er Janice noch mal anfasst. Dafür ist ihm unsere Beziehung zu wichtig.»

«Beziehung!» Martha war aus dem Kopfschütteln gar nicht mehr rausgekommen. «Das klingt ja fast, als hättest du ernste Absichten mit dem. Willst du ihn etwa heiraten?»

«Darüber habe ich noch nicht nachgedacht, Mama. So lange sind wir ja noch nicht zusammen. Aber Alex ist nicht so, wie alle denken. Das habe ich bereits festgestellt. Er ist in Ordnung.»

«Ja, ja, das hat Silvie auch jedes Mal gesagt, wenn Franziska sich bemüht hat, sie zur Vernunft zu bringen.»

«Ich bin nicht Silvie, Mama.»

«Weiß Gott nicht! Du bist zehn Jahre älter und vierzig Kilo schwerer. Und du hältst dich für eine vernünftige Frau. Dass ich nicht lache.»

Gerhild sah Heike mit Anfang dreißig, so ungläubig und verwundert, nachdem sie erfahren hatte, dass sie schwanger war. «Ich weiß nicht, wie es passiert ist, wo ich doch die Pille nehme. Aber ich kriege ein Kind. Könnt ihr euch das vorstellen?»

Nein, niemand hatte sich das vorstellen können. Heike mit

einem Korb Brötchen oder einem Tablett voller Hefeteilchen. Aber nicht mit einem Baby. Und gewiss nicht mit einem Kind von Alex. Das hatten sie ihr auch gesagt, alle, Gerhild war da keine Ausnahme gewesen. «Du wirst ja wohl nicht so blöd sein und es wirklich bekommen. Bis jetzt hat es funktioniert mit euch beiden, weil Alex keine Verantwortung tragen musste. Mit einem Kind sieht das anders aus. Was machst du, wenn er die Kurve kratzt? Dann stehst du dumm da.»

Er hatte die Kurve nicht gekratzt, im Gegenteil. Und dann war da dieser Abend gewesen, am Tag vor der Urteilsverkündung. Heike war gekommen, um ... ja, warum eigentlich? Um nach ihrer Tochter zu sehen, die seit der Festnahme ihres Vaters in Garsdorf lebte? Oder weil sie auf Beistand hoffte, auf Verständnis, einen Rat oder Zuspruch?

«Ich frage mich», hatte sie gesagt, «was passiert, wenn ich morgen meine Aussage widerrufe. Ich könnte erklären, die Polizei hätte mich so unter Druck gesetzt, dass ich ...»

«Du hast ja wohl nicht alle Tassen im Schrank!», war Martha ihr grob in die Parade gefahren. «Untersteh dich, das Gericht zu belügen, nur damit dieser läufige Hund auf freien Fuß kommt.»

«Zum einen wäre es nicht gelogen, Mama», hatte Heike gesagt. «Du hast keine Ahnung, wie die mir zugesetzt haben. Zum anderen ist Alex kein Hund, läufig schon gar nicht. Wenn ich nicht von ihm verlangt hätte, sich von Albert auszahlen zu lassen, wäre er an dem Abend garantiert sofort nach Hause gekommen. Dann wäre nichts passiert.»

«Wenn das Wörtchen wenn nicht wär, dann wär mein Vater Millionär», hatte Martha gekontert und gefragt: «Willst du an seiner Stelle in den Knast?»

«Mir graut bei der Vorstellung», hatte Heike erwidert. «Aber es wäre eine Alternative und vielleicht nicht mal die schlechteste Lösung. Ich bekäme wahrscheinlich mildernde Umstände wegen der Schwangerschaft. Das Büdchen könnte ich so lange verpachten. Alex käme auch mit zwei Kindern zurecht, da bin ich sicher. Albert muss weiter für ihn zahlen. Und wenn er die Wohnung aufgibt und wieder in die Villa zieht, spart er die Miete.»

«Du bist wirklich nicht mehr bei Trost», hatte Martha sich weiter ereifert. «Sollen sich alle die Mäuler über dich zerreißen? Wer, glaubst du, wird sein Brot noch bei uns kaufen, wenn du für einen Mord verurteilt wirst?»

«Ach, Mama», hatte Heike geseufzt, «das war doch kein Mord. Janice hat so viel Unfrieden gestiftet, die hat bloß bekommen, was sie verdiente. Es traut sich nur keiner, das offen auszusprechen.»

«Dann wird es höchste Zeit, etwas anderes offen auszusprechen», hatte Martha daraufhin erwidert. «Nämlich dass Alex fast jeden Abend mit Janice in der Laube war. Ich weiß das von Frau Heckler. Bei seiner Mutter hat er sich nur selten länger als eine Viertelstunde aufgehalten. Die war doch die halbe Zeit nicht bei sich. Er hat sich lieber mit Janice amüsiert, konnte die Finger nie von ihr lassen. Frau Heckler hat mir unter Tränen anvertraut, dass sie und ihr Mann überzeugt waren, er hätte Janice bald geheiratet, versprochen hatte er das jedenfalls. Er hätte dich schon vor Monaten sitzenlassen, weil du ihm zu alt bist, sagte Frau Heckler. Aber dann warst du plötzlich wieder schwanger. Zu Janice hat er gesagt, du hättest ihn zum zweiten Mal aufs Kreuz gelegt.»

Heike war blass geworden und hatte schlucken müssen, ehe sie widersprechen konnte: «Das ist nicht wahr.»

«Nicht? Warum hast du die Laube denn kontrolliert? Du musst doch was geahnt haben.»

Das widerliche Schrillen der billigen Türklingel machte der Hetzjagd hinter Gerhilds Stirn ein Ende, riss sie aus der Starre und schüttelte sie für ein paar Sekunden durch. Dann schnappte sie den Hörer der antiquierten Gegensprechanlage und sagte: «Zehnter Stock, unten ist offen.»

Der Aufzug war zwischenzeitlich in ein tieferes Stockwerk gerufen worden und setzte sich erneut in Bewegung. Als sie die Wohnungstür öffnete, hörte sie es im Schacht rumpeln. Kurz darauf leuchtete der viereckige Knopf auf.

Hinter einer der anderen Wohnungstüren verlangte eine Frau energisch: «Schmier dir nicht wieder so viel von dem Zeug in die Haare.» Irgendwo auf der Etage lief orientalisch anmutende Musik. Nebenan begann ein Sittich zu zetern. Das Haus erwachte zum Leben, und Heike war tot. Gerhild wusste es, verinnerlicht hatte sie es noch nicht.

Der eckige Knopf neben der Aufzugtür erlosch, die Innentüren der Kabine glitten auseinander, zwei Uniformierte traten in den Hausflur, ein Mann um die vierzig und eine blutjunge Frau. Gerhild schätzte sie auf Anfang zwanzig. Der Mann vergewisserte sich, dass Gerhild die Polizei alarmiert hatte, stellte sich und seine Partnerin vor. Kuhn und Barrisch, zwei Namen, die Gerhild kurz darauf schon wieder vergessen hatte. Dann wollte er wissen: «Haben Sie auch den Notarzt verständigt?»

«Ihr hilft kein Arzt mehr», sagte Gerhild. «Sie liegt in der Wanne und ist tot.»

Kuhn trat an ihr vorbei, traute wohl ihrem Urteil nicht. Da sie die Badezimmertür nicht wieder geschlossen hatte, fand er sich auch ohne gezielten Hinweis zurecht und brauchte nicht lange, um sich zu überzeugen, dass hier wirklich jede Hilfe zu spät kam.

Er warf von den Zimmertüren aus noch rasch einen Blick in die anderen Räume, dann zückte er sein Handy. Gerhild hörte ihn reden. «Keine Anzeichen für Fremdeinwirkung. Sie scheint allein gewesen zu sein. Sieht nach Unfall aus.»

Blödsinn, dachte Gerhild. Hinter ihr sagte Kuhn etwas von KDD und Erkennungsdienst, die trotzdem jemand auf den

Weg bringen sollte. «Ich will mir später nicht anhören, wir hätten uns kurz vor Schichtende keine Scherereien mehr aufhalsen wollen. Mir sind zwar keine Verletzungen aufgefallen, aber ...»

«Sie hat eine Schramme über dem linken Ohr», redete Gerhild ihm dazwischen. «Die kann man jetzt nicht mehr sehen, weil ich ihr Gesicht zu mir herüber gedreht habe. Und ihr Rucksack ist weg. Es war auch nicht abgeschlossen. Sie hätte abgeschlossen und die Kette vorgelegt nach allem, was hier los war.»

«Sekunde mal», sagte Kuhn ins Handy und kam näher. «Was war denn hier los, Frau Jentsch?»

«Wissen Sie das gar nicht?», fragte Gerhild. «Alex Junggeburt ist wieder draußen. Er hat Heike bedroht und einen Reifen von ihrem Auto gelockert. Er war auch hier in der Wohnung, hat die Ersatzschlüssel geklaut. Und am Dienstag hat er vor Zeugen angekündigt ...»

In dem Moment erklang aus dem Schlafzimmer gedämpft, aber dennoch gut zu hören die Erkennungsmelodie von «Mission Impossible». Kuhn ließ Gerhild stehen, schritt durch die offene Tür, schaute sich suchend um, ging am Bett vorbei und bückte sich auf der Seite, die man von der Tür nicht einsehen konnte. Als er sich wieder aufrichtete, hielt er sein Handy immer noch in der Rechten und mit der Linken den cremefarbenen Rucksack mit der üppig bestickten Lasche, den Heike mal auf einem Trödelmarkt erstanden hatte.

«Meinten Sie diesen Rucksack?», fragte er.

Gerhild nickte und schaute zu, wie er die Lasche zurückschlug und in den Beutel griff. Die Melodie wurde lauter.

«Das ist bestimmt mein Mann», meinte Gerhild. «Er wird wissen wollen, was passiert ist. Eben hab ich ihn so schnell abgefertigt.»

Dass Wolfgang sie viel eher auf ihrem eigenen statt auf Heikes Handy angerufen hätte, kam ihr nicht in den Sinn. So weit dachte Kuhn anscheinend auch nicht. Er kam zurück in die

Diele, hielt ihr das Handy hin und bedeutete ihr mit einem Kopfnicken, das Gespräch anzunehmen.

Sie meldete sich schlicht mit «Jentsch».

Und eine Männerstimme, die sie nicht einordnen konnte, fragte: «Alles okay bei dir? Ich hab eben gesehen, dass du noch gar nicht aufhast.»

«Nein», sagte Gerhild nur.

Der Geräuschkulisse nach saß der Mann in der S-Bahn und hatte bei der simplen Namensnennung und dem einen Wörtchen offenbar nicht erkannt, dass er nicht mit Heike sprach. «Hat er dich gestern Abend noch mal belästigt?», wollte er wissen.

Gerhild antwortete nicht mehr, reichte Kuhn das Handy, damit der den Rest übernahm. Sie fühlte sich dazu nicht in der Lage.

Kuhn hatte sein Gespräch inzwischen abgebrochen mit dem Hinweis: «Ich melde mich gleich noch mal.» Dann brachte er erst mal in Erfahrung, wer der frühe Anrufer war: Lothar Steffens, mit dem er sich dann minutenlang unterhielt.

Was er sagte, rauschte an Gerhild vorbei. Wie durch einen Schleier sah sie die junge Polizistin, die auch nur herumstand wie bestellt und nicht abgeholt, hörte deren mitfühlende Stimme wie durch Watte gedämpft. «Geht's Ihnen nicht gut?»

«Geht schon», antwortete Gerhild. «Es ist nur ... Letzte Woche habe ich sie zusammengestaucht, weil sie ein paar Sachen fürs Saskias Puppe gekauft hatte. Sie hat's gut gemeint, konnte es eben nicht besser. Es hat ihr doch nie einer beigebracht, wie man Gefühle zeigt. Und ich hab sie dafür zur Schnecke gemacht.»

Der Schleier, hinter dem das Gesicht der Polizistin verschwamm, waren Tränen. Gerhilds Stimme verlor jede Festigkeit und verkam zu krampfhaften Schluchzern. «Immer haben alle auf ihr herumgehackt. Damals, als sie ihre Aussage widerrufen wollte, hat Martha ihr die Hölle heißgemacht und sie belogen. Ich hab erst letzte Woche mit Dennis Heckler darüber gesprochen. Der wusste von nichts. Und er meinte, seine Mutter hätte das doch wohl eher ihm erzählt als uns. Das hätte Martha nicht tun dürfen. Ich glaube nicht, dass wir ein paar Brote weniger verkauft hätten. Im Grunde hatte Heike doch recht. Viele Frauen haben aufgeatmet, hätten es nur nie zugegeben. Die hätten uns vielleicht sogar die Bude eingerannt vor lauter Dankbarkeit. Und das hier wäre nicht passiert.»

«Wie meinen Sie das?», fragte die Polizistin, die zwar jedes Wort, aber nicht deren Bedeutung verstanden hatte.

«Das liegt doch auf der Hand», schluchzte Gerhild.

Die Polizistin schaute sie erwartungsvoll an. Als nichts mehr kam, schlug sie vor: «Vielleicht sollten Sie sich hinsetzen.»

«Nein», sagte Gerhild. «Ich kann hier nicht sitzen. Ich muss nach Hause. Darf ich gehen?»

Die Polizistin suchte den Blick ihres Kollegen, der ins Wohnzimmer gegangen war und immer noch mit Lothar Steffens telefonierte. Mit einem Nicken gab Kuhn zu verstehen, dass er einverstanden war, wenn Gerhild sich auf den Heimweg machte. Mit Lothar hatte er einen Mann in der Leitung, der ihm entschieden mehr erzählen konnte als eine unter Schock stehende Schwägerin, die nur wirres Zeug von sich gab.

Die Polizistin nickte ebenfalls und wollte nur noch wissen: «Kommen Sie denn alleine klar?»

«Sicher», sagte Gerhild. «Sind ja nur vier Kilometer.»

Die Polizistin ging mit ihr hinaus in den Hausflur. Nebenan zeterte wieder der Sittich. In der Wohnung neben dem Aufzug weinte ein Baby und übertönte die orientalische Musik.

«Ziemlich hellhörig hier», meinte die Polizistin.

Gerhild nickte nur und drückte auf den Knopf für den Aufzug. Beim Aussteigen im Erdgeschoss stieß sie mit dem Notarzt zusammen, der eilig in die Kabine drängte, dicht gefolgt von zwei Sanitätern, die ein Stoßgebet zum Himmel schickten, dass es wirklich nur ein Unfall war und sie gleich nicht in Unterhosen auf der Wache sitzen mussten.

Wie sie zurück nach Garsdorf kam, wusste Gerhild später nicht mehr. Keine Ampel, keine Kreuzung, kein Meter Landstraße blieb haften. Stattdessen sah sie Heike in der Wanne liegen, die blicklosen Augen, der halboffene Mund, die aufgeräumte Küche, das ungemütlich sterile Wohnzimmer, die zurückgeschlagene Bettdecke, wie der Polizist den Rucksack an einem Tragegurt hochhielt und wie die Sperrkette an der Tür nutzlos herunterbaumelte.

Als sie die Garsdorfer Kirche vor sich sah, wäre sie am liebsten umgekehrt. Sie hätte warten müssen, bis der Notarzt Heike untersucht und die genaue Todesursache festgestellt hatte. Was sollte sie denn sagen, wenn Wolfgang fragte, woran Heike gestorben war? An einer Schramme über dem linken Ohr?

Im Geist sah Gerhild Alex am frühen Nachmittag in die Wohnung schleichen. Er versteckte sich hinter dem Duschvorhang und wartete, bis Heike sich bettfertig machte und zum Duschen in die Wanne stieg. Dann betäubte er sie durch einen Schlag auf den Kopf, drückte den Stöpsel in den Abfluss, ließ die Wanne volllaufen und ertränkte Heike, wie er es mit Janice gemacht hatte. Deshalb hatte man nirgendwo Blut gesehen. Als Heike tot war, zog er den Stöpsel wieder raus, weil jeder wusste, dass Heike an einem Wochentag kein Vollbad nahm.

Gerhild lenkte den Kombi in den Hof vor die Backstube, deren Tür immer offen stand, Sommer wie Winter, egal ob es regnete oder schneite. Nur bei dem Unwetter neulich hatte Wolfgang die Tür ausnahmsweise geschlossen, damit nicht zu viel Zeugs von draußen hereingeweht wurde.

Sie schaltete den Motor aus, zog den Schlüssel ab und warf

einen ängstlich verstohlenen Blick zum Küchenfenster hinüber. Sie nahm an, dass alle um den großen Tisch herumsaßen. Die Schwiegereltern und die Kinder mit verweinten Gesichtern, Wolfgang mit versteinerter, Geselle und Lehrling mit betroffenen Mienen. Und alle warteten darauf zu erfahren, was nun genau mit Heike passiert war.

Gerhild stieg erst aus, als ihr Mann in der offenen Tür der Backstube erschien. Wolfgang sah aus wie immer, ein Gespenst mit Kopftuch. Er mochte keine Mützen oder Hauben, bändigte seine dichte Mähne wie ein Pirat unter einem kecken Dreieckstuch und schaffte es immer, sich das verschwitzte Gesicht mit Mehl zu verschmieren.

«Kommst du heute doch noch mal wieder», begrüßte er sie. «Ich dachte schon, ich müsste eine Vermisstenmeldung aufgeben. Wo bleibt Heike denn? Macht sie heute ihre Bude nicht auf?»

«Nein», sagte Gerhild. Sie erinnerte sich nicht mehr an den Wortlaut ihres Anrufs und brauchte ein paar Sekunden, um zu begreifen, dass er keine Ahnung hatte, dass noch niemand hier wusste, was geschehen war.

«Sie macht nie mehr auf», sagte sie. «Heike ist tot.»

Wolfgang starrte sie an, als hätte er nicht verstanden, schüttelte voller Abwehr den Kopf und wiederholte: «Tot?» Dann wurde er laut: «Und warum erzählst du mir, sie läge in der Wanne?»

«Da habe ich sie gefunden», sagte Gerhild. «Der Polizist meinte, es wäre ein Unfall gewesen.»

«Unfall», wiederholte Wolfgang immer noch kopfschüttelnd. Das Mehl auf seiner Haut verhinderte, dass die plötzliche Blässe zutage trat. Er drehte sich leicht schwankend um und ging zurück in die Backstube. «Papa!», hörte Gerhild ihn rufen. «Komm mal her, Papa. Ich muss dir was sagen. Aber setz dich erst. Es ist …»

Es war noch nicht mal sieben, auch wenn es Gerhild so vorkam, als sei der Tag viel älter. Vorne im Laden rüstete Martha sich für den Ansturm der Schüler, die den ersten Bus nahmen. Eine der Aushilfen stand Martha zur Seite, die andere war noch in Vertretung für Gerhild im Dorf unterwegs, um Brötchen auszuliefern. Die Kinder saßen allein in der Küche. Die beiden Jungs teilten sich die Aufgaben der Großmutter. Max bestrich eine Brötchenhälfte für Saskia. Sascha schnitt einen Apfel in vier Stücke und legte zwei in die Pausendose, die anderen aß er selbst.

Gerhild setzte sich zu ihrer Nichte auf die Eckbank, zog das Kind in ihre Arme und sagte: «Ich muss dir etwas Trauriges sagen. Deine Mama ist gestorben.»

Max und Sascha verhielten mitten in ihren Bewegungen, beide gleichermaßen erschreckt oder entsetzt. Saskia dagegen widersprach aufsässig: «Ich hab keine Mama. Ich hab nur einen Papa, der mich sehr lieb hat. Heike hat mich aus dem ...»

«Hör endlich auf mit dem Blödsinn», wurde Gerhild unvermittelt so laut, dass Saskia zusammenzuckte und von ihr abrückte. «Ich kann das nicht mehr hören. Das war ein Märchen, nur ein Märchen für kleine Kinder, die es noch nicht besser verstehen können. Du bist zwei Monate zu früh auf die Welt gekommen und musstest deshalb in den Brutkasten. Vorher warst du in Heikes Bauch.»

«Igitt.» Saskia rümpfte angewidert ihr Näschen.

Gerhild beachtete sie nicht länger, wandte sich an ihre Söhne: «Geht nach vorne, schickt Oma her und helft im Laden.»

«Aber wir müssen gleich zur Schule», protestierte Max.

«Nur für ein paar Minuten», sagte Gerhild.

Etwas länger dauerte es schon, weil Martha nicht mehr in der Lage war, eine Horde Schüler abzufertigen, nachdem Gerhild sie informiert hatte. Gerhild bugsierte ihre Schwiegermutter ins Wohnzimmer, bettete sie mit einem Schwächeanfall auf die Couch und rief in der Praxis des Dorfarztes an. Ihr wäre es lieb gewesen, wenn sich der Arzt um die alte Frau bemüht hätte – und um den Schwiegervater, dem es in der Backstube bestimmt nicht besser ging. Doch es nahm keiner den Hörer ab, obwohl garantiert schon zwei Arzthelferinnen da waren und einigen Leuten Blut abzapften.

Ersatzweise alarmierte Gerhild Franziska und Gottfried. Die lagen noch im Bett. Franziska kam ans Telefon, auch für sie war es ein Schock. Aber sie versprach, sofort zu kommen, und war eine gute Viertelstunde später tatsächlich da.

Inzwischen stand Gerhild mit im Laden, bediente wie in Trance und schickte Franziska ins Wohnzimmer, wo nun auch ihr Schwiegervater saß und blicklos vor sich hin starrte.

Franziska setzte sich dazu, nahm die Hand ihrer jüngsten Schwester und sah sich plötzlich selbst so liegen. Als junge Frau. Nach Rias Geburt im Grevinger Krankenhaus. Und Gottfried neben dem Bett hielt ihre Hand und sagte: «Ich hab sie angemeldet. Hab sie Maria genannt. Ich dachte, daran bist du gewöhnt, dann ist es nicht so schwer.»

In all den Jahren hatte Franziska keine Vorstellung gehabt, wie ihr Mann sich dabei gefühlt haben musste. Nun wusste sie es. Man konnte es keiner Mutter leichter machen, ein Kind zu verlieren.

Das Entsetzen der beiden Jungs hielt sich in Grenzen. Sie hatten ihre Tante viel zu selten gesehen, als dass der Schrecken über Heikes unerwarteten Tod lange vorgehalten hätte. Schon bald überwog bei Max und Sascha die Sorge, auch noch den letzten Bus zu verpassen und den ganzen Tag im Laden aushelfen zu müssen, weil Oma nicht mehr auf die Beine kam und Mama irgendwie neben sich stand.

Da hatte Saskia es entschieden besser. In der Küche allein gelassen, schnappte sie die Dose mit ihrem halben Pausenbrötchen und den beiden Apfelvierteln, huschte in den Hausflur und die Treppe hinauf. Kurz darauf zog sie bereits die Haustür von außen hinter sich zu.

Das mit dem regelmäßigen Fahrdienst zur Schule hatte sich schon mit Wochenbeginn wieder erledigt. Papa hatte es vorausgesagt. «Das machen die nicht lange, Süße. Dafür haben die gar keine Zeit. Wir beide müssen nur durchhalten und so tun, als würden wir uns nicht mehr sehen, dann schläft das bald wieder ein. Ich warte morgens bei der Sakristei auf dich. Wenn du nicht kommen kannst, weil dich einer fährt, gehe ich eben wieder nach Hause und hole dich mittags ab.»

So waren sie am Montag-, Dienstag- und Mittwochmorgen wieder über den Friedhof und durch die verwinkelten Gassen im alten Ortskern gegangen. Auf dem Friedhof bestand nicht mal die Gefahr, dass sie auffielen. Um die frühe Stunde hielt sich sonst noch keine Menschenseele zwischen den Gräbern auf.

Und die Strecke durchs Dorf hatte den Vorteil, dass bei den alten Häusern die Küchen meist zum Hof hin lagen. An der Straße lagen die Wohnzimmer, hatte Papa erzählt. Da hatten früher, als es noch keine Fernseher gab, die alten Leute gesessen und beobachtet, wer draußen vorbeiging. Aber erst abends, morgens waren alle in der Küche. Natürlich mussten sie trotzdem aufpassen, und gerade das gefiel Saskia. Es hatte den Reiz des Verbotenen, machte den Schulweg mit Papa zu einem Abenteuer.

Auch an dem Donnerstag wartete er bei der Sakristei. Und er sah an ihrer Nasenspitze, dass etwas nicht stimmte. Wie üblich ging er in die Hocke, umfing sie mit beiden Armen, ließ sich den Gutenmorgenkuss geben und küsste sie seinerseits auf die Wange, ehe er sich erkundigte: «Alles in Ordnung, Süße? Du siehst aus, als hättest du dich geärgert. Es hat doch hoffentlich keine Probleme gegeben?»

«Tante Gerhild hat gesagt, ich wäre in Heikes Bauch gewachsen», begann Saskia mit dem Teil der Hiobsbotschaft, der sie in ihren Grundfesten erschüttert hatte. «Sie hat mich richtig angebrüllt und gesagt, ich soll mit dem Blödsinn aufhören. Das wäre ein Märchen für kleine Kinder gewesen.»

«Angebrüllt?», wiederholte er. «Welche Laus ist Tante Gerhild denn über die Leber gelaufen? Oder ist sie heute Morgen mit dem linken Bein zuerst aufgestanden?»

«Ich glaube, sie war sehr traurig», kam Saskia zum Kern der Aufregung. «Onkel Wolfgang war auch sehr traurig. Er hat sogar geweint, weil Heike gestorben ist.»

Saskia war noch zu sehr mit ihrem Widerwillen beschäftigt, um darauf zu achten, wie er auf diese Nachricht reagierte. Ihr fiel nicht einmal auf, dass er ihre Hand etwas fester packte. «Ich bin doch nicht wirklich in ihrem Bauch gewachsen, oder?»

Sie war überzeugt, dass er entrüstet sagte: *Natürlich nicht, Süße.* Oder sonst etwas in der Art. Sonst wäre er ja ein Lügner. Und nicht nur er, Silvie und Max hätten auch gelogen.

Aber er seufzte nur komisch, drückte ihre Hand so fest, dass es richtig wehtat, und sagte: «Doch, Süße, das bist du. Im Brutkasten warst du nur ein paar Wochen, die restliche Zeit in Heikes Bauch. Sie ist deine Mama, das ist leider so. Deshalb konnte ich bisher nichts unternehmen, um dich zurückzubekommen. Jetzt sieht das wohl anders aus.»

Und dann erzählte er ihr die ganze, wahre Geschichte. Dass er einige Jahre mit Heike in einer kleinen Wohnung gelebt und mit ihr im Kaffeebüdchen gearbeitet hatte. Dass er Heike sehr lieb hatte und sie gerne geheiratet hätte, als feststand, dass in ihrem Bauch Saskia heranwuchs. Aber bei all der Arbeit im Büdchen war leider nie die Zeit für eine Hochzeit gewesen, auch nicht, als in Heikes Bauch noch ein Brüderchen für Saskia wuchs.

Bis dahin war Saskia schockiert, maßlos enttäuscht, immer

noch angeekelt und sprachlos gewesen. Das Brüderchen nahm dem Ekel etwas von seiner Schärfe, dämpfte die Enttäuschung ein wenig, ließ ihre Phantasie Bocksprünge tun und gab ihr die Stimme zurück. «Dann ist der kleine David mein richtiger Bruder?»

«Nein. Wie kommst du denn darauf?»

Das war nicht leicht zu erklären, aber auch nicht so wichtig. «Wo ist mein Brüderchen denn?»

«Heike hat es in Holland verloren», sagte er. «Bei einem Spaziergang am Strand.»

«Hat sie es nicht gesucht?» Das überstieg Saskias Begriffsvermögen.

«Nein. Ich glaube, sie war froh, dass es weg war. Sie konnte nicht noch ein Kind gebrauchen.»

«Warum nicht?»

Jetzt kam der schwierige Teil der wahren Geschichte. Er musste sich räuspern, ehe er einen Anfang fand. «Weil ich nicht mehr da war, um für dich und dein Brüderchen zu sorgen.»

«Wo warst du denn?»

«Im Gefängnis.»

«Warum?»

«Ich hatte etwas Schlimmes getan.»

«Was denn?»

«Ich hatte ein Mädchen getötet.»

«Echt?» Schockiert von dem Geständnis war Saskia nicht, auch nicht ängstlich, nur neugierig. «Warum?»

Er zuckte mit den Achseln, das war nun wirklich keine Geschichte für Kinderohren. «Es ist lange her», sagte er. «Ich weiß es gar nicht mehr genau. Manchmal passiert so was eben, und nachher kann man keinem erklären, warum es passiert ist.»

«Aber du bist doch kein böser Mann, oder?»

«Ich hoffe nicht», sagte er. «Oder hattest du bisher den Eindruck, ich wäre böse?»

«Nein.» Es kam ein wenig zurückhaltend. «Aber du lügst.»

«Ja», stimmte er zu. «Manchmal geht es nicht anders, dann muss man lügen, weil man mit der Wahrheit Schaden anrichten würde. Das nennt man Notlügen. Du wärst doch viel lieber in einer Retorte gewachsen als in Heikes Bauch, hab ich recht?»

Saskia nickte, und er behauptete: «Siehst du, das habe ich mir gleich gedacht, als ich dich sah. Und deshalb habe ich dir nicht sofort die ganze Wahrheit gesagt, nur dass ich dein Papa bin, was ja stimmt. Magst du mich deshalb jetzt weniger leiden?»

Das wusste Saskia noch nicht. Für einen Morgen war es ziemlich viel auf einmal gewesen. Erst nach ein paar Sekunden schüttelte sie zögerlich den Kopf.

5. Teil

DER POLIZIST AUS DEM DORF

21. Oktober 2010

Kurz vor acht traf Bernd Leunen in der Ludwig-Uhland-Straße ein. Er hatte sich nach kurzer Rücksprache mit dem Dienststellenleiter selbst zur ersten Befragung der Nachbarschaft eingeteilt, weil er sich mit eigenen Augen davon überzeugen musste, dass den Tatsachen entsprach, was wie ein Donnerschlag durch die Wache gekracht war.

Heike Jentsch tot. Verstorben unter mysteriösen Umständen. Was Gerhild als Schramme über dem linken Ohr registriert hatte, entpuppte sich bei der Untersuchung durch den Notarzt als Platzwunde, die über dem linken Scheitelbein begann und über dem linken Ohr endete. Ob diese Verletzung zum Tod geführt hatte, wollte der Notarzt nicht beurteilen. Es könne durchaus zu einer Hirnblutung gekommen sein, das würde sich bei der Obduktion herausstellen, meinte er.

Die um Längen wahrscheinlichere Todesursache – ein offener Bruch auf der rechten Schädelseite mit Durchtrennung der Dura mater, unter der die weiche Hirnmasse frei lag – wurde erst sichtbar, als Bernd Leunen schon vor Ort und endlich auch der Erkennungsdienst eingetroffen war.

Heike Jentsch wurde aus allen Perspektiven abgelichtet. Danach erhielten die beiden Sanitäter die Erlaubnis, die Leiche aus der Wanne zu heben. Weshalb sie sich später in der Wache bis auf die Unterwäsche ausziehen und ihre Oberbekleidung dem Erkennungsdienst überlassen mussten.

Die Platzwunde auf der linken Kopfseite musste heftig geblutet haben. Deshalb meinte Kuhn – der mit Gerhild gesprochen und mit Lothar Steffens telefoniert hatte und trotzdem nicht von seiner Unfalltheorie lassen konnte –, Heike habe sich wahrscheinlich schon vorher irgendwo heftig den Kopf gestoßen, sei dann auf dem nassen Wannenboden ausgerutscht und mit der rechten Kopfseite auf die Armatur oder den Wassereinlauf geschlagen. Beides befand sich mittig über der Längsseite der Wanne.

Bei der Armatur handelte es sich um zwei alte Drehregler für Kalt- und Warmwasser sowie eine Halterung für den Brausekopf, den Heike an einer Stange an der Wand befestigt hatte. Der Wassereinlauf darunter ragte etwa achtzehn Zentimeter über den Wannenrand hinaus und barg durchaus ein gewisses Verletzungsrisiko. Trotzdem war Kuhns Einwurf absurd. Und unter anderen Voraussetzungen hätte der Notarzt sich an die Stirn getippt, um das zu verdeutlichen.

Weil inzwischen jedoch zwei Männer vom Kriminaldauerdienst eingetroffen waren, verzichtete der Arzt darauf, einen Polizisten, den er seit Jahren kannte, bloßzustellen. Aus der Wunde Rückschlüsse auf den verursachenden Gegenstand zu ziehen sei Aufgabe von forensisch geschulten Fachleuten, sagte er nur.

Einer der Sanitäter hatte weniger Hemmungen. Er zeigte Kuhn zwar keinen Vogel, erklärte jedoch, dass man sich bei einem Sturz an den Hähnen höchstens die Kopfschwarte aufreißen und am Wassereinlauf eher das Genick als den Schädel brechen würde. Und man würde keinesfalls der Länge nach in die Wanne fallen und auf dem Rücken landen, schon gar nicht mit über Kreuz gelegten Armen. Das hatte einiges für sich. Nur gehörte ein Sanitäter nicht zu den forensisch geschulten Fachleuten, was er sich umgehend von den Neuankömmlingen anhören musste.

Daraufhin meldete der Notarzt sich noch einmal zu Wort mit dem Hinweis, dass Heike Jentsch die massive Verletzung auf der rechten Schädelseite nicht lange überlebt hätte. Wenn sie nicht sofort tot gewesen war, dürfte sie umgehend das Bewusstsein verloren haben und binnen kürzester Zeit verstorben sein.

Danach musste noch geraume Zeit Wasser gelaufen sein und alles Blut weggespült haben. Und bei zwei Kopfwunden von diesem Ausmaß musste es eine beträchtliche Menge Blut gewesen sein. Deshalb lautete die für den KDD vorerst wichtigste Frage, die sie von unwahrscheinlichen und wahrscheinlichen Theorien ablenkte: Wer hat das Wasser abgedreht?

Ein Liebhaber, der ahnungslos im Wohnzimmer gesessen oder im Bett gewartet hatte, bis es im Bad polterte? Es musste ordentlich gerumst haben bei einer Frau von schätzungsweise achtzig Kilo. Und nach einem ungebetenen Gast, der sich gewaltsam Zutritt verschafft hatte, sah es in der Wohnung wahrhaftig nicht aus. Es gab keine Kampfspuren oder Abwehrverletzungen an der Leiche. Kein Tröpfchen Blut auf einem der Fußböden, an einer Wand oder einem Möbelstück.

Aber bot man einem lieben Gast nicht etwas zu trinken an, wenn man ihn warten ließ, weil man noch duschen wollte? Hätte nicht irgendwo ein Glas stehen oder das Bett – falls er schon dringelegen hätte – benutzter aussehen müssen? Hatte der Besucher abgespült oder das Laken glatt gestrichen, ehe er ging, weil er vor Scherereien zurückschreckte? Womöglich ein verheirateter Mann, der für ein verpatztes Schäferstündchen nicht seine Ehe aufs Spiel setzen wollte?

Oder hatte Heike sich arglos auf eine Liebesnacht vorbereiten wollen, und der vermeintlich liebe Gast hatte sie erschlagen, weil sie mehr von ihm verlangte, als er zu geben bereit war? Warum lagen dann keine Kleidungsstücke herum, nicht mal ein Damenslip im Bad? Den wegzuräumen hätte ein Mörder keine Veranlassung gehabt, im Gegenteil. Wenn es aussehen sollte, als sei Heike allein gewesen, hätte er ihre Sachen liegen lassen müssen.

Hatte Heike, ehe sie in die Wanne stieg, ihre Unterwäsche noch selbst in die Waschmaschine gestopft, zusammen mit dem T-Shirt und den Strümpfen, die sie tagsüber getragen hatte? Und die Jeans zurück in den Kleiderschrank gehängt? Ablageflächen oder Möglichkeiten, etwas auf-, beziehungsweise drüberzuhängen, gab es im Schlafzimmer nicht.

Aufschlussreich waren in dem Zusammenhang die Angaben der älteren Dame mit dem krakeelenden Wellensittich, die Bernd Leunen als Erste befragt hatte, weil sie gleich nebenan wohnte. Rita Zumhöfer hieß sie und wusste genauso gut wie Gerhild Jentsch, dass Heike in der Regel gegen einundzwanzig Uhr ins Bett ging und vorher duschte. Es war bei den dünnen Wänden gut zu hören. Und nach neun Uhr hörte man normalerweise nichts mehr von nebenan.

Am vergangenen Abend war allerdings später noch mal ziemlich lange Wasser gelaufen. Rita Zumhöfer hatte bis kurz nach zehn vor ihrem Fernseher gesessen, war dann ins Bad gegangen und hatte es nebenan rauschen hören. Danach hatte sie im Bett noch ein Weilchen gelesen und das Rauschen sogar in ihrem Schlafzimmer gehört. Sie hatte schon erwogen, gegen die Wand zu klopfen, als es um zwanzig vor elf endlich aufhörte.

Ob anschließend jemand die Nachbarwohnung verlassen hatte, konnte Rita Zumhöfer nicht sagen. Sofort auf keinen Fall, weil sie den Aufzug nicht gehört hatte und sich nicht vorstellen konnte, dass jemand freiwillig zehn Stockwerke in einem schlecht beleuchteten Treppenhaus hinunterstieg. Wenn also jemand bei Heike gewesen war, müsse er viel später in den Aufzug gestiegen sein, als sie selbst längst fest geschlafen habe, meinte Rita Zumhöfer. Sie hatte jedenfalls des Öfteren Herrenbesuch bei Heike, zumindest vor deren Tür, registriert. Letzte Woche Dienstag zum Beispiel einen attraktiven jungen Mann mit dichtem dunklem Haar. Rita Zumhöfers Augen leuchteten bei dieser Beschreibung unwillkürlich auf.

Bernd Leunen dachte sofort an Alex. Ihm wurde mulmig, als er anschließend von Kuhn hörte, welche Beschuldigungen Lothar Steffens gegen Alex vorgebracht und was Lothar sonst noch telefonisch durchgegeben hatte.

Gelöste Radmuttern an Heikes Honda, die Bernd Leunen nun besonders bitter aufstießen, weil er sie abgewimmelt hatte, als sie deswegen Anzeige erstatten wollte. Geklauter Ersatzschlüssel für die Wohnung, geköpfte Rosen, zuletzt vorgestern ein tätlicher Angriff vor Zeugen beim Kaffeebüdchen und die Drohung, wiederzukommen, wenn sie ungestört wären.

Den schon in den ersten Tagen nach der Haftentlassung vermeintlich aus dem Hause Steffens entwendeten Autoschlüssel und die wiederholte, unbefugte Nutzung des VW Passat hatte Lothar auch angeführt, das hatte er sich nicht nehmen lassen.

Bernd Leunen fragte sich, wie viel davon er glauben sollte oder musste. Abgesehen von einigen Fahrten in Lothars Auto, die hatte das Kind ja ebenfalls erwähnt. Bliebe vielleicht nur zu klären, ob Lothars Frau den Autoschlüssel freiwillig herausgerückt hatte. Sie müsse Alex doch auch freiwillig in ihr Haus gelassen haben, meinte Bernd Leunen. Zu dem Vorfall am Dienstagnachmittag würde die Kölner Kripo sich garantiert mit den anderen Personen unterhalten, die dabei gewesen waren.

Kurz nach zehn erschienen zwei Ermittler aus Köln im zehnten Stock des Hochhauses. Bernd Leunen hatte seine Befragung der unmittelbaren Nachbarschaft längst abgeschlossen und lungerte vor dem Aufzug herum, weil er sich nicht aufraffen konnte, seine Tätigkeit auf andere Etagen auszudehnen, aus Angst, wichtige Erkenntnisse zu verpassen.

In der Wohnung wurde immer noch nach Spuren gesucht und alles gesichert, was nach einer Spur aussah. Abgesehen davon waren die Männer vom KDD im Haus unterwegs. Die sahen es gar nicht gerne, wenn ein Dorfsheriff sich einbildete, ihnen etwas Arbeit abnehmen und ebenso gut wie sie erledigen zu können. Er hatte bereits für sein Vorpreschen bei den Nachbarn auf der Etage einen Verweis kassiert und machte sich beim Anblick der Neuankömmlinge auf weitere gefasst.

Ein Pärchen, den Mann schätzte er auf Anfang vierzig. Ein unfreundlicher, nervös wirkender Typ, der sich grußlos zum Erkennungsdienst in die Wohnung gesellte. Die Frau mochte Anfang dreißig sein und stellte sich als HK Brelach vor, was Bernd Leunen erstaunte. Hauptkommissarin in dem Alter, das war ungewöhnlich und sprach für herausragende Leistungen.

«Gibt es einen besonderen Grund, dass Sie den Aufzug bewachen?», wollte sie von ihm wissen.

«Nein, ich, äh ...», begann er stammelnd, riss sich zusammen und erstattete so sachlich wie möglich Bericht über das, was ihn beschäftigte: Haftentlassener will sein Kind sehen, Kind will ebenfalls, Mutter will nicht, Tante noch weniger, die will sogar Anzeige wegen Kindesentführung erstatten. Damit war er bereits bei den jüngsten Ereignissen, ehe Brelach nachfragen konnte, für welche Straftat der Haftentlassene gesessen hatte.

Die gelösten Radmuttern und die geköpften Rosen, die auf Heikes Handy gespeichert waren, wie schon jemand festgestellt hatte, wären Herrn Junggeburt kaum nachzuweisen, meinte Brelach. Und die angeblich gestohlenen Ersatzschlüssel fand der Erkennungsdienst zwischen Pfannenwender, Schneebesen, Suppenkelle und dergleichen in einem Küchenschubfach, noch während Bernd Leunen die junge Hauptkommissarin ins Bild setzte.

«Damit hätte sich das auch erledigt», sagte sie. «Wobei jemand, der das Mäppchen zuvor unrechtmäßig in seinen Besitz gebracht hat, es in der vergangenen Nacht natürlich auch in das Küchenschubfach gelegt haben kann, um den Anschein zu wecken, es sei nur verlegt worden. Aber wie und wann sollte Herr Junggeburt sich das Mäppchen vorher angeeignet haben?»

«Das frage ich mich schon die ganze Zeit», sagte Bernd Leunen und dachte bei sich: Letzte Woche Dienstag. Aber Frau Zumhöfer hatte den attraktiven Dunkelhaarigen doch nur vor Heikes Tür gesehen. Das hieß noch lange nicht, dass Heike ihn hereingelassen hatte. Und deshalb erklärte er seinen mulmigen Gefühlen zum Trotz: «Ich kann mir nicht vorstellen, dass Heike Jentsch ihn freiwillig in ihre Wohnung gelassen hätte. Letzte Woche Mittwoch hat sie die Wache angerufen, weil er ihr Kaffeebüdchen trotz mehrfacher Aufforderung nicht verlassen wollte. Und ein Einbruch ist auszuschließen, da müsste man an der Tür noch Spuren sehen.»

«Einen Einbruch hätte Frau Jentsch garantiert auch angezeigt», meinte Brelach und bewies mit den nächsten Sätzen, dass sie neben Ehrgeiz und Kompetenz auch über Humor verfügte. «Ebenso können wir wohl ausschließen, dass Herr Junggeburt sich über zwei Stockwerke vom Flachdach abgeseilt hat oder im Schutz der Dunkelheit wie ein begnadeter Fassadenkletterer von unten heraufgekraxelt ist.»

Bernd Leunen erlaubte sich ein flüchtiges Lächeln und kam abschließend zum Ergebnis seiner Fragerunde auf der Etage. Mit Ausnahme von Rita Zumhöfer hatte am vergangenen Abend oder in der Nacht keiner etwas Ungewöhnliches oder Alarmierendes gehört. Wobei man spätes Wasserrauschen über dreißig oder vierzig Minuten noch nicht unbedingt als alarmierend bezeichnen konnte. Poltern oder Hilfeschreie wären bei den dünnen Wänden wohl auch anderen Nachbarn aufgefallen.

«Wenn sie duschte, hatte sie wahrscheinlich keine Zeit zum Schreien», kommentierte Brelach. «Das Wasser lief, sie hörte nicht, dass jemand hereinkam. Wenn sie gerade den Kopf unter die Brause hielt, hatte sie wahrscheinlich die Augen geschlossen. Dann schob jemand den Vorhang zur Seite, sie bekam eins übergebraten und hatte nicht mal mehr die Zeit zu begreifen, wie ihr geschah.»

Dem hatte Bernd Leunen nichts hinzuzufügen. Und leider hatte er es nach der auf Alex passenden Beschreibung versäumt, von Rita Zumhöfer Auskünfte zu anderen Besuchern einzuholen. Die es gegeben haben musste, weil sie den attraktiven Dunkelhaarigen nur als ein Beispiel angeführt hatte.

Hauptkommissarin Brelach betrachtete die geschlossene Wohnungstür mit dem Spion in Augenhöhe, grinste ihn an und schlug vor: «Fragen wir noch mal. Wetten, die Dame wartet schon darauf?»

Kaum ausgesprochen, stand sie auch bereits vor der Tür und klopfte. Weit entfernt konnte Rita Zumhöfer sich wirklich nicht aufgehalten haben, sie öffnete sofort. Und gegenüber einer jungen Frau, die sich freundlich lächelnd als Angehörige der Kriminalpolizei auswies und betonte, wie sehr man auf die Unterstützung aufmerksamer Nachbarn angewiesen sei, lief Rita Zumhöfer zur Höchstform auf.

Sicher konnte sie die Männer beschreiben, mit denen Heike Jentsch verkehrt hatte. Ihr war auch noch etwas Wichtiges eingefallen. Ehe sie am Dienstagabend letzter Woche den jungen Mann gesehen hatte, hatte sie nebenan eine lautstarke Unterhaltung gehört. Einen Streit wollte sie es nicht nennen. Verstanden hatte sie auch nicht viel, nur dass es um eine Hose und ein Paar Schuhe gegangen und ein paarmal der Name Alex gefallen war.

Kurz nach elf machten sich Bernd Leunen und Dina Brelach – ihren Vornamen hatte sie ihm schon im Aufzug verraten – auf den Weg nach Garsdorf. Dina Brelach gab sich freundlich und kollegial, für Bernd Leunen eine neue Erfahrung. Nach Janice Hecklers Tod war er für die Kölner Kripo nur ein Zeuge gewesen, der ein paar Auskünfte zu den Vorfällen in der Kneipe geben konnte. An seinen Ansichten über Täter und Opfer waren sie nicht interessiert gewesen. Ganz anders Dina Brelach, sie hatte schnell erfasst, dass er gut informiert und persönlich involviert war. Sie wollte seine Meinung hören. Und er wusste nicht, was er sagen sollte.

Gestern noch hätte er beide Hände für Alex ins Feuer gelegt und geschworen, dass der nur sein Kind sehen wollte. Dem war wohl auch so. Und wenn die Kindsmutter sich querlegte ... Durchaus möglich, dass es einen unmittelbaren Zusammenhang zwischen der von Frau Zumhöfer letzte Woche Dienstag belauschten *lautstarken Unterhaltung* in Heikes Wohnung und dem Polizeieinsatz im Kaffeebüdchen am nächsten Tag gab, wie Dina Brelach annahm. Aber es reichte doch wohl, wenn er ihr mit einem Nicken zustimmte.

Bernd Leunen hatte nicht vor, einer Hauptkommissarin der Kölner Kripo auch noch auf die Nase zu binden, dass er Alex geraten hatte, mit Heike zu klären, ob, wann, wie oft und wie lange er seine Tochter sehen durfte.

Und dann waren sie sich offenbar wegen der alten Geschichte in die Haare geraten. Hose und Schuhe, damit konnten eigentlich nur die damals verschwundenen Sachen von Janice Heckler gemeint sein. Und beim zweiten Versuch am Mittwoch im Kaffeebüdchen hatte Alex dann auf Granit gebissen, weil Heike ihm die Dorfmatratze einfach nicht verzeihen konnte.

Bernd Leunen blieb einsilbig. Und Dina Brelach meinte, seinem anfänglichen Bericht eine gewisse Sympathie für Alex Junggeburt entnommen zu haben. Deshalb erklärte sie auf dem letzten Kilometer, das durchbohrte Herz aus geköpften Rosen passe viel besser zu einem enttäuschten Liebhaber als zu einem Vater, der sich nur vor Sehnsucht nach seiner Tochter verzehre, was natürlich auch ein gutes Motiv war. Aber ein Liebhaber hätte weitaus häufiger die Gelegenheit gehabt, Schlüssel an sich zu bringen, als ein Mann, der nur letzte Woche Dienstag einmal hereingelassen worden war, wobei Heike Jentsch ihn kaum aus den Augen gelassen haben dürfte.

Bernd Leunen fühlte sich durchschaut und fragte sich, ob die scheinbar so nette und umgängliche Kölner Kollegin das ernst meinte. Oder ob sie ihn mit dieser These nur beschwichtigen wollte, weil sie erkannt hatte, wie sehr ihm Heikes Tod zu schaffen machte, dass er sich irgendwie persönlich verantwortlich fühlte.

Kurz darauf hielt er am Straßenrand vor der Bäckerei Jentsch.

Gerhild werkelte in der Küche herum, ohne zu wissen, was sie eigentlich tat. Es ging nur darum, die Hände zu beschäftigen und die Augen abzulenken von dem nackten Körper in der Wanne und den blicklosen Augen. Martha lag unverändert auf der Couch und weinte still vor sich hin. Franziska leistete ihr immer noch Gesellschaft. Wolfgang hatte seinen Vater zurück in die Backstube geschleift und versuchte dort ihn und sich selbst mit Arbeit abzulenken. Die Jungs waren mit dem letzten Bus zur Schule gefahren, beide Aushilfen waren geblieben und standen im Laden, um Kundschaft zu bedienen und eventuell Fragen abzuwehren. Aber bis Garsdorf hatte sich Heikes Tod noch nicht herumgesprochen. Was sich nach dem Auftauchen der Polizei schnell ändern konnte.

Bernd Leunen trat sehr formell auf und konnte Gerhild nicht ins Gesicht schauen. Für ihn war es eine unmögliche Situation, peinlich bis an die Grenze des Erträglichen. In spröden Worten drückte er ihr sein Mitgefühl aus, murmelte etwas von ein paar Fragen und stellte seine Begleiterin vor.

Gerhild offerierte Kaffee und frische, noch warme Apfeltaschen. Ein Angebot, das dankend angenommen wurde. Dann saßen sie an dem großen Küchentisch. Während Dina Brelach ebenfalls ein paar Sätze des Bedauerns zum tragischen Verlust und den unangenehmen Begleiterscheinungen – sprich Polizei mit Unmengen von Fragen – verlor, nippte Bernd Leunen an seiner Tasse und biss ein so winziges Stückchen von seiner Apfeltasche ab, als seien Kaffee und Gebäck noch glühend heiß. Auf die Weise überspielte er seine Verlegenheit.

Dina Brelach nahm an, die Familie könne mehr über Heikes Liebhaber erzählen als eine neugierige Nachbarin, die nur mit einem Ohr an der Wand und mit einem Auge am Türspion klebte, wenn sie von nebenan etwas mitbekam. Doch bevor sie mit ihren Fragen beginnen konnte, musste sie zwei beantworten.

Gerhild wollte wissen, woran Heike gestorben war.

«Das können wir noch nicht mit Sicherheit sagen.» Damit kehrte Dina Brelach den offenen Schädelbruch unter den Tisch und nahm ebenfalls einen Schluck Kaffee.

«Es war doch nicht wirklich ein Unfall», hakte Gerhild nach.

«Das wissen wir noch nicht, Frau Jentsch», wich Dina Brelach aus und war damit schon beim Thema Männer. «Wir gehen davon aus, dass Ihre Schwägerin gestern Abend Besuch hatte. Der könnte uns wahrscheinlich mehr erzählen.»

«Besuch?», echote Gerhild in einem Ton, als tippe die Polizei auf Außerirdische.

«Ein Mann», wurde Dina Brelach präziser. «Vermutlich ein Freund. Sie hatte doch bestimmt einen Freund.»

Gerhild zuckte mit den Achseln.

Die Ahnungslosigkeit kaufte Dina Brelach ihr nicht ab. «Eine Nachbarin konnte zwei Männer beschreiben, die sie in letzter Zeit vor der Wohnung Ihrer Schwägerin gesehen hat.»

«Zwei?», wiederholte Gerhild ungläubig und schockiert.

«Einer war mittelgroß und untersetzt», begann Dina Brelach. «Die Nachbarin schätzte ihn auf Mitte bis Ende vierzig.» Dass Rita Zumhöfer den Untersetzten Anfang des Monats zuletzt gesehen und im Hausflur um ein halbes Stündchen hatte betteln hören, weil er mit Heike Urlaub machen und die Einzelheiten erläutern wollte, aber nicht eingelassen wurde, erwähnte sie nicht.

«Das könnte der biedere Handwerker sein», mutmaßte Gerhild. «Ich meine, Heike hätte mal erwähnt, er sei sieben Jahre älter als sie, also müsste er fünfundvierzig sein. Vor zwei Jahren hat Heike sich mit ihm eingelassen. Aber er war einer von denen, die nach dem Arm greifen, wenn man ihnen den kleinen Finger reicht. Und dann wollen sie die ganze Frau, so hat Heike es ausgedrückt. Er hat sich wohl immer noch Hoffnungen gemacht. Heike hat öfter erwähnt, dass er im Kaffeebüdchen Mittagspause macht, wenn er in der Nähe zu tun hat. Dass er auch in ihrer Wohnung war, hat sie mir nicht gesagt. Aber was Männer angeht, hat Heike sich immer bedeckt gehalten.»

Trotz dieser Einschränkung wollte Dina Brelach mehr über den Handwerker wissen. Gerhild erzählte das wenige, was ihr bekannt war, und entschuldigte sich: «Mit einem Namen oder einer Adresse kann ich wirklich nicht dienen, nicht mal mit einer genauen Berufsbezeichnung. Ich weiß nur, dass er um sechs Uhr aufstehen muss und ein großes Haus mit einem Whirlpool hat.»

Obwohl sie und Bernd Leunen sicher waren, dass der attraktive Dunkelhaarige von letzter Woche Dienstag Alex gewesen war, sagte Dina Brelach der Vollständigkeit halber: «Der andere wurde uns als jünger, größer, schlank und gut aussehend beschrieben.» Die Haarfarbe verschwieg sie geflissentlich.

«Und welcher von den beiden war gestern Abend bei Heike?»

«Das wissen wir noch nicht, Frau Jentsch», sagte Dina Brelach wieder.

«Der Jüngere wird Alex gewesen sein», vermutete auch Gerhild. «Er war bestimmt mehr als einmal da. Fragen Sie die

Nachbarin mal, um welche Tageszeit sie ihn gesehen hat. Am frühen Nachmittag, da halte ich jede Wette. Mit dem Ersatzschlüssel konnte er jederzeit rein und auf Heike warten.»

Dazu äußerte Dina Brelach sich nicht. Sie wollte als Nächstes wissen, welche Kleidungsstücke Heike gestern getragen hatte.

«Jeans und T-Shirt», sagte Gerhild automatisch. «Sie trägt nur noch Jeans und T-Shirt. Ich glaube, andere Sachen besitzt sie gar nicht mehr. Früher hat sie an Feiertagen mal einen Rock und eine Bluse angezogen, aber das ist ...» Sie winkte ab, um zu verdeutlichen, es sei ewig her.

«Welche Jeans und welches Shirt?», hakte Dina Brelach nach.

Gerhild versuchte krampfhaft, sich das gestrige Erscheinungsbild ihrer Schwägerin ins Gedächtnis zu rufen. Eine schwarze Jeans oder eine dunkelblaue? Ein weißes Shirt mit einem grünen Schriftzug im Rücken? Oder war das vorgestern gewesen? Man sah sich jeden Tag und merkte sich so was nicht.

«Tut mir leid», gestand sie. «Ich weiß es gerade nicht. Vielleicht fällt es mir noch ein.»

Dina Brelach lächelte und erkundigte sich auch noch, ob Heike ihre Sachen nach dem Ausziehen immer gleich weggeräumt hätte.

«Ich glaube schon», sagte Gerhild. «Sie war nicht der Typ, der etwas herumliegen ließ oder Sachen auf den Fußboden warf.»

«Hat sie nackt geschlafen?», fragte Dina Brelach.

«Das weiß ich nicht», antwortete Gerhild peinlich berührt. «Solange sie noch hier wohnte, hat sie Schlafanzüge getragen. Aber das ist dreizehn Jahre her. Warum ist es denn wichtig, wie sie geschlafen hat?»

«Weil nichts herumlag», sagte Dina Brelach, «auch kein Schlafanzug.»

Gerhild nickte versonnen. «Sie glauben nicht, dass es ein Unfall war. Sagen Sie es ruhig. Ich glaube es ja auch nicht. Und ehe Sie jetzt anfangen, ganz Grevingen nach einem harmlosen

Handwerker abzugrasen, sollten Sie der Villa Schopf einen Besuch abstatten und Alex fragen, wo er gestern Abend war.»

«Das machen wir gleich», ließ Bernd Leunen doch noch etwas von sich hören.

Dina Brelach biss in ihre Apfeltasche, die inzwischen kalt geworden war. Nachdem sie das Stück hinuntergeschluckt hatte, lobte sie: «Vorzüglich.»

«Wollen Sie welche mitnehmen?», fragte Gerhild. «Mein Mann hat aus Gewohnheit die übliche Menge gebacken. Er hat nicht daran gedacht, dass Heike keine mehr verkaufen kann.»

Sie wandte sich an Bernd Leunen. «Wir sollten wohl ein Schild ins Kaffeebüdchen hängen. *Wegen Todesfall geschlossen.* Das schreibt man doch in so einem Fall, oder?»

«Ich kann mich darum kümmern, wenn Sie einverstanden sind», sagte er. «Dann müssen Sie nicht nur für so ein Schild nach Grevingen fahren.»

«Sie muss auf jeden Fall heute noch einmal hin», belehrte Dina Brelach ihn und wandte sich wieder Gerhild zu. «Wir müssen Ihre Aussage zu Protokoll nehmen, brauchen Ihre Fingerabdrücke und die Kleidung, die Sie heute Morgen anhatten, Frau Jentsch. Das können Sie alles auf der Wache erledigen.»

«Ich habe aber nichts angefasst», versicherte Gerhild. «Nur die Türklinken, den Duschvorhang und Heikes Knie. Ach ja, und ihr Kinn. Ich wollte ihr Gesicht sehen und hab versucht, den Kopf zu drehen. Das ging kaum noch, sie war schon steif.» Damit liefen erneut die Tränen.

Zwei, drei Minuten weinte Gerhild still vor sich hin, dann schaute sie wieder die junge Hauptkommissarin an. «Was wird denn jetzt? Ich muss doch bestimmt einen Bestatter informieren, der Heike abholt.»

«Darum kümmern wir uns», sagte Dina Brelach. «Sie bekommen Bescheid, wenn die Leiche freigegeben wird.» Sie erhob sich. Bernd Leunen folgte ihrem Beispiel.

Gerhild stand ebenfalls auf und führte sie zurück in den Laden, wo sie zwei große Tüten mit frischem Kleingebäck füllte. Eine bekam Dina Brelach, die andere Bernd Leunen. Als Beamtenbestechung konnte man es kaum bezeichnen, höchstens als den Versuch, das Unausweichliche ein wenig hinauszuschieben. Mit den Tüten in den Händen musste es aussehen, als hätten Bernd Leunen und Dina Brelach nur eingekauft.

Alex wartete seit dem Morgen auf die Polizei – allein. Zwar hatte er auf dem Rückweg von der Schule überlegt, sich sofort um anwaltlichen Beistand zu bemühen. Wenn sie es hätte einrichten können, hätte Frau Doktor Brand sich garantiert sofort auf den Weg nach Garsdorf gemacht. Aber wie hätte das ausgesehen? Und wie hätte er erklären sollen, auf welche Weise er von Heikes Tod erfahren hatte?

Die halbe Zeit hielt er sich in den zur Straße liegenden Räumen auf, putzte die Fenster, wischte Staub, saugte die Teppiche und ließ sich zweimal von einem sauteuren Telefondienst mit dem Anschluss Steffens verbinden, in der Hoffnung, dass Silvie etwas Genaueres wüsste. Es ging aber keiner ran. Und Silvies Handynummer kannte er nicht.

Er spielte sogar mit dem Gedanken, ins Dorf zu fahren und ein bisschen was einzukaufen: ein frisches Graubrot und zwei Stück Reistorte, wenn es denn heute welche geben sollte, was er nicht glaubte. Und wenn in der Zeit die Polizei kam, und es öffnete keiner, dachten die am Ende, er hätte die Flucht ergriffen.

Als endlich der Streifenwagen vorfuhr, war er beinahe erleichtert. Bernd Leunen am Steuer zu erkennen trug weiter dazu bei, ihn zu beruhigen. Und als auf der Beifahrerseite eine junge Frau ausstieg, schimpfte er sich selbst einen Idioten, der sich in die Hosen machte, noch ehe ihm einer dumm gekommen war. Mit Bernd und diesem Schnuckelchen wurde er fertig, keine Frage.

Während die beiden auf die Haustür zukamen, huschte er in die Eingangshalle und die Treppe hinauf. Dann wartete er auf dem letzten Treppenabsatz, bis die Türklingel anschlug, ließ sie ein zweites Mal klingeln, ehe er sich wieder nach unten bequemte. Als er die Haustür öffnete, wusste er genau, wie er sich verhalten musste, um möglichst unverdächtig zu wirken.

Er bedachte Bernd Leunen mit einem gequälten Blick, schenkte dem Schnuckelchen ein kleines, bitteres Lächeln und sagte, ehe Bernd den Mund aufmachen oder die Frau sich selbst vorstellen konnte: «In polizeilicher Begleitung zu erscheinen wäre aber nicht unbedingt nötig gewesen. Ich bin gar nicht so gefährlich, wie allgemein behauptet wird.»

«Ich bin die Polizei», erwiderte sie. «Brelach, Kripo Köln. Herr Leunen ist die Begleitung, weil er sich hier auskennt.»

«Ups», sagte Alex und ersetzte das bittere Lächeln durch die Miene eines Mannes, der um das Fettnäpfchen weiß, in das er soeben getreten ist. «Familie Jentsch fährt schwere Geschütze auf. Kripo. Ich dachte, Sie kämen vom Jugendamt oder dem Familiengericht, um festzustellen, ob ich geeignet bin, meiner Tochter nachmittags einen Kakao zu kochen, oder um mir den Wisch zu übergeben, auf dem steht, dass ich mich mindestens hundert Meter von Saskia fernzuhalten habe.»

Ihre Miene ließ nicht erkennen, ob sie ihm die Ahnungslosigkeit abnahm. «Tut mir leid, Sie enttäuschen zu müssen», sagte sie. «Wir haben keinen Wisch, nur ein paar Fragen an Sie. Dürfen wir trotzdem reinkommen?»

«Aber sicher.» Er trat einen Schritt zur Seite und zeigte mit ausgestrecktem Arm einladend in die Halle.

Noch während er die Haustür wieder schloss, fragte Dina Brelach: «Wo waren Sie gestern Abend zwischen neun Uhr und Mitternacht, Herr Junggeburt?»

«Hier», sagte er, ging vor ihnen her ins Fernsehzimmer und zeigte auf das Sofa. «Bis kurz vor elf genau hier, danach bin ich ins Bett gegangen. Abends bin ich immer zu Hause. Man hat mich gewarnt, dass ich Prügel beziehe, wenn ich mich im Dorf blickenlasse. Tagsüber riskiere ich das, da sind die meisten, die feste zuschlagen können, auf der Arbeit. Aber nach Einbruch der Dunkelheit gehe ich lieber nicht mehr vor die Tür.»

«Dann waren Sie am Dienstagabend der vergangenen Woche auch hier?», fragte Dina Brelach.

«Sicher», erklärte Alex. «Wenn ich *immer* sage, heißt das *immer*. Ich nehme solche Warnungen ernst.»

«Wer hat Sie denn gewarnt?», fragte Dina Brelach und nahm unaufgefordert in einem Sessel Platz. Bernd Leunen blieb stehen, betrachtete das Sofa mit der ordentlich gefalteten Decke auf einer Armlehne, den alten Fernseher, den Videorecorder im Fach darunter und all die alten Bücher in den Regalen rundum.

«Ein Freund aus Kindertagen», sagte Alex. «Lothar Steffens. Er empfahl mir einen Umzug auf den Mond. Da könnte ich laufen, bis mir die Luft ausgeht, meinte er.»

«Das klingt nicht freundschaftlich», stellte Dina Brelach fest.

«War's auch nicht», stimmte Alex zu. «Aber fragen Sie mich nicht, was bei Lothar zu diesem Sinneswandel geführt hat. Damals, also vor meiner Inhaftierung – Ihnen ist bestimmt bekannt, dass ich erst Ende September aus der JVA Ossendorf entlassen wurde.» Er wartete ihr Nicken ab, ehe er weitersprach: «Also damals waren wir wirklich sehr gute Freunde. Das wird Herr Leunen Ihnen bestätigen. Nicht wahr, Bernd?»

Ihn mit Vornamen anzusprechen war ein kleines Risiko, das Alex ganz bewusst einging. Wenigstens einmal klarmachen, dass man sich gut kannte und früher gut miteinander ausgekommen war. Protestieren konnte der Dorfsheriff in dieser Situation kaum. Tat er auch nicht.

Bernd Leunen nickte ebenfalls, meinte dann jedoch: «Zu dem Sinneswandel könnten der entwendete Autoschlüssel und die widerrechtliche Nutzung des Passats geführt haben. Mir würde es auch nicht gefallen, wenn meine Frau einen früheren Freund ins Haus lässt, und der hätte nichts Besseres zu tun, als uns zu bestehlen. Ich weiß nicht, was ich dem empfehlen würde.»

«So war das nicht», stellte Alex richtig und gestattete sich noch ein flüchtiges Lächeln. «Seine Empfehlung hat Lothar samstags ausgesprochen, ehe er mich rauswarf und Silvie ins Krankenhaus brachte. Den Autoschlüssel habe ich mir erst sonntags geborgt, als ich sie besuchte. Da hat sie sich bei mir für seine harschen Worte entschuldigt. Sie konnte sich seine Feindseligkeit mir gegenüber gar nicht erklären. Das konnte ich zu dem Zeitpunkt auch nicht. Inzwischen denke ich, Lothar hatte Schiss, ich könnte Dinge publik machen, die im Prozess nicht zur Sprache gekommen sind und die Lothar lieber ruhen lassen würde.»

Wie kalkuliert fuhr Bernd Leunen sofort darauf ab: «Welche Dinge?»

Dina Brelach dagegen war augenblicklich nicht an der Vorgeschichte interessiert. Ehe Alex beginnen konnte, Lothars damaligen Einsatz zu schildern, wollte sie wissen: «Kann jemand bestätigen, dass Sie gestern Abend hier waren?»

Alex schüttelte den Kopf und erkundigte sich seinerseits: «Darf ich erfahren, warum ich ein Alibi brauche?»

«Sie haben Heike Jentsch am Dienstagnachmittag vor Zeugen angegriffen und ihr eine weitere Unterhaltung ohne Zeugen angedroht», erinnerte Dina Brelach ihn.

Er verdrehte gekonnt die Augen und stöhnte genervt: «Hat sie etwa deshalb die Kripo eingeschaltet? Die tickt doch nicht richtig. Ich hab sie weder bedroht noch angegriffen, um das mal klarzustellen. Ich wollte nur von ihr wissen, warum sie mal Hü und mal Hott sagt und warum Saskia darunter leiden soll, dass ihre Eltern nicht mehr miteinander können. Die Kleine ist gerne bei mir, hat sich riesig gefreut, als Heike es erlaubte. Und plötzlich wurde es wieder verboten. Wie soll ein siebenjähriges Mädchen das verstehen? Heike hat sich nie selbst um Saskia gekümmert. Zuerst war ich fürs Kind zuständig. Als ich nicht mehr zur Verfügung stand, hat sie die Kleine zu ihrer Familie abgeschoben, damit sie arbeiten konnte.»

Mit der letzten Bemerkung geriet er bei Dina Brelach an die Falsche. Sie hatte selbst einen Sohn, der bei seiner Großmutter aufwuchs, damit sie sich ihrem Beruf widmen und Karriere machen konnte. Aus dem Grund wäre die junge Hauptkommissarin die Letzte gewesen, die einer Frau zum Vorwurf gemacht hätte, ihr Kind nicht selbst aufzuziehen. Dass der Kindsvater sich kümmerte, hatte Dina Brelach noch nie erlebt.

«Das Hü und Hott wird Heike Jentsch Ihnen nicht mehr erklären können», erwiderte sie merklich kühler. «Sie hat uns nicht eingeschaltet, das hat ihre Schwägerin übernommen.»

Alex nahm an, das Schnuckelchen ließe ihn zappeln, um festzustellen, ob er wirklich keine Ahnung hatte. Aber mit dem ersten Satz hatte sie einen massiven Anstoß gegeben. Es wurde Zeit, eine klare Ansage zu verlangen: «Warum sagen Sie nicht endlich, weshalb Sie hier sind? Ist Heike gestern Abend etwas zugestoßen?»

«Sie haben es erfasst», sagte Dina Brelach.

«Und Gerhild meint mal wieder, ich wäre dafür verantwortlich? Darf ich erfahren, was passiert ist?»

«Nach der Obduktion wissen wir das genau», sagte Dina Brelach. «Vorerst müsste ich spekulieren, das widerstrebt mir.»

«Verstehe ...», murmelte Alex so aufrichtig betroffen, dass Bernd Leunen sich seiner widersprüchlichen Gefühle schämte und sich endlich der Tatsache bewusstwurde, dass die Beschreibung, die Frau Zumhöfer vom attraktiven Dunkelhaarigen geboten hatte, auch auf Lothar zutraf. Vermutlich noch auf drei Dutzend andere Männer in dem Alter, ihn selbst nicht vollkommen ausgeschlossen, wobei sein Haar nicht mehr gar so dicht wuchs.

Nur hätte von all den anderen keiner einen Grund gehabt, sich lautstark mit Heike Jentsch über eine Hose und ein Paar Schuhe zu unterhalten. Lothars Grund war Bernd Leunen allerdings ebenso schleierhaft, weil er nur die offizielle Version kannte, nach der Lothar heimgegangen war und erst am nächsten Tag von dem Leichenfund in der Greve gehört hatte.

Als sie wieder im Streifenwagen saßen, erzählte Bernd Leunen der jungen Hauptkommissarin doch noch von dem Abend in der *Linde*, von Janice Hecklers widerlichem Auftritt und ihrem Ruf im Dorf. Er hielt sogar kurz an und zeigte ihr die Stelle, an der die Leiche im Wasser gelegen hatte.

Bei der Weiterfahrt schilderte er die Szene, die seine Frau ihm damals gemacht hatte, weil Janice ihm einen verheißungsvollen Blick und eine Kusshand zugeworfen hatte. Dabei hatte er für dieses Mädchen genau wie Lothar Steffens nur Ekel empfunden.

Natürlich verschwieg er auch die verschwundenen Kleidungsstücke nicht. Er sah da Parallelen: damals eine schwarze Satinhose und ein Paar High Heels, jetzt ein Schlafanzug.

«Ob ein Schlafanzug verschwunden ist, wissen wir doch noch gar nicht», bremste Dina Brelach. «Vielleicht wollte Heike Jentsch einen frischen anziehen, wozu sie nicht mehr gekommen ist. Dann steckte der, den sie vorher anhatte, vermutlich zusammen mit anderen Sachen in der Waschmaschine. Der Erkennungsdienst hat die Trommel ausgeräumt und alles mitgenommen.»

Die verschwundene Hose und die Schuhe von Janice Heckler fand sie auch nur halb so interessant, wie Bernd Leunen angenommen hatte. Bei der Nähe zum Elternhaus des Täters hätten die Kollegen sich damals die langwierige Suche ersparen können, meinte Dina Brelach, bewies damit ihre Kompetenz und hakte das Thema anschließend ab.

Um drei Uhr machte Lothar Steffens Feierabend und fuhr mit der S-Bahn nach Grevingen, um seine am frühen Morgen telefonisch geäußerten Anschuldigungen ordnungsgemäß zu Protokoll zu geben und anschließend seine Frau im Krankenhaus zu besuchen. Als er die Unterführung verließ, sah er einen der Bäckerei-Kombis auf Heikes Stammparkplatz hinter dem Blockhaus stehen und ging nach vorne, um zu kondolieren.

Vor der Eingangstür mühte Gerhild sich ab, mit Tesafilm eine Klarsichthülle mit einem Blatt Papier darin aufs Glas zu kleben. Ihr Ältester hatte am Computer die Botschaft «Wegen Todesfall geschlossen» erstellt und mit einer schwarzen Ranke umkränzt. Es sah richtig professionell aus. Aber Gerhild schaffte es nicht, die Hülle anzukleben. Es war windig, und sie hatte doch nur zwei Hände, die nicht gleichzeitig die Hülle andrücken, den Abroller halten und einen Streifen Tesafilm abziehen konnten.

«Das müssen Sie innen anbringen, Frau Jentsch», riet Lothar. «Hier draußen wird es nicht lange hängen. Wenn der Wind es nicht abreißt, dann tun das irgendwelche Jugendlichen. Die haben doch vor nichts mehr Respekt.»

«Ich kann nicht rein», stammelte Gerhild. «Ich hab keinen Schlüssel. Es müsste einer in Heikes Wohnung sein, wahrscheinlich im Rucksack. Der zweite liegt vielleicht im Wohnzimmer, oder die Aushilfe hat den noch. Ich weiß es nicht. Ich weiß auch nicht, wo die Irmgard wohnt. Ich dachte, die Polizei kann mir den Schlüssel aus dem Rucksack geben. Ich sollte ja sowieso zur Wache kommen, eine Aussage machen, meine Fingerabdrücke und meine Sachen abgeben. Da dachte ich, ich erledige das in einem Aufwasch. Aber jetzt ist die Wohnung versiegelt. Die sagten, vorerst darf keiner rein.»

«Es tut mir unendlich leid, Frau Jentsch», sagte Lothar.

«Da können Sie doch nichts dafür», meinte Gerhild. Sie bezog sein Bedauern auf die versiegelte Wohnung und den Schlüssel zum Blockhaus. «Ich hätte heute Morgen dran denken sollen, als der Polizist den Rucksack fand. Aber da hatte ich so viel im Kopf.»

«Das ist verständlich», erwiderte Lothar. «Richten Sie Ihren Schwiegereltern und Ihrem Mann mein tiefstes Mitgefühl aus.»

«Ja», sagte Gerhild. «Danke.»

Lothar verabschiedete sich, ging zum Parkplatz und fuhr zur Wache. Dort hielt sich außer der üblichen Besetzung nur noch ein Mann vom Erkennungsdienst auf.

Dina Brelach und ihr gestresster Kollege waren bereits zurück nach Köln gefahren. Der Kollege musste seine beiden Kinder aus dem Hort abholen, weil seine Frau das heute nicht schaffte, sie saß zu unterschiedlichen Zeiten bei Hertie an der Kasse. Dina Brelach wollte mit dem Staatsanwalt reden. Es mussten Aufträge erteilt, Anträge gestellt und richterliche Beschlüsse angefordert werden, um zum Beispiel Heike Jentschs Handyprovider zur Herausgabe von Daten zu bewegen. Die Anruflisten im Handy waren gelöscht worden. Und Dina Brelach ging davon aus, dass Liebhaber und Freunde in diesen Listen auftauchten und man so dem ominösen Handwerker schnell auf die Spur käme. Was in Grevingen noch zu erledigen war, hatte sie Bernd Leunen übertragen. Es ging ja nur noch darum, eine Aussage aufzunehmen, die man bereits kannte.

Bernd Leunen nahm Lothar in Empfang und führte ihn in eines der hinteren Büros, wo der Erkennungsdienstler wartete. Bernd Leunen erklärte, warum man Lothars Fingerabdrücke und nach Möglichkeit auch eine Speichelprobe von ihm brauche. Letztere wäre nicht unbedingt nötig gewesen, Dina

Brelach hatte jedenfalls keinen diesbezüglichen Auftrag erteilt. Aber Bernd Leunen wollte seine Sache nicht nur gut, sondern auch gründlich machen. Und Lothar erhob keine Einwände gegen einen Wangenabstrich. Immerhin hatte sogar Gerhild ihre Finger hinhalten und Sachen abliefern müssen. Abgesehen davon war Lothar überzeugt, seine DNA überall in Heikes Wohnung verteilt zu haben, nachdem er sie am Dienstag sicherheitshalber nach Hause begleitet hatte.

Im Wohnzimmer hatte er einen Kaffee und ein Wasser getrunken. Kaffeebecher und Glas hatte er in die Küche gebracht, während Heike an der Holzplatte in der Diele die tägliche Abrechnung machte. Er war auch mal raus auf den mineralwasserkastenbreiten Balkon getreten und hatte übers Gelände in die Tiefe gespäht, um festzustellen, ob der Mercedes noch irgendwo da unten stand. Konnte man vom Küchenbalkon aber nicht sehen. Deshalb hatte er es auch vom Schlafzimmerfenster aus probiert. Im Bad das Klo benutzt, sich die Hände gewaschen und so weiter.

Während Lothar aufzählte, tat der Mann vom Erkennungsdienst seine Arbeit, packte anschließend zusammen und verabschiedete sich. Bernd Leunen setzte sich an den Schreibtisch und hielt fest, was Lothar vorbrachte. Der entwendete Autoschlüssel und die unbefugte Nutzung des Passats, die Lothar noch einmal anführte, waren allerdings nicht von Belang. Auch wenn Lothar meinte, wer einen Schlüssel stehle, mache vor dem Zweiten nicht halt.

«Uns interessiert vorerst nur der Dienstag», sagte Bernd Leunen. «Wir brauchen die Namen der Leute, die außer dir dabei waren, als Alex Heike angegriffen hat.»

Was er bei Alex anfangs vermieden hatte, setzte er bei Lothar ganz ungezwungen ein: das «Du» aus früheren Zeiten. Er fand, es lockerte die Atmosphäre, baute eventuell vorhandene Hemmungen ab und förderte vielleicht Dinge zutage, die Lothar beim förmlichen Sie eines Uniformträgers nicht so ohne weiteres über die Lippen gekommen wären. Bernd Leunen hätte zu gerne gewusst, was damals bei Gericht nicht zur Sprache gekommen war. Und er hoffte, das Thema anschneiden zu können, wenn sie mit dem aktuellen durch waren.

Von den anderen Zeugen waren Lothar nur zwei namentlich bekannt, die restlichen kannte er bloß vom Sehen.

«Was hat Alex nach seinem Auftritt beim Kaffeebüdchen getan?», fragte Bernd Leunen.

«Er ist uns gefolgt», sagte Lothar. «Von der S-Bahn zum Discounter und weiter zur Ludwig-Uhland-Straße. Der Mercedes war die ganze Zeit hinter uns. Deshalb habe ich Heike ja hinauf in ihre Wohnung begleitet. Sie hatte panische Angst. Er hat noch geraume Zeit unten vor dem Haus gestanden und mehrfach geklingelt. Heike wollte nicht mit ihm reden. Einmal bin ich an die Gegensprechanlage gegangen und habe ihn aufgefordert, doch endlich vernünftig zu sein und nach Hause zu fahren. Frag mich nicht, wann er aufgegeben hat.»

«Wie lange bist du bei ihr geblieben?», fragte Bernd Leunen.

«Bis kurz vor neun. Da wollte sie ins Bett.»

«Warst du letzte Woche Dienstag auch bei ihr?»

«Ja», sagte Lothar, ohne zu zögern. «Da rief sie mich mittags im Büro an. Silvie hatte bei ihr ein gutes Wort für Alex einlegen wollen und sich im Ton vergriffen. Silvie ist immer noch der Überzeugung, Alex sei unschuldig. So besoffen, wie er damals war, hätte er gar nicht darüber nachdenken können, eventuelle Beweismittel verschwinden zu lassen, meint sie. Dass Hose und Schuhe von Janice nie gefunden wurden, könnte nur bedeuten, es müsse *ein* oder *eine* andere gewesen sein. Du kannst dir sicher denken, auf wen sie abzielte. Seine Anwältin hat ja ins selbe Horn gestoßen. Heike war ziemlich aufgebracht, und im Kaffeebüdchen konnte man nicht in Ruhe reden. Also bin ich abends zu ihr gefahren, und anschließend habe ich meiner

Frau den Kopf zurechtgesetzt. Es muss doch irgendwann mal ein Ende haben mit dieser alten Geschichte.»

Bernd Leunen nickte zustimmend, obwohl er sich gewisse Hoffnungen gemacht hatte. Die begrub er nun und versuchte stattdessen, dem biederen Handwerker auf die Spur zu kommen. «Hattet ihr viel Kontakt?»

«Eigentlich nicht», sagte Lothar. «Ich hab mir morgens manchmal einen Kaffee und ein Brötchen bei Heike geholt. Wenn sich die Gelegenheit ergab, haben wir ein paar Worte gewechselt.»

«Weißt du was über andere Kontakte? Bekannte, Freunde, sie hatte doch bestimmt einen Freund.»

Lothar zuckte mit den Achseln. «Das fragst du besser ihre Mutter oder ihre Schwägerin. Mit mir hat sie nicht über andere Männer gesprochen. Es ging immer nur um Alex. Sie wusste, dass Silvie ihm in der ersten Zeit regelmäßig geschrieben hatte, ohne je eine Antwort zu bekommen. Hin und wieder fragte sie, ob er sich inzwischen mal gemeldet hätte. Ich glaube, sie hatte Angst vor dem Tag, an dem er rauskommt, auch wenn sie das nicht offen aussprach. Als er Anfang des Monats überraschend bei uns auftauchte, habe ich sie sofort angerufen. Danach hat sie sich öfter bei mir gemeldet.»

Um Viertel vor fünf war alles zu Protokoll genommen und unterschrieben. Lothar hatte es plötzlich eilig, wollte doch noch zu Silvie.

Im Krankenhaus wurde auf den Fluren schon das Abendessen wie ein kleines Buffet aufgebaut, es sah appetitlich aus. Patienten, die aufstehen konnten, durften sich selbst bedienen. Den anderen wurde später etwas gebracht.

Silvie saß im Bett und hatte keinen Hunger. Dabei war ihre Magen-Darm-Infektion nach Ansicht des behandelnden Arztes weitgehend auskuriert. Die Entlassung war ihr noch vor dem Wochenende in Aussicht gestellt worden. Wahrscheinlich am

Samstag, hatte der Arzt bei der morgendlichen Visite gesagt. Als sie hörte, was geschehen war und wo Lothar gerade herkam, wollte sie sofort nach Hause.

«Jetzt sei vernünftig», mahnte er. «Noch ein Tag Ruhe und Erholung tut dir bestimmt gut. Du siehst immer noch aus wie eine Leiche. Was willst du als Nächstes bekommen, eine Fehlgeburt? Du schadest nur dir und dem Baby, wenn du dich nicht richtig auskurierst. Es ist doch alles bestens geregelt. David ist gut untergebracht, bisher hat meine Mutter noch nicht einmal gejammert, dass es ihr zu viel wird. Deinem Opa geht es auch wieder besser. Ich werde deine Oma gleich bitten, dass sie dich morgen besucht. Dann wird dir der Tag nicht so lang.»

«Und was ist mit Alex?», fragte sie.

«Weiß ich nicht», sagte Lothar. «Was soll mit ihm sein? Legst du Wert darauf, auch von ihm besucht zu werden?»

«Du weißt genau, was ich meine», sagte Silvie. «Wurde er festgenommen?»

«Keine Ahnung», sagte Lothar. «Ich mochte Bernd Leunen nicht danach fragen. Aber ich schätze, so schnell geht das nicht. Zuerst müssen sie mal Spuren auswerten. Wenn Alex welche hinterlassen hat, was ich ehrlich gesagt nicht glaube. Damals haben sie ja auch nichts gefunden.»

«Glaubst du, er war's?», fragte Silvie mit einem Stimmchen, das so klein und zittrig war wie noch nie vorher in all den Jahren, die er sie kannte.

«Wer soll es denn sonst gewesen sein?», antwortete Lothar mit einer Gegenfrage.

22.–27. Oktober 2010

Für das in Köln zusammengestellte Ermittlerteam unter Leitung von Dina Brelach wurde Alex bald uninteressant. Ihn hatte man nicht auf die Wache bestellen müssen. Seine Fingerabdrücke und DNA befanden sich im System, weil er nach Janice Hecklers Tod erkennungsdienstlich behandelt worden war. Deshalb konnten seine Abdrücke sofort mit denen verglichen werden, die in Heikes Wohnung gesichert worden waren. Es gab keine Übereinstimmungen.

Ein DNA-Abgleich brauchte mehr Zeit. Allerdings rechnete niemand ernsthaft damit, nach dem von Rita Zumhöfer belauschten Wasserrauschen von dreißig bis vierzig Minuten überhaupt noch fremde DNA-Spuren an Heikes Leichnam zu finden. Da es bei Janice Heckler so ähnlich gewesen war, hätte man durchaus Parallelen sehen können, zumal sich bei den Sachen aus Heikes Waschmaschine kein Schlafanzug befand.

Aber Dina Brelach blickte in eine andere Richtung. Sie konzentrierte die Ermittlungen zu Anfang auf einen Mann, von dem sie vorerst nur wusste, dass er Mitte bis Ende vierzig, mittelgroß und untersetzt war, dass er ein rundliches, laut Rita Zumhöfer gutmütiges Gesicht, eine angenehm warme Stimme und eine Halbglatze hatte und wahrscheinlich eine handwerkliche Tätigkeit ausübte. Und mit so einer Tätigkeit passte dieser Mann vortrefflich zum Obduktionsbefund.

Schon die äußere Inaugenscheinnahme durch eine Rechtsmedizinerin bestätigte den Verdacht, dass Heike Jentsch erschlagen worden war. Verursacht worden war die tödliche Verletzung auf der rechten Seite des Schädels von einem quadratisch geformten Gegenstand mit einer Kantenlänge von etwa drei Zentimetern. Ein Hammer, mutmaßte die Rechtsmedizinerin. Derselbe Gegenstand hatte höchstwahrscheinlich auch die vom linken Scheitelbein bis zum Ohr reichende Platzwunde verursacht, von der Gerhild nicht mehr als den unteren Ausläufer gesehen hatte. Die Rechtsmedizinerin nannte es den ersten Versuch, Heike Jentsch zu töten.

Das passte doch perfekt zu einem biederen Handwerker, der mit einem Hammer umzugehen wusste, aber normalerweise nicht damit auf Menschen eindrosch. So einer musste zuerst eine Hemmschwelle überwinden.

Der erste Schlag war nicht heftig genug ausgeführt worden, um den Knochen zu verletzen. Vielleicht hatte Heike zudem eine unerwartete Bewegung gemacht, über die Schulter geblickt, weil sie doch hinter sich etwas gehört hatte, sodass der Hammer auf der Kopfschwarte abgerutscht war.

Dass sie nach dem ersten Schlag noch aufrecht gestanden hatte, bezweifelte die Rechtsmedizinerin jedoch ebenso wie die Annahme, sie sei in der Wanne zusammengebrochen. Als zierliches Persönchen konnte man Heike wirklich nicht bezeichnen. Sie maß einen Meter sechsundsiebzig. Unter Berücksichtigung des Abstands zwischen Wannenboden und Fußboden hätte der Täter mindestens eins neunzig groß sein müssen.

Abschürfungen an Schultern, Gesäß und den Rückseiten der Oberschenkel, die tags zuvor wegen der Leichenflecken in diesen Bereichen nicht aufgefallen waren, sprachen dafür, dass Heike nicht unter der Dusche angegriffen, sondern erst später über den Wannenrand gehievt worden war. Und wenn man davon ausging, dass sie anderswo angegriffen worden war, zum Beispiel in einem Sessel, musste der Täter kein Riese sein.

Ein mittelgroßer, untersetzter, kräftiger Mann, der feste zuzupacken konnte. Ein Mann, der zu Beginn des Monats gebettelt und einen Urlaub offeriert hatte. Der sich womöglich darauf gefreut hatte, Vater zu werden und die Frau, die er haben wollte, damit an sich zu binden. Und durch die Rechnung hatte

Heike ihm einen Strich gemacht. Die erst kürzlich vorgenommene Abtreibung blieb bei der Obduktion natürlich nicht verborgen.

Dass der Erkennungsdienst nur in der Wanne mit Hilfe einer Chemikalie noch Blutspuren hatte sichtbar machen können, bewies überhaupt nichts. Bisher war nirgendwo sonst in der Wohnung Luminol zum Einsatz gekommen, weil man mit bloßem Augen nichts gesehen und nichts auf einen anderen Tatort als das Bad hingedeutet hatte.

Dina Brelach forderte noch einmal den Erkennungsdienst an. Ein Mann reichte, Hauptsache, er verstand etwas von unsichtbaren Blutspuren. Diesmal war sie mit von der Partie und tat, wozu die donnerstags nicht gekommen waren. Während im Wohnzimmer Luminol versprüht wurde, vergewisserte sie sich, dass Heike auch in letzter Zeit noch Schlafanzüge getragen hatte. Im Kleiderschrank lagen fünf Stück, allesamt schon häufig gewaschen und ordentlich zusammengelegt auf einem Regalboden.

Dann wurde abgedunkelt. Doch im Wohnzimmer fand sich keine Spur von Blut, auch im Schlafzimmer keine noch so schwache Schliere, in der Küche ebenso wenig. Blieb die kleine Diele mit der halbrunden Holzplatte zwischen den Zimmertüren. Und dort leuchtete auf dem PVC-Boden nahe der Wohnzimmertür ein großer Fleck. Auf dem Wandstück über der Holzplatte fluoreszierten zudem winzige Spritzer. Abspritzer genau genommen, die von einem mit Blut besudelten Schlagwerkzeug gegen die Raufasertapete geschleudert worden waren, als der Täter zum nächsten Schlag ausgeholt hatte.

Die relativ niedrige Höhe dieser Spritzer auf der Wand deutete darauf hin, dass der Täter neben Heike Jentsch auf dem Fußboden gekniet hatte. Mit dem ersten Schlag hatte er die Frau betäubt und ihr eine stark blutende Platzwunde zugefügt. Mit dem zweiten gab er ihr den Rest.

Nachdem das Licht wieder eingeschaltet worden war, wunderte Dina Brelach sich, wie makellos die Wand, mit bloßem Auge betrachtet, wirkte. «Wenn unsereins an einer Wand herumwischt, bleiben immer Flecken, zumindest Kränze», sagte sie.

«Es gibt Radiergummis für Wände», erklärte ihr Begleiter. «Die holen eine Menge runter, ohne dass es auffällt.»

«Meine Mutter wird sich freuen, das zu hören», sagte Dina Brelach. «Und der Staatsanwalt wohl auch. Auf Totschlag im Affekt kann unser Täter sich nicht herausreden, wenn er außer einem Hammer so ein Radiergummi mitbrachte. Der hat eingeplant, hier anschließend sauber machen zu müssen.»

«Na, ich weiß nicht», meinte der Erkennungsdienstler skeptisch. «Vermutlich hat er das passende Putzmittel hier gefunden. An die Wände denkt keiner im Voraus.»

Das Putzzeug aus dem Schrank unter der Küchenspüle musste nun ebenfalls sichergestellt werden. Und tatsächlich befand sich dabei eine Zweierpackung mit nur noch einem dieser schwammartigen Wundermittel.

Silvie erging es an dem Freitag so ähnlich wie Bernd Leunen tags zuvor. Seit Lothar sich donnerstags von ihr verabschiedet hatte, fühlte sie sich auf unbegreifliche Art mitschuldig an Heikes Tod, konnte keinen klaren Gedanken fassen und die unklaren nicht zu Ende denken.

Wenn nicht Alex, wer dann?

Ihre Großmutter wusste das auch nicht.

Franziska kam kurz nach zwei, weil sie mit dem Bus um vier wieder zurückfahren wollte. Und eigentlich wollte sie gar nicht über Alex und Heike reden, um ihr Kind nicht unnötig aufzuregen. Lothar hatte seiner Mutter die Schläge verschwiegen, die Silvie dienstags bei *Heikes Kaffeebüdchen* eingesteckt hatte.

Stattdessen hatte er behauptet – und seine Mutter hatte das natürlich sofort Franziska weitererzählt –, die Aufregung hätte Silvie anfällig für eine neue Infektion gemacht.

Aber dann sprach Franziska über nichts anderes. Über Marthas Tränen, Gerhilds Fassungslosigkeit, die Sprachlosigkeit der beiden Männer und Saskias Reaktion auf den Tod ihrer Mutter.

Franziska war noch bei ihrer jüngsten Schwester gewesen, als das Kind aus der Schule gekommen war. Und sie hatte den Eindruck gewonnen, die Kleine sei erleichtert. Saskia hatte doch tatsächlich gefragt, ob sie denn jetzt wieder nachmittags ihren Papa besuchen und bald bei ihm wohnen dürfe. Gerhild hatte sie zurechtgewiesen und erklärt, ihren Papa könne sie vergessen, der käme jetzt ins Gefängnis. Erst daraufhin war Saskia in Tränen ausgebrochen.

«Für ihre Mutter hatte sie keine Spur von Bedauern», berichtete Franziska. «Und als es um Alex ging, wollte sie sich gar nicht mehr beruhigen, jammerte und schluchzte, ihr Papa sei kein böser Mensch, nur ein Notlügner.»

Für Silvie war das ein Ansatz, der zum ersten klaren Gedanken führte. Ein Lügner aus Not. Der kein Justizirrtum sein wollte. Der ihr erzählte, sein Vater hätte die Satinhose und die High Heels von Janice in der Heizung verbrannt. Vielleicht nur ein hilfloser, aber wirksamer Versuch, sie auf Distanz zu halten?

Natürlich berichtete Franziska auch vom Besuch der Polizei. Bernd Leunen, der Junge aus dem Dorf, dessen Mutter seit Jahr und Tag ihr Brot in der Bäckerei Jentsch kaufte. Ihm war das so unangenehm gewesen, dass er die Zähne kaum auseinanderbekommen und das Reden der jungen Frau aus Köln überlassen hatte.

«Die hat Gerhild nach Heikes Freunden gefragt und zwei beschrieben», erzählte Franziska. «Einen jungen, hübschen, das wird Alex gewesen sein. Und einen untersetzten Mann Mitte vierzig. Ich hab nichts gesagt. Aber ich glaube, ich weiß, wen die meinte.»

Sie atmete tief durch und betrachtete ihre Enkelin, als warte sie auf eine Frage oder die Aufforderung weiterzusprechen.

Wie nicht anders zu erwarten, fragte Silvie dann auch: «Wen denn?», und verlangte: «Jetzt sag schon. Spann mich nicht so auf die Folter, Oma.»

«Du kannst dich bestimmt noch an den Helmut Maritz erinnern», sagte Franziska daraufhin. «Der hat euer Dach gedeckt. Letztes Jahr hat er bei uns was repariert. Das war nur ein kleiner Schaden, aber er ist trotzdem sofort gekommen, hatte Opa gar nicht mit gerechnet. Er hat nur einen kleinen Betrieb, aber ein großes Haus, davon hat er mir erzählt, dass es für ihn allein viel zu groß ist. Seine Frau ist vor ein paar Jahren gestorben. Die hatte Krebs an der Bauchspeicheldrüse. Als sie schon wussten, dass es mit ihr zu Ende ging, hat sie sich noch so ein Sprudelbad gewünscht. Einen Whirlpool. Den hat er auch noch einbauen lassen. Kinder hatten sie nicht. Als er die Rechnung brachte, hat er mich gefragt, ob ich die Tante von Heike bin. Also hat er sie gekannt, meinst du nicht auch?»

Silvie nickte. Halb Grevingen und ganz Garsdorf hatte Heike gekannt, warum sollte ein verwitweter Dachdecker Mitte vierzig eine Ausnahme sein?

Franziska seufzte. «Opa will, dass ich mich raushalte. Kaum geht's ihm besser, wird er schon wieder aufmüpfig. Wenn der Helmut Maritz was mit Heike zu tun hatte, würde die Polizei das alleine herausfinden, meint er. Und wenn nicht, müsste ich dem armen Kerl nicht die Polizei auf den Hals hetzen. Das wäre ein ehrlicher Mensch, grundsolide und anständig. Der hätte schon so viel Pech gehabt und Heike bestimmt nicht auf dem Gewissen. Das glaub ich ja auch nicht. Aber vielleicht weiß er was, was der Polizei weiterhelfen könnte. Was meinst du?»

Silvie hatte dazu noch keine Meinung, nur den nächsten klaren Gedanken, der weitere nach sich zog: «Kannst du mir Geld für ein Taxi leihen, Oma? Du kriegst es auch sofort zurück.»

Diesmal hatte sie nicht mal ihre Handtasche dabei. Lothar hatte nur ihre Versichertenkarte zu Schlafanzug, Unterwäsche und Waschzeug in die Tasche gesteckt, ehe er sie in der Nacht zum Mittwoch den Sanitätern überlassen hatte.

«Wozu brauchst du denn ein Taxi?», fragte Franziska irritiert.

«Der Arzt hat gesagt, ich darf morgen nach Hause», begann Silvie mit ihrer Erklärung, wurde aber sofort unterbrochen.

«Holt Lothar dich denn nicht ab? Morgen ist doch Samstag.»

«Das weiß ich», sagte Silvie. «Aber ich will nicht bis morgen warten und auch nicht darauf vertrauen, dass Lothar mir anschließend das Auto gibt.»

«Das brauchst du doch auch nicht, wenn er zu Hause ist. Du solltest dich wirklich ein bisschen mehr schonen. Es muss doch nicht wieder eine Frühgeburt werden.»

«Autofahren ist nicht anstrengend, Oma. Aber darum geht's jetzt gar nicht. Lothar ist wie Opa, der will auch nicht, dass ich mit der Polizei rede.»

Darüber hatten sie zwar gestern nicht gesprochen. Silvie hätte auch gestern noch nicht gewusst, was sie der Polizei erzählen sollte. Aber wenn sie das Thema angeschnitten hätte, hätte Lothar ihr das garantiert auszureden versucht. Sie kannte ihn lange und gut genug, um sich in dem Punkt vollkommen sicher zu sein. Wahrscheinlich hätte er befürchtet, dass sie sich mit seinem damaligen Freundschaftsdienst verplapperte.

«Worüber willst du denn mit denen reden?», fragte Franziska.

Worüber wohl? Über den Dachdecker.

«Über den Mist, den ich gebaut habe», sagte Silvie und berichtete von ihrem Besuch im Kaffeebüdchen, von der guten Absicht und wie sie kläglich gescheitert war. «Wenn ich meine Klappe gehalten hätte ...»

«Das hast du von Opa», stellte Franziska fest. «Als der so alt war wie du, konnte er seine Klappe auch nie halten, hat ständig alle möglichen Leute gegen sich aufgebracht, sogar den Herrn Pfarrer. Als er älter wurde, hat er sich öfter zusammengerissen, aber damals ...»

Sie schüttelte unter der Erinnerung an ihren Rebellen den Kopf und zückte ihre Börse. «Wie viel brauchst du denn für ein Taxi? Meinst du, zwanzig reichen? Sonst habe ich nicht mehr genug für den Bus.»

«Dann komm doch einfach mit», schlug Silvie vor. «Ich packe hier schnell meinen Kram zusammen und zieh mich richtig an.»

«Lieber nicht.» Franziska schüttelte erneut den Kopf. «Pack mal in Ruhe, sonst hast du nachher noch was vergessen. Und dann fahr alleine. Opa hängt mir das Kreuz aus, wenn ich den Helmut Maritz anschwärze.»

«Du schwärzt ihn nicht an, Oma. Du nennst der Polizei lediglich seinen Namen, damit die ihm ein paar Fragen stellen können. Vielleicht hat er nur mal einen Kaffee im Büdchen getrunken und kannte Heike daher. Was glaubst du, wie viele sie von der S-Bahn-Station kannten? Ein paar hundert bestimmt. Und jeder von denen könnte etwas wissen, was für die Polizei wichtig ist. Aber das ist den meisten gar nicht bewusst, und andere melden sich einfach nicht, weil sie nichts mit der Polizei zu tun haben wollen.»

Dem stimmte Franziska zwar zu, fand jedoch, um der Polizei einen Namen zu nennen, müssten sie nicht zu zweit auf der Wache erscheinen. «Mach das mal alleine. Du kannst mir ja nachher erzählen, was sie gesagt haben.»

«Ich muss anschließend sowieso zu euch kommen», erklärte Silvie. «Ich hab auch keinen Hausschlüssel.»

Kurz darauf stieg sie vor dem Krankenhaus in ein Taxi und winkte ihrer Großmutter, die zur Bushaltestelle gegenüber ging, noch einmal zu. «Ich muss nach Garsdorf, in die Breitegasse. Das ist am Ortsrand», sagte sie zum Fahrer.

Inzwischen kamen die Gedanken glasklar und einer nach dem anderen. Wenn sie tat, was sie ihrer Großmutter angekündigt hatte, kam sie zwar zur Wache und anschließend zum Haus ihrer Großeltern. Aber damit hätte es sich. Sie musste Lothar bald anrufen, damit er nicht noch einen Abstecher zum Krankenhaus machte, nur um festzustellen, dass sie sich selbst vorzeitig entlassen hatte. Übers Wochenende würde er sie nicht aus den Augen und ganz bestimmt nicht zu Alex lassen. Sie hoffte nur, dass zwanzig Euro bis zur Villa Schopf reichten und dass Alex zu Hause war.

Nach der neuerlichen Beweisaufnahme in der Hochhauswohnung wollte Dina Brelach der Wache noch einen Besuch abstatten und sich erkundigen, ob sich weitere Zeugen des Vorfalls vom Dienstagnachmittag gemeldet oder ob man etwas vom biederen Handwerker gehört hatte.

Hätte ja sein können, dass der Mann wider Erwarten ein reines Gewissen hatte. Und ein Mann mit reinem Gewissen meldete sich für gewöhnlich bei der örtlichen Polizei, wenn seine Freundin oder Geliebte tot in ihrer Wohnung aufgefunden worden war. Ein Mann mit einem reinen Gewissen wollte doch erfahren, woran oder auf welche Weise die Frau gestorben war.

Auf dem Parkplatz bei der Wache traf sie mit Bernd Leunen zusammen, dessen Schicht schon vor einer Dreiviertelstunde zu Ende gewesen war. Aber bei einem gewaltsamen Todesfall regte sich keiner über ein paar Minuten auf. Jeder von ihnen hatte sich in *Heikes Kaffeebüdchen* schon mit belegten Brötchen und Kaffee versorgt oder sich von Kollegen etwas mitbringen lassen.

Dina Brelach sparte sich den Weg ins Gebäude und ließ sich an der frischen Luft ins Bild setzen.

«Am Vormittag hat ein Mann angerufen, der bei der Schlägerei am Dienstag mitgemischt hat», gab Bernd Leunen Auskunft. «Er will heute noch herkommen. Vielleicht hat der Handwerker sich bei der Familie in Garsdorf gemeldet. Und von denen ist keiner auf die Idee gekommen, uns zu informieren. Ich könnte auf dem Heimweg kurz nachfragen.»

«Das mache ich schon», lehnte Dina Brelach sein Angebot ab. «Den Weg kenne ich ja jetzt, und mit der Familie muss ich ohnehin noch mal reden. Ich bin gespannt, wie die ahnungslose Schwägerin sich zum Obduktionsergebnis äußert.»

Bernd Leunen war ebenso gespannt, und nicht nur er. Auch zwei Kollegen, die in Hörweite gerade in einen Streifenwagen steigen wollten, verharrten und spitzten die Ohren, als Dina Brelach ins Detail ging. «Massives Schädelhirntrauma und eine Abtreibung, die höchstens drei Wochen zurücklag.»

«Zwei Wochen», schätzte einer der beiden beim Streifenwagen und kam näher. «Vor zwei Wochen stand freitags eine Vertretung im Kaffeebüdchen, die war auch montags noch da. Heike gönne sich ein verlängertes Wochenende in Holland, hieß es.»

Dina Brelach bedankte sich, stieg wieder in ihren Dienstwagen und fuhr vom Platz. Bernd Leunens Kollegen folgten im Streifenwagen, bogen aber nach fünfzig Metern in eine Seitenstraße ab. Er zögerte und überlegte, ob er drinnen Bescheid geben sollte. Aber das würden die beiden schon tun, wenn sie von ihrem Einsatz zurückkamen. Und er hatte seiner Frau versprochen, heute mal etwas pünktlicher zu sein, weil sie noch Einkäufe mit ihm zusammen machen wollte.

Als er die Landstraße erreichte, war von dem Dienstwagen mit Kölner Kennzeichen längst nichts mehr zu sehen. Es herrschte viel Verkehr, wie immer am Freitagnachmittag, wenn viele Garsdorfer zum Einkaufen nach Grevingen fuhren. Etwa auf Höhe des Feuchtbiotops passierte er einen alten mattschwarzen

Mercedes auf der Gegenfahrbahn, erkannte Alex am Steuer und eine Person auf dem Beifahrersitz. Aber im Vorbeifahren hätte er nicht sagen können, ob es eine Frau oder ein Mann war. Ein Kind war es jedenfalls nicht, was ihn beruhigte.

Wenn Alex jetzt die Füße still hielt und bezüglich seiner Tochter keine Dummheiten machte, sah es gut aus für ihn. So gut, dass er über kurz oder lang mit Familie Jentsch über ein Umgangsrecht verhandeln könnte. Hatte HK Brelach also recht gehabt mit ihrer Ansicht zum durchbohrten Herz aus geköpften Rosen. Für eine ungewollte Schwangerschaft, die vor vierzehn Tagen abgebrochen worden war, konnte Alex nicht verantwortlich sein. Und sowohl Schwangerschaft als auch Abtreibung waren erstklassige Tatmotive für einen Liebhaber, fand Bernd Leunen.

Kurz vor dem Ortseingang war der schwarze Mercedes plötzlich hinter ihm und gab mit Lichthupe und Blinker zu verstehen, er solle rechts ranfahren. Im Innenspiegel erkannte Bernd Leunen nun auch die Person auf dem Beifahrersitz. Sieh einer an, dachte er. Davon wird Lothar sicher nicht begeistert sein.

Er tat ihnen den Gefallen und steuerte auf den Grünstreifen zwischen Fahrbahn und Radweg. Der Mercedes hielt dicht hinter ihm. Auf der Beifahrerseite stieg Silvie Steffens aus. Und kaum hatte sie die Autotür zugeschlagen, setzte Alex den Blinker und fädelte sich wieder in den Verkehr ein.

Silvie trat an Bernd Leunens Wagen, öffnete die Beifahrertür, stieg ein und erklärte dabei: «Wir waren auf dem Weg zur Wache, aber so ist es besser, glaube ich. Wenn Sie mich gleich bei meinen Großeltern absetzen, muss ich weniger erklären und bekomme wahrscheinlich nicht so viel Ärger mit meinem Mann.»

«Kein Problem», erwiderte Bernd Leunen. «Und was wollten Sie auf der Wache?»

«Einen harmlosen Mann anschwärzen, der vielleicht nicht mehr getan hat, als bei Heike einen Kaffee zu trinken», sagte

Silvie, gab dem biederen Handwerker einen Namen und behauptete, Helmut Maritz hätte ihr von seinem großen Haus mit Whirlpool erzählt und von ihr wissen wollen, ob ihre Oma Heikes Tante sei.

«Es wäre mir lieb», schloss Silvie, «wenn Sie ihm nicht verraten, wer ihm die Polizei auf den Hals gehetzt hat. Sagen Sie einfach, es wäre ein anonymer Hinweis gewesen. Sonst haben wir beim nächsten Sturmschaden vielleicht ein echtes Problem.»

«Versprechen kann ich nichts», erwiderte der Polizist. «Wenn Herr Maritz wirklich nur Kaffee bei Heike getrunken hat, wird ihn kaum interessieren, wie wir auf ihn gekommen sind. Anderenfalls muss ich zumindest den Kölner Kollegen meine Quelle nennen. Mit den anonymen Hinweisen ist das heutzutage nämlich so eine Sache, man kann fast alles zurückverfolgen. Aber ich werde versuchen, Sie rauszuhalten. Dafür darf ich im Gegenzug jetzt aber noch etwas fragen, was gar nichts mit dieser Sache zu tun hat, einverstanden?»

Sie standen immer noch auf dem Seitenstreifen. Statt zuzustimmen oder abzulehnen, musterte Silvie ihn nur abwartend. Also brachte er sein Anliegen vor, wiederholte, was Alex über den nicht gerade herzlichen Empfang durch seinen ehemals besten Freund und dessen mutmaßliche Beweggründe von sich gegeben hatte.

Dabei wurde ihm klar, dass Alex mit der Andeutung, Lothar habe nach Janice Hecklers Tod etwas vertuscht, auch nur versucht haben könnte, sich vor Dina Brelach aufzuspielen und von seinem fehlenden Alibi für den Mittwochabend abzulenken. Doch danach sah Silvies Reaktion nicht aus.

Während er sprach, hielt sie den Kopf gesenkt, ihre Finger nestelten an ihrem Sweatshirt. Als er zum Ende kam, sagte sie, ohne aufzuschauen: «Als Lothar so ausrastete, dachte ich zuerst, er wäre nur eifersüchtig und wütend, weil ich Alex ins Haus gelassen hatte. Aber Alex war doch unser Freund, verdammt, er war immer unser Freund. Ich hatte keine Ahnung, was damals wirklich passiert war.»

«Was denn?», fragte Bernd Leunen, als sie nicht weitersprach. Er ließ keinen Blick von ihr.

Endlich hob sie den Kopf, schaute ihm nachdenklich ins Gesicht und wollte wissen: «Da es nichts mit Heikes Tod zu tun hat, muss es auch nicht zur Sprache kommen, oder? Ich meine, Sie müssen das nicht der Kölner Kripo erzählen. Der Fall Heckler ist abgeschlossen, Alex wurde rechtskräftig verurteilt, und damit hat es sich, oder?»

Sie wirkte so unsicher, so kannte er sie gar nicht. Obwohl – sonderlich gut hatte er sie noch nie gekannt. Sie war halt ein Mädchen aus dem Dorf. Ein bedauernswertes Geschöpf, hatte seine Mutter mal behauptet. Von der eigenen Mutter bei den Großeltern abgeliefert wie ein überflüssiges Gepäckstück, vom karrieregeilen Vater weitestgehend ignoriert. Verliebte sich als Jugendliche ausgerechnet in den Dosenöffner und blieb an dessen Freund kleben, der damals auch nicht viel besser als Alex gewesen war.

«Ja», sagte Bernd Leunen. «Es ist rein persönliches Interesse, weil ich mit den beiden zur Schule gegangen bin. Weil ich an dem Abend in der *Linde* dabei war. Und weil ich es nicht glauben konnte, als es dann hieß, Alex hätte Janice ertränkt. Aber was ich glaubte, hat damals keine Seele interessiert.»

«Was haben Sie denn geglaubt?», fragte Silvie.

«Dass Alex das Mädchen viel eher mit dem Auto umgenietet hätte.»

Aus dem Mund eines Polizisten klang das ziemlich salopp, fand Silvie. Und während sie noch dachte, dass sie von einem Staatsdiener eine andere Formulierung erwartet hätte, auch wenn er Zivil trug, sagte sie: «Er ist ja gar nicht gefahren.»

Als er sie zwanzig Minuten später vor dem Haus ihrer Großeltern absetzte, war Bernd Leunen mehr als zufrieden. Er wartete noch, bis Franziska Welter die Tür geöffnet und beide Frauen im Haus verschwunden waren, dann fuhr er zur Bäckerei Jentsch.

Dina Brelachs Dienstwagen stand noch am Straßenrand. Der Laden war gerammelt voll. Martha Jentsch bediente zusammen mit dem ältesten Enkel und ihrem Sohn, den man sonst nie im Laden sah. Die Schiebetür zur Küche war geschlossen. Bernd Leunen hasste das Getuschel, das mit seinem Erscheinen einsetzte. Aber es ließ sich leider nicht vermeiden, nach der Kölner Kollegin zu fragen.

«Die sitzt mit Mama im Wohnzimmer», gab der vierzehnjährige Max Auskunft und deutete auf die Tür hinter sich: «Gehen Sie ruhig durch.»

Bernd Leunen zwängte sich an den dreien hinter der Theke vorbei, durchquerte die verlassene Küche und den Hausflur. Von der Wohnzimmertür aus erhaschte er einen Blick auf Gerhild, die mit gesenktem Kopf in einem Sessel saß und imaginäre Fäden aus ihrem Kittelsaum zupfte.

Dina Brelach kam raus auf den Flur, schloss die Tür hinter sich und erkundigte sich unwillig, was es denn noch gäbe. Er nannte ihr den Namen des Dachdeckers und rechnete damit, dass sie ihn um seine Begleitung bat, weil sie ihren Hauptverdächtigen natürlich sofort aufsuchen und in die Mangel nehmen wollte. Aber sie bedankte sich nur, und das war's für ihn. Er hatte ja schon seit über einer Stunde Feierabend.

An dem Freitagnachmittag sah es aus rein polizeilicher Sicht für Alex noch sehr gut aus. Daran änderte sich auch in den nächsten Tagen nichts. Bei polizeilichen Aktionen vor Ort wurden meist Beamte der Wache zur Unterstützung herangezogen. So bekam Bernd Leunen genug mit, um den Stand der Dinge verfolgen und beurteilen zu können.

Einerseits freute ihn die Entwicklung für Alex, andererseits war er nicht halb so erleichtert, wie es ihm lieb gewesen wäre. Keine Spuren von Alex in Heikes Wohnung, überhaupt keine Spuren an der Leiche. Wie bei Janice. Nachdem er von Silvie gehört hatte, was sich damals abgespielt hatte, lag ihm das wie ein Stein im Magen. Wenn einer wusste, wie segensreich sich fließendes Wasser nach einem Tötungsdelikt auswirkte, dann doch wohl der Mann, der im April 2004 die Dorfmatratze ersäuft hatte. Und dabei von seinem besten Freund überrascht worden war. Das zu hören hatte Bernd Leunen umgehauen, aber es blieb sein Geheimnis.

Und was Heike anging: Die Kölner Kollegen unter Leitung von Dina Brelach blieben auf Helmut Maritz konzentriert. Der Dachdecker zeigte sich erschüttert, als er das erste Mal befragt wurde. Angeblich hatte er noch gar nicht gehört, dass Heike tot war. Das Radio machte er selten an, eine Zeitung hatte er nicht abonniert, und ins Fernsehen hatte die Nachricht es bisher nicht geschafft.

Wie Alex hatte Helmut Maritz kein überzeugendes Alibi für den Mittwochabend. Er gab an, sich kurz vor acht eine Pizza ins Haus bestellt, danach ein paar Banksachen erledigt zu haben. Tatsächlich hatte er um Viertel nach neun eine SMS mit einer TAN-Nummer von seiner Bank bekommen, um eine Überweisung vornehmen zu können.

Die SMS war noch in seinem Handy gespeichert, bewies für sich allein jedoch gar nichts. Die Überweisung hätte er anschließend natürlich von seinem eigenen Internetanschluss getätigt, erklärte er. Auch diese Angabe hielt einer Überprüfung stand. Aber ob er danach tatsächlich ins Bett gegangen war und Urlaubsprospekte durchgeblättert hatte, weil er über Weihnachten und Neujahr in die Sonne fliegen wollte, wusste nur er allein.

Dina Brelach glaubte das nicht. Sie glaubte ihm auch nicht, dass er zuletzt vor circa vier Monaten mit Heike geschlafen hatte, nichts von einer Schwangerschaft und erst recht nichts von einem Schwangerschaftsabbruch wusste.

«Was wir miteinander hatten, würde ich nicht mal mehr eine Affäre nennen», sagte Helmut Maritz. «Zu Anfang ja, da hab ich gedacht, das ist was Ernstes oder es kann was daraus werden. Aber in letzter Zeit ... Hin und wieder durfte ich noch kommen, aber nie lange bleiben. Ich habe sie eingeladen, mit in Urlaub zu fliegen. Zwischen Weihnachten und Neujahr ist im Kaffeebüdchen nicht viel los, da hätte sie mitkommen können. Sie hat mich nicht mal reingelassen, um sich meinen Vorschlag anzuhören.»

Das war wohl die Bettelei vor der Wohnungstür gewesen, die Rita Zumhöfer belauscht hatte. Aber sonderlich betrübt sei er deswegen nicht gewesen, nur ein bisschen enttäuscht, beteuerte Helmut Maritz. Im Grunde hätte er es kaum anders erwartet. So war Heike eben. Sie wollte sich nicht mehr binden, nachdem sie mit dem schönen Alex auf die Schnauze gefallen war.

Er hätte nie über einen Schlüssel zu Heike Wohnung verfügt und auch nie das Bedürfnis verspürt, sich in den Besitz eines solchen zu bringen, erklärte Helmut Maritz. Von den geköpften Rosen hörte er zum ersten Mal. Und auf so eine Aktion wäre er nie in seinem Leben gekommen. Dina Brelach war geneigt, ihm Letzteres zu glauben. Er machte nicht den Eindruck eines phantasiebegabten oder romantisch veranlagten Mannes.

Wie Lothar Steffens hatte Helmut Maritz kein Problem damit, den Mund für einen Wangenabstrich zu öffnen und sich die Fingerkuppen schwärzen zu lassen. Er erhob nicht einmal Einwände, von lautstarkem Protest ganz zu schweigen, als ein Rudel Polizisten mit einem richterlichen Durchsuchungsbeschluss auftauchte und einiges von seinem Werkzeug eintütete.

Es fanden sich allerdings keinerlei Blut- oder Gewebespuren an den drei Hämmern, die zum Verletzungsmuster gepasst hätten. Es fanden sich auch keine Spuren von Helmut Maritz in Heikes Wohnung. Die sichergestellten Fingerabdrücke stammten zum überwiegenden Teil von Heike. Ein paar hatte Lothar Steffens hinterlassen.

Bis zum 27. Oktober erklärte sich das noch mit Lothars Aufenthalt in der Wohnung am Abend vor der Tat. Es war auch anzunehmen, dass er bei der *lautstarken Unterhaltung* am 12. Oktober das eine oder andere Teil angefasst hatte. Und Fingerabdrücke blieben erhalten, bis jemand sie wegwischte.

28. Oktober 2010

Donnerstags rückte Heikes Handyprovider endlich auf richterlichen Beschluss die Daten heraus. Und einer aus Dina Brelachs Team stellte fest, dass Lothar Steffens schon mit Heike Jentsch telefoniert hatte, lange bevor Alex Junggeburt aus der Haft entlassen worden war. Dafür hätte sich noch eine harmlose Erklärung finden lassen, die beiden hatten sich schließlich gut gekannt. Aber warum hatte Lothar bei Bernd Leunen behauptet, sie hätten bis Anfang Oktober kaum Kontakt gehabt, nur morgens mal ein paar Worte gewechselt?

Für Dina Brelach war das Grund genug, sich mal persönlich mit Lothar zu befassen. Es musste ja nicht gleich eine offizielle Vorladung sein. Bernd Leunen fand zwar, eine solche wäre mit Rücksicht auf Silvie gnädiger gewesen. Aber HK Brelach wollte sich auch das private Milieu von Herrn Steffens anschauen.

Eine ganz fiese Masche, fand Bernd Leunen, den sie wieder als Begleitung auserkor. Besonders sympathisch fand er sie nach dieser Aktion nicht mehr. Ihm tat es entsetzlich leid für Silvie, die ebenfalls zu Hause und um keinen Preis der Welt bereit war, das Wohnzimmer zu verlassen. Nicht mal Lothars Frage, ob sie die Zeit nicht nutzen wollte, um David bei seiner Mutter abzuholen, konnte sie dazu bewegen, das Feld zu räumen.

«Ach, auf einmal?», fragte sie. «Ich dachte, ich sollte mindestens eine Woche Ruhe haben. Die Woche ist noch nicht ganz um. Darf ich das Auto nehmen, oder muss ich zu Fuß gehen? Dann mache ich es lieber morgen.»

Dina Brelach schien das ganz recht so. Sie redete nicht lange um den heißen Brei herum, ließ sich von Lothar seine Handynummer bestätigen und konfrontierte ihn mit den Daten, die der Provider übermittelt hatte. Leugnen konnte Lothar die Anrufe kaum. Er erinnerte sich allerdings nicht mehr, warum er seit der letzten Augustwoche so oft mit Heike telefoniert hatte. Nicht an den Wochenenden wohlgemerkt, bis Ende September nur von montags bis freitags, regelmäßig zwischen vier und fünf Uhr nachmittags.

«Waren Sie da auf dem Heimweg und wollten nur mal hören, ob noch Apfeltaschen vorrätig sind für eine gemütliche Kaffeestunde mit Ihrer Frau?» Dina Brelach verstand etwas von sarkastischen Untertönen.

Lothar ignorierte es. «Bis Ende September habe ich jeden Tag länger gearbeitet und mein Zeitkonto gefüllt. Meine Frau ist zum zweiten Mal schwanger.» Sein Blick ging zu Silvie, ein zärtliches Lächeln kräuselte kurz seine Lippen, ehe er weitersprach: «Unser Sohn war eine Frühgeburt und musste mit einem Notkaiserschnitt geholt werden. Diesmal ist es wieder eine Risikoschwangerschaft. Ich dachte, wenn es Probleme gibt, habe ich etwas Luft. Das hat sich auch schon ein paarmal ausgezahlt.»

Dina Brelachs Frage war damit nicht beantwortet. «Ach so», sagte sie. «Und worüber haben Sie denn nun bis Ende September so oft mit Frau Jentsch gesprochen? Vielleicht über deren Schwangerschaft?»

«Heike war schwanger?» Lothar klang ehrlich verblüfft. «Von wem?»

«Das wüssten wir auch gerne», sagte Dina Brelach und fragte nach dem Inhalt von vier weiteren Gesprächen in den ersten Oktobertagen.

«Da lag ich im Krankenhaus», meldete Silvie sich zu Wort, ehe Lothar behaupten konnte, sich auch daran nicht mehr zu erinnern. «Mich hast du hängenlassen, und mit Heike hast du telefoniert? Was hast du ihr erzählt?»

«Dass Alex wieder draußen ist», sagte er. «Was denn sonst?»

«Viermal hintereinander?», fragte Silvie. «Musstest du sie jeden Tag daran erinnern? Konnte sie sich das nicht merken? Und vorher?» Ihre Stimme klang unvermittelt so, als werde sie beim nächsten Wort in Tränen ausbrechen. «Lüg mich nicht an, du Scheißkerl. Worüber hast du vorher mit Heike gesprochen? Hast du ihr gesagt, dass ich dich nicht ranlassen darf, und sie daran erinnert, dass sie dir noch fehlt in deiner Sammlung? Sie soll eine heiße Nummer gewesen sein, hat Alex mir erzählt. War sie deshalb so komisch, als ich ein gutes Wort für ihn einlegen wollte? Hat sie gedacht, du hättest mir gebeichtet, und ich komme, um ihr den Kopf abzureißen?»

«Jetzt red dir doch keinen Unsinn ein, Schatz», bat Lothar energisch. «Was soll das denn? Ich habe ... mein Gott. Heike hat mich ein paarmal morgens gebeten, sie nachmittags anzurufen. Sie hatte finanzielle Probleme und dachte, ich könnte ihr einen Rat geben.»

«Ach, plötzlich erinnern Sie sich wieder», stellte Dina Brelach fest und wollte von Silvie wissen: «Wo waren Sie eigentlich am letzten Mittwoch zwischen neun Uhr abends und Mitternacht?»

«Im Krankenhaus», murmelte Silvie. «Ich dachte, ich hätte vorzeitige Wehen, aber es war nur ein Magen-Darm-Infekt.»

«Ach so», sagte Dina Brelach wieder und fand wohl, sie hätte fürs Erste genug Unfrieden gestiftet. Sie wandte sich nur noch einmal an Lothar: «Das Beste wird sein, wenn Sie morgen früh ins Präsidium kommen, pünktlich um neun, bitte. Ich hoffe, Ihr Zeitkonto gibt das her.»

29.–31. Oktober 2010

Lothar erschien pünktlich und trat sehr selbstsicher auf. Zu Beginn des Verhörs – ein solches war es – leugnete er vehement, eine Affäre mit Heike gehabt zu haben. Nun, wo Silvie nicht in der Nähe war, hatte er auf jede Frage eine Antwort und erklärte seine gestrigen Ausflüchte mit der Antipathie seiner Frau gegen Heike Jentsch. Er dachte wohl, man könne nicht mehr beweisen, wer Heike geschwängert hatte.

Als Dina Brelach merkte, dass sie so nicht weiterkamen, hielt sie ihm einen Vortrag über die Möglichkeiten moderner Medizin. Es gab inzwischen einen Test, mit dem Zellen des Ungeborenen auch nach einem Abort noch im Körper der Mutter nachgewiesen werden konnten. Und in den Zellen vom Kind befand sich selbstredend auch DNA vom Vater. Man brauchte natürlich eine entsprechende Probe zum Vergleich, aber die hatte Lothar ja großzügigerweise bereits abgegeben.

Es war eine sehr aufwendige und damit teure Untersuchung. Fraglich, ob die Staatsanwaltschaft den Auftrag dazu erteilt hätte. Aber für einen Bluff reichte es. Lothar knickte ein und beteuerte erst einmal, dass Heike wegen dieser ungewollten Schwangerschaft absolut keinen Druck auf ihn ausgeübt habe. Sie hätte ihm lediglich gesagt, dass es eine Panne gegeben habe und sie übers Wochenende nach Holland fahren werde, um das Problem loszuwerden.

«Sie hat nicht mal Geld für die Abtreibung von mir verlangt», sagte er. «Deshalb dachte ich, das Kind sei womöglich gar nicht von mir. Ich war ja nicht der Einzige, mit dem sie ins Bett stieg.»

«Ist Ihnen bekannt, wer sonst noch mit Frau Jentsch verkehrte?», fragte Dina Brelach.

Lothar schüttelte den Kopf. «Sie hat mal einen anderen an der Wohnungstür abgewimmelt, als ich gerade bei ihr war. Der Stimme nach ein älterer Mann, der sie einladen wollte. Ich habe nicht verstanden, worum genau es ging. Ein Name ist bei dieser Gelegenheit auch nicht gefallen.»

Nachdem das gesagt war, bat er inständig, seiner Frau, wenn eben möglich, diese Affäre zu verschweigen. Silvie würde ihre Prinzessin verlieren, wenn sie sich auch noch darüber aufregte. «Ich wollte meine Frau nicht wirklich betrügen», stammelte er. «Es hat sich einfach so ergeben, weil sie aus Angst vor einer Fehlgeburt keinen Sex mehr wollte. Und ich ... Herrgott, ich hab's nicht darauf angelegt, mit Heike ins Bett zu steigen, es ist eben passiert. Aber mit ihrem Tod habe ich nichts zu tun. Warum hätte ich sie denn umbringen sollen? Sie wollte doch auch nur ein bisschen Spaß ohne Verpflichtungen. Sie hat mich jedes Mal, wenn ich bei ihr war, darauf hingewiesen, dass ich bloß keine Besitzansprüche anmelden soll. Für sie war es nicht mehr, als einem Freund aus der Klemme zu helfen, genauso hat sie es einmal ausgedrückt. Sie wollte nach Alex keine feste Beziehung mehr.»

Was sich vormittags im Kölner Polizeipräsidium ergeben hatte, hörte Bernd Leunen noch am selben Nachmittag. Dina Brelach kam um drei Uhr alleine nach Grevingen. Um sich noch einmal mit Alex zu unterhalten, mussten nicht zwei Kommissare den pünktlichen Feierabend abschreiben. Da reichte eine Begleitung aus der Wache.

Für Alex sah es auf einmal gar nicht mehr so gut aus. Als sie losfuhren, meinte Dina Brelach: «Wenn Steffens die Wahrheit sagt, hatte er kein Motiv.»

«*Wenn* er die Wahrheit sagt», wiederholte Bernd Leunen.

«In welchem Punkt könnte er denn Ihrer Meinung nach lügen? Die Ehefrau ist schwanger, die Geliebte wird schwanger, lässt abtreiben und hält den Mund. Besser konnte es für ihn doch nicht kommen.»

«Vielleicht wollte Heike Jentsch doch Geld von ihm», meinte Bernd Leunen. «Vielleicht hat sie gedroht, mit Silvie zu reden. Dazu würde das Rosenherz als Warnung auch gut passen. Denn ich glaube, wenn Silvie ihn verlässt, zerreißt es ihn. Er war schon in sie verknallt, da wusste sie noch gar nicht, dass es zwei Sorten Mensch gibt.»

Dina Brelach ließ einen Seufzer hören, der so gar nicht zu ihr passen wollte. «Ich sollte wohl noch mal mit der aufmerksamen Nachbarin reden. Vielleicht hat die bei der *lautstarken Unterhaltung* am Zwölften doch etwas mehr verstanden, als dass es um eine Hose und ein Paar Schuhe ging. Aber jetzt reden wir erst noch einmal mit Herrn Junggeburt. Wenn der sich Hoffnungen auf einen Neuanfang mit Frau Jentsch gemacht hatte und dahintergekommen ist, dass sie sich mit Steffens vergnügte, wäre das auch ein triftiger Grund, einen Strauß Rosen zu köpfen.»

Alex öffnete ihnen mit mehlverschmierten Händen die Tür, ein Geschirrtuch im Hosenbund festgesteckt. Aus der Küche zog ein Duft in die Eingangshalle, der Bernd Leunen den Mund wässrig machte. Frisch aufgebrühter Kaffee und selbstgebackene Plätzchen.

Alex wies zum Fernsehzimmer hinüber und sagte auf dem Weg dorthin: «Ich habe ein altes Rezeptbuch von unserer früheren Haushälterin gefunden. Da dachte ich, ich übe ein bisschen, damit ich mich nicht blamiere, wenn's darauf ankommt.»

«Rechnen Sie damit, Ihrer Tochter bald wieder Kakao kochen zu dürfen?», erkundigte Dina Brelach sich.

«Gefragt habe ich noch nicht», sagte Alex. «Jetzt wäre das wohl auch ein ungünstiger Zeitpunkt. Aber bis Weihnachten sind es ja noch etliche Wochen. Wenn Heike erst mal unter der Erde ist, lässt Gerhild vielleicht eher mit sich reden.»

«Vorausgesetzt, Sie sind dann noch auf freiem Fuß», sagte Dina Brelach durchaus freundlich. «Mit den Verdächtigen verhält sich das nämlich wie mit den zehn kleinen Negerlein, es werden zusehends weniger. Wenn nicht noch einer auftaucht, von dem wir bisher nichts wissen, sind bald nur noch Sie übrig.»

Alex grinste zwar, aber belustigt wirkte das nicht. «Dann sollte ich jetzt wohl besser meine Anwältin anrufen», erwiderte er. «Und wir setzen dieses Gespräch fort, wenn sie dabei ist.»

«Wenn Sie meinen», sagte Dina Brelach, schoss aber trotzdem noch eine Frage ab: «Wann haben Sie bemerkt, dass Ihr Freund Steffens eine Affäre mit Heike Jentsch hatte?»

Sekundenlang schaute Alex drein, als hätte man ihm eine Ohrfeige verpasst, dann lachte er unsicher. «Ist nicht wahr, oder?»

Er blickte zwischen Dina Brelach und Bernd Leunen hin und her, blieb am Gesicht des Polizisten hängen und wiederholte: «Das ist doch nicht wahr, oder? Jetzt sag doch was, Bernd. Hat er mich deshalb so abgekanzelt? Weil er Angst hatte, dass ich ihn kastriere, wenn ich dahinterkomme, dass er meine Frau fickt?»

«Heike Jentsch war nicht Ihre Frau», korrigierte Dina Brelach.

Bernd Leunen gewann den Eindruck, dass sie jetzt einen Konfrontationskurs steuerte, um Alex aus der Reserve zu locken. Wie es schien, mit Erfolg.

«Doch», widersprach Alex. Sein Ton war mit einem Mal ein ganz anderer. Hart und kalt, das lässig Jungenhafte wie weggewischt. Bernd Leunen dachte unwillkürlich, dass jetzt der sprach, der die letzten sechs Jahre im Knast gelernt hatte, wie man sich durchbeißt.

«Doch, das war sie. Damals war sie das. Und sie wäre es heute noch, wenn ich an dem Ostersamstag sofort nach Hause gefahren wäre, statt Lothar in die *Linde* zu begleiten. Dann hätten wir jetzt zwei Kinder, die mir bestimmt mit Feuereifer beim Plätzchenbacken helfen würden.»

Er schaute an sich hinunter, zog das Geschirrtuch aus dem Hosenbund und wischte sich damit das Mehl von den Händen.

«War's das?», fragte er, wieder ausschließlich auf Dina Brelach konzentriert. «Wollten Sie nur sehen, wie ich auf die Mitteilung reagiere, dass meine Frau einen Trost gefunden hatte? Gut, dann merken Sie sich fürs Protokoll: Es kratzt mich nicht, sticht auch nirgendwo. Weitere Fragen beantworte ich nur noch in Gegenwart meiner Anwältin.»

Wieder lachte er, nicht verunsichert diesmal, nur hart und abfällig. «Lothar und Heike. Darauf hätte ich auch von allein kommen können. Er hat doch selber gesagt, dass er alle hatte. Alle, mit Ausnahme von Janice, die hätte er nicht mal mit Gummihandschuhen angefasst, sagte er. Und Heike gab ihm recht. Weiß Silvie das schon? Wenn nicht, wäre es mir ein besonderes Vergnügen, sie aufzuklären. Sie wird ausrasten.»

«Sie werden Frau Steffens in Ruhe lassen», verlangte Dina Brelach ebenfalls in härterem Ton.

«Wollen Sie mir jetzt den Umgang mit der einzigen Freundin verbieten, die ich noch habe?», fragte Alex. «Überschätzen Sie Ihre Möglichkeiten nicht, junge Dame. Ich glaube nämlich kaum, dass Silvie *mich* in Ruhe lässt. Wenn Sie mich jetzt entschuldigen würden? Ich muss die nächste Ladung Sterntaler aus dem Backofen nehmen, bevor die so schwarz geworden sind, dass ich mir den Schokoladenguss sparen kann.»

Er ließ sie im Fernsehzimmer stehen, durchquerte die Halle, verschwand in der Küche und tat, was er angekündigt hatte.

«Kess», murmelte Dina Brelach beinahe anerkennend und wollte von Bernd Leunen wissen: «Was sind Sterntaler?»

«Plätzchen», sagte er.

Offenbar fühlte sie sich von dieser Auskunft gekränkt, erklärte patzig: «Darauf wäre ich jetzt nicht gekommen», ließ ihn ebenfalls stehen und folgte Alex.

Bernd Leunen schloss sich ihr an. Als er die Küche erreichte, war Alex dabei, abgekühltes und schon mit Schokoladen- oder Zuckerguss und bunten Zuckerstreuseln verziertes Gebäck aus einer Schüssel in einen Frischhaltebeutel zu füllen. Er verschloss den Beutel mit einem Clip und hielt ihn Bernd Leunen hin.

«Für deinen Kleinen», sagte er. «Die kann ich doch nicht alle alleine essen. Das Beste wird sein, ich bringe Silvie auch welche, ehe Lothar von der Arbeit kommt. Süßes ist gut für die Nerven. Ich schätze, gute Nerven braucht sie jetzt.»

Ob Alex kurz darauf tatsächlich einen Beutel selbstgebackener Sterntaler bei Silvie ablieferte oder ob er sie ohne Plätzchen besuchte, erfuhr Bernd Leunen nicht. Als er am späten Nachmittag vom Dienst kam, waren seine Frau und der Kleine unterwegs, um irgendeine Besorgung zu machen. Silvie saß bei seiner Mutter im Wohnzimmer und wollte unbedingt wissen, ob ihr Mann vormittags in Köln ein Verhältnis mit Heike Jentsch gestanden hatte.

«Das kann ich Ihnen leider nicht sagen», versuchte Bernd Leunen sich herauszureden. «Ich war nicht dabei, Frau Steffens.»

«Aber Sie waren mit der Kommissarin unterwegs», hielt Silvie dagegen. «Ich war zufällig bei meinen Großeltern und hab Sie vorbeifahren sehen – mit der Frau. Wollen Sie mir jetzt weismachen, die hätte Ihnen nichts erzählt?»

«Ja», sagte Bernd Leunen. «Aber das will ich Ihnen nicht weismachen, das ist einfach so. Wir sind für die Kölner Kollegen nur ortskundige Begleiter. In den Stand der Ermittlungen werden wir nicht eingeweiht.»

«Sie müssen aber auch nicht im Auto sitzen bleiben, wenn die irgendwo reingehen», stellte Silvie fest. «Bei uns standen Sie mit der Nase vorne dabei und bei Alex auch. Er hat mir geraten, Sie zu fragen. Und ich hab was gut bei Ihnen, Herr Leunen. Ich hab Ihnen auch erzählt, was Sie hören wollten. Da muss eine kleine Revanche drin sein. Kein Mensch wird erfahren, von wem ich das weiß. Ich kann behaupten, Alex hätte es mir erzählt.»

«Hat er nicht?», fragte Bernd Leunen ungläubig. Ihm klang noch dieser Satz im Ohr: «... *wäre es mir ein besonderes Vergnügen.*»

Silvie schüttelte den Kopf. «Er sagte, er weiß nichts Genaues. Und mit dem, was er sich zusammenreimt, will er mich nicht verrückt machen.»

So viel zum besonderen Vergnügen, dachte Bernd Leunen.

«Bernd», mahnte seine Mutter. «Jetzt sag dem armen Ding schon, was du weißt. Sie weiß es doch längst. Herrgott, wenn ich in ihrer Lage wäre, würde ich es auch ganz genau wissen wollen.»

Ja, das konnte er sich lebhaft vorstellen. Und irgendwie verstand er es ja. Wahrscheinlich war es weniger schlimm, Gewissheit zu haben, als sich in Verdächtigungen und Vermutungen zu verlieren, sich Lügen und Ausflüchte anzuhören. Also nickte er und gab ihr die Gewissheit.

Silvie bedankte und verabschiedete sich. Er begleitete sie zur Haustür. Sie war blass, wirkte aber ruhig und gefasst, als sie ein Stück die Straße runter ins Auto ihres Großvaters stieg. Bernd Leunen war überzeugt, dass sie nur noch einmal ins Margarineviertel fuhr, um ihre Sachen zu packen. Doch da irrte er sich.

Lothar blieb bis um sieben im Büro und war ab Mittag allein auf weiter Flur, was ihm ganz recht war. Zum einen musste er einiges aufarbeiten, was vormittags liegengeblieben war. Zum anderen graute ihm vor der Heimfahrt. Silvie hatte ihm gestern schon eine Höllenszene gemacht, die sich garantiert noch ausbauen und steigern ließ.

Wie hatte er bedauert, Prinz Knatschsack nicht längst bei seiner Mutter abgeholt zu haben. In Gegenwart des Kleinen hätte Silvie nicht so herumgebrüllt und ihn auch nicht mit diesen Ausdrücken belegt. Verlogener Hund, notgeiler Scheißkerl ... Sie wollte ihm niemals wieder auch nur ein Wort glauben. Die halbe Nachbarschaft musste mitgehört haben. Was mochten die jetzt von ihm denken?

Wieder und wieder hatte Silvie spekuliert, dass sie an dem Sonntagnachmittag, als sie mit ihrer Bronchitis im Krankenhaus lag, nur deshalb vergebens auf ihn gewartet hatte, weil er in der Zeit bei Heike gewesen war.

«Ein schöner, entspannter Sonntagnachmittagsfick war bestimmt mal nett zur Abwechslung, wo du Armer dich sonst wohl immer hetzen musstest, damit ich nicht misstrauisch werde. Zum Glück hatte Alex an dem Sonntag Zeit für mich. Er hat den ganzen Nachmittag bei mir gesessen. Das fand ich so lieb, dass ich ihm deinen Autoschlüssel geliehen habe. Deshalb wollte ich nicht, dass du ihn anzeigst. Montags hat er mir auch noch sein Handy geschenkt, damit ich fragen konnte, wo du dich herumtreibst, wenn du wieder nicht ...»

Und immer so weiter. Alex, der treue, verständnis- und rücksichtsvolle Freund und Helfer in der Not. Lothar wusste nicht mehr, was schlimmer gewesen war, diese Lobgesänge oder ihre wüsten Beschimpfungen.

Um zehn vor acht stieg er in Grevingen aus der S-Bahn und schlich wie ein geprügelter Hund durch die Unterführung zum Parkplatz. Obwohl die Landstraße weitgehend frei war, ließ er sich viel Zeit für die vier Kilometer und machte noch einen Abstecher ins Dorf, um Prinz Knatschsack abzuholen. Aber das hatte Silvie bereits getan.

So kam Lothar um halb neun alleine nach Hause. In der Garageneinfahrt parkte Gottfrieds Auto, im dunklen Vorgarten standen ein oben offener Windelkarton, ein Wäschekorb, ein älterer Koffer und die Reisetasche gepackt mit seinen Sachen. Wie gut, dass es den ganzen Tag trocken geblieben war.

Sein Hausschlüssel ließ sich nicht einstecken. Er klingelte und klopfte, bis endlich am Küchenfenster der Rollladen hochglitt. Silvie öffnete das Fenster und reichte ihm die Tasche mit seinem Laptop nach draußen.

«Das wollte ich nicht auch noch rausstellen», sagte sie. «Nachher wäre es weg gewesen. Morgen besorge ich ein paar große Kartons, packe den Rest und stell alles vor die Tür, dann brauchst du nur noch einzuladen. Ich ruf dich an und sag Bescheid, wenn ich fertig bin.»

«Was soll das?», fragte Lothar, obwohl es offensichtlich war.

«Ach komm», sagte sie. «So schwer von Begriff kannst du gar nicht sein. Ich packe für dich, damit ich sicher sein kann, dass du auch tatsächlich verschwindest. Oder hast du im Ernst angenommen, du könntest Heike vögeln, und ich nehme das einfach hin? Nein, du hast geglaubt, dass ich es nie erfahre, nicht wahr? Pech gehabt.»

«Du hast sie wohl nicht alle.» Er tippte sich an die Stirn. Das war keine Antwort auf ihre Fragen, aber er dachte auch nicht daran, ihr eine zu geben, solange er vor der Tür stehen musste. «Mach gefälligst auf und lass mich rein. Dann können wir drinnen reden. Es muss ja nicht wieder die ganze Straße mithören. Das ist auch mein Haus.»

«Höchstens zu einem Viertel», korrigierte sie ihn. «Mein Vater hat hunderttausend springen lassen, deiner nur die Muskelhypothek übernommen. Aber keine Sorge, ich will mich nicht bereichern. Ich lasse den Wert seiner Arbeit schätzen und zahle dich aus.»

«Wovon denn?», fragte Lothar, «von deinem Elterngeld? Du hast doch sonst nichts.» Im Hintergrund hörte er seinen Sohn brabbeln. Nicht in der Küche. Der Kleine musste im Wohnzimmer sein.

Und nicht allein. «... schüttelt die Pflaumen», sagte gedämpft durch eine geschlossene Zimmertür eine Stimme, die Lothar wie ein Messer in die Eingeweide schnitt. «Der hebt sie auf, der bringt sie nach Haus, und der kleine Schlingel ...»

«Sag mal, ist Alex bei meinem Sohn?» Er hatte kaum Luft für diese Frage. Antwort bekam er nicht.

«Stell mir bitte den Kindersitz raus», bat Silvie nur noch und schloss das Fenster wieder.

«Das kannst du nicht machen», keuchte Lothar, aber das hörte sie schon nicht mehr. Der Rollladen glitt wieder nach unten. Durch die Glaseinsätze in der Haustür sah er sie schemenhaft durch die kleine Diele huschen. Dann wurde es hinter dem Glas dunkel.

Er blieb noch etliche Minuten vor der Haustür stehen, weil das Messer in seinen Eingeweiden sich durchs Zwerchfell in die Brust bohrte und er dachte, er bekäme einen Herzinfarkt wie sein Vater. Dann klang der Schmerz langsam wieder ab, und er schaffte die paar Schritte bis zum Auto. Er legte die Laptoptasche auf den Beifahrersitz, lud Windelkarton, Wäschekorb, Koffer und Reisetasche in den Kombi und hatte nicht übel Lust, ihr mit dem Kindersitz etwas zu husten. Aber was hätte das gebracht? Er musste jetzt einen klaren Kopf bewahren und sich vernünftig zeigen.

Seine Mutter staunte nicht schlecht, als er kurz darauf schon wieder vor ihrer Tür stand. Zuerst sagte er nur: «Silvie hat mir den Kram einfach in den Vorgarten gestellt», und holte die Sachen aus dem Auto.

Nachdem seine Mutter sich vom ersten Schock erholt hatte, wollte sie wissen, was denn in Silvie gefahren sei. Ehe Lothar zu einer Erklärung kam, mutmaßte sie bereits, da stecke garantiert Alex dahinter. Der hätte nach seiner vorzeitigen Entlassung ja nichts Eiligeres zu tun gehabt, als sich an Silvie ranzumachen.

Dann begann sie zu zetern: «Ich hab mir doch gleich gedacht, dass da was faul ist. Sie war so komisch, als sie den Kleinen abgeholt hat, setzte ihn in den Buggy und sagte zu ihm. ‹Sag tschüss Oma und danke, dass du dich so lieb um mich gekümmert hast.› Mit mir hat sie keine drei Worte gewechselt. Sie hätte nicht viel Zeit, hat sie behauptet, müsste noch zu Oma und Opa.»

Das waren entschieden mehr als drei Worte gewesen. Doch Lothar zählte nicht nach, hörte nur heraus, dass Franziska und Gottfried auch schon Bescheid wussten. Aber das hätte er sich eigentlich denken können, schließlich kannte er seine Frau.

Dass Franziska nicht sofort seine Mutter eingeweiht hatte, rechnete er ihr hoch an. Aber das war auch nicht Franziskas Art. Ihrer Schwester dagegen würde sie es garantiert brühwarm berichten – oder hatte das schon getan. So in der Art: «*Stell dir vor, Martha, Heike hat sich mit Lothar eingelassen. Was hat sie sich nur dabei gedacht? Sie wusste doch bestimmt, dass Silvie wieder schwanger ist. Gehört sich denn so was? Nein, das gehört sich nicht.*»

Und bei nächster Gelegenheit würde seine arme Mutter es zu spüren bekommen, vermutlich bald im ganzen Dorf scheel angesehen werden. Was blieb ihm anderes übrig, als sie darauf vorzubereiten?

Obwohl er absolut sicher war, dass Alex im Wohnzimmer mit David gespielt hatte, während er draußen vor dem Küchenfenster stehen musste wie ein Bettler, sagte er: «Ich glaube nicht, dass Alex der Grund ist, Mama. Er hat Silvie vielleicht bestärkt, aber mehr wahrscheinlich nicht. Ich habe Mist gebaut, Mama, riesengroßen Mist. Du kannst dir gar nicht vorstellen, wie leid mir das tut. Bist du so lieb und machst mir was zu essen? Dann erzähle ich dir alles der Reihe nach. Nur zwei Eier auf Brot, ich hab den ganzen Tag noch nichts Richtiges gegessen.»

Während sie sich für ihn an den Herd stellte, schilderte er, wie es zu seinen Fehltritten gekommen war. Er wollte sich nicht von jeder Schuld freisprechen, es gehörten doch immer zwei zu einer Affäre – in seinem Fall sogar drei: Silvie, die ihn auf Anraten ihrer Ärztin auf Monate hinaus zu einem Dasein als Mönch verdonnert hatte. Heike, die keinem Rechenschaft schuldete und mitnahm, was sie kriegen konnte, der plötzlich auffiel, wie ähnlich er Alex sah. Und er, sozusagen das schwächste Glied in dieser Kette. Es hieß nicht umsonst, dass sich beim Mann der Verstand ausklinkte, wenn der Unterleib die Regie übernahm.

«Ich hab halt eine starke Libido, da kann ich doch nichts dafür.»

Dem stimmte seine Mutter nicht zu. Er war doch ein zivilisierter Mensch, jedenfalls hatte sie ihn zu einem erzogen. Da sollte er seinen Trieb eigentlich unter Kontrolle haben. Dass dem offenbar nicht so war, schrieb sie seiner früheren Freundschaft mit Alex zu. Der hatte ihn doch auf den Geschmack gebracht und ihm auch noch suggeriert, dass jede zu haben war.

Damit hatte sie zwar in altbewährter Manier die Schuld auf Alex abgewälzt. Trotzdem musste Lothar noch ein Donnerwetter über sich ergehen lassen, das sich gewaschen hatte. Es fehlte nicht viel, dann hätte sie ihm die gebratenen Eier vor die Füße gekippt und nicht auf den Teller mit Brot.

Sie brach ihre Tirade erst ab, als er hinaufging, um das Bett in seinem früheren Zimmer zu beziehen. Als er wieder nach unten kam, hatte sie sich beruhigt, saß vor dem Fernseher und meinte, dass eine vernünftige Frau eine an und für sich gut funktionierende Ehe nicht leichtfertig wegen ein paar schwacher Momente beende, bestimmt nicht, wenn Kinder da waren. Die Weisheit hatte sie aus einer Illustrierten. Nun hoffte sie, dass Silvie bald zur Vernunft käme. Das hoffte Lothar auch, aber danach sah es nicht aus.

Am Samstag rief Silvie kurz nach zwei an. Bis dahin hatte Lothar mit unter dem Nacken verschränkten Armen auf seinem Jugendbett gelegen und mit Kopfhörern Musik gehört wie in vergangenen Zeiten. Ein Album der Toten Hosen, die hatten es ihm auch früher schon angetan, vor allem der Song «Alles aus Liebe».

Seiner Mutter war oft ganz komisch geworden, wenn er dann auch noch mitsang: «Komm, ich zeig dir, wie groß meine Liebe ist, und bringe mich für dich um.»

Jetzt wurde ihr nicht komisch, sondern angst und bange. Er hatte nicht zum Frühstück runterkommen wollen, auch mittags noch keinen Hunger gehabt. Aber da hatte er noch auf ihr Klopfen reagiert. Jetzt hörte er nichts mehr, auch sein Handy nicht. Deshalb rief Silvie auf dem Festnetz an.

Frau Steffens musste rauf, klopfte zweimal, öffnete die Tür, steckte den Kopf ins Zimmer, sah ihn da liegen mit geschlossenen Augen und hörte gerade noch, wie er die letzte Liedzeile vor sich hin brummte: «… und bringe uns beide um.»

«Lothar!», bat sie dreimal in zunehmender Lautstärke, «kommst du mal ans Telefon. Silvie ist dran.»

Er reagierte erst, als sie zum Bett ging und ihm den Kopfhörer herunterzog. Danach wäre es nicht mehr nötig gewesen, ihn anzuschreien. Sie tat es trotzdem, um die eigene Angst niederzubrüllen: «Silvie ist am Telefon!»

Er zuckte zusammen und beschwerte sich: «Kannst du mir das nicht in normaler Lautstärke sagen?»

«Das hast du ja nicht gehört», sagte sie. «Jetzt komm schon.»

Er folgte ihr nach unten und brummte noch auf der Treppe: «Von Doktor Jekyll werd ich zu Mister Hyde, ich kann nichts dagegen tun, plötzlich ist es so weit. Ich bin kurz davor durchzudrehen ...» Am Telefon meldete er sich dann aber ganz vernünftig und hörte mit versteinerter Miene zu.

Der Hasemann machte gerade Mittagsschlaf, Silvie hatte die Zeit genutzt, um die restlichen Sachen zu packen. Aber es nieselte seit dem frühen Morgen, da wollte sie nichts in den Vorgarten stellen.

«Alex könnte den Kram jetzt gleich zu deiner Mutter bringen, damit die Kartons hier nicht im Weg stehen», sagte sie. «Wenn du damit nicht einverstanden bist, stellen wir alles in die Garage. Du kannst dich ja melden, wenn du es abholen willst. Es sind fast nur noch Sommersachen, die brauchst du ja nicht so dringend. Deine Spiegelreflex, CDs und DVDs habe ich auch eingepackt. Den Camcorder möchte ich behalten.»

Was interessierte ihn der Camcorder. «Ist Alex bei dir?»

«Soll er dir die Sachen bringen, ja oder nein?», fragte sie.

«Nein», sagte Lothar und beendete das Gespräch.

«Was hat sie gesagt?», wollte seine Mutter wissen, die ihm mit ängstlich gespannter Miene ins Wohnzimmer gefolgt war.

Er zuckte mit den Achseln. «Sie ist fertig mit Packen. Ich soll meinen Kram abholen.»

«Jetzt gleich?», fragte seine Mutter.

«Das wäre ihr wohl am liebsten», sagte Lothar. «Aber so eilig habe ich es nicht.»

«Soll ich dir erst was zu essen machen?», fragte seine Mutter. «Ich hab Erbsensuppe mit Speck und Würstchen, die brauche ich nur aufwärmen.»

«Später vielleicht», sagte er. «Jetzt hab ich noch keinen Hunger.»

Dann ging er zurück nach oben, setzte die Kopfhörer wieder auf, legte sich erneut aufs Bett und sang mit Campino um die

Wette: «Es ist die Eifersucht, die mich auffrisst, immer dann, wenn du nicht in meiner Nähe bist ...»

Als seine Mutter es nicht mehr aushielt, ging sie nach nebenan zu Franziska und Gottfried. Leicht fiel ihr das wahrhaftig nicht, es war wie ein Gang nach Canossa, obwohl sie nun wirklich nichts dafür konnte.

Silvies Großeltern wussten natürlich schon, dass Lothar etwas getan hatte, was Silvie ihm nie im Leben verzeihen wollte. Franziska sagte: «Das hätte ich nie von ihm gedacht», und wollte sich weiter nicht dazu äußern, auch nicht spekulieren, wie ernst es Silvie mit einer Trennung war.

Gottfried meinte etwas pragmatischer und zuversichtlicher: «Silvie kriegt sich schon wieder ein. Das geht nur nicht von heute auf morgen. Lothar soll sie mal eine Weile in Ruhe lassen.»

«Was verstehst du unter einer Weile?», fragte Lothars Mutter. «Ohne Silvie hält der Junge es doch keine Woche aus.»

«Das hätte er sich mal vorher überlegen sollen», sagte Gottfried daraufhin.

«Er hat doch nicht damit gerechnet, dass es rauskommt», hielt Frau Steffens dagegen. Eine brillante Verteidigung war das kaum, auch nicht als Entschuldigung geeignet.

«Komisch», konterte Gottfried. «Früher konnte Lothar aber gut rechnen. Und er hatte eine Engelsgeduld, als Silvie mit Alex zusammen war. Da wird er sich jetzt wohl noch mal eine Weile zusammenreißen können.»

«Ich hab Angst, dass er Dummheiten macht», sagte Lothars Mutter. Sie war den Tränen nahe. «Ich hab doch bloß noch ihn. Wenn er sich was antut ...»

«Ach was», beschwichtigte Gottfried. «Er wird sich schon nichts antun. Ich komm gleich mal rüber und red mit ihm.»

Frau Steffens fühlte sich ein klein wenig leichter, als sie wieder hinüberging. Gottfried kam kurz darauf tatsächlich, saß fast eine Stunde lang bei Lothar und unterhielt sich mit ihm. Durch die geschlossene Tür war nicht jedes Wort zu verstehen, aber es ging im Wesentlichen darum, dass Silvie eine Entschuldigung verdient hatte und höchstwahrscheinlich eine Erklärung erwartete. Und dass diese Erklärung wohlüberlegt sein sollte, damit nicht noch mehr Schaden entstand. Also nicht einfach: *Tut mir leid, es ist halt passiert.* Und ganz bestimmt nicht: *Du hättest eben nicht so rigoros nein sagen dürfen.*

November

In der ersten Novemberwoche legte Lothar sich ein halbes Dutzend Erklärungen zurecht und verwarf sie wieder. Jeden Abend bezog er Posten im Margarineviertel, stellte seinen Kombi gute dreißig Meter entfernt auf der gegenüberliegenden Straßenseite hinter einem Van ab und stieg aus. Auch wenn es in Strömen regnete und Silvie bei Einbruch der Dunkelheit die Rollläden herunterließ, sodass überhaupt nichts zu beobachten war, musste er näher heran an das Haus, dessen Innenausbau seinen Vater das Leben gekostet hatte.

Sein Vater war ein begnadeter Heimwerker gewesen, hatte all das gekonnt, wovon er selbst keine Ahnung hatte. Bisher hatte er ihn oft noch so vor sich gesehen: auf Knien rutschend Laminat verlegen, auf einer Leiter stehend Deckenpaneele anbringen oder im Bad die Fliesen an die Wände klebend.

Jetzt liefen hinter seiner Stirn andere, quälend zerstörerische Bilder vorbei. Alex war jeden Abend bei Silvie. Meist stand der alte Mercedes direkt vor dem Haus. Und wenn der Hasemann in seiner Kiste lag und eingeschlafen war, kam man hinter den geschlossenen Rollläden wahrscheinlich zum gemütlichen Teil des Abends.

Wenn die Gynäkologin den Geschlechtsverkehr mit dem überaus potenten Ehemann für zu riskant hielt, war ein guter Freund, der bei der Generalstochter keinen hochbekam, doch eine super Alternative. Ein bisschen Knutschen, ein bisschen Petting, davon verstand Alex etwas. Lothar hatte es vor Jahren oft genug miterlebt, und jetzt fraß ihn die Erinnerung daran auf. Zum Glück blieb Alex nicht über Nacht, das hätte er nicht ausgehalten.

Meist ging so gegen zehn Uhr die Haustür auf. Eine innige Abschiedszeremonie ersparten sie ihm. Alex trat ins Freie, dann wurde die Tür wieder geschlossen. Zweimal war Alex zu Fuß, und Lothar geriet in Versuchung, die Breitegasse über die Lambertusstraße anzusteuern und ihn auf dem Stück zwischen dem Heckler-Haus und der Villa Schopf einfach über den Haufen zu fahren. Da hätte Alex die ganze Nacht liegen und langsam krepieren können, wenn er nicht sofort tot gewesen wäre. Aber ihm war klar, dass so eine Aktion seine Probleme nicht löste.

Dreimal spielte er mit dem Gedanken, Silvie an die Tür zu klingeln, nachdem der alte Mercedes in die Pützerstraße abgebogen war. Aber er wusste immer noch nicht, wie er sich entschuldigen sollte. Also fuhr er zu seiner Mutter, die jeden Abend mit bangen Fragen über ihn herfiel: «Wo warst du denn so lange? Hast du dich mit Silvie ausgesprochen?»

Währenddessen kämpfte Dina Brelach gegen die Tücken eines rechtsstaatlichen Justizwesens. Der zuständige Staatsanwalt war nicht bereit, den Untersuchungsrichter um weitere Durchsuchungsbeschlüsse anzugehen, solange keine hieb- und stichfesten Beweise gegen einen Verdächtigen vorlagen.

Dinas Problem war, sie konnte nicht mit *einem* Verdächtigen aufwarten, sie hatte immer noch zwei. Der Dachdecker war aus dem Rennen. Ein gutmütiger Mensch. Natürlich konnte auch so einer mal ausrasten, aber bisher hatte noch niemand erlebt, dass Helmut Maritz irgendwo die Geduld oder die Nerven verloren hatte. Der Mann hatte einen erstklassigen Leumund.

Was man von Alex nicht behaupten konnte. Und der war auch nicht mehr zu Hause anzutreffen. Bernd Leunen riet, es mal bei Silvie Steffens zu versuchen. Da öffnete Alex ihnen die Tür. Allerdings weigerte er sich, sie zur Villa zu begleiten. Dass Polizisten sich ohne richterlichen Beschluss in seinem Haus oder auf seinem Anwesen umschauten, kam überhaupt nicht in Frage, da mochte Dina Brelach noch so sehr betonen, ein Unschuldiger habe doch nichts zu verbergen.

«In welcher Welt leben Sie, junge Dame?», fragte Alex. «Noch nie davon gehört, dass einem Beweise auch untergeschoben werden können? Jeder, der Heike näher kannte, weiß, wo ich wohne, darauf halte ich jede Wette. Vielleicht sollte ich mein Grundstück selber mal unter die Lupe nehmen. Aber rechnen Sie lieber nicht damit, dass ich mich bei Ihnen melde, wenn ich die Tatwaffe finde. Falls Sie sonst noch Fragen haben, stellen Sie die bitte in Anwesenheit meiner Anwältin.»

Lothars Frau zeigte sich kooperativer. Obwohl Alex dabeistand, gestattete sie Dina Brelach und Bernd Leunen, sich in der Garage und im Keller umzuschauen. Im Keller entdeckten sie ein bisschen Werkzeug in einem ausrangierten Küchenschrank: Rohrzange, Backenzange, Spannungsprüfer und einen kleinen Hammer.

«Die Sachen gehörten meinem Schwiegervater», erklärte Silvie, während sie selbst zu suchen begann. «Es müsste aber auch ein größerer Hammer da sein.» Der war jedoch nicht zu finden.

Und da Silvie zur fraglichen Zeit mit einer Magen-Darm-Infektion im Krankenhaus gelegen hatte, konnte sie nicht sagen, ob ihr Mann den späten Abend des 20. Oktobers daheim verbracht hatte oder ob Lothar irgendwann in blutbespritzter Kleidung heimgekommen war. Obwohl sie seinen Kram gepackt hatte, wusste sie auch nicht, ob seine Sachen vollzählig gewesen waren.

«Darauf habe ich wirklich nicht geachtet», sagte sie. «Ich habe nur eingepackt, was im Schrank war.»

Dass im Hause Steffens ein Hammer fehlte, veranlasste Dina Brelach, Lothar noch zweimal ins Kölner Präsidium zu bestellen, wo sie ihn zusammen mit einem Verhörspezialisten in die Mangel nahm. Das wiederum zwang Lothar, sich ebenfalls um anwaltlichen Beistand zu bemühen.

Von da an konnte Dina Brelach sich weitere Befragungen sparen und ihre Hoffnung, Heike Jentschs Mörder zu überführen, eigentlich begraben. Dem Staatsanwalt war die Beweislage zu dünn. Gut, Steffens hatte eine Affäre mit dem Opfer gehabt und seine Fingerabdrücke am Tatort hinterlassen, allerdings keine Spuren an der Leiche. Und nur weil die betrogene Ehefrau in Anwesenheit des Hausfreundes, der auch noch dabeistand, behauptete, ihr verstorbener Schwiegervater hätte einen kleinen und einen größeren Hammer dagelassen ... Darüber lachte ein Strafverteidiger doch nur.

Weitere Verdächtige tauchten nicht auf. Mitte November traten die polizeilichen Ermittlungen nur noch auf der Stelle.

Zu dem Zeitpunkt war Lothar es leid, sich jeden Abend in widerlich sinnlichen Bildern auszumalen, wie seine Frau und ihre Jugendliebe sich die Zeit vertrieben, während er sich draußen den Arsch abfror oder die Hucke vollregnen ließ.

Eine Entschuldigung, die wirklich als solche gewertet werden konnte, war ihm noch nicht eingefallen. Aber vielleicht überzeugte er sie auch viel eher von seiner unerschütterlichen Liebe, wenn er ihr gestand, was er am Ostersamstag 2004 getan hatte, um sie nicht zu verlieren. Sie hatte Janice doch nicht ausstehen können.

Natürlich war er an dem Abend nicht zuerst zur Landstraße gefahren, wie er es damals Heike und vor ein paar Tagen Silvie weisgemacht hatte. So blöd wäre Alex nicht gewesen, in seinem Zustand die längere Strecke zu nehmen und sich von Heike zusammenstauchen zu lassen, weil er total besoffen nach Hause kam.

Als er in die Lambertusstraße einbog, geriet Janice Heckler ins Licht der Scheinwerfer. Sie hinkte. An einem ihrer High Heels war der Absatz abgebrochen. Mit der rechten Hand hielt sie ihre zerrissene Satinhose auf der Hüfte fest. Ihr winziges Täschchen hatte sie unter einen Arm geklemmt. Sie hatte nicht mal eine Jacke dabei, schlotterte vor Kälte, wie er im Vorbeifahren erkannte. Und plötzlich tat sie ihm leid.

Er hielt an, ließ die Seitenscheibe herunter, als sie heran war, und fragte erst mal: «Hast du Alex gesehen?»

Sie grinste kläglich. «Hätte ich nicht gedacht, dass der noch so rennen kann, wenn er sturzbesoffen ist. Auf den blöden Dingern konnte ich nicht mithalten.»

Sie hielt ihm die linke Hand mit dem abgebrochenen Absatz hin. «Scheißteil», fluchte sie. «Knickt einfach so weg. Ich glaub, ich hab mir auch noch den Knöchel verstaucht.»

«Soll ich dich das letzte Stück mitnehmen?», bot Lothar an. «Ich fahr mal lieber bis zur Villa. Nicht dass er irgendwo auf der Straße liegt. Wenn er sich hingelegt hat, kommt er garantiert nicht mehr hoch und holt sich bis morgen den Tod.»

Janice ließ sich nicht lange bitten. Noch während er sprach, hinkte sie um die Motorhaube herum zur Beifahrertür. Im Schein der Innenraumbeleuchtung sah er, dass ihre Lippen blau waren vor Kälte.

Bis zur Breitegasse waren es nur knapp zweihundert Meter. Janice betrachtete ihn von der Seite. Aus den Augenwinkeln sah er sie erneut grinsen, kläglich wirkte es nicht mehr. «Jetzt könnte ich den Rest eigentlich auch noch ausziehen. Was meinst du? Die Hose ist sowieso hinüber.»

Während er in die Breitegasse einbog, stemmte sie die Füße gegen den Wagenboden und hob den Hintern an. Ehe er sichs versah, lag ihre Hose im Fußraum. Unterwäsche trug sie keine.

«Jetzt müsste Silvie uns sehen», sagte sie, strich sich mit einer Hand über die Scham und fuhr ihm anschließend durchs Gesicht, versuchte sogar, ihm einen Finger zwischen die Lippen zu schieben. Vor lauter Ekel trat er reflexartig auf die Bremse, was sie völlig falsch verstand.

Sie lächelte ihn an und meinte: «Wusste ich doch, dass dein Getue nur Show ist. Eine richtig geile Nummer ist dir doch ...» Weiter kam sie nicht, er holte aus und scheuerte ihr eine, so heftig, dass ihr Kopf gegen die Seitenscheibe prallte und sie abrupt verstummte.

Für einen Moment schien es, als habe sie das Bewusstsein verloren. Aber dann schüttelte sie sich und fauchte: «Das wird dir noch leidtun, du Sau.» Damit sprang sie aus dem Auto und hetzte mit nacktem Hintern, auf nackten Füßen kreischend ihrem Elternhaus entgegen.

Er folgte ihr mit dem Astra, überholte sie. Aber während er ausstieg, um sie abzufangen, rannte sie weiter. Und er stand tausend Ängste aus, dass ihre Eltern die schrillen Hilferufe hörten, dass ihr jemand die Tür öffnete. Seltsamerweise rannte sie am Haus vorbei, was er erst verstand, als er später ihr Täschchen mit dem Schlüssel im Auto entdeckte und hörte, dass ihre Eltern bei Bekannten im Dorf waren.

Sie erreichte Webers Garten, verschwand zwischen Beerensträuchern und Stangenbohnen, rannte über den schmalen Pfad zwischen den Beeten runter zur Greve, schlug dort den nächsten Haken, wieder nach rechts, patschte durch das seichte

Wasser am Ufer entlang. Offenbar wollte sie zur Rückseite ihres Elternhauses. Aber so weit kam sie natürlich nicht.

Er bückte sich schon nach einem der Steine im Flussbett, ehe er sie erreichte. Dann schlug er sie nieder, schleifte sie weiter in die Greve hinein und drückte sie so lange mit dem Gesicht ins Wasser, bis er sicher war, dass sie nie wieder mit ihren schmierigen Fingern in sein Gesicht fassen würde.

Seine Hose war nass bis zu den Oberschenkeln, die Jacke über und über mit Wasser besprizt. Doch darin sah er kein Problem, weil seine Eltern übers Wochenende verreist waren. Er lief zurück zum Auto, wollte ihre Sachen in die Greve werfen. Aber kaum hatte er die Satinhose und die High Heels aus dem Fußraum gefischt, war plötzlich Alex vor ihm auf dem Pfad. Nur der Himmel wusste, wo der auf einmal hergekommen war. Zum Glück schaute er nicht zur Straße, er wankte hinunter ans Ufer. Vielleicht musste er pinkeln, wie Heike neulich vermutet hatte, als sie zu zweifeln begann. Vielleicht hatte er auch die Hilfeschreie gehört und wollte nachschauen, was los war.

Und dann sah Alex den Körper im Flussbett liegen.

«Hey!», hörte Lothar ihn rufen. «Hey, komm da raus.»

Als sich nichts rührte, verlangte er noch: «Mach kein Scheiß, komm da raus. Ist doch viel zu kalt.» Dann ging er näher heran.

Lothar ließ Hose, Schuhe und den abgebrochenen Absatz einfach fallen und hetzte los. Als er das Ufer erreichte, stand Alex bis zu den Knien im Wasser, den Oberkörper vorgebeugt, eine Hand in ihrem Nacken. Er wollte offenbar ihren Kopf anheben, um ihr Gesicht aus dem Wasser zu drehen. Ehe er begreifen konnte, dass seine Hilfe zu spät kam, war Lothar heran und brüllte: «Hör auf! Lass sie los! Alex, um Gottes willen, was tust du da? Lass sie los, du bringst sie ja um.»

Es war eine Chance gewesen, wie man im Leben nur eine bekam. Er hatte Alex zum Auto gezerrt und während der Fahrt nach Grevingen immer wieder gefragt: «Warum hast du die rollige Katze ersäuft?» Rotz und Wasser hatte er dabei geheult, weil ihm wahrhaftig nicht leichtfiel zu tun, was er glaubte, tun zu müssen.

Heike hatte nicht nachvollziehen können, dass er einen Mann mit schwangerer Frau und kleiner Tochter hinter Gitter stecken ließ, wo er selbst zu der Zeit noch ledig gewesen war. Er hätte Silvie nicht verloren, wenn er sich damals gestellt hätte, hatte sie gesagt. Im Gegenteil, Silvie hätte mit Freuden auf ihn gewartet, ihm jeden Tag einen Brief geschrieben, ihn zu jeder Gelegenheit besucht und ihm den roten Teppich ausgerollt, wenn er aus dem Knast entlassen worden wäre. Ob Heike das richtig beurteilt hatte, würde sich nun zeigen.

An dem Abend stand der Mercedes wieder vor dem Haus. Es goss wie aus Kübeln. Lothar saß im Auto, bei laufendem Motor und aufgedrehter Heizung, damit die Scheiben nicht beschlugen.

Schon um halb zehn, früher als sonst, kam Alex raus und spurtete mit eingezogenem Kopf zum Mercedes. Ob Silvie bei der Tür stand und ihm nachschaute, konnte Lothar auf seinem Beobachtungsposten nicht erkennen.

Nachdem der schwarze Wagen verschwunden war, stieg er aus, reckte sich und ließ den Kopf kreisen, um den von Wut verspannten Nacken etwas zu lockern. Viel half es nicht. Es war ihm nicht bewusst, dass er pfeifend aufs Haus zulief. *«Komm, ich zeig dir, wie groß meine Liebe ist, und bringe uns beide um.»*

Silvie war wohl schon oben, als er klingelte. Aber sie kam sofort herunter – mit Zahnpasta an der Oberlippe, in einem sauberen Hausanzug, der frisch nach Waschpulver und irgendwie nach Alex roch. Mit dem rechnete sie wohl auch, als sie die Tür aufriss.

«Bist du geflogen?», fragte sie, noch ehe die Tür weit genug offen war, um zu erkennen, wer wirklich davorstand. Es klang so normal, fast heiter und beschwingt. «Du wollest doch den ...» Der Rest blieb ihr im Hals stecken, als sie ihren Irrtum erkannte. Und als sie Lothar ansprach, klang es wie über ein Reibeisen gezogen. «Was willst du?»

Blöde Frage. «Meine Sachen abholen», sagte er, obwohl er nicht daran dachte, etwas aus der Garage mitzunehmen. «Mich entschuldigen. Dir erklären, warum es passiert ist und wie leid es mir tut.»

«Das hat Opa mir schon erklärt.» Sie machte keine Anstalten, die Tür freizugeben.

«Ich würde es dir aber gerne mit meinen Worten sagen. Ich möchte dir auch noch etwas sagen, was dein Opa dir nicht erzählen konnte, weil er nichts davon weiß. Darf ich reinkommen?»

Einen Moment lang sah es so aus, als wolle sie den Kopf schütteln. Dann zuckte sie mit den Achseln und trat zurück. Als er die Haustür hinter sich schloss, war sie schon in der Küche, wollte offenbar nicht das Risiko eingehen, dass er sich im Wohnzimmer neben sie auf die Couch oder eine Sessellehne setzte.

«Es stört dich hoffentlich nicht, wenn wir hier reden», sagte sie. «Warum hast du nicht angerufen? Warum kommst du so spät?»

«Ich warte schon eine Weile», sagte er. «Du hattest Besuch. Da wollte ich nicht stören. Ist Alex jeden Abend hier?»

«Nicht nur jeden Abend», sagte sie.

Alex kam morgens, nachdem er Saskia zur Schule begleitet hatte. Das tat er immer noch regelmäßig, weil er fand, dass seine Tochter ihn jetzt besonders brauchte. Von ihrer Tante hörte sie dreimal am Tag, Papa käme sicher bald ins Gefängnis. Und er erklärte dem Kind jeden Morgen, dass Tante Gerhild sich auf dem Holzweg befand und so etwas nur sagte, weil sie traurig war.

Ebenso regelmäßig stand er anschließend bereit, um Silvie aufzufangen und zu stützen, um ihr im Haushalt zu helfen und den Hasemann zu beschäftigen, weil sie sich dazu die halbe Zeit außerstande fühlte. So cool, wie sie sich Lothar gegenüber gab, war sie bei weitem nicht. In ihrem Innern waren verletzte Gefühle und Ratlosigkeit zu einem ätzenden Brei zusammengekocht.

Wie sollte es denn jetzt weitergehen?

Oma sagte: «Kind, überleg dir gut, was du tust. Wenn du dich scheiden lassen willst, helfe ich dir, so gut ich kann. Aber ich bin nicht mehr fünfzig. Ich könnte dir nicht zwei kleine Kinder abnehmen, damit du arbeiten kannst.»

Opa sagte: «Wenn es Lothar wirklich leidtut, dass er was mit Heike angefangen hat, solltest du ihm noch eine Chance geben, schon um der Kinder willen, die brauchen einen Vater.»

Sicher. Und wenn es nur die Affäre gewesen wäre, hätte sie es vielleicht irgendwann geschafft, ihm zu verzeihen. Bei Alex war ihr das damals schließlich auch gelungen. Aber jetzt ging es nicht nur um Betrug und Lügen.

Alex hatte mit dem Dachdecker gesprochen und erfahren, dass die Polizei speziell an Hämmern interessiert gewesen war. Und ihr fehlte einer, der große. Silvie war vollkommen sicher, hatte mit dem großen Hammer doch eigenhändig den Haken für den Bilderrahmen mit Davids Puzzle in die Wohnzimmerwand geschlagen.

«Ich finde es nicht gut, dass du jeden Tag mit Alex zusammen bist», begann Lothar – zurückhaltend und diszipliniert, wie er fand.

«Was du gut findest, interessiert mich herzlich wenig», erwiderte sie. «Mich interessiert viel mehr, wo der große Hammer geblieben ist. Hast du Heike damit erschlagen?»

Er starrte sie fassungslos an, fühlte sich wie ein Segelschiff auf hoher See, wenn die Flaute begann. «Was redest du da?»

«Das weißt du genau», sagte sie. «Helmut Maritz war es nicht. Alex schwört Stein und Bein, dass er es auch nicht war. Bleibst nur du. Und der große Hammer ist nicht mehr da. Warum hast du den weggeworfen?»

Dumme Frage. Er hatte auch Heikes blutbesudelten Schlafanzug, ein Handtuch, zwei Putzlappen, das Schwämmchen, mit dem er die Wand über der Holzplatte gereinigt hatte, und seine eigenen Sachen wegwerfen müssen. Beweise hob man doch nicht auf, damit die Polizei sie finden konnte. Silvie konnte nicht ernsthaft mit einer Antwort rechnen.

«Du glaubst Alex mehr als mir?», fragte er stattdessen.

«Ja», sagte sie schlicht.

«Du liebst ihn immer noch», stellte Lothar verbittert fest.

Sie wusste nicht, ob sie Alex immer noch liebte. Nicht in der Weise, auf die Lothar anspielte, sie war schließlich keine siebzehn mehr. Momentan liebte sie Alex auf rein freundschaftlicher Ebene und war ihm grenzenlos dankbar, dass er ihr nicht mehr abverlangte.

Als sie mit den Achseln zuckte, wollte Lothar wissen: «Und wie soll es jetzt weitergehen mit uns?»

«Ich weiß es nicht», sagte sie. «Wie hast du es dir denn vorgestellt? Dass ich sage, Schwamm drüber. Hoffen wir, dass die Polizei bald aufgibt, weil sie dir nichts beweisen können. Tut mir leid, Lothar, so kann ich nicht leben. Ich hätte jeden Tag Angst.»

«Vor der Polizei oder vor mir?», fragte er.

«Ich weiß es nicht», sagte sie noch einmal.

«Ich hab es nur für dich getan», beteuerte er.

Für ein paar Sekunden verschlug ihr das die Sprache, dann begann sie zu lachen, so hysterisch, dass es ihm in den Ohren wehtat. Dabei tippte sie sich auch noch an die Stirn. «Für mich?

Sag mal, tickst du noch richtig? Mir hätte es vollkommen gereicht, wenn du nicht mit Heike ins Bett gestiegen wärst.»

«Schrei nicht so», verlangte er. «Du weckst den Kleinen auf.»

Das kümmerte sie nicht. Sie schrie weiter: «Soll ich das etwa als Liebesbeweis werten, dass du Heike umgebracht hast? Das hast du, gib es zu, ich will es hören.»

«Nicht nur Heike», sagte er. «Auch Janice. Heike meinte, du würdest mich dafür nur noch mehr lieben.»

Wieder war sie sekundenlang still, schüttelte ungläubig und verstört den Kopf, ehe sie fragte: «Du hast Janice ... Und Heike wusste das?»

«Nicht von Anfang an», sagte er. «In den ganzen Jahren hatte sie nicht mal einen Verdacht. Misstrauisch ist sie erst geworden, nachdem du bei ihr gewesen warst. Und als Alex an dem Dienstag vom Glauben seiner Anwältin anfing ...» Er brach ab und zuckte mit den Achseln.

«Und was war mit dem lockeren Reifen?», fragte sie. «Das war vorher. Da war sie doch wohl noch nicht misstrauisch, und Alex schwört, dass er sich nicht an ihrem Auto vergriffen und auch nicht einen Strauß Rosen geköpft hat.»

Er hatte nicht vor, ihr seine Beweggründe zu erklären. Heike hatte gesagt, dass die Abtreibung wegen der Komplikationen teurer als erwartet geworden wäre und dass sie sich über einen kleinen Zuschuss freuen würde. Daraufhin hatte er den Reifen an ihrem Honda gelockert, in der Hoffnung, sie loszuwerden, bevor sie energischer darauf bestehen konnte, dass er sich an den Kosten der Pannenbeseitigung beteiligte. Der Versuch war zwar kläglich gescheitert, hatte aber auch von ihm abgelenkt.

Die Sache mit den Rosen ... Im Nachhinein kam ihm diese Aktion absurd vor, geradezu hirnrissig, weil Heike danach die Kette vorlegte und er sich somit selbst ausgetrickst hatte. Aber er hatte nicht damit gerechnet, dass sie an dem Abend noch spät unterwegs war, wo sie doch immer um neun ins Bett ging.

Er hatte eine Weile gewartet – splitterfasernackt hinter dem Duschvorhang in ihrer Badewanne. Um Viertel nach neun war er zu der Ansicht gelangt, dass sie anderswo übernachtete, hatte sich wieder angezogen, aus Frust die Blumen geköpft und zu einem Herz arrangiert. Auf den Gedanken, dass Heike sich selbst dunkelrote Rosen gekauft hatte, war er nicht gekommen. Ihm kam auch jetzt nicht in den Sinn, da könne bei ihm so etwas wie Eifersucht im Spiel gewesen sein.

Als er nicht antwortete, fragte Silvie: «Was siehst du eigentlich in mir? Ein wildes Tier, dem du eine Beute hinlegen musst, damit es sich besteigen lässt? Du bist echt nicht mehr ganz dicht, weißt du das?»

Dann begann sie erneut, zu zetern und ihn zu beleidigen. Erst als er beide Hände um ihren Hals legte und zudrückte, wurde sie still und schaute ihn an, als hätte sie es gar nicht anders erwartet.

EPILOG

Grevingen-Garsdorf, im Februar 2011

Es war eigentlich viel zu kalt für einen Friedhofsbesuch, auch zu beschwerlich. In den letzten Tagen war noch mal eine Menge Schnee heruntergekommen, zusätzlich zu den Massen, die im Dezember für Chaos gesorgt hatten und längst noch nicht weggetaut waren. Am Straßenrand und auf dem Gehweg türmten sich die gefrorenen Haufen und Klumpen. Mit dem Buggy war kaum ein Durchkommen. Aber mit Prinz Knatschsack an der Hand wäre es noch schwieriger, wenn nicht unmöglich gewesen.

Den halben Vormittag hatte Silvies Söhnchen diesem Namen wieder alle Ehre gemacht. Inzwischen lief er recht sicher an einer Hand oder die Möbel entlang. Man musste ihn ständig im Blick behalten.

Franziska hatte nicht die Zeit gehabt, ihn zu beschäftigen. Sie musste für Lothars Mutter zur Bäckerei. Frau Steffens traute sich nicht mehr dorthin, wollte ihr Haus verkaufen, wenn sich nur endlich jemand gefunden hätte, der bereit war, den verlangten Preis zu zahlen. Anschließend hatte Franziska kochen müssen.

Gottfried hatte geraume Zeit Türme aus Bauklötzen gebaut, die der Knirps dann durch die Gegend feuerte, dass man Angst um Blumenvasen und andere zerbrechliche Gegenstände haben musste, die noch nicht weggeräumt worden waren. Aber irgendwann war es ihm wohl zu eintönig geworden, Godzilla zu spielen. Vielleicht war er müde oder hatte sich daran erinnert, wie oft seine Mama so mit ihm auf dem Boden gehockt hatte.

Da hatte er zu greinen angefangen, wollte auf den Arm und herumgetragen werden. Das traute Gottfried sich nicht mehr zu, er wollte sich nicht noch einen Bruch zu heben.

Der Kleine hatte ganz schön zugelegt, als zu dünn konnte man ihn wirklich nicht mehr bezeichnen. Martha hatte erst vor ein paar Tagen gewarnt: «Wenn ihr nicht aufpasst, geht der euch noch völlig aus dem Leim.» Das war maßlos übertrieben, aber man musste schon ein bisschen achtgeben, sollte ihn zwischendurch nicht immerzu mit Keksen und Schokolade füttern, weil er einem leidtat. Und bei den regulären Mahlzeiten musste man auf die Zusammensetzung achten. Deshalb dauerte es mit dem Kochen auch etwas länger als üblich. Franziska war unschlüssig gewesen, ob sie Blumenkohl oder Spinat machen sollte, hatte sich dann für Möhren entschieden.

Etwas gedünstetes Möhrengemüse mit einem Kartoffelchen und einem winzigen Stich Butter für David. Gottfried bekam die Kartoffeln gebraten und ein Kotelett dazu. Für sich briet Franziska zwei Eier. Und weil ihr der Kleine leidtat, bekam er von einem Ei das Gelbe. Aber das wollte er gar nicht. Er wollte überhaupt nicht essen, presste die Lippen fest aufeinander und warf das Köpfchen so heftig von rechts nach links, dass man befürchten sollte, er bekäme ein Schleudertrauma.

Und dann machte Franziska den Fehler zu sagen: «Na komm, nur ein bisschen. Du musst doch was essen, sonst tut dir gleich der Bauch weh. Ein Löffelchen für Mama ...»

Da war es endgültig vorbei. «Mama», jammerte er und wollte sich gar nicht mehr beruhigen.

Er vermisste Silvie. Natürlich vermisste er seine Mutter, so wie deren Mutter früher die ihre vermisst hatte.

«Ja, ich weiß», sagte Franziska, strich ihm tröstend über die Wange, kämpfte selbst gegen die aufsteigenden Tränen an und versprach: «Wir besuchen deine Mama gleich. Aber nur, wenn du lieb bist. Na komm, sei lieb. Ein Löffelchen für Papa ...»

«Papa», wiederholte er, stellte das herzzerreißende Weinen ein und schluchzte nur noch verhalten. «Papa.»

Gottfried hatte am Vormittag mindestens viermal gesagt, es hätte bestimmt sein Gutes, dass kleine Kinder so schnell vergaßen. Aber er fände das erschreckend und unheimlich.

«Papa kommt sicher bald», sagte Franziska. «Und dann freut er sich, wenn Oma ihm erzählt, dass du brav warst und alles aufgegessen hast. Jetzt iss schön.»

«Oma», plapperte er. Allzu groß war sein Wortschatz noch nicht. Dabei stand das Mäulchen normalerweise kaum still, Franziska verstand nur nicht viel von dem, was er erzählte.

Nach dem Essen hätte Gottfried gerne ein Nickerchen gemacht. David ließ sich nicht für ein Mittagsschläfchen hinlegen, obwohl er hundemüde sein musste. Er hatte die Windel voll, Franziska machte ihn sauber, was seine Zeit brauchte, weil er einfach nicht still liegen blieb. Danach ließ sie das schmutzige Geschirr in der Spüle stehen, sie hätte doch nicht in Ruhe abwaschen können, und sagte zu Gottfried. «Ich geh mal mit ihm zum Friedhof.»

Wohin hätte sie auch sonst gehen sollen an so einem Tag, wo Furcht ihr die Brust eng machte und ihr die eigenen Versäumnisse und die eigene Endlichkeit vor Augen hielt?

Sie packte den Knirps so warm ein, dass nur noch die kleine Nasenspitze und die großen Augen zwischen Mütze, Kapuze und Schal hervorlugten. Er hatte Silvies Augen, dieselben Augen wie Mariechen. Wieder kamen Franziska die Tränen. Sie schluckte sie energisch hinunter, schnäuzte sich, setzte David in den Buggy, öffnete die Haustür und stampfte los.

Und wie so oft, wenn sie diesen Weg ging, schweiften ihre Gedanken ab, verfingen sich in früheren Jahren. Diesmal blieben sie an dem Mittwoch hängen, an dem Ria spätabends mit dem Kinderwagenoberteil vor der Tür gestanden und sie Silvie das erste Mal im Arm gehalten hatte. Da war es auch so kalt gewesen. Aber geschneit hatte es nicht, nur gefroren.

Überall Raureif, sie sah noch deutlich vor sich, wie der Friedhof damals geglitzert hatte. Als hätte der Himmel ihn mit Diamantensplittern bestreut. Und über der wie mit einer Zuckerkruste überzogenen Buchsbaumhecke die beiden Gestalten vor dem pompösen Eckgrab der Familie Schopf. Helene Junggeburt und ihr jüngster Sohn in Strickröckchen und Strumpfhosen, den dicken Zopf mit einer Schmetterlingsspange zusammengehalten.

Wer hätte damals erwartet, wie Alex sich entwickelte? Und wer hätte erwartet, dass ein Tag käme, an dem man dem Himmel auf Knien dankte, dass es einen wie ihn gab?

Er hatte an dem Abend im November nur schnell etwas aus der Villa Schopf holen wollen. Waschpulver. Franziska meinte, er hätte mal erzählt, dass in Silvies Waschküche ein Berg von bekleckerten Kindersachen gelegen und sie in ihrer Enttäuschung über Lothars Affäre nicht daran gedacht hätte, neues Waschpulver zu besorgen. Es konnte aber auch sein, dass er Geschirrspülmittel geholt hatte, weil Silvies Maschine proppenvoll war und über Nacht laufen sollte, damit man am nächsten Morgen saubere Teller und Tassen fürs Frühstück hatte.

Aber ob Wäsche oder Geschirr, war ja nicht so wichtig. Was zählte, war, dass Alex einen Hausschlüssel mitgenommen hatte, damit Silvie schon mal rauf ins Bad gehen und sich für die Nacht fertig machen konnte. Ohne diesen Schlüssel hätte Lothar sie wahrscheinlich erwürgt.

Alex hatte ihn von Silvie weggerissen und sich erst mal um sie gekümmert, weil sie kaum Luft bekam. Dann hatte er einen Rettungswagen gerufen. In der Zeit war Lothar abgehauen. War zu seiner Mutter gefahren, als wäre überhaupt nichts gewesen. Frau Steffens hatte bestimmt schon hundertmal erzählt, wie er noch kurz zu ihr ins Wohnzimmer gekommen war, wo sie vor dem Fernseher saß. Wie er gelächelt und behauptet hatte, er hätte sich mit Silvie ausgesprochen, es sei alles in Ordnung.

Und während seine Mutter sich gefreut hatte, war Lothar hinauf in sein Zimmer gegangen. Als kurz darauf Polizei kam, hatte er auf dem Bett gelegen, mit einem hastig bekritzelten Blatt Papier in einer Hand und einer Plastiktüte über dem Kopf, unter der er jämmerlich erstickt war.

Auf dem Blatt hatte er Silvie und seinen Kindern alles Gute für die Zukunft gewünscht und sie gebeten, sich kein Beispiel an Heike zu nehmen, nicht nach Holland zu fahren, das Baby könne schließlich nichts dafür.

Er hatte auch erklärt, wie die Sache mit Janice passiert war und wie das mit Heike gewesen sein sollte. Dass sie an dem Dienstagabend, als er bis kurz vor neun bei ihr gesessen hatte, noch nicht sicher gewesen war, wann sie mit Alex reden wollte. Aber dass sie mit ihm reden würde, war klar gewesen. Dass er sie dann am Mittwoch aus dem Bett klingeln musste, weil ihm die Ersatzschlüssel, die er aus dem Schubfach mit Büromaterial genommen hatte, bei vorgelegter Sperrkette nichts nutzten.

Unter dem Vorwand, alles irgendwie wiedergutzumachen, hatte er Heike dazu gebracht, ihn in die Wohnung zu lassen. Der Rest hatte sich ungefähr so abgespielt, wie die Polizei sich das vorstellte. Zwei Schläge mit dem Hammer, das Oberteil vom Schlafanzug hochgezerrt und um ihren Kopf gewickelt, damit sie nicht zu viel einsaute. Sie ins Bad geschleift, in die Wanne gehievt, ausgezogen und so weiter.

Gottfried wusste nichts von den Kerzen, die Franziska seitdem am Marienaltar angezündet hatte. Auch jetzt schob sie den Buggy durch die Seitentür ins Kirchenschiff. Und diesmal nahm sie zwei Kerzen aus dem Kasten, noch ein Dankeschön für Silvies Leben, und die zweite, damit heute alles gutging.

Gestern Nachmittag hatte Alex sie ins Krankenhaus gebracht. Nach dem Notkaiserschnitt vor zwanzig Monaten hatte ihre Ärztin dringend von einer natürlichen Geburt abgeraten. Dabei hätte die Gebärmutter reißen können. Deshalb sollte das kleine Mädchen heute per Kaiserschnitt auf die Welt geholt werden. Nur eine Woche vor dem errechneten Termin. Ein Wunder war das. Gottfried sagte das auch: «Hätte ich nicht gedacht, nach allem, was Silvie durchgemacht hat.»

Es war alles andere als leicht für Silvie gewesen. Im November hatte sie eine volle Woche im Krankenhaus gelegen, mit einem Schock. Danach immer mal wieder ein paar Tage, weil sie häufig Weinkrämpfe bekam. Lothars Mutter hatte ihr von dem Lied erzählt, das er in den letzten Tagen so oft gehört und mitgesungen hatte. «... *ich zeig dir, wie groß meine Liebe ist, und bringe mich für dich um.*»

Seine Mutter war überzeugt, dass er es für Silvie getan hatte. Sie freigegeben, ihr und seinen Kindern die Chance auf einen neuen Anfang eingeräumt. Martha behauptete, der Selbstmord sei eine feige Flucht vor der Verantwortung und den Konsequenzen gewesen. Franziska wusste nicht, was sie glauben sollte, hoffte nur, dass es mit Alex jetzt besser funktionierte als vor Jahren. Er war ja reifer geworden und vernünftig, das musste man zugeben.

Kurz vor Weihnachten war Silvie bei ihm eingezogen. Für das Haus im Margarineviertel hatte sich schnell ein Käufer gefunden. Ab Juni wollte Silvie wieder arbeiten.

Franziska warf noch zwei Euro für die Kerzen in den Schlitz am Kasten, dann schob sie den Buggy zurück in die eisige Kälte. Auf den Wegen zwischen den Gräbern kam sie etwas schneller voran. Hier hatte niemand den Schnee weggeräumt, sodass eine relativ gleichmäßige Decke entstanden war. Der Buggy rumpelte nicht mehr so arg. Unter der zweifachen Umhüllung mit dem Schal kam wieder ein dumpfes «Mama?» hervor.

«Ja», sagte Franziska. «Sie hat es sicher bald überstanden. Dann fahren wir zu ihr.»

Als Alex den Kleinen gestern Abend bei ihr abgeliefert hatte, hatte er keine feste Zeit für den Kaiserschnitt nennen können. Er war heute früh wieder ins Krankenhaus gefahren, nachdem er Saskia zur Schule gebracht hatte, das ließ er sich nicht nehmen, nicht mal an so einem Tag. Aber er wollte auch bei der Geburt dabei sein und Silvies Tochter in Empfang nehmen, so wie er es damals mit Saskia gemacht hatte.

«Jetzt besuchen wir zuerst unser Mariechen», sagte Franziska. «Sie hat morgen Geburtstag.»

Sie machte halt in der Kinderecke. Die kleinen Gräber und Grabsteine waren völlig zugeschneit. Sie bückte sich und wischte mit dem Handschuh über den Stein, bis die Inschrift zu lesen war.

Maria Welter
* 25. Februar 1954
† 13. August 1956

Auch wenn es vierundfünfzig Jahre her war, es tat immer noch weh, vor diesem Fleckchen Erde zu stehen und zu wissen, dass es nicht hätte sein müssen. Und sich vorzustellen, wie anders alles gekommen wäre, wenn dieses immer fröhliche Kind weitergelebt hätte, herangewachsen wäre mit einer jüngeren Schwester an seiner Seite, und einer Mutter, die für beide da gewesen wäre, die nicht eins vernachlässigte, weil sie das andere hatte hergeben müssen und mit diesem Schlag einfach nicht fertigwurde.

Dann wäre Ria kaum zum Nestflüchter geworden. Der General säße wahrscheinlich auf der Hardthöhe, hätte aber keine Tochter. Silvie wäre nie geboren, Janice Heckler, Heike und Lothar noch am Leben ...

Die unter dem Schal dumpfe Kinderstimme riss sie aus den schmerzlichen Erinnerungen und trüben Gedanken. «Papa», brabbelte David.

Und da kam er: der Mann, auf den Franziska nun baute und vertrauen musste, weil sie mit ihren achtundsiebzig zu alt war, um noch einem kleinen Mädchen und Prinz Knatschsack die Mutter zu ersetzen.

«Dachte ich mir, dass ich euch hier finde», sagte er zu Franziska und strahlte sie an. «Dreitausendsiebenhundert Gramm, zweiundfünfzig Zentimeter, kerngesund und Silvie wie aus dem Gesicht geschnitten.» Er klang so stolz, als sei es sein Werk.

«Wie geht es Silvie denn?», fragte Franziska.

«Ganz gut so weit», sagte er. «Sie hat ein bisschen geweint. Aber sie packt das schon. Mach dir keine Sorgen. Ich bin ja auch noch da.»

Er bückte sich, hob David aus dem Buggy und stellte ihn auf die in die warm gefütterten Stiefelchen gepackten Füße. Franziska wollte den Kleinen bei der Hand nehmen, da hatte der schon Alex' Hose gepackt und hielt sich daran fest.

«Jetzt fahren wir zu Mama, Hasemann, und zu deiner wunderschönen Schwester», sagte er, während er den Buggy wie einen Regenschirm zusammenklappte und sich unter den rechten Arm klemmte. Dann nahm er den Jungen auf den linken Arm und stampfte vor Franziska her über die feste Schneedecke. Bei dem pompösen Eckgrab machte er halt und führte noch ein kurzes Zwiegespräch mit seiner Mutter, erzählte ihr von dem neuen Leben. Alexandra hieß die Kleine, hatte Silvie entschieden.

Das für dieses Buch verwendete FSC®-zertifizierte Papier
Lux Cream liefert Stora Enso, Finnland.